陈 晋 梁振华 著

图书在版编目（CIP）数据

问苍茫 / 陈晋, 梁振华著 . -- 深圳：深圳出版社，2023.12

ISBN 978-7-5507-3961-1

Ⅰ.①问… Ⅱ.①陈… ②梁… Ⅲ.①长篇小说—中国—当代 Ⅳ.① I247.5

中国国家版本馆 CIP 数据核字 (2023) 第 241528 号

问苍茫
WEN CANGMANG

出 品 人	聂雄前
项目策划	许全军　朱美燕
责任编辑	童　芳　南　芳
	易晴云　毛小清
责任校对	张丽珠　彭　佳
责任技编	郑　欢
装帧设计	知行格致

出版发行	深圳出版社
地　　址	深圳市彩田南路海天综合大厦　(518033)
网　　址	www.htph.com.cn
订购电话	0755-83460239（邮购、团购）
设计制作	深圳市知行格致文化传播有限公司
印　　刷	中华商务联合印刷（广东）有限公司
开　　本	787mm×1092mm　1/16
印　　张	33.75
字　　数	578 千字
版　　次	2023 年 12 月第 1 版
印　　次	2023 年 12 月第 1 次
定　　价	88.00 元

版权所有，侵权必究。凡有印装质量问题，我社负责调换
法律顾问：苑景会律师 502039234@qq.com

《问苍茫》编委会

总策划
张华立　龚政文

总编辑
谷　良　罗　岚

主　创
陈　晋　梁振华　王　伟

编　剧
翁良平　韩辰辰　胡　亚　颜　西

联合编剧
谷运岭　花艳梅

编　委
欧阳翀　李　红　廖华军　吴拥军
刘永平　周　明

主　任
张琳熙

监　制
姜　军

策　划
朱美燕

委　员
（以姓氏笔画排序）
闫　涵　张　珺　张健魁　易文娟
钟　波　赞　太

重大革命历史题材电视剧《问苍茫》是湖南广播影视集团（湖南广播电视台）策划发起、潇影集团当燃影业制作发行的重大影视剧项目。该剧由中央广播电视总台、湖南省委宣传部、湖南广播影视集团有限公司（湖南广播电视台）、潇湘电影集团有限公司、湖南快乐阳光互动娱乐传媒有限公司、长沙市委宣传部、马栏山（长沙）视频产业园、湖南当燃影业有限公司出品，北京青春你好文化传媒有限公司、北京完美世界影视有限公司、北京五元文化传媒有限公司联合出品，湖南省广播电视局支持。

　　本书根据重大革命历史题材电视剧《问苍茫》剧本改编，文字故事与实际播出剧集有所差异。

目 录
CONTENTS

第一章　回湘教学苦中甜，自修大学始初建　　001

第二章　开荒拓土初艰险，湖南支部立在前　　019

第三章　纸上谈兵终觉浅，深入煤矿苦难言　　044

第四章　志士双行不归路，群情激愤诛毒夫　　069

第五章　湘区工人有力量，意识觉醒不可挡　　084

第六章　京汉罢工遭镇压，工人运动遇低潮　　103

第七章　两党合作争议多，农民根据灵感现　　120

第八章　国共携手终促成，三民主义谱新章　　139

第九章　慧眼独具识英才，纱厂女工焕新颜　　169

第十章　革命伉俪共携手，黄埔将才露锋芒　　194

第十一章　失意回乡探新路，总理西去万民哀　　225

第十二章　解放女性改陋习，五卅惨案誓雪耻　　253

第十三章　智斗地主巧取粮，出走家乡避锋芒　　275

第十四章　病愈出山履新职，妙笔生花荐轩辕　　300

第十五章　分裂背离现端倪，舆论对战奋笔急　　324

第十六章　唇枪舌剑纷争起，汪蒋离心现危机　　344

第十七章　狼子野心难掩藏，觅光而上守信仰　　362

第十八章　文武并进开农讲，反守为攻向北去　　377

1

第十九章　北伐出征士气高，星星之火可燎原　　393

第二十章　工农运动引争议，考察报告终面世　　406

第二十一章　工人起义赢胜利，波谲云诡忙镇压　　425

第二十二章　国共阵营终背离，决裂挥师向北伐　　447

第二十三章　危难之中救革命，运动先驱勇献身　　463

第二十四章　革命流血危机起，先云逝血照残阳　　483

第二十五章　党旗重现三湘地，工农革命见新章　　504

第二十六章　苍茫大地沉浮转，一声惊雷天地变　　519

第一章　回湘教学苦中甜，自修大学始初建

1921年8月，湘江。

渔夫：荡（呀）一桨来（呀），弹一（呀）脚（啰），（你看哪）咯好的手艺是切莫（哪）学，（你看哪）六月日头就如炭（哪）火（哪），（也）十二月雪上又加（啰）霜（啰），（你看哪）河风是吹老个少年（哪）郎……

伴随着悠扬、豪放的洞庭渔歌，渔船破开水面向前，渔夫手里撑着竹篙，对着浩渺湘江放声歌唱。船上除了鱼篓、渔网，还放着一个包裹和一件叠好的青布长衫。夕阳下的江面泛着粼粼金光。有一身影正在水中畅游，和行驶的渔船并进，如纵壑之鱼，自得其乐。渔歌声里，传来泳者奋力、激越的拍水声，从其侧脸可以窥见一抹畅快笑意。

湘江辽阔。一渔船，一渔夫，一泳者。远山如黛，夕阳如画。

泳者将青布长衫穿在身上，甩了甩湿漉漉的头发，转过脸来，负手望着大江东去，明朗的面容迎着夕阳的金光，眼神清亮，满面意气，正是时年二十八岁、风华正茂的毛泽东。

渔船停在岸边，渔夫正系着缆绳。

毛泽东：老人家，洞庭渔歌唱得好嘞！

渔夫提着鱼篓跳上岸：你个伢子不要命咯？刚下过暴雨，江水又急又浑，你不坐船偏要游水！

毛泽东指着鱼篓：你这些鱼啊、虾啊，都活蹦乱跳的，我还能比不了它们？

渔夫：它们天生就是水里的，你能一样？

毛泽东：莫看这水它又急又浑，只要摸准它的脾气，照样有治它的法子。这就跟你打鱼一样，好打的地方无鱼，好游的地方无趣。

渔夫笑：你个伢子，胆子大嘞！（将船上的包裹递给毛泽东）这是从哪来回咯？

毛泽东：老人家，我问你，这湘水流到哪里去？

渔夫：湘水往北，到洞庭嘞。

毛泽东：那洞庭往哪里去？

渔夫：你这伢子，洞庭入长江归大海噻。

毛泽东：对咯，我就是从大海那边来的嘞，我从上海回来的。（说着，提起包裹）老人家，我得走咯！

毛泽东背上包裹，大步流星地走了。

毛泽东唱着歌：高高山上一丘田，郎半边来女半边，郎的半边种甘蔗，女的半边种黄连，半边苦来半边甜……（韶山山歌）

渔夫看着毛泽东的背影：韶山山歌，原来是韶山的伢子！半边苦来半边甜，什么时候全是甜的就好喽！

毛泽东坐在人力车上，看着长沙的街景：街道两边有中西皮鞋庄、华盛钟表行、华美大药房、兴记绸缎庄等，路边有摆摊擦皮鞋的、卖臭豆腐的、理发的、乞讨的等，杂乱喧闹。一家点心店门口，一个小乞丐隔着玻璃望着里边的点心，眼神带着渴望。

车夫：先生去哪儿？

毛泽东：岳云中学。

岳云中学校园里三三两两的学生抱着书走过，一间教室里正在上课，男教师一口流利的英语传到耳畔：大自然孕育了所有生命和物种，无论是在西方还是东方，都不约而同地将自然比喻成孕育万物的母亲，所以，人类与自然的关系，是人类社会最基本的关系……

毛泽东走到窗口站住，只见黑板上写着"人类如何战胜自然"的标题，上面是英文，下面是中文。讲台下面端坐的学生中，只有零星几个女生，杨开慧就在其中，认真听课，不时用笔做着笔记。

男教师：正如达尔文所言，只有服从大自然，才能战胜大自然。人类要战胜大自然，首先要去了解大自然的运行法则，跟大自然和谐相处，大自然才会给人类带来福音，否则带来的可能就是各种灾难……

杨开慧似乎感觉到窗口有人，转过头，看到了窗外的毛泽东。四目相对，毛泽东冲杨开慧微微一笑。

放学了，上课的学生们收拾东西回家。杨开慧背着书包经过毛泽东，却故意没停下来，而是直接走了。毛泽东在她身后一直跟着，直到偏僻处的一棵桂花树下，杨开慧站住，转过身来，毛泽东也停住脚步，两人隔得很近。毛泽东一把抱住杨开慧：我回来了。

风吹过，桂花纷纷从两人身边飘落。

杨开慧：不是说好了去一个月吗？六月二十九走的，现在都八月中了！你怎么才回来？

毛泽东：开完会顺道去了趟南京，找周世钊、陶斯咏他们商量能不能在南京办个文化书社的分社。对不起霞妹，让你担心了。

杨开慧推开毛泽东：谁担心你了！

杨开慧嗔怪，转身走了。

毛泽东追上去：霞妹，霞妹！

文化书社门口挂着牌匾，上书颜体的"文化书社"四个字，落款是谭延闿。

书社靠墙处摆着书架，上面有《新青年》《湘江评论》《社会改造原理》《达尔文物种原始》《劳农政府与中国》《少年中国》……

毛泽东正带着易礼容、何叔衡、陈子博等人参照中共一大的座位顺序，整理摆放一把把椅子，直到最后一把椅子摆定。

毛泽东：好！就这13把椅子，一个不能多，一个不能少。

何叔衡找到自己的位置坐下，说道：跟在上海开会时一模一样，我就坐这儿，润之在那儿。

毛泽东：一大召开，我们中国共产党就算正式成立了。组织上给我们的任务是发展党员，在各地成立支部，去组织和领导工人运动。那怎么去发展党员？发展党员的标准又是什么呢？这些日子，我有些想法，开慧都帮我校正、誊抄好了。叔翁，你们看看。我还寄了一份到北京给守常先生，也请他指点指点。

杨开慧拿出一沓文件分发给众人，上面的字迹清秀整齐。

何叔衡：《湖南自修大学组织大纲》……润之，你还要自己办学？

毛泽东：对，自修大学！说起来还得感谢胡适先生，去年我在北大听了他的一个演讲，就是关于自修大学的，给了我不少启发。知了就要行的！

易礼容：润之，我还是没搞清楚，办这自修大学，跟组织的任务有什么关系？

毛泽东：在我看来，发展党员无非就三个字——真同志。要寻找真同志，最快、最好的途径莫过于办学，通过办学去寻找同道。这就是我要创办自修大学的原因。

杨开慧在一旁做着会议记录，写得井井有条。

何叔衡：润之，你这个想法好是好，组织上有没有说，给多少经费？

毛泽东：没有经费，要靠我们自己去筹。

易礼容：没钱怎么办学？

彭平之：是啊，要办学就得有人、有地方，哪样不得花钱？一文钱难倒英雄汉，更别说办学了！

一师附小毛泽东住处内，毛泽民扎着围裙，正在灶台前翻炒着红烧肉。

毛泽民用锅铲挑着炒好的干辣椒往锅里放，想了想，又多放了几个：三哥喜欢吃辣，多放点。淑兰，火小些，慢炖个把时辰，收汤。

王淑兰在灶台下烧火，从灶膛里撤出两块干柴，擦着汗起身，从简陋的碗柜里翻出三四个鸡蛋。王淑兰打着鸡蛋，搅拌着：再做个剁椒炒蛋，油淋辣椒。这才三个菜，还差一个。

毛泽覃挎着书包进来了：四哥！四嫂！三哥人呢？

毛泽民：开会呢！泽覃，不是五点才放学吗，你怎么三点就回来了？

毛泽覃把书包一扔：国文教员热伤风，最后两节课不上了。

毛泽民切着剁椒，头也没抬：你们国文教员，这学期都病七八次了吧？

毛泽覃岔开话题，来到锅旁：还没进屋就闻着肉味了，四哥，能不能让我先尝一口？

毛泽民打开毛泽覃的手：还没熟呢。水缸没水了，挑两桶水去！

毛泽覃应了，挑着空桶出去了。

王淑兰：三哥他们这会，开了快一天了，也该回来了吧？

文化书社内，夕阳透过窗户照进来。

毛泽东：都别苦着脸了，要干事，吞不下扁担——横不了心。何胡子，你说说！

杨开慧提着暖壶，给何叔衡等人续水。

何叔衡：润之，那我就实话实说了，你身兼国文教员和附小主事，每个月薪水满打满算，二十一块大洋。我就更别提了，普通教员，一个月十六块，比你还少五块。我们就算不吃不喝，我再找房牙子把房子给卖了，咱也不够办学的呀！

毛泽东：何胡子，你先别急嘛！饭要一口一口吃，我们现在就讨论，不考虑钱的因素，这个自修大学该不该办？

何叔衡：……那我没意见。

毛泽东又看向陈子博、彭平之、易礼容等人。

易礼容：我赞成！

陈子博、彭平之：我也赞成！

毛泽东：好，既然大家都赞成，钱的事，我们再想办法。

一师附小毛泽东住处内，毛泽覃端着红烧肉上桌：红烧肉来了！

桌上摆着三个菜：红烧肉、剁椒炒蛋、油淋辣椒。

毛泽覃：太香了！四哥，你这红烧肉加了板栗啊，这毛栗子剥起来可扎手了。

王淑兰和杨开慧在摆碗筷，说道：知道三哥要回来，泽民老早就开始准备，板栗都是上个月特意从乡下收的。

杨开慧：润之，四哥现在本事可大了。原来你们教员顿顿吃的是糙米饭，白水煮青菜吃得大伙儿闻着味儿就想吐。四哥一看不行啊，把那点菜金倒腾出花儿来了，土豆、南瓜、胡萝卜，菜色丰富了，甚至还能开开荤。三个月不到，教员们都吃上猪蹄了。各个夸四哥是能人，这个毛庶务，你是请对了！

毛泽东笑了：四嫂，附小的教员宿舍，你们公婆俩住得习惯不？

王淑兰：习惯，泽民不忙的时候还能跟着学生一起上上课，晚上回来也教我识字。

大家都笑了，毛泽东看着弟弟妹妹，很是欣慰。

毛泽覃：三哥，你别总念着四哥，也关心关心我。什么时候来我们协均中学做一次演讲吧！我们同学现在都知道"驱张"代表团的团长叫毛泽东，组织赴法勤工俭学的也是毛泽东。我跟他们说毛泽东是我三哥，他们不信，非说我是吹牛。所以你有空了，一定得去做一次演讲，帮我去证明！

毛泽东：好，我答应你。但你也得答应我，这学期，全科成绩都是优。

毛泽覃面露难色：我努力，说好了啊，三哥！

毛泽民端着一碗剁辣椒，放到毛泽东跟前。

毛泽民：这也算个菜，四个菜，齐了！菊妹子怎么还没来，泽覃，你叫了吗？

毛泽覃：叫了，我去她学校，她不在，同学说她去打零工了，我就托她同学给捎了口信。

毛泽民：你没见着她？

毛泽覃：没有。

毛泽民：嘴上没毛，办事不牢。三哥，要不咱先动筷子，不然菜该凉了。等菊妹子来了，我再给她热。

毛泽东：还是等等吧，谁都可以不等，菊妹子一定要等！

大家看着毛泽东，把筷子放下了。

这时敲门声响起，杨开慧去开门，门口，毛泽建略带羞涩地看着杨开慧。

毛泽建：三嫂！我是不是来晚了？

杨开慧赶紧把毛泽建拉进屋：不晚，快进来，上桌吃饭！

一轮明月挂在半空。毛家人的团圆饭已经散席，小小的宿舍逐渐从热闹变得平静。

毛泽东拎起一桶水浇下来冲凉，杨开慧递上毛巾。

毛泽东：菊妹子是我堂叔的孩子，过继到我们家的时候才六七岁，后来我爹娘去世，她姑母就把她许给人家当童养媳，吃了不少苦。我帮她解除了婚约，带她来长沙。虽说不是外人，但妹子大了，我们又都是哥哥，有些话总是不方便讲。

杨开慧：润之，放心吧，长嫂如母，家里的事，你就别操心了。

毛泽东点点头：等自修大学办起来，咱们回趟板仓，把师母接来住些日子好不好？

杨开慧：都说了家里的事你别操心，眼下筹钱办自修大学才是你的要紧事。今天会上，叔翁和子博建议押房子，润生要组织大家业余时间去卖菜，彭平之连收学费的想法都冒出来了。依我看，这东拼西凑的，总归不是办法。我想到一个人，兴许能帮上忙。

毛泽东饶有兴趣：谁啊？

杨开慧：仲甫先生说他是虽皓首而红心，是一位"子规夜半犹啼血，不信东风唤不回"的"白头青年"。

毛泽东：你是说贺老？

杨开慧：对啊。他既是我们社会主义青年团的团员，又是船山学社的社长，更是你的党员、同志。如果他能答应把学社空出来的房子给自修大学做校舍，可是能省下一大笔开支。

毛泽东兴奋起来：霞妹说得对，我明天就去找贺老！

船山学社，建筑古色古香，鸟鸣蝉叫。院子里古木参天，桂花飘落，传来贺民范的声音：采取古代书院与现代学校二者之长，取自动的方法……

贺民范一手拿着《湖南自修大学组织大纲》，一手捋着颌下的白色长髯，面露欣赏：研究各种学术，以期发明真理，造就人才，使文化普及于平民，学术因流于社会……润之，你这办学的宗旨，令人耳目一新哪！

毛泽东：这么说，您同意了？

贺民范：你润之的事，又是办学，就算我不站出来，咱们学社董事会的仇鳌总理，也肯定会支持你的。

两人对视而笑。

贺民范：学社西边有几间厢房，不过年久失修，有些破旧，你收拾出来，就当是自修大学的校舍。只是请我做这个校长，怕是醉翁之意不在酒吧？

毛泽东笑了：不瞒贺老，新来的省长正在湖南经营"支持文明开化，办平民教育"的美誉。润之斗胆，可否请贺老出面，去省府申请一笔办学经费？

贺民范：你润之在长沙大小也算是名人了，直接去找赵恒惕不是更好？

毛泽东：赵恒惕若知道自修大学是我在主持，非但不会批，或许还会反对。

贺民范：这位自封的省长上任才四个月，你没得罪过他吧？

毛泽东：两年前的驱张运动，我毛泽东做了出头鸟，尽管驱的是前省长，但我担心在现任省长眼里，同样容不得我。

贺民范若有所思。

毛泽东：您老是船山学社社长，德高望重，且跟赵恒惕都是同盟会会员，又都在日本留过学。润之思虑再三，自修大学这条船，恐怕只有请您老掌舵，才能"直挂云帆济沧海"！

贺民范：润之啊，你岳父昌济先生生前曾与人说"君不言救国则已，救国必先重二子"。这二子之一便是你毛润之。我相信你岳父的眼光。这个校长，我当了！但是，我也这把年纪了，很多事情也是有心无力，门面我替你撑着，里子就得你自己操心了。

毛泽东朝贺民范深深鞠了一躬。

省府赵恒惕办公室内，赵恒惕一身军装，正在练习书法，笔锋在上等宣纸上游走，一侧摆着署名贺民范的拜帖。赵恒惕继续写字，就像没看到贺民范。贺民范也不打搅，拄着文明杖，静静立在一旁等着。

惟楚有材——赵恒惕将一幅字写完，这才好像突然发觉贺民范在一旁，略带歉意地客气着。

赵恒惕：临帖出神，让贺老久等了。请坐，上茶！

贺民范看着桌上的字：夷公（赵恒惕）这幅隶书，宽博古朴、苍劲疏朗，老朽今日算是饱了眼福。

赵恒惕：比之畏公（谭延闿）如何？

贺民范：畏公所长在楷书，夷公是隶书，无须评出个高下。

赵恒惕：可现在省内有些舆论不大好，说我赵恒惕为了当这个省长，忘恩负义背叛了畏公，贺老可曾有所耳闻？

贺民范：夷公，你我都在日本留过洋，明治维新是不是对幕府的背叛呢？

赵恒惕：算是吧。

贺民范：当然是！但维新之后，日本短短数十年从一个蕞尔小国，发展成当今世界之强国，这又是否属实呢？

赵恒惕：……当然。

贺民范：凡成大事者，必谤满天下，誉满天下。所谓未来不迎、既过不恋，夷公说的"背叛"，实不得已而为之，其苦心全在湖南之维新。我想，不用多久，举国都会看到夷公主政湖南的卓然成效。这样的"既过不恋"，自是人心所向，又有何不可呢？

一番话说得赵恒惕心花怒放，这才打开拜帖。

赵恒惕：知我者，贺老也。

贺民范：夷公如今在湖南倡导"联省自治"，推行平民教育以提升民众自治的能力，此乃善举。老朽不才，愿在船山学社的基础上新增自修大学，为湖南之教育、夷公之苦心，尽一份绵薄之力。

赵恒惕很满意：贺老有心了。

他指着拜帖说：你的这个拜帖，我看了，自修大学的办学计划，省府准了。只是在船山学社之外，每月需额外增加三百大洋的办学经费……

贺民范一愣，看着赵恒惕。

赵恒惕：怕是会捉襟见肘，这样，我给贺老每月批四百大洋。

贺民范压抑着心里的喜悦：多谢夷公！夷公的这幅墨宝，可否赐予老朽，悬挂于学堂，以勉励三湘学子？

赵恒惕得意：好说！

赵恒惕在"惟楚有材"的旁边郑重地盖上了大印！

船山学社内，毛泽东推开一扇门，扯下一片蜘蛛网，领着杨开慧、毛泽覃、毛泽建、毛泽民等人走进偏房，院里长满了杂草，院墙破旧不堪，坑坑洼洼。

毛泽覃：三哥，这草都快赶上人高了。

毛泽民：墙也得重新刷。

油灯一照，墙上悬挂的孔子、孟子、王夫之画像，已经显现出点点霉斑。

杨开慧：画像全长霉了！

毛泽东：都别愣着了，动手吧。

大家各自忙开了。

夜晚，毛泽建提着灯，杨开慧站到凳子上，取下挂在墙上的先贤画像。毛泽建腾出一张干净的书桌，杨开慧拆开裱框，用毛刷刷掉纸上的灰尘、脏污，用剪刀将明显霉坏的地方剪除，用宣纸补上。毛泽建在一旁帮忙，很有眼力见儿地递上毛刷、剪刀，帮着一起拆裱框，周到地打着下手。

杨开慧：菊妹子，我看着你好像比前几个月瘦了。听泽覃说，你现在白天上学，晚上还要打零工。时间长了，身体怕是吃不消。以后就踏踏实实上学吧，有什么难处，你随时跟嫂子说。

毛泽建笑：嫂子，三哥去年刚跟你完婚，就带我来长沙，供我上学，我已经很知足了，我从没想过这辈子还能上学。但我有手有脚，不能什么都靠着三哥、三嫂。

杨开慧：你还是见外，咱们都是一家人。

毛泽建：三哥真有福气，能娶到你当我嫂子，我们女校很多同学崇拜你，大家都在传你的故事。

杨开慧：传我的故事？都怎么说的？

毛泽建：有说你是能读书会写字的女秀才的，有说你是剪短发上男校的女侠士的，还有人说你和我三哥一起干大事，做了女革命。

杨开慧：妹子，好好读书，你也能像我和你三哥一样。

毛泽建扑哧一笑：你知道我们湘潭十里八村怎么说我三哥吗？上屋场的石三伢子，把田地、耕牛都分给邻居，带着全家兄弟姐妹干革命去了。

杨开慧笑了。

毛泽建：从三哥带我出来的那天起，我就想好了，我一定要跟着他，一起干革命。

杨开慧：你知道什么是革命吗？

毛泽建懵懂而坚定：别的我不知道，我只知道革命能让穷人有饭吃，让像我这样的女孩子有学上。

易礼容：润之兄，润之兄，守常先生回信了！

毛泽东拍拍手里的泥灰，连忙接过来拆开看，高兴地说：太好了，润生，守常先生对咱们自修大学的组织大纲非常认可。走，把《大公报》的人请来，组织大纲、招生启事都该广而告之了！

易礼容：都这么晚了……

毛泽东：今晚就开始干，快走快走。

毛泽东和易礼容出去，杨开慧追出门：润之，你去哪儿？

毛泽东头也不回：去文化书社。

赵恒惕在自家宅院请翁先生吃饭，桌上摆了六个菜。

翁先生：贺民范外号叫什么？老怪物！他一向清高，前日却对你说出此等悦耳的话来，怕是另有隐情。

赵恒惕：翁先生是不是听说了什么？

翁先生沉吟着，并没有急着开口。

赵恒惕：你是船山学社的会员，更是我联省自治委员会的参议，有什么话，说就是了嘛。

翁先生：省长，民国以来，各党、各派、各势力无不以追求进步自居，似乎不讲进步，便无法立足。辛亥以后，以共和为进步；"五四"大潮，以德先生、赛先生为进步；当下之中国，更是三种进步并存。

赵恒惕：哪三种？

翁先生：第一种，以北方的玉帅（吴佩孚）为代表。玉帅是北洋系里最进步的，不爱财，不纳妾，不入租界，支持你当湖南省长，推进联省自治。

赵恒惕：第二种呢？

翁先生：以南方的孙中山为代表，以民族、民权、民生为进步，随时准备北伐，攻我湖南，可以说是省长您和玉帅的死敌。

赵恒惕冷哼一声：他孙大炮不是进步，是激进！

翁先生：还有第三种，比孙大炮还激进。俄国所谓的"十月革命"胜利以后，以北大的陈独秀、李大钊为代表，便开始在国内鼓吹以苏俄为师，推进暴力革命，以社会主义为进步。

赵恒惕不屑：瞎胡闹！他们这样鼓吹造反也算进步？

翁先生：贺民范这个老怪物，恰恰有可能就是这一种。我与他同在船山学社，知道他平素喜读《资本论》，常挂在嘴边的词是"新青年"，深交的密友有毛泽东！

赵恒惕：毛泽东？哪个毛泽东？

翁先生：就是去年组织"驱张"的那个。张敬尧，堂堂一省督军，竟被他一个书生赶出了湖南！

赵恒惕看着桌上的《湖南自修大学组织大纲》，不说话了。

船山学社，不时有人进出。藏书楼掩映于苍翠树木间，不时传来一阵鸟叫蝉鸣。

赵恒惕走在古旧但很干净的地板上，手划过书架上的一排排书籍，一身长衫——儒雅的士绅打扮。赵恒惕穿过一排排书架往里走，赫然发现书架上摆着《共产党宣言》《社会主义史》《旅俄六周见闻记》《新俄国之研究》《庶民的胜利》《劳农政府与中国》等论述俄国革命的资料，还有一排排不同期刊发的《新青年》，封面上"新青年"三个字格外刺眼。

赵恒惕随手翻阅着：都是些什么书，这个老怪物，我还真上了你的当！

这时，一位头发浓密、戴着深度近视眼镜的青年（夏明翰）抱着一摞书过来，看到赵恒惕挡道，忍不住叫他让让。

夏明翰：先生，请让一让！

赵恒惕侧身让过，只见青年开始整理书籍，将新抱来的书往书架上放，间或翻看着。赵恒惕看在眼里，抽出一本《新青年》，走过去套着近乎。

赵恒惕：陈独秀先生在《本志罪案之答辩书》中，将非难《新青年》的人分为两类——爱护者与反对者。不知小兄弟是哪一种呢？

夏明翰：爱护者，我每期必读五遍以上。

赵恒惕：原来是同道中人。

夏明翰一推眼镜：那先生都读过哪些文章？

赵恒惕：……这把年纪了，好多看过都忘了，比不得你们年轻人，记性好。

夏明翰：既然先生自称是同道中人，应该多看几遍。

赵恒惕：一定一定。小兄弟，现在湖南是赵省长主政，他在起草《湖南省宪法》，希望建立民主湖南之理想国，依你看，湖南的新青年会支持他吗？

夏明翰看了看赵恒惕：支不支持他，不能看他怎么说，要看他怎么做。

赵恒惕：小兄弟的意思是？

夏明翰：先生难道不知道他这省长是怎么当上的？湖南这些年"生""旦""净""丑"轮番登场，如果他赵恒惕沽名钓誉，只顾着表面功夫，心里根本就没有三湘百姓，我看要不了多久，他就会变成第二个张敬尧！

赵恒惕脸上一阵火辣，却不好发作，只能忍着。

赵恒惕吃瘪：说得有道理。小兄弟叫什么名字啊？

夏明翰擦了擦眼镜，抬起头来：夏明翰！

赵恒惕走出学社，走向停在一旁的汽车。一身军装的郭队长赶紧打开车门，赵恒惕坐进去，旁边还坐着翁先生。郭队长坐进驾驶室，发动汽车。

翁先生：我说得没错吧？船山学社要弘扬的是儒学，他们却要在这里宣扬过激主义那一套，这样的大学能让他办吗？

赵恒惕：平民教育我一贯是支持的，只是不忍看到船山学社这块清净之地被人玷污啊！

翁先生：如此，翁某有数了。

船山学社教室内，毛泽东正站在凳子上，嘴里咬着钉子，接过杨开慧递过来的马、恩、列画像，一幅幅往上挂。墙壁的另一面，孔子、孟子、王夫之的画像已经挂好了。毛泽民带人正将一些旧桌椅往教室里搬。

毛泽民：三哥，这些桌椅旧是旧了点，但都找人修过了，一样能用。主要是便宜，才花了不到一半的钱。

毛泽东：泽民，我发现你比咱爹还有经商头脑。等自修大学办起来，这个庶务还得你来做。

毛泽民一笑：我听三哥的。

这时，易礼容走了进来，手里拿着一些标语。

易礼容：润之，标语取回来了。你看看！

易礼容打开标语，上面写着自修大学的办学宗旨和办学方式，都是很简单的话，诸如"发明真理，造就人才""自己看书，自己思索""共同讨论，共同研究"等。

毛泽东从凳子上下来接过标语：自修大学就得这么办。贴起来！

杨开慧：润之，你看看，这像挂得正不正？

毛泽东刚回头，就看见翁先生等人气势汹汹地闯了进来，将正往外走的易礼容撞到一边。

毛泽东：翁先生有事吗？

翁先生：砸！

众人要动手，被杨开慧拦住。

杨开慧：你们干什么？

翁先生：干什么？船山学社是什么地方，弘扬国学、供奉圣贤的圣地。你们倒好，堂而皇之地把这些过激的学说引进来，公然悬挂这些夷狄的画像，跟孔孟圣贤并列，这是什么？离经叛道，玷污祖先！你们办这样的大学，是何目的？

毛泽东：那请问翁先生，船山学社因何而立？

翁先生：自然是经世致用！

毛泽东：好，经世致用！那我再问翁先生，这些年守着那些旧经旧道，我们的国家站起来了吗？老百姓的生活好起来了吗？现在已经是山穷水尽、走投无路了，唯一的办法就是读新经、寻新道！这在你的眼里怎么成了离经叛道？

翁先生：狡辩！你毛润之以这几个洋人为祖师爷，鼓吹俄国式造反！居心叵测！是要祸乱我学社，祸乱我三湘，祸乱全国吗？

看热闹的人越来越多，都围在门口好奇地看着。在场的人都看向毛泽东，毛泽东没有说话，目光平静地看着翁先生。

翁先生：给我砸！

众人不由分说，砸了起来。

杨开慧拉着毛泽东：润之……

毛泽东：让他砸。

毛泽东悄声跟杨开慧说了几句话后，杨开慧转身离开。

某社员：把这些夷狄的画像撕下来，烧了！

翁先生：这个别动，得留着，这是他毛润之的罪证。还有藏书楼里那些过激的书，都是罪证。现在证据确凿，毛润之，你还有什么可狡辩的？

毛泽东：照翁先生的说法，凡支持自修大学者，都是鼓吹造反的帮凶喽？

翁先生：那是自然。

杨开慧拿着一个卷轴，回到了毛泽东身边。

毛泽东：那敢问翁先生，打算给赵省长定个什么罪呢？

翁先生：你什么意思？

毛泽东打开卷轴，众目睽睽之下，卷轴里面竟然是赵恒惕的那幅题字：惟楚有材。翁先生盯着那幅字，半天说不出话来，社员们面面相觑。

毛泽东：翁先生，自修大学是经省府批准合法建立的，你砸了赵省长亲笔题字的学校，想必是对他鼓励平民教育的施政方略不满喽？我一直在给《大公报》供稿，这条新闻他们一定会非常欢迎。

翁先生脸色变了。

毛泽东：泽民，算算砸坏的东西值多少钱，算清楚了，一个钉子也别落下。

毛泽民捡起地上的算盘，开始拨动。翁先生脸色铁青，顿了顿，掉头走了。毛泽东等人给看热闹的人发招生简章。

毛泽东：各位社员，赵省长之所以支持我们办学，就是看重"自修"两个字。什么是自修，就是自己看书，自己思索，共同讨论，共同研究。充分尊重个人兴趣，这是新式教育的突破！我们不愿意我们的学生中有一个"少爷"或是"小姐"，也不愿意有一个麻木或糊涂的人……我们要培养的是"猛虎"，是"迅豹"，是雄狮一样的新青年！

围观的人群和部分社员受到鼓舞，纷纷接过招生简章。

毛泽民：自修大学不收学费，只收住宿费、食杂费。凡有意向的，都可以来报名面试。

社员们：给我一份！给我一份！还有我！

翁先生气急败坏地走出学社。

翁先生：祸根！祸根哪！

电车响着铃，驶过上海的街头。街道人群熙攘，鱼龙混杂，有职员、摆摊的、乞讨的、穿着旗袍的女人、开着洋车的买办及横冲直撞的洋人。

两辆黄包车一前一后驶过街道，后面那辆车上坐着的马林戴着一顶礼帽，手里攥着一份文件，因为生气而攥得十分用力。不远处租界的警察匆匆跑过。马林下意识地压低帽檐，把文件揣进了袖子里。

黄包车停在一处安静的里弄。马林和翻译张太雷下车，警惕地看看四周后上前敲门。开门的是李达，他不禁一愣。

李达四处看看，低声道：马林同志，您怎么找到这儿来了？

马林没理他，径直往里走，张太雷跟着，随说随译。

马林：周佛海在哪儿？他是中央局代理书记，《工作简报》对怎么发展党员、怎么领导工人运动只字未提！还经常找不到人，中央局到底都在干些什么？

马林边说边从一楼找到二楼，仍没有找到周佛海。张国焘正对着一份题为《创办〈劳动周刊〉》字样的报告发愁，听到马林的声音，赶紧迎出来。

张国焘：马林同志，您怎么来了？

马林：周佛海来了没有？

张国焘看了看李达：昨天还来了，说是今天去亚东图书馆，盯一下《新青年》的售卖。马林同志，消消气，中央局的工作挺有成效的，您不妨听听再说？

张国焘、李达领着马林走进二楼的办公室，桌子上放着《新青年》《共产党》《广东群报》等各类进步杂志。

张国焘：中国劳动组合书记部已经成立了，我正计划创办《劳动周刊》作为机关报，并在全国建立分部……

张太雷站在马林旁边，随听随译。

马林打断：国焘同志，你就告诉我，什么时候能把分部建起来？

张国焘：这个……还在计划中。

马林看向李达：李达同志，你是宣传主任，你说说。

李达：我主要在编辑《新青年》，进一步扩大宣传马克思主义，现正准备筹建人民出版社，翻译出版马列著作……

马林再次打断：好了，我不要计划，不要筹建，我要的是行动！行动！作为共产国际的代表，我必须严肃地告诉你们，尽快在全国建立党的支部，推进工人运动，这才是你们的主要任务！

张国焘：马林同志，说是中央局，其实就仲甫先生、我，还有李达，三个人，现在仲甫先生又在广东，我们两个能有这样的成绩已经很不容易了！

马林：我知道，但这些还远远不够！这个陈仲甫，到底是广东陈炯明的那个教育厅长重要，还是上海党中央的工作重要？！

张国焘见状，示意李达：把湖南毛泽东的信拿来，拿给马林同志看看！马林同志，您看，在我们中央局的领导下，湖南的工作还是很有起色的……

李达配合着，将两封落款写着"毛泽东"的信件交给张太雷。

李达：太雷同志，翻译给马林听听。

张太雷边看信，边低声跟马林同志翻译。

马林：这样才对，这样才对嘛！湖南的工作，已经行动起来了，自修大学都要办起来了！这个毛……

李达：开会时做记录那个，个子高高的，穿着长衫。

马林：想起来了，开会的时候话不多，行动起来倒是挺快！张，你劳动组合书记部湖南分部的主任，这不就是最好的人选吗？

张国焘顺着马林的话说：马林同志，我也正有这个意思。

马林点头：这是我近期听到的少有的好消息！时不我待呀，两位！我会亲自写信给陈独秀，让他尽快回来主持工作。

马林边说边往外走去，张国焘和李达目送他离开。

李达：周佛海好几天没来了，到底干什么去了？

张国焘：跟一个杨姓富商的女公子谈恋爱呢。

船山学社教室内，阳光透过窗户照进来，桌椅整整齐齐地摆放着，墙上一边是马、恩、列画像，一边是孔子、孟子、王夫之画像，遥遥相对。黑板上写着三行字：述我之家世与生计，我之社会批评，我之志愿。一排各种模样的人等在门口，毛泽东、何叔衡正在面试学生。贺民范坐在中间，微闭着眼睛。

学生甲西装革履：我是为贵校经济学课程而来，为将来子承父业做准备。

学生乙踌躇满志：听说督军赵省长正起草省宪法，一旦通过，各机构必然扩编，贵校既有赵省长亲笔题字，想必贵校毕业的学生也会得省长器重……

学生丙：还要回答问题？我就是来看看，现在不都流行这个主义那个学说吗……

夏明翰：家世与生计。父亲曾任归州（今秭归）知州，前些年已去世，祖父为两江营务总理。我因声援"五四"和"驱张"，已和这官绅家庭决裂了，眼下在文化书社帮工，偶尔发表文章赚稿费，以做生计之用。

学生甲：忘了说，家父是第一纱厂的经理，你们虽要免学费，我那份无须免了……说到社会批评，嗯……我觉得首要改变国人的惰性，纱厂工人能懒则懒……

学生乙：对，我是想做官，"学而优则仕"嘛……我之社会批评，这是可以说的吗？

学生丙：反正也不花钱，我就想了解了解，也不至于每回只能听别人高谈阔论……社会批评，呃……

夏明翰：我之社会批评。当下之中国，外有列强环伺，内有军阀混战，正如毛先生所说，国家坏到了极处，人民苦到了极处，社会黑暗到了极处。

若再不从根上寻找新出路，只怕亡国就在眼前……

教室内，夏明翰坐在毛泽东、何叔衡、贺民范对面，正回答着问题。
毛泽东：好，最后一个问题，我之志愿。
夏明翰：我，夏明翰，二十一岁，湖南衡阳人，志愿以己余生献身俄式革命，荡涤积弊，救国救民，直到新生。为此，我愿牺牲所有，包括生命。
夏明翰并没有慷慨激昂，他平静、坚定，却格外有力量。
一直微闭着眼睛的贺民范睁开了眼睛，看着夏明翰。
夏明翰：先生，我可以入学了吗？

面试间隙，毛泽东、何叔衡等活动活动身体、喝水。贺民范看着外面排队的学生，捋着胡须，颇为自得。
贺民范：老夫精研曾文正公《冰鉴》，观这些考生的骨骼、神态，不乏英才啊！
毛泽东：贺老您也给我相相，看我这面相如何？
贺民范：你呀，要破财咯。
毛泽东：破财？
贺民范哈哈大笑：来了这么多学生，经费又要紧张喽，可不是破财吗？
毛泽东也笑了：只要能办好这个自修大学，破财我也乐意！
船山学社外，写着"湖南自修大学"的木质牌匾静静地悬挂着。

湖南自修大学于1921年8月创办。贺民范任校长，毛泽东任教务长，这里实际成为中国共产党湘区组织宣传文化和进行秘密活动的阵地，是中国共产党成立后全国第一所研究、传播马列主义，培养革命干部的新型学校，成为湖南革命的策源地。

第二章　开荒拓土初艰险，湖南支部立在前

　　一师附小毛泽东住处内，毛泽东换了一身新长衫，刚系好扣子。杨开慧帮他整理衣襟。毛泽东神采奕奕，格外精神。

　　杨开慧：还合身吧？

　　毛泽东：霞妹量的，错不了。

　　杨开慧又帮毛泽东理了理头发，上下打量，眼中充满欣赏。

　　杨开慧：今天比往日都精神。

　　毛泽东一笑，将书本、杂物装进包里：今天是去大学做教员，见的是真同志，伯牙会子期，欣喜得很嘞。走了！

　　毛泽东手持教案，神色笃定，跨进湖南自修大学大门。毛泽民早已等在门口，跟上毛泽东，欲言又止。

　　毛泽东：学生到了吗？

　　毛泽民尴尬地回道：到了。

　　毛泽东：准备上课。

　　毛泽东走进书社，穿过暗暗的走廊，走向楼梯，一步步迈上台阶，到了教室门口，慢慢推开门，教室的光透出来，楼道瞬时明亮，清晨明澈的光照在青年毛泽东意气飞扬的脸上，可教室里只有夏明翰一个人在中后排坐着，有些不安。

　　夏明翰起立：毛先生好！

　　毛泽东：桂根，往前坐坐。

　　夏明翰：先生……就我一个学生？

　　毛泽东：对，就你一个。

　　毛泽民手握铜铃拉绳，敲响了上课铃。

　　教室内，上课铃声传来。

　　毛泽东：上课！

　　夏明翰起身，躬身行礼。此时他已坐到第一排。

　　夏明翰：先生好！

毛泽东：桂根，方才是不是在想，就你一个学生，老师为什么还要教？

夏明翰不好意思地点点头。

毛泽东转身在黑板上写下"真同志"三个字。

夏明翰一字一句：真同志？

毛泽东：你先说说，什么是真？

夏明翰：说文解字，真是谓真人，后引申为本性、本原，正如庄子云"见利而忘其真"。真与邪妄相对，也与假、伪相对。

毛泽东：说得好！我们办自修大学，就是要去伪存真。

夏明翰：明翰有幸！可我听说先前面试者中，不乏英才。

毛泽东：英才常有，但须有"三真"，才算得上我们的真同志。

夏明翰："三真"？

毛泽东：其一，要与我们志趣相投，道路相合，心中有真志向；其二，不求名，不逐利，有求真务实的真态度；其三，也是最重要的，革命之路，道阻且长，我们需要心智坚定、能同生共死的真伴侣。

夏明翰点头：真志向，真态度，真伴侣。

毛泽东：没有这"三真"，纵有千百个英才，我也不要。

自修大学教室外，毛泽民透过玻璃，看到毛泽东和夏明翰竟然有说有笑，愈发不解。路过的何叔衡凑过来，一起往里看。

何叔衡：看什么热闹呢？

毛泽民沮丧：还热闹，就没见过这么冷清的课堂。

何叔衡：你哥要找的是真同志，不合他标准的一概不要，说是宁缺毋滥。

毛泽民叹了口气：搞这么大阵仗，结果就招了一个学生。

何叔衡：欸？怎么一股猪粪味？

何叔衡四处找，毛泽民不好意思地笑。

毛泽民：我身上的。早上去买了两头猪崽，食堂的泔水不浪费，猪崽长大了还能给教员、学生改善伙食。不过看这架势，这钱怕是白花了……

饭厅餐桌上摆着酒菜，赵恒惕捏着一只蟹腿，正用工具细细剔出蟹肉。

郭队长一身军装，站在一旁汇报：省长，这自修大学背后果然是毛泽东，不过外面人比里面多，全是看热闹的，都快成船山学社一景了。

赵恒惕端起温好的黄酒，一饮而尽：成了景，好啊，让他好好看看自己几斤几两！（又卸下一条蟹腿）就像这螃蟹，再张牙舞爪地闹，它还能上了岸，成了精，闹出洞庭湖去？

郭队长：省长说得是，这是中国，苏俄的那一套，行不通。

赵恒惕满意一笑，大口吃着螃蟹。

上海安徽会馆的戏台上，正演着黄梅戏《女驸马》，扮相绝美的演员水袖翻飞，唱腔清亮婉转，一双美目更是顾盼生辉。

二楼某包厢内，另一双眼睛同样炯炯有神，手中的扇子随着咿咿呀呀的唱腔打着节拍，此人正是陈独秀，他听得十分享受。另一边坐着共产国际的代表马林，马林听不懂戏，只好耐着性子陪着。桌上摆着茶水、糕点，张太雷陪坐，担任翻译。兴起时，陈独秀跟着节拍哼唱起来。马林实在耐不住，开口说话。

马林：这种中国的歌剧看起来确实很美，可一句话咿咿呀呀，老是唱不完，早知道就另选个地方给仲甫先生接风了。

陈独秀笑了：马林同志这急性子，戏听不得，我想在广州多待几日也等不得，你急着叫我回来，除了要我主持党中央的工作，更想知道我对党下一步工作的安排，对吧？

马林：中国共产党成立的日子也不短了，我要的是行动！

陈独秀依然不紧不慢地用扇子打着节拍：既然是中国共产党，那书记是陈独秀啊，具体工作如何展开，必要时我会知会你们的。

马林：陈，你应当清楚，第三国际是全世界共产主义运动的总部，中国共产党的一切行动，必须接受共产国际的领导，更何况你们中共才刚刚起步，需要我们的帮助……

陈独秀摆摆手，示意马林不要急躁，继续盯着戏台：哎哟，这几个台步没走好。马林同志，我和你说啊，这些戏曲演员拜师学艺，通常有三种途径。

马林：这和我说的毫不相干！

陈独秀：第一，自己花钱请老师教。第二，进科班跟着学。第三，签卖身契，给师傅当手把徒弟。可吃了师傅的饭，就要任打任骂。上吊、投井，师傅不拦着。即便艺学成了，出山头几年收入全得归师傅。我们要拿了共产国际的经费，那就是既谋衣食，又学技艺，可不就相当于签了卖身契。这……别人或许同意，我陈独秀不行。

张太雷犹豫，不知该如何翻译：仲甫先生……

陈独秀：听我的。

马林听完翻译，脸色更加不悦：陈，我是真心想帮你们，提供经费、提供指导，我跟你们一样，随时可能被抓，甚至被枪毙！

陈独秀：原则问题，就跟这唱、念、做、打一样，一板一眼，变了就不是那个味儿了。我陈独秀绝不做荒腔走板之事。

马林听完，拂袖而去。

张太雷叹气：仲甫先生，你不该这么直。张太雷说完，赶紧跟上马林，解释道：您多理解，若是没了傲骨，他便不是陈独秀了。

马林和张太雷下台阶时，李达手里正拿着一封信噔噔噔地上台阶，看到马林气呼呼地走在前面，低声问张太雷。

李达：怎么了这是？

张太雷：谈崩了。你也找机会劝劝仲甫先生，我送送去。

李达点头，拿着信走进包厢。陈独秀看着戏台，仍是倨傲的模样，但眼神不在戏上，正若有所思。

李达：仲甫先生？

陈独秀回神，见李达正拿着一封信。

李达：延年从法国来信了。

陈独秀一听，愣了愣，才接过信。他有些急切地拆开，速速看完，却一直没抬头。

李达有点急了：怎么了，仲甫先生？

陈独秀没说话。

李达：是延年出什么事了吗？

陈独秀低头不语，端起茶杯喝了口茶，半晌后抬头看着李达，嘴角轻扬，眼中却盈盈有泪。

陈独秀缓缓道：鹤鸣（李达），我这个儿子，终于信奉我们的主义了。

李达：真的？延年终于肯放弃无政府主义了？

陈独秀点头，又笑道：这小子，说他在跟华法教育会斗争的时候，看透了无政府主义者的软弱和荒诞,认识到只有共产主义才是真正有力量的斗争。他还说……说我这个做父亲的眼光是对的,选择的事业也是对的。延年当时多么狂热,鹤鸣,我们的信仰,经得起考验!

李达点头:还是等到了这一天。

陈独秀:不看戏了,走,吃顿好的。

李达呵呵一笑:那我可不客气了。

两人起身往外走。

李达:对了,仲甫先生,你刚离开广州没几天,粤桂之间的战事怎么样了?报上说,陈炯明把陆荣廷打得惨败……

广州大总统府的餐桌前,孙中山坐在陈炯明对面,陈炯明仗着粤桂一战有功,并不拘谨。宋庆龄在不远处的办公桌前整理着文件,两人的谈话时不时传过来。

孙中山:陆荣廷怕是没料到,他桂系的末日来得这么快,两广一统,竞存(陈炯明)那一句"救我粤人,粉身碎骨"是何等气壮山河!

陈炯明:炯明并非好战之人,但他姓陆的不在广西待着,跑到广东来作威作福,为了我粤人安危,实难再忍。

孙中山放下了筷子:竞存,倾巢之下,安有完卵。若只是死守广东,粤人还能过多久太平日子?

陈炯明:眼下大战刚息,财政吃紧,且让我们休养生息,缓口气,定全力支持大总统北伐大业。

宋庆龄听在耳里,眼中露出微微担忧。

孙中山:孙文矢志北伐,非为个人,而是为护国护法,巩固共和。如今山河破碎,南有吴佩孚、孙传芳,北有张作霖,各个手握重兵,口称共和,实为专政,乃我民国之大敌。竞存,粤人是我至亲,四万万同胞一样是我骨肉至亲,都在盼望国家统一,再造民国。

陈炯明起身一礼:大总统放心,粤军唯大总统马首是瞻,誓死效忠!

孙中山举杯向陈炯明示意。

饭后,陈炯明走出总统府,嘴里好像有什么东西,啐了一口。参谋候在门口,陪同陈炯明朝汽车走去。

参谋：总司令，咱们粤军真要准备北伐吗？

陈炯明：北伐个屁！他孙大炮说得轻巧，用老子的人，花老子的钱，那吴佩孚是那么好打的？管他孙大炮怎么说，我们就一条，坚守广东！

门口的卫兵身边，一名年轻的警卫军官正盯着陈炯明的背影，此人正是大总统府警卫团第二营营长叶挺。

大总统府内，孙中山疲惫地坐在沙发上。

宋庆龄端来一杯茶水：先生，陈炯明一向将粤军视为他的私家财产，而不是革命的军队。今日他虽表了态，恐怕也不可当真。

孙中山：我又何尝不知，可现在除了依靠他，还有更好的选择吗？

宋庆龄：我倒是想到了一个人。

孙中山顿了顿，思忖片刻。

孙中山：夫人说的，莫非是介石吧？

宋庆龄点头：只是他与陈炯明关系微妙，处处遭到陈炯明的掣肘，只给了一个参谋的虚职，介石才一气之下出走的。

孙中山点头：陈其美还在世时，我曾问他，还有没有其他可信赖的革命同志，他说"您如何寄希望于我，请如何寄希望于蒋介石"。其美被刺后，无人敢为他收尸，只有介石赶到上海抚尸痛哭，用马车将其美拉回湖州老家安葬。

宋庆龄：我听说他回了溪口为母守孝，上个月回电办完家事即回，可过了这么久，还是不见人来。

孙中山起身：大局未定，介石他……想必只是弃子求活。

浙江奉化雪窦山上的雪窦寺里，凉亭外的石桌上摆着一份电报。凉亭内，蒋介石和禅师正在对弈。蒋介石拿起一枚棋子，却犹疑不定，始终无处落子。

禅师：棋路见心路，施主举棋不定，是有心事。

蒋介石：身在佛门，不敢说假话，更不怕禅师笑话。我之前曾找算命先生看过八字，批语说"日禄归时格，青云定有期"（苦笑），只怕是遇到了骗子，我已三十五了，还是一事无成，青云……怕是无期了。

禅师：施主之青云，当自南方起。

蒋介石：大总统接连几封电报，催促我过去，但他要依靠陈炯明北伐，我对此很不乐观……

湖南自修大学的院里堆着花生秧，毛泽东和夏明翰正在摘花生。

毛泽东：我非但不乐观，还近乎肯定，中山先生寄厚望于陈炯明，是青石板上种花生——既扎不了根，更结不了果。

夏明翰：陈炯明粤桂一战，战功赫赫，先生这是看出了什么端倪吗？

毛泽东：陈炯明在报上发文，称"分治"并不破坏"统一"，意图很明显，北伐是中山先生的事，他就要当他的"南天王"。

夏明翰：那中山先生当如何？

毛泽东：中山先生现在难得很，不答应吧，他手里没军队，只能依靠这些军阀去打另一些军阀。可这些军阀今天支持你，明天就能去支持别人，甚至掉转枪头来打你。你说靠不靠得住？

雪窦寺凉亭中，蒋介石继续与禅师对谈。

蒋介石：当然靠不住！陈炯明迎大总统去广州，不过是想借大总统的威望扩充自己的势力，他断不会把手里的军队交给大总统指挥。

禅师指着棋局，一语双关：施主可有破局之道？

蒋介石落下一子，吃掉一片：净杀。唯一的办法，就是将军权集中到自己手里，谁也不依靠。

湖南自修大学院内，对话也在继续。

毛泽东：谁也依靠不了，能依靠的只能是自己，是真同志，是民众的大联合！

毛泽东拿起一把花生秧，抖落泥土，露出饱满的花生。

毛泽东：革命者要像这花生，果实埋在土里，向下生长。可有些人就像石榴、桃子，把果实高高挂在枝头，生怕别人看不见他。

夏明翰：先生说的是革命者必是脚踩泥土，脚踏实地之人。

毛泽东点头：脚踩着地，心里才安宁，要干革命，这里（指着自己心口）要装得下一颗滚烫的小小的心，还要装得下大大的宇宙。

雪窦寺凉亭中。

禅师：施主心里装的可不只是这一盘棋啊，却为何整日在本寺盘桓呢？

蒋介石站起身来，只见天边泛起乌云：只待天时。

禅师：贫僧不懂政治，只知礼佛。礼佛的路，是要一步一步走上去的。

禅师离开凉亭，一步一步走向高处的弥勒佛。蒋介石一怔，仰头一看，疾风吹动树梢。

蒋介石拿起那封电报：谢禅师开解！我明日奔赴广州，就此……别过了！

天上乌云翻滚，山雨欲来。

乌云盘桓在上空，一声炸雷，大雨倾盆而至。长沙城淹没在一片雨雾中。毛泽东、夏明翰站在湖南自修大学院内房檐下，谁也不说话，静静地观雨。雨慢慢小了，雨滴通过廊檐落在石阶上。

毛泽东：湘江又要涨水喽！桂根，过几日我打算去一趟三师，到时你陪我一起去。

夏明翰激动：您要去衡阳？去做社会考察吗？

毛泽东点头：我记得"五四"时，你就和三师的同学成立了湘南学联，今年三师的学生又成立了进步组织心社。我已经给三师去了信，打算搞一次演讲，把进步学生发展起来。

夏明翰：太好了，衡阳我熟，我给先生做向导。

何叔衡：润之！润之！藏书楼进水了！

毛泽东、夏明翰转身进入图书馆，把书搬出来。

毛泽民：藏书楼西边窗户插销被耗子咬坏了，风把窗户吹开，雨水就进来了。

何叔衡翻开一本书，纸张已经糊在一起了，再翻其他的，同样受损严重。

何叔衡：这就是晾干，字迹也糊了。

众人正忙乱地整理着书，贺民范缓步踱进来，拾起一本湿透的书。

贺民范：广智书局的《近世社会主义》，东渡扶桑前翻过，一晃快二十年了！

毛泽东：对不住贺老，您的捐赠，我们没有保护好。

贺民范放下书：润之，已经正式开学，（看看夏明翰）还是只有这一位学生，这就是你跟我讲的"使文化普及于平民，学术因流于社会"？

众人沉默。

贺民范：这一人大学，如何普及文化？又如何惠及社会呢？

毛泽东：贺老……

贺民范摆摆手：润之，我长你近三十岁，一直视你为忘年交。我敬你有鸿鹄之志。你想研究学术、发明真理、造就人才，我认同。然而，这门面，我撑住了；这里子，端在何处？知道这扇门外都在传些什么吗？说这一人大学是老怪物贪墨省府资金的空门面！

贺民范缓缓走到门口：声名如浮云，我倒不在乎他们怎么说。只是，扪心自问，润之，这大学还办得下去吗？

贺民范说完，径自走了。大家都不说话，情绪都有些沮丧。

毛泽民：三哥，我听船山学社的学生们都在传，下个月学校的经费就要停拨了。他们还说……

毛泽民欲言又止。

毛泽东：说。

毛泽民：说咱们猪比人多。

毛泽东看向何叔衡。

毛泽东：叔翁，你说两句。

何叔衡：我觉得，贺老说的也不是全无道理。要再这么下去，怎么跟中央交代？润之，要不我们改改标准，你觉得呢？

毛泽东：桂根，你说说。

夏明翰：不管这学校办不办得下去，我永远是毛先生的学生。

大家都沉默。毛泽东站起来，走到窗前，看着顺着屋檐淌下的雨滴。

毛泽东：在上海开完会，接下来该做什么，别说我们湖南，中央都在摸索。偌大的中国，四万万国民，党员才五十来个，我们要用这个新的主义去拓出一条从来没有人走过的路，难不难？

毛泽东边说，边晾晒着《我的马克思主义观》《共产党宣言》《社会主义史》等。

毛泽东：难，当然难。马克思因为自己的信仰流亡了大半生，在伦敦的五年里，饱受疾病折磨，四个孩子中的三个去世，但他在潦倒病困中完成了《资本论》第一卷。陪伴他时间最长的，只有大英博物馆那张椅子。

夏明翰等人静静地听着。

毛泽东：马克思、恩格斯生前是孤独的，但他们点燃的光，等来了列宁，等来了苏俄的十月革命，等来了第一个社会主义国家，也等来了中国共产党。

众人眼神炯炯，眸子里闪起了光亮。

毛泽东：几年前在北京，岳父杨昌济先生曾问我，实行之中含有二义，是哪二义？我的回答是，实行二义，"一贵坚忍，一贵勇敢……人生斯世，无在而不须苦战奋斗，不解苦战奋斗者，无生存之希望者也"。今天，我也将此二义赠予各位。只有苦战奋斗，方有生存之希望。

毛泽东拾起一本书，将因风和雨水折叠的书页一一抚平。

毛泽东：今天我们在这里晒书，跟唐僧师徒在通天河畔晒经何其相似，要取来真经，九九八十一难，一难都少不了！而这第一难，就是要找到志同道合的真同志。真同志等不来，那我们就迈开腿出去找，去学校里头找，去矿山和工厂找，去民众中间找。我毛泽东坚信，长夜万古，吾道不孤。

众人看着毛泽东，周遭肃穆、宁静，他眼中有炽烈的光芒。

女子职业学校里，毛泽东正向满满一教室的女学生讲演，窗台上都挤满了女孩在听，有的人边听边记，其中就有毛泽建。

毛泽东：诸君！我们是女子。我们更沉沦在苦海！我们都是人，为什么不许我们参政？我们都是人，为什么不许我们交际？我们一窟一窟地聚着，连大门都不能跨出……什么"贞操"却限于我们女子！……怕我们不受约束，更好好地加以教练……

某建筑工地上，毛泽东正在对工人讲演着。

毛泽东：诸君！我们是工人。我们要和我们做工的同类结成一个联合，以谋我们工人的种种利益。关于我们做工的各种问题……均不可不求一个解答。

路口大树下，毛泽东一边给扎堆儿乘凉的黄包车夫递上凉茶，一边讲着。

毛泽东：诸君！我们是车夫。整天拉得汗如雨下，车主的赁钱那么多！

得到的车费这么少！何能过活！我们也有什么联合的方法么？

印刷厂门口，毛泽东取下一张刚印好的报纸，手中挥动着报纸，跟工人们讲演着。

毛泽东：不可不和我们的同类结成一个联合，切切实实彰明较著地去求一个解答……我们要知道别国的同胞们，是通常用这种方法，求到他们的利益。我们应该起而仿效，我们应该进行我们的大联合！

粤汉铁路新河车站的路灯下，毛泽东正跟歇息纳凉的铁路工人们讲演着。

毛泽东：民众为什么要大联合？因为不联合就是一盘散沙，受人欺辱，而一国的民众，总比一国的贵族资本家及其他强权者要多，我们竖看历史，历史上的运动不论是哪一种，无不是出于一些人的联合。

自修大学教室内，毛泽东在向何叔衡、易礼容、毛泽民、夏明翰、郭亮、彭平之、陈子博讲演。教室里已经坐了二十多号人，有男有女，有青年人也有中年人，有一脸稚气的学生，有身着西装、中山装的书生，也有还未换下各色工服的工人，更有衣衫简朴的车夫。

毛泽东：中华民族的大联合，将较任何地域任何民族而先告成功。诸君！诸君！我们总要努力！我们总要拼命地向前！我们黄金的世界，光华灿烂的世界，就在前面！

北平天空清蓝，树影婆娑。青砖灰墙的胡同里，三三两两的行人走着，几个孩童正在玩耍。石驸马大街后宅35号门口，12岁的李葆华踮着脚，从门口邮筒里拿出一大沓信件，跑进家里。

李葆华边跑边喊：爸爸，爸爸，又来了好多信！

李大钊正在书房内写作，接过信件：好嘞！葆华，去玩吧。

李葆华出去，赵纫兰端着饺子和调料进来。

赵纫兰：为张家口工人夜校的事，中午饭都没吃，垫补一下！

李大钊：好，我吃饺子，你帮我拆信。

李大钊蘸着醋吃着饺子，赵纫兰用剪刀拆信。

赵纫兰：这一封是仲甫的，他从广州回上海了。

李大钊：仲甫回来就好，中央有人实际负责了。

赵纫兰：这一封是陈潭秋的，粤汉铁路武昌段的工人在武汉党组织的领导下，罢工取得了胜利，工资增加了，生活也有了改善。

李大钊：好！武汉产业工人集中，粤汉铁路将来一定有更大的作为。

赵纫兰：这一封是湖南毛泽东的，说在长沙创办了自修大学，现在有学生二十多人，邀请你有空去给他们讲讲课。

李大钊拿过信看着，笑了：二十多？这个润之，当年在图书馆当书记员，可没少被人告状。

赵纫兰：告状？

李大钊：他嗜书如命，说饭可以一日不吃，觉可以一日不睡，唯有书不可以一日不读。这进了图书馆工作，还不是鱼儿进了大海，常常是登记、整理的事全忘了，被人告状，还振振有词地说"书非乱不能读也，越乱说明读的人越多"。

赵纫兰笑道：幸好有你这个图书馆主任护着他。

李大钊：那时他就有办自修大学的想法，这才一年多一点，竟真办成了！

上海租界街头，两辆汽车在街道上一前一后行进着。车里的包探身着便衣，检查着枪械，为首的程子卿面色冷峻，手指在一张黑白照片上有节奏地敲击着，照片上赫然是陈独秀。

程子卿：就是这个人，都看仔细了！

老渔阳里2号，陈独秀、包惠僧、杨明斋、柯庆施正在打麻将。

陈独秀摸到一张牌打出去：西风，碰！

高君曼在一旁整理《新青年》《共产党》《劳动周刊》等进步杂志。

陈独秀：马林对中国的情况了解吗？说要给我们援助，我看这种援助是不好要的，中国的事情还是要中国人说了算。

高君曼：话是这么说，你就不能好好跟人家讲吗？

一只蚊子嗡嗡地绕着陈独秀飞，陈独秀一巴掌拍过去，打了个空。

陈独秀：我对他很客气了。

包惠僧：听说他对李达同志、国焘同志都发了脾气，那《新青年》还办不办？

蚊子落在陈独秀脖子上，陈独秀感觉到痒，又是一拍，还是没打到。

陈独秀：当然要办。马林有一点是对的，要我们尽快干起来，一会儿李达跟国焘来了，我们马上商议。

这时外面响起了敲门声。

包惠僧起身要去开门：这么快就到了！

高君曼警惕：等等，这是前门响，国焘他们都走后门的。

大家随之警惕起来，陈独秀依然盯着那只蚊子。

高君曼：快，准备从后门走。仲甫，赶紧走啊！

蚊子落在胳膊上，陈独秀猛地拍下，翻过手掌，还是空的。包惠僧刚打开后门，一支枪直直地指着他！程子卿等包探等在门口，不由分说地闯进房间。

包惠僧：你们找谁？

程子卿：找陈独秀先生，买《新青年》。

包惠僧：你们找错了。

程子卿：搜。

陈独秀正准备走，程子卿已经带人冲了进来，陈独秀索性坐在麻将桌前。

程子卿带人盯着他们，防止逃跑，有人进屋搜查，有人去前门给其他包探开门。

陈独秀又听到蚊子叫：整日嗡嗡嗡，阴魂不散，小鬼难缠，不就是想吸血吗？怕你们，我就不来上海了！

程子卿冷眼旁观，陈独秀看都不看他。

有包探发现屋里的杂志：程探长，《新青年》！

程子卿接过来翻了翻：出版过激违禁刊物，统统带走！

包探上前要带走大家，包惠僧、高君曼等人挣扎：放开我们！你们不能无故抓人！打麻将也犯法吗？

陈独秀：放开他们，他们都是我的客人，要问话，我去就是。不过是出了研究室入监狱，出了监狱入研究室罢了！

程子卿奚落：倒是有几分骨气。

陈独秀：君曼，把我搞研究要带的那个包给我。

高君曼为陈独秀拿包，程子卿示意包探检查，包里不过是几本书、纸、笔以及几件简单衣物。

程子卿：带走！

包探押着陈独秀等人走出房门，房内那只蚊子依然活着，停在一张红中麻将上。

长沙街头，一只手将门推开，房东把杨开慧和易礼容从门里送出来。

杨开慧：麻烦您了，我们再考虑考虑。

房东回屋，易礼容和杨开慧边走边说：嫂子，怎么突然想起要换房子了？

杨开慧：现在我们的同志越来越多，文化书社、自修大学都是公开场所，不利于隐蔽，急需找个地方作为党组织的机关驻地。

易礼容：这事交给我办就好，嫂子你还要上课呢。

杨开慧：我已经从岳云退学了。

易礼容：退学了？为什么？

杨开慧：我要踏踏实实干革命。

杨开慧、易礼容跟着房东陶老板走进院落。这是一栋青瓦平房，两进三开间的砖木结构，青砖墙、木板屋、镂空窗，看上去颇为雅致，是典型的南方民居。

陶老板：这地方虽是城郊，但门前一条路直通小吴门，交通算方便，住着呢，也僻静。冒昧地问一下，您二位是做什么职业的？

杨开慧指着易礼容介绍道：这是我哥哥，房子是我和先生住，我先生在一师附小做教员，我帮着整理书本、杂务。

陶老板点头，似是满意：来，再看看这边，这房梁我特意留得高，通透，这间是卧房，那边还有一间。

陶老板边介绍，边带着两人往里走。杨开慧和易礼容左右看看，杨开慧暗暗点头，悄悄拽了拽易礼容。

易礼容：陶老板，租价多少？

陶老板：好说，十块钱一个月。

易礼容：十块？市里八角亭的房子也不过六七块的。而且这么远，每日交通费还得算上。

陶老板：市里那都是老房子，我这可是刚建好的新房，我还有些舍不得呢。

杨开慧：新房就得添置家具，花销更大。哥，要不还是刚才那家，租价还公道些。

陶老板有些失望：那你们看，反正好房不愁租。

杨开慧往外走，易礼容却留下拉着房东。

易礼容：陶老板，我妹妹、妹夫都是文化人，工作又体面，租给他们也放心不是？

陶老板犹豫：九块，总可以了吧？

杨开慧：最多七块。（假意叫着易礼容）哥，走了，刚才那家还等着信呢！

杨开慧说完，真的走了。

易礼容：陶老板，我妹是长租。您要招了那些短租客，租两个月，空两个月，又舍钱又劳心，您自己考虑吧。

易礼容说完也走了，把陶老板晾在原地。

易礼容追上：嫂子，这家挺好，僻静，安全，交通也相对便利，有事方便转移。

杨开慧低声：我知道，走慢些。

片刻后，陶老板果然从房里追了出来。

陶老板：两位留步！诚心租，多少再加点。

杨开慧停住脚步：好，加两角，七块二。

陶老板：才加两角？少了点吧！

杨开慧：老板，您房子是不错，但又靠山又靠树，蚊虫多，地方又偏，也就是我们喜欢清静，不然谁住这儿来？您痛痛快快答应，不就是两全其美的事嘛。

陶老板：咳，行，说不过你，就七块二。

杨开慧一笑：谢谢陶老板！

陶老板：你们稍候，我去准备契约。

陶老板转身进去。

易礼容：嫂子，没想到你这么会砍价！

杨开慧笑了：润之柴米油盐一概不管，不精打细算，日子怎么过？

易礼容：我早想过了，自修大学一直是你们拿钱贴补，这儿的租金，就由我们文化书社负担。

杨开慧：不用的，润生。

易礼容：这事你就听我的。这房子不仅是你们住，将来还是党机关的驻地，文化书社出钱，再合情合理不过。

广州大总统府外花园内，蒋介石和孙中山正在漫步，花园里一片斑斓秋景。

孙中山：介石，我们多久没见了？只记得你走时，满眼还是木棉似火，眼见秋菊都要开了。

蒋介石：接到总理急电，我就回来了。

孙中山：想必你知道我召你来粤所为何事。介石，我正筹备北伐，军事上你是颇有见地的，不该蛰伏乡野。

蒋介石轻轻一叹。

孙中山：回来吧，你知道我想做什么，只有你能帮我。

蒋介石：总理，我在溪口为母守孝期间，遇到一桩趣事。

孙中山：哦？说说看。

蒋介石：有几个溪口老乡上门吊丧，他们问我，你在外面当的什么官呢？我随口说被总理任命为援桂中路军总指挥。他们又问，总指挥是多大的官？内人毛氏多嘴，说与戏文里的包公差不多。

孙中山不语。

蒋介石：他们又问，且不说包公有王朝、马汉护驾，就连那七品县太爷出门，都会鸣锣开道，你一个总指挥，怎么一个卫兵都没有？

孙中山的神色凝重起来。

孙中山：介石，以前是我有愧于你。

蒋介石：介石深知总理不易，军权、人事皆牢牢握在他人之手，连总统府都在他陈炯明的地盘上。总理，即便我回来了，又能为您做点什么呢？

上海租界监房简陋的书桌前，陈独秀蓬头垢面，胡子拉碴，正埋头写文章。外面隐约传来阵阵《国际歌》的歌声，法文版，铿锵有力。狱警走到陈独秀监房前，哗啦一声打开监门。

狱警：陈独秀，出狱了！

陈独秀却头也没抬，仍埋头写文章。

狱警：陈独秀，叫你呢，出狱了！

陈独秀：别吵，文章还没写完呢。

狱警：赶紧走赶紧走，外面那帮学生唱的什么东西，吵死了！

老渔阳里2号内，陈独秀对镜刮胡子。

陈独秀：第三次了！他们抓了我三次，还不是放了我三次！在里边这些天，最想的就是这碗老家的肉蒸面！

陈独秀端着碗，对着一大碗肉蒸面大快朵颐。桌上摆着饭菜，包惠僧、李达、张国焘都在。

张国焘：印好的《新青年》都被当众烧了，加上设备，损失在两千以上。劳工组合书记部的各项工作没受影响，都在照常推进。

陈独秀头也不抬，继续吃面。张国焘有些尴尬，扯了扯李达的衣袖，示意他继续汇报。

李达继续：人民出版社正式筹建了，初步想法是让李汉俊翻译《工钱劳动与资本》《资本论》，我来翻译《劳农会之建设》。

陈独秀埋头吃面，不答话。

李达：还有，湖南毛泽东来信，申请成立中共湖南支部。

陈独秀一愣，停下筷子，抹了把嘴，将李达手里的信件抽走。

陈独秀一边嚼着面，一边看着信件：湖南是全国第一个申请成立支部的，好！告诉毛润之，赶紧把工运给我搞起来！

这时后门响了。

张国焘：应该是马林同志。

高君曼去开门，交代陈独秀：你对人客气些。

李达：这回您能安全出来，多亏马林同志请了律师，从中斡旋、打点。

高君曼带着马林、张太雷进来，马林手里拿着一瓶伏特加。

马林冲陈独秀笑了笑，举了举手里的酒，说着蹩脚的中文：怎么，不请我喝一杯？

陈独秀：拿酒杯！还有，给马林同志也来碗肉蒸面！

马林为陈独秀倒上伏特加，两人碰杯。陈独秀喝下一口，细细品味。

陈独秀：够烈，跟你这性子一样。

马林笑了：彼此彼此。

陈独秀：马林同志，你虽救了我，但若还想劝我归属第三国际领导之下，我也还是老态度——恕难从命。

马林：陈，你还不明白吗？中国共产党才刚起步，单靠几个人单打独斗是不行的，它需要来自共产国际的支持。

陈独秀：我知道。联合共产国际，本来就是我党成立时的主张，我们拥护共产国际，也尊重你的建议；但中国的工作，终究要由我们自己负责领导。

马林沉默，最后却笑了，说道：太雷同志告诉我，中国有个词叫"傲骨"，今天我算见识了。陈，我答应你，共产国际只是从旁指导，而我作为共产国际的代表，只是和中共最高负责人商讨、建议。

陈独秀点头：只作商讨、建议？

马林郑重点头。

陈独秀：好，就冲你这句话，我也送你个词——"气度"！来来来，喝酒，吃面！

长沙清水塘22号，会议室的墙上挂着一面新制的红旗，印着"C.C.P"几个字母。

毛泽东拿出一封信：中央陈独秀书记来信，依据一大通过的纲领规定，党员超过10人，应设立支部委员会。经中央局批准，中共湖南党支部正式成立了！

所有人举起右拳，面对鲜艳的红旗，气氛庄重。

1921年10月10日，中共湖南支部正式成立，毛泽东任书记，何叔衡、易礼容任支部委员。这是中国共产党成立的第一个省级支部。

衡阳码头上，一艘客船到岸。夏明翰拎着简单的行李，陪着毛泽东下船。

毛泽东：桂根，这次受邀来三师讲演，你的母校也在这儿，有真同志尽管介绍。

夏明翰：我还真有位同窗，想介绍给先生。

毛泽东：哦，他叫什么名字？哪里人啊？

夏明翰：现在还不能说，等先生见了再说。

毛泽东：好你个桂根，学会吊人胃口了。

突然，前方沙滩上传来吵嚷声，是一艘客船搁浅了。

夏明翰：有船搁浅了。

毛泽东：走，搭把手去。

一艘客船在湘江水浅处搁浅。船头站着一群客人，正争论着，嘈杂声不绝于耳。

船老大：拜托大家帮帮忙，出出力，下船拉纤了！

水手们把纤绳往船下抛去。

客人甲：我们是坐船的，又不是拉船的！

客人乙坐着不动：还要多久才能走啊？

客人丙：我可以下去，可我一个人也拉不动啊。

船头乱成一团，船再次倾斜，船上的人又慌作一团。

船老大急得头上冒汗：大家都不肯出力，这船怎么走得了？

突然，一群赤裸着上身、肌肉强健的年轻人冲过来，捡起纤绳。

为首的蒋先云把上衣卷起，垫在肩膀上，向身后的人挥挥手：大家都听我的！衣服垫在肩上，排好队列，脚底下站稳了，预备，一，二，三，拉！

十几个青年小伙儿在蒋先云的带领下拉起纤绳，纤绳很快绷直，阻挡了船的倾斜之势。

毛泽东、夏明翰看在眼里，也加入拉纤的队伍里。蒋先云看到夏明翰，十分欣喜。

蒋先云：桂根，你来衡阳了？

夏明翰：回来看看你们。

蒋先云：好！你跟这位先生负责揽后绳，遇到有石头过不去，就清理掉。

夏明翰要说什么，被毛泽东制止。

毛泽东：好！我们就听你的，各负其责！

蒋先云边拉纤边指挥：大家注意，统一听我指挥！

蒋先云检查着队伍，发现有两人用力方向不对。

蒋先云大声：不要和江面平行，斜着往前拉，和江面的夹角保持在三十度，就和我这样，一，二，三！

众人纷纷学着蒋先云的姿势一起用力，纤绳绷得直直的，但客船只是轻微晃动两下，依旧陷在礁石中。众人齐声大叫，奋力拖拽着纤绳，船却依然毫无动静。蒋先云额头满是汗水，大声唱起了湘水船工号子。

蒋先云起头：哟嗬嗬，排古佬过滩咯，嘿哟……

众人：哟嗬嗬，嘿哟！白沙洲啊！嘿，嘿！到衡阳哟！嘿，嘿！

众人一起跟着唱，阳光照在他们青春的背脊上，散发出蓬勃的生命力。

毛泽东等人：哟嗬嗬，嘿哟！白沙洲啊！嘿，嘿！到衡阳哟！嘿，嘿！

蒋先云：上一滩，逮一餐，一生只得半饱饭！

毛泽东等人：上一滩，逮一餐，一生只得半饱饭！

在嘹亮的号子声中，众人奋力拖拽着纤绳，纤绳绷得紧直。船上一群麻木的人看着，却不动。

笨重的客船终于挣脱礁石，摇摇晃晃地驶进江心，往下游漂去。围观的群众目送船只再次起航，爆发出热烈的掌声，一片欢呼。

船老大：小兄弟，谢谢你们了！

蒋先云：别客气，举手之劳。

青年们纷纷跳进江水冲洗着自己，大家嬉闹着，穿上原本垫在肩头的上衣，毛泽东看到衣服上印着"湖南省立第三师范"。

毛泽东：你这朋友还会拉纤？

夏明翰：他们组织的心社经常去工矿、农村考察，看得多，多少懂些。

毛泽东看着不远处的蒋先云，面露欣赏。蒋先云穿好衣服，走过来一把抱住夏明翰。

蒋先云给了他一拳：桂根，给你写信，怎么不回？

夏明翰被捶得有些疼：你轻一点。我换地方住了。

蒋先云：又看了多少书，镜片厚成酒瓶底了！这位先生是？

毛泽东抢先回答：韶山毛奇，一师教员。

蒋先云伸出手：湖南三师，蒋先云。

毛泽东眼睛一亮，两人握手。

蒋先云：桂根，毛先生，等一下是我们的星期天演讲会，一起来吧！

蒋先云、毛泽东、夏明翰和其他人在沙滩上围坐一圈，中间的沙地上用树枝分别写着"教育救国"和"阶级斗争"八个字。

同学甲：我不同意湘耘（蒋先云）的意见，中国落到现在的局面，是因为斗争太少了吗？恰恰相反，是因为军阀混战，斗争太多了！

同学乙：斗争只会带来更多的流血牺牲，让国家陷入更大的混乱！

蒋先云：可当今民不聊生，不做最彻底的颠覆，能拯救这个病入膏肓的国家吗？

毛泽东不发一言，观察着蒋先云。

同学甲：要我说，救国的关键还是在教育。民智一开，国家自然强大。

蒋先云：教育不要钱哪，同学们？有人、有钱、有组织，才办得起学。这些都掌握在资产阶级和大买办的手里，他们培养出的人才，能和穷苦人站一边吗？

同学乙反问：你不是最推崇长沙的毛润之吗，他不就在办自修大学？

蒋先云：完全不一样，自修大学能办起来，靠的是组织。而组织的前提是什么？

蒋先云抓起一把沙子，沙子纷纷散落。蒋先云又起身走到江边，抓起一把湿透的沙子，再放到地上，却是团在一起的。毛泽东看在眼里。

蒋先云：是有主义！主义就好比江水，把这些散沙聚在了一起。你们的教育救国是为了办学而办学，教师图金钱主义，学生图文凭主义，教出来的不还是一盘散沙？行不通的！

同学甲：你的阶级斗争才是行不通的！蒋先云，本人为表教育救国之决心，宣布退出心社！

另外两人：我也退出！我也退出！

同学丙：我既不支持阶级斗争，也不赞成教育救国，只有无政府主义才是正途。我也退出！

四人起身离开，蒋先云黯然，心社的人慢慢散去。蒋先云用脚一点一点抹平地上的"教育救国"和"阶级斗争"两大主张，情绪低落。

毛泽东悄声问夏明翰：这就是你要介绍给我的人吧？

夏明翰点头：先生看他如何？

斜风细雨的湖南三师操场上站满了学生，蒋先云和夏明翰站在前排，之前的同学甲、同学乙也在，全都站得笔直，眼里充满期待。不远处是一个讲台，旁边放着一块黑板，操场上不时有人低声议论，等着演讲者到来。突然，掌声响起，只见毛泽东走进操场，手中提着雨伞，却没有打开，而是和学生们一样，淋着毛毛细雨走上了讲台。蒋先云这才知道，昨天的毛奇就是自己敬仰许久的毛泽东。

蒋先云：原来毛奇就是毛先生。好你个桂根，连我都瞒！

夏明翰一笑：你又没问我！

掌声渐渐停歇，毛泽东看着细雨中的同学们，头发都湿漉漉的。

毛泽东：我叫毛泽东，来自湖南自修大学，今天想和诸君讨论的是，救国到底该走哪条道路？

毛泽东目光扫过操场，落在同学甲、同学乙等人身上。

毛泽东：胡适先生认为，中国现今落后挨打，最大的敌人是民众的愚昧，所以教育才是救国的唯一途径，有同学认可吗？

同学甲、同学乙举起手来，其他学生也有不少举手的。

毛泽东：好！那我请问大家，如果碰上盗贼来打劫，那最大的敌人是盗贼呢，还是怪我们自己不够强大、房子不够坚固呢？

同学甲、同学乙等人顿时愣住，学生们鸦雀无声。

毛泽东：当下的中国，诸君能接受教育，实为幸运，可中国又有多少人能和诸君一样幸运？眼下列强环伺、军阀混战，我们还有多少时间搞温和改良？他们，那些强盗，会给我们机会吗？

蒋先云、夏明翰重重点头，同学甲、同学乙等人陷入沉思。

毛泽东继续说：当然，也有不少同学是支持无政府主义的。无政府主义否定政府，讲究彻底的自治，那除非人人都是圣人；否则只能是做梦，美好的想象。

同学丙：先生，我相信人性本善。

毛泽东：人性本善，那为何帝国主义要来侵略我们呢？

同学丙顿时语塞。

毛泽东：所以同学们，诸路不通啊！我们现在唯一能走的路……

毛泽东转身在黑板上写下四个字：社会主义。

毛泽东：只能是社会主义！而且社会主义已经在俄国取得了胜利，这是活生生的例证，全世界都为之震动。既然俄国能做到，我们中国为什么不能做到？

毛泽东目光扫过操场，最后落在前排的蒋先云身上。

毛泽东：昨天，我在沙滩上看到一艘搁浅的客船，笨重、破旧、老迈，就像我们这个积贫积弱的国家，已经不堪前行。我们要怎么才能让它继续前进呢？靠那些指指点点的看客吗？错！只能靠亲手去拉纤的我们。诸君，你们愿意去做拉纤的人吗？愿意为这艘破船尽一份力吗？

蒋先云第一个举手：愿意！

只有蒋先云等几个人举手，其他人都看着毛泽东。

毛泽东：诸君，须知天下者，我们的天下；国家者，我们的国家；社会者，我们的社会；湖南者，我们的湖南。我们不说，谁说？我们不干，谁干？若道中华国果亡……

众人：除非湖南人尽死！

毛泽东：若道中华国果亡……

更多人：除非湖南人尽死！

毛泽东：诸君愿意吗？

全场：愿意！愿意！愿意！

毛泽东：诸君，这就是力量，火山爆发、天崩地裂的力量！只要我们为着一个共同的主义——社会主义，一定会给我们一个崭新的、站起来的中国！

学生们满脸激动，黑板上的"社会主义"在阳光下熠熠生辉。蒋先云看着台上的毛泽东，目光满是坚定。

黎明前夕，天空幽蓝，墨色山间，有点点微光正在移动。

毛泽东举着火把，身后蒋先云、夏明翰也各自举着火把爬山。

夏明翰：快点，不然赶不上日出了！

蒋先云：照这个速度，没问题。祝融峰，我没少爬。

毛泽东：湘耘也喜欢爬山？

蒋先云："欲文明其精神，先自野蛮其体魄；苟野蛮其体魄矣，则文明之精神随之。"这是先生在《体育之研究》里说的，我一直照着做呢。

毛泽东：你的文章我也看过，《帝国主义的末日快到了》。

蒋先云笑：那篇还是受先生《民众的大联合》的启发才写的。

夏明翰笑：原来两位早就是文友了。

毛泽东：现在更是志同道合的真同志！

蒋先云：久闻先生以自修大学会聚真同志，我能追随先生赴长沙入学吗？

毛泽东笑了：湘耘，我对你的期待，不止在此。眼下我们共产主义的火种已在长沙点燃了，我希望它传播到三湘四水。衡阳的担子，我想交给你。

蒋先云：若真能如此，定不负先生厚望！

突然，身后传来整齐的劳动号子声。

同学甲等人：哟嗬嗬，嘿哟！白沙洲啊！嘿！嘿！到衡阳哟！嘿，嘿！

毛泽东等人站住，只见山道的拐角处，现出一支火把，接着第二支，第三支……一片燃烧的火把，正齐哼着劳动号子向山顶聚集。

火把来到近前，竟然是心社的同学甲、同学乙等人。

同学甲：好你个湘耘，跟毛先生爬山，也不叫上我们！

之前声称退社的同学甲走到毛泽东面前，深深鞠了一躬。

同学甲：毛先生，之前是我们的想法太简单、幼稚，听先生一席话，才顿悟了。湘耘，我们……还能再回心社吗？

同学乙：我们想像昨天咱们拉纤那样，一起把搁浅的中国拉起来！

毛泽东微笑着看蒋先云，蒋先云眼中激动，与同学一一拥抱。

蒋先云：太好了！我们心社没散，永远不散。

毛泽东：走，大家一起看日出去！（带头哼起劳动号子）哟嗬嗬，嘿哟！白沙洲啊！嘿！嘿！到衡阳哟！嘿，嘿！

蒋先云等人：哟嗬嗬，嘿哟！白沙洲啊！嘿！嘿！到衡阳哟！嘿，嘿！

黑夜中，火把聚在一起，铿锵有力的劳动号子在山间回荡。

祝融峰顶郁郁葱葱，壁立千仞。远处湘江如带，尽收眼底。毛泽东、蒋先云、夏明翰等人相继登顶。一轮红日蓬勃而起，社员们欢呼拥抱，激动不已。

毛泽东：诸位同学，你们看湘江的水，越往上游，越清，越活，越奔腾不息。我们的世界，也永远是新的涤荡旧的。诸位便是当今的新青年，未来中国的希望，便在诸位身上！

众人受到鼓舞，初升的红日，映在每个青年朝气无比的脸上。

毛泽东：万丈祝融拔地起啊，诸位，我们来做个青年之约怎么样？（伸出手）待他日革命成功，我们再登顶祝融峰，一起看日出。一个都莫掉下！

所有人都伸出手，一一叠起：一个都莫掉下！

第三章 纸上谈兵终觉浅，深入煤矿苦难言

毛泽东、夏明翰、易礼容、彭平之、陈子博等正在湘江中畅游，何叔衡叼着烟斗在岸边等着。

何叔衡：润之！润之！上来吧！

毛泽东上岸，擦着身子。

何叔衡：这都几个来回了，你这体力可以啊！

毛泽东笑道：我自乐此，不为疲也。当年在一师游泳队，吃过晚饭就去游，数九寒天都不放过。

何叔衡：润之，眼下湖南支部成立了，发展工运是当务之急。你是怎么打算的？

毛泽东：何胡子，你知道我为什么喜欢在江里游泳吗？

何叔衡不解地看着毛泽东。

毛泽东：因为摸清了江水的脾气，可以省力，顺势而为。长沙的工运基础不错，黄爱和庞人铨搞的劳工会，成立不到一年，会员近七千人。我在想啊，要是能跟黄、庞合作，用我们党的主张去改组劳工会，不就依山起楼，两全其美？

何叔衡：你这算盘打得好啊，只怕没你想得那么容易哦。我是他们劳工会的顾问，我可知道，黄、庞两位确是三湘豪杰；可润之，我再三跟你说过，这两个伢子可是很有主见的啊！

毛泽东一笑：所以啊，我跟庞人铨约好了。这次，我去会会他们。

毛泽东说完，一头扎进水里。

工人宿舍内，毛泽东、何叔衡与黄爱、庞人铨围桌而坐。

黄爱：湖南劳工会从筹备起，就一直寻求仲甫先生的支持。我们用二十八个铜板起家，发展到现在，离不开你跟叔翁的帮助和指导。工运大道，咱们是一脉相承的同路人。不过，润之兄，用你们的那一套改组劳工会，我认为不现实。

庞人铨：润之兄，其实我们的目标没那么复杂，只在谋求工人福利，改造物质生活。说白了，薪水够大伙儿养家糊口，做工条件不至于累死累活，

就很满足了。

毛泽东笑了笑：龙庵（庞人铨）兄所言，也是人之常情。做工苦，辛苦终日，不过为一觉三餐。可这些年来，全国的运动虽接二连三，但失败者不在少数。为什么？为什么工人运动要以马克思主义来指导？十月革命，声震四方，苏俄的成功就是最好的答案！

黄爱：润之兄高看劳工会了，一亩三分地的本钱，做不了翻天覆地的买卖，让我们的工人来搞社会革命，不现实。

毛泽东：马克思主义最讲现实。"取乎其上，得乎其中。"定下了长远目标，做足了组织动员的准备，这条工运的路才走得下去；否则，日进一寸，夜退一尺，永远看不到希望，意气也会在失败中消磨掉的。

庞人铨笑：润之兄，那你怕是小看了我们工人兄弟——宁可不要命，不可不做人！他们虽多无大志，但匹夫之怒，血溅五步！

毛泽东：七千个同志，每个人都是一颗火种，每条性命都弥足珍贵。我们要尽可能以小的代价去争取胜利，避免无谓的牺牲。散沙虽众，大风一吹，就不成样子了。马克思主义能让劳工会更有组织、更有纪律，可以聚沙成塔，便是利刃与枪弹，也难以破坏！

黄爱：这可就难了，无政府主义反对一切统治权威。我们劳工会的宗旨是本着互助精神解决问题，"铲除领袖的合议制"是我们的口号。他们肯定不愿意请尊大神，定一干清规戒律来管束自己。

庞人铨：润之兄，我们的罢工多数是成功的，偶尔的失败，问题也不在我们，在军阀赵恒惕！

毛泽东沉吟：你这句话说到点子上了。"自昔多才唯有楚，而今苛政竟如秦。"这是正品（黄爱）兄被赵恒惕关押时，龙庵兄写的诗吧。暴秦已经过去两千多年了，但封建的统治不是依然循环往复吗？咱们一起把张敬尧赶出了湖南，可赵恒惕的牢饭你们不是也尝过了吗？就算再把赵恒惕赶走，来了张恒惕、李恒惕，依旧是换汤不换药，什么时候才是个头？我现在跟你们谈的，就是要改变这一切，把工人兄弟彻底发动起来，最终建立无产阶级的政权，唯有如此，才能终结这万恶的旧制度，才能让天下劳工翻身得救！

毛泽东的话让庞人铨、黄爱陷入深思。

黄爱：润之先生，我且问你，你当过工人吗？

毛泽东沉默。

黄爱：仲甫先生、守常先生恐怕也没当过工人吧。工人的事不是你想得那么简单。润之先生的理想过于伟大了，但恕我直言，终归是纸上谈兵。

毛泽东看着黄爱不语。

夜间，毛泽东在书桌前沉思，杨开慧在给毛泽东收拾行囊。

杨开慧：怎么突然就要去安源呢？

毛泽东：黄爱说我纸上谈兵。说得也没错，我虽然务过农，但不曾做过工。对工人生活状况、所知所想的了解，跟黄、庞比，我确实差得远。我想起岳麓书院的匾额——实事求是。索其实证，求其真知。如果不亲身走进工人中间，又谈何领导组织他们呢？安源有一万多产业工人，霞妹，我想去那儿看看。

杨开慧想了想：润之，我陪你去吧。

毛泽东：湘赣边界不比长沙，矿山各区、各段都归帮会管，矿上鱼龙混杂，你去了不方便。

杨开慧：可是我担心你。

毛泽东：放心吧，平民教育促进会给我开了介绍信，我也联系了一位在矿上做事的族叔，打算以办学名义深入工人中间去。霞妹，这几天把师母接来陪陪你吧。

通往萍乡安源镇一条弯弯曲曲的下过雨的泥泞小路上，车轱辘在混着煤渣的黑泥上短暂陷落又快速碾过去，留下深深的车辙。这是一辆破旧得快散架的木质拉煤车，正吱吱呀呀地艰难前行。车由一头枯瘦衰老的驴拉着，一个黝黑的小孩（冬伢子）正在赶车。

冬伢子：咴！咴！

毛泽东背对前方坐在煤堆里，任由小车颠颠簸簸，他也簸簸颠颠。毛泽东的青灰色长衫卷起，扎在腰间。他回头看着冬伢子的背影，冬伢子才十一二岁光景，赶车的架势却足，老到。冬伢子盘着一条腿坐在车沿上，另一条腿空晃着，裤腿高高的，露出的皮肤上有许多旧伤，脚上穿的不知是草鞋还是泥鞋。

二人有一搭没一搭地聊天儿。

冬伢子：你刚才说你是教员，教什么的？

毛泽东：教过历史，也教过国文。只要不是算术和音乐，我都可以教。

冬伢子：那你去矿上做什么？

毛泽东：我有个族叔在矿上，我去看他。伢子，你今年多大了？叫什么名字？

冬伢子不答：咳！咳！

毛泽东：我先说吧，我叫石三伢子，家中排行老三。我的两个哥哥生下来不久，就死了，现在我是家里的老大。我娘让我拜了石头当干娘，你可以叫我石头大哥。

毛泽东从怀里掏出灯芯糕，掰了一块递给冬伢子。

毛泽东：天晚了，饿了吧，我们一起吃些！

冬伢子看见吃的，咽了口唾沫，接过去赶紧咬了一小口，把剩下的揣起来。

冬伢子咂了一下嘴巴：你们那儿都吃这个？真好吃！

毛泽东拍拍行囊：那你尽管吃，我还有不少呢，你吃吧！

冬伢子一笑，把灯芯糕揣进衣兜里：这么好的东西得留着，有用呢！（终于打开话匣子）哎，石头大哥，你是从哪里来的？

毛泽东：湖南来的，听说你们矿上好多湖南人。

冬伢子想了想：那我不知道，反正我下矿的时候，后面总是排老长老长的队，人多得看不到头呢！

毛泽东一惊：你才多大，就要下矿了？

冬伢子云淡风轻：八岁就能下矿，我转年可就十一啦。你知道吗，黑伢子下矿那年才六岁，他爹给毛段长硬是多报了两岁，毛段长心一软就答应了，结果黑伢子就死在下面啦！

毛泽东惊讶：六岁？黑伢子，你说六岁？

冬伢子撇撇嘴：嗯。他们说毛段长是个好人。

毛泽东：你说的毛段长可是毛紫云？

冬伢子：不晓得，姓毛的有好几个呢。咳！石头大哥，前面就到镇上了。（认真地叮嘱）你一会儿看到什么都不要搭话，就坐在车上，千万不要动。前面有鬼，搭话要被鬼缠上，晓得不？

毛泽东不明所以地点头：好。

进了萍乡安源镇，天已黑透了。大风起，风穿过歪七扭八的老树，鬼哭狼嚎，毛泽东若有所思地凝视着四周的黑暗。在任何光亮都照不到的一个拐角处，一个披头散发的女人佝偻着翻找，她背上用破布条绑着一个婴儿，旁边还跟着一男一女两个四五岁的小孩。

冬伢子收腿跳坐到车上：坐稳了！（一挥鞭子）咦！

驴车快速从她身边绕过去，车速之快令人眼晕，给人的感觉是从路面上一掠而过。冬伢子一手握着鞭子，一手紧紧抓着车沿，像是要把自己焊死在座位上，能看出来他很害怕。女人的脸突然被照得通亮——她站进了一束垂下的月光里。这惨白的面容令毛泽东毛骨悚然，女人眼窝深陷，像个白骷髅，嘴里还吃着从地上捡的烂菜叶子。

冬伢子小声地说：别看她，会缠上你，那是鬼！

前方又出现了个黑影，高高壮壮的，站在路中央，背着光，只看得到人的轮廓，像怒目的金刚，其实是毛紫云。

冬伢子急拉缰绳：不好了！我只能送你到这里了！

冬伢子快速跳下车，并扶着毛泽东下车。

冬伢子：让人看见我这么晚回来，我要挨打的。

毛泽东只能下车：好，谢谢你了！

冬伢子：也谢谢你给我吃的！我叫冬伢子。说完他跳上车，拉着缰绳掉转方向。

毛泽东转身看着快速行远的煤车，依然回不过神。

毛紫云：三伢子！

毛泽东回头，看到是毛紫云，紧绷的神经松下来。

毛泽东：紫云叔！

毛紫云：哎呀，三伢子，可算是到了，我在这儿等了小半天啦。走，给你接风洗尘！

毛泽东：紫云叔，别破费了。

毛紫云：没关系，今天有人做东。

毛紫云领着毛泽东在安源小镇上走过，小镇虽不大，但大大小小的店铺都在招徕客人，一派繁华景象，甚至不时能看到几个喝多了的外国人勾肩搭背地走过。路边间或能看到衣衫褴褛的乞讨者，被店铺老板驱赶着。毛紫云引着毛泽东走进一间别致的小酒楼，正进门，两个喝多的酒客出来，在门边狂呕。

这是一处典型的西式建筑，大气巍峨，富丽堂皇。跑堂的伙计撩起布帘子上菜。

雅间内，圆桌边坐着几个人，穿着打扮各不相同，有的西装革履，有的长衫马褂，还有穿着矿警制服的。毛泽东拘谨地坐在其中。桌上摆着十道菜，有荤有素，看上去很丰盛。跑堂的伙计把菜端到坐在最中间的人（牛矿长）面前。

跑堂的伙计：牛矿长，这是小店额外赠送的一道小炒黄牛肉，您赏脸尝尝！

牛矿长眼皮也不抬，不可一世地扬着下巴：嗯。

与此同时，毛紫云给座上宾斟酒，毕恭毕敬地举杯站着，对着牛矿长。

毛紫云：我介绍一下，这位是毛润之，我侄子，给《大公报》写了一堆文章。牛矿长，我毛紫云族亲少说三百人，论学识，润之（竖起大拇指）数这个！

牛矿长拱手作揖：湖南毛润之，毛段长没少提你，没想到这么年轻。

毛紫云将酒杯递给毛泽东：润之来迟了，快给牛矿长敬杯酒。

毛泽东礼貌地欠欠身：对不住，牛矿长，我不会饮酒。（端起茶杯）初来宝地，以茶代酒，您不见怪吧？

牛矿长：好说！

杯子碰出清脆的声音，毛泽东浅饮一口。一位一身警察制服的宾客（李队长）凑过来。

李队长：毛先生这次来安源，是为了给《大公报》写文章？牛矿长誉满安源，你可得让他声名远扬啊！

牛矿长摆摆手：欸，别别别，李队长，你这是给我挖坑，要夸也多夸夸上头的，咱们都是干活的。我才多大点能耐？安源上上下下一万七千多人，哪个不归你李队长管？

毛泽东看了一眼毛紫云。

毛紫云：这位是矿警队的李队长。

毛泽东：李队长有所不知，我现在是平民教育促进会的一名教员，这次是为了办学而来。

李队长：办学？

毛泽东：平教会素以"除文盲、作新民"为宗旨。矿区工人多，人又集中，读过书的却没几个。所以我想，能否尽自己所能，在安源办个读书写字的学校，让工人们也认上几个字？

李队长冷笑：煤黑子识字，那不是脱了裤子放屁吗？他们一辈子待在井里，识字有个屁用。

众人呵呵一笑。

毛泽东倒也不怒：办学是平教会的分内事嘛。在我们湖南，全省上上下下都很支持，比如李六如将军，一手推动了省平教会的成立。现在到了安源，还要请各位行个方便，也多多支持。

牛矿长：支持，我肯定支持，回头给大伙儿分分红。

众人哈哈大笑。

跑堂的伙计将门帘撩开，一位矮个子的长者（洪爹）走进来，灰绸缎暗纹袍，黑竖眉，横肉，身形敦实，步伐矫健，一看就是练家子，进来后径自坐在牛矿长旁边一个空座上。

洪爹：这位就是毛老弟吧？我这人不读书，但我最敬仰读书人。刚才有几个无赖闹事。来晚了，来晚了。我自罚一个。

说着，洪爹自斟自饮一杯酒。

李队长赶紧上前介绍：毛老弟，快见过这位洪哆哆（洪爹）。咱们安源能够平安无事，多亏了洪哆哆。

洪爹：李队长羞辱我，兄弟不还是在你手底下混口饭吃嘛。

李队长：洪爹这话言重了，安源这块儿地，谁能有洪爹的根基深，别说我了，就是张旅长来了，不也得请您吃碗酒嘛。

牛矿长：哎呀，你们就都别谦虚了！这毛老弟坐了半天，连口菜都没吃呢。来来来，吃菜，吃菜！

洪爹吃了块大肉，满嘴油光，他抹了一下嘴。

洪爹：毛老弟，来了就别走了。跟我干，从今以后，你就是我洪帮的毛师爷，不愁将来没有大前程。

牛矿长：洪哆哆，毛老弟是读书人，人家是来给工人办学校的。

洪爹：工人能有几个大子儿！不如带带我洪帮弟兄，成天舞刀弄枪，脑袋里流的都是猪油，得给他们灌点儿墨水。去，把我珍藏的那瓶德国的野格酒拿来给毛先生尝尝！

李队长：毛老弟，能入洪爹眼的人可不多，这你要是再不喝，可就不给他面子咯。

毛泽东不动声色，给洪爹作了个揖：洪爹的建议，我会考虑。事情宜缓不宜急，我这次来，是先考察一下，也请您多帮助。

洪爹：好说好说，你是毛段长的亲戚，那就不是外人。

一瓶野格利口酒被放在了桌上。

洪爹：当年德国佬和小日本在这儿的时候，仗着袁世凯撑腰，作威作福，不把老百姓当人看。我洪帮能坐视不管？这是什么地方？这是中国人的地盘！安源有我洪老四在，还能让洋人翻了天？这不，乖乖孝敬我的！

洪爹打开酒瓶，给毛泽东倒酒。

洪爹：我喜欢你的性子！你要是一口答应了，我反倒瞧不上！都看见了，毛老弟这叫"文人气节"！这杯酒，我敬你。

说完，洪爹一饮而尽，看向毛泽东，毛泽东没动。

毛紫云：洪爹，润之是个读书人，不胜酒力，这杯酒我来替他喝，您不介意吧？

洪爹：你们是一家人，你喝、他喝，都一样，行吧！

窗外，一只狗寻着香味来到，在外徘徊、狂吠。

李队长：哟，这不是牛矿长家的狗嘛，来来来！

只见李队长从桌上抄起那盘小炒黄牛肉，往窗外一撒，狗吠停止了。

牛矿长：李队长，这好好的菜还没吃几口，怎么就喂了狗呢？

李队长：自家的畜生，人吃、狗吃，都一样。牛矿长，别那么吝啬！

牛矿长挤出一丝笑。

牛矿长：李队长就是爱开玩笑，来来来，喝酒，喝酒！

毛泽东静静坐着，看着眼前觥筹交错间的光影，深感安源暗潮涌动。

一盏煤油灯点亮。酒过三巡，毛紫云说话的时候，舌头已经有些捋不直。毛泽东跟着走进毛紫云家。

毛紫云：我说侄儿，你就在这儿将就着住一晚。

毛泽东：紫云叔，附近就有矿井吧，明天我想去看看。

毛紫云手往外一伸，指着十几米开外的洞口：那就是了，矿井有么子好看？除了煤，就是煤黑子。早点睡吧！说完，转身朝隔壁屋走去。

毛泽东应下：哎。

毛紫云呼噜声响起。毛泽东吹了灯刚要躺下，听到窗边有窸窸窣窣的声音。毛泽东推开窗，窗外黑漆漆一片，弥漫阴森可怖的气息，十几米外的矿井口如同吞噬的大嘴，张牙舞爪。一个女人披头散发地走过窗前，她身上缠绑着布条，身后背着婴儿，左右手牵着两个孩子。

井口处冒起火光，有什么东西在烧。风吹过，冥纸飞起，在井口边飘飘浮浮，起起落落，令人悚然。四下归于死寂，只留下未燃尽的零星纸火在空中飞舞。毛泽东定定地站在原地，他隐约感觉到，此人好像就是在镇子口看到的那个"女鬼"。

第二天清晨，厚云密布，毛紫云打了一桶水回来。

毛紫云：三伢子，起床咯！

毛紫云推门，毛泽东不见了。

毛紫云：润之？

黑暗渐深，巷道悠长，冬伢子举起一盏矿灯，和毛泽东一起往矿井深处走。

冬伢子：烫脚不？这里可是"火焰山"呢，就是孙猴子过的那个火焰山。

毛泽东：孙猴子过的那个火焰山，怕是比不上这个！

冬伢子：你的脚要是起了泡，挤破就不疼了。喏，看我的脚！

冬伢子像炫耀勋章一样指着自己的脚，上面满是结痂的痕、硬的黑皮。毛泽东心疼地看了看冬伢子。

冬伢子看着前方：就快到了！

借着矿灯的光线，毛泽东看到矿工背着、扛着煤筐，从巷道里手脚并用地爬出。每位矿工几乎都是赤条条的，他们浑身漆黑，偶尔露齿才能看到一口白牙。

几盏矿灯忽明忽暗，闪烁着幽暗的光。冬伢子矮下身子，熟练地往巷道里爬。毛泽东没有任何犹豫，也手脚并用爬进巷道，两人终于爬到了掌子面。掌子面空间逼仄、矮小，工人们几乎都是光着身子斜躺着挖煤，一锹下去，煤渣砸落。

毛泽东看着眼前的景象，过于震惊。

毛泽东手指着那些矿工：怎么都不穿衣服？

冬伢子：大家都只有一件衣服，要是干活穿坏了，那出去就得光着了，多丢人啊。

毛泽东惊愕：一整天都得斜躺着挖煤吗？

冬伢子认真点头：这已经算好的了，这里虽然窄，直不起腰，但不要人命。要是遇到滴水的"水帘洞"，容易冒顶的"鬼门关"，还有瓦斯呛鼻子的"阎王殿"，才叫惨。

毛泽东：我听说只要矿段命令工人下井，你们就非下不可？

冬伢子：那是，敢不下，骨头给你打断。你不知道吗——"少年进炭棚，老来背竹筒，病了赶你走，死了不如狗"。

毛泽东又想开口，冬伢子朝他摇了摇头。

冬伢子低声：嘘！被监工看到了，先别说话。

监工看到毛泽东：干吗呢？怎么不干活？

冬伢子大声：他不是工人，跟着我下来看看，不会影响干活的！

监工意识到什么：湖南来的？

冬伢子抢着回答：对。

监工点头：听说了，毛润之是吧？你看吧！（又对着其他工人）没让你们看！赶紧给我干活！冬伢子，到前面给我点炸药去！

冬伢子朝毛泽东使了个眼色，赶紧弓着腰，利用自己瘦小的身形迅速钻进洞里。这时，一位正在挖煤的矿工朱少连听到他们的对话，往毛泽东那边看去，上下打量着毛泽东。

监工：大伙儿都紧紧手，别给我偷懒，扣了多少天工钱了，你们长点记性！你们不想要钱，我还得养家糊口呢！

不远处传来一声爆炸声。

地上摆着一盆黑水，几双脚刚从黑水中离开，另两双黑黢黢的脚又伸进盆里清洗。毛泽东蹲在黑水旁，正穿着鞋。

冬伢子站着笑：后悔了吧？

毛泽东起身，用自己的长衫袖子给冬伢子擦了擦脸上的灰。

毛泽东：不后悔。你挺有本事，还会爆破？

冬伢子骄傲地说：小事！我爷爷和他爷爷，和他爷爷的爷爷，都是做炮仗的！

毛泽东笑着：爆破世家呀！那你再带我去看看你们的住处？

冬伢子不情愿：脏得很，石头大哥，你刚洗干净，去不得。

朱少连：请问，你是毛润之先生？

毛泽东转头，看到那位浑身漆黑、大半赤裸的中年男人正站在自己身边。

毛泽东点点头：是。你是？

朱少连靠近毛泽东：我叫朱少连，我读过你好多文章。

站在一旁的冬伢子好奇地瞪大眼睛。

工人餐宿处在安源平洞井口的东南角，一排排破破烂烂、歪歪斜斜的小房子，远远看去，就像一排排鸽子笼。这是窑工住的地方。门敞着，能看见房子里放着两排简易的木架床，每一排有四张床，而每张床又分三层。

毛泽东：这么小的房间，住多少人？

朱少连：五六十人。

毛泽东环顾四周，数了数，奇怪地问：怎么只有二十几个床位？

朱少连：我们上的是两班制，分白班和晚班。矿长为了多赚钱，要我们"下人不卸马，歇人不停车"，两个人轮流睡一张床。

毛泽东不再说话。房子窄小，他侧着身子走进去，房间里既脏乱又阴暗潮湿，散发着一股刺鼻的腥臭味，一只臭虫爬到毛泽东的裤腿上。朱少连看了，立即躬身捏死臭虫。

朱少连：就是这样，也住不安宁。你看，这些油渣似的烂被窝里，虱子、臭虫成堆。人一睡下，臭虫就成群结队，从上床掉到下床，又从下床爬到上床，我们身上都被咬得跟蛇皮一样。

冬伢子挽起袖子给毛泽东看，毛泽东心疼地看着。几只老鼠从脚边窜过，毛泽东赶紧抬脚；而刚走进宿舍的老矿工侧身而过，稀松平常得就跟没看到老鼠一样。

朱少连：别小看这些老鼠，那可是我们的吉祥物。在井里，处处是危险，只要老鼠能活的地方，我们就死不了。

冬伢子：有天晚上我被吵醒了，看见老鼠正在咬我被子，它们也饿坏了。

毛泽东看着这一切，双眉紧蹙。

朱少连：矿长、师爷不但不问这些，还严厉管制、监视我们。餐宿处从处长以下设有房长、职员、监厨等几百人，这些人经常动不动就打骂我们，还克扣我们的伙食费。他们太不顾我们的死活了。

角落里的老矿工剧烈地咳嗽，几乎喘不过气来。

冬伢子：张老爹，歇两天吧？

老矿工一边咳嗽一边说：可不敢歇啊，工钱还没到手呢。矿上要知道我有病，一准儿轰我走，前面的工钱一毫也要不回来了。

冬伢子向外张望：开饭了！

朱少连：毛先生，要不，一起吃一口吧。

打饭的地方距离铁轨不远。几碗霉米饭递过来，还有几块看不出是什么的咸菜堆在上面。毛泽东和朱少连接过，冬伢子蹲在一旁大快朵颐。

揭开装菜的钵子盖，毛泽东见里面装的是青菜，用筷子夹了点尝尝，又馊又苦，根本不像人吃的。

冬伢子边吃边说：不单菜是这样，饭也是用发霉的米做的。大人们说，我们干的是牛马活，吃的是猪狗食。

朱少连：有一次，我们在青菜里吃出了蚯蚓、臭虫！大家气愤极了，一哄而上把处长狠狠地揍了一顿，把饭锅砸了个粉碎。

旁边，三三两两的矿工蹲在地上吃饭。几个与朱少连相熟的矿工走到他们跟前蹲下一起吃。

朱少连：这就是我跟你们说的毛先生。

矿工甲点点头：毛先生好。

有的矿工眼神呆滞，小声嘀咕：哪个毛先生？

毛泽东也跟他们打招呼。

毛泽东：每天要做多少时间的工？

朱少连：十二个小时左右。白班就是天没亮进，天黑了再出来；晚班就是天黑进，出来就天亮了。

毛泽东：有休息天吗？

朱少连：不休息都吃不饱，要是再休息，那就得喝西北风了。

铁道上传来刺耳的鸣笛声——一辆火车轰然驶过。

毛泽东：一天十二个小时，能挣多少？

矿工甲：有时候八个毫子，多的时候十二个毫子，根本不够花的。（苦笑）有下辈子，我宁愿当矿长监工家的狗，吃喝都不愁。

毛泽东：住的臭虫屋，吃的霉米饭，过着狗都不如的日子，你们就没想过反抗吗？

矿工甲叹了口气：反抗？那不是找死吗！胳膊拧不过大腿。我们就想混口饭吃，根本不敢得罪矿上。要是被赶走了，连这碗霉米饭都吃不上，最后就只能活活饿死。要怪，只能怪我们命不好。

毛泽东悲怆无言。朱少连看着毛泽东，欲言又止。

只听见牛矿长在不远处大声骂骂咧咧：晦气！死哪里不行，非得死这里。赶紧给我弄走，别挡了运煤的道！

毛泽东等一行人朝铁轨跑去。

矿工乙稀松平常的语气：又死了俩。

毛泽东：怎么回事？

矿工乙：马嫂和她不足月的孩子叫火车轧死了呗。

毛泽东震惊，一时不知道说什么。毛泽东感到不可思议，人命如草芥，提起她的死竟然如此云淡风轻。正说着，几名矿工把马嫂母子的尸体拖走了，两个幼小的孩子在一边哇哇大哭。

朱少连：马嫂的男人死在井里了，矿上不赔钱，她每天只能带着三个孩子捡烂菜叶吃。矿上还到处说她是恶鬼！

冬伢子懵懵懂懂：难道她不是鬼？

朱少连解释：那是怕别人靠近她，听了她的故事，同情她，故意编出来吓人的。

毛泽东愣在那儿：就这么死了！

朱少连无奈，一声叹息：哎——

毛泽东愤怒：说她是恶鬼的人，比恶鬼还恶……

李队长带着矿警来轰人：看什么看，看什么看，都给我干活去！

矿警拿鞭子驱赶围观的工人。

朱少连拉着毛泽东离开：毛先生，快走快走！

小镇上一切似乎都很平静宁和，朱少连、冬伢子和几名进步工人在路口送别毛泽东。

毛泽东：少连，这几天的耳闻目睹，给我的触动很大。安源就是个活地狱，你们的生活实在是苦不堪言。我马上向组织汇报，跟同志们商量对策。

你放心，我一定会尽快回来的。

朱少连：毛先生，我们等着你。

进步工人们：毛先生，我们等着你！

毛泽东与朱少连等人握手。

毛泽东握住朱少连的手说：我还有一事相托。

朱少连：你说吧，只要我们能办到的，一定不遗余力。

毛泽东：马嫂的那两个伢子，一定要让他们活下来。

朱少连郑重地点头。

天空阴沉，山雨欲来，毛泽东挥手跟同志们告别，朱少连拿出随身携带的一把红伞递给毛泽东。

朱少连：要下雨了，带上这把伞吧！

毛泽东：少连，你们留着吧，你们更需要它遮风挡雨！

朱少连硬塞给毛泽东：拿着，毛先生，你走的路长！

毛泽东不由得动容，千言万语如鲠在喉，他上前给了朱少连一个结结实实的拥抱……

天地间，苍山孤零零的，身后的树林随风摇摆不定，更远处天接着或白或灰的厚云，轮廓模糊。毛泽东的胳膊里夹着红雨伞，左手紧紧握拳，立在山间风雨中，长衫一角随风起起落落。他逆着风，坚实而笃定地向前迈开脚步。

长沙清水塘22号，塘前的树叶染上了一层一层的黄，微风拂来，枝摇叶舞。塘中清水里，几条鱼儿正畅快、悠然地游着。偶有人声从掩着的门内传出。

小院的厨房里，向振熙在做菜，杨开慧正在洗辣椒。

向振熙：润之爱吃辣，给他多放点！

杨开慧：妈，您真是丈母娘看女婿，越看越欢喜。光念着润之啊，人家还有朋友呢！

向振熙：润之啊，润之！

毛泽东进来：师母。

向振熙：还叫师母啊？

杨开慧捅了捅毛泽东：妈，润之不习惯。

毛泽东不好意思地笑笑：妈。

向振熙：哎——你那留洋回来的朋友，能吃辣不？

毛泽东笑：您说李隆郅啊，他是醴陵人，那可是无辣不欢的辣椒兜子！

向振熙：那没事了，你忙去吧。

毛泽东回到厨房外的小院。院中小桌旁，何叔衡、李隆郅和毛泽东边吃花生边商议。

李隆郅：润之兄，我在法国这几年，当过工人，上过学，组织过游行，发起过抗议；可最终还是出师未捷，被遣送回来。如今，仲甫先生派我回湖南协助你，我感觉自己又有用武之地了。

毛泽东：隆郅啊，对抗法国陆军部，帮华工争取自由，你们的丰功伟绩，我也有所耳闻。不过相比法兰西，中国现在依然是军阀割据，积贫积弱，工人运动的形势要复杂得多。

何叔衡：这次要不是润之亲自走访，我们也不会知道，安源矿工的生存状况是如此触目惊心。我看，这安源就像个火药桶，一点就炸，迫切需要我们去点燃。

毛泽东：工人们确实忍无可忍，但当地反动势力也很强大。我们是要去点这把火，但要点得准，着得稳，绝不能被人掐灭。

毛泽东拿着桌上的水煮花生演示：这个，好比安源。安源出产的煤，大部分通过株萍铁路经粤汉铁路，供给汉冶萍公司的汉阳铁厂。而我们长沙的新河车站，这儿，是必经之路。既然安源路矿、粤汉铁路、汉阳铁厂不可分割，那我们就给安源的罢工上双保险。不仅要在安源搞，还要发动新河车站搞罢工，瘫痪它的运输线，同时带动长沙手工业工人罢工，相互策应，让这一把工人阶级压抑已久的怒火，烧遍湘赣鄂！

何叔衡情不自禁地鼓掌：好！好！太好了！

李隆郅也很激动：润之兄，三年前，你放弃了赴法，我一直觉得可惜。今天我当真刮目相看，你这是运筹帷幄之中，决胜千里之外啊！

向振熙和杨开慧端着煮蚕豆过来了。

向振熙：聊得这么高兴啊！来来来，吃点蚕豆，这可是从板仓带来的。

何叔衡抓了几颗蚕豆：杨妈妈，别忙了，坐坐坐，一块儿聊会儿！

向振熙：你们都是进步青年，我也插不上嘴，就不跟着掺和了。

何叔衡：可别这么说。当初您跟女儿在衡粹实业学校做同学，传为一时美谈。我们办文化书社，四处筹款，您又慷慨解囊。要我看，您就是不折不扣的进步青年！

向振熙听了，哈哈大笑。

上海陈独秀住处内，他正在案头写笔记，高君曼在一旁包饺子。陈独秀写完，将书推到一边，看高君曼放下包好的饺子，又开始擀皮。

陈独秀起身过来：打个配合，我擀皮，你包。

高君曼：你？别给我添乱了。

陈独秀从高君曼手里拽过擀面杖：瞧好了。

陈独秀拿着擀面杖开始擀皮，但怎么擀都不圆。

高君曼：瞧好了，你那写字的手拿不了擀面杖。

陈独秀拿过酒瓶子，用瓶底对着面团一压，一个圆圆的面皮出现了。

陈独秀将饺子皮举到妻子面前：怎么样，山人自有办法。

高君曼：这能行吗？

陈独秀：圆的，薄的，哪里不行了？打破常规，才能找着新出路。这李隆郅出国取了经，还得把根扎到咱们自己的土地上。毛泽东会用人，直接把他带去了安源，这两个人一定能擦出火花，找到新出路。

张国焘匆匆走了进来，忧心忡忡：仲甫先生，周佛海他……说着看了一眼高君曼，对陈独秀耳语。

陈独秀不以为意：私奔？私奔没什么了不起的，无非是追求恋爱自由，人之常情。

张国焘更着急了，脱口而出：他们小两口，招呼都没跟组织打一声，去日本了！

陈独秀手上的活儿停下了，高君曼也不安地看了一眼陈独秀。

陈独秀继续做着饺子皮：列宁是怎么说的？"劳动者的组织性、纪律性、坚毅精神以及同全世界劳动者的团结一致，是取得最后胜利的保证。"既然他没这个毅力……他的事，你跟鹤鸣（李达）先顶着。不说他了。地方支部的情况怎么样？

张国焘：仲甫先生，有人反映，您下的任务有点重——二大之前，各地的党组织至少要成立一个直辖工会，两个以上分支部，发展三十名党员。这都没剩几个月了……

陈独秀：这个"有人"是谁啊？

张国焘不吭声了。

陈独秀：国焘，革命，喊口号是不够的，是干出来的。你不要以为那些军阀、资本家在睡大觉，时不我待啊！吃饺子吧。

锅里，饺子在沸腾的水中翻滚着。

上海证券所内，如同菜市场一般热闹嘈杂。一间间用木板隔成的小格子里，人人打着电话。有的人脸色涨得通红，扬着手，对着电话大吼大叫；有的人脸上满是愁云，对着电话低语；更有甚者，左右手各拿一个听筒同时接听，焦头烂额。

格子间旁的大厅中，也挤了一层又一层人，大家都很激动地争吵着，却听不清言语，吵闹声中还夹杂着隐隐约约的哭声。

蒋介石和张静江待在里面的小办公室内，透过窗户看着这一切。

张静江云淡风轻：这波行情差，黄浦江又要多几具尸体了。

蒋介石沉默不语。

张静江：头两年，交易所、信托相互利用，哄抬物价，外资涌入，国内游资一到，不问缘由，盲目跟风，进入股票市场，没人去做实业。现在呢，银钱业从资金安全考虑，开始紧缩银根，收回贷款。投机者措手不及，破产者十之八九。

蒋介石：静江兄的意思是，这一切都是资本家造成的？

张静江：可不就是。说白了，玩股票是投资，更是投机。最要紧是看准时机，多割些冤大头嘛。

蒋介石叹了口气：虽是投机，凭各人运气，但运气也是种实力。

张静江了然：介石老弟，别丧气。投资得放长线，还有机会赚回来。不是还有我吗？（拍了拍蒋介石的肩膀）"失之东隅，收之桑榆"。你相中的陈阿凤姑娘（陈洁如），我托人说媒保聘，她家主母已经松口同意了。不过老太太还是介意你有家室，老家那个不说，姚氏你得体面处理。

蒋介石：静江兄放心，我自会安排。她俩一个有名无实，一个有实无名，唯有阿凤才是我的良配。

张静江点点头：老弟，商场失意，情场得意，借此冲冲喜吧。

长沙湖南省公署赵恒惕办公室内，华经理看看紧闭的房门，压低声音：省长，您在华实公司的三成干股分红，昨天已经转给夫人了。这是账目，您过个目？

赵恒惕：华经理，我跟你说过，这里是省公署，不要把这些东西拿到这里来。

华经理：要不，您还是看看吧？（小声）夫人对本季度的分红很不满意。

赵恒惕接过账本，随意一翻，表情变了：就这么点利润？

华经理：您是有所不知啊，这大半年，那帮工人就没消停过，三天两头闹事，搞罢工，耽误了不少产量。公司经营成本居高不下，我也没办法啊！领头的黄爱、庞人铨更是难缠，我听说他们这两天还要大闹。

赵恒惕：大闹？我记得那个黄爱，放出来没几个月吧？

华经理：这些人胃口很大，死性不改，成天跟我要钱。可要是真给了这钱，您那份儿就……哎，自打您把这华实公司交给了我，他们就跟我过不去，上回拉着我游街，要不是您仗义相救，我这条命都搭上了。

赵恒惕：他们不是跟你过不去，我看，他们是跟我过不去。

第一纱厂门口，放眼望去，数不清的纱厂工人聚集在此，旁边还有黄包车夫、小商贩等围观人群。他们有的拿着标语，有的赤手空拳。无数双充满怒火的眼睛，仰面看向站在高处的黄爱和庞人铨。

黄爱：华实的兄弟们！我们从来没想过大富大贵，只求能够养家糊口。可如今呢，华实公司一次又一次克扣我们的工资，别说养家糊口了，现在根本就是有了上顿没下顿。兄弟们，我们要争取自己的合法权益，就要让他们看到我们的愤怒！让他们知道我们的力量！

庞人铨：与华经理谈判！让他把扣我们的钱吐出来！

庞人铨带头喊起了口号：争取合法权益！

许多人跟着喊了起来：争取合法权益！

庞人铨：靠我们自己！

众人高亢地：靠我们自己！

树上的鸦雀惊得满天飞起来，刺耳的警哨声响起，几辆军警卡车冲到厂门口，军警们气势汹汹地下车，郭队长坐在车上阴狠地看着罢工人群。军警们手持警棍一窝蜂地冲上去驱赶人群，现场一片混乱。

军警对人群：让开让开，快让开！

小贩甲唏嘘：这么大的阵仗，不晓得哪一个又要遭殃啊！

小贩乙张望着不远处：打人了！乱了乱了！

清水塘边，毛泽东郁郁不语，往水里愤怒地扔了块石头，泛起圈圈涟漪。

毛泽东：官商勾结，暴力弹压！这次华实罢工失败，又让我深感联合劳工践行主义，任重道远！

杨开慧：润之，道阻且长，行则将至。你也不能太心急，还得一步一步来。

毛泽东点头：是啊。下周是劳工会成立一周年，我已联络黄、庞，希望能参加周年大会，坐下来跟工人代表们一起聊聊。

何叔衡的声音传来：润之，润之！

何叔衡走过来：新河车站的工人夜校已经筹备得差不多了，郭亮的表哥是火车司机，给咱们借了铁路东边的一间民房当教室，现在就是缺桌椅和教员。

毛泽东：桌椅好办，你去联系泽民。教员……

何叔衡：郭亮又要搞夜校，又要搞工会，有点忙不过来。我们又各个手上一摊事，都没工夫去上课。

杨开慧：上课？你们面前不就有个合适的人选？

毛泽东笑：对啊，霞妹可是在平民识字班做过先生的！

何叔衡：那这事就这么定了。还有个好消息，马先生要来长沙了！

毛泽东：马先生？哪位马先生？

何叔衡从怀中取出一封信递给毛泽东。

毛泽东一目十行，眉间露出一丝欣喜：共产国际的马林先生！太好了，他来得正是时候！

小吃街热闹非凡，何叔衡、马林、张太雷坐在露天的小桌前，一碗碗小吃摆在了小桌上，张太雷为马林做着同步传译，毛泽东在油锅边等着臭豆腐。

何叔衡：马林先生，这火宫殿当初是座火神庙，有三百多年历史了，如今成了整个长沙最热闹的地方。来，尝尝我们火宫殿的小吃！这叫荷兰粉，看看有没有家乡的味道？

马林尝了一口，点点头，用蹩脚的中文说：嗯，好吃！

何叔衡笑：再尝尝这姊妹团子、龙脂猪血……

正说着，毛泽东端着一盘嗞嗞作响的臭豆腐上桌：臭豆腐来了！

马林抽抽鼻子，一脸困惑：这个，能吃？

毛泽东：欸——火宫殿的臭豆腐，闻起来臭，吃起来香。尝尝！

马林皱着眉头，试了一块。

毛泽东：怎么样？

马林：臭！

毛泽东：好不好吃？

马林又夹了一块：好吃。

毛泽东：还臭不臭？

马林：还是臭！

众人哈哈大笑。

张太雷：润之兄、叔翁，在上海就听仲甫先生说你们湖南的工作做得不错，马林先生说一定要到长沙来看看你们。今天听了你们的汇报，看了你们的成果，不禁让人感叹，还不到半年工夫，你们就已经硕果累累，未来可期啊！

毛泽东跟何叔衡对视一眼，露出喜悦的神色。

毛泽东：你们在长沙待几天？

张太雷：最多三天，我们还要去桂林，（低声）见孙文先生。

毛泽东：见孙先生？

张太雷压低声音：马林先生代表共产国际，想跟孙先生促成一场大合作，彻底改变国内革命形势。

毛泽东点点头：泰来（张太雷）同志，作为劳动组合书记部湖南分部的主任，有件事，我想请马林先生出个面。

一块块臭豆腐在锅里沉沉浮浮，油嗞啦嗞啦翻滚着，盖过了四人谈话的声音。

湖南劳工会成立一周年会场，会场中央摆着一张长桌，桌边坐着二十多个劳工会骨干，有老有少，有制服工人，也有长衫先生，还有穿短襟褂的老江湖人，黄爱、庞人铨位列其中。长桌之外，另有几十席散座坐着劳工会其他成员，其中就有毛泽东、何叔衡、马林和张太雷。

骨干甲：今天是劳工会成立一周年，有些话虽不当讲，但兄弟也是不吐不快。这次华实罢工，我们车间十几个弟兄挂了彩，医药费还没着落呢，怎么办？

骨干乙：冤有头债有主，人是郭狗子打的，你去找郭狗子啊！

骨干丙：我们班组的全被开除了，劳工会能拉大伙儿一把吗？

骨干丁：说好了自愿参与，责任各担。上回我们车行罢工，踩坏的几辆车都是弟兄们自己凑钱赔的。凭什么这回要搞特殊？

黄爱拍着桌子：诸位！诸位！诸位都是劳工会的骨干。不就一次挫折吗？我黄爱的命，终必为劳工运动一死。死都不怕，还怕失败吗？今天召集大伙儿合议，就是要吸取华实罢工的教训，为今后的斗争商议出一个行之有效的方案！

骨干丁：要我说，华实这罢工就根本不该搞，条件不成熟嘛。当初就是老黄拍着胸脯说要干，大伙儿才着了道。我建议，以后咱们这些评议代表，都有权一票否决！

骨干乙：我不同意，照你这种搞法，以后每次决定都得全票通过，那咱们还搞不搞运动了？得多费工夫啊！

骨干甲：宁可不搞，也不能乱搞。你要说费工夫，咱们每次开会都要选临时主席，一人一个主意，今天老黄说要罢工，明天老李说要怀柔，搞得兄弟们晕头转向的。要我说，既然选出来个头，就干脆整个运动期间都他说了算，省事！

骨干丙：这可不行！咱们劳工会是要打破领袖界限的。这么搞，不成一言堂了吗？而且，经过这些事，有些人可能不适合带这个头咯。

说着，他瞥了一眼黄爱和庞人铨。

一位老骨干：说话不能昧着良心。说事就说事，别指桑骂槐。这一年，别人不说，黄、庞两位兄弟，腿都跑细了，人家图啥了，可不就是为大伙儿的利益奔走吗？

骨干乙：就是，某些人别得了便宜就卖乖。就凭黄大哥当初为了我们弟兄蹲了三个月班房，我就认他！黄大哥，你不怕死，我也不怕死，既然每次开会都七嘴八舌，不如咱们直奔那罪魁祸首，我们就跟郭狗子、跟赵恒惕他们拼了！

现场一片哗然：不是说好了只讨薪水的吗？造反的事我可不干！

现场沉默了，黄、庞颇为颓然。

毛泽东高高地举起手：我有话说。

几个骨干都交头接耳：这谁啊？

庞人铨：想必大家都听说过驱张运动的毛润之，这位便是。润之先生投入湖南运动已久，也是我们劳工会的好战友。今天我们特意请他来，给大家讲两句。

众人一听驱张运动，不禁对毛泽东多了几分敬意。

毛泽东站起身来：工友们，湖南劳工会成立一周年了，我同情劳工会也一周年了。这一年来，诸位与三湘大小资本家周旋，虽遭威慑不愿屈服，虽遭暴力不肯妥协。诸位在湖南劳工运动史上写下浓墨重彩的头一页。我且问诸位，当初为什么要加入劳工会？

骨干丁：我们拉车的，想少交点赁子钱。

骨干乙：我不想被监工拳打脚踢。

骨干丙：还不是想有个休息天，多点薪水。

毛泽东：好，我听明白了，其实就是劳工会的宗旨——改造物质的生活，增进劳工的知识。那么，一周年了，我们的目的达到了吗？

众人你看看我，我看看你，不说话了。

毛泽东：诸位都见证了，以个人之勇武，挑战阶级之迫害，只能是一次次地重复从希望跌落至失望罢了。（一顿）所以，我们的劳工会，应开始写第二页了——由自发的经济斗争，走向自觉的革命运动，形成阶级的自觉性。

骨干甲：阶级的自觉性？

毛泽东：对！我们是什么阶级？工人阶级。我个人信奉马克思主义，笃信劳工神圣。因为马克思主义告诉我，一切东西都是劳工做出来的。我们劳工会创造一个共产主义的新世界！

骨干丙笑：先生说笑了，我们这些平头百姓，能吃饱饭就不容易了，还创造什么新世界……

毛泽东也笑：你不信。英吉利也不信，法兰西也不信，可就在三年前，他们纠集重兵去打那新建立的苏俄，却被这初生的庶民之国灰溜溜地打跑了！

骨干乙不禁咋舌。

毛泽东：可不是关二爷显圣。

众人笑。

毛泽东：那么，打败他们的是谁呢？是一群与诸位同样的寻常劳工。

骨干乙：那他们是怎么做到的？

毛泽东：章法、组织。马克思主义说得明明白白，只有以全阶级的大同团结，谋长远的福祉和利益，形成全阶级的同盟，铸就铁的组织与纪律，才能形成无坚不摧的力量，敌人才打不倒我们，我们的子孙后代，才能过上好日子！只有马克思主义才能让我们的呐喊、罢工和斗争，取得最终的、完完全全的胜利！

众人目光炽烈地盯着毛泽东。何叔衡起立鼓掌，马林、张太雷起立鼓掌，黄爱、庞人铨也起立鼓掌，全场都热烈鼓掌。

毛泽东：最后，我要向工友们再简单地说几句话，当一杯酒，热一热诸君的肚子。劳工神圣！不劳动的不得食！全世界都是劳动者的！全世界劳动者团结起来！

文化书社内，黄爱、庞人铨热情地跟马林、毛泽东、何叔衡谈话，气氛热烈、畅快，张太雷随听随译，易礼容端着酒进来。

张太雷：这一路，从北京到上海，再到长沙，马林先生在见证中国工人运动的现状，虽然没有形成普遍的气候，但他看到了火花和希望。我们马克思主义，正是要联合黄先生、庞先生，还有劳工会这样的组织，把无产阶级革命的希望燃遍中国！（举杯）马林先生代表共产国际，也代表仲甫先生，敬各位！

何叔衡：来来来，让我们为马克思主义干杯！

众人举杯：干杯！

众人举杯欢饮。

黄爱激动地说道：白天听润之兄讲如何写劳工运动的第二页，夜晚又听马林先生讲阶级斗争、讲俄国革命，我们很是受益！

庞人铨：润之是将才！润之讲的阶级自觉，令我醍醐灌顶。我很惭愧！我和正品兄搞工运这么久，今日才有这个自觉！

众人有的激赏，有的朗声大笑，马林笑着跟张太雷说话。

张太雷：黄先生，马林同志说他早就听说过你。

黄爱一愣：马林先生听说过我？

张太雷笑：你在天津觉悟社，跟周恩来一起搞过"五四"请愿，对吧？

黄爱：这事马林先生都知道？后来恩来去了法国，我就去上海给仲甫先生的《新青年》做缮写工作。

马林：周已经在巴黎加入了我们党的组织。黄先生与周先生，庞先生与毛先生，你们是多年的挚友。既然方向一致，在此，我诚挚地邀请二位，加入我们。

庞人铨郑重地站起来：我庞人铨现在表个态——

黄爱打断，激动地站起来：我先表个态！今日我也要自觉！（对庞人铨）我们要改变思路，用马克思主义把劳工会重新组织起来、团结起来。

此情此景，毛泽东心中涌动着感动……上前与黄爱和庞人铨握手。

庞人铨对毛泽东说：润之，你今天的一席话真的把我们征服了！

毛泽东笑：龙庵兄言重了。征服你的，是我们共同的主义。

马林笑逐颜开：干杯！

众人再次举杯。窗外，天边已经泛起鱼肚白。

马林：天要亮了，就要告别。在这之前，我要给各位唱一首情歌，预祝各位的未来大成功！

黄爱不解，与庞人铨对视：情歌？

马林：对，我的主义就是我的恋人！

众人鼓掌欢呼。

马林举杯站起来，一边唱，一边踏出轻快的三拍子："路漫漫，路漫漫一路明月相随，是那首歌嘹亮地跟着飞……哦，多么难忘离别和相会，也记得往日，岁月难追……"

张太雷也举杯跟着唱起来、跳起来。

马林和张太雷："古老的歌儿呀，七弦琴的歌儿呀，每夜每夜折磨我难入睡。任欢乐青春它一去不回，像手指缝间漏去的水，让三驾马车飞奔着向前，载着我们年年岁岁。"

在马林的歌声中,众人陶醉于革命情谊与战斗友谊,久违的欢乐在文化书社久久不散。

第四章　志士双行不归路，群情激愤诛毒夫

长沙街头，一片正在修缮的建筑物孤寂地矗立着，脚手架上没有人影，灰池干裂；车行门前，许多辆人力车整齐摆放，车行内空空如也；裁缝店关了门，小吃摊不起灶……所有店铺都是关张的迹象。校园空了，医院空了，许多市民急匆匆关了房门，自各条曲曲折折的小巷狂奔而出，向着同一个方向……

白底红字的标语"反对帝国主义瓜分中国""反对太平洋会议""打倒帝国主义"被人举着，醒目地出现在巷口拐角。紧接着，是数以万计的市民组成的人群，如狂浪、如海啸般涌现，黑压压的人群……身着各行业工服的工人、学生、市民，男女老少，排着整齐的队伍，高举标语、旗子、横幅，他们高声喊着口号，声震天地，掀波撼岳。走在前面的是黄爱和庞人铨，他们正带领着人群高声呼喊着口号。

庞人铨：反对太平洋会议！

人们：反对太平洋会议！

黄爱：反对帝国主义瓜分中国！

人们：反对帝国主义瓜分中国！

庞人铨：打倒帝国主义！

人们：打倒帝国主义！

黄爱：全世界的无产阶级联合起来！

人们：全世界的无产阶级联合起来！

庞人铨：世界是工人的世界！

人们：世界是工人的世界！

游行队伍浩浩荡荡经过，越来越多的人自各个方向走来，加入其中。1921年11月至1922年2月，美、英、日、法、意等国与中国北洋政府在华盛顿召开损害中国主权的太平洋会议。长沙工人群众近万人，举行了反对太平洋会议的游行大会。

省公署内，赵恒惕的办公室桌上放着一份传单。赵恒惕面色铁青，郭队长和赵恒惕的下属若干人灰溜溜地站在一边。

砰！赵恒惕一拳砸在传单上。

赵恒惕：你们这帮人都他妈吃干饭？

郭队长小声道：省长，也不知这黄、庞长了什么本事，他们足足纠集了上万人，太多了！弟兄们也拦不住啊，还有十来个弟兄被踩伤了……

赵恒惕：那你就坐视事态膨胀？！万一他们有枪呢？万一他们冲进省公署呢？

郭队长不吱声了。

赵恒惕恨恨地道：又是黄、庞！

电话响了，赵恒惕接起电话。

吴佩孚：夷午老弟，这几天长沙热闹得很哪！

赵恒惕：惭愧，惭愧，玉帅见笑了。

吴佩孚：你们湖南对中央政府有什么意见，不妨直说。你我兄弟相称，不必来这手。

赵恒惕装糊涂：咱们不是早已化干戈为玉帛了吗？这三湘自治，还要劳玉帅多多支持。

吴佩孚：还用得着支持？你们湖南的能耐大得很哪！长沙点个炮，我在洛阳都睡不安稳。长沙工人联名反对太平洋会议的倡议书，《京报》上都登了，要不要我念给你听听？

赵恒惕强作镇定：玉帅息怒，此乃……此乃长沙民众自发之举，其中必有奸人惑众。肯定是误会！

吴佩孚：我看这误会可不小，都说什么"军阀就是欺压人民的疯狗"，你跟我合计合计，咱俩谁是疯狗？

赵恒惕面色通红：民众……民众或许爱国心切，用词激进……

吴佩孚：老弟，民众也是你地头的民众。你们这么闹，友邦联名照会都拍到徐大总统脸上了！若是你这省长都压不住局面，我看，湖南的大局还是由我这两湖巡阅使代劳吧。

吴佩孚挂了电话。赵恒惕狠狠砸下电话。

赵恒惕：吴秀才欺人太甚！你他妈跟一帮洋鬼子胡搅和，关我屁事！非跟我过不去！

郭队长小心翼翼：省长……

赵恒惕转过头来。

郭队长：此事黄、庞是元凶，他们是越发得寸进尺了，就是冲着您来的，我看他们是真想造反！省长，治病得治本。

赵恒惕：造反。

赵恒惕咀嚼着这两个字。

赵恒惕：华经理来了吗？

郭队长：早就来了，都等了一个钟头了。

赵恒惕：你们都出去吧，让他进来。

郭队长等人出去，华经理走进来。

赵恒惕：听说黄、庞又在你那儿搞罢工？

华经理哭丧着脸：别提了，快一个月了，吵着闹着要给工人发年终赏钱，不发钱，不复工。眼见着每天机器空跑，这是生生要把华实耗死啊！您倒是指条活路啊，省长！

赵恒惕深吸一口气：你告诉黄、庞，跟他们谈。

华经理：啊？

湖南自修大学的教室里，夏明翰正兴奋地跟同学们聊着反太平洋会议游行的事。

同学甲：那天游行我也去了，真痛快！一整天洋人都窝在屋里不敢出来了！

同学乙：太古洋行的大班，每次去我们家铺子进货都耀武扬威，见识了我们的游行后，讲话调儿都低了三分，解气！

夏明翰：洋船水上漂，洋旗空中飘。洋人逞淫威，国耻恨难消。同学们哪，可不要过了嘴瘾就飘飘然了。八十多年前，英国人用炮舰轰开了我们的国门，卷走了白银，输入了鸦片，从此我们被帝国主义整整欺压到今年！腐朽的清政府倒了，北洋军阀一样丧权辱国，一样跟帝国主义沆瀣一气！打倒军阀，赶跑帝国主义，革命的路还长着呢！我坚信，他年中华得救日，遍山赤旗争艳！

蒋先云：说得好！残月西斜，漫洒人间；日出东方，大地红遍！桂根，几日不见，你见识又长了！

夏明翰扭头一看，只见蒋先云笑嘻嘻地走进教室。

夏明翰：湘耘！

夏明翰开心地奔过去，捶了蒋先云一拳。

蒋先云：见识长了，力道也长了。可惜，这次没赶上你们的游行盛举。

夏明翰：以后有的是机会！听说你从三师毕业，我还想去衡阳看你。你怎么来了？

蒋先云笑：毛先生让我来的。

一处民房内，黄爱、庞人铨正在跟几个劳工会骨干开会，对罢工部署进行研判。

黄爱：我看华实撑不了多久了，大家再坚持两天。

劳工会骨干们纷纷表示赞同。

庞人铨：先支一部分罢工基金，给大伙儿家里送点口粮。

敲门声响起，四长三短，暗号对上，是劳工会的工友。门打开，一位劳工会成员跑进来，一脸振奋。

劳工会成员甲：黄兄、庞兄，华经理同意谈条件了！

庞人铨：同意了？

黄爱大喜：他耗不起！

劳工会成员甲：带信的说让你们现在就去，车在外面等着了。

黄爱：走，我们快去快回。

庞人铨有些犹豫：这么晚了，不会出什么岔子吧？

黄爱：我们的诉求合理合法！无非是谈条件，不会怎么样的。

庞人铨想了想：也对，没什么可怕的！把钱拿回来，让兄弟们过个好年！

劳工会成员甲抓起角落里黄包车夫的毛毡帽子。

劳工会成员甲：我跟在后面，一有情况，马上向大家报告。不会有事的！

黄爱和庞人铨、劳工会成员甲先后走出房间。

黄爱回头对大家：等我们的好消息！

民房屋外，北风怒号，寒风刺骨，暴雪来了。

黄爱和庞人铨上了一辆汽车。汽车发动后，一辆黄包车紧跟在汽车后面跑着，只能看见本就昏暗的汽车被暴雪裹着，黄爱和庞人铨二人在小窗中的背影影影绰绰。

汽车打着大灯，罔顾安危，用最快的速度在暴雪中颠簸着奔驰。

黄包车夫虽然奋力拉着，依然很快被甩开了。

华实公司小楼内一片死寂，几乎听得到心跳的声音。逼仄的、望不到尽头的走廊里，光忽明忽暗的。华实的职员陪着黄爱、庞人铨往前走，黑暗中散发着危险的气息。终于走到走廊尽头，即将走到总经理室时，门开了，透出一些光亮，一个戴着黑色礼帽、一袭黑衣的男人，背身站在尽头的光亮处。

华实职员：华经理已经等候多时了。二位，请吧。

黄爱与庞人铨对视一眼，走进门去。两人尚未站定，身后的门突然哐的一声关上了。那人一转身，竟然是一脸狞笑的郭队长！

郭队长：你们假劳工会名义，煽惑人心，秘密收买枪支，勾结匪徒，乘冬防吃紧，希图扰乱治安。黄爱、庞人铨，你们被逮捕了！

黄爱、庞人铨一脸震惊。

窗外下着雪，毛泽东和蒋先云在整理湖南自修大学教室一角的书架。

蒋先云：衡阳党小组和青年团的发展都已初见成效，我这才放心来长沙，毛先生，要做您的学生，可真不容易。

毛泽东：这次你来，我想派你去安源。李立三（李隆郅）已经在矿上建起了工人夜校，你可以一边协助他讲课，一边筹建工人俱乐部，尽早在矿上把组织建立起来。

蒋先云：那我得多带几本书路上读。

蒋先云随手翻开一本书，只见书里密密麻麻记满了笔记和批注。

毛泽东看了一眼：《达尔文物种原始》。

蒋先云看见书的一角，印着毛泽东的藏书章。

蒋先云：这是您读过的？这么多笔记！

毛泽东笑着：不动笔墨不读书，随时记下你的心得和疑问，这样才是带着脑子读。在咱们自修大学，这有字的书要读，更要读无字的书。

蒋先云：无字的书？怎么读？

毛泽东："读万卷书，行万里路。"当年，我跟蔡和森、萧子升，一把雨伞一个包，身无分文，就靠给人家写字作诗，沿着洞庭湖走了近千里。那一路踏过的乡土，睹过的世态，体验过的人情，是读多少有字之书都换不来的。

蒋先云：知行合一。

毛泽东点点头：王阳明也说过"知者行之始，行者知之成"。

毛泽东走到窗边，看着窗外的大雪：那一年在北京，也下着大雪。我的老师杨昌济先生见我和同学们过得简朴，把我们接到豆腐池胡同的他家。他一边招呼着我们吃火锅，一边语重心长地说"润之啊，博学、深思、力行，三者不可偏废"。

毛泽东：湘耘，这是杨先生对我的期待，也是我对你的期待。

两人四目相对，毛泽东有些动容，蒋先云眼中满是激动。

毛泽东：人生斯世，惟知之行之，方无负今日。

何叔衡的声音传来：润之！润之！

何叔衡气喘吁吁跑进教室，脸色慌张：黄爱和庞人铨出事了！

林寒洞肃，草木俱朽。雪花飞扬，寸草不生的地上，覆上层白。浏阳门外的黑，若有光，若无光。刺耳的铁链声由远及近。

黄爱和庞人铨的手脚被铁链拴着，嘴角、额角满是血迹，两人的脚踏过纯白的雪。

刽子手举起了刀……殷红溅雪！

湖南自修大学里，何叔衡：赵恒惕政府不加审讯，不问证据，在短短两小时内，即对黄、庞施以斩首酷刑。黄、庞二君，就义前犹自高呼"大牺牲，大成功"！

何叔衡悲愤至极：现在赵恒惕满大街贴满了诬陷黄、庞的告示。润之，这帮刽子手，不仅杀人，而且诛心！

在座的几人，无不心情沉痛。

毛泽东低着头，再抬起时，已是泪眼迷蒙！

屋外，雪虐风饕。毛泽东踏进雪中，徐徐向前行着……视线前方，是无尽的黑暗，只有雪花不停飘落，整个世界无声无息。许久后，毛泽东站定，仰头看向天空，阴云和雪幕，笼罩得天不见亮。

北京，李大钊住处。

李大钊站在桌前，在为黄、庞写祭文。

李大钊：黄、庞两先生，便是我们劳动阶级的先驱。先驱遇险，我们后队里的朋友们，仍然要奋勇上前，继续牺牲者愿做而未成的事业……

法国巴黎，周恩来住处。

周恩来悲愤地挥笔：生别死离。

紧接着继续写：壮烈的死，苟且的生。贪生怕死，何如重死轻生……

桂林，孙中山住处。

孙中山坐在书桌前悲叹不已，手边是空白信纸。宋庆龄站在一旁为孙中山研墨。

孙中山：中国革命已历十又一载，吾痛心于只有民国之年号，而无民国之事实。原为同胞，自相残杀，中外同羞！

孙中山愤而挥毫。

上海，陈独秀住处。陈独秀站在窗边，又踱到桌边。张国焘拿起一只酒杯放在桌上，斟酒。陈独秀对着天地敬酒。

陈独秀：黄、庞二君是当今中国第一次为工人阶级牺牲的志士英雄。

张国焘：润之在长沙为黄、庞二君开了两次追悼会。赵恒惕担心事情会闹大，就把湖南劳工会的《劳动周刊》封了，所有的报纸都不准报道黄、庞的事情，想将此事封锁在湖南界内。现在他还对外宣称"工界罢工，杀工界；商界罢市，杀商界；学界罢课，杀学界"。

陈独秀放下酒杯。

张国焘：所以润之提议到上海为黄、庞二君开追悼会，将赵恒惕的罪恶行径全部揭开！

陈独秀泛着泪光痛惜：不仅要在上海开，还要开到全国去！

陈独秀有些忧伤：君曼，把黄爱两年前在《新青年》参与编辑的所有杂志都找出来，收好。

上海霞飞路尚贤堂会场，门首书"黄爱、庞人铨追悼会"，旁边摆放着社会各界送来的花圈。来参加追悼会的人正在陆续入场，有年纪尚轻的学生，也有各行业的工人，以及各界的代表。

台上摆放着黄、庞二君的遗像，遗像上题写着"血钟响了"四个字。黄、庞被害惨象，被放大成画，挂在礼堂右面，下有华实公司贿赵恒惕使之杀人的讽刺画，上下映衬。会场四周都悬挂着从各地送来的挽联，其中一副挽联由工友们举着："漫漫长夜，积雪犹新，看志士两颗头颅，鲜血淋漓增惨痛；滚滚湘江，英风尚在，愿劳工各抒肝胆，齐心奋勇逐凶残。"

台下，陈独秀、张国焘、李达等人胸前都戴着胸章和白花，工人们脸上既悲痛又愤恨。

毛泽东神情凝重地戴上胸章，慢慢走上台，缓缓开口：诸君！今天我们在这里一起悼念黄爱、庞人铨二君。他们居污浊世界为光明而奋斗，却被人将头颅取去。这等悲惨，是没有先例的；这等黑暗，是无以复加的！湖南省省长赵恒惕滥用私刑，实骇听闻，此等倒行逆施，一致此极！此等所作所为，令人发指！黄、庞二君之死，给我们敲响了警钟，血的警钟！让我们彻底看清了资本家与军阀狼狈为奸、喝血吃肉的真面目。就今日中国之社会，生又有何可乐，死又有何可悲？

人人神色悲戚。

毛泽东：希望诸君能以此为鉴，主持正义。难道张贼可去，赵贼独不可去吗？若能诛此毒夫，则三湘幸甚，全国幸甚！诸君，我们在这里追悼黄、庞二君，同样是在追悼我们自己。我们当沿着二君的路继续往前走，为主义而战，为人格而战，为正义而战，为人类幸福而战，前仆后继，永无止境！这才是我们对二君最大的祭奠！

毛泽东的话让大家深受感动，陈独秀带头，人群中迸发出掌声。他看着一众激情澎湃的工人和各界代表，神色坚定，眼中微红。

陈独秀：黄、庞精神不死！

张国焘也跟着喊出来：黄、庞精神不死！

众人受到鼓舞，齐声：黄、庞精神不死！

武汉追悼会现场，黄鹤楼在不远处矗立着。

陈潭秋：诸君，眼泪是愚蠢的，痛苦是无益的，泪祭是不如血祭的！

广州追悼会现场，珠江边，众人聚集，为黄、庞二公悼念。

谭平山对工人们说：要改造我们的国家，要改造我们的社会，就应该从工人开始。黄、庞的死是为天下劳工死的，黄、庞的血是为天下劳工流的！

北京追悼会现场，众人聚在胡同巷子尽头的一个院子里。

邓中夏：我们流我们自己的血，就当建筑我们自己的世界、我们自己的历史！

上海霞飞路尚贤堂，场内的气氛被推到高潮，此时陈独秀甩脱张国焘的劝阻冲上台，激动地站在凳子上。

陈独秀慷慨激昂：诸君！诸君！中国没有真正的劳动团体，有之，从湖南劳工会起；中国没有劳工运动的牺牲者，有之，从黄爱、庞人铨二君起。黄、庞二君之被害，不独是中国劳工运动史上一桩大事，并且是世界劳工运动史上一桩大事。切不要忘了马克思的金言，万国劳动者团结起来！

场面一时间更加沸腾。

众人：黄、庞精神不死！万国劳动者团结起来！

北京、武汉、广州各分会场也响起了"万国劳动者团结起来"！

赵恒惕在办公室大发雷霆，郭队长、华经理及其他三五个赵恒惕的下属在一旁吓得哆哆嗦嗦。

赵恒惕：你们不是说消息都封锁了吗，那他们是怎么知道的？！北京、上海、广州……全天下都在传三湘大地血流成河，说我赵恒惕是个杀人不眨眼的独夫民贼，人人得而诛之！那孙文还嚷嚷着要派兵讨伐我！我这两年的苦心经营都叫你们这帮废物给毁了！

众人低着头不敢说话。

郭队长：省长，那些工人扮成收账商人，带着新闻、电稿，跑到汉口散布消息，我们也没法甄别啊。

赵恒惕：领头的都死了，谁给他们拿的主意？

郭队长：据我所知，挑头的是毛泽东。

赵恒惕：毛泽东？自修大学的毛泽东？

郭队长：此人居心叵测，蛊惑人心。只要您一声令下，等他一回湖南，我就送他去见黄、庞！

赵恒惕死死盯着郭队长：你这是要他的命，还是要我的命？

赵恒惕暴怒，一脚踹倒郭队长。

他还不解气，一脚接一脚地踹到郭队长身上：你他妈还嫌我麻烦不够多，罪名不够大吗？！你他妈也想我卷铺盖滚出湖南吗？！

众人看着郭队长的惨状不敢吱声。这时，门开了，翁先生来了。

赵恒惕疑惑：翁先生？

翁先生：政之所兴，在顺民心；政之所废，在逆民心。还记得吗？这些话，是你上任之初跟我说的，何等踌躇满志！可如今呢？劫民财，毁民产，腹诽有禁，偶语必诛！哀我湘民，何以堪此！省长眼中，还容得下我土、我民吗？

赵恒惕哑口无言。翁先生从赵恒惕身边经过，看都不看赵恒惕。

翁先生：你绣口一吐，诏出一地荒凉；绣手一挥，涂满三湘血债。道不同，不相为谋。

接着，翁先生扬长而去。

赵恒惕无比颓丧地瘫坐下来。

华经理扶起哀号的郭队长：省长，事已至此，总得拿个主意，您看……

赵恒惕叹了口气：去，立刻拿出抚恤金给黄、庞两家人送去。

华经理苦着脸：这……那年终赏钱……

赵恒惕：发，不管他们提什么要求，都答应。

华经理还想说点什么。

赵恒惕：还愣着干吗？去啊！滚！滚！你们这帮废物！全给我滚！

赵恒惕把所有人从办公室轰走后，瘫坐在书桌前，拾起一支枯笔，涂了个"毛"字，接着狠狠地把笔往地板上摔去。

静谧的清水塘22号院内，炊烟袅袅，厅堂中央的小方桌上摆了一碗青菜、三个空碗、三双筷子、三把勺子，向振熙端着鱼汤走进来。

向振熙：鱼来咯！

毛泽东起身接菜：谢谢妈！

向振熙坐下：你们怎么都不动筷子？快吃，这天凉，趁热！

杨开慧对毛泽东：看妈多疼你，一回来就给你做了湘潭的水煮鳙鱼！

向振熙：问了泽民，才知道湘潭做法与我们板仓做法不一样！润之，尝尝鱼汤，是不是湘潭味道？

毛泽东闻了闻，直点头，紧接着用勺子舀了，喂杨开慧。

毛泽东：这鱼汤真鲜！霞妹，你先尝一口！

杨开慧喝下，只觉得胃里翻涌，赶紧跑出去呕。

毛泽东一怔：霞妹？

向振熙：润之，你去看看。

看着毛泽东奔出的背影，向振熙会心一笑。

杨开慧扶着墙呕吐，看起来难受极了。毛泽东来到她身旁，轻抚杨开慧的背。

毛泽东：霞妹，怎么了？哪里不舒服？

杨开慧：没事，就是胃里翻腾。

毛泽东关心地问：你是不是着凉了？

杨开慧：没有。润之，陪我出去走走吧。

杨开慧不由分说地拉起毛泽东的手，往院外走去。

两人牵手沿着塘边散步，杨开慧停住脚步，看向毛泽东。

杨开慧：润之，你要当爸爸了。

毛泽东：什么？霞妹，你说我要当爸爸了？

杨开慧幸福地点点头。毛泽东一下子激动起来，上前一把抱起杨开慧，开心地转起来：我要当爸爸了！我要当爸爸啦！

杨开慧：哎呀，快放我下来，别吓着他。

毛泽东赶紧放下杨开慧：对对对，轻点，别吓着他。

毛泽东欣喜得有些手足无措，又小心翼翼地拉着杨开慧坐下：霞妹，来，快坐下，让我听听。

毛泽东俯身去听。

杨开慧笑：才三个月，能听到什么啊。

毛泽东激动：能听见，真的能听见。霞妹，他在里面跟我叫爸爸呢。

毛泽东欣喜抬头，看见杨开慧笑着的嘴角，却眼有泪花。

毛泽东：霞妹，你怎么了？

杨开慧未语，挽住毛泽东的胳膊，顺势偎依在他的肩头。

杨开慧：润之，我害怕。

毛泽东：害怕？怕什么？

杨开慧：怕失去你。

毛泽东：霞妹，我答应过你，我们会一辈子在一起。

杨开慧：你真的能做到吗？

毛泽东一愣。

杨开慧：润之，我第一次见你的时候，就觉得你不是个寻常男子，后来听说了你的许多事，看了你的很多文章，就爱上了你。当时我并没奢望会跟你结婚，直到你也给我写了信，对我表达了爱意，我觉得我就是最幸运的人。润之，跟你在一起后，我感到特别踏实，感到我们的生命是连接在一起的，什么都不怕。即便哪天你被人抓去，我也会义无反顾，跟你去共一个命运。（摸着自己的小腹）可有了他以后，我开始怕了，怕失去你，怕你看不到孩子长大。

毛泽东动容：霞妹，我们一定会看着他长大，看着他娶妻生子，再看着他的孩子长大。到那时候，革命一定胜利了，我们也变老了。我还想看看满头白发的你，会不会还像现在一样天真可爱？

杨开慧：我才不会变成老太婆呢。我杨开慧，一定永远可爱、永远年轻！

毛泽东：那是，不管到什么时候，你都是我心中的骄杨（阳）！

杨开慧：润之，你知道在我心里最幸福的事是什么吗？

毛泽东：什么？

杨开慧：润之，我想在每个寒风凛冽的夜晚，躲在你怀里。如果你恰好在工作，我就默默地坐在一旁陪你。我饿了，你帮我热饭。你的鞋破了，我来帮你补。不分开，永远不分开。

毛泽东将杨开慧紧紧搂在怀里。杨开慧没有看到，此刻朦胧夜色中，毛泽东眼中闪烁着泪光……月光下，杨开慧温柔地靠在他的肩上。

远处云雾弥漫，巍峨的岳麓山一片苍翠。毛泽东拾级而上，一旁的贺民范拄着文明杖，爬得有些费力，渐渐跟不上了。

贺民范：好久没爬这岳麓山喽！我这老身子骨儿，遭不住咯！

毛泽东：贺老慢些走，咱们不赶着登顶，赏赏山色。

贺民范一笑：辛弃疾白发三千丈，也敢说"我见青山多妩媚，料青山见我应如是"。我不行，年纪大了，就得服老。

毛泽东索性搀扶贺民范：贺老，这几日您家里可好？

贺民范：好着呢。

毛泽东：那……是有些什么琐事缠身？

贺民范摇头：不曾啊，润之，为何问这些？

毛泽东：是近日没怎么在学校看到您。

贺民范：润之，你今日约我爬山，是来兴师问罪的？

毛泽东：那不敢。只是觉得湘区执委成立在即，每次开会，大家都会热烈探讨马克思主义，新观点不少，贺老没去，我觉得可惜。再者，我们党成立没多久，规章制度，任何人恐怕都不能违背。

贺民范：润之，话既然说到这儿了，那恕我直言，我是加入了共产党，但我也有不参加会议的自由吧？我兼着自修大学的校长，管着校内事务，还定期给你们撰稿，这还不够吗？

毛泽东：可是贺老，革命不是建一个自修大学，或在书斋里写几篇文章，就能成功的。您也看到了，真正的革命……

贺民范打断：正是因为我看到了！润之……

贺民范顿了片刻，叹了口气，说道：我就是个年过半百的读书人，只求过个安稳的晚年，在此基础上让我做些事，我是乐意的。但我了解自己，我成不了黄兴、谭嗣同，也做不了黄爱、庞人铨。你们要以死明志，我，舍不得自己这条命。

毛泽东怔了怔：润之谢贺老坦诚！

贺民范站在原地不走了：组织该有组织的纪律，我也不为难你，你们物色一下新校长人选吧。

毛泽东：当初若非贺老相助，也不会有今日的自修大学。贺老对中国革命之义举，润之铭记在心。先前思虑不周，若有开罪之处，还望贺老海涵。（一顿）谢罪感恩，都在此一礼了！

毛泽东说完，鞠了深深一躬。

贺民范：润之，这一次，是我有负厚望了。

贺民范望了望上面的台阶：山高路陡，我走不动了，你自己上去吧。

贺民范对毛泽东拱手一礼，转身而去。毛泽东对着背影，再行一礼。

贺民范于1922年4月脱党。

上海街道上，路人三三两两，报童卖报，街边有摊贩、有乞人，文人模样的路人甲、路人乙边看报纸边走。

报童：陈炯明炮轰总统府，孙中山慌逃永丰舰！

路人甲看报：什么，陈炯明叛变倒戈了？

路人乙摇头：军阀打得大总统在海上漂，乱了，乱了。

路边有人磕头行乞，一个看似有学问的老者拿着报纸经过，给了乞丐铜板。

老者唏嘘：兴，百姓苦；亡，百姓苦啊！

蒋介石家中，陈洁如正把衣物装进行李箱。桌上放着好几封电报，蒋介石一脸心事重重。

陈洁如看了蒋介石一眼：你在证券行差一点倾家荡产，已经教我提心吊胆，现下又要去继续革命，这可是断头的营生！

蒋介石：玩股票是投资，更是投机，最要紧是看准时机，革命亦是如此。现下广州有变，我的时机到了。

陈洁如：广州那边还不知什么情形，你现在去，万一……

蒋介石：中山先生有大恩于我，他落了难。我听说，在警卫团的叶挺带兵奋力卫护之下，他和孙夫人才脱险上了永丰舰，可孙夫人因为惊吓过度小产了。中山先生遭此大劫，身边人避之不及，我不能让他寒了心。

陈洁如：我们才结婚多久，你就不怕我寒了心？我可不想当你老家那位毛夫人。

蒋介石：放心，我的洁如，结婚的时候，我跟你发过誓，你是我独一无二的合法妻子。静江兄的夫人与你是好姐妹，你与他们同在上海，我也就不担心了。此时我若不去广州，怕是会抱憾终生。

陈洁如点头，蒋介石在陈洁如额头一吻，拎着行李箱转身而去。

西湖湖面如镜，倒映远处青山，几叶扁舟在湖上缓缓行着。陈独秀、李大钊在湖边茶楼相对而坐。

李大钊：中山先生终于回上海了。

陈独秀：在永丰舰上漂了五十多天吧？

李大钊：听说蒋中正是乘了一叶小舟，一路穿过叛军封锁登的永丰舰，后来又指挥舰队，迎着两岸弹雨冲到白鹅潭，这才安定下来。

陈独秀：中山先生一向宅心仁厚，他怎么不提，蒋中正是接了六封电报才去的。

李大钊一笑：人家的家事，我们不管。不过中山先生经此一劫，应该会重新看待两党问题。

陈独秀沉下脸，正要端起的杯子又放下了：咱们这两天的会，说来说去都是国共合作，我还是那态度，既然是共产国际的决定，那两党合作我不反对，但马林要我们以个人名义无条件加入国民党……这不开玩笑吗？

李大钊：这个不急着决定，肯定得慎重考虑。

陈独秀：守常，我们党有自己的组织、自己的纲领。你想想，以我们现在的规模、实力，加入国民党，会是什么后果？

李大钊笑：仲甫，少安毋躁，你过阵子要去莫斯科，正好考察一下多党合作的可能性，我也去上海见见中山先生，当面听听他的想法。我们再做决定，好不好？

陈独秀：守常，我们党精神之纯粹、思想之先进，和他们这种资产阶级党派是有本质区别的。我们现在的组织力、行动力都在飞速成长，你就说湖南，毛润之准备把安源、株萍、粤汉铁路都发动起来，干一票大的，我可期待得很。

李大钊：湖南工运这把火，是快要燃起来了。

陈独秀：我决定了，我要给他派个帮手！

李大钊：帮手？

陈独秀神秘兮兮：从俄国回来的！

第五章　湘区工人有力量，意识觉醒不可挡

清水塘22号院内，杨开慧已经显怀，她正在扫院子，手上的扫帚突然被何宝珍抢走。向振熙在一边舂辣椒酱。

何宝珍：开慧姐，你不许扫地！

杨开慧嗔怪：哎呀，累不着，大呼小叫的。

何宝珍：杨妈妈，您看她不听话，（对杨开慧）你快好好坐着。

何宝珍把杨开慧按坐在椅子上，自己扫院子。

向振熙笑：她就这性子，闲不住的。

杨开慧果然顺手就拿壶浇起了花，向振熙端着辣椒酱和一筐辣椒往屋里去了。

杨开慧：宝珍，这几个月自修大学的课还习惯不？

何宝珍：习惯得很，老师经常带着我们自由辩论，大家都讲出自己的看法，特别好。

杨开慧笑：谁能想到参加个学生运动，湖南三女师就把你开除了。

何宝珍骄傲一笑：不是参加，是领导。对了，开慧姐，你什么时候入的党啊？

杨开慧：去年我生日那会儿。

杨开慧看着何宝珍：你也想入党？

何宝珍拼命点头：想得很。

杨开慧：写入党申请了吗？

何宝珍：没呢，我老觉得自己资格不够。开慧姐，我是不是需要经过组织的考验才行？

杨开慧笑：你先把申请书写了，组织有的是考验你的机会。

何宝珍接着就要扔扫把：我这就去。

这时敲门声响，两人对视一眼，杨开慧想起身。

何宝珍按住杨开慧：我去我去，你身子重。

何宝珍小心翼翼地打开门，外面站着一个浓眉大眼、挑着扁担的年轻人（刘少奇）。

刘少奇对暗号：你好，请问你家有桌椅要修吗？

何宝珍：没有。

刘少奇：……那，有板凳要修吗？

何宝珍：我家好着呢，没有破桌子、破板凳，关门了啊。

何宝珍刚要关门，刘少奇见来人对不上暗号，有些疑惑，往里张望。

何宝珍：乱看什么呢！

何宝珍关上门，刚回身走几步，敲门声又响起。

何宝珍开门：你这人怎么回事？我家桌椅板凳、厨灶柜子，都好着，不缺胳膊不少腿，可以去下家了吗？

刘少奇悄声：这……是清水塘毛家，对吧？

何宝珍愣了愣，不知道该不该回答。

刘少奇索性更大胆：开慧同志，润之先生在家吗？

何宝珍也不辩驳，谨慎询问：你找润之什么事？

刘少奇：嫂子见谅，我找润之要说的事，不方便在这里说。

何宝珍看着刘少奇一脸认真的模样，实在忍不住笑。说话间，毛泽东和杨开慧已经过来。

毛泽东：刘少奇！

刘少奇探头一看，才看到毛泽东：毛润之！

会议室内，毛泽东和刘少奇二人坐下，桌上已放了一堆文件。

刘少奇笑：早就听了润之同志的大名，没想到一见面，还认错了嫂子。

毛泽东笑：那细妹子叫何宝珍，农家姑娘，考了湖南三女师，受马克思主义影响开始参加学运，进步得很快，结果在三女师领导了一场学潮，被学校开除了。

刘少奇失笑：难怪有几分英气。

毛泽东：你是在莫斯科东方大学专门学过马克思主义的。这次去参加远东劳动人民代表大会，收获如何？

刘少奇：对劳工运动的认识丰富了不少，也学了很多经验。仲甫先生让我回湖南协助你，我这次具体做哪块工作，你安排。

毛泽东：少奇，你先别急，先给我传达一下这次党的全国代表大会的精神。

刘少奇笑：好。先说一件事，这次会上，明确了我们党参加共产国际，接受他们的领导。

毛泽东：上次马林经过长沙，我看他是真心实意要帮助我们的。

刘少奇：这是仲甫先生让我带给你的。

说着，刘少奇掏出一份文件，递给毛泽东。

毛泽东看见文件上写着："组织无产阶级，用阶级斗争的手段，建立劳农专政的政治，铲除私有财产制度，渐次达到一个共产主义社会。"

刘少奇：这是我们的最高纲领。最低纲领是"消除内乱，打倒军阀，建设国内和平；推翻国际帝国主义的压迫，达到中华民族完全独立；统一中国为真正的民主共和国"。

毛泽东：好啊，走完第一步，才能走第二步。反对帝国列强，反对封建军阀，意思都有了。这对我们现在的工作有很大的指导意义。

刘少奇：是，仲甫先生也说，要是润之在场，定会举双手赞成。

杨开慧和何宝珍坐在院里，收着桌上的书。何宝珍还探头往里屋看。

杨开慧：看什么呢？

何宝珍：长那么大眼睛也不顶用，还把我认成了你。

杨开慧一笑：我怎么没注意长了多大的眼睛。

何宝珍快言快语：那是，你眼里只有毛书记嘛。

杨开慧看着何宝珍一笑：嗯？那你？

何宝珍自知说多，一时羞窘：我？我去写我的入党申请书了。

毛泽东和刘少奇还在会议室内讨论着。

刘少奇：粤汉铁路罢工与安源路矿罢工同时进行，带动长沙手工业工人罢工，互相策应。润之，你这盘棋可下得够大的。

毛泽东：粤汉线是安源的大动脉，新河站和岳州站是这动脉上的两个阀门。岳州站又是吴佩孚爱将萧耀南的地盘，比赵恒惕更难对付。车站还建有资本家掌控的黄色工会，郭亮说他们时常与工人俱乐部发生摩擦。

刘少奇：岳州车站也有我认识的老乡，我可以去协助郭亮。

毛泽东：好，你先去组织湖南工学商各工团联合会的请愿事宜，之后就去岳州。

刘少奇点点头：安源现在情况怎么样？

毛泽东：李立三和蒋先云已经在安源打下了基础，目前发展了十几名党员、三十多名团员，工人俱乐部成员已经超过千人。因为出头露面太多，立三已经多次遭到路矿当局威胁，暂时回醴陵避避风头。我得尽快过去，替他主持安源的工作。

刘少奇激动：润之兄，我们发起的这一系列运动，一定会像阿芙乐尔号的炮声一样，为中国工运开启一个新纪元！

毛泽东走到窗前：少奇啊，我没记错的话，你们宁乡离我们韶山冲，就七八十里路。你多大离家的？

刘少奇：十五岁。

毛泽东：差不多，我也是十七岁就去了湘乡。当时懵里懵懂，心比天高，其实也不知道到底能做些什么。

刘少奇：年少轻狂，谁不一样？

毛泽东：这不，我们都回来了。

刘少奇：是的，回来了。

毛泽东：十二年，找到了理想，我们的理想。

刘少奇不语，肃然。

岳州车站里，一辆停靠的列车车厢前，监工张恩荣与手下苗凤鸣正指挥几个下属把货物搬到车上。

张恩荣小声说道：都给老子麻利点！别让人发现了！

忽然两束手电光打过来，巡夜的工人阮康成、吴青山走了过来。

阮康成：什么人？

苗凤鸣：嚷嚷什么！

吴青山：张监工，苗员司？（电筒扫到车上）往车上装什么东西？你有派单吗？

阮康成、吴青山上去就要检查，苗凤鸣想阻拦。

张恩荣：你管不着！别在这儿碍事，快滚蛋！

阮康成不理，上去就要把货往下搬：没派单不能随便运，这是规定！

张恩荣急了，上前抢夺，木箱掉到地上，滚出几个黑乎乎的球。

吴青山：大烟？站上明令，严禁运输烟土，你身为监工，还明知故犯！

吴青山的喊声引来了十几名工人，张恩荣与苗凤鸣对视一眼。

张恩荣：谁明知故犯？兄弟们，明明是我跟苗员司发现阮康成和吴青山偷运大烟！

阮康成：我没有，我没有！

吴青山：放屁！你这是血口喷人！倒打一耙！

苗凤鸣：我们都看见了！

其他喽啰：对，对，都看见了。

张恩荣：他们工人俱乐部，明着笼络人心，宣传激进思想，暗里造谣惑众，图谋不轨，今天人赃并获，连大烟都卖上了！这就让官厅拿了你们重办！

吴青山：张恩荣，你们职工联合会跟站上勾结一气，平日敲诈勒索，随意开除工人，你就是站上养的一条乱咬人的狗！

张恩荣一脚踹上去：敢骂老子，兄弟们，揍他！

众帮凶一齐上前，阮、吴寡不敌众，遭到拳打脚踢。

车站里回荡着喊声：打人了——打人了——

十几束手电光晃动着向车厢奔来。

安源路矿某工友家不大的房间里，毛泽东看着窗外遥远的矿山，蒋先云与朱少连等工人代表坐在身后。

蒋先云：矿上视工人俱乐部为眼中钉，天天派人来盯梢，想找碴儿彻底查封俱乐部，好像把这个工人们唯一可以发声的地方抹去了，那些悲愤与苦难就不存在了一样。

朱少连叹了口气：按润之先生的叮嘱，以后我们开会的地方就改在这儿了。

蒋先云：矿上还对工人搞饥饿政策，凡是参加了俱乐部的工人，他们就把工钱一拖再拖，想引起大伙儿对俱乐部的不满。

毛泽东：路矿当局越是这么搞，越说明咱们的路走对了。今天听了各位的描述，我认为当前安源局势是箭在弦上。路矿当局的种种倒行逆施，事实上给了我们一根导火线。现在咱们唯一的出路，只有罢工！

工人甲：可是，路矿当局有人有枪，咱们干得过他们吗？

工人甲似乎说出了所有人的担忧，大家都看向毛泽东。

毛泽东：你怕，他们还怕呢！我们是要争权益，不是拼生死，军警中也有不少跟咱们是十里八村的老相识，为资本家们结血债，他们犯不着。

蒋先云拿出一份文件：我跟矿警队的几个老乡混熟了，换班表和布防图，我都弄来了。

毛泽东接过那份文件：所以说，路矿当局看起来高高大大，其实就是空架子，我们不用怕它。

朱少连：那我们应该怎么搞这场罢工？

毛泽东：首先，要明确，我们要什么，要提出罢工的理由。不仅要让对方知道，我们自己也要清楚，这场罢工要达到什么目的。大家内部一定要认识统一，不达目的，绝不妥协退让。其次，我们要有序、有纪律地罢工。罢工不是暴动！

工人乙：抢两口监工餐吃行不行？

众人笑。

毛泽东：抢来的饭哪有自己做的饭香！湘耘，你要组织起工人纠察队，既要维护罢工期间的工地秩序，不能乱，也要保护工人安全。

蒋先云：我明白，这就挑几个可靠的。

毛泽东：最后一条，也是最重要的，一定要争取到尽可能广泛的同情与支持。（扬了扬那张排班表）不是我们朋友的人，未必是我们的敌人啊。有的人是我们团结的对象，他们有可能会帮到罢工。切记，罢工不是寻私仇，是谋公义！

忽然，有人敲门。蒋先云示意众人噤声，他到门边，一打开，发现是毛紫云。

毛泽东：紫云叔。

毛紫云：润之啊，你的信。

毛泽东打开信匆匆浏览，面色凝重。

蒋先云紧张：出什么事了？

毛泽东：岳州来的。车站发生欺压工人的突发情况，群情激奋，郭亮建议立刻发动罢工！湘耘、少连，计划要变一变了。我现在就要赶回长沙，你通知立三速回，安源的罢工也要提前！

蒋先云：好！

毛泽东独自打着灯笼，在夜幕中安源的乡路和山间穿行。

毛泽东：致中华民国交通部，粤汉铁路鄂段岳州车站发生虐待殴打无辜工人，罔顾事实包庇凶犯，仗势欺人违规开除工人之案。其暴行犯法害公，天怒人怨，为国法所不依，为公理所不容，为正义所不允！提请交通部立刻裁决此案，惩办凶犯，以正视听。粤汉铁路全体工人。

新河车站工人夜校内已经忙碌起来，有的工人在写横幅，有的工人在做标语。杨开慧挺着大肚子，和何宝珍一起写着标语，刘少奇、何叔衡和毛泽东在一边商议，夏明翰、毛泽民也在其中忙活。

何宝珍：还我公道，惩办凶手……这字还挺娟秀，开慧姐，都这样了，润之先生还让你干活啊？

杨开慧：是我自己要来的，岳州暴行听得我义愤填膺，可惜我有孕在身，无法亲临罢工，标语总是写得的。

何宝珍：你呀，真是个侠女性子。

何叔衡对毛泽东：润之，交通部还是没有回应。

毛泽东：他们不会回复的，北洋政府压根儿就是个傀儡，还不是曹锟、吴佩孚说了算？萧耀南可是吴佩孚的老部下，他们根本就是穿一条裤子的。但这声明必须发，先礼后兵，公之天下，以正舆论，我们的罢工就师出有名。

刘少奇：我的担心也在这儿。长沙是赵恒惕的地盘，岳州是萧耀南的后院，同归吴佩孚节制，万一两人联手，面对军阀的刺刀，我们的工人可是赤手空拳。

毛泽东：赵恒惕去年才跟吴佩孚交兵，打不过才俯首低头，跟萧耀南更是面和心不和。近日，陈嘉佑带着北伐军攻打湘南，这才是赵恒惕的头等大事。所以，我们要稳住赵恒惕。而萧耀南那头，单靠我们自己的力量是不够的。叔翁，恐怕要麻烦你出趟远门。

何叔衡：去哪儿？

毛泽东：武昌，联络劳动组合书记部武汉分部的林育南，让罢工的火焰烧遍整个粤汉铁路武长段！

1922年9月9日，粤汉铁路新河车站、岳州车站、徐家棚车站的铁路工人在毛泽东、郭亮、林育南等人的领导下，正式开启了粤汉铁路大罢工。

长沙新河车站，太阳初升，一个段长吹着口哨，但铁轨上的火车却像僵死的巨兽般一动不动。段长扭头一看，惊呆了——数百名工人举着标语静静地站在他的身后。

　　毛泽东振臂一呼：声援岳州兄弟！惩办凶手！

　　工人们：惩办凶手！

　　岳州车站铁轨上，一辆火车喷着黑烟，正轰隆隆驶来。晨雾漫漫，铁轨两边，郭亮带着一大群工人涌上轨道，黑压压的人群站在铁轨上，迎面对着驶过来的火车。

　　郭亮张开双臂，大喊：开车的工友！天下工人都是阶级兄弟！你不能替官僚、军阀杀自己的亲人呀！

　　火车司机满头大汗，他旁边站着监工。

　　监工：不管他们，轧过去！轧过去！

　　郭亮跟其他拦路工人一起大喊：兄弟！停下来！

　　火车司机一咬牙，给了监工一拳，拉下倒车闸，只听见刺耳的紧急刹车声，车轮和轨道间闪出火花。火车在乌泱泱的人群前停下，成群的人爬上火车头，拉开鲜红横幅——"争自由，争人格，争人权"。

　　武汉徐家棚车站，在林育南的指挥下，工人们把木制的拒马抬到铁路中间，何叔衡也在帮忙。

　　赵恒惕在办公室焦躁地接着电话，郭队长推门进来。

　　赵恒惕：什么？北伐军已经兵临衡阳城下？那可是长沙的门户！贺耀祖，你与唐生智务必不惜一切代价守住。丢了衡阳，你们俩提头来见！

　　赵恒惕摔了电话：北伐北伐，分明是谭延闿的人借了孙中山的北伐旗号，在我湖南搞复辟！

　　郭队长欲言又止，电话又响了。

　　赵恒惕没好气地接起电话：老贺，你别再催命了，弹药已调拨在路上了！（变脸）哦，玉帅。

　　吴佩孚：夷午老弟，少安毋躁。不就是谭延闿那些散兵游勇吗，眼下武长段粤汉铁路瘫痪，这仗你怎么打？只要你配合萧耀南迅速平息事端，一通车，我立马让他率军驰援！

赵恒惕情绪平复：玉帅，您刚才都听见了，湘南战事已经让我分身乏术了，后院不起火就算好了，支援珩珊（萧耀南），我有心无力啊！再说，不是您当初提倡要"保护劳工"吗？

吴佩孚：人有亲疏远近，事有轻重缓急，先通粤汉铁路再说。

赵恒惕：当然，玉帅一句话，只要打退南边的北伐军，我即刻北上驰援湖北！

赵恒惕挂了电话，轻松下来：你吴秀才也有今天！听听，这架子端的，求人办事还恨不得你领旨谢恩。还驰援，真让他萧耀南大军一开进，长沙到底姓萧还姓赵？

郭队长：可吴大帅说得不无道理啊，现在铁路工人又在闹事，咱们怎么往湘南前线调兵、调枪？

赵恒惕给了郭队长一封信：这是工人们给省公署的信，你看看。

郭队长速速一读："致湖南省公署、湘军司令部。我们的目标仅为替岳州站工人讨回公道，于省公署和湘军秋毫无犯，罢工期间，军资用车，照常通行。"省长，毛泽东这回不是冲咱们来的？

赵恒惕笑：毛泽东搅起来这浑水，谁爱蹚谁蹚。我能去给他老萧当马前卒？！咱们就蹲一边看戏，看看这独角戏，他萧耀南怎么唱！

岳州车站，郭亮正在车站前对罢工的工人们演讲。

郭亮：兄弟们，武汉、长沙都在声援我们罢工，大家可一定不能退缩啊！只要我们坚持到底，正义就一定能实现！惩治凶犯！复职无辜工人！

工人们：惩治凶犯！复职无辜工人！

罢工队伍远处，一辆车上，粤汉铁路鄂段铁路局局长王世埙正焦虑地盯着罢工人群。张恩荣拉开车门上车。

王世埙：钱给萧督军送去了吗？

张恩荣直点头：我都跑了三趟了！

王世埙：那部队怎么还没来？萧耀南不会光收钱不办事吧？

张恩荣一指前方：来了，来了！

一道卡车灯光打了过来，直照得众工人睁不开眼。郭亮努力睁眼，只见一排排荷枪实弹的反动军人，正挺着刺刀向他们走来。

军人：奉萧督军之命，恢复车站秩序，良民即刻退散，余者严惩不贷！

新河车站工人夜校，毛泽东等人正在筹备铁路工人大会。

夏明翰打开报纸：萧耀南武力镇压武汉、岳州的罢工人群，郭亮同志被逮捕了。

毛泽东：所以我们召开铁路工人大会，不仅要唤起社会各界的关注与支持，更要稳住军心，给大伙儿吃一颗定心丸。

夏明翰：听说省公署也要派人来大会慰问。

工人甲：他们也要来？一定没安好心！

毛泽东：湘鄂军阀素来面和心不和，赵恒惕是想看萧耀南的笑话。他为了坐稳省长位子，谋求社会舆论支持，这个姿态是肯定要做的，不会找我们麻烦。让他们来吧。

夏明翰：可我们不成了配合军阀官僚惺惺作态、虚情假意了吗？

毛泽东：来可以，但不能白来。他们想虚情假意，咱们就假戏真做。

新河车站候车室已经被改成罢工的临时礼堂，上挂横幅"铁路工人大会"，工人们已经齐聚一堂，记者云集，毛泽东等在门口。一辆轿车停在门口，从车里走出两名官员，主动跟毛泽东握手。

石成金：毛润之先生，我是省警察厅厅长石成金，这位是粤汉铁路湘段铁路局局长曾君聘。我等奉赵省长之命，特来慰问诸君。

毛泽东：二位先请进来，大会马上开始。

毛泽东将两名官员引到前排落座，自己走上台：各路同胞们，各地工友们，我们全路工人，为自身生存计，不得不有最低限度之要求。然而，即便要求如此卑微，可那萧耀南竟派兵镇压我岳州、徐家棚同仁，十多人失踪，三十多人被捕，我们的好兄弟郭亮同志，也被他们扣押了。

一听郭亮被捕，台下工人鸦雀无声。

毛泽东话锋一转：与那萧耀南不同，湖南省公署对诸君的义举是完全支持的，所以，今日警察厅石厅长、铁路局曾局长也莅临到场，慰问大家！

工人们欢呼起来，两名官员颇感意外，不知所措。工人们鼓噪着，两人无奈上台。

石成金擦着汗：鄙人，主持长沙地界治安经年，素对劳工之权益，颇有同情。

记者甲站起来：我是《申报》驻长沙记者，省公署会干涉此次罢工吗？会采取跟湖北一样的态度对待罢工人群吗？

毛泽东：当然不会，今天二位的到场就是明证！

毛泽东看向石成金。

石成金：这个……

毛泽东：请石厅长明示——会，还是不会？

石成金深吸一口气：绝对不会干涉，只是希求各位兄弟遵守秩序，静候解决。

记者乙：我是《大公报》记者，请问罢工期间，工人薪酬有保障吗？

石成金看了一眼曾君聘。

曾君聘：这个可能要……

石成金捅了捅曾君聘。

曾君聘无奈：一切工资，概行照付！

工人们欢呼鼓掌。

毛泽东：诸君，我们为公理而战，我们为正义而战。只要我们坚持，胜利必将属于劳工！

毛泽东与两名尴尬的官员立于台上，台下闪光灯闪烁。

新河车站工人夜校一盏油灯下，毛泽东在和刘少奇商讨。

刘少奇：润之，你那番倡议太及时了，明天报纸一刊出，全国各地必然咸来响应，形成声势。

毛泽东凝眉：这还不够，我们还得再主动一点。

刘少奇：我同意，眼下郭亮同志身陷囹圄，我想马上动身去岳州，一方面稳定人心，接过罢工的领导之责，一方面去营救那些同志。

毛泽东：不，我想让你去安源。

刘少奇：安源？

毛泽东点点头：岳州站受此大挫，你去了，也难再掀风雨。今天的动员把舆论传出去，短时间内，被捕的同志还算安全。所以，我们需要从外部给岳州压力。现在，在安源启动罢工是对他们最好的声援。

刘少奇：我明白了，那我即刻动身。

毛泽东：少奇，立三跟湘耘都已上了矿上的黑名单，尤其是立三。我的想法，你们要吸取黄、庞二君的教训，罢工总指挥跟谈判代表分开，以防被扣押，出现不测，群龙无首。转告立三同志，切记八个字——哀兵必胜、哀而动人。我们要放低姿态，争取一切可争取的力量，更要争取社会舆论的同情！

洪帮堂会院内，伴随一声尖锐的鸡鸣，一道血溅出，洪爹提着一只刚杀的鸡，倒了两碗酒。

洪爹：喝了鸡血酒，我们就是兄弟了，有话但讲无妨。

李立三：劳烦兄弟答应我三件事。其一，罢工期间，街上的烟馆、妓院一律关门，免得给人留下口实。

洪爹：依得。

李立三：其二，赌场、赌摊全部停业。

洪爹沉着脸，不说话。

洪爹：其三呢？

李立三：你手下兄弟，不可上街闹事，抢劫偷盗。

洪爹看着李立三，脸色不可捉摸，忽然哈哈一笑，指着李立三与旁人说：兄弟们，你们知道坐在我面前的这是什么？这是六百块大洋啊。

李立三心知肚明，一笑。

洪爹：那矿上的王总监出六百大洋，悬赏你的人头。

李立三：至今没人敢动手，还不是全凭洪爹罩着。

洪爹朗声一笑：这功劳我领一半，那矿上成千上万的人，哪个不喊着保你。

洪爹和李立三对饮。

洪爹：立三兄留过洋，今日过来，是看得起我，这面子我不能不给；但我不单是给你的，那矿上兄弟有一半也是我洪帮的人，能让他们日子好过，兄弟我，得好好谢你。

李立三和洪爹碰杯，喝了酒。两人朝天照了照杯子，皆有英雄气，相视大笑。

工人俱乐部房间内，满满一屋子人，蒋先云正在演讲。

底下的人不再是从前萎靡麻木的模样，面貌都精神了不少。

蒋先云：组织已下了明确指示，全力支持矿区罢工，商会、帮会也表示不会干涉。所以，罢工期间，我们作为工人纠察队，务必保证没有工人乘乱去偷、去抢，一切听指挥，不私自行动。

工人代表齐声：好！

蒋先云：那我现在来收集大家的罢工诉求，有想到的都可以说出来。

工友代表甲：我提一个，事后不得开除参加罢工的工人……

工友代表乙：要明确请病假的工资……

民房内，一张地图铺在桌上，李立三、刘少奇、蒋先云和其他工人代表齐聚一堂。

李立三指着地图：这是矿井电缆，汽笛一响，就切断电闸，接下来洗煤台、炼焦处、修理厂和紫家冲分矿的机车、绞车、煤车全部都停！

工人代表们：我守洗煤台／我去炼焦处／我去修理厂……

刘少奇指着地图上八方井锅炉房一处：锅炉房是我们最后的砝码。如果他们始终不接受罢工条件，我们就要破坏锅炉房，让整个矿井瘫痪！

蒋先云：这是安源的死穴，我亲自守。

冬伢子举手，脆生生地说：我和湘耘哥一起，操作炸药我熟。

刘少奇：冬伢子，不到万不得已，这步棋我们不能走。

众人会意地点头。

刘少奇：罢工期间，安源的居民用电必须保证，不得影响老百姓生活。

李立三：罢工一旦开始，工人中肯定会有不愿参加，偷偷上工的，怎么处理？

朱少连：我们负责把守矿口，谁来上工就让他去，反正进去就好生待着别出来。

李立三点头：交给你们，别伤着人。

朱少连：放心。

刘少奇：罢工当日，由湘耘负责组织工人，立三负责维护外围秩序，我负责和当局谈判。

几人点头。

李立三：那我们开始拟罢工宣言。

朱少连：我建议罢工宣言就写共产党万岁！

工人代表纷纷点头：我同意！

李立三：这恐怕不符合润之交代我们的哀兵必胜的策略。

刘少奇：我也觉得，我们的目标诉求是工人利益，我党暂时不适合公开。对敌斗争要胆大心细、有勇有谋，我们的罢工口号和横幅，都要往哀而动人的方向想。我想问问大家，为什么想罢工？

工人甲：日子过不下去了！

工人乙：我们的日子牛马不如啊！过去糊里糊涂倒也罢了，可现在我们睁开眼了，必须换种活法。

刘少奇：好！那我建议，口号是"从前是牛马，现在要做人"！

李立三：好！这个口号好！各位，这是一场罢工，也是我们和资本家，和这个万恶旧世界的一场战斗，有可能会流血、会牺牲，有可能我们会像黄爱、庞人铨一样，但我不怕，你们呢？

工人甲：不怕，"从前是牛马，现在要做人"！

工人乙：我们豁了命也愿意！

李立三：好，回去各自部署！14日凌晨，以火车鸣笛为号，准时行动！

安源煤矿，一声刺耳的鸣笛声响，划破了暗夜的寂静。所有矿灯瞬时亮起，黑暗中无数火光闪烁。铁路机车重要部件被卸下来，汽笛长鸣。

井下，蒋先云一声令下，电源被煤矿工人砍断。洗煤台、炼焦处、修理厂的电被逐一切断。

各个角落里，工人高举斧头，高喊着"从前是牛马，现在要做人"，如潮水般从矿井、工棚、街头巷尾涌出……

县府门前，一面鲜红的横幅被举起，上面赫然写着"从前是牛马，现在要做人"。

路矿当局办公室内，气氛压抑。副总矿长李舒泰盯着手里的《罢工宣言》，眉头紧锁，坐立不安。手下正拿着文件夹汇报情况。牛矿长、李队长等也站在办公室里。

李舒泰对牛矿长说：价钱开出三倍，有人上工吗？

牛矿长：……只有几个。已经四天了，矿上损失都超过十万元了。

李队长：上面让我们尽快平息，多一分钟罢工，就多一块钱的损失……

李舒泰：放他娘的屁，老子不知道尽快平息？怎么平息？接受他们提出的所有条件？

牛矿长：可不答应，他们就不干活，咱们赔不起啊。

这时门开了，一名手下冲进来：汉口，杨总办的急电。

李舒泰看了一眼电报，长舒一口气：那个谈判代表刘少奇在哪儿？

手下：一直在外面等着。

李舒泰把电报扔到一边：请进来吧，谈。

路矿当局大楼外，朱少连和工人纠察队焦急地等着。

朱少连：进去多久了？

蒋先云盯着表：……三、二、一，十分钟了。

朱少连一挥手：我们要见刘代表！

工人纠察队有的敲盆，有的敲锣，一齐喊：我们要见刘代表！不许暗害谈判代表！

见楼里没反应，工人纠察队开始向大门进逼，连冬伢子都开始爬墙。

这时，窗帘拉开了，刘少奇出现在窗口，朝着众人挥挥手。大家安静下来，开始鼓掌。

朱少连：十分钟见一次，谅他们也耍不了花招！

新河车站工人夜校内，毛泽东看毛泽民打算盘算账。

毛泽民：今日共收到全国各地的捐款三百零一元五角四分，连同前两日的，刚好一千三百四十五元六角二分。

毛泽东点点头：好，把这些捐款全部汇给岳州、汉口方面。

毛泽民：汉口？

毛泽东：他们被捕、受伤的同志也不少，一定急需用钱。而且，叔翁来信说，陇海线、京汉线的工人代表深受感召，他们打算，要是再不答应粤汉铁路工人的要求，立马放人，就举行全国铁路线总同盟罢工！

毛泽民：这么大阵仗啊！

毛泽东：粤汉铁路罢工胜利在望，不知道安源的进展如何。

夏明翰拿着封信冲了进来：先生！先生！我们成了！

毛泽东、毛泽民都站了起来。

夏明翰：安源罢工，成了！仅仅五天，未伤一人，未败一事，工人们提出的条件，路矿当局全都答应了！

毛泽民和夏明翰欢欣鼓舞，毛泽东看着信，长舒一口气。

车夫拉着黄包车在上海街头飞奔，车上坐着陈独秀，表情兴奋无比。

陈独秀指挥车夫停下，几乎是跳着下了车，他快步往前走，车夫在后面大喊：先生……还没给钱呢！

陈独秀一拍脑袋，连忙转身付钱，然后跑入办公室。

办公室内，张国焘正在给马林读报纸。办公室门被推开，陈独秀手拿报纸走入。

陈独秀手扬报纸：国焘，成了！跨越湘赣鄂的大罢工都成了！了不得啊！

张国焘也手扬报纸：我正给马林同志说着呢。

陈独秀激动不已：马林同志，马林同志，看到了吗，我们中国工人阶级是有力量的，我们中国共产党是有能力领导工人阶级革命的！共产国际四大要召开了，等到了莫斯科，我定要把这个消息告诉列宁同志！

李大钊穿着长衫，踩着落叶，走到一栋宅子门口。他抬手看表，正是准点，又偏头看了看房门号，才笃定地敲了敲门。门开了，门里是一位仆人模样的人。

李大钊刚要开口说话。

仆人：是守常先生吧？快请进，先生早就在厅里等着了。

李大钊有些意外，点头抬步往里走，和仆人穿过走廊，进了厅里，只见一个头发有些花白的男人背身坐着。他正看着这背影，孙中山就转过头来，见是李大钊，立刻起身，一时没说话。

此时的孙中山较之前，已然苍老不少。

李大钊：中山先生。

孙中山方才一笑，走过来：守常先生，我等你好久咯。

宋庆龄端着茶从另一边出来，笑着说：约好的时间，人家没来迟。

099

李大钊向孙中山伸出手去：我想见中山先生，也很久了。

两个人的手握在一起，两人眼中皆是真诚。

孙中山：这次来上海能待多久？

李大钊：至少两个月。

孙中山：好，太好了。

宋庆龄放下茶杯：不知道的，还以为你们认识了多久，哪里像第一次见！

李大钊笑：我和中山先生神交已久，互相嗅着气味就认出对方了。

孙中山朗声一笑：喝什么茶，去我书房看看。

书房内，挂着一幅字——天下为公。李大钊在书柜前边走边看，孙中山跟在身侧。李大钊的目光扫过几本书，停留在《进化论》上。

李大钊：《进化论》，达尔文自己也承认，是时代的必须，从根本上推翻了神创论和物种不变论，摧毁了统治阶级最惯用的思想牢笼。

孙中山点头：中国近代物质文明不进步，因之心性文明之进步亦为之稽迟。

两人踱步往前走，又看到史书系列。

李大钊：是啊，如果不能建立唯物史观，历史的演变就会归结为英雄、圣人、王者和上帝作用的结果，普通人根本看不到自己的社会作用，更别提能有改变自己命运的斗志。

孙中山：所以说，并非知易行难，而根本上是知难行亦难。

李大钊：其实纵观历史就能看到，社会的一切巨变全为人力所造，而一切进步只能由联合以图进步的人民完成。历史，就是人类的生命史。

孙中山：可世界潮流浩浩荡荡，无始也无终，如果不能明察，不能知其所向，那还是像荒海上的一艘船，不知何处可归。

李大钊：中山先生，人与动物不同，人类的进化法则除了竞争，还有互助。

孙中山瞬时眼眶一热，身姿硬朗，却硬撑着往窗外看去。

李大钊：但我确实要和您说明，我现在是第三国际的党员。

孙中山：你尽管做你的第三国际党员，只要你肯帮我。我们国民党……有人已经发表宣言要我下台，我下台没关系，可党内看不到哪怕一个能把它救活的人，也看不到一个能把中国救活的人。

李大钊：中山先生，我这次也是带着任务来的。

孙中山看着李大钊：果然相见恨晚！坐，我们慢慢谈。

洋楼外，晨光渐渐亮起，鸟鸣声清亮。孙中山从外面进来，兴致颇高。

宋庆龄：守常走了？

孙中山：原本想再留他一天的，但他还要去趟文化书局，先回去了。

宋庆龄：那你快吃饭吧，从晚饭到早饭，我都热几次了，你们俩都顾不上吃。

孙中山坐下一笑：聊得投机，不觉天就亮了。

宋庆龄也过来坐下：对国共合作的事，先生怎么想？

孙中山顿了片刻：放眼看全国的人心所向和世界潮流，国民党有重新改组的必要。我想说服守常，率先加入国民党。

宋庆龄有些吃惊：他会同意吗？

孙中山：守常说"历史就是人类的生命史"。我和他既然对我们的国家怀着同一个心愿，怎么就不能试试。

湘雅医院，走廊上，向振熙、王淑兰焦急地等待着，毛泽建跑了过来。

毛泽建：嫂子怎么样？

向振熙：不知道啊，这也不让进哪！你三哥呢？

毛泽建：还在罢工现场，代表泥木工人跟县公署的人谈判呢。

忽然，身边的产房里传来一声清脆的啼哭。护士走了出来。

护士：恭喜！母子平安！

毛泽东急匆匆走进房间，杨开慧怀抱婴儿，向振熙站在一旁。毛泽东抱住杨开慧母子。

杨开慧：泥木罢工胜利了？

毛泽东笑着点点头。

杨开慧：我好着呢，看看孩子吧。

毛泽东小心翼翼地接过儿子，一颗心被婴儿融化。杨开慧温柔一笑。

毛泽东：我想给孩子取名"岸英"。这个"英"字，是希望他长大后成为国之英才。

101

杨开慧想了想:"泽"为水,水之畔称为"岸",你们父子二人的名字暗合。这名字,很好。

一座石碑静静矗立在青山上——正是黄爱、庞人铨的合葬墓碑。

毛泽东等一众人对着黄、庞墓碑久久鞠躬。

1922年1月至1923年2月,在中国共产党的领导下,全国共发生罢工100多次,参加罢工的工人超过了30万人,且大多取得了胜利,中国工人运动就此掀起了第一次高潮。1922年,也因此被称为"中华劳动运动纪元年"。

其间,中共湘区执行委员会在毛泽东的领导下,先后组织了10次工人大罢工,掀起了湘区工人斗争的高潮。到1923年,湘区有7个县和地方建立了共产党的组织。湖南工运走在了全国前列,湖南也成为当时全国革命运动发展最迅速的省份。

第六章　京汉罢工遭镇压，工人运动遇低潮

充满异域风情的歌声飘荡在空中，文质彬彬的瞿秋白正拉着手风琴，用俄语唱着俄罗斯民歌《三套车》，瞿秋白在东方大学的学生任弼时、萧三、萧劲光等围着他，慢慢跟着一起合唱起来。

莫斯科冬日的白桦林，地上铺着一层洁白的雪，原野一片安详。

马车上有人正轻轻打着拍子，嘴上跟着轻哼，看着一份封面为《共产国际执行委员会关于中国共产党与国民党的关系问题的决议》的文件，此人正是陈独秀。

歌声结束，大家鼓掌。陈独秀也抬起头来看着和大家告别的瞿秋白，脸上含笑，面露欣赏。

瞿秋白：谢谢同学们来送我！老师就先你们一步回国了，期待你们早日学成，我们在故土重逢，并肩战斗！

任弼时等：好！

马车上的陈独秀看了看怀表，对着瞿秋白：秋白！今天是弼时他们送你，开告别会，我想过不了多久，明年，最多后年，我们就要给这几位年轻的同志开欢迎会了！没说完的话先留着，等重逢的时候，再把酒言欢说个痛快。现在，我们要赶火车啦！

瞿秋白笑笑：弼时，萧三，劲光，书里有一首诗，是我刚到苏俄的时候写的，现在送给你们。大家保重，我在祖国等着你们！

瞿秋白走到马车旁，陈独秀伸出手，一把将他拉上了马车。

陈独秀：走了！同学们，祖国见！

任弼时等：老师再见！仲甫先生再见！我们祖国见！

萧三拉起了手风琴，在《三套车》的旋律中，任弼时打开了瞿秋白送的那本《饿乡纪程》，映入眼帘的是一首诗：进赤俄的东方稚儿预备着领受新旧俄罗斯民族文化的甘露了。理智的研究侧重于科学的社会主义，性灵的营养，敢说陶融于神秘的"俄罗斯"。灯塔已见，海道虽不平静，拨准船舵，前进！前进！

任弼时等人抬起头，看着正在远去的马车，目光灼灼。

马车在莫斯科郊外的道上行进着，身后传来手风琴的声音。

陈独秀：秋白，你这个《晨报》驻苏俄的大记者，莫斯科东方大学的教员，总算是听了我的劝，跟着我一起回国了！

瞿秋白：你先后五次东渡日本，最后不也回国了？不管走到哪里，我们的心都一样，记挂的地方也都一样。

陈独秀：万里长城家。

瞿秋白：一生唯报国。

两人相视一笑。道路两旁是蜿蜒的伏尔加河，原野的炊烟，农夫的劳作，前方是初升不久的太阳，犹如一幅油画。

瞿秋白：仲甫，看到了吗？朝阳！那是东方，祖国的方向！

马车迎着太阳升起的方向驶去。

上海孙中山寓所候客室内，谢持正在翻看一本小册子，封皮有《孙大总统广州蒙难记》字样。

谢持讥讽：这个蒋中正，不就是上永丰舰陪了总理四十多天吗？回来就弄了这么一本小册子，还请总理作了序，到处发，生怕别人不知道他那点功劳！

林森、叶楚伧、邹鲁等坐在沙发上，面色各异，等候孙中山的接见。

邹鲁阴阳怪气：介石同志效忠总理，思想又先进，怕是再过几年，我们这帮老家伙，都要给年轻人让位喽！

林森端着茶碗，用茶盖撇着茶叶：自打那个苏俄的特使跟总理会晤了几次，党内对苏俄和共产党的态度就变了，廖仲恺和邓演达自不必说，就连汪兆铭都站到左派那边去了，我等要早做思量才好。

叶楚伧冷哼一声：林老，我等浴血努力十余年，才有今日之局面，岂能容这帮过激分子得了势？

众人纷纷点头。

一位侍从官走过来，甚是客气：诸位，总理请你们过去。

林森等起身，互相看了一眼，跟着侍从官离开。

孙中山坐在会客区的沙发上，蒋介石一身戎装，毕恭毕敬地站在左侧。林森、谢持、叶楚伧、邹鲁走了进来，心照不宣地站在蒋介石的对面。

林森等人恭恭敬敬地对孙中山行礼：总理！

孙中山：诸位都是党内的老人了，不要拘束，都坐吧。

众人纷纷落座。孙中山抬了抬手，示意蒋介石也坐下。

孙中山：国共合作的大方向，我跟苏俄驻华特命全权代表越飞已磋商得差不多了，待宣言一发表，便基本可以定下了。仲恺准备启程去日本，与越飞就改组国民党、创设军校及国共两党合作事宜，进一步做细节商讨。这是党内的大事，诸位都说说看。

谢持等互相看看，林森不动声色，叶楚伧率先发了言。

叶楚伧：总理！我们已经逼退了陈炯明这个叛逆，您很快就能从上海回广州重建陆海军大本营，形势一片大好，只要再努力奋斗数年，定能完成北伐统一全国，又何必多此一举，去联合什么苏俄、共产党？

谢持附和：苏俄搞的那一套，过于激进了些，我们国民党在他们眼里是资产阶级政党，是要打倒的！

林森捋着长髯，不紧不慢：放眼全国，共产党不过百十号人，于我又能有什么大用？苏俄更是被西方列强所抵制，我们跟他们联合，岂不是自绝于英、美、法、日，危殆之极？三思啊，总理！

孙中山面色平静，似乎早预料到会有这种局面，正要开口，蒋介石看在眼里，霍地站起身来。

蒋介石：总理，介石有些不同的看法。

孙中山：都不是外人，有什么话，直言就好。

蒋介石：沙俄原本不过是二流帝国，国力羸弱、军力疲敝，可在建立了苏维埃政权之后，竟然一举打退了西欧的军事干涉，自此国运逆转，国势蒸蒸日上。活生生的例证就在眼前，我们岂可视而不见？

叶楚伧：苏俄正闹大饥荒，连饭都吃不上，能帮我们什么？

邹鲁冷哼：苏俄号称要打倒有产阶级，跟他们联合，莫不是引狼入室吧？

蒋介石不卑不亢：总理三民主义之民生部分，本来就说过要平均地权，实现耕者有其田，将地主多余的土地重新分配，并无不妥。

林森：看来介石同志还是知道我党的指导理论的，苏俄、共产党要搞的是共产，主义不同，（文明杖点着地）如何合作呀？

蒋介石依然不卑不亢：中正以为，共产主义是三民主义的下一个阶段！二者只是阶段不同，并无本质冲突！

叶楚伧、谢持、邹鲁等神情大变，林森更是脸色阴沉。

林森看了看旁边的叶楚伧等：介石同志，这话……欠考虑了吧？

谢持更是站起来怒斥：蒋中正！你什么意思，竟然曲解总理的革命理论！

孙中山对谢持摆了摆手，谢持愤愤不平地坐了回去。

孙中山拿过谢持手里的书：这本《孙大总统广州蒙难记》，相信诸位都看过了吧？介石同志写的，请我作的序。我孙文致力于民主革命近三十年，其间出生入死，冷暖自知，最令人心痛，亦最令人心寒的，莫过于这一次了。炮轰我观音山总统府的，不是北洋军阀的曹锟、吴佩孚、黎元洪，也不是英、法、美、日帝国，而是口口声声唯我这个大总统马首是瞻，宣称誓死效忠，跟随了我十几年的老同盟会员陈炯明！（看了看大家）若不是介石昼夜兼程，从上海赶到永丰舰上助我，孙文，还有革命大业，就可能葬送在陈逆的手上！

林森等有些心虚，蒋介石却站得笔直，面无表情。

孙中山：劫后余生，惨痛至极啊！但我孙文的个性，一贯是愈挫愈奋，一往无前的。经此失败，更看清了一个事实——国民革命，依靠陈逆这些军阀一定是行不通的！我党不下定决心去开辟出一条新的救国之路，是没有未来的。与苏俄合作、与共产党合作，恰恰就是我们要辟出的新路！

林森、谢持、叶楚伧、邹鲁等脸色难看，却又无言以对。

上海党中央办公室内，李达在看那份《共产国际执行委员会关于中国共产党与国民党的关系问题的决议》，面色凝重。陈独秀正端着一碗肉蒸面大快朵颐，瞿秋白则吃得较为文雅。

陈独秀：秋白，别客气！去苏俄这两个多月，最想的就是老家这碗肉蒸面！

张国焘、蔡和森看着陈独秀狼吞虎咽的模样，都是面带微笑。

张国焘：看来仲甫先生吃了不少苦啊。都传现在的俄国受英、法等帝国主义的封锁围攻，又赶上了大饥荒，经济困难，要叫饿国才对。

陈独秀：不至于！他们的国民在肉体上是饥饿的，但在精神上却是纯粹的、高昂的，一个勇敢顽强、自立自尊的民族注定是打不垮的！这次共产国际四大，列宁还发表了讲话，鼓励大家，胜利一定属于他们，属于布尔什维克！

李达抬起头：看来仲甫去了趟苏俄，对共产国际有很大改观啊！

陈独秀：鹤鸣，你去看了他们那热火朝天的生活，同样也会改观的。恺荫（张国焘），我走的这段时间，中央工作都是你主持，党的工作怎么样？

张国焘将一份报告递交给陈独秀，陈独秀埋头吃面。

陈独秀：不用！你说，我听着。

张国焘：过去一年，以香港海员大罢工为起点，全国共发生大小罢工100多次，参加罢工的工人超过30万人。仲甫先生，气壮山河啊！关键这些罢工都是有组织的，都是在我们中国共产党的领导下推动起来的！

陈独秀：高潮，工人运动的高潮就要来了！湖南的情况怎么样？

张国焘一愣，在桌上翻找湖南的材料，蔡和森见状，主动接话。

蔡和森：湖南的情况，我相对比较熟悉，我来补充。您走以后，毛润之又发动了水口山工人大罢工，加上之前的安源、长沙泥木、粤汉铁路武长段等，共计发动罢工十次，胜利及半胜利者达九次！全省工团联合会也组织起来了。

陈独秀不停点头赞许，接过张国焘终于翻到递来的材料：罢工十次，胜利及半胜利者九次，毛润之还真是个常胜将军哪！

陈独秀抹了抹嘴，把空碗推到一边，将手里的材料递给瞿秋白，只见一份报纸的封面，正是湖南全省工团联合会的通电。

陈独秀：秋白，你也看看。

瞿秋白：这位同志很有斗争策略，拿着赵恒惕制定的法律条文，反过去对付赵恒惕。仲甫，有机会一定要介绍我认识一下。

陈独秀：放心，很快就会见面了。这次三大，我想调毛润之来中央，参与大会的筹备工作。这样的人才，只待在湖南一隅，屈才了嘛！和森，秋白同志即将接任《新青年》的主编，你先带他熟悉熟悉情况。

蔡和森点头，领着瞿秋白走了出去。

毛泽东、夏明翰等在长沙小西门码头等待着。汽笛声响，蒋先云、刘东轩和十三四岁的耿娃子（耿飚）随着乘客鱼贯而出。

毛泽东：湘耘！

蒋先云看到毛泽东，立刻跑了过来，面上带着重逢的喜悦。

蒋先云：先生！您还亲自来接？（捶了一下夏明翰的胸口）桂根还是这么瘦！

夏明翰：你轻点！

毛泽东：我们水口山罢工的英雄回来了，我当然要来接！这几位是？

蒋先云：刘东轩同志，水口山机械科钳工，就是他最早到安源请求援助的，也是水口山最早入党的党员。

刘东轩伸出手：毛先生！

毛泽东：看来是湘耘的得力助手啊，欢迎你，东轩同志。

耿娃子人小鬼大，主动伸出手跟毛泽东握手。

耿娃子：还有我！毛先生，我叫耿娃子，您别看我人小，腿可快着呢，罢工的时候站岗、送信、打探消息，一点不耽误，还不引人注意！

大家都笑了。

毛泽东拍了拍耿娃子的肩膀：自古英雄出少年，我看你耿娃子绝对算一个！走，别在路上站着了，回去大家敞开了聊。

1923年1月，上海党中央办公室内。

张国焘：仲甫先生，湖南的工运毕竟还只限于一省，要迎接全国工运更大高潮的到来，还是要组织更大规模的、全国性的大行动！

陈独秀：大行动？

张国焘取出一份报告，推到陈独秀面前。

张国焘：吴佩孚一贯标榜保护劳工，以示开明，因此我们党在京汉铁路的基础最好。从北京的长辛店，到河南的郑州，再到汉口的江岸站，我们在沿途一共建了16个工会。是时候将这些工会连成一片，成立京汉铁路总工会了！三万多铁路工人，这将成为全国范围内最大、最紧密的工会组织！

陈独秀边看报告边颔首：具体有什么计划吗？

张国焘：按照拟定的《京汉铁路总工会章程草案》，定于2月1日，在京汉铁路的中心郑州正式成立。再以此推之，成立京奉、津浦、正太、陇海等各路总工会，最后再成立全国铁路总工会，作为统领全国铁路工人运动的总机关！

张国焘说得激情四溢，陈独秀兴奋地走来走去，唯有李达瞥了眼张国焘，没言语，继续低头看着一份决议。

陈独秀兴奋起来：到那时，全国的铁路工人就联合在了一起，成了一盘棋了！国焘，好，好啊！有了你们这些干实事的人，什么事干不成！国焘，这事必须趁热打铁，你以中央特派员的身份尽快去郑州，指导工作。

张国焘：好！京汉铁路总工会的成立，一定会掀起全国工运的新高潮！

一直没说话的李达提醒：仲甫，成立总工会这么大的事还是要谨慎些，尽量考虑周全了，万一吴佩孚翻了脸……

陈独秀被泼了冷水，一愣：他吴秀才敢翻脸，我就敢让整个京汉铁路瘫痪，让他和他的第三师困死在洛阳！这事不用考虑了，国焘，收拾收拾，马上走！

张国焘收拾文件离开，陈独秀仍沉浸在兴奋之中。

李达摇摇头，不好再说什么，指了指手里的报告：共产国际的这份决议我看了。我还是之前的态度，国共之间开展党外合作，我支持；但要求全体共产党员以个人身份加入国民党，开展党内合作，你们做出这样的决定，问过其他党员的意见吗？

陈独秀有些不耐烦：鹤鸣，你怎么又来了！这件事在西湖会议上争成什么样，你不是不知道，有马林这个钦差大臣压着，当时就已经做了决定，现在共产国际又发了决议，总的方向已经定了！你是让我跟党的总方针唱反调吗？

李达：这个反调，你这个委员长①不敢唱，那就我李达来唱！恺荫、和森对此也有不同意见。跟你说不通，我就去找马林，跟他谈！

听到李达要去找马林谈，这相当于绕过自己，陈独秀气得将桌上的茶杯重重摔到了地上！

陈独秀：你爱找谁找谁，你找谁都没用！（拍着桌子）我陈独秀明着告诉你，这事不用再讨论了，就这么定了！

李达同样生气地拍了桌子：陈仲甫！你这是一言堂，搞独裁！我也明着告诉你，我李达是共产党，我是绝不会以个人身份加入国民党的！

陈独秀更加生气，直呼其名：李达！你要违反党的主张，我就有权开除你！

李达：不用你开除，我自己走！原则性问题，我李达是绝不会让步的！

李达说完，径自向外走去。

---

① 党的最高领导人在中共一大时称为书记，在中共二大、三大时称为中国共产党中央执行委员会委员长，简称委员长。

陈独秀紧攥着拳头，抑制不住地微微发抖，但他还是叫住了李达：鹤鸣！鹤鸣！

李达站住了，转过身走了回来。

陈独秀以为李达回心转意了，没想到李达只是走到自己的桌前，一言不发地抱起自己的东西，头也不回地走了。

陈独秀愣愣地看着，愤怒过后，一脸颓然。

清水塘22号院子里，毛泽东、蒋先云、夏明翰、毛泽覃、刘东轩、耿娃子等围在一起，边吃瓜子、花生边聊天儿，毛泽覃帮着往茶杯续水。

毛泽东怀里抱着小岸英，杨开慧坐在旁边做着记录。

何宝珍：毛书记，我回来第一时间就来给您汇报安源的情况啦。

毛泽东笑着坐下：我听说，你在安源入党了？

何宝珍点头。

毛泽东：少奇同志是介绍人？

何宝珍更加羞窘，清了清嗓子：毛书记，我现在给您说说安源那边的事啊。少奇同志收到信，根据您的指示，工人夜校迅速发展到七所，现在矿区也有了工人图书馆，能看到各地报纸。另外还建了工人子弟小学，七百余名工人子弟享受免费教育。

毛泽东：教育是头等大事，罢工只是胜利的第一步，只有更深入地传播马克思主义，让工人群体从内而外彻底改变，以后才能成为当家做主的人。

蒋先云：先生说的是，水口山的工人夜校也办起来了，不过最缺的就是教员。先生，你帮我想想办法。

毛泽东：原来你是来要人的。想要谁，你说吧！

蒋先云：其实在场的就有一个最好的人选，就怕您舍不得给。

毛泽东：你是说桂根吧？他确实很合适，但自修大学附设了补习学校，他是教务主任，暂时还走不开。

蒋先云：我可不敢跟您抢桂根，我是说泽覃！

毛泽东一愣：泽覃？

毛泽覃：三哥，我之前就想跟着湘耘哥去安源，跟你说了几次，你都不让。现在我从协均毕业了，湘耘哥都答应我了，你就放我去吧！

毛泽东顿时明白过来，原来毛泽覃、蒋先云早就私下说好了。

毛泽东笑了：你们两个！私下里早就密谋好了，就等着我小鸡啄米——点头了！

毛泽覃：三哥你自己说的，等我毕业了，就让我去一线的，嫂子可以做证，你说话得算话！

毛泽东：泽覃，真想好了？

毛泽覃：想好了，早就想好了！

毛泽东点头：湘耘，我同意了，以后泽覃就是你的兵了。

毛泽覃欢呼：谢谢三哥！湘耘哥，以后我就跟着你干了！

毛泽东欣慰地看着，忘了摇晃，怀里的小岸英抗议起来，他赶紧又开始哄：怎么，你也要去呀？

杨开慧没好气地：你放松点，有这么抱孩子的吗，跟端菜一样！

大家都笑了，毛泽东也笑了。

厨房里，毛泽民系着围裙，正在炒红烧肉，毛泽建在灶下添柴，向振熙帮着洗菜。

向振熙：润之就爱吃你做的红烧肉。泽民，你得教教我。

毛泽民：杨妈妈，要吃您随时喊我过来，不麻烦的。

毛泽建：是啊，杨妈妈，您平时既要做饭，还要帮着照顾小岸英，今天就好好歇歇，我跟四哥来就好了！

向振熙：泽建真会体贴人！我这人闲不住，一闲下来呀，浑身不舒服。

向振熙说着，又拿起毛岸英换下的小衣服洗了起来。

毛岸英睡着了，躺在旁边的婴儿车上，毛泽东轻轻为他盖上毯子。杨开慧一直看着，直到毛泽东盖好了毯子，又走过去轻轻掖了掖毯子的角，然后回来继续做着记录。

刘东轩：毛先生，这次罢工胜利，工友们回老家，乡里的农民都羡慕得很，说要是也能有人领着斗一斗地主老财就好了，少交点租子，日子也能好过点。

毛泽东：韶山的情况，我是知道的，租子高不说，各种苛捐杂税多如牛毛，很多佃户一年忙到头，还是有好几个月吃不上饭，只能乞讨、吃糠咽菜。

耿娃子愤愤不平：要我说，最可恨的还是印子钱！我们白果的那些大财东，借了他们的印子钱，比蚂蟥吸血还狠，利滚利年年翻，一年借十年还，几辈子都还不完！逼到最后，只能卖房子卖地、卖儿卖女了！

杨开慧：白果不是赵恒惕的老家吗？他连老家人都不照顾？

耿娃子：还照顾，当他的老乡简直倒了八辈子霉！他那些三叔四舅二大爷的，仗着赵恒惕的势力，除了放印子钱，租子收得比别的地方高多了！毛先生，工人都能靠着罢工涨工钱，凭什么农民就得老实巴交地挨欺负？

蒋先云：耿娃子说得在理，工人要组织起来涨工钱，农民同样要组织起来减租子、减利息，都是穷苦人，都要起来革命的。

毛泽东仿佛想到了什么，不禁出了神。

夏明翰：可是按照俄国的经验，革命能够胜利完全是靠工人阶级主导的，把农民发动起来，这不跟李自成、洪秀全一样了吗？那还是社会主义革命吗？

蒋先云、刘东轩和耿娃子听到这话，好像也挑不出什么毛病。

毛泽东仍在愣神，杨开慧叫他：润之！你在愣什么神，孩子都尿了！

毛泽东这才回过神来，手忙脚乱地解尿布，杨开慧赶紧过去帮忙。

毛泽民出来叫大家吃饭：饭菜好了！湘耘，今天是给你们接风，走走走，赶紧上桌吧！

晚上，毛泽东泡着脚，不言语，仍在思索着。

杨开慧哼着《金花籽》的曲调，将刚刚睡熟的毛岸英轻轻放在床上。突然，毛泽东从盆里提起脚，一路赤着脚快步走到书架前翻找着。

杨开慧：还光着脚呢！找什么？

毛泽东：我想起来了，有份报纸，两年前的，统计中国各阶层人口数量的，怎么找不着了？

杨开慧想了想，翻出一个剪报本，打开递给毛泽东，精巧的剪报本里粘贴着那则新闻。

杨开慧：喏，是不是这个？早给你做成剪报了。1920年，中国有人口44715万人，其中产业工人194.6万人，农民38008万人……

毛泽东：等等！产业工人占比多少？

杨开慧：不到1%。

毛泽东：农民呢？

杨开慧：85%左右。

毛泽东愣了愣神：85%对不到1%，霞妹，我想到了！我终于想到了！

毛泽东兴奋地抱起杨开慧，水渍沾满了地面。床上的小岸英听到响动，想哭，结果撇了撇嘴，又睡过去了。

杨开慧：你轻点，快放我下来！

杨开慧推着毛泽东走到脚盆前，又加了点热水。

杨开慧：你到底想到什么了？地上凉，鞋都顾不得穿。

毛泽东：霞妹，你想啊，四万万同胞，农民就占了近乎九成。革命需要的是什么？是力量，是广泛的群众基础，是民众的大联合！当然要联合农民，要知道，农民当中好多是没有土地的人，地主压迫他们，就好像资本家压迫工人一样。他们的数量却近乎于工人的200倍，我怎么直到今天才想到这个问题？

杨开慧：看你高兴的！你想试着发动农民？

毛泽东：对！工人是无产者，农民算是半无产者，工人要吃饭，农民也要吃饭！那工人有工会，农民怎么就不能有农会呢？

毛泽东擦擦脚穿上鞋，像是突然开了窍一般，兴奋得走来走去。

毛泽东：苏俄的革命经验，也未必全部都适合中国嘛。对了，之前恽代英还给我写过信，提醒我要注意农民问题。（向杨开慧求助）大管家，那封信呢？

杨开慧又准确地找到信：喏！

毛泽东看着信："无论什么天经地义的律令训条，无论什么反经悖常的学说主张，都不轻可决，不轻否决，都要经过实践检验，从而决定舍取！"你看恽代英说得多好，他那时就建议我去学陶行知，到乡村去搞一搞，我当时还不以为意，回信说城市的工作还忙不过来，怎么顾得上农村呢？我这就给他回信，他的建议，我要开始尝试了！

杨开慧：你呀，本来不就是农民的儿子嘛。（帮毛泽东研墨）兴奋得跟个孩子一样，又憨又愚！

毛泽东：我这个又憨又愚的伢子今天开了窍，往后说不定就一通百通喽！霞妹，离了你这个大管家，我可怎么办？

杨开慧：说得好听，你呀，心里就只有革命！

长沙小西门码头，人不多，有人高兴地重逢，有人不舍地别离，充满人情世态。刘东轩、耿娃子正在跟毛泽东告别。

刘东轩：毛先生，我和耿娃子这就回去，把农会搞起来！

耿娃子：毛先生放心，我耿娃子就是腿快，我们先蹚出一条路来。

毛泽东点头：革命不仅是工人的事，也是广大农民的事。能不能蹚得过去，就看你们的喽！遇到困难，随时来找我！

两人告别毛泽东等人，检票进了码头。

蒋先云：先生，我也该回水口山了。泽覃我就带走了！

蒋先云拍了拍毛泽覃的肩，示意他跟家人告个别。毛泽覃看着毛泽东、毛泽民、杨开慧等人，丝毫没有离别的伤感，眼里尽是对外边世界的向往。

毛泽覃：三哥，我走了！

毛泽东为毛泽覃整了整衣服：好小子，长大了，要一个人出远门了。（拿出一本旧教材）这本夜校的教材，三哥自己编的，带过去用得着。（还想说些什么，但最终只说了一句）好了，走吧！

毛泽覃点头：嫂子、四哥、菊妹子，我走了！

毛泽覃背起包裹，跟着蒋先云走进了码头。

走了一段路，毛泽覃回头，发现毛泽东等人还站在码头入口处看着。毛泽覃挥了挥手，告别了家人，踏上了革命的征途。

毛泽建用力挥着手，眼里满是羡慕之色。

后院不大，连着厨房，毛泽东和毛泽民兄弟俩一起劈柴，毛泽民劈，毛泽东帮着整齐地码好。

毛泽民感慨：泽覃进步得这么快，再也不是那个顽皮小子了，现在都要去水口山做教员了。真是替他高兴，我啊，还是书读得少了！

毛泽东：泽民，没有你在老家种地、操持，供着我，我读不了这么多书，也走不到今天，泽覃也一样。要不我这个三哥，时不时还得管你叫一声四哥呢！

毛泽民嘴巴笨，不好意思地笑了笑。

兄弟俩默契地劈着柴，边干活边聊天儿。

毛泽民：三哥，都是一家人，不说那些客套话。

毛泽东：记得有一次，我还在一师读书，你每个月都来给我送钱。有一次你来晚了，我还不高兴，一个劲儿地埋怨你。你还记得吗？

毛泽民茫然摇头，显然已经忘记。

毛泽东：你当时什么都没说，给我带了钱，还带了娘做的辣椒酱和一双新布鞋。直到临走才说了实话，那一年谷米卖不上价，你为了给我筹钱，硬是挑着一百多斤的担子，一路从韶山走到了长沙，一百四十多里啊，就是希望能多卖点钱，脚磨出了泡，肩膀头破了皮，还担心有没有耽误我的事……

毛泽民：三哥，你还记着？

毛泽东：这怎么能忘呢！

毛泽民：其实我最忘不了的，是上次你带着三嫂回韶山过年，我们一家人围在炉旁烤火，聊了一夜。你说我们兄妹几个要一起走出韶山，去外面做更大的事，家里的田都给乡亲们种，欠我们家的债也都不要了，其实当时我是不高兴的。

毛泽东：拉长个脸，好几天不理我。

毛泽民：放哪个头上能高兴呢？家里就那点产业，都是我和爹起早贪黑，多少年出苦力才攒起来的，一下子都送出去，哪个舍得……可三哥你后来告诉我，有多少人会种田，却没田种？又有多少人会盖房子，却没有房子住？我们不能只看自己，不能只看眼前的事情，革命是全天下穷苦人的事情！

毛泽东：革命不光是要舍下家业，还要舍下性命。黄、庞二君的牺牲，你是亲眼看到了的。你跟泽覃跟着我革命，其实是我这个三哥替你们做了主，我有时候也在想，这到底是不是你们自己想走的路。

杨开慧正在为毛泽建剪头发，原先的长发已剪成了短发。

杨开慧：这么短还不行吗？

毛泽建：再短些。（照了照镜子）这里稍微多留点。

杨开慧会意，特意用头发遮住了毛泽建额前的伤疤。

杨开慧：好端端的，为什么要剪这么短的头发？

毛泽建：干革命！

杨开慧扑哧一笑，只当毛泽建在说笑。

毛泽建：慧姐姐，你别笑啊！五哥都去干革命了，我也要去！我是认真的！可是我不敢跟三哥说，慧姐姐帮帮我好吗？

杨开慧也认真起来：菊妹子，你还不到十八，还在读书，这个决定能不能等你大一点再做？

毛泽建：我不小了！五哥才比我大几天，都去当教员了！许多同乡的姐妹比我还小呢，都当娘了。

杨开慧：泽覃也是完成了学业才走的呀。菊妹子，等你再多学点知识，真的有了革命的觉悟，做好了革命的准备，你三哥一定会考虑的。到时候他不同意，我都替你去说！行吗？

毛泽建：我听慧姐姐的。我先读好书，为了以后更好地革命。

柴已经劈得差不多了，毛泽东、毛泽民坐在旁边歇息。

毛泽民掏出烟袋装着烟丝，毛泽东擦燃了火柴，给弟弟点燃了旱烟。

毛泽民郑重地：三哥，其实我跟泽覃早就做好准备了，只是一直没跟你说。别看泽覃平时大大咧咧，在自修大学可用心了，笔记就做了整整一摞。泥木罢工的时候，他和菊妹子组织学生们给罢工工友送饭。水口山工人罢工的时候，他带头写传单声援。他早就在给革命做事情了。

毛泽东欣慰而歉疚：看来泽覃确实长大了。我这一年太忙了，竟一点没察觉。

毛泽民：三哥，帮穷苦人过上更好的日子，这不就是干革命的意义吗？所以我跟泽覃走上革命这条路，是三哥你领着我们走的，但也是我们自己的选择。我跟泽覃都说好了，跟三哥一样，一定要干出个名堂！

毛泽东郑重点头，忍不住红了眼睛。

毛泽东忍着眼泪，却笑了：泽民你呀，心里这么多话，不问你还不说。三哥有你们这两个弟弟，心里踏实！

毛泽民：三哥，泽覃都去当教员了，我也想为革命多做点事。

毛泽东：淑兰快生了吧？

毛泽民：还有三个多月。

毛泽东：有件事我也想了好久了，安源那边虽然罢工胜利了，但矿上还是有很多问题。工人消费合作社的工作推进得很不顺利，物价还是很贵，工人们的日子，还是很不好过。你跟润生对做生意都比较在行，我想等淑兰生了，你们就过去，把工人消费合作社的工作抓起来！

毛泽民：三哥你怎么不早说！工作不等人，我这几天就送淑兰回韶山，老家有她爹娘照顾，我也放心。等把淑兰安顿好了，就去安源！

毛泽东：泽民……

毛泽民却憨厚地笑了：没事，三哥，我这也是为工作、为革命嘛！

毛泽东欲言又止，重重地拍了一下毛泽民的肩膀。沉默了一会儿，又开口叮嘱：到了那边，好好的！

毛泽民：我听三哥的！

毛泽民依然笑着，那笑容憨厚、纯粹，透着灿烂。

自修大学内，一间略显简陋的小空房已经收拾干净，里面摆着床和书桌，毛泽东和夏明翰帮李达拎着行李进来。

毛泽东：鹤鸣兄，这里是泽民临走前清理的，简陋了点，你先安顿下来。

李达看看窗外：没事，就在学校里头，方便。

毛泽东："既来之，则安之。"这些同学都朝气蓬勃，怀着赤子之心，你会喜欢上这里的。

李达：谢谢你，润之！搞教育总要单纯得多，哪像在上海，天天跟仲甫在一起，心里憋得发慌！他还当这个委员长，要我说，就一个新闻记者的水平！

毛泽东：消消气，鹤鸣，仲甫先生是霸道了些，也不至于像你说的那样嘛。

李达依然很激动：那是因为你没在他身边工作过，被他新文化运动旗手的光环亮坏了眼睛！

毛泽东只能笑笑：你跟仲甫先生到底有什么分歧解决不了，走到了这一步？

李达：国共合作！他坚持要全体共产党员都以个人身份加入国民党，当然，这也是共产国际的"圣旨"，他只能接受。但他是党的委员长，掌舵的人，就不能去找马林、去找共产国际据理力争吗？担当在哪儿呢？

毛泽东正思量着如何回答，易礼容疾步走了过来，手里拿着《大公报》。

易礼容：润之兄，京汉铁路总工会于昨日宣布成立。但是……

毛泽东一把抓过报纸：但是什么？

117

李达也凑过来一起看。

易礼容：成立当天，就遭到了军警的驱散弹压，总工会的匾额都被砸了。

毛泽东：总工会刚成立，还没开始罢工，就发生了这么大的冲突。

夏明翰：先生，你是担心……

毛泽东：我们党能组织起这么大的工会，势力扩展到京汉这条大动脉的沿线，肯定是了不起的事情。只是现在的国内形势，和之前不太一样了。

李达：哦，润之，你说说看？

毛泽东就地拿起一根树枝，在地上画了一个简略的形势图，用不同大小的圈圈来代表各个军阀势力。

毛泽东：吴佩孚之前在和奉系打仗，要争取民心，所以故意摆出开明的姿态，表态要保护劳工。现在吴佩孚已经打赢了奉系，势力日渐巩固，河南又是他的老巢，任何风吹草动，他都不会容忍的。再加上郑州又是京汉铁路的枢纽，而京汉铁路的收入，一年就高达两千多万大洋。吴佩孚的军费、运兵全都要靠这条铁路，这不仅是他的钱袋子，更是他的命根子！

李达：你是说吴佩孚有可能翻脸？

毛泽东：真要摸老虎的屁股，也要讲究些策略，不然老虎随时都可能咬人的！

一列火车喷着白烟，行驶在漫长的铁路线上。

郑州站，列车拉响汽笛，一身煤灰的工人从火车头走下来，打开写着"为自由而战""为人权而战"等字样的标语。

江岸站，列车拉响汽笛，急速行驶的列车刹车停靠。

长辛店站，列车拉响汽笛，工人们将车上的军警逼退下车。

车站钟表走向十二点，长达1000多公里的京汉铁路全线瘫痪。

1923年2月4日，震惊中外的京汉铁路工人大罢工爆发了。沿途2万余名铁路工人同时行动，郑州9时起，江岸10时起，长辛店11时起，陆续展开罢工。至正午12时，全线客车、货车、军车全部停驶，长达1000多公里的京汉铁路全线瘫痪……

郑州、汉口、北京等地，伴随着凄厉的汽笛声，枪声响起！大批军警赶过来，挥舞着军棍、皮鞭、枪托，驱散着工人。

　　林祥谦、施洋带领着工会代表和工人纠察队与军警对峙，随着军警的镇压，双方陷入混乱，写着"打倒封建军阀""为自由而战""为人权而战"等字样的标语散落一地……

　　枪声、惨叫声、呼喊声充斥在耳边，中弹工人代表的鲜血飞溅而出……

　　1923年2月7日，军阀吴佩孚指使湖北督军萧耀南等人血腥镇压京汉铁路罢工工人，共产党员林祥谦、施洋被杀害，大批罢工工人被捕，制造了震惊中外的二七惨案，京汉铁路工人大罢工失败。自此，中国轰轰烈烈的工人运动陷入了低潮……

第七章　两党合作争议多，农民根据灵感现

汉口街头，报童在吆喝着卖报，清脆的嗓音穿透街巷。

报童：卖报卖报！萧督军出手了，大罢工通缉名单来一份吗？

路口，十余名军警持枪警戒，旁边捆着三名工人打扮的囚犯，囚犯脸上、身上满是血，看上去甚是恐怖。行人们心惊胆战地排队经过，为首的一名军警满脸凶光地盘查。

一名戴着帽子、挎着竹篮的小贩走了过来，被军警拦住，帽子下露出小贩的脸，正是张国焘。

军警：什么人？

张国焘：长官，卖花生的。

军警狐疑地审视着张国焘，掀开竹篮，确实是花生。军警又盯了张国焘两眼。张国焘的手紧紧抓着竹篮，掩饰着紧张。军警终于挥了挥手，让他通过。张国焘暗中松了口气，快步离开。

老渔阳里2号中共中央所在地，陈独秀正带领中央局成员默哀。

陈独秀脸色铁青：林祥谦同志牺牲了，施洋同志牺牲了，还有整整50名工人，全都牺牲了。让我们为这次死难的同志、工人，默哀！

大家脱帽、肃立，面色严峻，外面下着淅淅沥沥的春雨。默哀完毕，张国焘满脸自责。

张国焘：仲甫先生，这次失败，我有直接的领导责任，请中央给我处分……

陈独秀摆摆手：我是党的委员长，要说责任，我的责任最大。（顿了顿）国焘，全线都复工了吗？

张国焘点头：为了保存力量，只能复工。

陈独秀：死难工人的抚恤、失业工人的救济，还有被捕工人的营救，这些善后工作一定要做好，一定要让工人兄弟们知道，我们中国共产党就是他们的靠山，会永远站在他们的身后！

张国焘：您放心，一定会处理妥当的。

陈独秀看向蔡和森、瞿秋白：和森，秋白，这次的惨案给了我们当头一

棒，把我们彻底打醒了！之前我们是既低估了敌人的凶残，又高估了自己的力量，我们党成立才两年不到，单靠我们自己，赤手空拳，是远远斗不过这些封建军阀和他们背后的帝国主义的！

陈独秀走到窗前，看着满是阴霾的天空。

陈独秀：要炸开这阴霾，还得靠春雷。春雷响，万物长，是要在这中华大地，炸响一个彻底的反帝反封建的大春雷了！

岳麓山蜿蜒的山路上，大雾弥漫，毛泽东和李达并肩而行，声音自薄雾中传了过来。

毛泽东：……只搞工人运动是不行的，我们不能靠几百万工人就把中国革命搞成功，这不符合中国国情。

李达点头：确实啊，润之，二七惨案给我们的教训太惨痛了！那你觉得，应该怎么搞？

毛泽东：农民！中国有几万万农民！漫山遍野的农民！

李达：这个思路倒是新鲜，我得研究研究。对了，听说你要去广州？

毛泽东：仲甫先生要调我随中央一起，去筹备党的三大。湘区执委的工作，我已经跟维汉同志交接好了。自修大学这一块，就拜托鹤鸣兄了！

李达：定当竭尽全力，不辱使命。

毛泽东：鹤鸣，之前我们一直商量，以自修大学的名义创办一份刊物，名字就叫《新时代》。你这个主编还给我布置了任务，文章我给你带来了！

毛泽东将一篇文章交给李达，标题写着：外力、军阀与革命。

李达：外力、军阀与革命？

毛泽东：外力、军阀勾结为恶，我们只有同革命的民主派国民党合作，以成功一个大的民主派，才可能推倒反动的军阀派……

李达有些不满：润之，你怎么跟仲甫一个论调了，也开始鼓吹国共合作了？

毛泽东：因为现实已经狠狠给了我们一记耳光！京汉铁路工人大罢工的失败不是偶然，但凡动到军阀的利益，屠刀是一定会砍过来的！而且这些军阀还在拼命联合帝国主义。反观革命派，本就力量弱小，如果还是各自为政，谈何革命成功？

李达：润之！共产党代表的是无产阶级的利益。国民党呢？完全是资产阶级的立场！两个阶级、立场完全不同，甚至背道而驰的党派，怎么合作？

毛泽东：求同存异，和而不同，只要目标一致，就可以合作！

李达打断：润之，三国时蜀、吴联合抗曹，可最终的结果呢？孙吴叛，关张亡！即便两党因为短期利益暂时合作了，终究还是会分道扬镳的。真到了决裂那一天，究竟是和平的方式还是流血的方式？谁都说不准。别忘了，国民党手里同样是有枪的！

毛泽东沉默片刻：鹤鸣，你的担心是有道理的。但我们在中国搞革命，没有现成的路可以走，只能摸着石头，一步一步往前蹚，总不能因为担心路上有个磕磕碰碰，就畏手畏脚、举步不前了吧？

李达：润之，我还是保留我的意见。（扬了扬手里的文稿）不过你放心，我李达编《新时代》，跟他陈仲甫不一样，我不搞一言堂，你这篇文章，就发在创刊号的第一篇！

寂静的夜晚，清水塘22号亮着温暖的灯光，毛泽东正逗弄着怀里的毛岸英，脸上满是宠溺。

毛泽东：岸英，让爸爸好好看看！爸爸要走了，岸英一定要乖哦，可不许乱哭，妈妈照顾你很辛苦的……岸英舍得爸爸走吗？会不会想爸爸呀？

小岸英的手抓着毛泽东的食指不放，瞪着大大的眼睛看着爸爸。

毛泽东：爸爸也会想岸英的，给岸英带好玩的礼物好不好？（亲着小岸英）好不好，好不好？笑了笑了，霞妹，你看岸英笑的！

杨开慧正帮毛泽东叠着衣服，收拾离家要用的行李。

杨开慧嗔怪地：太晚了，快别逗他笑了，兴奋起来，晚上睡不着！

毛泽东听话地：好好好，听妈妈的，咱们不笑了啊，该睡觉觉喽。

这时向振熙进来，手里拿着两罐剁辣椒。

向振熙：润之，明早就要走了，把这两罐剁辣椒带上。

毛泽东：谢谢妈。

向振熙将剁辣椒交给杨开慧，低声地：润之喜欢孩子，你就让他多陪陪。

杨开慧点头，向振熙帮着杨开慧一起收拾。小岸英在毛泽东的轻微摇晃下，打起了哈欠。

毛泽东：妈，岸英想睡觉了。

向振熙接过：给我吧。

向振熙接过孩子，毛泽东贴心地送向振熙回屋。

毛泽东：妈，您慢点。

向振熙：这次去上海，要待多久？

毛泽东：暂时还不好说。上海是中转，主要是去广州，三个来月是要的。

向振熙：出门在外，一定要照顾好自己，别总惦记家里。

毛泽东：就是有点担心霞妹，岸英还这么小，身上又怀着一个，怕她太辛苦，吃不消……

向振熙：你就放心去，家里还有我呢。

毛泽东一阵感动：谢谢妈。

向振熙抱着小岸英回屋，毛泽东转身往回走，走到门口，只见柔和的灯光下，杨开慧正背对着他，默默地帮他收拾行李。毛泽东靠在门边，看着杨开慧细心地将他的毛笔、砚台、镇纸等装进一个砚台笔盒里，然后装进行李箱，最后又朝行李箱里放了一些纸。

毛泽东看着，眼里充满了柔情。杨开慧停下来，轻轻拍了拍自己的腰。毛泽东再也忍不住了，上前从后面紧紧地抱住了妻子，脸上尽是爱意和歉意。杨开慧紧紧握住他的手，两个人什么都没说，一切尽在不言中。

1923年4月，毛泽东离开长沙，经上海前往广州，筹备并参加中共三大。

广州码头汽笛响起，客船到岸，一双穿着布鞋的脚，迈着欢快的步子，随着人流下了船。此人正是毛泽东，他穿着长衫，背着一个包袱，兴奋地打量着广州。蔡和森和向警予疾步走了过来，冲着毛泽东兴奋地挥手。

蔡和森：润之！这边！

向警予：润之！润之！

毛泽东快步过去，满脸兴奋：和森！警予！

毛泽东捶了一下蔡和森，又揽住他的肩膀，和向警予握手。

毛泽东：和森，有日子没见了，你还是这么不修边幅，名士风范！

向警予：早跟你说了今天接润之，也不好好收拾收拾！

蔡和森：老朋友了，收拾么子！再说了，我又不是么子少爷公子，咱是革命的战士！润之，广州现在的革命氛围就跟这天一样，红红火火！陈炯明势力已经被击溃，中山先生回师广州，正准备酝酿更大的革命浪潮！

毛泽东：仲甫先生、守常先生都到了吗？

蔡和森：到了，今天正约了中山先生，商谈两党合作的事。

向警予：润之，开慧表妹呢，之前不是说你们一起来吗？

毛泽东：现在怀老二了，不太方便。

蔡和森：行啊，润之，老二都有了！你这速度，一年一个！

向警予：表妹那么能干，在家带孩子可惜了，等孩子大一点，一定要过来跟我们一起工作！

毛泽东：我也是这么想的，到时就去你们妇女部，跟着你这个部长搞妇女工作。

向警予：那可说定了，到时候你可别舍不得放人！

几人边走边说，一队士兵走过，步伐整齐，干净利落，高声喊着口号：拥护大元帅回师广州！继续革命！打倒军阀，救我中华！

毛泽东不禁深受鼓舞，用力地挥手，跟着队伍喊着口号，被广州散发出的革命热情打动。

毛泽东：和森，到底是广州，革命形势就是不一样！

蔡和森：不光是革命形势不一样，吃的也不一样。走，喝早茶去！

毛泽东：都什么时候了，还喝早茶？

一间普普通通的早茶馆，招牌有些破旧，七八张桌子间或坐着客人，纷杂喧哗，夹杂着广州本地口音。

毛泽东、蔡和森、向警予坐在靠窗的桌旁，桌上摆着虾饺、干蒸烧卖、凤爪、肠粉、萝卜糕等典型的粤式小吃。

向警予：润之，广州人一顿早茶可以喝到中午。说是早茶，基本都是在谈事情，各种特色小吃可多了，动起来，尝尝鲜。

蔡和森：这次我们来筹备三大，一个重要议题就是国共合作，我不反对跟国民党合作，但我们是无产阶级革命，怎么能要求全体党员都加入国民党，接受他们的领导呢？

毛泽东还没说话，快言快语的向警予先反驳起来：怎么不能？中国现在的敌人是谁？是军阀，是帝国主义。两党的任务都是反帝反封建，怎么就不能联合？你这是……关门主义！

蔡和森：……那你就是妥协主义！

毛泽东忙笑着打圆场：好了好了，讨论问题嘛，怎么还扣上帽子了。

向警予：润之，你说你支持谁？

蔡和森也望着毛泽东：对，润之，你给评评理！

毛泽东：依我说，（对向警予）假设你是国民党，（对蔡和森）你是共产党，你们的向蔡同盟，就好比是国共合作。拌嘴是会有的，矛盾也会有的，可合作还是大多数吧？夫妻两口子都会吵架斗嘴，更何况两个党派？你们这个向蔡同盟，总不能因为担心吵架，就动不动闹解体吧？

向警予：润之说得在理！我们跟国民党合作，就像不同的个体组成一个家庭，有了家，个体也还是个体，共产党员的身份还是在的嘛，对吧，润之？

毛泽东笑着点头。

蔡和森：我还是持保留意见！

向警予：那你就好好保留去吧！今天是给润之接风，我先不跟你吵。润之，快尝尝这虾饺，鲜得很！

毛泽东拿出一罐剁辣椒：鲜是鲜，少了这个，总是不过瘾！

蔡和森、向警予同时兴奋起来，用筷子将剁辣椒挑到小碟子里，品尝着。

蔡和森：剁辣椒？好啊，润之，带了这个，快给我来点！

向警予：我也来点！（尝了一口）嗯，是姑妈的手艺，好多年没吃过了。太好吃了！

毛泽东笑了：刚才还吵得水火不容，一罐剁辣椒，立马就天下太平了。国共合作也一样，只要对了两边的胃口，不就可以在一起做事了吗？

广州大元帅府，孙中山坐在沙发上，蒋介石一身戎装，身形笔挺地站在身后，陈独秀、李大钊坐在对面，马林、瞿秋白坐在侧面，瞿秋白担任马林的翻译，门口站着警卫人员。

孙中山：马林先生，我再次重申，接受你们的提议，尽快推进国共合作，改组国民党，把革命大步推向前进。

马林笑了：中国的革命跟苏俄是密切相关的，我想列宁同志听到这个消息，一定会开一瓶伏特加的！

瞿秋白翻译给孙中山，孙中山听完也笑了。

孙中山：仲甫、守常，你们的意见呢？

陈独秀：原则上，我们同意共产党员以个人身份加入国民党，但有些细节，比如打手模、宣誓效忠个人这样的入党手续，希望中山先生能慎重考虑。

蒋介石静静听着，面无表情。

孙中山：没有问题，既然是合作，当然要考虑双方的感受，我接受。

李大钊：中山先生，上次提到我党协助贵党，在各地建立省党部……

话音未落，外面突然传来了一阵哭声。

林森等：国民党危矣！三民主义危矣！革命危矣！总理，生死存亡，不可不慎，不可不察呀！

孙中山皱起眉头，李大钊没再说下去。蒋介石走到窗前，只见大元帅府门口站着林森、邹鲁、谢持、叶楚伧、孙科等人，全都哭得如丧考妣，门口警卫也不敢阻挡。

蒋介石：总理，是林森、邹鲁等同志，他们聚在门口请愿，反对两党合作。

陈独秀、李大钊看着孙中山，孙中山微微有些尴尬。

孙中山：看来两党合作还是有不少杂音哪。不过大势所趋，我心里有数，你们不必担心。我看啊，不如派一个代表团，去苏俄亲眼看一看。耳闻不如足践嘛！孙中山看了一眼蒋介石。

陈独秀：好！我方也将派出代表，一同考察。

孙中山：等考察团从苏俄回来，我们就按照马林同志的提议，召开国民党第一次全国代表大会。联俄、联共，势在必行！

马林松了口气。陈独秀、李大钊对望一眼，都看到对方眼中的振奋。

陈独秀、李大钊、瞿秋白、马林等走出大元帅府，看到林森、邹鲁、谢持、叶楚伧、孙科等人正在假哭。

林森等人喊道：国民党危矣！三民主义危矣！革命危矣！总理三思，三思啊！

陈独秀走到几人面前，故意咳嗽两声，林森等人尴尬地看着他。

陈独秀假装亲热：这不是长仁（林森）吗？澄生（邹鲁）、慧生（谢持）、楚伧，大公子（孙科）也在呀！哎呀，诸位，好久不见，（指了指大家的眼泪）这都激动得潸然泪下了？

叶楚伧忍不住：陈仲甫！

陈独秀：别激动，楚伧，其实大可不必，男儿有泪不轻弹，以后两党就是一家人了，有的是相聚的时候，你说是吧，长仁？

林森不想再谈，下了逐客令：仲甫，我等还有要事，就不送了。

陈独秀：好好好，你们忙，回头找机会再叙。告辞，告辞了啊！

陈独秀、李大钊等昂然出门，林森、邹鲁等不满地看着他们的背影。

林森：两党党首会面，看来国共合作是箭在弦上了。

谢持：他们也不看看，到底谁是主，谁是客！还没合作，就反客为主！等真正合作了，党内还有我等的立足之地吗？

邹鲁：林老，绝不能为共产党作嫁衣！

叶楚伧：就是！这一次咱们老脸都豁出去了，等下见了总理，谁都不要松口！

孙中山靠在沙发上，轻揉太阳穴，脸色疲倦。蒋介石满脸担忧，弯腰凑到孙中山耳畔：总理，要不您先休息一下。您最近脸色不好，是否请医生看看？

孙中山摆摆手：无碍，我曾经就是医生，只是这手术刀，从医病变成救国了。去把他们叫进来吧。

蒋介石领着林森、邹鲁、谢持、叶楚伧、孙科等人进来，站在孙中山面前。

众人恭恭敬敬行礼：总理。

蒋介石依然站在孙中山身后。林森、邹鲁看了蒋介石一眼，目光都有些不善，蒋介石视若无睹。孙中山心知肚明，不好直接对着林森说过重的话，便借训儿子孙科来敲打这帮元老。

孙中山盯着孙科：跑到大元帅府来哭门，孙科市长，你这个广州的父母官，当得属实风光啊！

孙科看了看周围的党内元老：总理，我等此举纯粹是出于公心，是为三民主义革命事业而哭！

孙中山：你等？你能代表林老他们吗？何况三民主义的革命事业好得

很，用你来哭吗？拉帮结伙，成何体统！陈炯明在外面造反，你要在家里造反？我跟诸位同志在革反动军阀的命，你是要革我的命？

孙科：父……父亲，我不是那个意思。

孙中山：一个真正的革命者，只会为国家、为民族的苦难而落泪。扪心自问，你是这样的吗？要说有谁在阻挡三民主义事业，我看其中就有你孙科！

孙科又看了看周围的元老们，投去求助的目光，但见父亲脸色不好，不由得垂下脑袋：总理，我会反省的。

邹鲁：总理！孙科市长的担忧，同样是我等的担忧啊。以国民党的声望、地位，共产党要跟我们平起平坐，似乎还没有这个资格吧？

林森：总理，我们是需要苏俄的支持，可共产党能给我们带来什么？为了救国，我们直接跟苏俄合作，岂不更为简单？

叶楚伧：楚伧实不忍看到多年奋斗来的革命果实，被这帮夸夸其谈的书生摘了桃子！务请三思啊，总理！

孙中山叹了口气，充满感情地看着林森等人。

孙中山站起身：好了！诸位都跟随孙文多年，民国能有今天的局面，离不开你们的忠诚和努力。长仁，还在中华革命党时期，你就孤悬美洲，日夜操劳，为革命筹集120万银圆的巨款汇往东京，个人生活再困难，都没想过动这批款项分毫！慧生，民国元年，你组织血光团谋刺袁世凯，不幸被捕，在狱中，你几乎被处以极刑，却硬是什么都没说，保护了我们多少同志。楚伧，民国四年，袁世凯复辟，你为维持《民国日报》的宣传，连夫人的首饰都当了。还有你澄生，讨伐陈逆时，你作为特派员身先士卒的场面，我至今都历历在目。你们为革命的付出，我孙文不会忘，亦不能忘！

林森等感激涕零：我等效忠总理，百死不悔！

孙中山：不是效忠我，是效忠党！效忠民国！

众人连连点头。

孙中山：我想请问诸位，如果再来一个陈逆，诸位可有退兵的办法吗？

众人面面相觑，哑口无言。

孙中山：所以我们不但要有忠诚，更要有自己的军队！苏俄是唯一能在军事上给我们提供帮助的。至于你们刚才说的为什么要跟共产党合作，介石你说说。

蒋介石：国民党是很大，但是组织涣散、缺乏活力，上下充斥着一股暮气，正在堕落中死亡，要救活它，就必须有新的血液！年轻的、充满活力的中国共产党的加入，正可以改造我们的暮气，帮助我们重燃生机！

林森：总理，共产党有自己的主张，加入进来，会不会将我们引向歧途……

孙中山指了指办公桌后挂的四个字：天下为公。

孙中山：大道之行也，天下为公。我们改组国民党，并非为谋一己之私，而是要为苦难的中华谋一条救国的大道！共产党的同仁们，抱定的同样是这一宗旨。所以我已经决定了，联俄、联共，你们如果执意反对，（看着林森等人）可以退党，我孙文绝不勉强！

众人对望一眼，眼中满是无奈，却又不敢反对。

孙中山：民国已经十二年了，革命成功了吗？前清的皇帝溥仪还住在紫禁城里！辛亥以来，二次革命失败，护国历经磨难，护法失败，偏安广东一隅又遭陈逆叛变！失败和磨难并不可怕，可怕的是不能从中汲取教训，浴火重生！诸位，革命尚未成功啊，望勿生嫌隙，同心同德、同舟共济才是啊！

陈独秀、李大钊、瞿秋白、马林等走在街道上，心情都很不错。道路两边的店铺体现出广州浓郁的商业氛围，叫卖声不绝于耳。陈独秀突然停止脚步不走了，李大钊等不明所以地看着他。

李大钊：怎么了，仲甫？

陈独秀笑了：有好东西！都跟我来！

陈独秀走向一个小吃摊，买了好几串广东炸大虾。

陈独秀：广东大虾，来来来，都坐，坐下吃！

李大钊：跟着仲甫你这个美食家，有的是口福。

陈独秀：君曼不许我吃大虾，可我每次看到大虾，简直就走不动道了！今天我们就当是提前庆祝了，庆祝国共两党——当前中国最革命的两个政党即将联手，去推进一场席卷全国的大革命！

几个人坐在小摊前，边吃边聊。

马林：中山先生的门口，还站着一帮反对的人呢！

陈独秀：马林先生，你不知道，在我们中国，搬一张桌子都有人反对。在浩浩荡荡的大势面前，任何反对的声音都是蚍蜉撼大树——不值一提！

李大钊：仲甫，今天还有件事，你忘了吧？

陈独秀：别卖关子，赶紧说！

李大钊：润之今天到，这会儿应该已经在春园住下了。

陈独秀一拍脑门儿：哎哟，光顾着高兴了，把这事给忘了！（起身就跑）秋白，你不是要认识润之吗？快跟我走啊！守常，你结账啊！

陈独秀跑出去一段路，突然又折了回来，将桌子上烤好的大虾风卷残云一般全部带走。

陈独秀：给润之带点！你们再点，走了走了！

陈独秀手里抓着大虾，风风火火地跑了。李大钊和马林含笑看着，马林耸了耸肩。

李大钊：仲甫先生说到底，就是个性情中人哪！

春园，毛泽东临时住处，桌上放着大虾，陈独秀满手是油，招呼毛泽东坐下吃虾。

陈独秀：润之，你可来了，坐坐坐，吃虾！听说你来了，专门给你带的。（不顾手上还有油，直接握住毛泽东的手）你在湖南干得轰轰烈烈，我早就想见你了。三大结束以后，你就来中央工作！

毛泽东一愣：到中央工作？

陈独秀摆了摆手，不容置疑地：你这样的人才，我陈独秀征用了，到中央局来当秘书……这儿才是你更大的天地！你就说，愿不愿意？

毛泽东：就是觉得有些突然……

陈独秀：有什么突然的？我们就是要把合适的人才放到合适的位置上。你在湖南搞的工运，全国有谁能比？我相信你到了中央，舞台更大，一定能干得更好！

毛泽东：我一定尽力！这位是？

瞿秋白一直没说话，坐在陈独秀身边闷头吃虾。

陈独秀只顾聊得高兴，这才发现竟然忘了介绍：哦哦，忘了介绍，瞿秋白同志！我刚从莫斯科挖来的，对马克思理论很有研究，你润之对实际工作又很有经验，你们一起工作，一定珠联璧合，事半功倍！

毛泽东：你就是秋白同志？久仰久仰，今天总算是见到了！你在《晨报》上写的那些关于苏俄的报道，我是每期都看，一期都不敢落呀，你可是为我们打开了一扇了解苏俄的窗户！

瞿秋白：润之兄过奖了。更反动更混乱的政治，是和平统一的来源，是革命的生母，是民主独立的圣药！润之兄，你刚刚发表的这篇《外力、军阀与革命》，观点犀利，格局开阔，这才是大手笔！

两人握手，眼里都是对彼此的欣赏。

陈独秀：看来你们俩是惺惺相惜，神交已久啊！来来来，边吃边聊，这虾凉了就不好吃了！

广州恤孤院后街31号，墙上拉着横幅，上面写着"中国共产党第三次全国代表大会"的字样。中间摆着一张西式长台，两边是一列长条凳，坐满各地来的代表，有人抽烟，有人喝茶，有人抓着笔在纸上唰唰唰地记录着。天气炎热，有人扇着扇子，有人抹着汗，气氛热烈。

参加中共三大的代表有陈独秀、李大钊、蔡和森、毛泽东、王荷波、张国焘、王用章、邓培、瞿秋白、林育南、邓中夏、谭平山、张连光、刘仁静、朱少连、项德隆（项英）、罗章龙、徐梅坤、高君宇、王俊、何孟雄、王仲一、冯菊坡、刘尔崧、陈天、张德惠、刘天国、陈福涛（陈为人）、张太雷、刘天章、向警予、陈潭秋、阮啸仙、孙云鹏、沈茂坤、于树德、金佛庄、恽代英、袁达时等，共产国际代表马林也参加了会议。

张国焘：我对国共合作没有意见，但我反对党内合作这种方式。试想，全体党员都加入国民党，都在国民党内担任实际工作，那我们党的独立性何在？

张国焘激情四溢，毛泽东坐在一角，静静地听着。

蔡和森：我赞同国焘同志的观点。

马林剪断了雪茄，敲了敲桌子：同志们，请注意，共产党加入国民党不是要成为他们，而是要帮助中山先生改组国民党，使他们变得更积极、更革命，成为左翼的政党，去推进革命高潮的到来！

蔡和森：改组他们，就势必要加入他们！马林同志，我想请问，我们的委员长陈独秀同志，若去担任国民党的职务，并以国民党的身份对外发声，那他到底是代表共产党还是国民党呢？

向警予：那还用说，当然是代表共产党！

在座代表全都交头接耳，议论纷纷。陈独秀敲了敲桌子，现场慢慢安静下来。

陈独秀：过去两年，我们党的主要工作就是发展工运，在这方面，湖南的同志可以说工作做得很好。润之，别光听，讲讲你的看法嘛！

大家的目光全都看向毛泽东，毛泽东不卑不亢地站起身来：委员长点我发言，那我就说说湖南的情况吧。近一年多来，我们组织了近十次罢工，胜利或半胜利者达九次。看起来是不是轰轰烈烈？眼见革命的高潮就要滚滚而来了。

不同于张国焘的激情演讲，毛泽东语气平和，反倒让现场全都静了下来，只听他一个人讲。

毛泽东：可结果怎么样呢？二七惨案，吴佩孚一声枪响……

张国焘：毛泽东同志，我想提醒你，"京汉大罢工"虽然遭到了军阀的镇压，但它依然是工运的高潮，这是不容否认的！

陈独秀：你别急，让润之把话说完！

毛泽东：吴佩孚一镇压，全国工运立即就陷入了低潮。仅凭我们这点力量，压根儿就不是对手！归根结底，还是我们的力量太弱小了！

马林面带微笑。陈独秀望着毛泽东，颇为欣赏。

张国焘：毛泽东同志，你到底想说什么？

毛泽东：在当前的形势下，共产党选择跟国民党合作，共同去实现反帝反封建的革命任务，这无疑是最佳的选择。只要目标一致，就可以携手同行。

张国焘：那请问，共产党员以个人身份加入国民党，到底是我们听他们的，还是他们听我们的？

毛泽东：到底听谁的，不仅在于言，更在于行。国共合作就好比大家一起造房子，房子造好了，谁是这个房子的主人，首先要看的是他有没有当主人的决心，只要有这个决心，他就是这个房子的主人。我们加入国民党，同样可以把优秀的国民党员吸收到我们党里来嘛！

张国焘：你太乐观了，毛泽东同志！你知道国民党有多少党员，有多少枪，有多少钱吗？我们才多少党员？这就像一块糖扔进了水里，最后能不被化掉吗？

毛泽东：未必！如果是一块糖，自然是要化掉的；可如果是一颗石子呢？不仅不会被化掉，还会荡起一圈一圈的涟漪，让一潭死水变成活水！在座诸位既然选定了马克思主义，我想没那么容易就被融化吧？

瞿秋白：说得好！国共合作又不是洪水猛兽，我们不能只看到国民党在革命中壮大了，我们自己同样也在壮大嘛！

张国焘哑口无言。

陈独秀看着一直没说话的李大钊：守常，你一直没说话，说说你的意见。

李大钊：国焘同志和泽东同志都说得很好，开会嘛，就是要把道理讲透。我就不说道理了，只说一个事实，我在去年8月，跟孙文先生会晤之后，就以个人身份加入了国民党。快一年过去了，诸位同志觉得，我是石头，还是糖呢？

陈独秀等人都笑了。

陈独秀：还是守常你高明啊，一句话就把争论了结了。下面，大家就《关于国民运动及国民党问题的议决案》进行投票吧。

毛泽东、瞿秋白、向警予等纷纷举起手来。向警予举手，马上看向蔡和森，蔡和森也举起手来。最后是张国焘，心不甘情不愿地举了手。

陈独秀宣布结果：通过！

广州蒋介石住处，他笔挺地坐在书桌前，聚精会神地阅读着《马克思主义概说》，不时还在笔记本上做记录。电话铃声响，蒋介石拿起电话，里面传来张静江的声音。

蒋介石：你好，我是蒋中正。

张静江：介石老弟，坊间传闻你现在倾向于苏俄，跟共产党站在一起去了？

蒋介石：静江兄明鉴，当今世界列强，唯有苏俄肯对我党施以援手。论道理，论情势，我们都只能和苏俄联手。

张静江：我们国民党这群人除了经营实业，搞搞金融，剩下的也都是家里有田产的，这共产党是要发动穷人来革我们这些人的命的！

蒋介石：静江兄，总理已经下定决心要联俄、联共，我们作为总理的追随者，一定要明白他的苦心，这是大局！

张静江沉默片刻：你要去苏俄考察？

蒋介石：这也是总理的意思。

张静江：我是燕雀，不比兄有鸿鹄之志；但我要提醒你，共产党是要共你我的产的，不要与虎谋皮。

蒋介石：中正心里有数。

张静江：那就好！你介石老弟能揣摩总理的意图是好事，但你也要明白，有总理在主持大局，联俄、联共自然是没有问题的，可有传闻说总理的身体有恙，万一……

蒋介石眼神一动：静江兄！总理的身体春秋鼎盛，还望不要听信那些谣言。

张静江：既然介石老弟心里有数，我就放心了。

蒋介石放下话筒，继续翻看那本《马克思主义概说》，脸色晦暗不明。

春园李大钊住处，毛泽东、李大钊在两名酒楼伙计的协助下，正架着打边炉的炉子，摆着碗筷和各种食材。两名酒楼伙计推着辆小木车，食材、盘子、碗筷堆得满满的。

李大钊：润之，你来看我，自然是我请你才对，怎么还自己带着菜上门了？

毛泽东：在北京，您请我吃老火锅。现在是在广州，我请您吃粤式火锅——打边炉。

毛泽东说着将炉子摆好，点上火。

李大钊将盘子、碗筷都摆上，食材也全都整理好：都是几年前的事情了。

毛泽东拿出几块银圆，两名酒楼伙计推着小木车离开。

毛泽东：先生当时已经是新文化运动的领袖了，我不过就是个穷学生，先生的关照，我都记得。

李大钊愣了一下，眼中闪过一丝感怀：你润之啊，念旧情！好，今晚就我们俩，好好吃，好好聊！

两人整理好餐具、食材，面对面坐在餐桌旁。

毛泽东、李大钊相对而坐，锅里冒着腾腾白气，旁边放着一罐辣椒，两人都吃得满头大汗。

毛泽东夹了一筷子辣椒，配上撒尿牛丸：湖南的剁辣椒，先生尝尝。

李大钊摇头：我这个河北人，可没你们湖南人能吃辣！你们这年轻人，一茬一茬地长，当时你刚来北京，就穿着这样一件淡青色的旧长衫，现在一晃四年多了，都成了我们党的骨干了。

毛泽东：这都离不开先生的知遇之恩。

李大钊哈哈一笑：这和我有什么关系？

毛泽东：如果没有先生介绍我去图书馆当书记员，我在北京只怕要讨米了。

李大钊举起筷子，隔空点了点毛泽东：你这种人会沦落到街头讨米？

毛泽东也笑了，拍了拍自己的肚子：其实肚子倒好管，一天两个馒头也能对付，偏我这个人有个臭脾气——面子比肚子重要。当时在图书馆工作，遇到傅斯年、罗家伦他们，想请教些问题，人家理都不理，只有先生愿意听我说话，这个比肚皮还重要。

李大钊：知识分子嘛，总是清高一些。润之啊，看到你，我总忍不住想起昌济兄，要是他还在就好了。

毛泽东感喟：当年在豆腐池胡同，您和昌济先生也是一边吃着火锅，一边为我跟和森指点迷津。

李大钊：记得那时候你四处筹集资金，张罗湖南青年赴法勤工俭学，自己却留在了国内，我还误以为你是舍不得开慧。

毛泽东笑：有人负责向外发展，自然也要有人负责向内发展，留下来研究本国的问题，早早着手实践，革命可不等人。

李大钊放下筷子，赞许地看着毛泽东："莫道君行早，更有早行人。"对了，仲甫准备调你到他身边工作，可考虑好了？

毛泽东：我服从安排。

李大钊点点头：仲甫是性情中人，说话、做事率性而为，你又是个刚直的性子，我担心你们合作，一时还好，久了别生什么嫌隙。

毛泽东：我对仲甫先生很尊重，去中央是工作的，不会考虑别的。

李大钊：记住，骨头要硬，但舌头要软。我相信你一定能做好，"海阔凭鱼跃，天高任鸟飞"！

李大钊举起茶杯，毛泽东忙端起茶杯。两人碰了一下，都是一饮而尽，随即相对而笑。

毛泽东：先生，我想在明天的会议上提一个新问题。

李大钊：什么新问题？

毛泽东将一份写着《农民问题决议案》的报告推到李大钊跟前：农民问题！

广州恤孤院后街31号，毛泽东正在做报告，众人坐在长台前，神态各异地听着。

毛泽东：湖南的工人数量很少，共产党员、国民党员数量更少，可漫山遍野都是农民。因而中国的革命，切不可忽视农民大众，所以我的提案是，一定要多注意农民运动，把广大农民发展起来！

瞿秋白认真地记录着。毛泽东发完言，代表们开始讨论。

代表甲：农民怎么发展？又不像工人，一起上班、一起下班，容易集中，农民都是这山三户、那山五户的，住得又散又杂，怎么组织？

项英：苏俄也不是这么干的呀！都是工人阶级主导的。马林同志，您说是吧？

马林点头：毛，我在爪哇的经验告诉我，发动农民革命就是事倍功半，吃力不讨好！只有工人才可能快速发动起来，没必要把兴趣和精力放到农民运动上！

毛泽东：马林同志，中国的情况跟苏俄不一样，我们没有那么多的产业工人，最多的就是农民……

代表甲：多就有用吗？这不是数量问题，而是阶级先进与落后的问题！就农民的素质，能发展得起来吗？

张国焘：毛泽东同志，农民的文化层次普遍偏低，很多大字都识不了几个，怎么去启蒙他们？让他们参与革命，这不太现实吧？

瞿秋白：委员长，毛泽东同志提出的是一个新问题，不妨请他再多讲讲。

大家都看着陈独秀，陈独秀点点头。

毛泽东：那我就讲讲我的亲身经历吧。年前，我们在水口山组织了一次罢工，罢工的工人绝大多数是农民。他们都是在老家失了田地，或者靠种田活不下去，才下矿当的工人。那他们最大的愿望是什么？等挣到了钱，回家买上几亩地，继续当农民。

项英：这不正说明了农民阶级落后嘛……

毛泽东：不！这恰恰说明农民有拿命去守护的东西——土地！年末的时候，这群工人回去过年，老家的农民都在问，怎么能像工人一样成立个协会，像靠山一样帮着他们去减租子、减利息。前不久，我们已经派人去白果乡组织农工会了。一旦这条路能走通，农会的数量将是工会的十倍、百倍！而农民为了土地，是能够豁出性命去拼的！

瞿秋白轻轻点头。

陈独秀还是听不进去：扯远了，润之！我们重点要讨论的是国共合作之后，怎么去更好地发动工人，而不是农民……大家针对润之的提案，表态吧。

瞿秋白：我反倒觉得，毛泽东同志提出的农民问题，很可能是对这次会议的一个重大贡献，说不定真的能够走出一条路来！广东的彭湃同志不是已经在老家组织起农会了吗？

李大钊：我支持秋白同志的意见。毛泽东同志一直在一线，对很多情况比我们更了解。苏俄，包括西方主要大国，很早就完成了工业革命，已经基本实现了工业化，所以它们的工人阶级数量众多；而我们中国，工业化才刚刚开始，绝大部分人还是农民，这是因为中西方发展阶段不同。我们要革命，就不能不正视这一点！

陈独秀：守常，你的建议是？

李大钊：我们从苏俄取到了主义，但具体的道路该怎么走，还是要根据我们的实际情况来定。润之提出的是一个新问题，我相信今天也争不出个所以然。我建议，将农民问题关注起来，至于这条路能不能走得通，可以边走边看嘛！要不……大家表决吧！

李大钊看了看毛泽东，第一个举起了手。紧接着，瞿秋白也举起了手。现场有人举手，有人却无动于衷。

1923年6月，中共三大在广州召开，大会接受了共产国际关于国共合作的决议，决定共产党员以个人名义加入国民党，以党内合作形式实现第一次国共合作。同时提出，党必须在政治上、思想上、组织上保持自己的独立性。毛泽东当选为中央执行委员会委员，并进入中央局担任秘书，正式调往中央工作。毛泽东关于农民问题的决议案得到通过，并被体现于党纲草案。

黄花岗七十二烈士公墓，陈独秀、李大钊、张国焘、蔡和森等中共三大的代表们聚在一起，毛泽东也站在人群中。

陈独秀：秋白！这《国际歌》是你翻译的，你来起个头，领着大家唱！来来来，站到前面来！

瞿秋白被叫到众人前面,深吸了一口气,领着众人唱《国际歌》。

瞿秋白:起来,受人污辱咒骂的!起来,天下饥寒的奴隶!满腔热血沸腾,拼死一战决矣……

众人合唱:旧社会破坏得彻底,新社会创造得光华。莫道我们一钱不值,从今要普有天下……

每个人都激昂而投入,目光中满是热烈和期待,歌声越来越嘹亮。

众人合唱:这是我们的,最后决死争,同英德纳雄纳尔,人类方重兴!这是我们的,最后决死争,同英德纳雄纳尔,人类方重兴……

第八章　国共携手终促成，三民主义谱新章

广州街头商业氛围浓郁，摊贩在兜售着生意，毛泽东手上拿着个拨浪鼓，跟蔡和森、向警予三人正在逛街。

蔡和森：这次大会选举你做中央局秘书，跟罗章龙一道，协助仲甫先生在中央工作。这可是你大施拳脚的好机会。

毛泽东：和森，这回咱们又可以并肩作战了。

毛泽东看到路边摊贩卖着杏仁饼，感兴趣地凑过去。

小贩甲操着广州口音：整条街就属我家的杏仁饼最好啦，老板您只管买，肯定不会吃亏的啦！

毛泽东掏钱接过杏仁饼装进包里：谢谢啊！

蔡和森、向警予陪着毛泽东边走边聊，毛泽东不时摇着拨浪鼓，显然心情很不错。

蔡和森：润之，你可变了啊！这包里又是杏仁饼，又是檀香扇，还给孩子买了拨浪鼓，贴心得我都不敢认了！

毛泽东笑笑，没说话。

向警予白了一眼蔡和森：你以为都像你，一点眼力见儿都没有！

蔡和森不服：我怎么就没有眼力见儿了？

毛泽东见两人又要斗嘴，岔开话题。

毛泽东：警予，要是开慧知道你在三大上提的《关于妇女运动的决议案》通过了，肯定高兴坏了！提倡男女教育平等、职业平等、工资平等、女子应有遗产承继权、结婚离婚自由等等，可全都说到了全国女性的心坎里。

蔡和森：警予，这一次我可是举双手支持你的，尤其是新加入"打倒军阀""打倒外国帝国主义"这两条，更是把女性都发动和联合起来了，一起参与国民革命运动！

向警予：那当然！女性可是占了国民的半数，同样可以跟男性一样，打倒军阀、打倒帝国主义！

毛泽东：说得好！男人能做的事，女子一样能做！

毛泽东停在一个卖广绣的摊位前，挑着一块丝巾。

小贩乙：老板，正宗的广绣！挑一块送给老婆啦，她一定中意的！

毛泽东挑了一块木棉花图案的：就这块吧。

小贩乙：老板好眼光，木棉花，红红火火，你们俩的感情也一定红红火火啦！

毛泽东付钱后接过丝巾，蔡和森也跟着挑起来。

向警予：你又不买，瞎看什么？走了！

蔡和森：别急啊！老板，这款木棉花的，给我也拿一块！

向警予：你买它干什么？

蔡和森却直接将丝巾围在向警予的脖子上：送给我老婆啦！老板都说了，红红火火！

向警予脸红了：看你！

蔡和森笑，两人再一看，毛泽东却不见了。

向警予：润之呢？

蔡和森四处看看，只见旁边有一家文心书局：在那儿呢！

蔡和森走进文心书局，一路往里找着，果真在书架前找到了毛泽东。

向警予站在门口等着，摆弄着脖子上的丝巾，嘴角微微含笑，透着幸福。毛泽东手里正捧着一本《曾胡治兵语录》在翻。

蔡和森：《曾胡治兵语录》？这本书辑录的都是曾国藩、胡林翼的治兵言论。润之，你怎么开始对兵法感兴趣了？想弃笔从戎？

毛泽东：你忘了？武昌首义那年，我就在长沙加入了湖南新军，被编在第二十五混成协第五十标第一营左队，每个月饷银七元，不过大部分被我拿来买书、订报了。后来中山先生和袁世凯达成了协议，仗也不打了，我以为革命成功了，就离开了部队。算了算，总共当了半年兵。

蔡和森：你这是又动了当兵的念头？

毛泽东合上《曾胡治兵语录》，摇头：我都快三十了，想当也当不了了。但是大革命可绝对离不开兵，真到要用的时候肚子里没货，临时抱佛脚，佛是没那闲工夫理你的！

蔡和森：那我也来一本！（又抓起刚出的一册《新青年》翻了起来）《俄罗斯革命之五年》？这是列宁在共产国际四大上的演讲！秋白翻的？他手可真快！

向警予：秋白是俄文直译，你还要等先出了法文版，能比吗？

蔡和森一边翻看一边叨咕：看来我也得学学俄文。润之，列宁同志的文章分享的是俄国革命的一手心得，你有空时也多读一读。

毛泽东：书是一定要读的，但这会儿我要先去拜访一个同乡。（把书、拨浪鼓、布包等一股脑儿地交给蔡和森）和森，这些你先帮我带回去。

蔡和森怀里抱着满满的东西，动也不敢动：去拜访谁呀？警予，别站着了，快来帮忙啊！

培正路简园内，谭延闿正用筷子蘸着鲜红的剁辣椒送进嘴里，毛泽东坐在对面，含笑看着他，桌上摆着四个菜。

谭延闿一脸享受：嗯，这才是家乡的味道！我之前读你写的《省宪下之湖南》《"省宪经"与赵恒惕》，看来赵逆在湖南一手遮天，搞得乌烟瘴气。

毛泽东点点头："二七"之后愈演愈烈，省内民怨沸腾。

谭延闿：如果是我在湖南主政，这种事绝不可能发生。

毛泽东：我跟湘军的老乡们聊过，除了贺耀祖他们几个旅长，老湘军还是心向谭司令的。三湘的百姓更期望谭司令能领兵打回去，光复湖南。

谭延闿：润之，虚衔就不要叫了，都是同乡，你的文化书社还是我剪的彩、题的字，现在都讲革命，都互称同志。

毛泽东笑笑：谭老，如今国共两党合作在即，您在国民党内举足轻重，若能通力支持，赵恒惕这样的军阀，必然会跟张敬尧一样，被驱逐出湖南的！

谭延闿顿了顿，放下了手里蘸辣椒的筷子。

谭延闿：支持？拿什么支持？润之啊，我虽然顶着湖南省长兼湘军总司令的帽子，但这顶帽子下面没有军队撑腰，那就戴得有名无实，虚衔而已。记得当初，我第一次主政湖南的时候，是被八个士兵硬抬进的督军府。我是进士出身，底下那帮人都以为我只是软弱可欺的文人，背地里叫我"谭婆婆"。可在掌了督军大印、兵权在握之后，谁还敢说三道四？

毛泽东点点头。这时下人上菜，端上一盆火锅，炭火在火锅下燃烧着。

谭延闿：大夏天吃火锅，祛湿养阳。润之，不论是炒共产主义这道菜，还是三民主义，抑或是一锅烩，万变不离其宗的，就是得有火。没有火，什么菜都炒不熟。这道火就是武力，就是军队。要解决湖南的问题，还是要从军事上着手。谁掌握了军队，谁就掌握了主动权。中国的问题看似千头万绪，但只要抓住了军队，就能纲举目张，许多问题就能迎刃而解。

毛泽东疑惑：可是谭老，北洋以来军阀乱战的局面，不正说明了武人治国是行不通的吗？

谭延闿：军阀都是强盗，你要打倒强盗，就要比强盗更强！跟他们讲道理，那是秀才遇上兵，讲得通吗？要统一，只能靠武力！这可不是我一个人的想法，孙总理估计也是这么琢磨的。不过，我嘛，到底是文人。我的部队，武力之外，文化还是要讲的。我专门在军中开了讲武堂，广纳才俊，吸收革命人才。欸，润之，你可是咱们湖南的秀才，要是回头有空，来给他们上上课吧。

毛泽东点点头，看着火锅下燃烧的火苗，若有所思。

大元帅府孙中山办公室里，携带小型诊疗箱、身着西服的保健医生金诵盘大夫正在给孙中山听诊，随即金大夫又轻轻按压孙中山腹部，孙中山偶尔露出痛苦的表情，金大夫接着用小手电查看孙中山的眼睛。

金大夫：巩膜发黄，轻微腹水，右上腹隐痛，还是当初您在上海问诊时的老毛病，得多注意护肝哪。（掏出笔开药单）给您开些甘草酸、抗氧化剂作辅助护理。不过肝病没有特效药，只能靠日常调养，（又写了几行字）尤其要保证足够的休息，饮食也要注意。

孙中山：有劳金大夫了。

金大夫收拾东西离开，宋庆龄送到门口。

金大夫小声叮嘱：先生的病较之前又有加重之势，一定要让他劳逸结合，身心愉悦放松，绝不能掉以轻心。

宋庆龄点点头，关上门。

宋庆龄：不是让你休息吗？怎么又工作了？

孙中山：我现在不但要与帝国主义、与军阀战斗，还要与时间战斗啊！夫人，放心，我一定会亲眼看到革命胜利、祖国一统的。（拿起桌上的一封书信）守常他们递过来的联名信，你看了吗？

宋庆龄：看了。他们关于改组国民党的建议都很有道理，我党虽元老众多，但组织一直松散，没有章程，没有纲领。守常建议成立一个强有力的执委会，合力促进党的活动。想法非常好，就怕阻力不小啊，党内某些人的眼里只盯着一己之私，根本不顾大局，不顾国家利益。

孙中山：他们至今都不明白，中国不是某个党派的中国，而是全体国民的中国！

孙中山由于激动忍不住咳嗽起来，宋庆龄赶紧轻抚他的背。

宋庆龄：气大伤肝，你也要想开点。劳逸结合，长时间超负荷地运转，人是会生病的。

孙中山：人会生病，组织同样会生病！我是学过医理的，为了防止从病在腠理，演变成病入膏肓，就必须治沉疴用猛药，非下决心彻底消灭病灶不可！病灶消除了，自然就会焕然一新。夫人，我已经想好了，就算是打散了国民党重组，联俄、联共、扶助农工也要推行下去！不仅要完成党的结构改组，还要合作建立一支真正的革命军队！等考察团从苏俄取经回来，我们就召开大会，正式宣布国共合作！

宋庆龄点头，但看着孙中山的身体，脸上尽是担忧。

热浪已经袭来，蝉鸣声起，但初夏的广州街头，依旧人潮涌动。一间简陋的凉茶摊铺上，砂锅里茶汤的咕嘟声在铺前回荡。老板一边熟练地将中草药放入空砂锅，一边将煮好的茶汤分装入茶碗。

小木桌前，一本《新青年》放在桌上，桌前正坐着毛泽东跟瞿秋白。

毛泽东：秋白，你译的这篇《俄罗斯革命之五年》，着实令我再次对苏俄式的革命心向往之。听说你在俄国跑了不少地方，实地探访的感觉怎么样？

瞿秋白：真实的俄国，要比我们想象的复杂得多。其实，现在他们也并不富裕，我去的时候，有些地方还在闹饥荒。

毛泽东：哦？

瞿秋白：但人们的精神状态完全不一样。不仅劳农政府想了各种办法着力救济，学生、战士、医护，每位市民都自发协助政府，搞募捐办赈济。大灾面前，临危不乱，且官民一致。你看现在战争和灾荒结束才多久，整个国家已经焕然一新。

毛泽东沉吟：因为他们深信并甘于为之奉献的是属于自己的国家。

瞿秋白：没错！革命后的俄国，人们心中的阳光，肉眼可见的灿烂。而我们正在做的，就是他们已经完成的第一步。我坚信，我们可以做到！他们依靠无产阶级，我们当然也可以这么干！

毛泽东：可我们国内的工人只有几百万啊。

瞿秋白笑：润之，你在三大上的讲话，已经替我回答了这个问题——中国的无产阶级，不仅包括工人，更包括农民，甚至大部分是农民。所以我完全赞同你发动农民的主张。不过，他们的组织和认识不够，唤醒他们正是我们要去做的工作。

毛泽东先是微微点头，继而陷入思考。

瞿秋白：中国跟俄国太像了，都是落后的农业国，都有大批农民，阶级矛盾也都很突出。一旦时机成熟了，城市的产业工人就是革命的首领，我们可以像布尔什维克那样，搞中心城市暴动，一呼百应，革命功成！

毛泽东：你说得很有道理，只是俄国再弱，也曾是"欧洲警察"。中国的底子可比俄国弱了太多，所以我一直在想，学是肯定要学的，但完全照搬，是不是管用？

瞿秋白正要回答，茶摊老板在两人面前摆上了凉茶，瞿秋白端起喝了一口。

瞿秋白：这茶怎么这么苦？

毛泽东微笑：里头放了中药。我们湖南人爱吃辣，广州湿气重，喝了正好去去火。开始我也喝不惯，谁知入口回甘，每天都要来一碗。你这好甜口的江南人，怕是得适应适应。（一顿）不过秋白，入乡随俗嘛。

瞿秋白一愣，随即会心一笑：是啊，中国革命问题，怕是也要边搞边想，入乡随俗。

两只茶碗碰到了一起。

1923年9月，上海陈独秀住处内。陈独秀和毛泽东两个人边说边走到桌前坐下，桌上摆着一大盘虾，以及酱、醋等调料。

陈独秀：润之，坐，吃虾！

陈独秀夹起一只虾，放在毛泽东的盘子里。毛泽东有些笨拙地剥壳，蘸醋慢慢吃着。

陈独秀：很多同志还不理解，说我们党在广州可以公开活动，回到上海就只能秘密活动了，时时都要提防军警的搜捕。润之，你说说，我这么做是为什么？

毛泽东：这其一，当然是考虑交通。广州毕竟还是偏了，跟上海、汉口、北京这些重镇都不通铁路，坐船去趟上海要走5天，离汉口、北京就更远了，怎么去指导全国的革命斗争呢？上海就不同了，直接就能联系北方和南方的广大地区。这其二，上海工厂多，产业工人集中，有利于我们开展工运。

陈独秀：还有第三！也是最重要的一点，尽管国共即将展开合作，我们党还是要保有相对的独立性，中央机关设在广州，毕竟是在国民党的眼皮子底下，所以还是迁回上海为宜！

毛泽东点点头。

陈独秀顿了顿：听说你在负责建立国民党省党部，要回趟湖南？

毛泽东点头：我已去信，维汉同志他们已经先行筹备起来了。

陈独秀：鹤鸣去你们自修大学当校长了？

毛泽东：是，办教育是鹤鸣所长。

陈独秀：鹤鸣这个人，理论水平还是有的，就是脾气太臭。

毛泽东：仲甫先生，鹤鸣为了我们党的建立，还是费了很多心血的，两年前的会能在上海召开，跟他和汉俊同志的筹备是分不开的，后来大会被暗探盯上，若不是鹤鸣的夫人会悟同志的提议，我们也不会转移到浙江的嘉兴，在船上顺利把会开完。

陈独秀一直在吃虾，这时才抬起头来。

陈独秀：你说的这些，我都知道。共产党员以个人身份加入国民党，这是共产国际的决定，我这个委员长又能怎么样？只能服从。你说他怎么就想不通呢？上回跟我大吵了一架，这都好几个月了，音信全无，按照组织规定，他这是脱党。

毛泽东：这次回长沙，我再劝劝他。

陈独秀：算了吧，人各有志。他为革命所做的贡献，革命不会忘，我陈独秀也不会忘，但他决意要走，我就是想留，也留不下呀！

陈独秀用筷子挑出一只虾，放到旁边。

陈独秀：怎么混进了一只沼虾？

毛泽东：沼虾？

陈独秀：你不常吃，看不出来。咱们吃的是白虾，属于海虾，沼虾属于河虾，两种虾看起来差不多，其实味道啊，大不相同。

毛泽东低声叹了口气，眼中闪过惋惜之色。

1923年11月，湖南长沙邮局内，柜台人员正在工作，但柜台里边，信件正被军警一一检查。

毛泽东走进邮局，先是一愣，继而一脸淡定地问工作人员：请问有毛石山的信吗？

工作人员一番查找，将一封信递给毛泽东：你就是毛石山？最近你的信很多嘛，广州、宁乡、安源都有人给你写信。

为首的军警听在耳里，抬起头看向毛泽东，目光满是怀疑。

军警走过来，将信抢在手里：问你话呢？

毛泽东：家里做杂货生意，从广州进货，发往长沙、宁乡、安源都有分铺。

军警：兵荒马乱的，生意还做得这么广？现在食盐、白糖都怎么卖啊？

毛泽东：白糖七个铜圆一斤，食盐九个铜圆一斤，最近涨价了。

军警：洋油呢？

毛泽东：论瓶卖，一瓶三十个铜圆。面粉市价八个铜圆，香烟一盒是五个铜圆。桐油贵些，要近五个银毫了。肥皂……

军警摆了摆手，把信件给毛泽东：好了好了，别念生意经了，走走走！

文化书社内，毛泽东拆信，夏明翰、李维汉、何叔衡、夏曦坐在对面。

毛泽东：在邮局遇到点绊子，不过以后毛石山这个名字算是通行证了。我之前给林祖涵、彭素民去信商量过筹建国民党湖南省组织的事，现在广州回信了，批准成立宁乡、安源的国民党分部，再加上长沙支部，已经具备了成立湖南总支部的条件。

何叔衡：润之，共产党的湖南支部是你搞起来的，现在国民党的湖南总支部又是你搞起来的，放在全国，怕是都没别人了吧？

毛泽东笑笑：世界是我们的，做事要大家来。维汉，你是湘区执委的负责人，来年1月就要在广州召开国民党第一次全国代表大会了。每个省由中山先生指定三人作为代表，由本省选举产生三名代表。我们的同志一定要做好组织工作，确保先进的同志当选。

李维汉：我会的。

毛泽东：蔓伯（夏曦），你是筹备主任，跟维汉打好配合，国民党湖南总支部就交给你了。

夏曦：好的。

毛泽东：鹤鸣最近怎么样？

夏明翰：自修大学被赵恒惕封了以后，李老师去了法政专门学校。先生，自修大学后续怎么办？

毛泽东：我最近在看湘江中学，不行就搬到那里去。这些校园里，革命的氛围很浓厚。之前我去南京开青年团的二大，传达三大的会议精神，看到了很多年轻人。蔓伯，你不是也在吗？

夏曦：是啊，我看他们朝气蓬勃，不仅一片赤子之心想要改变国族命运，而且如饥似渴地想要了解马克思主义。

毛泽东：记得去年湖南的青年团初创，正式团员就有好几百，索要团章者更是上千。这就是我们撒遍湖南的革命火种，只要火种不灭，总有一天是要燎原的。维汉，后面的工作你们先处理着，我得赶紧回一趟板仓，开慧这两天就要生了。

何叔衡：润之，你怎么不早说！

李维汉：就是，你赶紧走吧！

板仓杨宅内，毛泽东一路飞跑着，快步冲进院子，满头大汗。向振熙正抱着小岸英，在院子里晾着小孩的尿片。毛泽东擦了擦汗，上前拉着岸英的小手。

毛泽东：妈！开慧怎么样了？

向振熙：小家伙急得很，已经出来了。（朝屋里努了努嘴）快进去看看吧。

毛泽东来到门口，发现卧室门是虚掩的。毛泽东轻轻推开，只见冬日的暖阳透过窗户照进来，安宁、温暖。杨开慧坐在床头，脖子上围着毛泽东在广州买的那条木棉花丝巾，正用一个铃铛逗弄着怀中的婴儿。

毛泽东轻轻地把包裹放在桌上，里边是给杨开慧买的红糖和红枣。毛泽东小心翼翼地走过去，铃铛轻轻一响，婴儿眼皮动了一下。杨开慧抬起头来。

杨开慧疲倦中带着笑意：回来了？

毛泽东有些愧疚地点了点头，从杨开慧手中接过铃铛和婴儿。毛泽东摇了一下铃铛，爱怜地望着婴儿。

杨开慧：是个男孩。

147

毛泽东：霞妹，辛苦你了。

杨开慧略有感伤：两年前你从上海回来，第一件事就是办了自修大学。自修大学被查封那天，我就带了这个铃铛出来。

毛泽东没说话，摇了下铃铛，婴儿的眼皮动了一下。毛泽东将杨开慧揽在怀里。

上海，一辆轿车驶过街道，张静江和蒋介石坐在后排。

蒋介石难得地解开衣领的扣子，露出一抹笑容：静江兄，五年了，五年的蛰伏，就是在等今日的一鸣惊人！

张静江不解：为何说是五年？

蒋介石：五年前护法时，中正曾在日记中起誓，忍耐五年，用功五年，则何事不可为？何事不可成？

张静江：介石老弟颇有勾践之志啊！

蒋介石意气风发：现总理主张联俄、联共，革命形势日新月异，我此番从苏俄考察回来，论对苏俄的了解，党内恐怕没人比我更深入了吧？静江兄，我终于要守得云开见月明了！

蒋介石说着，拍了拍张静江的大腿。张静江扶了扶眼镜，看上去却并不激动。

来到张静江宅邸，张静江落座，做了个请的手势。

张静江：介石老弟这段时间喝惯了伏特加，不知有没有忘记家乡的曲毫茶啊？

蒋介石：静江兄有所不知，我已经在洁如那里立过誓，终生只喝白开水，绝不再沾一滴酒。茶、咖啡，都戒了。

张静江摆摆手，佣人将茶撤下，换上白开水。

张静江：以后给你倒白开水，可别怪兄弟招待不周啊！

蒋介石：岂敢。

张静江：这次对苏俄考察，印象如何？

蒋介石：他们的主义是好是坏，难说。上下却很是团结，和我们总体谈得都很好。但不瞒静江兄，毕竟是我们有求于人，我在莫斯科也受了些冷遇。你知道吗？那个张太雷，好几次劝我加入他们共产党。我觉得，在俄党眼里，中共才是中国革命的正统。

张静江：简直荒谬！跟共产党合作，你还是要警惕，未可全抛一片心哪！他们就是想借我们国民党的牌子，发展他们自己！如果听之任之，我们恐怕……最终是为他人作嫁衣啊！

蒋介石：静江兄，这番话，你对我讲可以，在外面是绝对不可以讲的。联俄、联共，总理是下了决心的，势可顺，而不可逆啊！

张静江端起红酒喝了一口，没说话。

蒋介石：一大就要开了，对于浙江出席的代表，静江兄可有什么耳闻？

张静江：每省代表名额六人，其中三人由中山先生指定，另外三人由该省党员选举产生。浙江选出的三人为戴任、胡公冕、宣中华。

蒋介石见选举的代表中没有自己，自然认为自己已被孙中山指定。

蒋介石颇为自喜，又有些感动：总理亲自指定中正，一番栽培苦心，中正甚是感激啊，另外两个是谁？

张静江：沈定一。

蒋介石点了点头：这次去苏俄访问，他也去了的，可以算他一个。还有呢？

张静江：戴季陶。

蒋介石用筷子夹着鱼，送进嘴里：季陶是自己人。

张静江沉默了，叹了口气：另一个是……杭辛斋。

蒋介石还没反应过来：杭辛斋也就资历老一点而已……

蒋介石忽然愣住，正在挑鱼刺的动作停下。

蒋介石：你刚说总理指定几个人？

张静江：三个。

明白过来的蒋介石突然咳嗽起来，被鱼刺卡住了喉咙。

张静江：介石老弟，总理这次没有指定你，我猜是你到苏俄考察，行程不定，所以不好确定。

蒋介石竭力克制着内心的愤怒：静江兄不必安慰了，沈定一也是访苏成员。

张静江递给他一杯开水，蒋介石喝了一口，却呛得更厉害了，起身朝洗手间快步走去。

蒋介石站在洗漱池前剧烈咳嗽，最后终于吐出卡住的鱼刺。他抬头望着镜子中的自己，眼睛通红，神情狰狞。他狠狠地啪啪给了自己两个耳光，又抹了一把脸，咬着牙，勉强平复着心情。

老渔阳里2号陈独秀办公室内，一个套娃被拿了下来，露出里面更小的套娃。

陈独秀：马林被共产国际调回莫斯科了，临走前送了我这个，说是留作纪念。要我说，苏俄这个玩具娃娃啊，一层盖一层的，搞的花头很多，还不如咱们国家的大阿福呢！

张太雷：仲甫先生你不知道，我们这次小小的访苏代表团，一样花头很多！

陈独秀：哦？怎么说？

张太雷：蒋介石和王登云一派，对我和沈定一始终防着，也是一层盖一层的。

陈独秀：蒋介石不是考察团的团长吗？他对苏俄态度怎么样？

张太雷：有一件事，他很失望——列宁同志抱恙在身，没有接见我们代表团。他私下说过，他是孙中山先生的代表，列宁不见，是对中国革命不重视。他很看重苏联的军事支持，向托洛茨基提了两次。托洛茨基没有表态，只是告诉他，要派人来中国帮助中国革命，还要帮助国民党办军校。他对苏联的政治制度，好像颇有微词。但也表示，回国后，要认真读一下列宁的书。这个人，看不太透。

陈独秀：这样，你和定一再写一份访苏报告书，直接递给中山先生，以免他只听信了蒋介石的一面之词，影响大局。

说话间，陈独秀已经将俄罗斯套娃全部揭开，摆了整整一排。

板仓杨家杨开慧房间内，毛泽东抱着毛岸英，看着襁褓中的毛岸青。

毛泽东：岸英，爸爸又要出远门了，你什么时候能长大，帮着照顾弟弟呀？爸爸不在家，不要闹妈妈和外婆，好不好？叫爸爸，岸英叫爸爸……

毛岸英瞪着大眼睛看着毛泽东，咧开嘴笑了。

向振熙走进来接过毛岸英：孩子给我吧，该睡觉了。

向振熙离开，杨开慧端着一碗长寿面放到桌上。

杨开慧：润之，来吃长寿面。（见毛泽东一脸茫然，一笑）你是不是又把自己的生日给忘了？

毛泽东：是，不对呀霞妹，那也不是今天。

杨开慧：等你真过生日那天，已经是在去广州参加国民党一大的路上了。你明早就要走，今天提前给你过。润之，长寿面是一定要吃的！

毛泽东有些感动，坐下吃面。

杨开慧：民国九年你生日，你正四处奔走，给文化书社筹钱，压根儿顾不上过；前年你生日，你又在组织万人示威大游行，反对太平洋会议，我把长寿面热了几回，最后还是倒掉了；去年你生日……

毛泽东：去年我记得，那段时间正在组织黄、庞二君牺牲一周年的纪念活动，等我回到家已经是后半夜了，你一直没睡，在等我。其实我一直都没有过生日的习惯，嫌麻烦。霞妹，也就是你，每年这一天都记得。

杨开慧：今年可不一样，吃了这碗长寿面，你就三十岁了，三十而立，很重要的。吃，吃呀，要不要加点辣椒？

杨开慧很自然地拿过剁辣椒，拧开盖子，放到毛泽东跟前。

杨开慧稍微加了些：够了吧，别加太多。润之，你就放心去，等我把身体养好了，岸青再大一些，我再去找你。

毛泽东：开慧，结婚这三年，聚少离多，家里家外都是你在承担，还要帮我整理文稿，为了我担惊受怕……

杨开慧拿出一条织好的红围巾，挂在毛泽东的脖子上。

杨开慧：南方湿气重，围巾你一定要记得戴。润之，你说我们聚少离多，我不这样看，不管你在哪儿，做什么，我们人不在一起，但心是紧紧贴在一起的，你说对吗？（发现毛泽东低着头，用手捂着眼睛）润之，你怎么了？

毛泽东揉了揉眼睛，竭力忍着泪，笑着：辣椒放多了。霞妹，这辈子能娶到你，是我毛泽东最大的福分。只有你懂我，我们既是夫妻，更是知己。

杨开慧：那我们就做一辈子的夫妻，一辈子的知己。

毛泽东怜爱地揽着杨开慧，亲上她的额头。

毛泽东：说定了，一辈子的夫妻，一辈子的知己。

1923年12月底，毛泽东作为湖南省代表，赴广州参加国民党第一次全国代表大会。

夜雨连江，船舱外响起淅淅沥沥的雨声。船舱里，不知谁家小孩发出一两声啼哭，继而传来母亲时断时续哄孩子的歌谣声，让寂寥的夜空更显孤清。毛泽东围着杨开慧送的红围巾，坐在桌前铺开纸笔。

毛泽东酝酿着，开始写词《贺新郎》：挥手从兹去，更那堪凄然相向，苦情重诉。眼角眉梢都似恨，热泪欲零还住。知误会前番书语。过眼滔滔云共雾，算人间知己吾和汝。人有病，天知否？今朝霜重东门路，照横塘半天残月，凄清如许。汽笛一声肠已断，从此天涯孤旅……

毛泽东边写边陷入回忆中：

杨开慧为毛泽东围上亲手织的红围巾，欲言又止。毛泽东背着行李，抱着毛岸青，杨开慧抱着毛岸英，向振熙陪着，一起走出清水塘。

小吴门码头，毛泽东亲了亲襁褓中的岸青，交给了向振熙。毛泽东又不舍地摸了摸毛岸英的小脸蛋儿。

汽笛声响，毛泽东转身要走，杨开慧怀里的毛岸英看着毛泽东，喊出了第一声爸：爸……

毛泽东：岸英，你叫我什么？

毛岸英：爸，爸，爸爸……

杨开慧抹着眼泪：润之，岸英会叫爸爸了！

毛泽东喜极而泣，接过毛岸英亲着：我听到了，我听到了！岸英会叫爸爸了，岸英会叫爸爸了！

向振熙看在眼里，偷偷地抹泪。船就要开了，毛泽东不得不放下毛岸英，转身登船，杨开慧挥手，眼角含泪。

杨开慧抱着小岸英，向振熙抱着小岸青，一家四口凝望着毛泽东，只见他越来越远，最后消失在江雾中……

毛泽东继续在纸上写着：……凭割断愁丝恨缕。要似昆仑崩绝壁，又恰像台风扫寰宇。重比翼，和云翥。

停笔看向窗外，毛泽东思念无限。

广州作为当时中国革命的中心，呈现出一片热闹繁忙的景象。一队队士兵在街上荷枪而过，腰间围着又宽又厚的子弹带，很是威风。

街上遍布横幅标语，学生们散发着传单，传单上写着：国共合作！打倒军阀！打倒帝国主义！

广州码头、火车站，来自全国各省、海外的国民党代表陆续抵达广州，纷纷走下客船、火车。

戴季陶、于右任、吴铁城、叶楚伧、方瑞麟等大多是西装革履、毛呢大衣，一身行头不菲。蒋介石一身戎装，走出码头。

李大钊、林伯渠、李维汉、谭平山、李立三等人，本是共产党人，后加入国民党，成为代表，着装相对朴素。还有女性代表陈璧君、何香凝。

最后从码头走出来的，是穿着布鞋、戴着红围巾的毛泽东。

国立广东高等师范学校礼堂内，国民党一大正式开幕。

一双皮鞋的左前方四十五度是一双布鞋，皮鞋的主人蒋介石一身戎装，但由于不是代表，只能列席，坐在比较靠后的位置。

在他的左前方，布鞋的主人是毛泽东。毛泽东戴着红围巾，蒋介石正好能看见毛泽东的侧影。

大会主席台上坐着胡汉民、汪精卫、林森、谢持等主席团成员，李大钊的座位还空着。

突然，掌声响起，所有的代表起立，只见孙中山和李大钊并排，在众人的掌声中步入会场。孙中山走向发言席，李大钊走到主席台落座。

鲍罗廷、瞿秋白坐在旁边，列席会议。瞿秋白奋笔疾书做记录。台下坐着的共产党员有林伯渠、谭平山、李维汉、张国焘、李立三等，国民党员有廖仲恺、何香凝、谭延闿、于右任、戴季陶、叶楚伧、孙科等。

孙中山穿着四个口袋、七个纽扣的中山装，背后悬着青天白日旗。

孙中山：诸君，今天我们齐聚一堂，在此召开中国国民党全国代表大会，这是本党自有民国以来的第一次，也是自有革命党以来的第一次。我们用了三十年工夫，流了多少鲜血才推翻帝制，变更国体。但在这三十年中，我们却从没有机会开全国国民党大会，所以今天这个盛会，是本党开大会的第一次，也是中华民国的新纪元。（鼓掌）在大会正式开幕之前，向党旗三鞠躬！

孙中山转身鞠躬。所有代表也跟着做，安静的礼堂内一片肃穆。

汪精卫主持大会：现在讨论《中国国民党章程》，请大家各抒己见。

国民党右派分子方瑞麟：本席反对共产党员跨党！章程中应当增加一

条——本党党员不得加入他党。也就是说，共产党员加入国民党以后，必须脱离共产党，不得再有共产党之身份，以避免共产党借国民党之躯壳，注入共产党之灵魂！

此言论一出，台上的主席团成员林森、谢持，台下的代表叶楚伧、孙科等人纷纷表示赞成。

坐在台上的主席团成员之一李大钊当即发言：本席反对方瑞麟代表的发言！本人此次偕诸同志加入本党，是为服从本党主义，遵守本党党章，是为有所贡献于国民革命的事业而来的，我们参加本党而兼跨固有的党籍，是光明正大的行为，绝对不是想把国民党化为共产党！我想诸位代表都是心如明镜的吧？

林伯渠、张国焘等共产党代表连连点头。

汪精卫：国共合作没有问题，但共产党员以个人身份加入国民党，这恐怕对双方都不妥吧？

廖仲恺：不，我赞成守常同志的发言！凡加入本党的人，我们应该只问其是否诚意来革命的，此外即不必多问。此次彼等之加入，是本党的一个新生命！请大家思之，再思之。

胡汉民：我也赞成。对于跨党的忧虑，只要在纪律上规定即可，似不必再在章程上用明文予以规定。

蒋介石留心注意着会场的风向，观察着台上孙中山的反应。

旁边一位同样列席的代表悄声：现在看，支持跨党的占了上风啊！

突然一个身材颀长、身着蓝布长衫的人站起，挡住了他的视线。

毛泽东：主席，主席！39号发言，本席提议，立即停止讨论，请付诸表决。

待毛泽东落座，蒋介石悄声问旁边的代表：这位是？

旁边的代表：湖南毛泽东，共产党。

蒋介石：此人很善于审时度势，现在表决，方瑞麟的提议一定会被否决。

旁边的代表诧异：看来你也很擅长审时度势嘛！

会议继续进行。

提案人甲：凡关于国民党策略和对于国内外各种重要问题，做出决定之前，应组织聘请专家进行研究。已确定应研究的问题，未经研究部研究就不得执行；已经研究过的问题，其执行与否由执行部决定。

蒋介石频频点头，可毛泽东又站起身来，正好挡住了他的视线。

毛泽东：本席反对本案，因本案根本意思把实行与研究分开，犯了把研究与实行割裂、理论与实践脱离的错误，本党为革命党，绝对不能如此。本席意思，本案精神可以成立，条文则不能成立。

蒋介石望着毛泽东的背影，皱起了眉头。

提案人乙：比例选举制，可以打破现代选举的流弊，因为现代选举制总是以多数压服少数，而比例选举制则显然更适合本党。

身旁代表小声：这位仁兄，什么是比例选举制？

蒋介石：就是哈尔投票法。通行于资本主义各国……

蒋介石正要解释，毛泽东站起身来发言，打断了他。

毛泽东：本席根本反对本案，比例选举制系少数党所运动出来的结果。本党为革命党，凡利于革命的可采用，有害于革命的即应摒弃。比例选举制显然是有害于革命的，因少数人当选，即意味着他们就有力量去破坏革命事业，是予少数派以机会也！

蒋介石：此人……过于活跃了吧！当这里是戏台吗？

身旁代表：忍忍吧老兄，谁让你我这样的列席代表，连登台的机会都没有！

毛泽东坐下，蒋介石留意到孙中山看向毛泽东的位置，目露欣赏之色。蒋介石脸色更加阴沉，恰好瞥到不远处的一个空位置，上面贴着"杭辛斋"的名牌，神情微微一动。

叶楚伧看向毛泽东的位置，面色同样阴沉。大会开始举手表决，有关"比例选举制"的提议未通过。大会主持人汪精卫宣布结果。

汪精卫：有关采用比例选举制为本党政纲之一的提案，不通过！

会议暂时结束，人群纷纷拥出。毛泽东刚走到门口，一个身影从旁边疾步而来，差点儿撞上毛泽东。毛泽东转头望去，只见蒋介石一身戎装，正望着自己。

蒋介石：代表，你先走。

155

毛泽东：同志，你先行。

蒋介石深深地望毛泽东一眼，大步离开礼堂。

国立广东高等师范学校林荫道上，林森拄着拐杖散步。蒋介石从后面追上来，殷勤地扶着林森。

蒋介石：林老请留步，中正有事请林老帮忙。

林森：哦，你介石能有什么事，用得上老朽？

蒋介石：林老，中正的资历虽然不算老，可也是入党十几年的老党员了，方闻浙江代表杭辛斋因病缺席，我看他的座位空着，可否请林老代为问一下总理，让我……来替补，可以吗？

林森冷哼：在总理面前，你这个访苏代表团的团长，说话恐怕比我有用吧？

蒋介石：您是主席团成员，德高望重，还望您能美言几句，中正不胜感激，拜托林老了！

林森见蒋介石的态度很是谦恭，气顺了不少：这个我恐怕无能为力。杭辛斋不是因病缺席，而是已经去世了。明天大会将致电哀悼。总理的心情是很沉重的，这个时候向他提出替补杭辛斋的代表身份，恐怕不太妥当吧？

林森拄着拐杖走了，蒋介石愣在原地。

会议继续进行。

孙中山：诸君同志，请起立。

大家面面相觑，不知道怎么回事，但都站了起来。

孙中山看了一眼李大钊和苏俄代表鲍罗廷，都是一脸沉痛。

孙中山：刚刚收到莫斯科的急电，现在有一个沉痛的消息要告诉大家，苏俄的革命导师——列宁同志去世了。

礼堂内一片肃穆，代表们露出或惊讶或沉痛的神情。

孙中山：在此我要告诉诸君，列宁同志虽然去世了，但我们以俄为师的策略不会变，国共合作的大局不会变，改组国民党的决心不会变！列宁同志是革命中最好的模范，是革命中之圣人！在此我提议，休会三天，广州各机关下半旗三日，以志哀悼！现在，让我们为列宁同志默哀！

毛泽东等人全都低下头，为列宁同志默哀，现场一片肃穆。

几天后，大元帅府孙中山办公室内，汪精卫将一份名单递给孙中山：总理，这是大会代表推选的中央执行委员、候补委员和中共监察委员的候选人，明天大会要表决，是不是再看看。

孙中山神情疲倦地说道：有什么问题吗？

汪精卫：个别老同志有些议论。

孙中山精神头儿起来了：是不是关于那个湖南的毛君泽东。有人在我耳边吹过风。

汪精卫：毛泽东这几天在大会上很是活跃，机敏果决，有一股湘人不管不顾的精勇之气。我们党改组奋发，正需要这样实干的人才。

孙中山：我党在湖南的总支部也是各省最鼎盛的，据说就是这位毛君的功劳。

汪精卫：总理，只是……党内年岁长、资历深的人物比比皆是，这位毛君泽东才刚满三十，怕是不能服众……

孙中山：能不能服众，还有明天大会的表决嘛。

次日，国立广东高等师范学校礼堂内。

孙中山：同志诸君，今天是我们国民党全国代表大会的第十天，也是这次大会闭会的一天……我们这次在广州开会，是重新来研究国家的现状，重新来解释三民主义，重新来改组国民党的全体。从此以后，大家务必牢记，联俄、联共、扶助农工就是我们的新三大政策，我们的新三民主义！在座诸君一定要精诚团结，努力奋斗，从今以后，一往无前，有胜无败！在今年之内，一定可把革命事业做到彻底的大成功！

孙中山的讲话，几度被热烈的掌声打断。孙中山主动走向李大钊，两人面向所有的代表，郑重握手。

汪精卫：中国国民党万岁！

众人激动：中国国民党万岁！中国国民党万岁！中国国民党万岁！

大会在三呼"中国国民党万岁"中闭幕。毛泽东激动地鼓掌，不过没喊"中国国民党万岁"。蒋介石从后面看着毛泽东的背影，转身落寞地离开会场。

中国国民党一大事实上确立了联俄、联共、扶助农工的三大革命政策，标志着第一次国共合作正式形成。毛泽东当选为国民党中央执行委员会候补委员，兼上海执行部组织部秘书。

朝阳升起，一艘客船行驶在大海上。毛泽东、瞿秋白扶着船头的栏杆，眺望着金光粼粼的海面。

瞿秋白：润之，你现在可了不得，不但是我党中央局的秘书，还是国民党上海执行部组织部的秘书，深得两党重用，这次回到上海，可以大展拳脚了！

两个人都笑了，看着茫茫大海，憧憬着未来。

瞿秋白：好儿郎当乘长风，破万里浪。

毛泽东：我们的时代到来了！秋白，借用你的一首诗——我是江南第一燕……

瞿秋白：为衔春色上云梢！

1924年3月中旬，天上下着小雨，上海。环龙路44号的小楼前，路人来来往往，小楼内国民党上海执行部胡汉民办公室内，毛泽东将报告递给胡汉民。

毛泽东：胡部长，这是你要的组织部工作报告，我把安徽的材料补充进来了，这样资料就更齐备了。

胡汉民略一浏览：清晰寥廓、翔实顺畅，甚佳。以此定稿，下发吧。

毛泽东：好。（转身要走）

胡汉民：等等。邵元冲迟迟未到，文书科群龙无首。这个主任之职……润之，由你暂代如何？

毛泽东：都是为革命工作，我一定会尽心尽力的。

胡汉民：你的工作能力，我毫不担心。只是润之啊，文书科乃执行部案牍秘书之要害，你还兼着组织部秘书，对外即是本部长意志之代表，所以，待人接物还要妥善些。当然，只是提醒，你目前做得不错。

毛泽东：我明白。胡部长，执行部的工作刚刚展开，我想各部门之间的协调很重要，人心齐才能泰山移。

胡汉民：谈何容易啊！部里个别老同志，本就对两党合作情绪消极。现下你身兼两职，月俸并算足有120元大洋，整个执行部能达此薪酬的也只有六人。人心难料，我担心对你的非议会更多。润之，你率性耿直，自是好事，但还须尽量避免冲突。外圆内方，戒急用忍，才是做事、做人之道啊！

毛泽东没说话，若有所思。突觉胡部长办公室的门背后有异样，他猛地拉开门，原来是叶楚伧在门口想偷听，见门被拉开，他赶紧装作路过。

毛泽东：叶部长有事？

叶楚伧：啊，没事！（扬了扬茶杯，喝了口茶）找胡部长喝喝茶，聊聊工作。毛秘书，你去忙吧！

毛泽东越过叶楚伧，回到自己的办公室。

叶楚伧看着他的背影：不就是个秘书嘛，好像全执行部就他最忙！

上海党中央所在地三曾里二楼办公室里，左右各放着一张桌子，左边的桌子上堆着共产党方面的文件，右边的桌子上堆着国民党方面的文件，罗章龙的办公桌靠近门口的位置。

毛泽东坐在右边书桌后面，正在修改《关于上海执行部组织部工作的建议》的文件。

突然，楼梯处传来声响，是蔡和森的声音：立三，要不等明天吧，润之好几天没有好好休息过了，这么晚了，不好再打扰了。

李立三语气带着嘲弄：他不可能休息的，人家现在可是胡汉民的大秘书，自从领了上海执行部的美差，那是付出了百分百的热情，不然怎么对得起那帮国民党元老的青睐呢！

毛泽东本不想理，无奈李立三已经冲到门口重重地敲门：毛大秘书，我知道你没睡，开门！

毛泽东皱着眉头，打开房门，看着李立三。

李立三：看，被我说中了吧！还在点灯熬油，帮胡汉民大部长工作呢！

毛泽东：立三，"恶语伤人六月寒"，有些话可不能乱说。

李立三见右边的书桌亮着台灯，冲过去一看，果然最上面一份文件是《关于上海执行部组织部工作的建议》。

李立三扬了扬文件：难道我说错了吗？你毛润之来上海后，如果为国民党做了三件事，那对共产党，顶多就只做了一件事！

蔡和森：立三！现在国共是在合作，你怎么能说出这么偏激的话呢！

李立三脾气火暴，一拍桌子：他现在的第一身份，是共产党的中央委员，是中央局的秘书，不是他国民党胡汉民的跟班！毛润之，做好你的石头，别自己成了糖，完全融化到国民党那边去了！我这是作为同志，对你做出的提醒！

毛泽东本想争辩，张了张嘴，最终什么都没说。倒是蔡和森忍不住了，直接走到左边的那张书桌，拿出正在起草的几份文件，扔到李立三手里。

蔡和森：立三，你自己看！

李立三接过稿子：《工会运动问题》《党内组织及宣传教育问题》《共产党在国民党内的工作问题》。

稿子上密密麻麻，满是涂改增删的痕迹，案桌上有不少翻阅参考的书籍，旁边的纸篓里还有不少废掉的草稿。

蔡和森：这三大问题，都是即将召开的中央执行委员会扩大会议上要讨论的问题，是仲甫先生委托润之在起草。你不分青红皂白，上来就一顿痛批，这是对待同志的态度吗？

李立三又是后悔又是尴尬，不知该说什么才好，半晌看着毛泽东支支吾吾：润之，那什么，我……

毛泽东：你立三的外号是什么？坦克！光明磊落，有话就说。性子不这么直，那还是你吗？

李立三：我这臭脾气，听了别人几句话，就冲上门来发火，润之……

蔡和森：这个别人是谁？

李立三吞吞吐吐：这……我还是不说了吧。

向警予披着外衣、挺着凸起的肚子走到门口，开起玩笑：咱们的坦克同志这时候反倒不磊落了？我知道，你今天从工厂回来，就见了张国焘。

李立三挠了挠头，更加不好意思。

毛泽东：我们不管别人，自己烧好自己的灶，做好自己锅里的饭，就是了。警予，有夜宵吗？还真饿了！

向警予：你呀，赶紧把开慧接过来，家才有个样子。（对大家）煮葱花面怎么样？一人一碗，管够！

毛泽东坐在左边书桌旁，修改着《共产党在国民党内的工作问题》：要对国民党不断加强反帝反封建的宣传，使之赞助工农运动……

罗章龙走进来，递给毛泽东一份《关于"五一""五四""五五""五七"纪念与宣传》。

罗章龙：润之，仲甫先生发来的文件，要你签字。

毛泽东忙得头也没抬：我这边正忙着，你先看一遍。

罗章龙：我看过了，仲甫先生让你再核一遍。

毛泽东接过文件仔细检查后，在文件上签字。刚签完，罗章龙又走过来，递了一份文件——《工会运动问题议决案》。

罗章龙：仲甫先生看过了，让你再润色润色，尽快发出去。

毛泽东刚接下，罗章龙又递来一份文件——《党内组织及宣传教育问题议决案》。

罗章龙：仲甫先生让你今天就改，明天他要看，他可是把你当长工咯。

毛泽东将文件叠在一起，罗章龙又递来一份文件——《上海执行部有关陆军军官学校招生的决议》。

毛泽东：你就不能一下子都给我？

罗章龙：刚才都是我党的文件，这份是国民党的。

毛泽东：国民党的别放这儿，左边是共产党的，右边才是国民党的，别弄错了！

毛泽东起身，将这份文件放到右边的桌子上。没想到罗章龙又从手提包里倒出一沓文件，堆在毛泽东面前。

罗章龙：还有这些，都是！说是上海执行部，江苏、浙江、安徽、江西、上海五个地方的事务都要管，哪忙得过来嘛！

毛泽东：万事开头难，有这时间叫苦，不如抓紧干吧！

老渔阳里2号陈独秀办公室内，陈独秀在毛泽东签字的后面，签上自己的名字。对面坐着毛泽东，手里拿着《上海执行部有关陆军军官学校招生的决议》。

陈独秀：本党一切函件，只有你和我共同签完字，才可以下发。中央局有你这个秘书，我这个委员长轻松多了！

毛泽东笑笑，将手里的那份决议递给陈独秀。

毛泽东：仲甫先生，广州陆军军官学校开始正式招生了。正式的招考分三轮，第一轮是各省的初试，第二轮是地区范围内的复试，上海、重庆都是重要的复试考点，通过复试的考生再推荐到广州，参加军校的总试。

陈独秀看着文件频频点头，显得很兴奋：好，好啊！说了好几年，新式学校可算办起来了，这培养的可是革命的军队，跟之前那些旧军阀的部队大不相同！（看着文件）润之，你行啊，都成了招生总负责人了！

毛泽东点头：国民党上海执行部经过讨论，决定让我负责上海地区、长江流域及长江以北各省考生在上海的复试工作。

陈独秀：报名表在哪儿？我第一个报名！

毛泽东一愣：啊？您要报名？

陈独秀笑了：可惜啊！要是再年轻个二十岁，我一定报名！"男儿何不带吴钩，收取关山五十州"，哪个男儿没想过上阵杀敌，报效国家？润之，革命军队是推进革命的先锋，一定要把最优秀、最先进的青年都吸纳进来。

毛泽东：明白，之前各地的党组织已经积极动员和选送符合条件的共产党员、青年团员以及革命青年报考了。

陈独秀：这就对了！润之，我问你，招考最重要的是什么？

毛泽东：既要以考题为准绳，公平公正，又不能拘泥于考题，唯考试论，必要的时候，还是要不拘一格降人才。

陈独秀：说得好！考试的目的是什么？发现人才！分数只是发现人才的手段，但绝不是唯一的手段。这次招生，你这个伯乐就多费心了。

毛泽东点头，起身准备出去，陈独秀却叫住了他：等等，润之！那份《共产党在国民党内的工作问题》，起草得怎么样了？

毛泽东：还在写。最近工作太多，千头万绪的，不过快了。

陈独秀：知道你忙，胡汉民那边肯定没少给你安排工作。你现在是两边的秘书，我的事，你可别耽误啊！

毛泽东：您放心，仲甫先生，不会的。

陈独秀：还有，再忙也要抽空睡觉，千万别把身体搞坏了。

毛泽东：我会注意的。

清水塘22号，墙上贴着简单的"囍"字，桌上放着一些野花，看上去简朴又喜庆，何叔衡正在主持蒋先云和李祗欣的婚礼。

何叔衡：蒋先云同志，你是否爱李祗欣同志？

蒋先云：爱！

何叔衡：李祗欣同志，你是否爱蒋先云同志？

李祗欣：爱！

何叔衡：新郎、新娘是否真心实意结婚？

蒋先云和李祗欣异口同声：是！

何叔衡：好，我宣布，蒋先云同志和李祗欣同志正式结为夫妻！

毛泽覃、杨开慧、夏明翰、李维汉等欢呼鼓掌。

杨开慧怀里抱着岸青，向振熙拉着小岸英，小岸英开心地吃着喜糖。

何叔衡：从此以后，你们要互敬互爱，执子之手，与子偕老。最重要的，是尽快为革命诞下一个小火种！

蒋先云和李祗欣喝交杯酒，众人再次鼓掌欢呼。

何叔衡：今天湘耘准备了薄酒、素菜，既是他们伉俪的结婚酒，又是我们给湘耘的送行酒。这次广州军官学校的初试，湘耘得了第一！

大家都很开心，纷纷向蒋先云表示祝贺。

何叔衡：想必大家都饿了吧？多余的话我就不说了，现在我宣布，开饭！

蒋先云、李祗欣招呼大家入座，并挨个儿给大家敬酒。

毛泽覃走上前，搂着蒋先云的肩膀。

毛泽覃：先云哥，我也想考军校。你这次去上海复试，能不能帮我跟三哥说说？

蒋先云：你现在是长沙青年团的书记，走不开吧？

毛泽覃：你就帮我跟三哥说说嘛！

蒋先云：好！桂根，什么时候喝你的喜酒啊？

夏明翰推了推眼镜：还没影子呢。

李维汉：叔翁，现在就剩桂根了，要不我们给介绍介绍？

夏明翰更加不好意思：不用不用，革命未成，何以家为？

毛泽覃嘴快：还介绍什么，桂根已经有女朋友了，他不让说。

大家都很惊讶地看着夏明翰。

蒋先云：桂根，什么时候的事？怎么不带来？

夏明翰：还没定下来呢。

毛泽覃：你们不知道，别人都是英雄救美，唯独咱们桂根是美救英雄！

蒋先云：你知道的还挺多，快说说看！

毛泽覃：去年六月，桂根领着长沙的工人和学生上街游行，抗议日本帝国主义对中国的掠夺，没想到停靠在湘江上的日本军舰竟然派兵登陆了，公然开枪镇压游行的队伍！桂根走在最前边，差点儿就中了枪，幸好队伍里有个女孩挺身而出，一把把他推开了，桂根躲过一劫，那女孩右胳膊却中弹负伤了。你们说，这还不叫美救英雄？一来二往，两个人就认识了，现在感情好着呢！

杨开慧：桂根，真为你高兴！你先生知道了，一定也会高兴的。那女孩叫什么呀？

夏明翰腼腆地说：她叫郑家钧。

杨开慧：下次领过来，让大家都认识认识，平时也好有个照应嘛。

夏明翰红着脸：好的，师母，下次领过来让大家见见。

何叔衡：太好了，今天真是双喜临门哪！我提议大家一起喝一杯，怎么样？

所有人的杯子碰在一起，气氛热烈。

三曾里天井，罗章龙正在刷牙，毛泽东打着哈欠，拿着牙刷、毛巾走出来，两人并排站在水龙头前刷牙、洗脸。

蔡和森拎着小笼包走进来：润之，又熬了一晚上？

毛泽东边刷牙边说话：没办法，各地招生的初试结果都出来了，考生们到上海复试，后勤住宿、考场考卷、人事接待，这些事都要考虑周全。关键是招生经费有缺口，办起事来总是缩手缩脚的！

蔡和森：船到桥头自然直！赶紧刷，刷完了过来吃包子！

罗章龙、毛泽东一起坐到蔡和森对面，三个人一起吃着小笼包。

罗章龙：润之，听说湖南的第一名是湘耘？

毛泽东满脸骄傲，由衷高兴：初试过了十八个，湘耘第一。而且湘耘还跟祇欣结婚了，算是有家的人了！

蔡和森：好多天没见你这么高兴了！还是你润之，慧眼识英才啊！

罗章龙：要都是湘耘这样的人进入军校，何愁革命不成功？可就有些人，这考试还没开始呢，就打招呼求关照了！

蔡和森一愣：这干革命也要走后门？

罗章龙：他们想进军校可不是为了革命，无非是想霸一个位置，博一个军职,好升官发财!

毛泽东:这帮人想得还真远!一个萝卜一个坑,让他们混进来了,真正的革命同志往哪儿放?

上海执行部叶楚伧办公室内,叶楚伧泡着工夫茶,对面坐着毛泽东,旁边坐着一个二十岁左右、偏胖的年轻人(陆振飞)。摆好茶盅后,叶楚伧给毛泽东倒茶。

叶楚伧:润之,这次长江流域的选拔搞得不错,咱们上海执行部再优中选优,送到广州参加最后的总试,总理看到了,肯定会高兴的。

毛泽东:各地的人才都踊跃报考,这是革命的幸事。叶部长有什么话,不妨直说?

叶楚伧笑了一下,对陆振飞摆了摆手:这位青年才俊叫陆振飞,是慧公的远房外孙,从小就信仰三民主义,立志报效国家,效忠总理。

毛泽东看了一眼陆振飞,陆振飞对着毛泽东点了点头。

陆振飞:毛秘书。

毛泽东:幸会。

叶楚伧:慧公深得总理信任,却不愿以私废公,直接去找总理推荐;而是希望能和其他革命同志一样,堂堂正正地考,堂堂正正地录,绝不让人说三道四。以慧公的家世背景,肯让振飞报考军校,成为革命军的一员,殊为难得。

毛泽东客气着:年少有为,其志可嘉啊!

叶楚伧:润之,以振飞的才华,考个长江流域复试的头名,应该没问题吧?

毛泽东没说话。

叶楚伧看了陆振飞一眼:振飞,你看没水了,辛苦你出去加点。

陆振飞点头,提着暖壶走了出去。

见陆振飞出去,叶楚伧把门关上,从口袋里掏出一张支票,放在毛泽东旁边的案几上。

叶楚伧:润之,执行部的经费向来是紧张的,但听说你们这次招生急需,我还是想尽办法,东匀西凑,给你批了。换了别人,这忙我可是不帮的。

毛泽东自然明白叶楚伧的意思，嘴角闪过一抹讥讽的笑意。

毛泽东：我看陆振飞不只是长江流域复试第一，还可以是广州总复试的第一。

毛泽东端起茶碗轻轻喝了一口，那张支票被顺手收了起来。叶楚伧看到这一幕，嘴角微微一撇。

叶楚伧：这就对了嘛！"与人方便，自己方便。"这样贵我两党的合作，才能长久！

毛泽东：叶部长，我还有事，就先告辞了。

毛泽东站起身来，对叶楚伧点了点头，起身准备回对面自己的办公室。

叶楚伧送毛泽东到门口，陆振飞适时提着暖壶走了过来。

陆振飞：毛秘书，这就走了？再续点茶水？

毛泽东：不了不了，你们聊。

毛泽东进入对面办公室，关上房门。叶楚伧也回到自己办公室，陆振飞跟着关上了房门。

陆振飞：叶伯伯，怎么样？

叶楚伧：平时装清高，见了钱还不是一样！振飞，你的事妥了。

陆振飞：叶伯伯费心了。

叶楚伧：小事！回去安心等消息吧。

陆振飞：叶伯伯，外公让我告诉您，您侄子入职华尔街的事，他已经联系好了。

叶楚伧：好！回去跟你外公说，等你这事定了，我亲自去拜访！

广州大元帅府孙中山办公室内，孙中山神情颇为憔悴，手上拿着一份信件，署名是"中正敬启总理"字样。张静江坐在侧面的沙发上，戴着一副眼镜，残疾左腿旁边放着一根文明杖。

张静江：总理，介石同志对您、对党，都是忠心耿耿，绝无二话。只是这次一大，他连代表都不是，有情绪，也是可以理解的。

孙中山：军人就是军人，何必去参与政治？我没提名他当代表，就是想让他安心去搞好军事。他倒好，就因为担心当不了这个军校的校长，军校筹备委员会的委员长干到一半，就自作主张辞职回了老家！我几次三番写信，都是石沉大海，这让本党同志怎么看啊！

张静江沉默片刻后开口：那总理您的意思？

孙中山：仲恺说过，开办军校是党的决定，绝不会因为一个人而停办。这句话，你可以转告介石。

张静江：总理，我从上海远道而来，除了将介石的信带给您，也是为了跟您说几句肺腑之言。办军校乃本党之命脉，关系重大，不管是论忠心还是论能力，介石都是不二的人选。

孙中山沉默不语，走到窗户旁边，望着外面的风景。张静江也没有再劝，静静地望着孙中山。

孙中山转过头来，叹了口气：静江，这些年你对革命的资助，尤其是去年陈逆叛乱，你卖了上海的洋房为我筹集军费，这些我孙文是终生都不会忘的。可介石将个人的感受凌驾在革命事业之上，动不动就递交辞呈，视党的纪律如无物，这如何服众啊？

张静江：可是总理，程潜、许崇智他们就能把军校办好吗？他们真心拥护联俄、联共、扶助农工的三大政策吗？

孙中山默然不语。

张静江：更何况，苏俄方面对介石也是满意的。他支持三大政策，和共产党的合作也会比较顺利，大的方面是没问题的。至于脾气秉性，那都是小节，慢慢调教就是。

孙中山低头看了一眼手中的信件，末尾写着"先生今日之于中正，其果深信乎？抑未深信乎？中正实不敢臆断"。

孙中山转过身来，走到桌旁写了一封手令。

孙中山：这样吧，我让崇智去一趟奉化，最后再跟他谈一次！

上海大学报名处，一群年轻人正在报名登记，神情昂扬奋发，满是青春活力，一名身材矮小的年轻人将自己的初试通过证明交给报名登记人员。

登记人员：籍贯？姓名？年龄？

矮小年轻人：浙江，胡宗南，二十二岁（实际二十八岁）。当过国文、地理和历史教员，还当过《孝丰日报》总编辑……

登记人员：没问你那么多。下一位。

登记人员填好表格，胡宗南有些尴尬地离开。

一名身材瘦高的年轻人上前报名：山西，徐象谦，二十三岁。

毛泽东走了过来，在熙熙攘攘的人群中四处寻找蒋先云的踪迹。

蒋先云：湖南，蒋先云，二十二岁。

毛泽东正在人群中寻找着，依稀听到蒋先云的声音，近前一看，果然是他，高兴地拍了拍他的肩膀：湘耘！

蒋先云：先生！

毛泽东一把抱住蒋先云，两人拥抱在一起。

第九章　慧眼独具识英才，纱厂女工焕新颜

餐馆内坐满了年轻考生，毛泽东和蒋先云坐在靠窗的位置，桌上摆着上海生煎、小笼包、白斩鸡等特色食品，两人面前各摆着一碗馄饨。

毛泽东拿出一支崭新的钢笔递给蒋先云。

毛泽东：湘耘，这支笔送给你。在湖南考了第一，可不是我对你的期望。这次在上海复试，争取再拔个头筹！

蒋先云接过笔：谢谢先生，湘耘自知奋蹄。

毛泽东：好，就用你蒋先云的笔，在军校写出大大的未来！

蒋先云笑，取出两罐剁辣椒。

蒋先云：先生，这是师母让我带给你的。

毛泽东：没有信吗？

蒋先云摇头：没有。

毛泽东有些失落：来！尝尝这生煎、小笼包，上海这边最喜欢吃这些，味道嘛，就是太甜！我们湖南人，到哪儿都忘不了这口辣椒！

毛泽东打开辣椒罐，将蘸了剁辣椒的小笼包递给蒋先云。蒋先云连忙接住。两人正说着，旁边突然开始吵闹。

胡宗南：都和你说了，我钱包被人偷了！难道我堂堂男儿，还赖你一顿饭钱不成？

胡宗南面红耳赤，正在和餐馆老板争吵。餐馆老板明显比胡宗南高，斜眼看着个子不足一米六的胡宗南：你这样的，我见多了，想吃白食就说被偷了。

胡宗南：你别瞧不起人！我现在就回旅馆，找老乡借钱给你！

餐馆老板：不好意思，小本生意，当面结清，你走了，我上哪儿找你去？

胡宗南无奈，气哼哼地掏出一个怀表：看好了！这个押你这儿，总行了吧？

餐馆老板接过怀表，掂量了一下。

蒋先云正要起身，胡宗南隔壁一桌坐着四名年轻考生，其中一名考生已经站了起来，此人正是贺衷寒。

贺衷寒掏出几枚铜圆，塞到餐馆老板手中：老板，他的饭钱，我给了。

贺衷寒将怀表拿回来，塞到胡宗南手里：这个你收好。

餐馆老板点了点头，赔笑：那你们慢慢吃。

餐馆老板转身离开。

胡宗南哼了一声，随后感激地望着贺衷寒：谢了！不知仁兄怎么称呼？

贺衷寒：湖南岳阳，贺衷寒。你是浙江的胡宗南吧？

胡宗南：衷寒兄也是报考军校的？你在这里稍等，我回去拿钱，立刻就来还你。

贺衷寒：都是同道中人，这点小事算什么！一起坐下，再吃点。

其余三名考生立刻让开位置，胡宗南也不推辞，坐在他们旁边，贺衷寒重新落座，众人兴奋而又热络地聊了起来。

贺衷寒：宗南兄，你考军校想学哪个科目？

胡宗南：炮兵科，战争之神嘛！

贺衷寒：大炮开兮轰他娘！以后讨伐那帮军阀，就要劳烦宗南兄来掩护我们呢！

众人都笑了起来。

毛泽东看着这一幕，感慨地望着蒋先云：湘耘，军校会是一座大熔炉，百炼成钢，你们这些年轻人，一定会大有作为的！

考场内，数十名考生坐在桌前，正低头答卷。

工作人员在课桌前监考。毛泽东从考场外巡视入内，不时看着考生的答卷，微微点头。走到蒋先云身边时，毛泽东停住脚步，看到蒋先云正用自己送的那支钢笔写着作文，目光中满是欣赏，露出一抹笑意。

陆振飞站起身来，从角落走到讲台旁，将卷子交给毛泽东。

陆振飞：先生，我答完了。

毛泽东点了点头：答完了的话，就请离场。

陆振飞走到门口，却又折了回来，走到毛泽东身边。

陆振飞低声：先生，我叫陆振飞。

毛泽东笑了一下，微微点了点头。陆振飞心中大定，转身离开考场。毛泽东随手将试卷放回讲台。伴随着唰唰的落笔声，蒋先云、徐象谦等仍在安心答题。

奉化溪水边，蒋介石一身蓑衣，提着一根鱼竿，坐在小马扎上垂钓，旁边坐着许崇智，许崇智心不在焉地握着钓竿。

许崇智：介石，总理对你千呼万唤，你对总理爱搭不理，这可不像你的作风。莫非一趟苏俄归来，你对总理的联俄大计不买账？

蒋介石虽是渔翁打扮，却依然身形笔直，一副军人姿态：坦率讲，我是不吃苏俄政治那一套的，但确实人家军事战略、组织得法。苏联红军之父托洛茨基在莫斯科抱病见我，大谈当年怎么打赢了协约国二十万干涉军，叫我好生羡慕。在苏俄支持下办军校，我是绝对支持的。

许崇智笑：能看清这条的可不止你一个，眼下的广州，从廖公到粤湘诸军首脑，对执掌军校可都是虎视眈眈。

蒋介石：廖公性格软弱，李济深唯命是从，程潜虽办过讲武堂，可陆军军官学校是以俄为师，他对苏俄一无所知，恐也非练兵之人。

许崇智：所以介石老弟你就学袁项城，蓑衣垂钓，待价而沽？

蒋介石叹气：言重了！何来待价而沽？只是总理对我的信任，远远不及我对总理之敬仰。军校的财权、人事权均不由我，汝为（许崇智）兄，你让我工作如何开展？

许崇智：我来奉化之前，廖公已经答应，保证经费充足，也不问你如何支出。同时我还向总理举荐，你任军校校长，仍然兼着我们粤军的参谋长，可以了！

蒋介石难得地笑了一下，并不答复。

许崇智：介石老弟，就我们俩，不妨说点实话，条件要得可以了。你都折腾几轮了，难道军校校长还会没人做吗？廖公都放话了，离了谁，这军校一样办。现在只有总理是支持你的，一旦总理改变主意，将此职委任他人……

蒋介石依然没有说话。

许崇智：既然这样，我这就回报总理。

许崇智起身要走，蒋介石忙喊住：汝为兄，我并无此意。我追随总理多年，即便有些误会，那也都是小事。能为革命大业出力，中正必定全力以赴！

鱼漂一动，蒋介石钓上一尾大鱼，满脸笑容地将之装入鱼篓。

上海执行部毛泽东办公室内，试卷堆在办公桌上，毛泽东、罗章龙、恽代英和另外两名工作人员正在誊录名单。名单上，第一个赫然是蒋先云，后面间或有方志敏、贺衷寒、桂永清、黄维等名字。

罗章龙：湘耘又是第一名！真是出类拔萃！

恽代英：这长江水养人啊，人才济济！

罗章龙：这一百多人里头，不知道要出多少名动天下的人！

毛泽东一直没说话，拿起名单又从头到尾看了一遍。

毛泽东：不对啊！

毛泽东说着，从试卷堆里翻出两张卷子，分别是作文和政治，试卷的考生名正是徐象谦。

罗章龙：润之，你找什么？

毛泽东：这个徐象谦，作文和政治都考得很好，怎么没录取？

恽代英：这名考生偏科很严重，作文、政治是考得很好，但数学几乎交了白卷！

工作人员甲：军校的炮兵科对代数、几何的要求还是很严格的。

工作人员乙：而且人数已经满了，没有名额了！

大家都看着毛泽东，毛泽东正要说话，窗外传来一阵喧哗。

毛泽东：怎么回事？

恽代英朝窗外看了看：一个浙江的考生，担心身高不合格，生怕录不上，就跑过来理论了！

小旅馆内，徐象谦正在收拾东西，打包准备离开。蒋先云走了进来。

蒋先云：象谦，怎么就收拾东西了？别听信那些传言，还没正式发榜呢！

徐象谦：我肯定考砸了。还是别再等了，早点回山西老家吧。

蒋先云：复试成绩还没公布呢！

徐象谦沮丧：不用看也知道，我数学就没答几题！

蒋先云：你先别急，我带你去见个人，说不定还有办法。

徐象谦：谁？

蒋先云：你见了，就知道了！

蒋先云硬拉着徐象谦离开。

毛泽东正在整理誊抄复试通过名单，叶楚伧摸进办公室。

叶楚伧一脸诡笑：润之，还忙着呢？明晚慧公设家宴，特别嘱咐我，专候润之光临。

毛泽东：烦请叶部长跟慧公辞谢，近来招生工作繁忙，润之实在是分身乏术。

叶楚伧拍拍毛泽东的肩膀：兄弟，劳逸结合嘛。慧公家的饭碗，可不是谁都端得起的！（看到名单，故意凑近）名单出来了？小陆多少名？

毛泽东抬头：明日发榜，叶部长看过便知。

叶楚伧笑着一把拿起名单：还跟我卖关子！（快速扫视，色变）怎么没有陆振飞？

毛泽东：刷掉的卷子，都送到组织部了。叶部长有什么疑问可以亲自查阅。

叶楚伧：毛泽东，你不讲规矩是吧？（低声）我经费都给你批了，你怎么拿钱不办事！

毛泽东装作不解：一码归一码，那一日，我可什么都没答应。叶部长雪中送炭，我已经写信给广州，宣扬叶部长为党操劳的精神呢。

叶楚伧目瞪口呆，却又无法辩驳。

毛泽东：难道我搞错了？要不，我再去信向总理解释一下？

叶楚伧脸色铁青，指了指毛泽东，半天才憋出一句：毛润之！你行！

叶楚伧拂袖而去。

三曾里门口挂着"关捐行"的牌匾，附近繁华热闹，洋楼、石库门和低矮小屋挤在一起。

毛泽东夹着两本书从外面回来，看到蒋先云、徐象谦等在门口。

毛泽东：湘耘，你找我？

蒋先云把徐象谦拖了过来：先生，这位是徐象谦同学，一心想要参加革命。

徐象谦有些不好意思，却又满怀期待地望着毛泽东。

毛泽东：你们找我什么事？

蒋先云本来满腹热情，突然话出不了口，一下子噎回去了，两人面面相觑。

毛泽东笑：走，进去聊吧。

毛泽东领着蒋先云和徐象谦进门。

三曾里毛泽东办公室内，蒋先云和徐象谦坐在桌旁，徐象谦有些拘谨，毛泽东给他们各倒了一杯水，坐在他们对面。

毛泽东：你是山西的吧？

徐象谦：是。

毛泽东：你们那边人喜欢喝醋，就像我们湖南人喜欢吃辣一样。

徐象谦拘谨地：学生就不喜欢喝醋。

毛泽东、蒋先云都笑了起来。

毛泽东：看你的资料，在老家是当教书先生的？

徐象谦话依然不多：不敢瞒先生，我被学校开除了。

毛泽东：为什么会被开除？

徐象谦：我给学生讲了一些巴黎和会、辛亥革命的事情，校长不让讲，学校死气沉沉，不允许讨论国事。

毛泽东认真听着，发现徐象谦话不多，便鼓励他继续说下去：后来呢？

徐象谦渐渐打开了话匣子：我父母很着急，就四处求亲告友，去找校长求情，好再回去当个教书匠，我不愿意，一气之下就跑到太原自谋生路了。

毛泽东：很有些少年意气嘛。那怎么就想到要报考军校呢？

徐象谦：我到了太原，发现太原被阎锡山搞得一塌糊涂，都快成他的独立王国了，机关、工厂、学校都被官吏、地方豪绅把持着，根本就容不下我这样一个贫民子弟，谋生无路，报国无门。眼睛里看到的，是阔人、洋人花天酒地，横行霸道，苦力、贫民衣食无着，当牛做马。先生您说，这样的社会，它合理吗？

毛泽东：所以你就想改变？

徐象谦：我本来还以为只有太原是这样，到了上海，发现上海比太原繁华多了，可看到的情况跟太原一样，富人醉生梦死，穷人却连顿饱饭都没有，这黑暗的社会，全天下都一样！我听说广州军校是中山先生创建的，要建的是一支真正的革命军，是要挽救百姓和民族危亡的，所以我就一门心思，想报考军校，为国家出一份力！

说到最后，徐象谦一反之前的寡言之态，滔滔不绝起来，目光中满是热情。

毛泽东、蒋先云充满欣赏地看着他。

毛泽东：所以，你们来找我，到底为了什么事？

徐象谦又噎住了，蒋先云咬咬牙。

蒋先云：先生，他是担心考试通不过。

毛泽东打断：还没发榜呢，你怎么就知道通不过？

徐象谦：先生，我的数学……我从小上的私塾，对这些西式的代数、几何不太懂，等我进了军校，我一定……

毛泽东：徐象谦同学，你的总分已经过线，能不能通过这次复试，我相信会让你有一个满意的结果！

徐象谦、蒋先云又惊又喜。

上海执行部胡汉民办公室内，胡汉民坐在沙发上，叶楚伧气急败坏，不停地走来走去。

叶楚伧：汉民兄！天地良心，这不是我个人的事情，陆振飞是慧公推荐的人！慧公资助我党多少年了，我们连这点小事都办不好，这要传出去，岂不是让总理的支持者寒心吗？

胡汉民和稀泥：知道，知道。可现在的总理，一心要让革命脱胎换骨，让他们干事，两党合作是大局，老弟还是以大局为重吧。

叶楚伧：大局？他毛泽东就是个闯祸篓子，把共产党那一套带进来，我们这些人岂不没了脸面！

胡汉民两边平衡：老弟，你说这事，我能不知道吗？可他毕竟也是按规矩办事，年轻人脾气直，真要捅到总理那儿去，对你我都没好处。依我看，还是算了吧。慧公的事，再找其他机会补偿嘛。

叶楚伧：这口气我咽不下！他毛泽东让我不痛快，他也别想好过！

胡汉民满脸无奈。

上海码头，一声汽笛响起，轮船缓缓离岸，蒋先云、徐象谦、胡宗南等被录取的学生站在船头甲板招手告别，胡汉民、毛泽东、恽代英等人也挥手送别。

眼见轮船渐渐驶远，突然，一名年轻学生（贺衷寒）背着行李狂奔而来，对众人匆匆点头打了个招呼，就冲着轮船又叫又跳。

贺衷寒：喂！回来！回来，我还没上船呢！

贺衷寒看到旁边停着一艘小舢板，掏出几块银圆，把船夫喊了过来。

贺衷寒：快点！去追那艘轮船！

众人又好气又好笑。

胡汉民：这位小同志，这样太危险了，后天还有船去广州的，你还是再等等吧。

贺衷寒：这我哪里能等，大家一起考上的，肯定要一起走！

贺衷寒跳上小舢板，连声催促：快！快点！

船夫划着小舢板，急往轮船追去。甲板上的年轻学生们也连声大叫，让轮船停下，其中蒋先云、胡宗南的声音最大。

蒋先云：停下！停下！我们还有人没上来！

胡宗南：快停下！这位同学，你快点！

轮船缓缓减速，贺衷寒抢过船桨拼命划船，小舢板靠近轮船。年轻学生们冲下甲板，胡宗南靠到栏杆边，蒋先云等人帮着，一把将贺衷寒拉上轮船，考生们激动地拥抱，一片欢呼。

蒋先云大叫：出发！

汽笛再次响起，轮船重新起航。

岸上毛泽东等人看到这一幕，也都放下心来，纷纷露出会心的笑容。

蒋先云等人站在船头，胳膊架在一起，站成一排，兴奋异常，共同唱起杨度的《黄河》。

蒋先云领唱：黄河黄河，出自昆仑山，远从蒙古地，流入长城关……

众人一起高歌：古来圣贤，生此河干。独立堤上，心思旷然。长城外，河套边，黄沙白草无人烟。思得十万兵，长驱西北边。饮酒乌梁海，策马乌拉山。誓不战胜终不还。君作铙吹，观我凯旋。

歌声激越昂扬，尽显青年人的锐气与朝气。

轮船在蒋先云等人的歌声中远去。

罗章龙：美哉我少年中国，与天不老；壮哉我中国少年，与国无疆！这才是我中华少年哪！

胡汉民：日本有陆大，美国有西点，我中国就看黄埔了！

毛泽东：假以时日，这些年轻人中，定有改变我中国命运之人。

送行结束，胡汉民等人上车离开。毛泽东和罗章龙一起，方志敏跟在他们旁边。

毛泽东：志敏，你复试的成绩通过了啊！你不想去军校，为什么要来报考呢？

方志敏惋惜：组织上另有安排，要我先回江西把革命干起来。以后有机会再上吧，一叶浮萍归大海，总有再相逢的那一天。

远处海面上，那艘客船渐渐行远。

毛泽东：哦，那你回去准备怎么做？

方志敏胸有成竹：我家乡赣东北人多地少，极端贫困，阶级矛盾突出，只要把大家组织起来，建立工会、农会，一定大有可为！

毛泽东听到方志敏的话，顿时升起知己之感，他满脸兴奋：好！好！志敏，你可是跟我想到一块儿去了。"二七"的教训太惨痛了，我们不能在工运这一棵树上吊死，我之前就让湖南的刘东轩、耿娃子在白果搞农工会了。去广州上军校是革命，留在地方发动农工也一样是革命！广大农工群众才是我们最应该依赖的对象！

毛泽东郑重地跟方志敏握手：方志敏同志，我们未来一定会再见的。

客船渐渐消失在海平线。

三个月后，中国国民党陆军军官学校在广州东郊的黄埔正式开学，被称为黄埔军校。黄埔军校是一所国共合作的革命军事学校，以革命精神为当时的革命军队培养了大批骨干，在中国近现代历史上有着深远影响。

1924年5月5日，上海莫利爱路孙中山寓所外草地上，摄影师正在调整角度。从摄影机角度看去，胸口别着红绸带的国民党各代表正面对镜头，调整自己的位置。前排正中间坐着的是胡汉民，旁边坐着汪精卫，第二排中间是叶楚伧，毛泽东则站在第三排靠边上的第二位。

摄影师从遮光布下伸出脑袋，看了看红绸带上的名字：第三排的，毛泽东先生，你的个子太高了，可以往中间站站。

毛泽东刚要动，叶楚伧看了毛泽东一眼，对他站在中间位置颇为不满，有些不耐烦地接话：我们尽快拍吧，汉民兄马上就要走，不要误了时间。

汪精卫笑了一下：摄影师，看来你的排兵布阵要为大轮船让步咯！

众人轰然一笑，胡汉民察觉到叶楚伧话内的深意，表情严肃：拍照吧！

摄影师又钻到遮光布里：一，二，三！

画面定格，这张照片成为毛泽东在国民党上海执行部工作的留念。

胡汉民走向汽车，摄影集会的人群前来送行。

人群中，向警予挺着大肚子，一副快要生产的模样，正拉着毛泽东聊天儿。

向警予：润之，我这两天回长沙，要不要帮你给开慧带封信？

毛泽东：昨天刚寄了一封，这都寄了三四封信了，一封都没回。

向警予：你们商量商量，早点在上海一家团聚呗。

毛泽东：讲了，我让她先缓缓，这段时间太忙了。

向警予：难怪她不回你的信！润之，我知道你是忙得脚不沾地，可也得管管她的感受！

毛泽东：等忙过这阵子，就接他们过来！

向警予：忙归忙，工作是没个头的。这样吧，我这次回去生完孩子，带他们一起来上海！

毛泽东连连点头：那麻烦你了。

另一边，叶楚伧看到毛泽东、向警予在聊天儿，将汪精卫拉到一边。

叶楚伧：今天是我党纪念中山先生就任非常大总统三周年，这些共产党来凑什么热闹？我看你说的话总有一天要应验，孙猴子钻到猪精的肚子里打跟头、打金箍棒，猪精如何受得了？

汪精卫板起脸：楚伧同志，现在大家都是国民党员，这些破坏团结的话，就不要再说了。

汪精卫转身离开，叶楚伧悻悻然闭嘴。胡汉民已经上车，听到两人说的话，为毛泽东打开车门。

胡汉民：润之，送送我可以吗？

毛泽东听到胡汉民的话，对向警予点了点头，在众人或羡慕或嫉妒的眼神中上车。

谢持走到叶楚伧身旁：百年修得同船渡，多少年修得同车行哪！展堂（胡汉民）对这毛润之可是青睐有加，看来这位毛头小伙儿不简单哪！展堂这一走，你接了这上海执行部的负责人，往后的工作怕是不好做啊！

叶楚伧：谢老多虑了，搭台的人走了，我看他这戏怎么唱。

车内，胡汉民和毛泽东坐在后排聊天儿。

胡汉民：润之，之前总听安如（柳亚子）夸赞你的文采，说你诗文功底深厚，终会成就大才。安如跟你在广州不过两面之交，却断言若斯，我是不以为意的。然此番上海共事，君之行事高效，行文溢彩，让我好生领教。安如所言不虚，你正是我党所需要的青年干才！

毛泽东谦逊地笑笑：不敢当。

胡汉民：只可惜我任期已尽，只道来日广州咱们再续前缘，执行部的诸项大小事宜，还望你继续费心。

毛泽东：为革命大局计，润之必当尽心竭力。

胡汉民：只是……我惜君之才，可未必人人惜之。锋芒毕露，未免气盛了些。

毛泽东：展公，你是知道我的——只敲当面锣，不打背后鼓。为人做事但凭一颗公心，问心无愧。

胡汉民叹了口气，笑着摇摇头：润之，珍重。

上海老渔阳里2号陈独秀办公室内，陈独秀坐在毛泽东对面。

陈独秀：润之，胡汉民提醒得对，这件事你是没错，但以后要注意分寸。孙科刚搞了个《制裁共产党分子案》，国民党里面有很多人一直在盯着我们。虽然中山先生、廖公是支持我们的，可我们也要做好自己，不要落人口实。

毛泽东：那就一直这么忍着，闭眼吃毛虫？

陈独秀：我知道你的脾气，依着我的性子，脾气比你还大吧，但现在大局还是好的，一定要维护好。

毛泽东沉默不语。

陈独秀语气放缓：叶楚伧接了胡汉民的位置，你以后的工作可能会更难。既然进了人家的屋子，有时候就难免要低低头。不过，说起来容易，做起来难啊！

毛泽东勉强点头：我知道，我尽量和他们搞好关系。

陈独秀露出笑容：这就对了。润之，这段时间国民党改组工作，那些所谓的元老很是抵触，认为触犯到了他们的权威，你要多费心了。

毛泽东：我会的。

板仓杨宅，杨开慧抱着五个多月大的毛岸青在门口晒太阳，喂小岸青米糊，毛岸英在草地上捉虫子玩。向振熙走了过来，手里拿着一封信。

向振熙：开慧，润之又来信了！

杨开慧欣喜地迎上去，把沾在手上的米糊擦了擦，这才接过信。向振熙接过孩子。杨开慧迫不及待地拆开信，结果脸色却越来越难看，最后将信撕成两半，抛在地上。

向振熙：怎么了？润之在信里说什么了？

杨开慧的眼泪在眼眶里打转：说什么"我自欲为江海客，更不为昵昵儿女语"！

向振熙将小岸青交还给杨开慧，捡起地上的信看着。

杨开慧：说什么大都会工作忙，生活缴用大，不能很好地照顾我们！就是怕我这个儿女情长的妻子成了他的累赘！我要求去上海，为的是不脱离革命工作，又不是拖累他的！

向振熙：你先不要急，润之担心的也有一些道理……

杨开慧：妈！你老向着他说话，现在他眼里，就他革命，我倒落后了，要倒回去做家庭妇女了！

杨开慧说到家庭妇女，看了一眼怀中的毛岸青，直接将毛岸青塞到向振熙怀里，转身疾步离开。

向振熙：你去哪儿啊？

杨开慧：警予姐从上海回来了，我去找她！做江海客，谁不会！

向警予家中，向警予躺在床上，旁边的摇篮里睡着一个刚出生的婴儿。

杨开慧坐在床边陪着向警予说话，两个小女孩（蔡妮和李特特）蹲在不远处摆弄着一个布娃娃。

向警予：润之在上海确实压力很大，两边的事情都要忙，国民党那边有些人总难为他，就连我们这边，也有同志不满意。润之费尽了心思，两边都要处理好，还一直挂念着你，你是误会他了。

杨开慧眼里闪过一抹心疼，嘴上却不承认：那他也不该说那样的话。

向警予笑了：那你不是也没回他的信吗？他老收不到你的信，心里是很着急的。怎么，你还真生气啊？

杨开慧忍不住担心：他那么忙，肯定又是老熬夜，身体吃得消吗？

向警予：最近总头疼，介绍了大夫，他也不去。看，你还是关心他不是？

杨开慧岔开话题：我看姐夫倒一直对你挺好的，这次你生孩子，他怎么没回来？

向警予：好么子好！一天到晚不修边幅，半点生活情趣都没有！

杨开慧笑：那你当年怎么看上他的？

向警予：当初在法国，他还不至于像现在这样。要不是看上了他有点才气，又志同道合，我能跟他在一起？

两人对视而笑。一名中年妇女（葛健豪）端着一碗鸡汤走了进来，送到向警予手里。

向警予愁眉苦脸：妈，太腻了，喝不下啊。

葛健豪：好不容易才买到的，必须得喝！

蔡妮抢走了布娃娃，李特特哭了起来。葛健豪忙过去分开，结果蔡妮也哭了，房间顿时热闹起来。

杨开慧：这小姑娘是谁家的孩子呀？

向警予：李富春和蔡畅的女儿——李特特。

杨开慧：这么大了！

向警予：开慧，等我坐完月子，你跟我一起去上海吧。我在筹备《妇女周报》，女工夜校也一直办着，眼下最缺人手，你过来帮我吧！

杨开慧犹豫：好是好，我行吗？

向警予：怎么不行？你在长沙又不是没给夜校讲过课。再说润之早就答应过，让你来妇女部帮我，你可一定得来！润之要当江海客，等你去了上海，一样可以当江海客！我们女人就不能当江海客吗？

杨开慧心动：那孩子怎么办？

向警予：把孩子和姑妈都带着呀！润之念叨了很多次，都快忘记儿子长什么样了，正好带去，一家团聚。

杨开慧：那行，姐，我听你的！

两个女人手拉着手，都笑了。

上海执行部，谢持拄着拐杖，气冲冲地走进来。叶楚伧正好背着手在一楼巡察工作，赶紧迎上。

叶楚伧：谢老，哪阵风把您给吹来了？

谢持：不是我要来，是你们逼着我来的！你叶部长是新官上任三把火，烧到我这里来了！

叶楚伧：可不敢这么说啊，谢老！走，先喝杯茶，消消火气。到底是什么事？

谢持：你们发布的一号通告，说是不重新登记，就自动脱离党籍了？是不是连我这个中央监察委员都要开除？

叶楚伧：谢老，这个通告是谈话会上定下的，我是持保留意见的。像您这样的元老，肯定得特事特办！没想到他们当了真，把您都给惊动了，是我管理不当。

谢持：他们在哪儿，我去找他们！

叶楚伧指了指楼上。谢持气哼哼地拄着拐杖上楼。

上海执行部毛泽东办公室内，毛泽东、罗章龙和两名工作人员正在整理登记党员名册和表格。

罗章龙：这次重新登记党员，很多人都在拖延抵制，进行得很不顺利。

毛泽东：组织就该有组织的样子！这些人很多都是老资历，打不得骂不得，只能挨个儿说服。

外面传来脚步声和谢持的声音：我从同盟会开始，革命快二十年了！我在四川当主盟人的时候，你们在干什么呀！是不是我不填这个表，就不配做党员，就要被开除党籍了？

谢持走进办公室，将一枚同盟会"川"支部会员银质徽章抛在桌上，徽章看上去有些陈旧。

谢持：这个表，我不填。

罗章龙：谢老，只要是党员，人人都要填。这是执行部的一号通告。

谢持：我不知道什么通告，我只知道同盟会、孙总理！几个毛孩子，拿着鸡毛当令箭，发号施令发到我头上来了，你们不知道我是谁吗？

叶楚伧坐回对面的办公室，故意开着门，幸灾乐祸地看着。

毛泽东捡起那枚徽章，礼貌地递回给谢持：谢老！您是中央监察委员，更应该知道这次党员重新登记，跟职位高低、资历深浅都没有关系，一切只为国民党组织纪律之改造做准备，绝没有对老党员不敬的意思。

谢持：毛润之！你不要拿总理来压我，中山先生考虑的都是经天纬地的大略，才不会在这些细枝末节上不依不饶。

毛泽东：一大您是坐在主席台上的，肯定知道总理在会上特别强调纪律问题，重点指出每位党员既有享有之权利，亦有当尽之义务。重新登记填表，就是党员的义务之一，也是党员必须服从的纪律。

对面的叶楚伧站了起来，不禁为谢持落入下风担心起来。

谢持吃瘪：好，好一个纪律问题！毛润之，你是在跟中央监察委员讲纪律吗？！

谢持冷哼一声，拂袖而去。

罗章龙：这个谢持，仗着资历深，就是不填，是拒填名单的头一个！

毛泽东：牵牛要牵牛鼻子，这样反倒好办了。

罗章龙纳闷儿地看着毛泽东。

三曾里天井，毛泽东光着膀子站在水池边洗衣服，动作娴熟。

蔡和森走了过来：润之，我和章龙的衣服也都没洗，回头一起送洗衣房得了。

毛泽东哈哈一笑：用不着，我当时勤工俭学接的活就是洗衣服，要不你们都交给我，一个铜子一件，当天交货。

外面传来邮递员的声音，一名邮递员骑着自行车，停在门口：有信！

蔡和森过去接下信，递给毛泽东：广州来的？是湘耘的信吧？

毛泽东忙放下衣服，擦干净手，拆开信读了起来。

蔡和森：都说什么了？

毛泽东满脸喜色：整个一期军校招生，报名的统共有一千两百多人，湘耘在广州的总试又考了第一！你瞧瞧，长沙、上海、广州，湘耘可是连中三元！

蔡和森：国共联手办的军校，湘耘是真给咱们长脸了！

广州陆军军官学校操场旁边摆着一个简陋的沙盘，用小旗帜标注着一支支部队，学生们分成两方，正在做沙盘推演。其中贺衷寒、曾扩情、胡宗南等人为一方，蒋先云、陈赓、徐象谦等人为另一方，正在激烈攻防。

贺衷寒将一面旗帜挪到一座城镇里，旗帜上写着"第二支队"的字样，威胁城镇旁边的公路，城镇上也插着一面旗帜，写着"永泰县城"的字样。

蒋先云将一面旗帜挪了过来，从西侧威胁永泰县城，旗帜上写着"闽军第一师"的字样。贺衷寒看了一眼曾扩情，曾扩情将另一面旗帜挪过来，从侧面夹击闽军第一师。

贺衷寒：两面夹击，蒋先云，你输了！

学生们响起嗡嗡的议论声，贺衷寒一方有些得意。

蒋先云不慌不忙，点着曾扩情那面旗帜：两面夹击，也要两兵相接才是！这条路是山路，最多供步兵一千五百人通行，而且不能携带大炮。你在两个小时内，根本不可能抵达永泰县城！

贺衷寒：就算三个小时好了。三个小时，你能打下固若金汤的永泰吗？

蒋先云：当然可以。县城城墙低矮，你根本就来不及构筑工事；而我方的驻地离县城很近，不仅威胁旁边的公路，还很容易获得情报。你就一个第二支队，凭什么守得住三个小时？

徐象谦摇头：为将者不明地理，三军之害也。

陈赓眨了眨眼睛，补道：等你夹击部队赶到，你永泰县城的守军早就完蛋了！你要来得早，连你一块儿消灭！

贺衷寒不服：这是实战案例，根据记载，我们确实守住了永泰县城，是校长亲自指挥的！

胡宗南支持贺衷寒：你们就别嘴硬了，事实胜于雄辩！

蒋先云：不可能！就算是校长，也一样不可能打赢这一仗！而且校长不可能这么指挥，这是白痴战法！

陈赓：对！白痴用的白痴战法！

唰的一声轻响，学生们全都整齐立正。陈赓转头望去，只见蒋介石带着陈诚站在背后，顿时张大了嘴合不拢，蒋先云等赶紧立正站好。

蒋介石脸色难看，目光落在蒋先云脸上，蒋先云毫不畏惧地和蒋介石对视，其他人惴惴不安，操场上一片寂静。

蒋介石走到贺衷寒面前：你叫什么名字？

贺衷寒有些兴奋：报告，学生第一队第二区队四班班长，贺衷寒！

蒋介石望着陈赓：你呢？

陈赓：报告，学生第三队第九区队，陈赓！

蒋介石又走到蒋先云面前。

蒋先云：报告！学生……

蒋介石摆了摆手：我知道你，总试第一名的蒋先云，对吧？

蒋先云：是！

蒋介石：所以你就自以为很了不起？

蒋先云：学生不敢！

蒋介石：你上过战场吗？打过什么仗？一场战役的成败，是所有人努力的结果——士兵拼死奋战，参谋详细谋划，指挥官运筹帷幄。你是不是觉得所有主官、参谋，都不如你这个学生？

蒋先云昂首挺胸，听着蒋介石的训斥。

蒋介石：仗是打出来的，不要学赵括纸上谈兵！

蒋先云紧紧咬着嘴唇。蒋介石看了一眼蒋先云，目光扫过众人，转身离开操场。陈诚跟在后面。

众人松了口气，贺衷寒等看向蒋先云。陈赓、徐象谦等不禁替蒋先云担心，脸上露出担忧之色。

黄埔军校校长办公室内，蒋介石身形笔直地站在窗前，看着操场上训练的学员们。

陈诚倒了杯开水，送到蒋介石的面前。

陈诚看了一下蒋介石的脸色：年轻人气盛，校长不必介意。

蒋介石：我没有介意，永泰那一仗，事实上，我确实是打输了，那个蒋先云……是个人才。

陈诚有些惊讶。

蒋介石：正因为是个人才，所以才不能让他太过得意，必须杀杀他的傲气。

陈诚：我明白了，校长一片苦心啊！校长，还有件事也有点意思。

蒋介石：什么事？

陈诚：今天那几个学生，都是湖南的。

蒋介石：那个贺衷寒、陈赓？

陈诚：包括那个蒋先云！这三个都是湖南的。还有，本届录取的学员里面，湖南人占了近三分之一，而我们长江流域复试的负责人，也是湖南人。

蒋介石皱了皱眉头：你说的是那个毛泽东吧？

陈诚：是，现在他是上海执行部的秘书，之前是湖南国民党省党部的创建人。校长，这军校要都是共产党推荐的学员……

蒋介石：湖南的党组织建设搞得好，报考的革命青年多一些，正常。现在的革命方向就是联俄、联共，这种话以后不要再说了。

陈诚：是，校长。

蒋介石：没想到这毛润之，不但自己是人才……还识才。

谢持住处内，宅邸装修豪华，墙上挂了不少谢持与孙中山等当时名流的合影。毛泽东已经在客厅等了很久，墙上的钟表不断向前转动，仍旧没有等到谢持的约见，显然是故意晾着毛泽东。毛泽东索性拿出书，悠闲地看了起来。

过了许久，谢持终于从楼上走下来，没好气地：毛润之，当面赔罪也是没有用的。你还是回去吧！

毛泽东合上书本，拿出表格：谢老，我这次来，一方面是为上次礼数不周向您致歉，另一方面还是希望您把表格登记了。

谢持怒极反笑：你还真是执着啊！执行部给你开了多少薪水？

毛泽东：不怕先生笑话，薪水已经拖欠两个月了。

谢持：那你还这么积极？你只是小小的候补委员，而我是五名监察委员之一。你这么不依不饶，就真的不怕得罪我？

毛泽东：润之做事，不为薪水，不畏权威，但求问心无愧。当初谢老发动成都起义、重庆起义，组织刺杀袁世凯，又可曾想过薪水、怕过权威吗？我只是将先生当成榜样而已。

谢持听到此番话，不禁一怔，随即又有点得意：你对我了解得还挺多！那个时候谁想过薪水，谁又惧过权威？不然，怎么成就今日之民国？

毛泽东笑了起来：对啊！谢老从当年的同盟会，到如今我们的国民党，一直都是追随中山先生的。如今改组国民党是中山先生最关心的事情，谢老您推翻帝制，护国护法，从来都是不甘人后，勇为先驱的。

谢持摸着胡须，微微点头。

毛泽东话锋一转：怎么到了今日，连这一张表，谢老就落下了呢？

谢持看着桌上的表格，终于拿起了笔。

三曾里毛泽东办公室内，温暖的台灯灯光下，毛泽东坐在左边的书桌前奋笔疾书。罗章龙坐在右边的书桌旁，不停地打着瞌睡。

毛泽东：章龙，那份国民党重新登记的党员名单呢？明早要交到执行部的，你再拿给我看一眼。

罗章龙迷迷糊糊地递过来一份文件，却是《宣传、组织、调查工作草案》。

毛泽东：这是《宣传、组织、调查工作草案》！

毛泽东转头看向罗章龙，只见他已经趴在桌上睡着了。

毛泽东没再叫罗章龙，而是轻轻起身走到右边的桌子旁，找出那份名单，认真地审阅着。

突然，毛泽东感到一阵头痛，忍不住开始揉太阳穴。

蔡和森见灯亮着，打着哈欠探进头来：头又开始疼了？这都几点了，还不睡？明早还要去接警予、开慧她们呢！

毛泽东看了一眼挂钟，已经凌晨三点四十。

毛泽东：快四点了，干脆别睡了，早上直接去码头！

杨开慧背着包袱、抱着毛岸青，向警予提着行李，向振熙牵着毛岸英，几人一起从码头走出来。毛泽东和蔡和森迎了上去，毛泽东抢着抱过毛岸青。

毛泽东：霞妹！

蔡和森：警予！

杨开慧：润之！

向警予：和森！

蔡和森、罗章龙、杨开慧围坐在桌旁，毛泽东抱着毛岸青站在旁边，不停地逗弄着儿子。

毛泽东：叫爸爸！叫爸爸！

罗章龙也凑过来逗着岸青：叫叔叔！

蔡和森笑：这才多大啊，就叫人！

向振熙端着一盆粽子进来，向警予端着一个托盘，上面放着几个盘子，里面装着烤小牛肉和一两棵青菜，还有一杯红茶，看起来很精致。

向警予：请品尝正宗的法餐，烤小牛肉。没有刀叉，就用筷子代替。没有红酒，红茶刚好可以解腻。

罗章龙：我尝尝！警予，你这去一趟法国勤工俭学，西餐都会做了！

向警予：这还不简单！

蔡和森却剥开一个粽子：我倒觉得姑妈带来的汨罗粽子更好吃！

毛泽东凑到罗章龙跟前：闻起来可是跟红烧肉一样香啊！不过怎么没熟，是火候没到吧？

蔡和森笑，大口吃着粽子：法餐就是这样的。煎熟了，火候就过了。生吞活剥的，我就没习惯过。

罗章龙两口就干掉一个粽子，伸手又去剥第二个，毛泽东看得食指大动，伸手也去拿粽子，杨开慧却拍开他的手。毛泽东无奈叹气，怀里的毛岸青突然哭了起来。

蔡和森和向警予对视一眼，会心一笑。

毛泽东：笑什么啊！尿了，尿了，和森，过来帮忙啊！

向振熙过去接孩子。

杨开慧不满：妈，别管他！让江海客自己抱！

向振熙瞪了杨开慧一眼，抱着毛岸青出去换尿布。毛泽东对杨开慧笑了一下，坐在她旁边，开始剥粽子。

毛泽东：不错，好吃，就是不够辣。（眼巴巴地望着杨开慧）霞妹，辣椒带了没有啊？湘耘带的那罐，早就被瓜分完毕了。

杨开慧：没带。

向振熙听到毛泽东的话，从柜子上的包袱里取出三罐剁辣椒，放在桌上。

向振熙：带了，带了。开慧特意多做了几罐带来了。

毛泽东对杨开慧拱手：没有这个剁辣椒，我是干不了革命的。知我者，霞妹也。

杨开慧再也绷不住，扑哧一声笑了出来，众人都笑了起来。

向警予：好，从今天开始，咱们就是一个大家庭了。这里不只是我们几家人的住所，还是中央局的秘密机关所在地，以关捐行为掩护。如果有外人问起，就说这里是办理海关报税的商行，咱们是一大家人，一起吃大锅饭，我是户主。

杨开慧、向振熙点头：好！记住了。

毛泽东一边剥粽子：现在三曾里，我看叫三户楼更合适，你们猜是为什么？

罗章龙：和森跟警予一户，我一户，润之你和开慧一户，这不正好三户吗？

向警予：不对，润之肯定另有玄机。

蔡和森：我猜猜，是不是取"楚虽三户，亡秦必楚"之意？

罗章龙：还有，我们三户都是湖南人！

毛泽东吃下一勺剁辣椒，配上一口粽子：你们说得都对！

蔡和森：那咱们以后就叫三户楼。来，我们楚三户为端午节干杯！

众人举起红茶杯干杯。

毛泽东正抱着毛岸青在玩。

杨开慧：最近立三在联络沪西纱厂的工人骨干，一边搞工运，一边在厂里发展党组织。警予姐跟纱厂女工一向熟络，在帮他张罗着。可这样一来，原本就教员紧张的纱厂女工夜校，教学就更没着落了。刚好和森姐夫还在写他的《社会进化史》，无暇分身。于是，警予姐想请我去夜校讲讲课。

毛泽东：警予、和森工作都很紧张，你帮她分担一些也好。哄孩子，我是么得问题的，最多是换换尿布、哄哄睡觉嘛！

杨开慧还是不放心，给毛泽东讲解准备好的物品。

杨开慧：这是米糊，饿了就冲给他吃。这是尿布，（比画动作）要这样换。这是他的衣服和鞋子……

毛泽东：你已经说过了，我记住了的。

杨开慧：真没问题？

毛泽东：放心，这点小事！你就好好当你的"江海客"吧。

纱厂厂区一个不起眼的小房，从窗户透出昏黄的灯光，房里女工们的桌子上三三两两地点着煤油灯，杨开慧坐在女工中间，看到灯光照亮她们灼灼的眼神和消瘦的身躯。

向警予：姐妹们，从上海过去几年罢工的情形来看，凡是工友们团结一心，坚持到底的，都胜利了。有的罢了几天工，看到没有成效，就想着上工闹分裂，结果都失败了。那怎么样才能一条心呢？

女工甲：一条心说得容易，做起来难啊。

女工乙：人和人不一样，各有各的想法。

女工丙：大家都有老小，没办法的！

向警予：有办法！认姊妹，大家会吗？

女工们会心一笑：这个我们都会。

向警予：以后我们就用认姊妹这个办法，把厂里的姐妹们都团结起来，大家说好不好啊？

女工们：好！

向警予：下面我给大家介绍一位好姐妹——长沙来的杨老师！前些年，杨老师协助她的先生在长沙组织泥木工人罢工，连省长都惊动了，取得了很大的胜利。下面我们就请杨老师来给大家讲课，好不好？

女工们都齐声鼓掌说好。

杨开慧深吸一口气，走上讲台。

三曾里毛泽东房间，桌上摆着文件和笔墨，毛泽东抱着毛岸青，正和蔡和森开会。

毛泽东：目前最重要的工作是第四区的选举。上海执行部下面共有九个区党部，第四区主要负责公共宣传。叶楚伧那帮人借着《弹劾共产党案》的势头，想把我们的人排除出去，以夺取在第四区党部的控制权……

毛泽东正说着，毛岸青哇的一声哭了起来。毛泽东连忙哄着毛岸青，却没有半点用处。

毛泽东：别哭，别哭，爸爸在这里啊……和森，你看这是怎么回事？

蔡和森：肯定是饿了！我去冲米糊。

蔡和森正要出门，向振熙走了进来。

蔡和森：姑妈，你快看看！

向振熙：怎么哭了？

毛泽东：不知道啊，好好的，突然就哭了，是不是饿了？

蔡和森：我去冲米糊！

向振熙接过毛岸青。

毛泽东：妈，岸英呢？

向振熙：在我床上睡着了。（摸到尿布）什么饿了！是尿了！

毛泽东和蔡和森尴尬一笑，继续开会。

蔡和森：第四区选举是两党合作以来的第一次，绝不能让第四区党部的控制权，落到叶楚伧那帮右派分子手里，仲甫先生对此很是关注……

突然，毛岸英的哭声又传了过来。蔡和森和毛泽东面面相觑，都是满脸无奈。

毛泽东：弟弟刚哄好，哥哥又来了！

蔡和森：看来这带孩子，不比干革命容易啊！

两人走到向振熙门口，向振熙正抱着毛岸英在哄。

毛泽东：妈，岸英怎么又哭了？

向振熙：他一直都是跟开慧睡的，醒了到处找妈妈。

毛泽东：妈，您歇会儿！（接过毛岸英）岸英乖，别哭啦，妈妈很快就回来了。

毛岸英仍旧哭个不停。

纱厂厂区，杨开慧背后的黑板上写着"大联合"三个字。杨开慧正对着女工们唱民歌《金花籽》：金花籽，开红花，一开开到穷人家；穷人家，要翻身，世道才像话。今天望哪明天望，只望老天出太阳；太阳一出照四方，大家喜洋洋……

杨开慧唱一句，向警予和女工们跟着唱一句。歌声渐渐变大，在昏暗的房间中回荡。衣衫褴褛的女工们目光渐渐明亮，满是对美好生活的期望。向警予对杨开慧赞赏地一笑，竖起了大拇指。

纱厂女工夜校门口，女工们三三两两走出，杨开慧和向警予边聊边往外走。

向警予：刚开始我还有点担心，没想到你讲得这么好，歌唱得也好！

杨开慧：我想女工们没什么文化，教她们唱唱歌，道理自然就懂了。

向警予：有道理！你这个杨老师，我可算是请对了！

两人正说着，旁边传来杨之华的声音：警予姐，这位杨老师就是你说的开慧啊？

杨开慧看看向警予，她还不认识杨之华：这位是……

向警予：这位也是杨老师，杨之华，上海大学社会学系的高才生。以后两位杨老师就是同事了！

杨开慧和杨之华握手，互相问好。

向警予：更巧的是，你们还都属牛。开慧是十一月的吧？

杨开慧：对！

向警予：之华呢？

杨之华：那我是姐姐，我是二月的！

向警予：那你就是大杨！开慧就是小杨！有你们这大杨、小杨，我可就有左膀右臂了！

陆军军官学校操场，学员们按所属队、区队和班的编制，正拿着木棍当枪对抗着。蒋先云、陈赓、徐象谦等人训练着，旁边是贺衷寒、曾扩情等。

陈赓喘着气：来这么久了，枪都没摸过几次！

陈赓一个没留神，被蒋先云制住。蒋先云伸手拉他起来。

陈赓：我听说，永泰一役真是校长指挥的，败得一塌糊涂，都没人敢提，你这回是撞到枪口上了。

蒋先云：求是求实当是革命本色，讳败为胜更不是军人做派。

这时，陈诚带着卫兵走了过来。

卫兵：集合！

学员们立即停止训练，赶紧立正集合。蒋先云、陈赓相靠而站。陈诚走到众人面前，学生们笔直地站立着。

陈诚：诸位同学，现在宣布两个命令！

陈诚的目光从众人脸上扫过，贺衷寒跃跃欲试，蒋先云神情淡然。

陈诚：第一个命令，（看向蒋先云）免去蒋先云的五班班长一职！

徐象谦、陈赓等人面露惋惜，贺衷寒等人则踌躇满志。

陈赓小声道：完了完了，校长跟你秋后算账了！

蒋先云面色如常，目光坚定。

陈诚：第二个命令，任命你们当中的一位，为第二区队队长。

贺衷寒愈发觉得志在必得，蒋先云紧咬着嘴唇，不动声色。

陈诚继续：校长亲自任命，第二区队的队长是……蒋先云！解散！

陈诚干净利落地转身离开，留下一群目瞪口呆的学生。

陈赓欢呼一声，跳了起来，徐象谦也是满脸笑容。

贺衷寒彻底愣住，曾扩情等都大感意外。贺衷寒咬了咬牙，转身走出操场，其他人也跟着离开。

蒋先云朝校长办公室的方向看过去，只见一个人站在窗前，看着操场上的一切，此人正是蒋介石，他看着操场上的蒋先云，面露欣赏。

办公桌上，静静放着蒋先云的档案。

第十章　革命伉俪共携手，黄埔将才露锋芒

纱厂女工夜校教室里，杨开慧、杨之华和向警予在打扫教室、整理课桌椅。杨开慧看到杨之华眉头紧锁着。杨开慧对向警予耳语：之华怎么了？有心事？

向警予神秘一笑，耳语：害了相思病。

杨开慧又惊又喜：相思？谁呀？

向警予：你自己去问问看嘛。

杨开慧悄悄走到杨之华面前，两肘撑在课桌上，托着腮，盯着杨之华看，嘴角泛着笑。

杨开慧：大杨先生，有情况？

杨之华脸唰地一下红起来：我去擦黑板。

杨之华转身向黑板走去，杨开慧紧跑几步，将后背靠在黑板上挡住杨之华。向警予看到，憋着笑。

杨开慧调皮地说：你要是不说，我就不让你擦。快说是谁，我认不认识？

杨之华：哎呀，你别问了。快让开！

向警予：开慧何止认识，你们还经常见面呢！

杨开慧：经常见面？我来上海时间不长，要说经常见面的，无非就是润之那几个朋友，快说快说，是哪个？

杨之华欲言又止：是……是个一等一的君子。

此时杨之华索性转头收拾教案，想避开杨开慧的追问。

杨开慧回忆着，思索着：我知道了！这位一等一的君子是不是你们上海大学那位教授呀？

杨开慧边说边拿起粉笔写了个"秋"字。杨之华和向警予没想到杨开慧能猜中，惊讶地看着黑板。紧接着，杨之华就要抢杨开慧手中的黑板擦。

杨开慧捂嘴笑：猜中了！果然，真的爱意是藏不住的。之华，他知道你的心意吗？

杨之华赶忙擦黑板：我……我不知道。

向警予抱起一摞书：都收拾好了，走吧，我们边走边说！

熄了灯，三个人各自抱着讲义走出教室。

上海大学瞿秋白办公室内，毛泽东坐在瞿秋白对面。

毛泽东：秋白，自从你到上海大学做了教务长，这上大整个风气一新，一下子成了我党在上海的革命摇篮，连仲甫先生都说"武有黄埔，文有上大"。

瞿秋白点点头：我跟于右任校长商量过，要把上海大学办成一个"大炸弹"，向帝国主义、向封建社会的废墟投去！

说着，瞿秋白猛咳起来。毛泽东轻拍瞿秋白的后背：你这个身体啊……可别朝自己的健康投炸弹！秋白，工作固然要抓紧，个人问题是不是也得考虑考虑？

瞿秋白一怔。

毛泽东：剑虹是个好姑娘，可惜她命苦，去得早。你回想一下，是不是她走之后，你就把精力都投入工作中了，搞得现在经常生病，咳嗽越发严重？你长期这样，身体能吃得消吗？

瞿秋白摆摆手：不碍事，而且我也没影响工作嘛。

毛泽东：是没影响工作，但影响了你的健康。身体要是垮了，还搞么子革命！

瞿秋白：润之，我跟你说句心里话。你有妻有子，回到家其乐融融，那是种享受；我呢，回到家空空荡荡，美好都在回忆里，那是种折磨。所以啊，就让我没日没夜地工作吧，这样心里头安稳些。

毛泽东倒了杯水给瞿秋白：咱们身边没位伴侣还真不行。最好还是知己，和搞革命一样，是真同志，可以将你心中的苦闷和喜悦跟她分享，每天完成工作，能有所期待地回家！

瞿秋白笑着：这可不像你毛润之嘴里说出的话哟！

毛泽东一愣：秋白，我可不是开玩笑，这是我的切身感受哟！（感慨地）革命这条路啊，不好走，找个同行人，就不那么孤单啦！

瞿秋白心里感觉有什么东西被击中了。他想说什么，却欲言又止，捂着眼前这杯热水，低头沉默着。杯子里升腾着的热气氤氲开来，瞿秋白的眼镜上蒙了一层白雾。瞿秋白赶紧把眼镜取下来擦，深深叹气。

二人沉默着。毛泽东察觉到低着头的瞿秋白快速眨了几下眼睛，似乎是为了不让眼泪流下来。毛泽东坐近了些，又拍拍瞿秋白的背。

瞿秋白故作平静：不碍事，有热气跑到眼睛里了……

安静的夜色下，巷子里的路灯泛着温暖的光，三个女孩肩并肩走着。月色洒在杨之华俊秀的脸上，显现出脸上的一丝忧郁。向警予和杨开慧对视一眼。

向警予：之华，我猜他是没能从剑虹去世的伤痛中走出来，才不敢接受你的真心。你瞧，这不恰好说明他是一等一的真君子吗，不拿感情当儿戏。

杨开慧：况且近些日子，你这位一等一的先生没日没夜地工作，有好几次我从夜校回家，还看到他在与润之讨论事情。对这种连睡觉、吃饭都顾不得的人，你要多给些时间嘛。

向警予：良人可遇不可求。若是对方无意那就算了，不可惜。但若是双方都有意却被现实困住，那就再去争取。之华，把你干革命的劲头拿出来嘛，前怕狼后怕虎，可不像你哟。

杨之华坦承：是，我是怕。我怕到头来，徒增了他的烦恼。你们也知道，我的婚姻……我始终没有彻底解决好。自从遇到秋白先生，我整日里都在自责和矛盾中，一时知道该怎么做，一时又拿不准主意。我跟随警予姐一起搞妇女运动，是见过许多这样的例子的。如今事到了自己身上，却犯难了。

向警予：之华，你知道吗，润之也像你一样，有一桩父辈定下的娃娃亲，但润之向旧世俗宣战，从未与罗氏真的结婚，他勇于追求自己的幸福，才有了甜在爱情蜜罐里的开慧。

杨之华有些动容了：我真羡慕。

杨开慧：我知道你的婚姻是娃娃亲，是父母之命，所以更要支持你为爱情打破旧世俗，打破旧感情的枷锁！你前年发表在报上的《离婚问题的我见》写得多好，男女平等，男性可以提出离婚，女性也可以！

向警予：我们是新时代的女性，抛弃旧观念，放弃旧婚姻是我们的权利。之华，勇敢往前走一步，去追求真幸福，找到真爱侣，付出真行动！我们在你身后支持你！

三个人的手握在一起，相视而笑。

上海街头巷子口的小吃摊升腾着热气，陈独秀和毛泽东坐在靠近街边的早点摊桌前，桌上摆了数个小碟子，上面是螃蟹大小的面饼，饼上沾满了密密的芝麻。

陈独秀：润之啊，来上海还没吃过蟹壳黄吧？尝尝！趁热！

毛泽东用手拿起一个，饼渣直掉。他把饼渣和芝麻粒捡起来，往嘴里一倒。陈独秀笑看毛泽东，左手拿起面前的小碟子接芝麻，右手用筷子夹起面饼，而后用筷子将掉落的饼渣和芝麻收拢到口中。毛泽东有点尴尬地笑着。

陈独秀：两党合作在上海第四区搞党部，成立大会忙得怎么样了？

毛泽东：我与罗章龙、王荷波正在筹备。叶楚伧一直觊觎领导权，虽被中山先生驳回去了，但听说打算暗里派人起事端。我们在组织工人骨干，保障会场安全。

陈独秀：未雨绸缪是好事，但你心里也得装得下风雨！心够大，风雨来了才不怕。

毛泽东：不瞒您说，不少国民党员不满两党合作，我还得跟他们共事……唉，脑壳疼！如果他们一直认不清合作的好处，那我只能认为那些不是我们的同志。

陈独秀：过刚则断。当然，以我的性格，我没资格来说你咯。既然在他们内部任职，凡事还是要收敛，必要时也得有一定的退让。

毛泽东：可合作的前提就是两党地位平等，一步退，步步退，平等从何谈起？！

陈独秀：实在忍无可忍，那就无须再忍。（夹起一只蟹壳黄）不过，国民党有他们国民党的规矩，你上来就说人家这个不行，那个不对，你说，人家能愿意吗？（将另一盘推到毛泽东面前）来，吃吃看这个是什么馅儿的！

毛泽东依然下意识用手拿起来。陈独秀将小碟子和筷子推到毛泽东面前：用碟子接着……用筷子……学我……哎……

话音未落，饼渣已然掉在桌上，毛泽东继续笨拙地用手去捡，然后送往嘴里。见此情景，陈独秀笑着摇头。

叶楚伧家书房内烟雾缭绕，叶楚伧与沈德权等三个职员正在热火朝天地打麻将，麻将桌上除了麻将，还有钞票、香烟。

一个叫七宝的混混恭恭敬敬地站在稍远的门边听候盼咐。沈德权梳着分头,头发油光瓦亮地贴在头皮上,一脸谄媚地坐在叶楚伧的下家,察言观色着,是专门给叶楚伧递牌的主儿。

沈德权出牌:八筒。

叶楚伧:八筒,是吧?碰!(打出牌)六筒。

职员乙看手里的牌:巧了,我吃六筒!

沈德权:上头驳回了咱们争取第四区党部领导权的事,我越想越气。叶部长,您不是也有苦难言吗?不狠狠地杀一杀毛润之他们的威风,我咽不下这口气。

叶楚伧悠悠地:什么意思,你是要公然忤逆上头啊?总理可是有话,国共合作是大局。

沈德权:叶部长,我一个执行部小职员不敢忤逆上头。但话说回来,我不敢,不代表有人不敢呀,您看门口那个小赤佬,他叫七宝,上海滩混出名堂的,手底下的人个个能打。(招呼七宝过来)表弟!

叶楚伧此时拿起一根烟,故意摸了桌上的一筒,看了一下沈德权。沈德权会意,明白了叶楚伧要的牌。七宝麻溜地跑过来,躬身给叶楚伧点烟。

七宝:那些共产党都是小八腊子、蜡烛胚!叶部长,我听我小表哥说完,都气死了,一定要搞搞事情呀!只要您点头,开会那天,我就带人冲进去。我们搞事嘛,他们猜不到的。

沈德权出牌:一筒。

叶楚伧高兴地一推牌:和了!清一色!外加暗杠!

沈德权语气夸张地说道:哎呀,我这双臭手,我怎么又放炮了!还是叶部长水准高,一和就和了把大的!来来来,给钱给钱!

沈德权等人数钱,另两人心知肚明,看着沈德权笑,三人互不拆穿。

叶楚伧乐不可支:各位承让啊,承让。

职员乙:叶部长运筹帷幄!这清一色已是极品,还加暗杠,实乃极品中的极品了!

职员甲:输得甘心,输得舒坦,我等拜服。

叶楚伧收钱:时候不早了,明天还得上班。

叶楚伧起身要离开。

七宝悻悻然:叶部长,阿拉就走了?

叶楚伧话里有话:你们,自便吧。

沈德权当然明白话中含义：明白！

上海第四区党部成立大会当天，一群穿着粗布衣的混混隐在杂乱的人群中，趁着混乱进了会场。这些人长相凶悍，一副不太好惹的样子。两个混混在人群中寻找着毛泽东的身影，小声交流。

七宝：哪个是毛泽东？

混混乙：喏，墙边站着的那个高个子就是。

七宝：走，过去。

会场正中挂着一条横幅，上面写着"上海第四区党部成立大会"。毛泽东站在会场一角，扫视着人群。这时，王荷波不动声色地挤过人群，来到毛泽东的身边。

王荷波小声：润之，我们刚才在会场外拦到几个想混进会场的混混。但是他们的人肯定不止这么多，应该有一部分已经混进来了。

毛泽东：荷波，你带人时刻控制会场，一旦有异常，立刻制止。人手够吗？

王荷波：召集了三四十号工人骨干，问题不大。

毛泽东：大会就快开始了，章龙怎么还没到？

王荷波：他刚才回去取文件，现在应该在回会场的路上了。

毛泽东：我去接一下。

王荷波：那我去那边看一下。

王荷波往会场人更多的深处走去。毛泽东往出口走去。他在进会场的人群中逆行，丝毫没有注意到身后不远处有人正虎视眈眈地尾随，此人正是七宝。七宝尾随毛泽东，还不忘回头给混混乙使眼色。混混乙点头示意，快速挤出人群，先行一步出了会场门。

毛泽东自上而下快步下楼梯，走到旋转楼梯拐角处时，他似乎察觉到了什么，回头看时，身后的七宝瞬间停住脚步并假装转身往上走。

毛泽东继续下楼梯。混混乙与几个小赤佬在楼梯口抽着烟，看到毛泽东走下来，上前将楼梯口堵住。

毛泽东：请让一让。

七宝此时已经来到毛泽东面前，挑衅地看着毛泽东，一副"就是不让路"的神色。

毛泽东厉声：让一让！

七宝推了毛泽东一把：侬活腻歪了？侬在跟谁讲话？

毛泽东立即明白他是故意找碴儿，当机立断，就是往前冲。七宝向几个小赤佬使眼色：打他！

混混乙等人一哄而上，冲上去对毛泽东推推搡搡。毛泽东一边挡一边往后退，眼看着越来越靠近楼梯扶手。七宝狠狠推了一把毛泽东，尖尖的楼梯扶手狠狠地撞向胸口！

毛泽东不禁捂住了胸口，转过身来时，七宝等人已经被王荷波带人制服。

王荷波：（对纠察队）全部给我带走！（对毛泽东）润之，你没事吧？

毛泽东一时说不出话来，只是摆摆手。

罗章龙拎着公文包下了黄包车，远远看见，快步跑来。

罗章龙心急如焚：润之这是怎么了？

毛泽东忍痛：章龙，你来得正好，大会就要开始了，我们进去吧。

王荷波：章龙，你扶润之进去！

罗章龙问王荷波：这些混混，到底是什么人指使的？

王荷波难掩愤怒：这还用说吗！

毛泽东按了按胸口，被罗章龙搀扶着往楼梯走去。

不久后，会场传出了热烈的掌声。

上海慕尔鸣路甲秀里318号内小摇篮轻轻晃着，毛岸青在摇篮里熟睡，身上盖着小被子。毛泽东正在看书，一边摇着摇篮，一边轻轻揉着胸口。蔡和森、瞿秋白夺门而进。

蔡和森：润之，我听回来的人说你受伤了？

瞿秋白看到毛泽东揉胸口：伤到胸口了？他们打你了？

毛泽东宽厚一笑：没事，只是撞了一下。

蔡和森义愤填膺：一帮浑蛋！这完全是流氓行径！还谈什么国共合作！我们个个都成东郭先生了！

瞿秋白：我听说是叶楚伧的人干的。我们原想以真心换真心，把他们当朋友一般合作，他们却是中山之狼。

毛泽东安抚：和森、秋白，我真的没事。第四区党部的成立大会开得很顺利，这不是挺好的结果嘛。

蔡和森依旧气难消：那些人本就敌视共产党，反对国共合作，这次没成，下次他们还会继续，不会善罢甘休的！你要忍到几时啊？我看应该立刻向仲甫先生汇报。

毛泽东：搞工运、办上大，仲甫先生已经够忙的了。这点小事，就先不要叨扰他了。

西餐厅内的小雅间里，叶楚伧和邵元冲碰杯，三人座，一张椅子空着。

叶楚伧：翼如（邵元冲）兄从中央莅临执行部，真是为苦于赤化毒焰的我等兄弟，送来一场及时雨啊！你是不知道，那个毛润之，把执行部搅得乌烟瘴气。

邵元冲：早有耳闻，此人一大上就四处点炮，唯恐天下不乱，如今我看他是想鸠占鹊巢。哼，楚伧兄放心，过去胡公、兆铭都太过谦谦君子，兄弟我可不会跟他们客气，毛润之那帮赤化分子的好日子到头了！

两人轻碰酒杯，一饮而尽。

叶楚伧看看表，再看看空位子：欸？翼如兄，今日之宴，你没跟季陶说吗？

邵元冲：这小子，每次吃饭都要摆个名士范儿，一桌子人都得等他。

叶楚伧笑："神童佳号空归我，小子高筹君未知"，他这首自况诗虽有些自负，但确实才智过人。

邵元冲：季陶我是了解的，现在咱们三常委同是一条心，拧成一股绳，执行部大局已定！而且，最近谢老（谢持）、邓老（邓泽如）、溥泉（张继）出了个《弹劾共产党案》直报总理，够那帮赤化分子好好喝一壶喽！

两人哈哈大笑。

门外，戴季陶："君子谋时而动，顺势而为"，只怕谢老的伟愿要落空喽！

叶楚伧、邵元冲一愣，戴季陶推门而入，仪表堂堂，眼中有股藏不住的自信，他冲两人一拱手：两位仁兄，季陶来迟，莫怪。

陈独秀办公室内，啪的一声，陈独秀将一份报告重重拍在桌上，正是国民党中央监察委员会的《弹劾共产党案》。

陈独秀：简直是胡说八道！

瞿秋白拾起报告，念出来：中国共产党员及中国社会主义青年团员之加入本党为党员者，实以共产党党团在本党中活动，其言论行动皆不忠实于本党，违反党义，破坏党德，确于本党之生存发展，有重大妨害⋯⋯这，这完全是颠倒黑白嘛！

陈独秀：我们掏心掏肺帮他们改组，设党部，筹军校。这帮王八蛋，暗地里使绊子不说，现在公然把脏水泼过来了，我们必须打回去！

蔡和森：润之，现在上海执行部反应如何？

毛泽东：选举风波后，明面上安静了很多，叶楚伧整天避着我，只是交给他批阅的文件，他也不管，堆积成山。而且，汪精卫、胡汉民南下广州后，国民党中央又派了两人来上海执行部任常委，看来执行部的形势会更加微妙。

陈独秀：他们派了谁来？

毛泽东：一个是邵元冲，他曾跟叶楚伧在《民国日报》共事，交情不浅，且素来对我党不善。

瞿秋白：那另一个呢？

毛泽东：戴季陶。

西餐厅内，戴季陶一边优雅地切着牛排，一边悠然道来：谢老、邓老远总理久矣，此时提出弹劾案，未免不识时务。

叶楚伧不悦：季陶兄，你怎能对前辈如此唐突！

邵元冲：楚伧兄，听季陶说完。

戴季陶：国共合作，此共并非单指中共，更指共产国际。如今，总理的身边是苏联顾问，总理的军校中教官是苏联教官。谢老、邓老却在这时公然跟总理唱反调，除了让总理难堪，能讨到什么好处？

邵元冲点点头。

叶楚伧愤愤饮酒：难道我等就要一直受他们的气，让他们骑在我们头上？！

戴季陶笑笑，从包里取出两份包好的礼物：今日来迟，只为给两位仁兄备份薄礼。

两人疑惑地拆开。

邵元冲：日本将棋？

戴季陶点点头：我留日时习得这将棋，很是上瘾。中国象棋往往以和为贵，而将棋反之，一出手，定要分个你死我活。

叶楚伦和邵元冲对视一眼，笑：有点意思，那以季陶兄之见，执行部一局，胜负手何在？

戴季陶笑着摆好棋子：这将棋兵有九枚，比象棋多了足足近一倍。这不正和如今共产党在我党的格局一样吗？他们虽个个身居干部要职，可咱们人多啊！

邵元冲点头一笑：我懂了。

叶楚伦还没明白：这又不是打架，人多有什么用？

邵元冲：楚伦兄到底是文人，会场如战场，怎么就打不得？

戴季陶悠然道来：以兵对官，就算二三换一，我们也是赚的。这就叫，兑子。

陈独秀办公室内，几人的谈话继续。

蔡和森：这戴季陶有没有争取的可能？听说他当年还参加过上海共产党早期组织的筹建，连《共产党宣言》的出版，都有他的一份力。

毛泽东：别忘了，国民党一大上提"反对共产党员跨党案"也有他一个！

瞿秋白：这些恰恰说明此人左右逢源，见风使舵。

陈独秀点头：润之，你对他还是要保持警惕。另外，如果执行部那帮人消极怠工，你也没必要那么拼命。人家已经看咱们不顺眼，那就保持着面上和气，事儿嘛，斟酌着干。咱们难道还要求着他们来接受我们的帮助吗？

毛泽东点点头：仲甫先生，我认为眼下国共合作虽遇到了些阻力，但大势向好，我依然想努力努力，至少，不能让大好局面断于我手。

陈独秀摇摇头，对瞿秋白：这个湖南蛮子，倔得很！

瞿秋白笑：不过眼下，针对这份弹劾案，我们还是要拿出态度，帮助广大党员、组织认清与国民党的合作，究竟应该以怎样的方式展开。

陈独秀点点头：润之，我口述，你执笔，给全党发一份通告。润之，按惯例，咱们联署发出去！

1924年，中共中央发布了第十五号通告《对国民党右派的斗争》，通告明确指出："我们为图革命的势力联合计，决不愿分离的言论与事实出于我方，须尽我们的力量忍耐与之合作。然为国民党革命的使命计，对于非革命的右倾政策，都不可隐忍不加以纠正。"

上海南方大学会议室内，国民党员围会议桌而坐。

曾贯五：各位国民党员同志，我受叶部长之托召集此会。自赤化分子渗入我党以来，一直横生是非。他们排斥我党元老，暗插内线，偏袒舞弊，肆意夺权。长此以往，我泱泱中华第一大党势遭颠覆！我党危矣，革命危矣！

黎磊：贯五之见，恕难苟同。共产党员待人至诚，做事至勤，观念至真，有目共睹。友党为我等鞠躬尽瘁、一清积弊，你们却要异己视之，怕是只会让亲者痛、仇者快！

黎磊的话激起一片议论，有赞有批。

左右派党员：黎磊可说了句公道话。／我看是你屁股坐歪了。／共产党进来，好是好，可他们权太大了。

座中已经有持不同观点的人开始推搡了。

曾贯五：黎磊，大伙儿一直当你是同志，可今天看，共产党才是你的同志！看看执行部的领导层，组织部秘书、文书科代主任毛泽东，共产党！组织部指导干事罗章龙，共产党！宣传部秘书恽代英、青年妇女部助理向警予，他妈的，还是共产党！（站起来掏出一张纸）我已拟好电文，联名上书总理，开除跨党分子！

黎磊站了起来：道不同，不相为谋！

黎磊跟一群左派党员起身要走，却被拦住。

曾贯五：都不许走！今天有一个算一个，必须签名；否则，开除出党！

黎磊：这等违反本党纪律、不信任中央委员会之措辞，要我签名？绝无可能！

国民党右派甲站起来：我揭发！他黎磊也是共产党！

说着，右派甲直接扔过去一个茶杯，正砸中黎磊脑门儿。

一群右派冲了上去：不签字的都是共产党！打死他们！

现场打成一团，乱成一锅粥。

蔡和森、向警予、王荷波等人正在医院门口议论。

蔡和森：这帮右派分子太嚣张，前天刚打了为咱们讲话的第五区党部常务委员黎磊，昨天居然还冲进执行部机关，殴伤了邵仲辉（邵力子）先生！

向警予：他们已经从排挤、施压上升到了暴力袭击，咱们绝不能再忍气吞声了。

毛泽东匆匆赶来。

毛泽东：仲辉先生怎么样？

向警予：没大碍，但医生说要多休息，刚睡着，你别上去了。

王荷波：他妈的这帮土匪，润之，你查查是哪些人动的手，我带着工人纠察队，把他们一个一个抓起来！

恽代英：荷波，别冲动，就算把人抓了，还不是要跟上次一样都放了？润之，这事是叶楚伧的人惹的，你去找叶楚伧了吗？

毛泽东：别说叶楚伧，邵元冲、戴季陶都没在执行部出现。我连叶家都去了，他闭门谢客。

向警予：这就更说明他们是做贼心虚。看来在执行部，跟他们是讨不到什么说法了。

王荷波：我马上去找仲甫先生，这事不能就这么算了！

毛泽东：我们先冷静冷静，仲甫先生的脾气，他要是火气上来了，肯定会把事情搞大。两党出现裂痕，正是那些国民党右派希望看到的。这样吧，交给我，我来处理。

恽代英：你打算怎么做？

1924年8月11日，毛泽东、恽代英等以国民党上海执行部名义致孙中山先生一份电文，电文的标题是《呈报东日三四两区部开会情形》，全文如下。

孙总理钧鉴（广州）：

> 东日三四两区部曾贯五等，集少数党员秘密开会，强迫签字于致总理电文，黎磊被殴伤。更日，诶两区部喻育之等二十余人拥入执行部，强迫楚伧盖印于致总理电文，邵力子被殴伤。党纪扫地，若无制裁，何以励众。再，楚伧主持不力，迹近纵容，并乞明察。

几日后，毛泽东正走进上海执行部办公室。

罗章龙：润之，广州回电报了。

罗章龙递来一份电报，毛泽东接过来一看，上面只写着：汇交大会。

罗章龙：这什么意思？

毛泽东沉吟不语，这时有人敲门，两人扭头一看，竟然是曾贯五。

曾贯五：毛秘书，执行部召开关于斗殴风波处理事宜的常委会，都到了，就差你了。

曾贯五一脸得意。

毛泽东推门而入，只见会场被布置成了马蹄形，叶楚伧、邵元冲、戴季陶等三大右派常委居中，两边坐着的也都是国民党右派人士，只在中间给毛泽东留了把椅子，不像是开会，倒像是审讯。毛泽东扫视一遍，深知不善，但依然径自走过去坐下。

叶楚伧冷笑一声：瞧瞧，真不拿自己当外人。迟到不说，让你坐了吗？

毛泽东：如果不欢迎我参会，那我走便罢。

邵元冲摆摆手，示意毛泽东坐下：年轻人，气性还不小！

戴季陶：润之，今天的会既然跟共产党有关，你还是得在的，国共合作嘛，你要是走了，外头又该议论我们排挤共产党了，这影响多不好。楚伧，既然人齐了，开始吧。

叶楚伧点点头：关于近期上海执行部国共两党争执风波，经调查，互殴一事属实。常委会现决定，开除打人者喻育之等人的国民党党籍，即日生效。

戴季陶：润之你看，我们国民党做事，是绝不护犊子的。

叶楚伧继续：对邵力子等受伤同志，由执行部予以抚恤。邵力子同志受伤期间，其相关工作由曾贯五代理。

毛泽东：我反对。打人一事皆由曾贯五召集非法会议肇始，他违背中央意志破坏国共合作在先，拟密电要求开除跨党人员逼人签字在后，这才酿成了殴打惨剧！只惩罚打人者，却对始作俑者听之任之，甚至让他手握重权，这不是罔顾事实，避重就轻吗？

邵元冲：这是常委会做出的决定，你一个组织部秘书，有什么资格反对？

叶楚伧：润之啊，我知道你跟曾贯五素有些私怨，既然是讨论公事，就不要带个人情绪进来了；否则日常工作，同志相处，都很成问题啊。

毛泽东：我毛泽东论事，从无私怨。我也不是代表共产党来评判此事，我是以国民党上海执行部干部的名义，为邵力子先生讲点公道话而已。何来个人情绪？

戴季陶：润之刚才说的密电，我是真不知道，如果查实，另行处理。不过，最近总理确实收到了一份密电，却是板上钉钉的！

说着，戴季陶掏出一份电报，递给邵元冲，毛泽东一愣。

邵元冲念道："楚伧主持不力，迹近纵容，并乞明察。"楚伧兄，这拟电之人很恶毒啊，矛头直指向你。

叶楚伧接过电报：沪执行部，毛泽东？润之，这电报是你发的？

毛泽东：不错。曾贯五等人长期在上海执行部制造党内对立情绪，叶部长不闻不问，可不就是偏袒纵容！

叶楚伧拍着桌子：毛润之，你这是倒打一耙！两党合作，有点摩擦很正常。你给总理写信，你是要我们的乌纱帽，还是要我们的人头啊！诸位都在，我今天是不是把斗殴一事处理了？翼如、季陶，你们做证，要是总理听信谗言，我冤不冤哪！

邵元冲：依我看，破坏两党合作的，不是叶部长，（直指毛泽东）是你！这是什么地方，国民党上海执行部。别忘了，你毛泽东是国民党员，是执行部的一分子！你绕开执行部领导，越级上报，于程序不合。你信口雌黄，三番五次在执行部惹是生非，还污蔑叶部长！要说执行部有人制造对立，我看你毛润之才是罪魁祸首！

右派们纷纷声讨毛泽东：你简直就是执行部的叛徒！／处心积虑啊，看着一副书生模样，竟然是个阴谋家！／把毛润之开除出党！

毛泽东冷眼看着众人泼来脏水。

戴季陶：静一静！润之啊，年轻人，血气方刚，做事欠考虑，总是难免嘛。你看，我们执行部毕竟是一家人，有什么话不能在家里头说，非要出去嚷嚷。要这么干，你在哪儿都待不下去的。

邵元冲：你的苦口婆心，我看他是听不进去了。我认为，毛润之越级上告一事，已经大大破坏了我们执行部的团结，长此以往，各项工作都难以为继。我们集体对你的工作能力表示质疑。不过执行部绝不搞一言堂，大家来进行表决吧，认为毛泽东不适合继续留在上海执行部的，举手！

毛泽东直接站了起来，扫视众人：不必了。"欲加之罪，何患无辞！"不就是想我走吗？即日起，我从上海执行部辞职！国民党如果都是由你们这样的人把持，国民革命前途堪忧，枉费了中山先生的一片苦心。

戴季陶摆摆手：哎哎哎，年轻人，又冲动了。我看这样，组织部秘书一职，恐怕润之你是不太适合了。文书科代主任还是先留着吧，毕竟润之还是国民党员，一家人嘛，你也得养家糊口不是？

邵元冲：那你可得韬光养晦，好好反省！

邵元冲话音未落，毛泽东已经起身走了出去。

邵元冲：欸，这……不识好人心哪这是！

陈独秀办公室内，众人正在开会。

陈独秀：同志们，今天会议的最后，我再多说两句。我们党已经正式成立整整三年。这三年，我们从最初的八个小组、五十多名党员，增长了十倍有余！组织已经在大半个中国的版图上生根，成绩斐然。就拿最近半年来说吧，我们与国民党联手办的军官学校，搞得如火如荼，他们培养的是军事人才；在上海，秋白等同志以上海大学为阵地，培养党的文化人才。一武一文，相得益彰。立三等同志在沪西纱厂的工运也卓有成效，建立了组织，发展了一批工人党员。可以说，无论是我们自己的工作，还是跟国民党的合作，都是效果显著的。

陈独秀话锋突然一转：但是，我要提醒某些同志，工作思路不能有偏差。你们有的加入了国民党，直接在国民党内帮他们做事。精诚合作嘛，理所当然。但你们要时刻记住自己的身份，你们首先是共产党员，遇到问题，首先应当跟组织汇报，跟我汇报！一意孤行，固执己见，贸然把事儿捅到广州去！眼里还有没有我这个委员长！那以后你们有事干脆直通广州好了！

瞿秋白、蔡和森悄悄看了看毛泽东，毛泽东低着头不说话。

陈独秀：具体说的是谁，自己心里有数，我就不点名了。（敲敲桌子）要引以为戒！

散会，众人渐次离去，毛泽东正要走。

陈独秀：润之，你等会儿。

陈独秀走到毛泽东跟前：润之，党内有些同志对国共合作依然有情绪，私下的议论也不少。你在执行部工作热情很高，这是好事，但不是每个人都能理解的。有些话，我不是针对你，而是身在这个位子上，不得不讲的，你心里清楚就好。

毛泽东略感欣慰，点了点头。

陈独秀：我知道你受了委屈，但也确实拿出了应有的态度。毕竟，共产国际对国共合作看得很重，我也不方便总替你出头。大丈夫能屈能伸，执行部的工作，你还要继续推进。

说完，陈独秀拍了拍毛泽东的肩膀，毛泽东一脸无奈。

1924年8月，黄埔军校宿舍内，漆黑一片，突然传来尖厉的哨响。

蒋先云等各区队干部：全体集合！

陈赓拍醒正在昏睡的胡宗南，众人一个个手忙脚乱地穿衣服。蒋先云冲进宿舍，所有人立正站好。

蒋先云：奉校长命令！立刻执行紧急任务！所有人集合！领枪！

黄埔生列队从校门出，跑步行军，蒋先云在队侧跑着。

胡宗南摸着肩上的枪：小媳妇儿啊，想死哥哥了。

陈赓低声道：看把你美的，空枪没子弹，就是一大号烧火棍。

胡宗南：咱才摸过几回真枪，给你子弹，你会使吗？

陈赓：我十四不到就当过兵，那枪法，一枪打俩，三枪打六！

胡宗南：吹吧你就。欸，区队长，我们去码头干什么？

蒋先云：不知道。

胡宗南：不会有什么危险吧？

陈赓：这就尿啦？快抱着你小媳妇儿钻被窝吧！

众人哄笑。

蒋先云朗声：别废话！打起精神！

白鹅潭，"哈佛号"已经靠岸了，清一色的外籍船长、船员在舷梯处严阵以待。

船长盛气凌人：这是丹麦的船，装的是南利洋行的货，受大英帝国的庇护，你们有什么资格检查！

蒋介石：凭什么？你们行的是珠江的河道，停的是广州的港，对着广州的军舰，站在中国的领土上！

蒋介石带着叶剑英、何应钦、钱大钧等登船，船长被蒋介石的气势逼得后退，几名水兵跟着登船。

蒋介石亮出文书：这是大元帅府的敕令！（对水兵）搜！

船长：拦住他们！

船员们纷纷掏枪相对，叶剑英、何应钦、钱大钧与水兵们也举枪瞄准，双方剑拔弩张！船员人数占了上风。蒋介石跟船长更是举枪对峙。

蒋介石：立即放下武器，接受检查！

船长：谁知道你们是不是假扮的盗匪？我们有权保护货物！

忽然，脚步声传来，只见上百号学生军背着枪整齐行军而至。

胡宗南看到船上情形，小声问：什么情况？

蒋先云：报告！黄埔学生军集合完毕！

蒋介石：登船包围！缴他们的械！

众学生军迅速登船，对船员们进行了反包围。胡宗南举着枪瑟瑟发抖。陈赓将他护在身后，还拉动枪栓。蒋介石凝视着船长，船长紧张至极。

蒋先云上前慢慢按下了船长举着的枪，船长的手缓缓放下。其他学生军见状，纷纷缴了船员的枪。整船迅速被蒋介石控制。

蒋介石：搜！

船长依旧嘴硬：船上都是木材！你们无权干涉正常交易！我要向你们的政府提出严重抗议！延误运输的全部损失要由你们承担！

蒋先云：校长！

蒋介石走到船舱口，蒋先云和几名学生军抬出一个木箱。

蒋先云：报告！木材下面发现的。

蒋介石：还有多少？

蒋先云：满船都是。

蒋介石扬了扬下巴，示意打开。

咔咔咔，木箱被打开，干草下面竟然是崭新的德制步枪！

蒋介石对船长：这也是木材？

船长：这是广州商团订的货，我有通关派司（护照）！

蒋介石：既然有派司，为何谎称木材？押下去！（对众人）广州商团私运军火，意图谋反，奉大元帅府之命，一律扣押！运回黄埔！

孙中山办公室门外，蒋介石整装待入，但听到门内孙中山的斥责声，蒋介石停住了脚步。

孙中山：颂云（程潜）啊颂云，你这个军政部长是怎么当的！怎么昏了头给广州商团的军火下了派司？险些酿成大祸！

办公室内，孙中山怒气冲冲，面前肃立着窘迫的广州政府军政部长程潜。

程潜：总理息怒！商团只是本地商会组织的自卫民团，经营十余年，素与我方相安无事。眼下我方实不堪腹背受敌。料他商团购械旨在看家护院，所以才行绥靖。

孙中山：看家护院？申请写的是购入四千把枪，实际查抄出近万把枪，三百多万子弹，足可装备一个师！看的是谁的家？护的是谁的院？

程潜一惊，低头不语。孙中山扔给程潜一份文件。

程潜看着文件：英国领事团？"若武力镇压商团，英方将采取……军事干预！"

孙中山：扣枪不到二十四小时就发来了，背后没有帝国主义撑腰，你信？那自封的团长陈廉伯就是英籍！自从我党联俄、联共以来，他们就寻衅滋事，制造摩擦，前日甚至公然打着陈逆旗号袭我东莞驻军。颂云，他们就是要暴力谋叛！

程潜又惊又愧：卑职知错了。只是……眼下商团以要枪为由，威胁罢市。

孙中山：让他罢！一步退，步步退，让步促不成大局！

办公室门外，蒋介石仔细听着。

孙中山：想我身许革命凡三十载，联会党以求举事，让袁世凯以谋和平，引唐陆以图护法，我何尝不期许避战祸而兴中华！可妥协换来的不是团结，而是遯初（宋教仁）的牺牲，是野心家的得逞，是我华夏深陷离乱！颂云，革命已无退路，我辈唯浴血向前！

程潜：卑职谨受教！

程潜恭敬地敬了个军礼，告退，与正走进来的蒋介石打了个照面。

蒋介石向孙中山敬礼：总理。

孙中山见到蒋介石，心稍宽慰，点头示意蒋介石坐下。

蒋介石没有坐："哈佛号"扣下的军火，如何处置？

孙中山微笑：介石，东西你都敢扣，怎么处理，还用我来教吗？（一顿）你不是总跟仲恺抱怨黄埔的日常操训缺乏枪械吗？

蒋介石微微一喜，再敬礼：介石明白！

1924年10月，黄埔军校会议室中，墙上挂着大大的广州地图。蒋介石背身看着地图，其他军校高层、中层教官齐坐桌旁。

蒋介石：沧白（叶剑英），你说说吧。

叶剑英点点头：就在刚才，我革命群众双十国庆游行，反对商团罢市，商团武装公然开火，打死打伤百余人。

叶剑英取出了一份文件，递给众人传阅。

叶剑英：这是各地的情报汇总，商团的叛乱只是第一步，陈逆很可能会与他们里应外合，兴兵两万，进攻广州，意图彻底颠覆革命政权。

蒋介石依旧背身：诸位，怎么看？

何应钦：若情报属实，则此次叛乱，敌势凶猛，无论数量，还是战力，目前广州城中诸军乃至我黄埔学生军皆处下风。我建议迅速做出部署，暂避其兵锋，立行组织中央大员及省署、财政等重要机关撤退，减少损失。好在目前大元帅不在广州，可暂避风险。

叶剑英：我反对！敌人已经兵临城下，一枪未发就灰溜溜逃跑，我们能逃到哪儿去？势应力行反击，将敌势掐灭于襁褓！共产党方面已经动员市民协助平叛了！

钱大钧：诸位，现下不是我们图意气之快的时候。大家现实一点，我们手中能调遣的，不过黄埔区区千百子弟。这是革命最大的后备！昔日反法联军兵临巴黎城下，巴黎理工学校的师生向拿破仑请战，可拿破仑怎么说的？"我不愿为取金蛋杀掉我的老母鸡！"难道我们现在就要消耗革命的菁华吗？试问诸位，这个责，谁负得起？！

蒋介石：慕尹（钱大钧）所言不虚，黄埔的每位子弟，都是菁华，这正是我等为革命育才所应有的觉悟。只是……

蒋介石看向钱大钧：试问慕尹，我等练兵意在何为？

钱大钧一愣，吞吞吐吐：意在……意在为革命输送军事人才。

蒋介石：没错。练兵而不用兵，岂不同那前清的北洋舰队一般！那总理要这军校有何用？！要我等有何用？！若我革命将士，连区区商团都畏狼怕虎，还打什么仗！北伐孙吴，一统中华，不过是句惭惭大言，你我索性解甲归田，回乡务农罢！

众人不说话了，钱大钧、何应钦低头。

蒋介石：菁华不是说出来的，是打出来的！越是菁华，就越需要战场的磨砺。铁不淬火，怎成钢！听令！

众人立刻肃立。

蒋介石起身：黄埔学生军立刻编队出征，剿灭商团！

众人：是！

夜里，蒋介石在办公室桌上铺开宣纸，专心地写着字。陈洁如一边不安地看着他，一边削着一个梨子，几番欲言又止。

传令兵甲冲了进来：报！我军已与商团叛逆在回澜桥、太平门接火，战况胶着！

蒋介石不语。

传令兵甲刚走，传令兵乙又冲了进来：报！商团西关的工事异常坚固，吴铁城部仍未取得突破。

蒋介石仍不语。

蒋介石看似气定神闲，然而笔下略一迟滞，传令兵刚一退下，他便将纸抓起揉团扔了。

陈洁如忍不住了：介石，你既心系前方战事，何不亲临坐镇？

蒋介石没有回答，他深吸一口气，又铺上一张纸，重新开始写。

蒋介石一边运笔一边说：总理此番调集诸军合攻商团，虽名义上归我节制，可这帮骄兵悍将，各个听调不听宣，哪个心里真正服我？战事顺利倒好，若是久攻不下，这作战不力的罪名都有人替我备好了。

陈洁如一惊，手中果皮削断。

陈洁如：那你还跟总理竭力主张武力解决？

蒋介石：洁如，还记得你我上海初识吗？金钱的汪洋，瞬息万变，小心也驶不得万年船，孤注一掷才可能逆转乾坤。如今的广州，更胜上海。总理之下，多少双眼睛虎视眈眈。我有什么？不过长洲岛的几百个孩子。但这些孩子手里，拿的是枪！几百杆莫辛纳甘五弹连发，整座广州，乃至整个南粤，才会在枪火里看清我蒋中正长什么样！

陈洁如：当然，冒险就会有代价。打得好了，倒下的是敌人；打得不好，倒下的就是自己了。

蒋介石笑：放心吧，我的学生，我心里有数。

说完，蒋介石正准备最后落笔，忽然电话响了，蒋介石心里一惊，手腕一抖，"东山再起"的"起"字，最后没勾好。

蒋介石愤愤地摔了笔，拿起电话：我是蒋中正。

听了电话，蒋介石面色恢复寻常，慢慢放下电话。

陈洁如：怎么样？

蒋介石：西关已克！

上海慕尔鸣路甲秀里318号，"咚咚咚"——急切的敲门声响起。杨开慧醒了，睡眼惺忪，看到毛泽东从书桌前起身，准备出去开门。

杨开慧：润之，你又一夜没睡？

毛泽东：睡不着，就索性帮你改改夜校讲义。

毛泽东去开门，杨开慧紧跟其后披了件衣服在他肩上。

门打开后，一脸焦急的瞿秋白站在门外，满头大汗。

毛泽东：秋白，你这是怎么了？

瞿秋白没有回答毛泽东的话，只是看着杨开慧。

瞿秋白：嫂子，之华来过吗？

杨开慧心头一紧：没有，怎么了？

瞿秋白：之华不见了！

楼梯上响起脚步声，向警予正巧下楼，手里拎着公文包。

向警予：之华不见了？秋白，我问你，你和之华是不是已经走到一起了？

瞿秋白看了看毛泽东，顿了顿：是，我们走到一起了。这事，我还没来得及跟你们说。

毛泽东一副"你小子真行，竟然瞒着我"的表情。

向警予：她之前有没有跟你说过，有离开上海的想法？

瞿秋白回忆着：没有，没说过。

杨开慧追问：那你对她说不中听的话了？

瞿秋白摇头又摆手：这绝没有！我心疼她还来不及！

向警予想了想：那我明白了，之华一定是回萧山老家去了！她去跟那位先生做了断了！

毛泽东拍了拍瞿秋白肩膀：柔情似水，但佳期不再是梦。

瞿秋白恍然：我这就去萧山！我去找她！

看着瞿秋白离去的背影，杨开慧、毛泽东、向警予三人相视而笑。

向警予将杨开慧拉到一边，把一张纸塞到杨开慧手中：开慧，前几天你让我帮你找大夫，这是地址，快带润之去吧。

杨开慧：太好了，谢谢警予姐！

向警予：我得走了，我得去妇女部开会。

向警予快步离开房间。杨开慧看着纸上的地址，展颜。

中医馆内，老中医闭着眼，专心致志地给毛泽东切脉。杨开慧紧张地站在一旁等着老中医开口。

老中医：胸肋皆无大碍，只需好好休养。只是看先生这气色，怕是有隐疾啊。心者，君主之官，心为神之居、血之主、脉之宗。先生真正的病不在外，而在内，当调理养心啊！

杨开慧一下子紧张起来：这是什么意思？

老中医：你看你家先生，面色无华，口唇青紫，脉细无力，可是经常心悸、胸痛、气短乏力、少寐多梦？

毛泽东：工作多，睡得少，运动也少，自然乏力些。

老中医：这病称为郁证，因心中郁结而起。郁证虽不是疑难险病，也得慢慢调理。我先给你开上几服中药，（开始写药方）每日水煎，早、中、晚分三次服。另外，饮食忌荤腥，忌腌制食物。

杨开慧：他特别爱吃辣，行吗？

老中医：不可，辣椒辛燥，易化火伤阴。

杨开慧点头，接过药方。

杨开慧：有早、晚服两次的那种药吗？一天服一次更好。他工作忙，有时候不方便。

老中医：命重要，还是工作重要？

毛泽东拉起杨开慧笑着就走：不抓药了，这郎中乱讲，你瞧瞧，我哪像有郁证的人哪！

上海的街市热闹非凡，慕尔鸣路甲秀里318号也无比热闹，大红的"囍"字贴在门上，桌上摆放着花生、桂圆和一瓶伏特加。

一旁，向振熙慈爱地哄着毛岸青，毛岸英在玩，毛泽东和蔡和森在调侃瞿秋白。

毛泽东：他这人，前阵子还说不想组织家庭呢，谁的速度都没有他快。

蔡和森：他肯定是早就对人家动心了，心事藏着不告诉我们，后来警予才告诉我。

毛泽东：开慧也没跟我提过！看来，女孩子们之间是有秘密的哟！

瞿秋白：来，尝尝我从苏联带回来的伏特加！我一直舍不得喝呢！

蔡和森对润之：瞧瞧这个人，真正的宝贝悉数藏着，现在才舍得拿出来！

瞿秋白：今天可是我大喜的日子，你们俩能不能少调侃我两句呀。

毛泽东：这些话就得在大喜的日子说，你心情好，自然不会生气。

杨开慧的声音传来：新娘子来啦！

蔡和森：愣着干吗？看傻了？还不快点拉琴啊！

瞿秋白：对对对。

瞿秋白抄起手风琴，拉起了俄国曲子，伴着美妙的俄式音乐，只见杨之华着红袄、长裙，脸上泛着红晕，甜蜜地笑着走出来，美丽极了。她左右两边的杨开慧和向警予脸上也漾着喜悦。

杨之华幸福地抿嘴笑，众人也笑。一旁的毛泽东牵起杨开慧的手，杨开慧也甜甜地笑了，眼中泛泪光。

杨开慧：终于等到这一天了，看到你们有情人终成了眷属。

向警予：你们两个人真是让我们操心了好久，明明心心相印，就是非搞你退我进那一套！

杨之华：能与秋白走到一起，我要谢谢开慧，谢谢向大姐，是你们的鼓励，才让我有勇气冲破旧世俗的枷锁。

杨开慧：也要谢谢秋白啊，他义无反顾地奔向你！要不是那天他跟你回了老家，恐怕这婚礼，我们还要再等上一阵子呢！

大家朗声笑起来。瞿秋白一曲罢了，众人鼓掌，瞿秋白去牵杨之华的手。

瞿秋白对杨之华：之华，你真美。

毛泽东、蔡和森鼓噪着：亲一个，亲一个！

瞿秋白轻吻了杨之华，众人喝彩。向警予端来一盘糕点，方方正正，黄白相间，糕面上撒着黄色的细碎花朵，一股清香，沁人心脾。

向警予：这是上海有名的水晶桂花糕，我学着做了些。大家尝尝，看看是我做的好吃，还是外面卖的好吃。

杨开慧闻了闻：好香啊！

大家津津有味地品尝着桂花糕。

毛泽东：桂花幽香，代表吉祥如意。年糕清甜，代表团圆甜蜜。盈盈沉香，秋之白华！

向警予：那我们就举起手中的桂花糕，以此代酒，祝秋之白华新婚快乐！

大家：秋之白华新婚快乐！

杨开慧将桂花糕送进嘴里，甘美之味在口中散开，她看了看身边的毛泽东，又望向门上的大红双"囍"，陷入了甜蜜的回忆中。

1920年一师附小宿舍里，杨开慧坐在桌边，手拿着剪刀，正在用红纸剪出"囍"字。

毛泽东走进来：霞妹。

地上掉落着红红的纸屑。杨开慧放下剪刀，展开一个大大的"囍"。

杨开慧：成了！好不好看？

毛泽东先是一喜，随后又苦笑了一声：霞妹，委屈你了，这婚礼简陋了些。

杨开慧：你怎么又怪起自己了？是我自己说不做俗人之举，不要花轿，不用彩礼和嫁妆，只要你的！

毛泽东亲昵地摸了摸杨开慧的脑袋。

杨开慧：我要把"囍"字贴起来。

杨开慧观察着屋子，给"囍"字挑选合适的位置，最后把"囍"字贴在了墙上。

毛泽东的声音在杨开慧身后响起：霞妹，我有东西要给你。

毛泽东伸出手，是一个红色的小纸包。

杨开慧打开，里面是几个红红的像毛毛虫一样的东西。杨开慧闻了闻，又仔细看了看，欣喜：是杨树的花？

毛泽东：嗯。

杨开慧有些惊讶：你会做干花？

毛泽东有些害羞：我也是看书学的，做了几次才成功。书上说，要在红色的杨树花开得最盛之时采摘下来，倒着放在风口处，这样做成的干花才能保存得长久。

杨开慧：我真喜欢！送我杨树花，是因为我姓杨？

毛泽东深情地：你是我的骄杨（阳），也是我的霞妹，红彤彤的霞妹。

杨开慧脸红了……

桌上有个木质相框，封存着一束杨树花。

夜间，毛泽东房间内，杨开慧拿着空白的木质相框，爱惜地用布擦着。

杨开慧：润之，我们挑个时间去拍照片吧。

毛泽东正洗脸：你带着孩子们去就是。

杨开慧听出话里的意思：你不去？

毛泽东：上海不像广州，还不是国共的天下，主政的军阀当局不管是皖系还是直系，都视革命为眼中钉。中央考虑到安全，规定不能留下私人照片。

杨开慧：我只是想留一张我们一家人的照片，又不会给外人看，不可以吗？

毛泽东点点头。

杨开慧有些小脾气：那什么时候才可以拍一张合影，七老八十，牙齿都掉光的时候吗？那时候还来得及吗！

毛泽东擦脸：莫说气话，组织规定就是如此。

杨开慧开门出去，毛泽东赶紧去拦。

毛泽东：去哪儿？

杨开慧：别拦我，我去跟妈睡。

杨开慧夺门而出。开门时，毛岸英站在门口。她牵起毛岸英的手。

杨开慧负气：走，岸英，我们去找外婆讲故事。

毛泽东不再阻拦。他回头看见摇篮里的毛岸青，叹了口气，坐下来摇摇篮。

毛岸青看着毛泽东，忽然咧嘴笑了。毛泽东慈爱地亲吻毛岸青的脸。

毛泽东：睡吧，今晚咱们爷俩睡。

照相馆内，摄影师：来，看我这边，要拍了！

毛泽东站在摄影师的身后，温情脉脉地看着幕布前的母子三人。

幕布前椅子上，杨开慧抱着毛岸青坐着，毛岸英站在她身侧。

摄影师：小男孩笑一下，笑一下！

毛岸英依旧没笑。摄影师按动快门，照相设备发出砰的一声。画面定格。

摄影师：再来一张吧，小男孩笑一下，太太也要笑哦！

毛岸英跌跌撞撞地跑去抓毛泽东的衣角：爸爸，你为什么不跟我们一起拍照？爸爸过来，我要爸爸！爸爸来呀！

毛泽东看着毛岸英恳切的眼神，又看了看坐在幕布前的杨开慧。他咬了咬嘴唇，站起来，牵起毛岸英的手。

毛泽东：好！爸爸拍！拍个我们一家四口在一起的全家福！

毛岸英这才高兴了：爸爸拍咯！

杨开慧看着毛泽东坚定地向自己走来的样子，这一刻，她动容了。毛泽东来到幕布前，拉起杨开慧的手，看向镜头。杨开慧却心疼地看着毛泽东，只见他的眼圈泛着青黑，他的双颊枯瘦塌陷，不由得伸手帮他理了理蓬乱的头发——原本乌黑的头发变得花白，岁月在他身上留下了浓重的痕迹。

毛泽东也转过头来看着杨开慧笑，那笑容充满歉意和内疚。

摄影师从镜框里看着这一家人：欸？太太怎么哭了？来，笑一笑，笑一笑，我们要拍了！

杨开慧对摄影师：师傅，不拍了。（紧紧抓着毛泽东的手）润之，你陪我站一站就好。

两只手紧紧握在一起。

黄埔军校内，贺衷寒捧着书朝蒋介石办公室走去，陈诚刚从蒋介石办公室出来。

贺衷寒敬礼：陈教官！

陈诚点点头正要走，忽然折返拉住贺衷寒：你找校长？

贺衷寒点点头：最近研读总理《三民主义》，有些心得想跟校长汇报。

第十章 革命伉俪共携手，黄埔将才露锋芒

219

陈诚把贺衷寒拉到一边：改日吧。校长推掉了所有的安排，正在等一位贵客，连主任例会都改期了。

贺衷寒：贵客？

副官：校长已经等候多时了，这边请。

副官领着一个器宇轩昂的身影从两人身边走过。办公室里，一身戎装的蒋介石看了看表，又正了正衣领。敲门声传来。

蒋介石立即坐下：请进。

副官推开门，走进来的是一身西装的周恩来。周恩来步伐稳健地走到蒋介石桌前，站定。

周恩来：周恩来奉命前来报到！（递上文件）这是中共广东区委和张申府主任的介绍信。

蒋介石接过文件，看也不看就放到一边，倒是细细打量着这个疏朗俊秀的年轻人。

蒋介石：果然是一表人才！坐，不必拘谨。

周恩来坐下。

蒋介石：恩来，这广州气候炎热，眼见深秋入冬，还跟江浙的三伏天一般，我记得你也是浙江人，生活习惯吗？

周恩来：回校长，我虽祖籍绍兴，但长在淮安，求学奉天、天津，常年天南海北地漂泊，没什么不能适应的。

蒋介石点点头：听说，你也去过日本？

周恩来：说来惭愧，本想负笈东瀛，终因日语修习仓促，没能读上东京高师。但也正是在日本的游历，让我接触了各种思想，耳闻目睹了帝国主义对中华的欺压，最终促我走上革命救国之路。

蒋介石：恩来，我投身革命也是自日本起。彼时我军校结业，分在高田联队见习，风闻国内革命既起，我立即告假回国光复浙江。那时，也正似你这般意气风发、翩翩少年。

周恩来：茫茫神州已倒之，狂澜何人可挽？弱冠请缨，唯有青年。校长，我想两党共建军校，也正是寄希望于青年。

蒋介石愈加欢喜：说得好！申府为我开出十五人推荐名单，我第一眼就看中了你！申府大才，奈何天性自由，他说由恩来主持政治教育，他自可放心挂冠而去。所以，政治工作，还需要你从头抓起。

周恩来：校长，我认为，黄埔的政治工作，如青山，似深泉，若曙光。

蒋介石：青山、深泉、曙光……愿闻其详。

周恩来：以青山般的战斗意志镇住青年多变脆弱的心性，以深泉般的革命情操荡涤青年桀骜不驯的灵魂，以曙光般的政治理论帮助青年在迷惘中辨明方向。这样，我们培养的革命军人才能知荣辱，辨善恶，行正道。

蒋介石沉吟：知善知恶是良知，为善去恶是格物。你的想法颇有格物致知之道。

周恩来：我们的革命，又何尝不是对自我、对国家的格物致知呢？无人我之分，鲜名利之见，相趋于和平之途，相跻于大同之境！

蒋介石：这正是总理所提倡的天下为公！

周恩来点点头：校长，所以我认为军校的政治教育绝不能止于课堂，而应浸润其中。改变我们的青年，最终改变我们的国家。（取出文件）这是我来之前对黄埔军校政治教育的一些具体想法，请赐教。

蒋介石接过报告，越翻越喜：得才若君，中正夫复何求！恩来，我已与廖公议定，从现在起，你就是陆军军官学校政治部主任！

周恩来起身：恩来定当全力以赴！

蒋介石也起身，两只手握在一起。

上海慕尔鸣路甲秀里318号内，毛泽东正在桌前奋笔写着，身后的饭桌上只放了一碟剁辣椒，杨开慧在盛饭。

杨开慧：润之，吃饭了。

毛泽东：欸。

毛泽东放下笔，来到餐桌前，拿起筷子正要吃，却发现桌上只有一碗饭。

毛泽东：你呢？

杨开慧：回家前，警予姐请我吃了碗阳春面。

杨开慧话音刚落，肚子却咕咕叫了。毛泽东放下筷子，起身看饭锅，发现里面已经被铲空，再看米缸，只剩浅浅一层。

杨开慧辩解：回来太晚，米店关门了。我明早就去……

毛泽东一阵心酸，不由分说地匀了半碗饭给杨开慧。

杨开慧：你够吗？

毛泽东勉力挤出个苦笑，点点头，给杨开慧夹了点剁辣椒，结果还没夹到杨开慧碗里，手突然一松，剁辣椒掉在桌上。毛泽东放下筷子，皱着眉头，捏着眉心，按着太阳穴。

杨开慧：又头疼了？

杨开慧帮毛泽东按太阳穴。

毛泽东：几个月没领到薪水，日常开支还得靠你的夜校教薪来贴补。霞妹，让你跟着我饿肚子，惭愧啊！

杨开慧：家又不能只靠你一个人撑着。润之，要不你跟叶楚伧走动走动？过日子得花钱，上海花销又大，总是被他这么针对，你也不好受。日子还长，毕竟以后每天都要见面，你得能屈能伸啊。

毛泽东：这是公事，不是私怨！章龙、荷波、警予、中夏、代英……所有在上海执行部工作的共产党人，薪水他一概借故不发，他分明就是要把我们统统挤走！

毛泽东递给杨开慧一张稿纸。

杨开慧念出来：上海执行部自八月起经费即未能照发，近来内部更无负责之人，一切事务几乎停滞，职员等薪金积压四月之久，拮据困苦不言可知。务乞总理迅派负责专员进行部务，并设法筹款，清理欠薪，实为公便。

毛泽东：中山先生正在北上途中，会在上海稍息。我已与仲甫先生打过招呼，与执行部其他十几位共产党员一起向他呈文，控告叶楚伧。若现状不改变，国共合作就成了空摆设，我看是难以为继了！刚说完就咳嗽起来。

杨开慧为毛泽东抚背：唉，你原本就头疼眩晕日夜难眠，现在又加了咳嗽。大夫说了你这是郁病，你还不信！急火攻心是大忌！别再动气了！上次你给中山先生去信，拿掉了你的组织部秘书。这次你还写，连现在的文书科主任，你也做不成了！

毛泽东眼中满是愤懑：我毛润之的饭碗又算得了什么呢？

上海慕尔鸣路甲秀里318号院内，毛泽东虚弱地躺在床上，头发蓬乱，脸色蜡黄，两颊凹陷，黑眼圈极重，细细的手腕令袖口显得宽大极了。

蔡和森夫妇、瞿秋白夫妇坐在床边。

杨之华：润之大哥，自从听开慧说你病了，我和秋白一直挂牵。（将补品给杨开慧）这是天目山的铁皮石斛，你泡水喝，补一补。

杨开慧接过：谢谢之华、秋白。

毛泽东身上没什么力气，却想撑着坐起来。

杨开慧：躺着吧！躺着说话。

毛泽东执意坐了起来，费力地讲话：今天咱们又聚在一起啦。我叫大家来，是想正式告个别。我已告假，明天的船票，回湘。当初我来上海，踌躇满志；到今日，满心怆然，不甘哪，不甘！

向警予：润之，你安心回乡休养吧，其他的事先别想了。

蔡和森：对，养好身体再说。"留得青山在，不怕没柴烧。"

毛泽东：我越发觉得，我们的革命工作，就像船行三峡，或暗礁险滩密布，或激流湍浪丛生；然而，青山缭绕疑无路，忽见千帆隐映来，终会豁然开朗。

一直没吭气的瞿秋白说话了：润之，我还是觉得，你应该留下来。我去跟仲甫说！

毛泽东苦笑着摇摇头，感喟地看着众人，杨开慧紧紧地握着毛泽东的手……

办公室内，陈独秀正在埋头写稿，瞿秋白突然闯进来。

陈独秀看了瞿秋白一眼，继续埋头：什么事？冒冒失失的，不像你啊！

瞿秋白：你批准润之回湖南的？

陈独秀继续埋头：嗯。他在执行部的工作，我已经让章龙接管了。

瞿秋白：我不是跟你提过好几次，应该把他留在上海吗！国民党右派把持着执行部，我们应该反击，而不是眼睁睁看着自己的同志被排挤，被流放！

陈独秀：是他自己告的假，身体不好，是得回家养养，我总不能把他绑在上海继续工作吧。（放下笔，看着瞿秋白）再说了，自己脚上的泡，是自己走出来的，他也不能怪别人。他自己不也总说，天要下雨，娘要嫁人。随他去吧。

1924年12月，毛泽东因工作过于劳累患病，经中共中央同意，回湘疗养。年底，偕杨开慧等回到湖南。

叶府花园中，西式长桌上摆满了各色点心、红酒、水果、鲜花等，一旁有管弦乐队在演奏欢快的圆舞曲。穿着礼服的女宾客花枝招展，与西装笔挺的男士们正在跳交谊舞，莺莺燕燕，欢声笑语。

一曲终了，叶楚伧举杯，站在人群中间。

叶楚伧：今日能与上海执行部的诸位同仁共贺西历新年，我叶某深感荣幸！我叶府蓬荜生辉啊！过去的一年，我们终日乾乾，夕惕若厉，为践行总理的三民主义，摒除异见，上下同心！所幸，天道酬勤，力耕不欺，上海执行部在诸位的共同努力之下，成果不可谓不丰硕，成绩不可谓不卓越！我相信，在即将到来的新一年，必定有崭新气象！一杯薄酒，宣寄情志，叶某先干为敬！

众人举杯。

叶楚伧：现在我宣布，新年舞会正式开始！（对乐队）奏乐！

第十一章　失意回乡探新路，总理西去万民哀

　　两个月后，早春的阳光笼罩着整个韶山冲。毛泽东、杨开慧、毛泽民、王淑兰四人带着毛岸英、毛岸青沿着绵亘蜿蜒的小道朝山上走着。毛泽民肩上扛着铁锹，王淑兰手上提着竹篮。小路尽头是一座低矮的坟，碑上有"显考毛公顺生、显妣毛母文氏老大人之墓"等字。

　　坟前，毛泽东、毛泽民将杂草拔去。王淑兰把冥纸、祭品从篮中拿出，一一摆到坟前。毛泽东肃立，毛泽民、杨开慧、王淑兰、毛岸英、毛岸青在毛泽东身后肃立。

　　毛泽东：爹、娘，今天过节，我跟泽民带着全家来看你们了。

　　毛泽东鞠躬，其他人跟着一起鞠躬。

　　毛泽东：儿子给爹娘抔一把新土。

　　毛泽民将铁锹递给毛泽东，毛泽东锹土，又跪地用手将新土仔细按实。

　　毛泽东：爹娘放心吧，我们都挺好，泽覃在长沙，马上要去广州军校工作。泽建还在三女师，快毕业了。我也替他俩看看爹娘。上次回韶山，我没待几天就走了，这次回来多住些日子。

　　毛泽民划了根火柴，点着冥纸。随后从怀里拿出一根旱烟卷，用手捻了捻后递给毛泽东。毛泽东接住，点燃，将烟放在坟前，用手轻抚过墓碑。

　　冷风拂过，冥纸飞扬，山中有些声响，像是回应。

　　利用祠堂建起的教室内，毛泽东正给农民们上着课。教室里人满为患，平时一张凳子只坐两个人，如今挤了四个人。教室外面也挤满了来凑热闹的农民。

　　毛泽东：横——竖——横，是"土"！

　　农民们跟着念：横——竖——横，是"土"！

　　毛泽东：这个字，大伙儿都记住了吧。那我们再来识个字——"農"，農民的農。

　　毛泽东在木板上写了起来。坐着的农民们，庞叔侃、朱三毛、五伢子等几人手里拿着笔，对着黑板抄写。

　　毛泽东："農"上面这个"曲"字，像不像咱们干活的田？你们看，（在

黑板上比画）这一块，是朱三毛家的。这一块，是五伢子家的。这一块，是我家的。

朱三毛：还真是像！

毛泽东：这字怎么记呢？农民在田里干活，田对农民很重要，把田顶在头上，就是"農"。

朱三毛：这识字的法子好，能记住！

毛泽东：好，今天就教这么多，下回我教大家写自己的名字。

毛泽东转身擦满满的一黑板字，窗口趴着的农民在小声议论。

农民甲：听说石三伢子在外头赚了好多钱，回来教大家发财，仁义啊！这个叫衣锦还乡。

农民乙：不对啊，还衣锦，他那身长衫为啥子还打着补丁嘞？

农民甲：不懂了吧，这叫财不外露。人有贵气，披条麻袋也洋气！

农民丙：放屁！发财算么子，人家是当了大官！

农民乙：大官？多大的官？

农民丙：反正……反正比村长大，跟县长差不多吧。哪个发了财，他手一指，财就归他咯！

农民甲：老子么得钱，么指到老子。

然而一抬头，农民甲却看到擦好黑板的毛泽东对着满屋没走的农民摆手，手正指到自己，吓了一跳。

毛泽东：今天的课就讲到这儿咯，你们可以回去咯。（对窗外）站着多累，以后你们带个板凳进来听嚛，又不要钱。

外面的农民憨厚地笑着：我们在这儿听就行了，蛮好的，不累。／这有么子累的，比下田舒服多了，毛先生讲课不也一直站着嘛。

看热闹的农民们散去了，露出教室背后原本挂布兜子的墙，此刻墙壁上空荡荡的。

农民乙疑惑：我的饭呢，我明明挂在后面的！我的饭不见了！

农民丙：不会是刚走的那些看热闹的拿走了吧？

农民乙：看我不把他们追回来！

杨开慧在院子里喊：在这儿！你们的饭都在外头呢！

院内架着一口大锅，锅底的火正熊熊燃烧着，王淑兰和毛泽民往锅底添柴。杨开慧掀开锅盖，热水沸腾着，几乎没过大家的食盒、碗等。

杨开慧：大家的饭在教室里搁半天，都凉透了。我们搬了口锅来，把饭热热，你们再吃，肚子里舒服些。

农民乙：哎哟，这可太好啦！咱能吃口热乎的了！

朱三毛：听说人家杨先生是大户人家的小姐！（对杨开慧）杨先生，嫁来我们韶山冲，委屈你喽！你莫嫌弃我们韶山穷哟！

农民乙：对呀，还住得惯不？

杨开慧：虽说我是第一次来，但我觉得很亲切，很喜欢！谢谢你们！

杨开慧一边麻利地拿抹布擦碗上的水滴，一边说。

毛泽民：饭热好了！大家排好队，各自认领自己的碗！（举起碗）这是谁的？

农民乙接过去：我的！

毛泽民：小心烫手！

农民乙左右手交替捧碗，虽烫手但还是很高兴：哎！多久没在晌午吃上热饭咯，石三伢子讨得好堂客，我们跟着沾光！

农民丙排队上前，这才认出蹲在地上添柴的是王淑兰。

农民丙：欸？这里是祠堂，四嫂你怎么进来了？

排队的农民们大眼瞪着小眼，闻言愣住了。

其他农民：对呀！女人怎么能进祠堂呢？

杨开慧：女人不能进祠堂？是韶山冲的规矩？

农民丙：你是外乡来的，不懂也就罢了。四嫂你咋也不知道规矩？

农民丙一脸认真。

杨开慧看向其他农民：大伙儿觉得是规矩重要，还是吃饭重要？

农民们面面相觑。

杨开慧：你们要是觉得吃口热饭重要，那我们就每天都来给你们热饭吃。要是觉得规矩重要，我们这就把锅抬回去了。

农民丁站出来：莫抬走莫抬走，肚子重要！天这么冷，吃热乎饭多好啊！

农民丙：饭要吃，祖宗的规矩也得讲啊！

农民丁把农民丙往外挤：要讲规矩你讲，这饭我拿走了。

农民丙把饭抢过来：别别别，先吃饭（烫得直咧嘴），吃饱了才好讲规矩!

众人笑。

杨开慧跟王淑兰对视一眼,笑了:那我们就继续帮你们热,一会儿我再煮锅汤给你们喝!

农民们喜笑颜开,纷纷答应:好好好!

阳光停留在杨开慧的发梢,她此刻的样子美极了。毛泽东看得有点愣神,杨开慧转头看他,二人目光相撞,笑了。

黄埔军校礼堂里,周恩来正在指导组建中的血花剧社排练。胡宗南紧张不已,急得闭上眼睛。

胡宗南:我们……我们矢志不渝发动……发动革命,就是……就是要……解放劳苦大众……

陈赓低声提醒:让大伙儿过上耕者有其田的好日子。

胡宗南:让大伙儿过上……耕者有其田……

周恩来:停!同学们,戏不能这么演,我们排戏是为了什么?用革命的艺术来改造社会。排了戏给谁看?不只给同志们看,更要向普罗大众宣传我们的主张。光喊口号可不行,得让大家看明白、看进去,为台上军阀老爷们的荒唐丑态开怀大笑,为感同身受的欺压暴行愤慨落泪,这样革命的启蒙才能通过舞台播撒到大伙儿心里。

陈赓点点头:明白了,周主任,我来改剧本。

周恩来:拿出你的真本事,你那个"饥不择食的矮子吃长面"就搞得很好嘛!还有宗南,老忘词可不行,你去演军阀吧!

胡宗南:啊?

陈赓拍拍胡宗南:军阀词少,一听枪响就倒地,啊!

众人笑。

蒋介石:恩来!

周恩来回头一看,蒋介石和叶剑英信步而来。

周恩来:校长。

蒋介石看看舞台:欸,有声有色。你放心,廖公听说你组建革命剧社,非常支持,还要亲自来为剧社题词。

周恩来:那太好了!

蒋介石：对了，教授部的副主任叶剑英，你们认识吧？

叶剑英：早就见过了，正式接任政治部主任的周恩来！

两人握手。

叶剑英：周主任上任不过三个月，事必躬亲，黄埔上下气象为之一新。我们黄埔不同于保定、讲武堂等旧式军校，恰因为政治教育灌注的革命正气。

周恩来笑笑：叶主任主授的是"兵器学"，你教学生如何使用手中利剑，而我教的是我们挥舞利剑为何而战。我们通力合作，定能为革命培养出意志坚定、技术娴熟的新军人！

叶剑英含笑点头，蒋介石更是面露喜色。

蒋介石：恩来说得好！

蒋介石左手抓住叶剑英，右手抓住周恩来：两位青年才俊，一位是我选中的旅欧精英，一位是曾与我并肩作战、共讨陈逆的革命宿将，恩来啊，我希望你们精诚团结，共铸黄埔的辉煌！

周恩来：为国民革命计，恩来定当尽心尽力。

教室内，一条横幅平摊在桌子上，上面写着"中国青年军人联合会"，蒋先云、陈赓和徐象谦等人聚在一起。

蒋先云：以后我们的"青年军人代表会"就要改组为"中国青年军人联合会"了。

陈赓：这代表会还没成立多久，就要改组了？

蒋先云：之前的代表会弊端太多，只开会却没有实际工作内容，一周一次会议，开会内容都连不上，所以我们就跟校长申请改组青军会。

陈赓：你小子动作够快的，已经跟校长汇报了？唉，羡慕啊，黄埔一期学生，校长最喜欢的就是你。

徐象谦看着横幅：这名字，又是中国，又是联合的，够大的啊！

陈赓眼珠一转：你们说，要是十年后，我们都三十多岁了，是不是就得退出联合会了，毕竟那时候我们已经不是青年了！

蒋先云：陈赓，这我要批评你了，青年当然不光指年龄，更是指精神状态！精神老朽的人，二十岁也是老夫子。精神昂扬之人，八十岁还是新青年！我们是军人，不管什么年纪，都应该有青春之风貌！

陈赓：是！长官批评得对！

蒋先云笑着踹了陈赓一脚。

徐象谦：湘耘，改组之后，青军会的主要任务是什么？

蒋先云：联合军队中的革命分子，不分等级，以拥护革命政府，实现三民主义。不仅有任务，周主任还拟定了青军会的宗旨，要建立军队与民众的亲密关系，建立各军队的亲密关系。

徐象谦：那从现在开始，我们要吸收更多志同道合的同学加入青军会来。三期生足有一千两百多人，已经开学快半年了，可以从他们中间发掘。

陈赓：那等什么呢，走吧！吸收同学去！

蒋先云：这个陈赓！性子比我还急！

黄埔军校操场一隅，贺衷寒与曾扩情两人正对着枪靶练习。

曾扩情：和你惺惺相惜的那位老乡——蒋先云，正在搞什么青军会。他们明显是结党营私，培养自己的势力！我就不明白了，校长居然还批准了！

贺衷寒笑：你是觉得，校长看得还没你明白？

曾扩情：校长也许有校长的考虑，可也不能任由这种结党营私发展啊。

贺衷寒一枪命中靶心。

贺衷寒：为什么不能？这次青军会的改组筹备，我也参加。

曾扩情：你参加？你跟蒋先云论文论武，各科都是旗鼓相当，你甘心被他压一头？这组织可是他牵头的，你参加了，就代表你贺衷寒要甘拜下风！

贺衷寒：孙子兵法有言，"知彼知己，百战不殆"。谁说只有他蒋先云可以成立组织，我们不是也可以吗？

曾扩情思考着：你的意思是，先打入他们内部，进行观察，然后我们再成立新的组织？

贺衷寒：谢持谢老不久前跟我说过，共产党与国民党合作，其真实目的，就是想乘机篡权。若是他们一朝得逞，我们国民党人便再无立足之地。明白吗？

曾扩情：有道理。谢老……他亲口跟你说的？

贺衷寒一笑：你说呢？

贺衷寒对着枪靶又是一枪，子弹穿过靶心。

农校院中的泥土有些干涸，杨开慧笨拙地用锄头松土，毛泽东拎来一桶水，拿起铲子挖坑。

毛泽东：怎么样？松土难不难？

杨开慧：这有什么，之前在板仓，我跟父亲一起种过小树苗呢。

毛泽东：我想想……昌济先生书房前，我记得有一棵小杨树，是不是？

杨开慧：我也记不清了。等下次咱们回板仓，也许我就认出来了。

毛泽东：好！我把树坑挖好了，咱们挪树苗吧。

杨开慧：嗯。

两人合力将一棵桂花树苗小心地挪进坑中，将松过的土覆在树苗根上。

杨开慧：润之，是不是要再堆点土？这些，够吗？

毛泽东被问住了，擦着汗，认真地在想。

杨开慧笑了：我还问你呢，倒忘了你也没种过桂花树，索性那就再来点土吧！

毛泽东：行，多总比少好！

二人一起又给树根盖了些土。

毛泽东：那我浇水了？

杨开慧：浇水。

毛泽东刚拎起水桶，又被杨开慧叫停。

杨开慧：等一下，浇得慢些，别都灌进来。

毛泽东：这我知道，（开始浇水）就像人吃饭一样，得慢慢吃，不然这树苗还没成活，就被浇死了。

杨开慧：不行，水还是大，你这样（将双手护在树苗左右），顺着我的手腕，轻轻倒下来。我说停，你就停。

毛泽东担忧：这水这么冷，你的手腕，能行吗？

杨开慧：怎么就不行了，快浇吧！

水顺着杨开慧的手腕慢慢灌向树根。

毛泽东：忽然想起来，有一阵子，你也学着昌济先生，大冬天洗冷水澡！

杨开慧：冻得直打哆嗦呢！妈妈心疼坏了，要跟父亲吵架，说是他教坏了我，接着我就发了一夜的高烧。

毛泽东放下水桶，使劲给杨开慧搓手：霞妹，你就在一旁歇着，剩下的那棵我自己种，我可以的！

杨开慧嗔怪：我当然知道你可以。但是，两棵桂花树，一棵是我们一起栽的，另一棵却是你一个人栽，这是什么道理嘛！

毛泽东一拍脑门儿：我真是脑壳不清白！行，一起栽！

两人站在两棵桂花树中间，手拉手，相视而笑。

毛泽东：这桂花树要开花，起码还得等上四五年哟。

杨开慧：不知道四五年后的韶山会是什么光景，十年、二十年后的韶山又是什么光景。（满眼期待地看着树苗）润之，等树开花的时候，不管我们在哪儿，我们都要一起回韶山。

毛泽东：好！

杨开慧：你还记得在上海时，警予姐送给我们的上海桂花糕吗？

毛泽东：忘不了！香气扑鼻！

杨开慧：等我们的这两棵桂花树开了花，我也学着做桂花糕给你吃，好不好？

毛泽东：如果不好吃，我也说好吃，好不好？

杨开慧嗔笑着追打毛泽东。

广州大元帅府会议室内，蒋介石、廖仲恺、胡汉民、许崇智等国民党及各军高层正在开会。

廖仲恺：首先要向各位通报一个好消息——汪兆铭发来电报，大元帅已经抵达北京，数万民众到火车站迎接，欢迎气氛十分浓烈。

胡汉民：这就是民心所向啊！全国上下苦军阀割据久矣！如今前清的皇帝也被冯玉祥赶出了紫禁城，大元帅时隔十二年再赴北京，天下归心，南北一统，已是大势所趋！

廖仲恺：展堂兄所言甚是，既然北方佳音频传，我们就更有理由把南方的革命大本营守稳，为全国革命做好准备！今天我召集大家开会，就是为了商议东征之事。

蒋介石在桌上铺开一张地图：这是近期各地情报的汇总，目前陈逆在东江纠集林虎、洪兆麟，打着"救粤军"的旗号在粤东整军三万多人，号称七万，随时准备直扑广州。

蒋介石边说，边在地图上摆上了蓝色的粉笔。胡汉民看向许崇智。

许崇智：大元帅是什么意见？

蒋介石：主动出击。苏联顾问加仑将军已经制订了东进计划，整合广州兵马，桂军居中，滇军居左，以许司令的粤军主攻右翼，兵分三路，直捣东江！

蒋介石又摆上了红色的粉笔，可以明显看到右路粤军面对的蓝粉笔最为密集。

许崇智沉吟片刻：介石，你身兼粤军参谋长，粤军的情况，你再了解不过了。我们作为大元帅的子弟兵，省内布防甚散，目前可供调遣的兵力只有第二师、第七旅等，实际兵力不过万余，却要对垒陈逆主力精锐。这仗，不好打啊！

蒋介石：许司令放心，我将亲率黄埔校军与粤军合战，联手右翼攻坚。

许崇智：校军？你们有多少人？

蒋介石：一期生两个教导团，二期生一个步兵总队、一个炮兵营、一个工兵队、一个辎重队，三期入伍生一个营，以黄埔生为基层军官，再加上征来的兵，部队合计——三千人。

许崇智：就三千人？老弟，我看校军还是作为预备队吧。陈军作战经验丰富，可不是商团那样的乌合之众。你不能靠一群娃娃去直面悍匪！

蒋介石没有回答许崇智，而是亮出一份请战书，上面密密麻麻签上了黄埔生的名字，甚至有人以血为墨！

蒋介石：诸位，这就是我的信心！黄埔校军绝非利字当头、保命为先的旧式军队所能匹敌，主义与信仰浇筑的战斗意志会让我们啃下最硬的骨头！廖公、许司令，我军校子弟联名申请，此次东江战役，以黄埔校军为先锋！

说着，蒋介石将一枚图钉按在了地图上两堆粉笔交会的前沿。

江水潺潺。当！两个装满黄酒的大碗碰到了一起，珠江边两人一饮而尽，竟是蒋先云与贺衷寒。贺衷寒一碗黄酒下肚竟咳嗽起来，蒋先云笑着给他拍背。

蒋先云：真没想到，开拔前夜，居然是最看不惯我的君山兄来邀一醉。

贺衷寒：我也没想到，严守纪律的湘耘兄居然真敢赴约！

蒋先云：君山兄敢请，湘耘就敢来！

贺衷寒：大战在即，生死系于一线，今晚只叙同学情，干！

蒋先云：干！

两人又饮一碗。

贺衷寒：湘耘兄，我听说，此次东征，我这校长侍从秘书的位子，原本是你的。亲随校长左右，甚至可参与中枢决策，这是多大的恩荣与机遇！可你执意要上前线，去做一营二连党代表，战场上子弹可是不长眼睛的……

蒋先云：我们学兵习武，为的什么？不就是为了上阵杀敌的这一天吗？

贺衷寒笑着摇摇头：湘耘兄，有人说你、我、陈赓是黄埔三杰。其实，我看得出，校长眼中，只垂青你一人。他对你可是着力栽培，恩宠有加，可你怎么就偏偏不领这个情？

蒋先云笑：校长的教导之恩，我铭感；与校长的师生之谊，我珍惜；校长军中的将令，我执行。我来黄埔，是为救国而来。你我皆是革命军人，不是一家私兵。我揣着不私不畏的一颗军人真心，用我先生毛润之的话来说，我是国民革命的真同志。至于校长恩宠之辞，君山兄，怕是多想了。

贺衷寒笑了笑，敬了蒋先云一碗酒：好一个不私不畏的真同志！要不怎么说，这黄埔上下，能让我贺衷寒佩服的，唯有湘耘兄一人呢！

蒋先云饶有兴致地看向贺衷寒。

贺衷寒：说真的，运筹帷幄，舞文弄墨，组织张罗，这些功夫，我自忖都不在湘耘兄之下。可入校至今，你处处压我一头，要说我全然心服，那是假话！比起湘耘兄，我到底差在哪儿了？湘耘兄方才一语道破，不存私欲，不畏权威，一颗真心！对，这个"真"字，我不如你！（一顿）只是我替湘耘兄担心，你是掏出真心，做真同志，可这世道肯与你诚挚以对的，又有几人？真心也要顺时而动才行，只怕湘耘兄迟早要误在这个"真"上！

蒋先云看向贺衷寒。

蒋先云：顺时而动？怎么讲？

贺衷寒笑：两党合作，湘耘兄怎么看？

蒋先云：两党各有千秋，如今革命目标一致，携手共进。固然理念有别，些许摩擦在所难免，但我相信，大势向好。

贺衷寒摇摇头：你道两党的摩擦只是理念之争、主义之辩？你看三国，那刘备、孙权不也曾亲如一家，携手抗曹，到头来不还是分崩离析？湘耘，这一切只关乎权力！

蒋先云正色看向贺衷寒。

贺衷寒：这可不是我一家之言，明眼人都看得出来。与共产党合作，不过是权宜之计，就是为了拿到苏联人的钱和枪。今天他们可以容忍共产党身居高位，可东西到手后呢？时势风云，变幻莫测，一旦时局有变呢？风云变幻之际，我们黄埔作为两党培养出来的枪杆子，未来必是这场风暴的中心。共产党确实人才辈出，但跟国民党比，还是势单力薄。湘耘兄，既然校长如此器重你，何不早做打算？

蒋先云陷入思索，贺衷寒给两人倒上酒。

贺衷寒：湘耘，你我结同年之缘，尽同袍之责，蓄同窗之谊，思同乡之情。若真有一天，你我兄弟阋墙，阵前兵戈相见，这该是多大的遗憾！每念及此，我心如刀绞。我们本当亲爱精诚，胜似一母同胞。你看着吧，未来的中国，我们黄埔生必居一席；而黄埔豪杰谁敌手，唯你我而已！若湘耘兄愿共谋大计，君山甘居左右，为你牵马执鞭。你我以校长为轴，珠联璧合，相得益彰，假以时日，扶摇乘风，岂不是一桩美谈！

蒋先云凝视贺衷寒良久。

蒋先云：君山兄能有这样一番动情之辞，湘耘心中感佩，这杯我敬你！

两人碰杯，一饮而尽。

蒋先云：君山兄是岳阳人吧，范文正公一篇《岳阳楼记》千古流传，"先天下之忧而忧，后天下之乐而乐"。我早就以身许国，连这条性命都已托付于我土、我民。功名利禄，这些跟救国正道比，算得了什么？军者，为国为民，不是为了一己之私！

贺衷寒一怔。

蒋先云：当前国已濒危，家近凋残，两党领袖毕力争取，才换得来之不易的齐心合力。君山兄，你今天的提醒，受教了！我只当是你居安思危。如今，军阀未除，帝国主义未消，若果真有人蓄意破坏合作大局，我蒋先云必头一个站出来与他为敌，哪怕赤手空拳，哪怕粉身碎骨！

贺衷寒听罢，沉默良久。

贺衷寒：湘耘兄，你论的是主义与精神，我道的是世道和人心。言尽于此。

二人无言饮尽。

贺衷寒：打商团都牺牲了几十位同袍，这回要跟陈逆精锐真刀真枪了，咱们是生死难料啊！湘耘，如果我死了，看在同学情谊上，请拾我遗骨两根，归葬岳阳。好歹轰轰烈烈一场，也算不辱门楣。行吗？

蒋先云：好说！君山，若我没能回来，也请你帮个忙。

贺衷寒：说。

蒋先云：在我的墓碑上刻两个字。

贺衷寒：哪两个字？

蒋先云：爱国。

贺衷寒默然。

韶山成胥生宅子内，方方正正的八仙桌上，不多不少正好摆了四道菜，菜虽不多但肉蔬丰盛。桌边坐着一老一少两个人。成胥生一张马脸，两撇八字胡，从盘子里夹起一块肉，放进嘴里细细咀嚼。十岁左右的成胥生儿子，吃得嘴边满是饭粒，桌上也落了好几粒白饭。

五伢子和另一个年长的男人曾师爷在一旁，五伢子正在说话，曾师爷在一边写着。

成胥生儿子放下筷子：爹，我饱了。

成胥生指着掉在桌上的饭粒：我怎么教你来着？一粥？

成胥生儿子立刻背诵：一粥一饭，当思来处不易；半丝半缕，恒念物力维艰。

成胥生：快把桌上的饭粒捡起来吃了，别浪费粮食。

成胥生儿子乖乖照做。

成胥生满意地点点头：去玩吧。

曾师爷写好了，把名单交给成胥生。成胥生这才看了一眼五伢子，五伢子正直勾勾地盯着桌上的菜咽唾沫。

成胥生：这名单没有遗漏吧？

五伢子：我脑壳灵泛得很，记得清清白白，成老爷放心，不会错。每次毛润之上课，这几个人都去，积极得很，又是举手又是发言，有时候还逗得大家哈哈大笑。

成胥生：那你五伢子上课积极吗？

成胥生这话一出，五伢子大气都不敢喘了。

成胥生：这毛润之回到韶山办了农校，目的就是让农民识字。可惜你上课都这么久了，连几个名字都不会写，你都学了么子啊？这毛润之也不怎样嘛。

曾师爷：成团总可别小看这个毛润之，咱们上回想通过韶山教育会封他的农校，结果怎么样？他把咱们的人从教育会里都选出去了，能量大得很！依我看，农校是幌子，他是把穷鬼们聚拢起来，这是要搞么子？

成胥生：这是要搞我的路子！这要是让他搞成器了，我这团总还有好日子过？

曾师爷：赵恒惕省长是您亲戚，拿下毛润之，岂不是小事一桩。

成胥生摇头：毛润之几年前在长沙那会子，连赵省长都被他折腾得够呛。我们轻易不能惹他，保不齐他上头有人。但这些个泥腿子，绝对不能客气，要好好治一治！曾师爷，你意下如何？

曾师爷：嗯，事不宜迟。

成胥生对着仆人：给五伢子添副碗筷。

五伢子喜笑颜开，冲到桌前：不麻烦了，（拿起成胥生儿子的筷子）我用这双就行！

五伢子狼吞虎咽，大快朵颐。

田地里是几人劳作的背影，老农刘三叔手拿铁锹，老农刘四叔挥着锄头，还有一人在老农前面，弯着腰，挥舞着镢头，认真刨着土，完全是农民模样，谁也看不出这人就是毛泽东，旁边还有几个老农或在田里劳作，或牵着牛马。

毛泽东：还是三叔干得快啊！我这好多年没下地干活啦，手生疏得很。

刘三叔：石三伢子，你在城里当大官，哪还需要干农活，手生才对啦！

刘三叔用铁锹继续翻土，乍暖还寒时节，土地很硬实。

毛泽东拿着自己的镢头走过去：三叔，我来试试！

毛泽东使大劲，终于把土锄松了。

刘四叔：不能小看你啊！细伢子力气大！

毛泽东笑笑：三叔，你家就这一亩地？

刘三叔点头：一家八口人，就靠着这块地了。

毛泽东：口粮够吧？

刘三叔：哪儿够啊！本来地就少，就算有收成，得交七成给成老爷。前两年收成不好，给成老爷交租后，我们手里只剩下一眼"屎点子"，一个人的口粮要八个人分着吃啊！

毛泽东：三叔，你们想没想过给成胥生少交点儿租子？

刘四叔笑着：细伢子，要是少交，成老爷会把我们打死，他们团防局有枪！

刘三叔：交了租子，饿是饿点儿，命还留着呢。

另一老头：韶山冲，冲连冲，十户人家九户穷。有女莫嫁韶山冲，红薯柴棍到一生。

毛泽东苦笑：这儿歌还是我小时候唱的，如今，一点没变。

刘四叔：石三伢子，莫说你，我们打小起都是这样咯。

杨开慧的声音：润之！

杨开慧来到田边，手中提着篮子。

毛泽东：我堂客送饭来了，咱们一起过去吃！

刘三叔难为情：不了不了，我们，我们带了吃的了！

毛泽东：一起去吃，有你们的份儿！

刘四叔感激地：那就谢谢了！

杨开慧把饭菜拿出来，刘三叔与刘四叔蹲在一旁吃饭。杨开慧一边给毛泽东拍身上的土，一边数落他：怎么穿这么少！天这么冷，你的病还没好呢！

毛泽东：我一回韶山，什么病啊，失眠啊，全好了，现在一把子力气呢！

毛泽东拿起饭碗猛扒饭，杨开慧递给他一碗汤药。

毛泽东：这是什么？

杨开慧：淑兰给你寻的药方，专治你头疼睡不着的，吃完饭就喝了。

毛泽东笑：我身体没大碍，不用喝了吧？

杨开慧嗔怪：药都抓了，不喝就是浪费！给我一滴不剩地喝完，我要检查的。

毛泽东：好好，这就喝！

残阳的余晖罩着小树林，一字排开的大树干上绑着五个人，其中一人是农民朱三毛，成胥生带着几个手持长枪的团丁站在他们对面。

农民甲：成团总，这是怎么了？我们犯么子罪了？

农民乙：成老爷，我胆小，您别吓唬我，屋里堂客、细伢子还等着呢。

成胥生：你们几个都是么子农校的？

朱三毛：嗯呢，就是去识识字，有么子错？

成胥生：种地的识字有么子用？先不说识字，你们种老子的地，不交租，说不过去吧？去年你们说年景不好，我也没涨租，够仁义了吧？今年再不涨，说不过去了嘛！

朱三毛：成胥生，你讲话摸摸良心，你再涨，我们吃么子？把我们都饿死了，谁给你种地？

成胥生：我这不是跟你们商量嘛。只要你们答应，不去农校，涨租的事，往明年推推也无妨。没事不要搞到一起嘛，一群汉子扎堆有啥子意思，回家抱抱堂客不好吗？可要是你们还去，那就没得商量，今年的租子，加倍！

农民甲：不去了，不去了，只要不涨租，啥都好说。

朱三毛：（对农民甲）化生子！软骨头！（对成胥生）我们认个字，跟收租子有么子关系？今天要老子不上学，明天要老子不拉屎呢，老子不是要憋死！认个字嘛，你怕么子嘛！我看你是怕我们抱团搞农会！

成胥生：这韶山只能有一个团，就是老子的团防局！上学识字、吃饭拉屎，老子让你做么子，你就得听！

朱三毛：我要是不听嘞？

成胥生手一挥，团丁全都举起了枪。成胥生走到农民甲面前。

成胥生：还去农校吗？

农民甲看着对准他的枪口，吓得发抖，使劲摇了摇头。成胥生满意地点点头，对准枪口的团丁也顺势把枪放下。成胥生又走到农民乙面前。

成胥生：你嘞？

农民乙思虑一番，也摇了摇头。

成胥生走到朱三毛面前。

成胥生：年轻人，骨头硬，好事，但要硬对地方。今天你点这个头，跟着老子干，老子保你在韶山冲饿不死！

朱三毛蔑笑：饿不死？我二哥在你家做了十年长工，十年！养条狗都不舍得杀，可他给你家修房顶摔下来，你不仅不给他找郎中，还把他扔到林子里等死！我找到二哥时，他身上血都流干了！你这心肝还是人长的吗？弟兄们，听他姓成的，我们迟早都要被磨死！

成胥生对团丁使了个眼色，团丁们啪啪啪开枪。农民们吓蒙了，朱三毛也闭上了眼睛。然而子弹只是打在地上和树干上。众农民（包括朱三毛）惊魂未定，有人当场尿了裤子，成胥生哈哈大笑。

众农民（除了朱三毛）：成老爷饶命啊！成老爷你讲么子，我们都听！

成胥生摆摆手，除了朱三毛，几个求饶的农民都被放了，迅速跑走。

成胥生凑到朱三毛跟前：还嘴硬吗？我再问你一遍，还去识字吗？还搞么子农会吗？

朱三毛呸一口唾到猝不及防的成胥生脸上。

朱三毛：狗杂碎！老子烂命一条，做鬼也不放过你成胥生！

成胥生直接转身抓起团丁手中的步枪：你他妈的是活腻了！

啪！一枪打在朱三毛身上，成胥生的枪口冒了烟，所有人都傻了。

成胥生把步枪扔还给一边吓傻的团丁。

成胥生：哪个让你开枪的？

团丁：我……老爷，不是您……

成胥生啪地扇了他一耳光：你的枪怎么走火了？

众团丁反应过来：对对对，走火，走火。

成胥生：老子只说要吓唬吓唬这帮穷鬼嘛！算了，撤！

毛泽东将药汤一饮而尽，苦味让他不禁皱起了眉头。刘三叔笑着递给他一杆旱烟。旁边的老农们也在歇息，抽着旱烟锅。

刘三叔：石三伢子，尝尝噻。

毛泽东一蒙：三叔，我不抽烟。

刘四叔笑着抢过烟杆子：石三伢子在城里当大官，抽的都是纸烟卷。你这老烟锅，他看不上。说完深深吸了一口。

毛泽东尴尬：三叔、四叔，我是真不会抽烟。

刘三叔抢回烟锅：真不抽？那你亏了，这饭后一袋烟，快活似神仙哪！

刘四叔：抽烟好处可多了，肚皮瘪瘪抽两口，顶饿！腰酸背痛抽两口，解乏！

刘三叔：不管你么子头疼脑热，两口烟一抽，下地赛头牛，抓药的钱都省了！

说着，刘三叔把烟锅递给毛泽东。毛泽东犹豫着，接过来抽了一大口，呛得直咳嗽。老头们哈哈大笑。

刘四叔：到底是读书人！哪像你啊，毛没长齐，就跟爹学着抽上了。

刘三叔：那不是爹让我去放牛，（指着远处）鬼塘子一近水边，都是蚊子，不得抽两口熏熏蚊子？

刘四叔：后来你大了，给成老爷种地，就轮到我去放牛，也在那一片。欸？老三，爹当年是不是也在那片放牛？

刘三叔：嗯呢，哆哆也在那片放过，哆哆的爹也是，（指指远处的放牛小孩）现在轮到我家狗伢子咯。

毛泽东陷入深思：三叔、四叔，你们几代人都是给老爷家种地、放牛？

两人：嗯呢。

四叔指指旁边一老头：你看三傻子，脑子烧坏了，下不了地，这辈子都在给成老爷家放牛。

三傻子憨憨地笑。

另一老头插嘴：莫看他傻，放牛里手得很。去年旱到今年，人都瘦得像个鬼，牛倒壮得很。

毛泽东：穷人还不如地主家的牛。老爷家吃饱穿暖，你们祖祖辈辈辛辛苦苦，代代都当佃户做长工，连块自己的地都没有，就没想过变一变？

俩老头对视一眼，苦笑。

刘三叔：变？何时变？种地、放牛，交租、交税，山蛮蛮不过水，人蛮蛮不过理。这都是命哪！

刘四叔：你还记得哆哆讲过，我们种地的要过活，一靠老天爷，二靠青天大老爷。没有那个命，想么子事，烟都抽不快活咯！

毛泽东陷入深思。庞叔侃上气不接下气地跑过来，脸上挂着泪，话都说不清：润……润之哥……死了……死了……

毛泽东：到底发生啥子了？

庞叔侃：成胥生把朱三毛打死咯！

日薄西山，夕阳映照着铁狮子胡同。

北京行馆内，宋庆龄推开门，后面跟着一身戎装的张学良，他不过二十岁出头的年纪。孙中山靠坐在躺椅上，双目微阖。

241

宋庆龄到孙中山跟前轻声：先生，汉卿来看你了。

孙中山慢慢睁开眼：汉卿……

张学良：惊闻先生抱恙，父亲已邀协和医院多国专家会诊，如今医学昌明，更引进放射疗法，定能让先生康复如初。

孙中山笑了笑，轻轻摇了摇头。

张学良：天津一别，父亲对您颇为挂念，他常说先生是位温厚君子，期待与您再商国是。

孙中山微笑，努力说出：愿各推诚作去，秉合作精神，则大局幸甚。

张学良惊喜：对，若能南北相和，确系大局之幸……（一愣）这，这是晚辈当年给先生去的信，先生还记得……

宋庆龄已眼中盈泪：先生的状况本已不适见客，但一听说你来，再三要我迎入。

孙中山伸出手，张学良赶紧握住。

孙中山：昔日我与令尊联手反直，他一派豪迈。然宽我心者，非令尊所资军费、军火，而是汉卿仁兄，你那一封鸿雁所系赤子之心哪！

张学良潸然泪下：先生，晚辈何德何能……晚辈拜读《三民主义》已久，先生为国族忘我之义令晚辈心向往之。这救国兴邦之道，还望先生不吝赐教哪！

孙中山：汉卿仁兄贵庚？

张学良：晚辈二十有四。

孙中山：正当年哪！檀香山建兴中会时，我业已二十八。三十年细说从前，知我罪我，其惟春秋。只恨盛年不再，无缘为中国之自由、平等续涂肝脑！

孙中山忽觉剧痛，手按右侧腹。张学良含泪。

孙中山：令尊一代豪杰，但毕竟旧时风流。这残破旧山河，还是要待你们年轻人从头收拾！

张学良紧紧握住孙中山的手。

孙中山：东北接壤北疆，又和日本隔海相望，所处位置是极特殊的，守疆卫土之责尤为重大！日后，望汉卿仁兄不计功名得失，一心许国。

张学良：晚辈谨受教。

广东惠州淡水城，街道上，妇女们拎着篮子，农民们挑着扁担，大街上一片平静祥和。远远地，有嘹亮的歌声传来：扎营不要懒，莫走人家取门板！

黄埔学生一身戎装，气势昂扬，蒋先云也在队列中。每个学生军胸前都佩戴着一枚胸章，上面写着："爱国家、爱人民、不贪财、不怕死。"他们步伐统一，青春洋溢，边走边哼着歌。

农民们见状丝毫不惊慌，自觉地将道路让开，让黄埔军通过。

歌声继续：莫拆民房搬砖石！

妇女揭开盖在篮子上的布，从里面拿出两颗鸡蛋，蒋先云正好从她旁边经过，妇女上前把鸡蛋塞到蒋先云手中。

妇女：小兄弟，这是一点心意，你拿着！

蒋先云婉拒：谢谢您，我们不能要。

妇女硬塞进蒋先云手中就走：拿着！你们辛苦！

蒋先云充满感激地笑了笑，随后跟上了大部队。前方，黄埔军途经的路边，零零散散有黄埔军留在路边的东西，都是百姓给的物品。蒋先云暂离队伍，将大婶给自己的两颗鸡蛋，与它们放在了一起。

嘹亮的歌声远去：莫踏禾苗坏田产，莫打民间鸭和鸡！

东征军驻扎地崇雅书院楼外，地上摆着琳琅满目的物品，左边堆着二十几个鸡蛋、农民自家腌制的菜，右边摆着新纳的布鞋、妇女自己裁制的衣服……吃穿用度一应俱全，像是卖杂货的小摊。

周恩来走到书院楼门口，士兵立刻跑上前来。

士兵：周主任，这些东西可怎么办啊，父老乡亲们在街上遇到我们，硬是塞给我们，我们都没要，没想到他们又送到这儿来了！

周恩来和颜悦色：我看无非是些吃的、穿的，既然是老百姓的一片心意，我们就先收下。

士兵：不会有人说我们拿老百姓的东西？

周恩来：我们的规矩是秋毫不犯。这些不是强取豪夺而来，而是老百姓自愿送来。若是百姓的一片心意，我们都如此忌讳，以后何谈军民关系呢？规矩需守，例也可破，你说呢？

蒋介石走到近前：说得好啊，周主任。

士兵向蒋介石敬军礼，而后退下。

蒋介石：恩来，这一带民众对我们东征军的态度极为友好，军民关系很是和谐，你这个政治部主任功不可没啊！

周恩来：军纪严明是行军打仗的基础，我不过是履行职务。

蒋介石：你过谦啦。《商报》上有人写了篇文章，说我们"军行所至，不扰民间一草一木，老妪妇孺，喜而挤观……东江人民父老，谓民国以来仅此次所见，乃是真正革命军，真正保国卫民之革命军"。

周恩来重复着："真正保国卫民之革命军"，这句话说得好！

蒋介石：这也是总理一直以来的期盼啊。

周恩来：接下来我们如何部署？

蒋介石坐在台阶上，拿起两颗鸡蛋，递了一个到周恩来手中。

蒋介石一笑：来，一人一个！还烫手呢，吃完再讨论！

周恩来也笑：好！

韶山冲路上，毛泽东走在最前面，身后跟着毛泽民、毛福轩、庞叔侃、钟志申，后面是一口漆黑的棺材，由几个农民抬着。抬到了成胥生宅子外，毛泽东示意将棺材放下，用力敲了敲大门，院内却没有任何动静。

钟志申上前：成胥生，开门！

少顷，门吱地一声缓缓打开，团丁很快冲出来，将毛泽东等人团团围住后，成胥生才走出来。

见此状，毛泽东身边的农民也摆开了阵势。双方剑拔弩张。

成胥生看着棺材，蹙眉：润之，你这是何意啊？

毛泽东指着团丁：成团总，您这又是何为？

成胥生：你回韶山也有段日子了，我早就想跟你叙叙旧，派人去你家请了好几次，你也不来。你看你今天第一次登门，搞这么大个阵仗。你让我这个团防局团总的脸往哪儿搁？

毛泽东：成团总，您的脸往哪儿搁，就看您如何处理这事了。棺材里躺着的朱三毛，有人说是您开枪打死的，您得给个说法不是？

成胥生：毛润之，你可别栽赃我。

毛泽东：既然您说我是栽赃，请问您是要人证，还是要物证？

庞叔侃往前站了站，目光坚定地看着成胥生。

成胥生咬牙切齿：毛润之，你到底想干什么？

毛泽东：就是来跟成团总说个理！命无贵贱，人死了，您得给个交代！

成胥生：那不巧，你来晚了，打死他的团丁已经被我处置了，这事到此结束！

成胥生转身，一个中年男人（郭麓宾）从成胥生宅子里走了出来。

成胥生突然有些慌张：哎哟，郭议员，您怎么出来了？天冷，您还是赶紧回屋子里去，别着凉。

郭麓宾站定，看着门口的阵势：成团总，这是？

成胥生小声：泥腿子闹事。

毛泽东看见成胥生对郭麓宾的态度，计上心来。

毛泽东对郭麓宾：郭议员，今日您既然在韶山冲，也请您评评理。

成胥生阻止：毛润之，你不要胡来！

郭麓宾：哦，你就是毛润之？你的名字，可是如雷贯耳，你说说到底是怎么回事。

毛泽东：团防局不允许他们上农校，开枪行凶，把人打死了。

成胥生悄声说道：郭议员，我那手下不是故意的，就是枪走火了！

郭麓宾也低声道：那可是条人命。

成胥生：这样，郭议员，我也想好对策了。（对毛泽东）润之啊，你看这事这么处理行不行？朱三毛出殡由我来安排，费用我包了，再从我家牵一头猪给他爹娘作为抚恤。

毛泽东：一头猪换一条人命，你问大家同不同意！

成胥生：毛润之，你还想怎样？别得寸进尺！

毛泽东：那我们只能抬着棺材去趟湘潭，让县里的人解决。把棺材抬起来！

成胥生：别别别！等一下！毛润之，你不就是想谈条件吗？屋里请吧！

郭麓宾：成团总，我在一旁听着，不介意吧？

成胥生无奈：您请，您请。

四人坐下。

成胥生：毛润之，不就是个朱三毛吗？跟你又不沾亲带故，至于这么兴师动众吗？可别因为他影响咱兄弟交情，不值当！

毛泽东：我今天要跟你谈的可不止一个朱三毛。

成胥生警惕：那你还想干吗？

毛泽东：听说你要继续涨租，今年大旱，收成肯定很差，你要这么干，死的就不是一个朱三毛了，我怕你成家的院子，棺材都摆不下！

成胥生倒吸一口凉气，瞪着毛泽东，沉默良久，又看了一眼郭麓宾。

成胥生：毛润之，农民种我的地，我收租子是理所应当，这是我自己的事，也轮不到你来替他们吆喝不是？再说了，天不下雨跟我有什么关系？你怎么不找老天爷说理去！

毛泽东：成老爷在韶山的威望那是首屈一指。在乡亲们眼里，成老爷就是韶山的老天爷。您的地，您收租，天经地义。我，只是给乡亲们当个代表，跟您商量商量，收多少租，乡亲们能活命。

成胥生看了一眼郭麓宾，有些忌惮，略不情愿：润之，你说，我听听。

毛泽东：泽民，帮成团总算算账。

毛泽民拿出算盘，左右开弓噼里啪啦地打起来。

毛泽东：成团总，若是收成好的年景，一亩地所产谷米，您拿走七成，农民还有个活头。可韶山冲这几年年景不好，您要是还拿走七成，农民真是没法活。泽民！

毛泽民把算盘往成胥生面前一推：照今年的年景算，这一亩地的收成，留一半下来，农民才能勉强糊口。

毛泽东接话：您把租子降到五成，给乡亲们留个活口，如何？

成胥生卖惨：润之，你这是为难我呀。我成家上下三五十张嘴，得吃饭哪！就算我让老老小小勒紧了裤腰带，我团防局也支撑不下去呀。团防局所管辖人口足有五六万，要搞独立的武装，自负亏盈。郭议员晓得的，只靠上头那点补助，搞不成器的。润之啊，你说我这么做图的么子？还不是为了保我韶山一方百姓平安嘛！

毛泽东也笑着：既然是保百姓平安，那可马虎不得。（取出一张草纸递过去）咱们得算算清楚，泽民！

毛泽民接过草纸，密密麻麻有很多收款明细，对照着又是一顿噼里啪啦，左右手一起打算盘。

毛泽东：壮丁费、草鞋费、煤油灯费、茅房费……团防局光杂费就收了十三四种。郭议员您看，这鸡鸭费都征到十年后了！

郭麓宾有些惊诧地看着成胥生。

郭麓宾：成团总，您立了这么多名目啊？县里知情吗？

成胥生尴尬：润之兄弟，你这是从哪儿听说的？这都是没影的事，不作数呢。

毛泽民继续看草纸：还有身份登记费、修路架桥费……

成胥生急忙打断：兄弟，这就没意思了吧！

毛泽民将算盘一推。

毛泽东笑指算盘：成团总，您看，少收两成租子，您养团防局还是绰绰有余的。大荒之年，您从牙缝里抠出这两成来，韶山冲的佃户定会念着您成团总的好。

成胥生斜了一眼郭麓宾，再盯着毛泽东。

成胥生：其实啊，乐善好施乃我成家祖训，这些年韶山冲要是没我成胥生，不知道得饿死多少人！然而荒年不易，我也实在为难。但毛润之是我韶山冲的能人，今日又有郭议员见证，冲着二位的面子，这两成的租，我减了！

毛泽东拱手：我代表韶山冲的乡亲，感谢成团总的仁义。成团总今日的乐善好施，我毛润之也铭感在心。

郭麓宾：成团总放心，我回湘潭便会跟县长汇报此事，就说，成团总爱民如子，乃是韶山冲之福。

夜间，成胥生斜靠太师椅翻着账本叹气。花枝招展的三姨太给成胥生按摩，成胥生享受地阖上眼睛，账本掉到了地上。二姨太端着羹汤进来，三姨太不屑地翻了个白眼。二姨太不轻不重把碗往桌上一搁，俯身拾起账本。

二姨太：账本怎么能随便扔到地上，多不吉利！我说怎么这月复一月的，开支越来越大，进项越来越少！老爷，光节流有什么用，您得开源哪！听说您把今年的租子又削了两成！

成胥生：你以为我想啊！那毛泽东是好惹的吗？这小子打小就是个斗鸡公，宣统二年，才十七岁就敢拉帮结伙斗族长。现在这小子更能耐了，咱可别惹祸上身了。再说了，那个姓郭的阴阳怪气的，跟咱不是一路人，咱得防着点。万一到县长那儿一通添油加醋，我这团总还当不当了！

二姨太：赵省长不是您远房表哥吗？有他给咱撑腰，老爷还怕区区一个县长？再说，咱们给过县长多少好处，一分一毫，我这账上可记得清清楚楚！

成胥生：那要是毛泽东真把棺材抬到县公署咋办？事情搞大了，这不是让赵省长他老人家难做吗？这样，雯娟，这几个月你先看着办，置地买屋什么的，大钱一律不能开销了。

三姨太急了，翘起小嘴：老爷，您答应送我一套三进三出的院子，我还寻思接来爹娘孝敬呢！

闻言，二姨太看向成胥生。啪！成胥生把碗重重一放。

成胥生狠狠瞪了三姨太一眼：成事不足，败事有余！（凑向二姨太）下个月，壮丁费、草鞋费不就到账了吗？还有，你去盘点盘点仓里的存粮，没我的许可，一粒米也不许卖！

二姨太疑惑地看向成胥生。

成胥生：看这光景，今年可是大旱，粮价少说也得翻三倍！

二姨太白了他一眼：就你会算计！

成胥生：哼，吃进去的，我迟早让他们都吐出来。

北京铁狮子胡同的青砖石上，一人脚步匆匆，正是李大钊。他停在一处大门口，门外已经挤满了人。李大钊拨开人群，走了进去。院子里，汪精卫、邵元冲、邹鲁、孙科等国民党元老正在等候，小声议论，他们身穿素服，面目悲戚。李大钊快步穿过院子，正好看到从里屋走出来的宋庆龄。宋庆龄面容憔悴，眼睛红肿。李大钊上前，握着宋庆龄的手。

李大钊悲痛地：孙夫人，节哀！

中国国民党总理孙中山先生于1925年3月12日上午9时30分在北京行馆逝世！

上海陈独秀住处内，陈独秀站在窗边，脸上满是忧伤。

陈独秀：1920年，我与孙先生初会。短短几年，孙先生壮志未酬却撒手西去。

陈独秀对着天地敬了一杯酒。

陈独秀忧虑：不知我在这儿，还要为多少先行者和同行人敬上这往生之酒！

陈独秀还沉浸在悲伤的气氛中，张国焘已经开始分析起现状。

张国焘：中山先生驾鹤西去，如今国民党内，便是胡汉民、廖仲恺、许崇智和汪精卫四人的权力最大，胡、汪二人深受孙中山赏识，胡汉民逐步转向右派；廖仲恺职位不如前面二人，却是最贯彻三民主义思想的人；而许崇智手握兵权，也不可小觑。不知道他们今后会如何权衡彼此之间的关系。仲甫先生，您有何高见？

陈独秀叹了口气：国焘啊，暂且放下思虑，一心为中山先生默哀吧！

张国焘尴尬：是。

北京大街上，李大钊、宋子文、孔祥熙、汪精卫、于右任、张继等人抬着孙中山的棺椁，缓行于街上。

张学良脱帽肃立在人群中。棺椁左右两侧写着："革命尚未成功，同志仍须努力。"街道两旁，挤满了一排又一排的老百姓，他们有些眼噙泪水，有些掩面而泣，送孙中山最后一程。

兴宁县（现兴宁市），东征战场前线，蒋介石神色凝重地走上前，周恩来、叶剑英、何应钦立在其侧。蒋介石脱帽，黄埔军全体脱帽，为孙中山默哀。

周恩来缓缓开口：我们自黄埔出发，如今到了兴宁，走了千余里的路，打了很多的大仗，作战非常勇敢、刻苦，这是为何？为的就是保护人民，实行大元帅的三民主义！

周恩来：大元帅毕生为主义奋斗，三民主义实为我大元帅之第二生命，只求主义实行，则我大元帅虽死犹生，此后继志述事，唯赖我军将士任之！精神不灭，吾师千古；主义不亡，民国长春；神灵显赫，率英士与执信以助党军革命之战！

周恩来的一番话让黄埔军感动不已，将士们默默流下眼泪。

蒋介石也噙着泪：诸位，我们皆是总理之学生、信徒！我希望我们能用一场胜利来告慰总理在天之灵！

周恩来：告慰总理！东征必胜！

黄埔将士：告慰总理！东征必胜！

东征战场阵地上，蒋先云从战壕里一跃而起，带头领着战士们发起冲锋。陈赓、徐象谦等人也各执长短枪，意志坚定地在炮火中向敌军阵地冲去。经过一番激烈厮杀，攻下敌方阵地，蒋先云插上了东征军的旗帜。

夕阳斜照，朱三毛家中正在办丧事，里里外外忙忙碌碌，有人进进出出。哀乐声、哭泣声、说话声夹杂在一起，混乱一片。杨开慧在人群中寻找毛泽东的身影，未果。

出了门，杨开慧看到毛泽东正立在不远处的小路上，她走过去，发现一身素衣的毛泽东脸上有泪痕。

杨开慧：润之？

毛泽东沉痛地说：中山先生过世了。

杨开慧一怔，沉默了。

毛泽东面朝北方，深深鞠了三躬，杨开慧也跟着鞠躬。

薄暮冥冥，天地间暗淡无光。

杨开慧：中山先生终其一生都在为革命奔波，鞠躬尽瘁！

毛泽东："人生天地间，忽如远行客"……自鸦片战争开始，我们国家内忧外患，生灵涂炭，至今已有八十多年，驹之过隙。幸有中山先生，为国为民，死而后已，吾国之大幸，民族之大幸！

这时有人喊：润之先生，有人找你！

上屋场毛泽东住处内，众人围着火炉剥着花生，毛泽民给每人倒上芝麻豆子茶。

毛泽民：来来来，喝点芝麻豆子茶。

何叔衡：泽民，你不是在安源吗？我听说你把工人消费合作社打理得清清爽爽，还发行了股票呢！

毛泽民：叔翁什么都知道！别提了，前阵子我得了盲肠炎，在省城医院挨了一刀，养得差不多了，正好三哥回韶山来，我就过来帮帮忙。我先去烧饭啊！

何叔衡抿了一口：要说，还是这韶山的水养人哪，润之，你刚回长沙时，面黄肌瘦，精神不振，这才几天，脸上的血色都回来了。

毛泽东：到底是农家子弟，只有踩上这黄泥红壤，听着韶山乡音，才觉得心里踏实。

夏明翰：先生，刚才路过你办的农校，居然开到了祠堂里。

毛泽东：宗祠的屋本就兼作伢子的学堂，有现成的桌椅黑板。况且，连赵恒惕都把"平民教育"挂在嘴上，这下有祖宗盯着，谁还能说三道四？我想好了，这趟回来，我是要向下扎根的。往土地扎根，往父老乡亲堆里扎根啊。

李维汉：润之，你安心在韶山扎根，我刚好跟你汇报一下如今全省党组织的情况。目前，我们已经在29个县发展了七百多名党员，其中工人五百多人，学生有一百多……

毛泽东打断：农民有多少人？

李维汉：农民？好像，我还真没听说发展了农民党员。

夏明翰：先生，我现在就负责农委的工作，农民们逆来顺受惯了，得从根上把他们的思想转变过来，但这比做工人的工作难多了。

毛泽东：所以不能急，先从办农校做起。农民们不识字，他们的生活就是早起晚归，耕田种地，祖祖辈辈都是这么过来的。他们过得再苦，也不会像工人、学生那样坚定地站起来争权益。因为他们没有退路，一亩三分地就是他们最后的底线。所以第一步先得唤醒他们，让他们愿意为了自己的权益起来斗争！要是真能把全韶山、全湖南乃至全国的农民都团结起来，这将是一股不可忽视的力量。

李维汉：说得好呀，桂根，咱们在农村的工作，任重道远哪！韶山的农民运动要是有了实质性的发展，那润之就是先行者啊！

众人笑。

何叔衡：说到先行者，中山先生是咱们革命当之无愧的先行者。眼下，中山先生去世了，大伙儿都觉得，国共合作的格局会变。润之，你在上海执行部跟国民党共事过，对他们的情况比较了解。你觉得，接下来我们该怎么干？

毛泽东：先生的遗志，我们要继承。无论怎么变，该做的事情，还是要去做。

李维汉：该做的事情？

毛泽东点点头：两件事很关键。第一，就是刚才聊到的农民运动，不仅要在湖南本地搞，更要直通革命的中心。据我所知，彭湃在广州开了农民运动讲习所，我们应选拔一批有志农运的青年，去农讲所接受熏陶、培训。

李维汉点点头：那第二件呢？

毛泽东：先生生前最得意的成就之一，就是两党联手创立的军校。眼下帝国主义和他们的军阀代理人都手握重兵，我们要发展，必须重视枪杆子。

李维汉：我明白了，湘区执委将继续向黄埔输送、推荐人才。

毛泽东：除了黄埔，咱们的湖南老乡谭延闿在第二军也开设了讲武堂，广纳教学人才，这也是个深入军队的好渠道。

众人纷纷点头。

易礼容沉吟：农运、军事。润之，这两条路，我们能走通吗？

何叔衡：不管哪条路，都任重道远哪！

毛泽东看着炉中火苗：其实，我也没有答案，至少，先把路走起来。

第十二章　解放女性改陋习，五卅惨案誓雪耻

成胥生宅内，满满一大桌菜和烟酒，其中一盆地菜子煮鸡蛋、一包三炮台香烟尤其显眼。成胥生陪着五位族长围桌而坐。年纪最大的是罗老，银发长髯，身形硬朗。

成胥生：过几日就是三月三，王母娘娘蟠桃会，成某请几位族长来提前庆祝一番。

曾师爷剥个鸡蛋递给罗老：罗老，那个毛润之，您知道吧？最近惹眼得很嘞。

罗老：知道，毛顺生的三伢子嘛。回来才短短几个月，一个韶山冲啊，被他搅得天翻地覆。那些后生把他当神仙嘞。

族长甲：这毛家后生确实不消停，又是办学校，又搞什么农会。

族长乙：农会是个么子鬼？

族长丙：干么子的不晓得。

曾师爷：就是想自己搭台子，跟我们唱对台戏。

成胥生：还有更要命的呢，听说他最近办了妇女夜校。娭毑，还有没出阁的女娃，每天天一黑就往祠堂跑……

罗老打断：你说么子，在祠堂？

族长甲震惊：闻所未闻！妇女不在家守着自己的男人、伢子，夜里去祠堂上课？

罗老敲桌子：难道他不晓得妇女不可进祠堂！这是老祖宗定下的规矩！在祠堂里办妇女夜校，成何体统！荒谬之极！

成胥生佯装诧异：几位族长消息灵通，竟没人跟你们提起过这事儿？

罗老：他毛润之这么做，实乃对祖宗的大不敬！（对族长甲）这样，明天召集各族长到我那儿，大家商议一下！

族长甲：好。

成胥生与曾师爷对视。

成胥生：来，快给罗老把酒满上！

韶山冲妇女夜校内，女人们聚在一起，一派热闹气氛。

女人甲：三妹，今晚来这么早？你家崽崽乖得很嘛。

女人乙：乖么子乖，哭着闹着要我陪，我就唱那个"金花籽，开红花"，一下子就睡着了。我赶紧出门，来晚了只能坐地上咯。

众人笑。

女人甲：那歌后头怎么唱的？我也想学会了教崽崽。

女人乙：我也唱不好，待会儿杨先生到了，请她教你。

女人甲点点头：兰妹子怎么没来？

女人丙叹口气：让她公爹给打咯，锁柴房里了，说么子败坏门风。

众人正在唏嘘，女人丁喘着气推门而入。

女人丁：大家快走！罗老带人来了，说我们擅闯祠堂，全要抓起来！

女人们闻讯大惊，纷纷起身。

女人丁：走后门，走后门！

女人们推着后门，但后门已被人锁死，怎么推都推不开。女人们又往前门跑，只见十几名壮汉气势汹汹地闯了进来，众女人大惊。最后一个进门的是罗老，他目光一凛，扫视众人。

罗老：道之大原出于天，天不变，道亦不变。洪武十三年，本族便立下族规，其一便是"女子不得进入祠堂"。（看着女人们）如今，你们知规犯规，不恪守三从四德，玷污了祠堂，侮辱了祖先，触犯了本族的禁忌，都给我绑起来！

庞叔侃跟杨开慧一起往祠堂去，只见祠堂内火光亮堂，人影绰绰，大门被一群大汉死死把守着。咣！咣！一个壮丁敲着锣从祠堂往村里走。

壮丁：全村的老小都听着！触犯族规，大逆不道，速去戏楼，速去戏楼，罗老太公要上刑啦！速去，速去！

只见上夜校的女人们被一群壮汉绑着从宗祠押出来。

杨开慧愣了：叔侃，这是怎么回事？

庞叔侃：出大事了！我得赶紧去找三哥！嫂子，你在这儿等着！

庞叔侃拔腿就跑。

十几名壮汉举着火把立于村口戏台侧，上夜校的女人们被捆得死死的，跪在台中央，一边站着一脸严峻的罗老。台下围满乡亲。杨开慧戴着斗笠，悄悄混迹其中。

罗老对众人一拱手：各位乡亲父老，这一干妇人连着夜闯宗祠，形迹不轨，家规不赦，天理难容，若不施以重罚，则我韶山冲一族，颜面何存！祖宗家法，何以立信立威！犯我家法，秽我祠堂，败我风水，罪当如何！

众壮汉：沉潭！

妇人们又是一阵哭喊。

人群中的泼皮无赖：真是活该！／好哦，看沉潭喽！／先扒了衣服游街吧！

一农民对无赖大声道：闭嘴！又不是你家人！（扑通一声跪下）罗老，晓梅当年难产，要不是您老请来接生婆，早就一尸两命了！她的命是您亲手救的，饶了她吧，罗老！

说完，这农民跪地不停磕头，一众妇女家属也上来跪下磕头。

罗老：情有可原，罪不容赦！拉下去！

杨开慧站了出来：她们没罪！

杨开慧揭开斗笠上台，众人一惊，皆被镇住。

杨开慧：她们不过是为了学习读书、写字，借了祠堂的宝地一用，若有冒犯，我自当代她们赔礼。但祠堂本就是为兴全族所建，不是你的私家重地。让列祖列宗们看着后代子孙有文化、长见识，不好吗？你说，她们有什么罪！

罗老气得直哆嗦：你是谁？胡言乱语，妖言惑众！

杨开慧：我是她们的老师——杨开慧！

罗老：把她给我一并绑了！

毛泽东：我看谁敢动她！

人群中闪开一条道，毛泽东、庞叔侃、毛福轩、毛新梅、李耿侯、钟志申等人赶到，毛新梅没上台。众人立在杨开慧和众女子身前。

毛泽东握住杨开慧的手：霞妹。

罗老：石三伢子，你是她什么人？

毛泽东：我是她男人！（拱手）罗老，霞妹没有错。她们都没有错，且她们多是你看着长大的，（指着一个）芳庆还是你侄孙女，你怎能如此绝情！今天这事，我毛润之得管到底。这些无辜女子，有一个算一个，都得从这儿走回家！

罗老气得用拐杖指毛泽东：你……

毛泽东在现场——指向亲属：高伢子，你姐姐亲手带你成人，长姐为母，你就眼睁睁看她沉潭？罗伢子，你那天还说你家堂客下地顶得大半个壮丁，她有难，你不管？小冬子，你娘走得早，你小姨为拉扯你，推掉了多少门亲事，连口糖水都省给你喝，就这么看着她去死，你都不管吗？这些女子哪个不是你们的至亲家人，你们就听任她们被人逼死？

毛泽东一番鼓动，果然众人上前要拖走自家亲人，现场乱成了一锅粥。罗老也差点儿被挤下台，幸好被人拉住，拉他的正是毛泽东，罗老气得甩开毛泽东的手。

毛泽东：大家莫吵了！莫吵了！今日之事，罗老跟我自当断个清白！罗老，您说得对，咱们要讲祖宗规矩，但也不能不讲情义。这儿太闹了，要不，借一步说话？我向您请教请教。

毛新梅：我家近，上我家吧！

毛新梅家堂屋里，罗老坐在主座上，依旧气鼓鼓的。毛泽东在一边小心地给旱烟塞上烟丝，点着，给罗老递去。罗老倒也不客气，接过就抽，但压根儿不看毛泽东。毛泽东不以为意。

毛新梅上前，为两人端来茶水。罗老见毛新梅来，颜面稍展。

毛新梅：罗老近来身子骨可还硬朗？

罗老：托新梅的福，上次你给我扎了针，倒是还可以。人嘛，阳寿有定，固有一死，我早就不放心上了。只是未尽职责，怕是死了都无颜去见列祖列宗喀。

毛新梅：罗老，您这是说气话。定是我这堂弟开罪罗老了。石三伢子，你出生那年，罗老亲率宗亲道贺，还抱过你呢！就冲着他老人家跟咱们毛家的交情，还不快跟罗老赔罪！

毛泽东跟毛新梅一番眼神交流后，毛新梅退下，毛泽东起身立于罗老跟前，弯腰就是一个长揖。罗老看也不看。毛泽东二话没说，再一个长揖，罗老吸了口烟。毛泽东接着再作一揖，罗老坐不住了，敲着旱烟锅。

罗老：无功不受禄，你石三伢子如今出息了，这大礼，老夫受不起！

毛泽东：罗老说笑。这三揖，石三伢子可不是乱作的。一拜为赔礼，今日事发急迫，我救人心切，唐突了老太公，还请老太公大人大量。我为今日鲁莽给您赔不是。

罗老哼了一声。

毛泽东：这第二揖嘛，是拜您身为乡贤，恪守圣人之德，福泽乡里。我这些年虽常不在家，但您老乐善好施，为民请命的义举，早已传为佳话。历年大灾大旱，哪次不是您拿出自家钱粮赈济乡里？我替韶山冲乡亲谢您讲仁义。

罗老：此乃本分。

毛泽东：这第三揖，是拜您虽不在庙堂，却心系家国；虽身在乡野，却着力求新。

罗老打断：这话我可受不起。老夫不过冥顽野老一个，以四书五经为标榜，以三纲五常为准则，以祖宗家法为规矩，何新之有？

毛泽东：我记得大清败落，民国初兴，连湘潭城里都还有大把的长辫遗老，可您却在韶山冲力排众议，带着大伙儿铰了尾巴。所以，这第三揖敬您常变常新，实乃我等后辈榜样。

罗老笑了，摸着茶杯：你小子想把我绕进去。我族我宗自洪武年间开祠，何曾拖过这"金钱鼠尾"？不过是应对清军入关留头不留发的权宜之计。谁料想，这一权宜就权宜了两百多年。耕读人家，拖着这条尾巴终是累赘，剪之有何不可？这跟祠堂家法，能比吗？

毛泽东笑：留辫子是累赘陋习，那禁女子入祠堂，又何尝不是？

罗老一震茶杯：你怎么能说出这么大逆不道的话！会遭天谴的！祖宗家法，威不可动；祠堂重地，凛然不可侵！女子阴气甚重，擅入祠堂，会秽我门风，败我祖运！

毛泽东：道光年间那英吉利炮舰直逼广州，果勇侯杨芳收集了全城妇女的马桶，大摆阴门阵，臭气熏天，可那英国人的炮哑了吗？船沉了吗？

罗老喝了口茶：你博闻广识、伶牙俐齿，我说不过你。但这祖宗之法，就是不可擅动！

毛泽东：老太公，我中华已逢三千年未有之变局。那清朝恪守祖宗之法，结果怎样？亡了！如今连退位的小皇帝溥仪都留短发行西礼了。一国祖宗之法尚且要随时变而动，何况一族一家？我敬您为列祖先贤捍家守节之坚韧，实为后辈楷模。然而，若祖宗有灵，闻子孙罔顾时事而固守成规，您说，他们会满意吗？

罗老不说话了，默默喝茶。

毛泽东笑：罗老，在您心中，我定是数典忘祖之人，可若要论起根由，您是始作俑者！

罗老：这话从何说起！

毛泽东：我八岁进的私塾，从小念的是《三字经》《幼学琼林》，可那些旧时开蒙册子，哪里喂得饱我这等顽劣娃娃。

罗老笑：我知道，都说毛家的石三伢子机灵，读书过目不忘，没几个先生辩得过你。

毛泽东笑着点点头：还真被我气跑过一个先生，差点儿书都念不成了。就这么连转了几所私塾，我进了东山小学堂。那是您力排众议，与湘乡士绅捐助的学堂，并且指明旧经典以外，西洋文化也要教，还雇用留洋生任教。我就是在东山小学堂，听先生讲了东洋见闻，读了那本《世界英杰传》，知道了华盛顿、拿破仑，也第一次感觉到，我们这个国家，不变不行。带着东山小学堂播下的种子，我走上了离家远行的路，也让我从小树立了志愿，要改变我的国，改变我的家。

罗老："孩儿立志出乡关，学不成名誓不还。埋骨何须桑梓地，人生无处不青山。"毛润之，你从小就是个有志向的孩子，你的这首诗，我今天还记得。

毛泽东：若罗老不弃，润之愿引罗老为蒙师。

罗老若有所思。

毛泽东：关于女子是否能入祠堂，学生可否向先生讨教一二？

戏台上，众人仍在僵持。

有人大喊：他们来了！

毛泽东与罗老并肩上台。

罗老：今日起，韶山之祠堂，男女一视同仁。放人！

壮汉们一阵惊讶，杨开慧等人喜不自胜，赶紧替众女子松了绑，几家人重新团圆，喜极而泣。

众人欢欣之时，罗老却默默离去。毛泽东追上去，向罗老行礼。

毛泽东：石三伢子再替这些姊妹乡亲，谢罗老开明义举。

罗老并没有看他：这世道还要变啊？石三伢子，你说说看，到底会变成么子样？

毛泽东站定：世道无常，但无常便是有常。

成胥生半躺在榻上，正抽着大烟吞云吐雾，他哼着小曲，脸上一副怡然自得的神色。

五伢子着急的声音从外面院子传来：成老爷！成老爷！

成胥生不耐烦地蹙了蹙眉：叫魂呢！高声叫嚷，成何体统！

五伢子小跑进来：不好了成老爷，那些被押到戏台的女人，又被放跑了！

成胥生：跑了？谁放走的？

五伢子：罗老。

成胥生一下子坐起来：罗老？莫讲鬼话，罗老怎么可能！

五伢子：听说毛润之跟他扯了一大通，罗老就把人放了。

成胥生把烟枪狠狠一扔：怕是碰到个鬼！

旭日东升，新的一天开始了。祠堂院中，杨开慧和王淑兰给大锅添柴，正在给农民们热着饭，讲课声从教室内传来。

庞叔侃：农民的手，从早干到晚，从年头干到年尾，磨得又粗又大，但还是糊不住口；而地主的手常年不劳动，长得又嫩又白，有的是东西吃。地主有脚不走路，还要穷人抬着走。这世道公平吗？我们穷人手做得，脚走得，口讲得，不能老是这样等人家剥削，要起来造地主豪绅的反！

与此同时，一双小脚小心翼翼地提起来，跨过了门槛，又迅速退回去，这是个脸上皱红的年轻农村女子。杨开慧抬头看到，笑着对妇女招手。

杨开慧：细妹子，你想进来就进来，没事的，大大方方！

细妹子心惊胆战一步一挪地往里走：我，我是裹小脚的，可以听吗？

王淑兰在围裙上擦了擦手，也站起来：谁说不行的！细妹子，你看我的脚！（指着自己的脚）我跟你一样。我都在这儿上了好多天课了！

细妹子：真的？

王淑兰和杨开慧：真的嘞！

细妹子转身就往门外跑了，杨开慧和王淑兰面面相觑。

杨开慧感到疑惑：怎么走了？

王淑兰不知所措：我是不是说错什么了？

正在王淑兰和杨开慧感到不解的时候，门口出现五六个小脚女人。一双双小脚小心翼翼提起来，跨过了祠堂高高的门槛，站到院内，用有些腼腆又有些兴奋和期盼的眼神看着杨开慧。这几个人中，有的头上包着头巾，有的手里挎着竹篮，有的拿着农具。门外有女子依然畏惧不前，陪同的男亲属拉着她的手，带她跨门而入。

杨开慧心中有些感动，与王淑兰对视。

空山，春雨，嫩叶被雨水拍打着，油亮、新绿。

毛新梅快步跑进毛泽东家，钟志申、毛福轩、庞叔侃、李耿侯等人已经坐在屋内了。

杨开慧为大家倒水：人齐了，你们谈着，我去望风。

毛泽东：辛苦你了，江海客！

杨开慧噗笑着，轻拍了一下毛泽东后出去了。毛泽东从里屋拿出一套骨牌，众人一愣。

毛泽东笑着给众人发牌：打牌开会，脑子不累。

毛泽东与几人坐在桌边，看似是悠闲地打骨牌，实则是在严肃地开会。

李耿侯打出两张牌：陈公桥的农会，我以家庭为单位搞起来了，一听说是之前闹祠堂、搞减租的，大伙儿都很积极。

钟志申捏着牌：汤家湾也是，减租这张"板凳"他们没赶上，（出牌）别提多后悔了。三哥，我看大伙儿热情也有了，抱团也抱了，是时候带着我们跟成胥生干一场了吧！

毛泽东笑：志申，你是生在钟家湾吧，怎么现在搬到汤家湾了？

钟志申：还不是成八胡子！民国七年，他搞烟灶捐，要我们预缴二十年！我拉着几十个兄弟跟他斗，没斗过，出去当了几年兵避避风头，回来只能全家搬走了。

毛泽东：那你觉得现在要发动农会的乡亲跟你干，他们就一定都会听你的吗？

毛福轩：三哥还真讲到点子上，这会儿大家有热情，但来得快去得也快，成胥生真把枪一掏，哪个敢上去拼命哟！

毛新梅：福轩说得有理，大家进农会，有的是为了躲抓夫做徭役，有的是为了减租，有的是为了家里老人、孩子，还有的嘛，就是看人家加入了，自己也跟着凑个热闹，脑壳未必清白嘞！

毛泽东点点头：人是拉来了，但心齐不齐，真跟地主土豪干上了，是不是耐得烦、霸得蛮，还不晓得。抱的这个团啊，不能是雪团子，砸到地上就散咯；得是铁团子、钢团子，摔到哪儿都能砸个坑！（出牌）

庞叔侃：至尊宝！三哥，原来你早有打算，藏得太深了！

毛泽东笑笑：回头大伙儿把各自农会的骨干召集一下，我来跟他们聊一聊。

春天的广州万物复苏，街头满是暖阳，街角一个衣衫褴褛的车夫（陈延年）身边，聚拢了不少车夫。

陈延年掏出一小袋零钱，扔给一个少年，用蹩脚的粤语说：华仔，这是我昨天替李哥跑的车钱，你快拿给李嫂抓药，给李哥治病！

华仔：老陈，你自己不留一点？

陈延年笑着摆摆手，转向众人。

车夫们有的掏钱，有的叫好：我也凑一点！／陈哥真讲义气！／互相帮扶才能过难关！

陈延年：这位兄弟说得好！一人有难，大家来帮，只要我们团结到一起，什么地痞烂仔，什么老细老粗，湿湿碎！

啪！一只手拍在他肩上，陈延年一扭头，发现拍他的人是彭湃。

彭湃：你这广东区委书记工作够深入的，我听说香港的报纸还拍了你的照片，说陈独秀的儿子陈延年已经沦落到街头拉车为生！

陈延年哈哈大笑：听风就是雨！不过，咱们共产党人当车夫，理当不以为耻，反以为荣，就该跟工农打成一片嘛！那是他们没拍到你农运大王彭湃，不然该说共产党干部穷困潦倒，回乡种田了！

两人哈哈大笑。

陈延年：怎么不在海陆丰种地，跑到广州"趁墟"（赶集）？

彭湃：去农讲所主持培训。恩来在黄埔培养革命军人，农讲所就是培养农运干部的黄埔！今天东征军凯旋，我正组织大伙儿去欢迎呢！

陈延年：走！一起去！

广州街头，马路两边已经挤满了举着鲜花和标语的市民、学生、工农群众，陈延年和彭湃也挤在其中。马路中间，东征军正威武雄壮地迈步而来。

陈延年：我听说，这次号称三路作战，但桂军、滇军一直按兵不动，只有黄埔校军和粤军的右路孤军奋战，一路以少胜多。棉湖一战，黄埔校军三千人大破两万陈军！要不是中山先生去世，他们提前班师，这次东征还能打得更彻底。

彭湃：可惜，中山先生没能亲眼看到今天的凯旋。

远处传来朗朗黄埔校歌声。

陈延年：他们来了！黄埔校军来了！

不远处，蒋介石打头，带着黄埔校军威武而来。

陈延年：以前他颇受中山先生赏识，这次东征又带兵立了大功，未来在国民党，他必有一席之地。

彭湃点点头：怎么没看到湘耘、陈赓他们？

陈延年：这次只回来了一部分，他们跟着大部队还在潮州招生呢，听说啊，黄埔要开分校了！

彭湃：太好了，革命的子弟兵队伍又要壮大了！（看向行进的队伍）看！恩来！

周恩来在一队黄埔校军前列，目光坚毅，器宇轩昂。

广州大元帅府会议室内，会场高挂"东征祝捷大会"。会场里已聚集了国民党高层代表，各个胸配白花。后排高层元老看着报纸，头条标题《许崇智、蒋中正等率东征军凯旋返穗》。

高层甲：汝为不容易啊，听说左、中两路杨希闵和刘震寰都按兵不动，只有他们右路粤军，把孤军深入打成直捣黄龙。这次大胜，汝为功不可没！

高层乙：可别落了蒋中正，淡水、棉湖两场硬仗，都是他的黄埔娃娃兵打下来的，我看他前途不可小觑啊！

高层甲：那是这小子命好，赶上了。他才带了几天兵，（指指报纸）也能跟汝为一字并肩？我看他屁股都要翘上天了。你看这祝捷大会，许司令都来了好一会儿了，他这个参谋长还没影子呢！

主席台上，汪精卫看着表，略显焦躁，胡汉民也有些不耐烦，掏出扇子用力扇着。

胡汉民：这会就是为东征将士开的，怎么主角迟迟不到场？

廖仲恺：东征部队一路行军疲惫，耽误些时间，情有可原。

廖仲恺看向许崇智，许崇智笑而不语，微微点头。

汪精卫：时不我待啊，作为军人，当有时间观念。

胡汉民：这要是总理还在，难道连总理也要一块儿等他吗？正说着，会场的大门打开了，蒋介石在两名副官的陪伴下走入会场，他手中捧着一张挂着黑纱的孙中山遗像。蒋介石神情悲戚而严肃，笃定而庄重地往前走着。台下高层蒙了，迟疑着，逐渐慢慢摘帽、起身。蒋介石在众人目光中向前。主席台上，汪精卫、胡汉民、廖仲恺、许崇智等人也吃了一惊。

胡汉民低声问：他这是唱哪出？

汪精卫摆手示意胡汉民不语。廖仲恺站了起来，汪、胡对视一眼，也站了起来。蒋介石走到主席台前，面对汪精卫等人。

蒋介石：总理西去，介石重任在身，只能阵前略寄哀思。今日我党同志咸集，介石妄议，以此东征大捷告慰总理在天之灵！

蒋介石走到台上，转身面对全场所有人，眼含热泪。

蒋介石：革命尚未成功，同志仍须努力！

蒋介石言毕，众人不知所措。汪精卫与廖仲恺动了情，带头向蒋介石怀中的孙中山遗像鞠躬。胡汉民见状，也不情不愿地鞠躬。全场与会者，皆向台上鞠躬。蒋介石神情肃然，端立于前，仿佛全场都在向蒋介石鞠躬。

并不宽敞的一间农家小屋里，上上下下挤满了农民，有人抽着旱烟，有人嗑着瓜子，还有人给孩子喂着奶，屋里热闹而嘈杂。

毛福轩：大伙儿静一静，关于农会，下面请从我们韶山冲走出来的大人物——毛润之先生给大伙儿讲两句！

众人有的喝彩，有的鼓掌，也有的不以为意。毛泽东走到屋子中央。

毛泽东：福轩讲得不对，哪是么子大人物，我就是上屋场的石三伢子嘛！

农民甲：晓得晓得，你还没满周岁，你爹让我抱你，你尿了我一身。

众人大笑。

毛泽东笑：哎呀，四伯伯莫丢我的丑嘛。亲不亲，乡里人。我光屁股的样子，你都看过，那咱们是不是亲得像一家人一样？

农民甲：那是，石三伢子打小就仁义，像他娘。那年我家早稻还没收，陈粮都吃光咯，禾镰子上壁，么得饭吃。石三伢子背着他爹，左手一把米，右手一把米，自己还没灶台高，踮着脚塞到我家锅里。要没你那两把米，我早翘辫子咯！

毛泽东：两把米熬稀饭，也管不了饱。我这次回来，带大家搞的农会可要管大家吃饱一辈子！

农民乙：三哥，新梅六哥也讲，你也讲，我虽然加入了，农会到底是个么子？

农民丙：是不是你在长沙找到的宝贝？跟玉皇大帝家的米缸一样，谷子舀都舀不完？

毛泽东笑：农会不是米缸，更和玉皇大帝没么子关系，可农会是咱们自己的窝，讲到底，吃饱还得靠自己。

农民丙抓抓头：你这话是么子意思？

毛泽东：我想先问问大家，韶山冲，冲连冲，十户人家九户穷。我们韶山地也肥沃，人也勤劳，可为什么大家饭都吃不饱？

农民乙：老天爷心黑啊，这几年不是闹蝗虫，就是大旱，一年的地白种。莫讲吃饱，熬过开春就不错了。你看，我都饿得浮肿了，隔壁还笑我吃胖了。

农民甲：举头三尺有神明，莫乱讲话。

毛泽东：好，神仙的事，咱管不着。我就问问大家，你们饿得扒树皮的时候，东家挨饿了吗？

农民丙：怎么能跟东家比？不怕你笑话，我还偷过他们家喂狗的剩饭，狗都知道欺负人，还咬了我两口呢！

毛泽东：听到没有，穷人还不如地主家的狗。刚才虎伢子提到了"欺负"。那你说说，东家欺负过你吗？

农民丙：要讲东家，人还算和气，租子缓一两天也好说，就是一分不能少。

毛泽东：交多少？

农民丙一脸忧郁：去年是六成，今年不晓得会不会涨。

其他农民：我们东家只要五成五，但还得帮他家盖房子！／成老爷今年总算是只要五成了，我听说，还是石三伢子你帮我们要的！

农民甲抽了口烟：种地交租，这是天经地义的。勤快一点，多收一点，不就饿不着了吗？要是老天爷让你死，你也不能怨东家不是？

毛泽东：水不平要流，理不平要说。四伯伯，你这个说法，我不大同意。地，是大伙儿种的，你们在田里面朝黄土背朝天，东家在院里乘凉啃瓜，哪个更勤快？凭什么荒年就该咱们种地的饿死？就算是荒年，交租的谷子，不说多，拿一半回来，是不是就够吃了？再说咯，除了租子，还有草鞋、鸡鸭……一堆乱七八糟的苛捐杂税，石头都要刮出油来！大伙儿日子能不苦吗？

农民丙：对哦，要是不用交这交那，吃饭太够了，吃到来年都么得问题！

毛泽东：对啊，你们饿得都要吃土了，他们吃香喝辣，这是么子道理！

庞叔侃：农民苦，农民苦，打了粮食交地主；年年忙，月月忙，田里场里仓里光。

农民们听了，有的点头称是，也有依然在犹豫的。

毛泽东：叔侃说得没错！累嘛，累得要死。饿嘛，饿得要命。辛苦一场，给地主家作了嫁衣，这才是我们种地的受苦受穷的根本原因！而搞农会，就是要变——改变这种不公平不合理，让我们真正干活的人，都能吃饱饭！

庞叔侃带头喝彩，有农民跟着叫好，农民甲一脸忧虑地看向毛泽东。

毛泽东：么子搞法呢？我们种地的都晓得，要先育秧，再插秧，辛苦个半年才能见收成。所以我们现在先聚到一起，抱抱团，先从小的做起，比如上上课，认认字。

农民乙：农校我去上过，活这么大，终于晓得自己名字么子写法了！

农民丙：可你不是讲要让大家吃饱肚子嘛，我听得口水都出来了，认字跟吃饱有么子关系嘛！

毛泽东：莫急噻！看来虎伢子听得饿咯！

众人笑。

毛泽东：识字只是第一步，我们要是一个大字不识，那东家拿份租约来诓你，明明一三五，跟你讲二四六，把你卖脱了，你还以为大仁大义，要谢谢他。所以，识字是擦亮我们的眼，让大伙儿不被骗。

众农民小声交流，点着头。

毛泽东：而且大伙儿上上识字班，过去是乡里乡亲，今天是同学，更是同志！

农民乙：同志是个么子？

毛泽东：就是跟你一条心的人。等大家成了同志，我们就可以齐心合力干点大事。要得清闲娘边女，农会就是大伙儿的娘家。有了同志，咱们到时候就要好好跟东家们讨个说法！

农民甲：石三伢子，你讲的道理，我都听懂了，你的意思，是不是……（犹豫了一会儿）要带大家造反？

众农民听了一惊，纷纷交头接耳：造反的事可不兴做。／那是要杀头的！

毛泽东却微微一笑：有多大被伸多长脚，多大的笼子装多大的鸟。四伯伯，你莫吓大家咯，我们现在就是想给大家找条活路。各位弟兄，我们哪个是生来的穷鬼？活了半辈子，连口饱饭都没吃过，憋屈！我们不是要惹是非，只是要跟东家们论论道理。我们种地的，也要换种活法！

众农民纷纷议论。

农民甲：石三伢子，你要带大伙儿跟东家们讲理，讲得清白吗？尤其跟那成胡子，他手里可是有几百条枪哦，你跟他讲理，他喂你"花生米"！

众农民都安静了。

毛泽东：你们怕成胡子手里的枪吧？我告诉你们，成胥生更怕你们！这山里没几只老虎，这两年也没闹土匪，你们想想他的枪是拿来防哪个？还不就是在座的乡亲们！

农民丙：怕我们，我们有么子好怕的？

毛泽东：错！你一条光棍，屁都不是，（随手抽出根篾片）就像这篾片，软塌塌，蔫巴巴，可是一百根、一千根篾片绑在一起，哪个掰得断！到时候，莫说他成胥生，就是猪胥生、狗胥生，也得冲咱们摇尾巴！

众农民大笑。

农民乙：三哥！么子"同志"我不懂，但我就晓得，你见过大世面，跟着你，一定么得错！这农会，我一定干到底！

众农民：算我一个！／我也要吃饱饭！／我也要干！

农民甲一直在一边抽着旱烟，犹豫不语。

农民丙笑：四伯伯，人各有命，要不你还是安生在家养老吧。

农民甲发了狠，一拍大腿站起来：养他个鬼！么得饭吃，再养也是饿死。老子忍了大半辈子了，石三伢子，这回就听你的，老子也要换种活法！

众人叫好，毛泽东看着农民甲，露出赞许的微笑。

1925年5月30日，上海南京路街角一家颇有情调的咖啡馆里，意大利老板正在娴熟地调制着咖啡。一对外籍男女记者端坐在靠窗的小桌边，女记者一边大口啜饮着咖啡，一边埋头写稿，男记者则饶有兴致地看着窗外。窗外，成群结队的学生、市民正高举标语游行经过。

游行队伍：惩办凶手！释放无辜同胞！上海是中国人的上海！打倒帝国主义！收回外国租界！

女记者瞥了一眼男记者，用英语问：你们美联社记者总是这么闲吗？最近的上海真不太平，前几天，日本工头刚打死了中国工人，今天，中国学生搞了反对日本人的游行，工部局的英国巡捕又抓了中国学生，都是好故事。

男记者：5月的上海，天气变得很快，你下午写的稿子，晚上可能就得作废，不如，一起吃个晚饭？

女记者写完，收拾东西：抱歉。（指指窗外）这场游行足有一百多人被捕，两千多人参加，大新闻！如果没能在四点钟前带回稿子，老板是会解雇我的。谢谢你的咖啡！

女记者刚起身，窗外枪声大作，人群大乱。

逃窜人群：开枪了！英国佬打死人了！

女记者掏出相机就要冲出去，被男记者一把按在地上。老板抱着头，赶紧去关店门。

男记者：枪弹无眼，你不要命了？

哐当！哐当！咖啡馆窗户被子弹射了几个洞。老板刚要锁上门，一名逃命的女学生啪啪啪拍着玻璃门。

女学生：救命！救命！

一阵枪声过后，女学生中弹，沿着玻璃门滑下，血迹触目惊心。

1925年5月30日，上海学生、工人、市民在公共租界举行游行示威，抗议日本纱厂资本家残杀中国工人顾正红，英国巡捕悍然开枪，制造了震惊中外的五卅惨案。

办公室内，陈独秀坐在桌边，他一根接一根地抽着烟，双眼血红，双手颤抖，许久后陡然站起：屠夫！刽子手！那都是手无寸铁的学生、市民哪！一百年过去了，一百年了！

瞿秋白支撑着站起来，拍拍陈独秀的肩，安抚他。

陈独秀：蔡和森跑哪儿去了，人呢？

李立三：要不，我们先开始吧。仲甫先生，这次惨案固然令人悲愤不已，但同样是个唤醒大众的契机。我跟少奇一起，决定立刻成立上海总工会。

刘少奇：明天就举行成立大会，我们将针对这场帝国主义的暴行，举行全上海工人的总罢工！

陈独秀点点头：很好，但还不够。

罗章龙：广东区委打来电话，延年正在联络广东和香港的工人响应支持。

陈独秀点点头：这小子，像点样子了。

瞿秋白：我正在筹办一份报纸，要把惨案的真相，还有我们的反击，告诉更多的人！世界强者占有冷的铁，而我们弱者只有热的血；然而热的血一旦得着冷的铁，强者的末日就到了！这份报纸就叫《热血日报》！

陈独秀颤抖着点头：好，好，但不够，还不够！

砰！门开了，蔡和森到了。陈独秀噌地起身，正要责骂，却发现蔡和森一身血迹。众人沉默了。

瞿秋白：你这是？

蔡和森：刚从医院回来。十三位同胞遇难，伤者不计其数。

蔡和森拉开门，只见门外站着十几位衣冠各异的市民。

蔡和森：仲甫先生，他们是上海各界的代表，都是来找你的。

陈独秀走到门口，看着外面的人群。

学生代表：仲甫先生，死的是我的同学，他们都是新青年，他们只是爱国，他们只是要讨一个公道，他们有什么罪啊！

商人代表：先生，我们真的不能忍啦，上海是我们中国的国土啊，日本人杀人，英国人又开枪！阿拉商会也要表态，不能让洋鬼子胡作非为啊！你只管吩咐，阿拉商会全力支持！

工人代表：陈先生，这不只是上海人的事，还是所有中国人的事。今天我们不拿出态度，明天屠刀就会落在我们自己头上！陈先生，怎么干，你发话！

其他人：陈先生，我是记者，我是哭着写完稿子的。／陈先生，我是车夫，今天拖了十几个人去医院，车子上全是血。

陈独秀听着众人的呼告，含着泪，一个个走过去，不是握手，就是拍着大家的肩膀。

陈独秀：我看见了，我听到了。秋白、和森，你们听到了吗？民智已开，时不我待！我们要发动一场席卷全上海的总罢市、总罢课、总罢工！让那帮帝国主义王八蛋、封建军阀哈巴狗，都听见我们中国人愤怒的吼声！

日本人开枪杀害顾正红的画面，化成报纸上密密麻麻的铅字新闻。小屋内，众人看着报纸，气氛凝重。

毛泽民：三哥，这些外国人怎么敢光明正大地杀我们中国人？他们太肆无忌惮了！

毛福轩：帝国主义在中国有一帮忠实的走狗，这些走狗帮着外人杀我们自己的同胞！

毛泽东压低声音：现在，全国各地受这次上海事件的影响，都在进行各种革命运动，我们也不能落后！我跟守常先生通过信，决定在韶山尽快成立一个地方雪耻会，来进行反帝反封建的斗争！

毛新梅：润之，何为雪耻？

毛泽东：打倒列强，洗雪国耻！

毛新梅默念着：打倒列强，洗雪国耻！好！就让我们的雪耻会为我们洗雪国耻！

大家都纷纷叫好！

突然，农会骨干甲举着手站起来：润之先生，我有个疑问。

毛泽东：你请说。

农会骨干甲：上海的事是很惨，我也很同情。但是，是不是跟我们韶山冲农民太远了？我的意思是说，上海顾正红，还有那些工人、学生被杀，跟我们没得么子关系嘛！毛先生，你非要成立这个雪耻会吗？

毛泽东神情严肃：你的意思，事不关己，对吧？

农会骨干甲：对对，我就是这个意思。太远了嘛。不要说上海，我连长沙都没去过呢。

毛泽东神情严肃：成胥生打死了朱三毛，大家都很气愤，不仅因为大家跟朱三毛关系好，更因为东家打死佃户的惨事，也可能会发生在在座的每个人身上。都是无辜的性命，都是残暴的凶手。那洋财东打死了工人、学生，不也是一样吗？今天他们可以在上海公然行凶作恶，明天他们就可能跟成胥生串通一气，把枪口对准我们啊！我们不去声援上海的同胞，那我们被欺压、被打死时，哪个来支持我们、帮助我们呢？坏人都可以狼狈为奸欺负我们，为么子我们还要把界限划得清清白白，事不关己、高高挂起呢？那我们还抱么子团嘛！

农民乙：哦，我明白了，我们韶山要声援上海，就跟（指着另一个农民）六伢子为朱三毛鸣不平是一样的！

毛泽东：对，就是这个道理。我晓得你们有人平时也去烧香拜佛，佛经里有句话，叫"无缘大慈，同体大悲"，么子意思？就是讲人家的痛苦，也是我们的痛苦啊。为么子？有国才有家，有家才有我们在座的每个人。我们国家所有被欺负、被压迫的老百姓，是注定绑在一起的兄弟姐妹。我们的兄弟姐妹被欺负了，我们能看着不管吗？我们的国家被欺负了，我们还能有好日子吗？所以，我们才要团结，才要联合。只有联合到一起，我们才能把土财东，把洋财东，把军阀老爷，把所有欺负我们、压迫我们的敌人，都打倒！

农民甲闻言，顿时有些无地自容了。

李耿侯激动地站起来：韶山冲的农民要抱起团来！

毛新梅也站起来：不只是在韶山冲，我们还要把整个湘潭的农民都团结起来！

毛福轩：三哥，这个雪耻会成立了，那我们农会还办不办？

毛泽东：办，当然要办。以前咱们的农会，是秘密开会，秘密开展活动。有了雪耻会，从今往后，我们的农会就可以用雪耻会的名义，不但要跟丧心病狂的帝国主义势力斗，更要跟压迫韶山乡亲、湘潭老百姓的地主豪绅封建势力斗，光明正大地斗，狠狠地斗！

毛福轩：公开跟他们斗！

众人：斗到底！

毛泽东来到屋门前正准备关门，听到院中角落里有窸窸窣窣的声音。毛泽东从墙边抄起扁担，轻手轻脚走到院中，刚要抬手打，却看到是毛泽民蹲在那里。

毛泽民正蹲在角落卷烟，月光落在他嶙峋的脊背上，显得有些落寞。

毛泽东惊讶：泽民？怎么没睡？

毛泽民没说话，只是继续卷着手里的烟。毛泽东也蹲到了一边。

毛泽东：明天就要去长沙了，组织让你搞五卅惨案湖南后援会和对日经济绝交委员会，怎么，心里没底？

毛泽民没说话，抹了抹眼角的泪水。

毛泽东：泽民，你怎么了？

毛泽民：三哥，我跟淑兰离婚了。

毛泽东惊讶：啊？为什么？

毛泽民情绪上来，抱着毛泽东哇哇大哭。

毛泽东正伏在桌前奋笔疾书，杨开慧疾步走了进来，轻轻关上门，在毛泽东身边坐下。

杨开慧神情严肃：润之，泽民跟淑兰离婚，你知道吗？

毛泽东叹了口气，点点头：嗯。

杨开慧：你不反对？

毛泽东：不反对。

杨开慧：远志现在才两岁！他非得这个时候离吗？

毛泽东：泽民现在的工作很危险，他怕害了淑兰，也怕有一天自己牺牲了，会连累淑兰和远志。

杨开慧：润之！夫妻本就是同心的，是一家人，就不存在谁连累谁！心里既然认定了，那就是一辈子的事，有福同享，有难同当，就像我们一样。

毛泽东：霞妹，我们不一样，你是革命者，我们是同行人，是真同志。泽民跟我讲了，他不能眼看着淑兰跟他受罪。淑兰是小脚，不方便出远门，不便跟着泽民各地跑。

杨开慧忧心：那淑兰和远志以后怎么办？

毛泽东：他们的家庭是因为革命走到这一步的。远志和岸青同龄，我们就把远志当成自己的孩子。至于淑兰，她永远都是我们毛家人，是我们毛家永远的四嫂。

院中，毛泽东站在屋檐下，毛泽民背着包袱走出来。

毛泽东：跟淑兰道别了吧？

毛泽民：嗯。

毛泽东不言语，紧紧抱了一下毛泽民，拍了拍他的后背。

毛泽民：三哥，那我走了！

毛泽东：路上小心些。要是遇到盘查的，机灵点儿。

毛泽民听完，夺门而出，不再回头。

毛泽民房间的床上，毛远志安静地睡着。王淑兰双目呆滞地坐在床边，杨开慧站在身旁陪她。王淑兰手中紧紧攥着一封信，信封中间写着"淑兰启"，下方写着"泽民"二字。听到毛泽民离去的声音，王淑兰难以自已，终于放声痛哭。

毛泽东远远看着毛泽民的背影，毛泽民边走边抹了把眼泪。

初夏的风迎面拂来，毛泽东和毛福轩走在山路上，毛泽东不时用袖子擦额头上的汗。走到一块稻田旁，毛泽东停住脚步，躬身去看一棵早稻。

毛泽东：今年的干旱严重，稻子长势不好啊！

毛福轩：夏至大晴天，无雨到秋边。夏至不见流，大旱在后头。这年景，老天爷又要收人了。

毛泽东干脆在田埂边坐了下来：福轩，坐一下吧，歇歇脚。

毛福轩也坐下：好。

毛泽东扇着风：上次我们谈到加入农会的，得抱成团，又说到该怎么做。你作为在安源路矿干过的老党员，有么子想法？

毛福轩：三哥，最近夜校、农会发展得很快，雪耻会也成立了，大伙儿都抱成团了，是不是可以像咱们在安源那样大干一场了？

毛泽东：还差一步。

毛福轩：哪一步？

毛泽东：在韶山成立农村党支部，时机已经成熟了。有了我们党的支部，我还要以支部成员为骨干，把韶山的国民党区党部成立起来。我们党直接领导农会和雪耻会这两个外围组织，必要的时候，就以国民党区党部的名义出面组织活动。你看，不仅有了魂，还有了坚强的骨骼支撑，有了群众基础，咱们跟成胥生斗，不就有底气了吗？！

上屋场毛泽东家中，毛泽东、毛福轩、杨开慧三人讨论着。

杨开慧：既然要成立党支部，发展新党员、寻找真同志这事现在就得放在首位了。

毛泽东：福轩，这些天你观察下来，觉得谁比较合适？

毛福轩认真思考着：要说这一阶段的工作和思想觉悟的话，我觉得新梅哥要算一个……新梅哥接受革命思想较早，又在安源工作过，也参加过罢工斗争，各方面表现得都很不错。如今他父亲病故，他忍着悲痛继续从事农民运动，他这种决心不是什么人都能有的。我认为，他现在完全具备了入党的条件。

毛泽东笑着：是啊，听说他现在充分利用自己的郎中身份进行革命宣传工作。

杨开慧：还有谁合适，再说说吧。

毛福轩思索着：这些日子，钟志申和李耿侯两位同志干得也非常起劲儿！

毛福轩：志申哥几年前就反对过成胥生，他办事又雷厉风行，汤家湾那一带，农会被他带得很不错，他在农民群众中的威信也越来越高。耿侯哥处事从容、持重，现在的工作也很有成效。我认为，他们两人的入党条件也较为成熟了。

毛泽东：庞叔侃呢？

毛福轩笑着，看着杨开慧：庞叔侃主要在农校教书，嫂子比我更有发言权。

杨开慧接话：叔侃年纪虽小，革命思想却很成熟，既有朝气又有上进心，正在自学马列主义思想。只是，他们家条件还算不错，就不晓得他日后会不会变卦，他自己是怎么想的……

毛泽东：福轩、开慧，你们把这几个人的情况都了解得很全面，每个人的特点也说到了。我也认为目前他们四个人的条件是最好的，也完全具备入党的资格。我看，第一批咱们就发展这几名同志如何？

毛福轩：三哥，我同意。

毛泽东郑重地：毛福轩，经组织研究决定，韶山支部由你担任支部书记。

毛福轩犹豫：三哥，我……我觉得自己没法胜任。

毛泽东：有什么顾虑？

毛福轩：不，我没什么顾虑，我只是觉得需要学习的东西太多，我怕自己没有做好准备。

毛泽东笑了：福轩啊，论经验，你可不虚，三年前就入了党，还在安源历练了一年多！农运谁都没干过，可干革命不能等全部都学会了再干。俗话说得好，草鞋没样，边打边像。边学边干，边干边学嘛。

毛福轩憨憨一笑。

上屋场毛泽东家阁楼上，一根火柴划过，点亮油灯，毛福轩、毛新梅、李耿侯、钟志申、庞叔侃等人庄重地举起右手。中共韶山支部从此诞生了，它是较早的中共农村基层组织之一。为适应秘密工作的要求，以"庞德甫"为党支部的代号。

1925年，毛泽东同毛福轩、钟志申等以"打倒列强，洗雪国耻"为口号，在韶山一带成立了二十多个乡雪耻会，作为公开的群众性的革命组织，开展反帝爱国斗争。

第十三章 智斗地主巧取粮，出走家乡避锋芒

水田被烤裂，禾叶子打了卷。小而破败的龙王庙，其实也不过是一间小土屋，里面供着个脱漆的木雕龙王，地上连个蒲团都摆不下。庙门口，跪了二十来个农民。

打头的老汉：大慈大悲的龙王大老爷，韶山冲整整两个月滴雨未见，粒谷未收，我们都要饿死了！龙王大老爷，请速速降雨吧！

众农民：降雨吧！快下雨吧！

龙王庙外的路上，已经依稀有了三三两两的逃荒人群，有人走着走着，一下栽倒在地上，再也没有起来。路边，一个六七岁的小女孩，躲在一个女人身后，两人衣衫褴褛，面无血色。跟前是个中年妇人。

中年妇人：二表妹，罗家村那户人家我看过了，家里不仅红薯管够，还有半缸的米哩。两口子啥都好，就缺个孩子，肯定会待小蚕豆跟亲生的一样。

女人看看身后的小女孩，又有点不舍，小女孩紧紧地抓住女人的衣角。

中年妇人：亲生骨肉，肯定舍不得，可你再舍不得，家里有粮吗？养得活她吗？到时候你们娘儿俩都熬不过去的啊！

说着，中年妇人拎出了一个小袋子，打开一看，竟然是白花花的米。女人咽了咽口水，但依旧不忍。中年妇人不由分说，把这一小袋米塞到了女人手里，然后来牵小女孩。

中年妇人：小蚕豆，跟姨走，带你吃饱肚子！

小女孩：娘，我要娘！

女人一狠心，把小女孩的手拉开，扯着米袋转身就走，眼泪不止。

小女孩大哭：娘——娘——

烈日当头，小女孩的哭喊声回荡着，太阳像是一团喷射烈焰的火球炙烤着大地。

女子夜校的院子里，堆着不多的几袋粮食，众人忙忙碌碌，毛泽东正指挥着大伙儿把粮食搬上板车、独轮车。李耿侯、钟志申争执起来。

钟志申要夺独轮车上的粮：耿侯哥，这袋让给我吧，汤家湾的乡亲们都快饿死了！

李耿侯护住：汤家湾挨饿，陈公桥就有饭吃？你去看看吧，四百多户人家，三百多户没粮，都饿得躺地上哼哼！这袋粮我不能让，是救命的啊！

噗！大半袋粮食被扔到了钟志申车上，毛泽东：这是我家口粮，先拿去救急。

钟志申：可是三哥……

毛泽东：快去啊！人命关天！

两人带着几个雪耻会成员推车而下。

毛福轩在门外喊：粮来了！粮来了！

毛福轩和毛新梅各扛了一袋粮食进来，毛泽东出去帮忙，发现板车上已经空了。毛福轩递过零钱。

毛福轩：买粮剩下的。

毛泽东没接：不是让你都拿去买粮吗？就买了这么点？

毛福轩擦着汗：我把韶山跑遍了，湘乡都去了，粮价翻了好几倍，太欺负人了！这两袋还是我好不容易抢到的平价粮。

毛新梅：雪耻会也都是穷苦人，凑不了几个钱，不能都便宜了米老板。不过，这样下去的话，恐怕撑不了两天了。

庞叔侃二话不说，从身上掏出点零钱塞给毛福轩。

庞叔侃：我再回家搞一点！

杨开慧：行了，叔侃。你上次从家里搬粮出来，你爹都要打断你的腿了。再这么下去，你别想进家门了。（掏出一个手绢包，塞给毛福轩）我从上海带回来的，就剩这些了，先应应急。

毛福轩迟疑地看了一眼毛泽东，毛泽东把钱塞进毛福轩手里，欣慰地看了一眼杨开慧。

他把毛新梅、毛福轩、庞叔侃拉到一边。

毛泽东：咱们得想想办法。福轩，米价涨了多少？

成胥生跟二姨太翻着账本，不时望一望外头的太阳。

成胥生指指外头的烈日：天助我也！太阳越大，收成越差。收成一差，米就更金贵了！知道吗？现在，外头一升米已经从60文涨到了160文！

二姨太面露喜色：每升米足足涨了100文？哎呀，这可是大喜事。老爷，照您的盼咐，我可一直把粮食囤着呢，照这个价（手指头一拨），除了减的那两成租，咱们还能大赚一笔。

成胥生笑：不要急，湘潭的米卖得更贵，只要咱们把米运过去，我给你也添套宅子！

成胥生和二姨太哈哈大笑。

此时仆人进来报告：老爷，毛润之又来了，在门口候着呢。

成胥生：他来干什么？

成胥生走出来，先看到毛泽东候着，见罗老也在，成胥生怔了一下。

毛泽东与成胥生四目相对。

毛泽东：成团总，叨扰了。

成胥生假笑：润之不必拘礼。（对着罗老）罗老也来了，快请坐！

三人坐下。

成胥生：润之今日到我府上，有何贵干？（假笑着）上次你与我商讨的减租之事，我可是早就兑现啰。

毛泽东：今年大旱，青黄不接，老百姓都吃不上饭了。

成胥生装腔作势：哎，灾年哪，哪个日子不苦哦！

毛泽东：不管丰年灾年，您成团总家的仓廪可从来没空过。

成胥生：毛润之，你不会打我家粮仓的主意吧？

毛泽东：外面的米价已经被些缺德的米老板哄抬到了原来的三倍。成团总在韶山一方最有声望，能不能带头开仓平粜，解大家燃眉之急？

成胥生：平粜？你让我平价卖米？

毛泽东：我们已经帮您粗略算过，需要您平粜的粮食不多，够乡亲们勉强糊口就行，（递给成胥生一张纸条）您过目。

成胥生：两百担？

罗老：成团总，地方遭灾粮荒，士绅大户平粜是历来的规矩。成团总是韶山冲的头等大户，你带个头，匀出些救命粮，其他大户就会跟进响应。我和几位族长，都盼着成团总能站出来帮帮乡亲们哪！

成胥生：罗老，哀我民生之多艰啊，乐善好施更是我祖训，平粜救荒也是本分之事。需要我成胥生出力的地方，我本当义不容辞。可年头不好，我家仓里也没那么多存粮哪。实不相瞒，我是捉襟见肘了，自家吃饭都不敢浪费一粒米。

毛泽东：人命关天，有多少算多少。

罗老和毛泽东齐刷刷看向成胥生。

成胥生：既然罗老都出面了，容我先去理一理仓中余粮吧。

毛泽东：那就有劳成团总了，两日之后为韶山百姓开仓平粜，如何？

成胥生：两天后？

罗老对成胥生：两天的时间已经不短了，晚一天，怕是就多饿死几个人啊！

成胥生点点头：我明白了，二位放心，成某自当竭尽全力。两日之后，我开仓平粜！

毛泽东和罗老走出成宅。

罗老：这个成胥生，别说两百担，两千担，他都拿得出来！

毛泽东对罗老拱拱手：我替韶山冲的乡亲们谢谢罗老了。

罗老淡淡一句：为生民立命，吾辈之责。

罗老走了，毛泽东转身正要走，忽然看到曾师爷引着两个皮肤黝黑的人走进成府。

曾师爷：两位船老大快请，成团总已经等候多时了。

毛泽东一听，略有思索。

成胥生气呼呼地站在厅堂中央，二姨太为他扇扇子。

二姨太：真是个吸血的水蛭！减租不说，居然打我们粮食的主意！他们让你两天后平粜，你又答应了？

成胥生：罗老的面子我能不给吗？

二姨太：上次给了县议员面子，今天要给罗老面子，面子能换几文钱？

成胥生又半躺在榻上抽大烟：你懂个屁，面子归面子，里子归里子，想让我平粜，做梦！

韶山冲大路上，几辆马车疾驰而来，尘土飞扬。不远处，在田地劳作的老农刘三叔看到了飞奔的马车队。

庞叔侃"咕咚咕咚"灌下一大碗凉水，用袖子抹了抹脸上的汗。

庞叔侃：润之哥，刚才刘三叔看到大路上有马车队经过，说像是往成胥生家去了。

毛泽东：看来成胥生是想跟我们玩当面一套背后一套的把戏。

庞叔侃：什么意思？

毛泽东：他先是假装答应，稳住罗老，再趁着平粜之前的两天时间将粮食运走，转移出韶山。这样一来，两天之后我们去找他平粜时，他就开仓自证已没有粮了！

庞叔侃：我这就带人冲到他粮仓去！

毛泽东：粮仓有团丁把守，先不要打草惊蛇。叔侃，出韶山有几条路？

庞叔侃：能走车队的就一条大路，其他都是山间小路。他们的马车队既然从大路来，我想，肯定也会从大路离开。

毛泽东：好，你马上带雪耻会的同志去守大路，一旦有马车队经过，立刻拦截！

庞叔侃：明白！

夜里，韶山冲大路上，一队马车疾驰而过，庞叔侃、钟志申等雪耻会成员跳出来。

钟志申：停车！

车夫勒马：吁——

打头的马车停了，后面跟着的几辆马车也停下来。

庞叔侃：我们是团防局的，怀疑你在偷运赃物！搜！

众雪耻会成员上前搜车。

车夫不慌不忙：老总，我家妹子明日在湘潭成婚，要连夜把她送去。车上都是些嫁妆、家什。庞叔侃掀开了马车的轿帘子，里面确实坐着个女人。

雪耻会成员搜了后面的马车：志申哥，都是些家具、衣服被褥。

庞叔侃和钟志申面面相觑。

田寺河边码头上停着两艘大船。岸边，一字排开十几辆推车，上面堆着满满当当的粮食。四五十个团丁正在忙碌着，有人从推车上搬下，有人肩扛粮食朝船边走，有人站在船上接应。成胥生带着众团丁搬着粮食。

成胥生肩上扛着两袋粮食：都给我手脚麻利点，快点快点！（把粮食扔到船上）别乱扔！让锚划漏了，你给老子赔十袋！弟兄们抓点紧，干好这一单，老子大大有赏！

说着成胥生自己又去岸上扛起两袋，忽然码头腾一下亮了，竟冒出数以百计的火把。

毛泽东：成团总，大半夜的忙活什么呢？

成胥生回头一看，打头的竟然是毛泽东，身边跟着毛福轩和一干雪耻会成员，他惊得僵在那儿。

毛泽东：你们扛的，不会刚好是粮食吧？

成胥生赶紧把粮食扔到船上：快开船！起锚！快走！

不料眼前河道上又出现了火把，火光中，四五条小船上，站满了李耿侯、毛新梅等雪耻会成员。

李耿侯：成团总，你们怕是走不了了！

毛泽东等人跳上大船，毛福轩一脚把刚起的锚又踢进水里，几条小船逼至大船附近，大船动弹不得。

船上的团丁举枪，一瞬间，许多个枪口对准了站在船上的毛泽东等人。毛福轩不慌不忙，掏出匕首往袋子上一扎，流出谷米。

毛泽东：还真是粮啊？成团总，我劝你别开枪。你开了枪，这么多人做证，刚好证明这些粮食都是你的。

成胥生大喊：放下枪！都放下枪！

毛泽东：成团总，这么多粮食，你家的？要运到哪里去啊？

成胥生慌了：我怎么知道！我就是路过，正好看见。

毛泽东：好啊，既然您说不清这粮食的来处，那雪耻会就暂时保管吧，等查清楚粮食是谁的，我们再归还！

雪耻会成员们一拥而上，将粮食扣下。成胥生恨得牙痒痒。

毛泽东：成团总，现在粮食在我们雪耻会的手中，如果您坚持说这粮不是您的，那我们就把扣下的这批粮食全部免费送给农民；要是您承认这是您的，那就请您按照你我之前约定，两日之后开仓平粜！

众人欢呼：开仓平粜！开仓平粜！

粮仓外聚集着无数韶山老百姓，男女老少，好不热闹。农会骨干、夜校学员、刘三叔、五伢子也在其中。

毛新梅：那天润之去成家，刚好撞到他请来船夫，当即判断，如果成胥生不走陆路，必走水路。

庞叔侃：三哥真是神机妙算！

成胥生站在粮仓外，一脸愁容。

钟志申：今年韶山大旱，成团总依例开仓平粜！让我们欢迎成团总来讲两句！

稀疏的掌声响起……

成胥生挤出笑容，拿出讲话稿，向前走了一步。

成胥生：咳咳。鄙人身为韶山团防局团总，守一方水土，为韶山百姓开仓平粜，甚是欣慰！我与大家同是血脉相连的韶山人！你们的苦，我看在眼里，痛在心里！为官一方，即是为民做主，一方百姓有难，成某自当为大家排忧解难，所谓福泽四方……

钟志申打断：大家感谢成团总！

庞叔侃和毛泽东将粮仓打开，农民们看到仓内堆着满满当当的粮食，惊呆了。

农民们欢呼着：这下有米吃了！／不会饿死了！／有钱都买不到粮啊，这下有救了！

毛泽东高声：乡亲们，大家排队买粮，左边缴钱，右边领粮，不要挤，每个人都有份儿！

人潮汹涌而来……他们手上拿着布兜子、褡裢、麻袋、脸盆，激动地挤过成胥生身边。成胥生手中的稿纸落地，农民们在稿纸上踩来踩去。

粮仓里，毛泽东已将长衫下摆卷起塞到腰后，将粮食码放在前，解开绑粮食的绳子，杨开慧用瓢舀出满满一瓢谷米分给排队的农民。两人配合默契，相视微笑。

五伢子也拎着米袋从成胥生身边经过。

五伢子：成老爷，我也想买一点。

成胥生：去去去！

五伢子吐吐舌头，加入排队的人群中。买到粮食的乡亲，扛着粮食从成胥生身边经过。

乡亲们：谢谢成老爷！／您真是大善人哪！／太仁义了！

成胥生听不下去了，气哼哼地走了。

毛泽东和杨开慧从粮仓出来，杨开慧捅捅他，一指远处。有几个衣衫褴褛的农家男女，眼巴巴地看着粮仓，但都没上前。

杨开慧：就算是平粜，也不是每家每户都能买得起的。

毛泽东沉吟片刻：福轩！

毛福轩跑了过来。

毛泽东：上次我们筹的买粮款还有剩的吧？等大伙儿都买好了，你去买些，给这些平价粮也买不起的乡亲们分分，一家都不能饿着！

成胥生家鸡飞狗跳，二姨太哭，成胥生儿子在一边傻乐。曾师爷在一边恭敬地站着，偷偷看着。

成胥生愤懑地驱赶二姨太：哭哭哭，就他妈知道哭！老子一点家运都叫你哭没了！滚出去！滚！滚！

三姨太得意而鄙夷地看了一眼二姨太，端着杯茶凑上来。

三姨太：哎哟，我看谁给我们家老爷气这样啊，老爷，来喝口茶……

成胥生反手一推，茶杯飞了出去，正砸到他儿子跟前，小孩哇哇大哭。

成胥生：（对三姨太）你也滚！都给老子滚！

厅堂里只剩下成胥生和曾师爷。

成胥生一拍桌子：毛泽东，这口气，我必须得出！

曾师爷凑过来：老爷，只要您一声令下，就凭团防局几十杆枪，对付他一个书生，还不简单？

成胥生：你别忘了，那姓毛的身边也有百八十个穷鬼围着他转。何况，咱们不能自己动手，落人口实。不过，就凭他带着这帮穷鬼聚众抢粮、唆使暴动，个个都是死罪！

曾师爷：老爷英明！

成胥生：你马上给赵省长写信！把这些都写上，就说他毛泽东，罪行昭著，国法难容，不除不足以平民愤！

早晨的上海。弄堂外有人支起馄饨摊、早点摊，锅里冒着热气。

瞿秋白住处二楼狭窄的房间内，书桌上摊着许多报纸，是每一期的《热血日报》。瞿秋白仍在奋笔疾书。杨之华端着馄饨和蟹壳黄从外面走进来，轻轻放在餐桌上。

杨之华：秋白，吃点东西吧。

瞿秋白端起馄饨就吃，不住咳嗽。

杨之华甚是心疼：吃完先睡会儿吧。你天天通宵写稿，白天还要出去约稿、编辑。你本身身体就不好，熬不动的。

瞿秋白努力对她挤出个笑脸：放心，这应该是我最后一次通宵了。（一顿）做完这期，《热血日报》就要停刊了。卢永祥当局已经查封了报社。他们简直就是帝国主义的帮凶！（剧烈咳嗽）

杨之华赶紧上前轻轻给瞿秋白拍着。忽然，瞿秋白像发现了什么似的，把包着蟹壳黄的报纸抖开，竟然是一份《热血日报》。

杨之华：秋白，你知道早点摊的老板怎么说吗？他讲，那些洋鬼子太坏咯，杀了好多我们中国人，所以，他都不卖早点给洋人，说是要饿死他们！

瞿秋白先是一愣，继而哈哈大笑，笑得眼泪都出来了。杨之华也笑了。

杨之华：他们是真读过你的文章。（拾起包蟹壳黄的报纸）这不正说明《热血日报》已经完成了它的使命吗？才办到第十期，发行量就超过三万份。我记得你那天特别高兴，说比叶楚伧的《民国日报》卖得还好！

瞿秋白不住点头：你说得对，我的目光要放开一点，更大一点。上次守常先生给我来信，说北京、广州、南京，几十个城市都在游行声援，上千万人走上街头声讨帝国主义。延年他们还搞了省港大罢工直接响应声援。甚至在莫斯科，在东京，都有支持正义的人站在我们这边。他们和《热血日报》一样，都是五卅的孩子。五卅不仅让全国、全世界听到了我们的声音，还让我们感觉到，我们的革命和世界的革命是一体的！

说着，瞿秋白擦了擦手，快速返回书桌前，继续写起来。

杨之华：你还没吃完呢！

瞿秋白摇摇头：就让我为《热血日报》发出最后的呐喊吧，那是牺牲者的怒吼，更是新生儿的初啼！

杨之华看着瞿秋白，又是心疼，又是欣慰。她想起了什么，将一封信放到了瞿秋白书桌边。

杨之华：守常先生又来信了。

广州城宽阔的大路上热闹非常。

广州国民政府里原来孙中山大元帅办公室的位置，一名工人取下原来"大元帅办公室"的牌子，换成了"主席办公室"。蒋介石走过来，皱了皱眉头，敲门。

汪精卫：请进。

蒋介石推门而入，站定敬礼。

蒋介石：汪主席。

汪精卫：介石，快坐。

蒋介石：恭喜您众望所归全票当选国民政府主席。介石闻讯欢欣鼓舞。汪主席自前清革命追随先总理多年，总理的诸多思想也是由您先行起草成文，没有人比您更了解总理。如今总理仙去，介石坚信，汪主席必能秉总理遗教，以领袖之姿，开创我国民革命新局面！

汪精卫：领袖……（苦笑摇头）包括这个"主席"之衔，我都不大习惯。介石，你我何妨同志相称？

蒋介石一愣。

汪精卫：自东京神田锦辉馆初会，我追随总理已二十年。在我心中，"领袖"唯此一人。革命尚未成功，总理竟含恨而去，精卫悲痛欲绝。如今，哀思未消，竟以"领袖"之责加身，精卫何德何能啊！

说着，汪精卫竟眼角噙泪，蒋介石冷眼看着。

蒋介石：恰因总理早逝，如火如荼的国民革命不可一日无主心骨。我等总理信徒，皆应谨遵总理遗嘱，共同奋斗。还望汪主席振作精神，率我军民，继续革命！

汪精卫点点头，拭去眼泪。

汪精卫：介石，你是知道我的，我于做官并不热衷。辛亥年，革命初成，我便主张"不做官，不做议员"，挂冠而去，赴欧留学。可现如今，总理尸骨未寒，北伐未定，五卅风波又起，为革命大局计，我也只能勉为其难。介石，你是我党不可多得的军事人才，兴军校，讨陈逆，平杨刘，功勋卓著。我虽兼了军事委员会的主席，但实在是一知半解，还要劳你多多费心。总理的北伐大计，依你看，现下应从何着手？

蒋介石略一思索：全面挥师北伐，眼下为时尚早。年初东征未尽，陈逆余党尚在潮汕活跃，更联合了琼崖邓本殷，蠢蠢欲动。介石请命，彻底敉平东、南两路叛匪，一统广东，为北伐清除后顾之忧。

汪精卫：好，你的主张与苏联顾问鲍罗廷先生不谋而合。难怪平杨刘一役，你们校军竟能从三个团扩编成三个师。别人越打越少，你则越打越多，确实是将才！

蒋介石眼中一凛，汪精卫并未注意。

汪精卫：如今政府改组已成，军事也要改组，统一军令。军事委员会已经决定，取消"湘军""粤军""校军"等诸军番号，统称为国民革命军！黄埔校军改为国民革命军第一军。而你，介石，就是国民革命军第一军的军长！

蒋介石起身敬礼：吾辈必鞠躬尽瘁，奋战到底！

张静江晃着杯中红酒哈哈大笑，面前坐着不明所以的蒋介石。

张静江：老弟，你这"全票当选"可算是马屁拍到马蹄子上了！包括他自己，总共只有11名委员投票，全票当选可不就是自己那票也投给自己了吗？已经传为笑谈了。

蒋介石笑着摇头：按说展公、廖公，排位都在他前头，怎么最后选了他？

张静江：展堂那张嘴……能得罪的都得罪了。夷白（廖仲恺）嘛，你们在黄埔搭档，你比我清楚，他跟共产党走得太近了。

蒋介石一紧张：这么说，我是不是也应该和共产党保持距离？

张静江笑着摆摆手：你目前做得很好，大中至正，不偏不倚。知道为什么汪兆铭专门来拉拢你吗？就因为你身上派系的影子最浅，更手执黄埔这把利刃，能为他所用，不为他所忌。蒋军长，前途无量啊。

蒋介石正色：我第一军，效忠的是国民政府与国民革命，可不是他汪精卫的一杆枪。

张静江笑着给蒋介石倒上水：兆铭这人，从来就不是当领袖的料，何况如今又上了岁数，年与时驰，意与岁去。依我看，彼可取而代之。

蒋介石一愣，尴尬地笑：静江兄说笑了。介石唯秉革命军人之心，只求继总理遗志，全总理之愿！

张静江笑，递给蒋介石酒杯：咱们兄弟之间就不要故作姿态了。我认定你了。如今，我为中执委，自会在中央替你运作，而蒋军长，你要做的，就是好好把住这杆枪！

办公室内，蒋介石站在桌边，正在泼墨挥毫，蒋先云则坐在一旁，耐心等待着。

蒋介石止笔：湘耘！

蒋先云起身，看着笔墨未干的诗句，读起来："步石随云起，题诗向水流。"

蒋介石：如何？

蒋先云：书法之道，博大精深，湘耘不敢妄言。

蒋介石笑着：我不是让你看书法！（指着纸上）有石亦有云，古人爱将云、石二字合用，石上生云，云穿石间。

说着，蒋介石满意地看着蒋先云。

蒋介石：湘耘，东征淡水，你于枪林弹雨之中，舍命救下同袍，是为义；平叛杨刘，你冲锋在先，端掉敌军火力点，啃下广九车站，是为勇；决战之际，你亲率工农武装，多点出击，拿下重兵把守的叛军指挥部，是为智。义盖云天，智勇双全，你湘耘就是我要培养的革命军人典范！（取出一张委任状）这可是我接了第一军军长后发出的第一张委任状。（递给蒋先云）以后，你就是国民革命军第一军第三师第七团党代表了！

蒋先云敬军礼：湘耘自当竭尽全力，不负所托。

蒋介石拍拍先云肩膀：湘耘，你我本系同宗，一笔可写不出两个"蒋"字。

黄埔礼堂里热热闹闹，台上正在排练，陈赓冲了进来。

陈赓：周主任在吗？周主任！

台上一个婀娜的"旦角"转身：我在这儿呢！

陈赓定睛一看，竟然是一身女装的周恩来，一时瞪大了眼睛，只顾点头。

周恩来笑笑：接到了？

陈赓说不出话来，指指门口，只见一位女子背影。

周恩来轻拍了下陈赓，对台上：先让他替我！

周恩来走到女子跟前：小超。

女子回头，正是天真烂漫的邓颖超。邓颖超本一脸不快，但一见周恩来的装扮，不禁扑哧一笑。

邓颖超故意噘起小嘴：你说忙，没空亲自接我，原来就是忙这个？

两人从门口走出，众黄埔生的目光都随着两人而走。

胡宗南：陈赓，这姑娘是谁啊？

陈赓：邓颖超，周主任的未婚妻，是专程来广州完婚的。

威严的湖南省公署大楼，门口有卫兵放哨。

赵恒惕闭着眼睛坐着。郭队长站在一旁，正在念一封信。

郭队长念信：毛泽东回到韶山后，公然发动农民暴动，挑衅团防局权威，愚民皆为其所利用。此人若是不除，定祸患无穷，还请省长定夺。

赵恒惕眯着眼睛不说话。

郭队长：省长，这次，咱们怎么处理？

赵恒惕：暴动……陈胜、吴广，还是李自成哪？我看他这是要造反！

郭队长：省长，造反可是死罪！

赵恒惕想了想：湖南再有个毛泽东，我这省长的位子怕就坐不稳了。马上给湘潭发电报，立即抓捕，活要见人，死要见尸。

湘潭县公署会议室的门半敞着，郭麓宾坐在靠门的位置做笔记。办公室内，湘潭县蒋县长正在高谈阔论。

蒋县长：眼下，湖南各地大旱，赵省长再三叮嘱，旱情连着民情，抗旱就是保民生。在座的各位县议员，你们为官一方，要把赵省长的这句话刻在脑门儿上！一定要亲自下到田间地头去！

郭麓宾听到门外有窸窸窣窣的声音，瞥见一位工作人员手里拿着一封电报，面色焦急。

郭麓宾开门出去。

郭麓宾：什么事？

工作人员：郭议员，这里有一封县长的急电。

郭麓宾接过信：给我吧，等县长开完会我给他。

工作人员离开，郭麓宾不小心将急电掉在地上，他扫了一眼，表情立变。郭麓宾小心地把急电重新折好走回办公室，佯装镇定地坐下继续记笔记。

蒋县长仍在讲话：事关粮食，事关老百姓的收成，事关社会大局……

上屋场毛泽东家院内，毛岸青一步三摇，蹒跚学步。毛泽东蹲在不远的地方，张开怀抱。

毛泽东鼓励：爸爸在呢，岸青，不怕，往前走！

毛岸青膝盖一弯，摔了，大哭。杨开慧从屋里跑出来，想去抱岸青。

毛泽东：别抱他！让他自己站起来。

杨开慧不再往前走，犹豫着。

杨开慧心疼：他还那么小！

毛泽东：给他一个自己爬起来的机会嘛！我对岸青有信心。（拍了拍手）岸青快站起来，到爸爸这儿来！

毛岸青边哭边手脚并用地爬起来，摇摇晃晃地跑向毛泽东，一下扑进毛泽东怀里。毛泽东为他拍掉身上的泥土。

毛泽东：岸青了不起，是小男子汉咯！（举起毛岸青转圈）我们会走路啰！

毛岸青被逗得咯咯笑。杨开慧既心疼又欣喜，拿出手绢给毛岸青擦眼泪。

杨开慧：摔疼了吧？摔疼了没有，快告诉妈妈。

毛岸青依然咯咯咯地笑，杨开慧与毛泽东也笑了。

毛新梅夺门而入，满头大汗，身后跟着一个年轻人。

毛新梅上气不接下气：润之，快收拾东西！走！离开韶山！

毛泽东：新梅六哥，出什么事了？

毛岸青哭起来，杨开慧从毛泽东手里接过毛岸青。

杨开慧：不哭不哭。妈妈带你去那边玩好不好？

杨开慧抱着毛岸青进屋了。

毛泽东：新梅六哥，你慢慢说。

毛新梅：这是来找咱们雪耻会的小兄弟，他从湘潭来，是县议员郭麓宾的侄子，叫郭士逵！

郭士逵：润之先生，我叔让我带个信儿，赵恒惕要派人抓你了！说你带着农民暴动，是死罪！我叔让你赶紧离开韶山，走得越远越好！

毛泽东一怔。

此刻，湘潭派来的军警骑着马正赶过来，每个人都背着枪，气势汹汹，四五匹快马急匆匆地往毛泽东家赶。

领头的：快！快！

旧箱子敞开放在地上，杨开慧正在给毛泽东收拾行李。

杨开慧焦急：润之，行李快收拾好了，你赶紧走吧。淑兰去找轿子，应该马上就到了。

毛泽东：不用这么着急。从湘潭到韶山有九十里路，既不通汽车又不通火车，湘潭县团防局的人就算到了，也要明天了。

杨开慧：早些出发毕竟安全些！（拎起箱子）趁着天黑快走吧！

毛泽东坐到床边：我再看看他们！

床上，毛岸英和毛岸青熟睡着，兄弟二人手拉着手。毛泽东轻轻亲吻孩子们。杨开慧欲将毛岸英叫醒，被毛泽东阻止。

毛泽东：让他们睡吧。你也去板仓避一避，我安顿下来，再联系你。

杨开慧：我不在你身边，你千万照顾好自己。

杨开慧为毛泽东穿上长衫，那长衫看上去有些旧，却洗得很干净。袖口处和肘部仔细地打了补丁。毛泽东拎起箱子，杨开慧将一个布兜子递给毛泽东。

杨开慧：路上吃。

毛泽东点点头，握住杨开慧的手。

毛泽东：霞妹，你说，等我们下次回来的时候，那两棵桂花树开花了吗？

杨开慧已经有些哽咽，相顾无言，依依不舍。

毛泽东："昨夜西池凉露满，桂花吹断月中香"，桂花糕不如桂花酒，等花开了，你给我酿瓶桂花酒吧。

杨开慧：你不爱饮酒，我酿酒做什么？

毛泽东：随时带在身边。思乡时闻闻酒中的桂花香，就如同看到故乡。

毛泽东与杨开慧紧紧相拥。

毛福轩：三哥，得赶紧走了！

王淑兰、庞叔侃、毛福轩、毛新梅、李耿侯、钟志申等在门口的一顶轿子旁。毛泽东拎着箱子从屋内走出来。

王淑兰：三哥，轿子备好了，赶紧走。

毛新梅：你装扮成郎中，遇到盘查就说去外乡给人看病的。我们几个会扮成给你抬轿子的。（递上药箱）这是药箱，快拿上！

军警的快马在上屋场附近的小道上奔驰，径直冲进院子。王淑兰从屋子里出来。

王淑兰：你们找谁？

团丁拿出画像：毛泽东呢？

夜幕覆盖山峦，四周安静一片，只有小河边传来虫鸣，毛新梅在前面带路，其他几人抬着轿子。

庞叔侃：三哥，马上就过韶山界了。

毛新梅看到不远处的火把。

毛新梅：前面有人！怎么办？

庞叔侃：我们快藏到林子里去！

毛泽东：他们已经发现了，来不及了。大家就按之前说好的，我是看急诊的郎中，见机行事！

前方几个打着火把的快兵拦住了轿子。

快兵：站住！你们是干什么的？

毛新梅：轿子里是梅郎中，我们要去邻村看急诊，赶个夜路。

快兵一脸狐疑。

快兵：郎中？落轿！让郎中出来我看看！

落轿了。庞叔侃手伸向腰后，握住一把匕首。

快兵：怎么，我说话没听见吗？

毛泽东掀开轿帘：各位兵爷行个方便，人命关天，我着急赶路。

快兵打量着毛泽东：真是郎中？

毛泽东拿出药箱晃了晃：如假包换！

快兵打开箱子看看：既是郎中，给我瞧瞧病吧！

听到这话，庞叔侃等人都捏了一把汗。

毛泽东：把火把拿近些，好让我看清你的脸。来，伸手，我给你把脉。

快兵把枪往身后一背，把手腕露出来。

毛泽东将三指搭在快兵手腕上，闭上眼睛，沉默着。大家都很紧张。

毛泽东睁开眼睛：心者，君主之官，心为神之居、血之主、脉之宗。你的病不在外，而在内啊！

快兵愣了：什么意思？

毛泽东：先生的病，乃郁证，虽不是疑难险证，但也须调理养心。我看你面色无华、口唇青紫、脉细无力，可是经常心悸、胸痛、气短乏力、少寐多梦？

快兵连连点头：神医啊，你怎么知道！你全说中了！（立刻恭敬）先生有所不知，我们这差事是个苦差！上头经常三更半夜就叫我们出去抓人，都是脏活累活，怎么能睡得安稳嘛！先生给我开个方子吧！

毛泽东：这病由心而起，心情郁结，吃药也没用。平时多下地，多走动，多陪陪家人老小，放下你放不下的东西，自然就好了。

快兵：先生说得是！谢谢先生指点。（亲自为毛泽东掀帘）您请！（喃喃自语）神医啊！放行！

庞叔侃：起轿！

轿子不疾不徐地往前走着。毛新梅不时回头看，快兵走远了。

轿中，毛泽东松了口气。

毛新梅：润之，你么子时候学的中医？还讲得有鼻子有脸的！

毛泽东笑：这就叫久病成良医。

清晨的山路，雾气弥漫，影影绰绰，看不到前路。

毛新梅：已经出了韶山了。

毛泽东：停一停。

众人放下轿子，毛泽东下来。

毛泽东对众人拱手：各位同志，请留步。我们就此道别吧。

庞叔侃：三哥，让我跟你一起走吧，路上也好有个照应。

李耿侯：就是啊，三哥，让你一个人走，我们实在不放心。

毛泽东笑：各位已经抬了我韶山这一路，接下来的路，该我自己走了。

毛泽东：叔侃，你虽年轻，却不轻狂，讲课很有一套，往后要向这几位同志大哥好好学习，会有更重的任务交给你的。

庞叔侃含着泪：我一定干好！

毛泽东：耿侯，你平常虽然话不多，但做事稳重踏实，好好带带叔侃，陈公桥的农会、雪耻会，你多费心了。

李耿侯点点头。

毛泽东：志申，你嫉恶如仇，苦大仇深，不过现在，敌人的势力还很强大，你要注意保护自己。假以时日，我们还要依靠你的经验，发展我们农民自己的武装，这样，才能不受欺负！

钟志申：我等着那一天！

毛泽东：新梅六哥，你是医者，我也是。过去你只治身体之病，现在咱们一起要治社会之病。你跟各家各户联络最紧密，往后还要劳烦你继续加强组织和乡亲们之间的关联，有什么动向，及时跟组织商量。

毛新梅：你放心，你在外也要照顾好自己！

毛泽东：福轩，这个支部，你是书记，要挑起大梁。虽然我走了，但农会、雪耻会还在，跟成胥生们的斗争也才刚刚开始。惭愧啊，一时无法跟你并肩作战了！

毛福轩：哪儿的话！三哥，等你下次回韶山，一定要让你看到个新局面！

毛泽东笑着点点头，对众人挥挥手，转身就走。

庞叔侃：三哥！你……你下面要去哪儿？我想去找你！

毛泽东没有回头，深深叹了口气：往前走。我就不信，前面没有路。

说着毛泽东快步走着，在五杰的目光中消失在迷雾里。

轿厢内，药箱静静地放在座位上。

长沙的街道薄雾笼罩，熟悉的青石板路上，毛泽东向前走着，他胡子拉碴，衣服也脏了，布鞋沾满泥土。路边的墙上张贴着有毛泽东画像的通缉令。毛泽东经过看见，低头转身。身后正是文化书社，远远都能看到易礼容和何叔衡在屋里谈话，然而几个警察在门口逡巡，毛泽东只好低着头匆匆离去。

大街上，报童从毛泽东身边经过。

报童：卖报！卖报！国民党大员廖仲恺遇刺！

毛泽东一惊：欸！等一下。

报童：先生买报吗？

毛泽东抓起报纸就看，看到报上写着"国民党财政部长廖仲恺于中央党部门前遇刺"。毛泽东一脸震惊。

报童一把将报纸夺走：不买就别看！卖报！卖报！

毛泽东踩着沾满泥土的布鞋，站在湖南一师的校门外，看到一师的学生们三五成群，意气风发地一起走出学校大门。少年们肆意地笑着，与毛泽东擦肩而过。毛泽东恍惚了一下，转身回望少年们，一阵惆怅。

昔日的自修大学一片残破景象，门上贴着的封条也被撕去大半。毛泽东看着，心中怆然。他进去，独自站在自修大学的院落中，只见角落已生杂草。

这时，有人推门而入，正是李达。

毛泽东：鹤鸣兄！

李达闻声回头，用手指扶了扶眼镜框，眯着眼看了好一会儿，才认出来。

李达：润之！

毛泽东走上前，勉力一笑。

李达有几分警觉，下意识地往四下里看了看，上前一把攀住了毛泽东的肩膀。

李达：没想到，还真是你！

李达住处内，不大的房间里，点着盏小油灯，毛泽东正狼吞虎咽地吃着一碗面条，旁边摆着一碟剁辣椒。

李达：会悟这两天回娘家了，别的我也不会做，你就只能吃这个了。

说着，李达又端上一碟花生米。

毛泽东：那这几天我就先住你这儿了。

李达：接下来，什么打算？

毛泽东：长沙我是不能待了，准备过两天去广州。（拌着辣椒吃面条）欸？你去自修大学做什么？

李达：自从被查封，每个月我都要回去几趟，"时时勤拂拭，勿使惹尘埃"。没想到，竟跟你如此重逢。（苦笑）没能替你照管好自修大学，一不小心，做了个末代校长，润之，我有愧啊。

毛泽东：鹤鸣兄，尽人事，安知时运，又何必自责？（抬头）有酒吗？

李达：酒？你不是不喝酒吗？

毛泽东：少废话，拿酒拿酒。

李达叹了口气，取酒和杯。毛泽东自斟一杯，一饮而尽，继续吃面。

李达：润之，你现下的处境，我多少也听说了些。你心里头憋屈，我理解。赵恒惕器量狭小，横征暴敛，我看他在湖南待不了几天了。国民党的人，我在日本就打过交道，三教九流，你不必与他们置气。我早就说过，国共合作就是闹剧,可就是没人听。至于仲甫,他的脾气,你还不了解?我回书斋搞我的学问,你搞你的革命,既然各自认定了要走的路,心之所善,那就别有怨言,过了河的卒子,只能埋头向前嘞!

毛泽东吃完面,一擦嘴。

毛泽东:这面做得不错。辣椒还少点力道。

李达:数月不见,竟变得如此消沉了,润之,这可不像你啊。

毛泽东自斟一杯:鹤鸣兄啊,咱们认识几年了?

李达一愣:你我虽是同乡,却是在上海开一大才认识,一晃眼,也有四年喽。

毛泽东:我这四年,左右奔突,上下求索,鹤鸣兄自是看在眼里。虽到今天还是一无所成,但平心而论,你觉得,我毛润之是优柔寡断、瞻前顾后的人吗?

李达:所以啊,我觉着不像你的做派。

毛泽东:感时伤世,我自是学不会的。但不瞒你说,连日来心中怅然,只因块垒难浇,疑则思问,今天得遇鹤鸣兄,我有三问,正好请兄赐教。

李达:赐教不敢,哪三问,你说来听听?

毛泽东:看今日之中国,谁是我们的敌人,谁又是我们的朋友?这是第一问。

李达:这个问题很清楚啊,我们现阶段的敌人就是帝国主义与军阀。

毛泽东:这固然没错,帝国主义和军阀是革命的首要对象,但我们的革命,仅仅是为打倒旧军阀和帝国主义吗?其他的政治力量呢?他们既然不是我们的敌人,那么,他们该不该成为我们的盟友?

李达:不能一概而论吧,非敌非友的势力,一定是有的。

毛泽东:问题就在这里!我这次在韶山干了几件事,一位封建族长帮了些忙;从韶山脱险,也多亏一位县议员报信。对那些非敌非友的庞大的力量,我们该如何看待呢?比如中产阶级,在受外资打击、军阀压迫,感觉痛苦时,他们需要革命;但当地位受到勇猛的革命威胁时,他们又会怀疑革命。再比如一部分小资产阶级,大概原先是所谓殷实人家,生活渐渐变得困窘了,每逢年终结账一次,就吃惊一次,说:"嗨,又亏了!"这种人渐次过上了凄凉的日子,在精神上感觉到痛苦,因此,是比较倾向于革命的,是小资产阶级的左翼。而那些经济上大体自给的小资产阶级,受着压迫和剥削，起早散晚，方能勉强维持生计，他们怨天尤人，因为关乎生计，所以并不反对革命，但又怀疑反帝反军阀的运动能否成功，所以不肯贸然参加，取了中立和观望的态度。

李达主动给两人倒上酒，干了一杯。

李达：润之，你这次回韶山待了有小半年吧？

毛泽东：两百天有余了。

李达：那我问你，你对农村怎么看？农民呢？他们是不是革命的盟友呢？

毛泽东：依我看啊，半自耕农和贫农，是农村中一个数量极大的群体。农民问题，主要就是他们的问题。他们一般都受地主老财的剥削，叫苦不迭。我成立农会后，发动乡亲们跟韶山豪绅恶霸成胥生斗，减租子，平粜阻运，乡亲们的热情啊，高涨得很！我们须得注意，农村里有着大量失了土地的农民，他们算是游民无产者，这一批人很能勇敢奋斗，有破坏性，如引导得法，是完全可以变成一种革命力量的。鹤鸣兄，工农工农，以前我们把很多精力放在了工运上，对农民问题是漠视的，对农民的力量，也认识得不够啊！

李达：可倚重和发动工人阶级，是苏俄革命胜利的经验。

毛泽东：我想问的是，俄国革命的经验，就一定每一条都适用于中国革命吗？

沉默，二人沉默。

李达：看来，你已经找到答案了。

毛泽东摇头：谈何容易啊！行难，知亦难。我只是用我的眼睛在看，用我的耳朵在听，用我的脚在走。我以为，中国过去一切革命斗争成效甚少，根本原因，就在于没有团结真正的朋友，以攻击真正的敌人。而我们要分辨真正的敌友，当务之急，就是要将中国社会各阶级的经济地位以及他们对于革命的态度，作一个大概的分析！

李达沉吟片刻：这项工作，当真还没有人做过。

毛泽东：反正我现在就是个闲人，别的也干不了，我来吧。

李达：做一名革命者，须先要做一等一的社会研究家。听了你这席话，惭愧，惭愧！润之，你的第二问呢？

毛泽东自斟自饮。

毛泽东语气平淡：我的第二问是，未来中国的命运，究竟由谁来做主？

李达也自斟自饮，表情激动。

毛泽东：五卅运动的雄阔画卷，我们看到了，这宣告大革命的高潮已经到来。这次运动，各阶级的政治态度都有充分的表现，但又有几人看到了革命联合阵营内部出现的裂缝和问题？顾正红的鲜血，帝国主义的狰狞，足以证明：目前的内外压迫，非一阶级之力可以推翻，唯有促成无产阶级、小资产阶级及中产阶级左翼合作的国民革命，才能抗衡进而打倒帝国主义与军阀。

油灯突灭，李达要点，被毛泽东拦住。

毛泽东：等会儿，听我说完。这是国民革命之目标，也是我们与国民党合作的初愿。可事实呢？树欲静而风不止，我们共产党一直在秉守精诚合作之宗旨，可国民党呢？右派和所谓的"中间派"组成了合唱团，明里暗里跟联俄、联共唱反调。就在两周以前，廖仲恺先生在国民党中央党部门口被右派刺杀！青天白日，众目昭彰，廖公何罪啊？！追随中山先生，遵从"三民主义""三大政策"，这也是罪？！他们连国民政府的财政部长、军事委员会常务委员都敢刺杀，还有什么是他们不敢的？！

李达站起，走向窗边：竭忠尽勤，碧血丹心，廖公之死，国民之大恸，革命之大悲！

毛泽东：鹤鸣啊，悲痛是唤不醒他们的。廖公之死，除了鲜血，让人艰于呼吸的鲜血，我们还看到了什么？

火柴一点，油灯亮了。

毛泽东：我们看到的是，这场革命中，对领导权的争夺绝不会停息！这是国共之争，更是资产阶级与无产阶级之争。今日之中国，如百舸争流的竞技场。我们所力行的革命，到底是什么性质？发展前途又在哪里？无产阶级跟资产阶级到底是什么关系？谁才是国民革命的真正主人？无产阶级在国民革命中该不该取得领导权？又怎样才能实现领导权？！

说至激动处，毛泽东一阵浅咳，又自饮一杯。

毛泽东：鹤鸣兄，我在国民党上海执行部就职一年，身所历，目所及，为国共合作大局计，个人得失荣辱都不值一提，但作为一名共产党员，这些问题我不能不问，更不能不想。我们可以忍，可以退，可以让，但我们须想清楚，我们的妥协和退让究竟是为了什么？这些日子，我越发强烈地感觉到，一个尖锐的问题已经摆在了我们面前——中国的革命，究竟由哪一个阶级做主？中国未来的命运浮沉，又到底由谁来主宰呢？！

李达：润之，你的这些问题，我回答不了。我想，包括陈仲甫，还有过世的中山先生，恐怕也回答不了。你这一串问题，让我想起了屈子的《天问》——"上下未形，何由考之？明明暗暗，惟时何为？"

毛泽东微笑：鹤鸣兄应是懂我了，"薄暮雷电，归何忧？"

李达对道：只道是，"环理天下，夫何索求？"

毛泽东：是啊，夫何索求？十年前，我在长沙第一师范，真真恰同学少年，豪气干云，激扬文字，指点江山。一师和新民学会当年的学友、战友们，叔翁、和森、警予、维汉，还有章龙，现今都是我党的中坚力量，也都投身于革命的滔滔洪流中了。

李达皱了皱眉：你这话，怎么听着像是在嘲讽我呢？

毛泽东笑：鹤鸣兄，这可是你多心了。脱党与否不重要，重要的是，你一直信奉着我们的主义，还宣传我们的主义，从你研究的经济学上讲，如果我们党是一家公司，你还是这家公司的原始股东呢。我相信，终有一日，你会回来的。路漫漫兮革命长途，微斯人，吾谁与归？

李达笑：润之啊，假若你不搞革命，一定会做个诗人！那你的第三问呢？

毛泽东干了杯酒，看向李达：我已经问过了。

李达愣了一愣，随即反应了过来。

李达喃喃自语：微斯人，吾谁与归？

毛泽东双目微闭，面露微笑，似醉非醉。

骤雨初歇，地面潮湿未干，夕阳却已挂在了天边。毛泽东行至橘子洲，立于洲头。夕阳洒在他的脸上，他双手背在身后，微风吹起了他半长的发丝，他举目岳麓山。他心中满是迷茫，又充满希望：独立寒秋，湘江北去，橘子洲头。看万山红遍，层林尽染；漫江碧透，百舸争流。鹰击长空，鱼翔浅底，万类霜天竞自由。怅寥廓，问苍茫大地，谁主沉浮？

渔夫的声音传来：伢子，又见面了。

毛泽东转头，看到了四年前见过一面的渔夫，他正坐在橘子洲头，旁边放着空空的鱼篓。

毛泽东：老人家，您的渔船呢？

渔夫：漂走啰。

毛泽东望向江面：您不去追吗？

渔夫悠然：那么大的江，我能追得上吗？

毛泽东疑惑：船就这么丢了，您还怎么捕鱼呢？

渔夫：船丢了，我可以再做个竹筏，若做不成竹筏，就索性换个地方。只要人在，丢只船又算什么。

毛泽东喃喃：只要人在？

渔夫拿起鱼篓：人在，路就在，往前走就行咯！

看着渔夫离去的背影，毛泽东心中豁然开朗，对渔夫深鞠一躬。

1925年9月，毛泽东离开长沙前往广州。

毛泽东站在前往广州的轮船船头，望着前方，轮船在航道中乘风破浪。

毛泽东：……恰同学少年，风华正茂；书生意气，挥斥方遒。指点江山，激扬文字，粪土当年万户侯。曾记否，到中流击水，浪遏飞舟？

陈独秀独自在办公室，瞿秋白拿着一份文件走过来。

瞿秋白：仲甫先生，广州来电，希望我们派人协助国民党宣传部开展工作。

陈独秀：能统一宣传口径，掌握宣传渠道，这是好事情。不过，听说他们宣传部荒废已久，这个活儿不好干。

瞿秋白：确实，咱们要派的人，既要头脑灵活，善于在复杂环境中闪转腾挪，又要对组织绝对忠诚，不会被右派牵着鼻子走；既得熟悉我党的目标方向，又要了解国民党的行事做派，同时，还得有丰富的宣传经验。

陈独秀：那你说谁合适？

瞿秋白：本来和森挺合适，但他过阵子得去莫斯科参加共产国际第六次执委会的扩大会议。那现在看来，就只有毛泽东了。他当年办《湘江评论》，还长期给《大公报》撰稿。搞宣传，他是有经验的。

陈独秀陷入沉思。

瞿秋白：关键他眼下人就在广州。

陈独秀：他不是在韶山搞农运吗？

瞿秋白：被赵恒惕通缉了！一路逃亡，身体比较虚弱，正在广州东山医院疗养呢。

陈独秀打断：我看，你就是来给毛润之当说客的！

瞿秋白：仲甫先生，冯唐易老，李广难封，润之这样的人才，就这么闲置着，可惜了。

陈独秀：你说得也有道理。（笑着说）对呀，我们累死累活，可不能让润之躲清闲，你通知他出来干活！马上去广州国民政府报到！

第十四章　病愈出山履新职，妙笔生花荐轩辕

　　黄埔军校校园一角，树木郁郁葱葱，周恩来和蒋介石在树下并肩站着，有学生正在给树浇水。
　　蒋介石：这些树，还是黄埔建校时廖公手植的。
　　周恩来：是啊，不过一年半，都已经亭亭如盖。
　　蒋介石：十年树木，百年树人，还好黄埔已经多的是会照料它们的人。
　　周恩来：廖公遇刺前一天，还在四处奔波为黄埔筹集经费。他说为党、为国牺牲是革命家的夙愿。
　　蒋介石：记得国葬那天，黄埔师生、广州市民来了二十多万，廖公九泉有知，或可告慰一二了。
　　周恩来点头不语，蒋介石望着天，眼中复杂。
　　蒋介石：斯人已去。还得想想眼下的事。
　　周恩来：校长是说，黄埔收编了许崇智在广州的部队，他的潮汕旧部慌慌张张去投靠了陈炯明？
　　蒋介石：没想到，廖公案后几大元老四散而去，陈炯明死灰复燃。
　　周恩来：广州国民政府成立不久，省外各路军阀盘踞，省内南路八属与广州抗衡，如今陈炯明又蠢蠢欲动，我们国民革命确实内忧外患。
　　蒋介石：陈炯明还有英国佬支持，如果不能肃清潮梅收回南路，完成广东统一，英国人的算盘会越打越响，广州也过不了多久太平日子。看来二次东征刻不容缓了，恩来，你意下如何？
　　周恩来沉吟点头：没有东征，何以北伐？
　　蒋介石想了片刻，一人径直向校舍走去。周恩来还在原地，看了看廖公手植的树。

　　国民政府大楼里，偌大的办公区内，十几名穿西服或中山装的职员或坐或站，都在忙碌。一个穿长衫的人（毛泽东）提着手包，穿行而过。
　　办公室内，汪精卫正在批阅文件，敲门声响。
　　汪精卫：进。

汪精卫不紧不慢倒了两杯茶。一杯递给毛泽东。毛泽东坐下。

汪精卫：听说你前阵子在休养身体，好些了吗？

毛泽东：到了革命中心，是觉得清爽了些。

汪精卫：我和你说啊，人闲百病生，还是得动起来。你呢，当初在上海实属有志难伸，仲甫又慧眼不识珠，这几年我虽与你见面不多，可私底下常听你的消息，你凭一己之力在湖南建了多个国民党支部，这能力，实属我党翘楚。

毛泽东：汪主席言重了，您今日叫我来，怕不是只让我听谬赞的。

汪精卫一笑点头：没错，你应该听说了，我宣传部急需人手。好些年前你办《湘江评论》，一个人每月写那么多篇文章，还把编辑、校对、排版、印刷、发行都包了。后来《大公报》的文章我也读过，你这个人，会想会写，组织能力又强，来国民政府干宣传，再合适不过。

毛泽东想了想：只要能为国民革命尽一份力，我义不容辞。

走廊尽头，窗口处有个背影，此人正是蒋先云。

会议室里的声音正传出来。

汪精卫：我宣布，中央党部常务会议决定，毛泽东同志为国民党中央代理宣传部长。

一阵掌声。

蒋先云转过身来等着，见那扇门开了，毛泽东等一行人走出来。几个常委正在祝贺毛泽东。

常委：恭喜啊毛部长。

汪精卫：润之，之前我分身乏术，实在顾不上宣传部，这回交给你了，大刀阔斧地干。

毛泽东：主席放心。

几人说着散去。

蒋先云从一边过来：润之先生。

毛泽东见是蒋先云正大步过来，一喜，连忙快步迎过去。

毛泽东：湘耘！

蒋先云说话有些急：润之先生，我早想来见您了，今天才得空，先生晚上有公务吗？

毛泽东摇头：没安排呢。

蒋先云：那太好了，我带您到江边吃河鲜去，顺便给您介绍两位朋友。

毛泽东笑：什么朋友，这么神秘？

蒋先云：您去了便知。那说定了，晚上六点，临江路半溪酒家。学校还有事，我得赶紧回去了。

毛泽东点头：快去吧，晚上见。

毛泽东目送蒋先云离开，刚走两步，又听身后有人叫他。

陈秘书：毛部长，请留步。

毛泽东转身，见一个文人打扮，戴金丝眼镜的人（陈春圃）满脸笑着快步过来。

陈秘书：毛部长，您这脚步轻快，可追上您了。

毛泽东微微回头看，自己不过出门数十米，一笑：您是？

陈秘书：失敬失敬，我是咱们中央宣传部的秘书，按说明天办公室咱们就见了，可部里几位骨干等不及，今天要给您接风，地方都选好了，鸿声大酒楼。

毛泽东一笑：诸位太客气，吃饭就不必了。

陈秘书笑：要去要去，大家都把晚上时间空出来了，一是为您接风洗尘，二是想借此机会，彼此熟悉熟悉，两全其美。

毛泽东：实在不巧，我晚上约了人，要不改日？

陈秘书：毛部长，可不能辜负大家一片赤诚之心。再重要的人也没咱宣传部的人重要啊。车我姑父已经备好了！咱们这就出发！

毛泽东：你姑父？

陈秘书：哟，忘了自我介绍了！我姓陈，陈春圃，汪主席夫人陈璧君是我姑姑。

毛泽东若有所思。没等毛泽东反应过来，陈春圃已将毛泽东硬生生拉走了。

船舱包厢内，周恩来和陈延年已经到了。

陈延年：掌柜，我们先点菜吧，你们好杀鱼备着。

掌柜：不用点，蒋长官早来吩咐过，你们今天有重要客人，我那儿最好的鲩鱼都给你们留着呢！

话音未落，蒋先云掀开帘子走了进来。

蒋先云：哟，你们赶得早，约的六点，润之先生应该也快了。

一个颇为讲究的包厢内，毛泽东、张克强、陈春圃、刘衡、黄棠等围桌而坐，满满一桌佳肴。几人形态各异，刘衡是精致文人模样，黄棠是得过且过散仙老者之态，张克强面相最为踏实。

所有人正端杯起身。

陈秘书：来来来，我们先一起敬毛部长一杯，希望我们宣传部在毛部长带领下，生龙活虎，蒸蒸日上！

一众人干杯。

毛泽东：很荣幸将要和大家共事，古语说"人心齐，泰山移"，希望在座诸位各擅其长，各显其能，咱们一起把工作干好。

陈秘书：好！毛部长真是字字珠玑。毛部长，您可是宣传部头一个既没担任过秘书，又非副部长高升，直接就做了代理部长的。能与毛部长共事，我辈与有荣焉。这在座的，日后都是您的良才猛将，你们也介绍介绍自己！

刘衡捧场：好啊！

陈秘书：等等，定个小规则。咱们宣传部，放清朝那是礼部，整个朝廷最有文化的地方。所以你们介绍自己，必须有宣传部特色！

刘衡笑：陈秘书，在毛部长面前不给我们留些脸面？那我先抛砖引玉献丑了，我叫刘衡，人生到处知何似，应似飞鸿踏雪泥。雁过留痕我留文。我在部里负责笔墨丹青，装点润色。日后还请毛部长多多指教。

陈秘书：黄老，到你啦。

黄棠沉吟：黄……棠。

黄棠想了想，捋了捋胡须：承黄老之术，万事不挂心。又叹春似酒杯浓，醉得海棠无力。

陈秘书鼓掌助兴：精彩！

毛泽东并无多少兴趣，笑了笑：请问黄老在宣传部主要负责什么？

黄棠微皱眉，不知如何回答。

陈秘书：我们写文章，自然也要黄老把关。

毛泽东不动声色地点点头。

张克强：毛部长，我叫张克强。要论文才，我肯定比不过在座几位，我负责宣传部的美术工作，报纸设计、排版之类。

毛泽东微微点头。

陈秘书：太平淡，不过关，罚酒。

张克强只得拿起杯子一饮而尽。

陈秘书：毛部长，工作的事咱们明天再谈，今天机会难得，认识您，我陈春圃特别高兴。以后您指哪儿，我打哪儿。

陈秘书将酒杯向毛泽东轻轻一碰。

毛泽东：我实在不胜酒力，今天就这一杯。

毛泽东浅尝辄止，放下杯子。

张克强：毛部长，听说您是湖南人，吃得惯广州菜吗？

刘衡：不碍事，但使主人能醉客，不知何处是他乡，喝酒喝酒……

毛泽东看向窗外，已是夜色幽蓝，一轮圆月升起，他无声一叹。

船舱包厢内，蒋先云、陈延年、周恩来等人坐着，掌柜探头进来。

掌柜：几位，鲩鱼能下锅了吗？都几个时辰了，再放可就不新鲜了。

几人看看外面，都没说话。

掌柜：整个江边都没人了，你们等的人还来吗？

陈延年看看周恩来。

周恩来：还是再等等吧。

蒋先云：润之先生从没食言过……

蒋先云话音未落，船舱帘子被掀开，毛泽东探头进来。

毛泽东：诸位，久等喽。

几人回头，见是毛泽东，都起身。

陈延年：毛润之，你架子不小啊。

毛泽东一怔，有些尴尬。蒋先云也有些紧张。

陈延年指着外面：你再不来，砧板上的鱼都要睡着了。

众人哈哈大笑。

蒋先云：润之先生，这位就是中共广东区委书记陈延年。

陈延年上前一步，张开双臂拥抱了毛泽东。

陈延年：自罚三杯啊！

毛泽东：好！

蒋先云对毛泽东介绍：这位是我们学校政治部主任，周恩来先生。

毛泽东看着周恩来，一笑：大江歌罢掉头东？

周恩来笑：粪土当年万户侯。

毛泽东：虫声唧唧不堪闻。

周恩来：忆往昔峥嵘岁月稠。

两人哈哈大笑，拥抱彼此。

蒋先云笑：今晚这是恩来自泽东，润之可延年，当真是群英荟萃。各位，请入座。

陈延年：就你湘耘会说。掌柜，上鱼，多放辣椒！

四人坐下。

陈延年：早听闻湘人嗜辣如命，广府的柿子椒你肯定不过瘾，听说润之兄到广州，我即刻托人从粤北带的韶关辣椒，给你一解乡愁！

毛泽东：惭愧惭愧，今天本想早早脱身，不料刚到宣传部，就被架去跟那些新同事打了个照面，差点儿就对不住延年同志的辣椒咯！

陈延年：润之，你在宣传部，面对的是汪精卫，恩来在黄埔，面对的是蒋介石。你们既要贯彻我们党的方针，而舞台又是国民党的，你们的工作，都不容易哪！

周恩来：要说不容易，广东区委上承中共中央，还要对接国民党中央，你延年书记才是真不容易！

陈延年：恩来说得没错，广东区委的上级领导是陈总书记。虽然我们党交给咱们的工作不同，可确实无论哪块，我们的同志都要面对国民党的领导。这是个大难题啊！

周恩来：说到底，是关于中国革命领导权的问题。咱们要不要争取领导权？如何争取？这恐怕是我们今后工作中将不得不直面的问题。

毛泽东：依我看，无论什么时候，我们都得有自己的魂儿！不管在哪个舞台，都得唱得出自己的戏。

夜里，毛泽东住所前，两人站在路边道别。

毛泽东：之前就听说你要去前线了，我还在为你担心，今天见到你，我没有疑虑了。

蒋先云：其实我还是很迷茫。说是左右派之争，好像又不止于此。军校里，孙文学会和青军会也闹得不可开交，动辄恶语相向，我经常不知道我们共产党人，到底何去何从……

毛泽东：湘耘，你能做什么？

蒋先云：军人，无非练枪练兵。

毛泽东：那就一门心思练下去。待有一天我们找到了答案，我们也做好了准备。

蒋先云：每一次，从不例外，先生的话，总能解我心中郁结。

毛泽东上前拥抱蒋先云，拍拍他的肩背：一定保重。

黄埔军校宿舍楼下，蒋介石正背着手，面色平平望着他。蒋先云一怔，赶紧过去。

蒋介石：听说你去见了个老乡？

蒋先云迟疑一下点头：与一位故知叙了叙旧。

蒋介石：故交不可忘，前路更可期。马上要东征了，现在可是你养精蓄锐的时候。

蒋先云：明白。

蒋介石点点头，径自走了，走出两步又回头。

蒋介石：湘耘，你在军中责任重大，以后再有什么事，提前和我说一声。

天光大亮，国民政府大楼前，偶有人员出入。宣传部办公室内，墙上的挂钟指针一下一下地挪着，即将指向十点。

偌大的办公室内，七八张桌子空着，只有毛泽东一人坐在桌前批阅文件。张克强不紧不慢地进来，抬头一看，见是毛泽东，甚是意外。

张克强：毛部长，您都到啦？

毛泽东：我记得是九点上班。

张克强笑：昨晚上大家喝得尽兴，这会儿估计还睡着呢。

张克强走向办公桌，往杯里加茶叶。

张克强提着暖壶过来：您下回也不用这么早。我给您添点儿水。

毛泽东用手挡住茶杯，抬头问：你们一向如此吗？

张克强有点儿不明所以。

张克强：……这，主要是来了也没多少事做。

毛泽东接过暖壶倒水：我自己来。你们平日都做些什么工作？

张克强：咳，主要就是给领导发言稿润润词。

张克强说完觉得不对，又找补：也得管管《广州民国日报》。

毛泽东指着空桌子：那些地方都有人吗？

张克强：今天几号来着？

张克强看看月历。

张克强：巧了，今天要发薪水，那他们今天都会来。

毛泽东点头，继续看文件：把全国各省市分部的宣传科负责人名单给我一份。

张克强：您说……全国的？

毛泽东：怎么，咱们不是中央宣传部吗？

张克强：……全国的没有。

毛泽东：那先拿临近的广西、福建、湖南的吧。

张克强：也没……

毛泽东：广东本省的，总该有了吧？

张克强：……还在整理。

毛泽东：行，我自己去找，宣传部资料室在哪儿？就是存放过往报纸刊物的地方。

张克强：我入职以来，从未听说有这种地方……

说话间，陈秘书和黄棠有说有笑地进来。

陈秘书：哟，毛部长都到了？我带了早茶，您看喜不喜欢？

黄棠伸了一个懒腰：昨天这酒，喝得舒服……

毛泽东冷着脸起身：陈秘书，麻烦你把本部门人员列个名单，来一个签到一个，等人到齐了开会。

毛泽东冷着脸走出门去。

会议室内坐了十几个人，每个人面前都放着茶杯，毛泽东正在主持会议。

毛泽东：不久前，直系军阀孙传芳发动了反奉战争，这是我们向大众宣传革命的好时机，具体宣传方案大家有什么想法，可以畅所欲言。

毛泽东说完，底下一片沉默。

毛泽东：没关系，想到什么就说什么。

职员甲：说是反奉，其实还是直系打奉系，军阀混战和我们没关系吧？而且这回各方面关系错综复杂，和老百姓不好解释啊。

毛泽东：事件复杂，就抓主要矛盾。军阀混战为什么复杂？就因为军阀背后是不同帝国替他们撑腰。所以我们宣传导向就两个，反帝、反军阀。

职员乙：就算有导向，如何下笔还是难……

毛泽东：宣传是什么？不就是对人说话？弄清楚三个问题就一点儿不难。一、说什么；二、对谁说；三、怎么说。

底下一片沉默。有的低头喝茶，有的沉思，都躲避着毛泽东的目光。

毛泽东：第一点，党政机关的刊物要说什么，想必大家清楚，无须我赘述。那第二点，对谁说，从诸位的文章来看，恐怕还没想透彻。

毛泽东举起一份报纸：拿这篇举例，"一越邻省，恍如异国，使用钞票，非曰贴水，则曰不用"，这本意是呼吁统一币制，可说得云山雾罩。还有文艺副刊，"火里青莲同命鸟，一缄红泪剩汍澜"，就这些字，多少老百姓能认全？

陈秘书：国民确实识字率低，可中央宣传部是门面，写文章不能将就他们吧？

毛泽东：诸位可统计过，读书人在全国占比多少？若读者仅限于此，那你们自己搞个协会，写漂亮文章互相欣赏岂不更好，何须宣传部存在？

陈秘书低了低头，不再说话。

毛泽东：我今日明确地告诉诸位，国民革命的宣传对象就是最广大的人民群众！我们的宣传好比种子，民众好比土地，我们就是要和民众结合起来，在他们中间生根、开花。文化低不是他们的错，而是诸位要力求解决的问题，这就是我说的第三点——到底怎么说。

黄棠：毛部长的意思，就是降低趣味，写淡而无味的大白话？

毛泽东：错！只有官气是低级趣味，摆架子、摆资格，看不起人才是最低级的趣味！谁说民间语言淡而无味？诸位多往下跑跑，去听听他们的话多生动活泼，那是土地里长出来的，气血充沛得很！好好学学他们的语言修辞，日后做宣传，每一句话，去锤炼到街坊太婆都能听懂，才算你们有真功夫！

一众人皆是默默低头喝茶，目光躲闪，再不敢多言。

上海陈独秀的办公室内，陈独秀坐着，对面是蔡和森。两人正就着一碟花生米聊着天儿。

陈独秀：听说毛润之这宣传部长干得有滋有味。

蔡和森：是，搞宣传是润之老本行，你知道他新闻写作理论跟谁学的？"铁肩辣手"邵飘萍。

陈独秀不置可否，只点点头：名师高徒。

说话间，瞿秋白拿着两本小册子走了进来，正是《国民革命与中国国民党》《孙文主义之哲学的基础》。瞿秋白把两本册子放在桌上。

瞿秋白：你们都看了吗？

陈独秀：想不看都难，这两本册子出版不过百天，发行量过万。

蔡和森：今天收到邓演达的信，他在德国都看到了。

瞿秋白：那你们还坐得住？这里面说来说去可就两点，反对阶级斗争，肃清国民党内的共产党。

陈独秀叹了口气：你们知道创建我们党的时候，我引为知己的是谁？

陈独秀用手点着书：就是他，戴季陶。五年前，他和李达、李汉俊那群人成立了马克思主义研究会，他甚至参与过起草党纲。

瞿秋白：走着走着变信仰的人不少见，不过此人诡谲之处在于，他给阶级调和论披了中国传统文化的外衣，因此很有迷惑性，追随者众多。

蔡和森：他那套阶级调和论，无非希望无产阶级放弃个人利益，老老实实听资产阶级的话。可此人极擅煽动，说阶级斗争要使国民吃不必要的痛苦，负无所得的牺牲。共产党的主张，让他替中国悲伤。

瞿秋白：呵，还说我们借国民党的保护力，发展自己的组织。

陈独秀：保护力？可笑至极！他国民党现在在广东以外有政权？他们就没受帝国主义和军阀压迫？保护我们，怎么保护？是勾结洋人和军阀吗？我得问一问汪精卫，他国民党还要不要名誉了？

瞿秋白：仲甫先生说得是，反帝反封建的大任，光依靠国民党那头是行不通的，眼下守常先生已经跟奉军第三军团的郭松龄建立起联系了。

陈独秀：这个郭松龄，倒是个对国民革命心怀同情之人。

滦州奉军第三军团指挥所岗哨林立，一名奉军军官拿着文件敲门，一位中年妇人（韩淑秀）谨慎地将门打开一条缝，军官敬了个礼。

军官：夫人，郭副司令在吗？

韩淑秀：茂宸（郭松龄）受了风寒，已经歇息了。有什么话，我来转达吧。

军官将一个文件袋交给韩淑秀：少帅请郭副司令明日下午开会。

韩淑秀关了门。屋里，隔着一个屏风，屏风后郭松龄和李大钊正端坐着。韩淑秀将文件袋交给郭松龄，顺便为两人的茶杯添了水。

韩淑秀：守常先生勿惊，这里很安全。

李大钊：久闻将军英雄伉俪早在前清即有襄赞革命之心，将军民国六年更亲赴广东，力助中山先生护法，报国之心，拳拳可见。为何兜兜转转，今日反为张作霖掌起了家兵？

郭松龄不语，韩淑秀抢白。

韩淑秀：先生真是一语中的！今日广州是革命圣地，可八年前护法失败，中山先生尚且受尽委屈，茂宸这样的客军更是无处容身。听闻张大帅在东北治理有方，便来投效。

郭松龄：谁知他张作霖跟吴佩孚、段祺瑞是一丘之貉！打着保境安民的口号，实则一心所图的，不过自家的地盘！

韩淑秀示意郭松龄小点声。

郭松龄：怕什么！天津是少帅的地盘，我在少帅跟前都直言不讳。

李大钊笑：说起少帅，中山先生都觉得他是个深怀图强思变之心的新青年。

郭松龄：少帅不同其父，东北若由他经略，定能远避战端，焕然一新。

李大钊：可大权集于其父，少帅有志难为啊。

郭松龄：先生说得一点没错！（拿起文件袋狠狠摔在桌上）这份文件，不用看都知道，定是大帅又逼着我们打国民军了！明明日本的军队还在我们东北老家横行霸道，我们不敢对日本人动手，却每每要跟同胞自相残杀！少帅也觉得窝囊！

韩淑秀：上个月我陪茂宸去日本观操，参谋本部居然有人问他是否来替张作霖换约。

郭松龄：我这才知道，原来张作霖一直靠出卖东北利益换得日本人支持！那我这么多年替他效命，不就等于替日本人效命！作为一名军人，我深感羞耻！

李大钊：张作霖的背后是日本，吴佩孚、孙传芳背后更是纠集了英美势力，列强操控各路军阀互相撕咬，令我泱泱中华四分五裂！外国人从中得利，中国人同室操戈，使我东亚雄狮永远沦为供他们蚕食吸血的病躯啊！

郭松龄：先生一言，实在是惊醒梦中人！我读先生文章方知，唯有苏俄，并非资本家或军阀的政府，而是庶民国度，实乃我辈之榜样。故今日起，茂宸发誓决不再为私兵走狗，而要做国家的军人、庶民的军人！国家殆危至此，茂宸虽一介武夫，亦愿为国族之振兴血荐轩辕！

　　国民政府大楼会议室内，国民党中央执行委员会第一百一十三次会议正在进行。汪精卫、毛泽东，还有数名常委坐着，桌上放着《国民革命与中国国民党》《孙文主义之哲学的基础》两本小册子。汪精卫手边放着陈独秀的信。

毛泽东严肃地说道：这两本册子的言论，只有理论，没有事实。作者对现实问题、历史情况都没调查清楚，由此得出的结论必定是瞎说一通。可因他言语极富煽动力、迷惑性，普通读者难以分辨，我建议中央宣传部立即发表声明，表达态度和立场。

张静江：只是两本出版物，这么做，会不会太兴师动众了？

谭延闿：是啊，过去对言论反动的刊物，我们一般查封就是。

毛泽东：戴季陶此人，是前任中央宣传部长，也曾在黄埔军校当过政治部主任。他可以声称言论仅代表自己，可老百姓不会这么想，他们会认为这就是政党的意思。

毛泽东顿了顿，继续说：这两年，因为国共合作，党内已分裂出左、中、右三派，各派间互不相容，都想争权，现在有人要争国民党的话语权了。戴季陶纵使不是其一，也难免为有心者利用，添油加醋做反动宣传，破坏国共关系。

众人面面相觑。

张静江：汪主席，您觉得如何？

汪精卫沉吟：我先想想，你们继续说。

谭延闿点头：与党义相关的出版物，确实应由中央把握方向。

张静江：可是此出版物已发行过万，此时举措，怕是收效甚微。

毛泽东：所以要快，我们立刻向全国各支部发通告，告知所有党员，该书只是个人意思，并未经中央鉴定。还有，为杜绝此类事件，我提议今后凡关于党之主义与政策之根本原则之言论，非先经党部决议，不能发表。

谭延闿：我同意。

常委纷纷表态：我也同意。

一直沉默的汪精卫开口：既然大家意见一致，我看此事可以落地执行了。

国民政府大楼阳台上，两人站着远眺。

汪精卫：戴季陶何许人也，最早追随中山先生的人，国民党元老。此令一出，整个党部必是满城风雨。不过既然说了支持你，压力我替你顶着就是。

毛泽东：汪主席，此事关乎大是大非，无关一己之私，所以，您并不是替我，而是着眼国共合作之大计。

汪精卫见毛泽东不领情，只得笑笑：宣传部工作还顺利吗？

毛泽东想了想：目前宣传部问题颇多，我还有三个请求，需要您继续支持。

汪精卫：……说说看。

毛泽东：第一，请主席给我人事任免权。

汪精卫想了想点头：你是宣传部长，你的人你说了算。

毛泽东：第二，我要改革全国的宣传制度。

汪精卫：……全国一体，动起来要谨慎，这样，你先把想法整理成文，我们再议。

毛泽东：好，那还有最后一个。

毛泽东看着汪精卫：请主席把戴季陶调来广州国民政府工作。

汪精卫意外：这戴季陶现在对你们共产党可不太友好，你把他调到身边来做什么？

毛泽东：把孙猴子召回御马监，大家才能安心，再说，他也该来党部学学正道，反思反思自己的行为。

汪精卫看着毛泽东，神色耐人寻味，最终还是唇角一扬，点了点头。

广州街头茶摊上人手一份报纸，反奉战争的事被画成漫画，其他文章标题亦是直白生动。

茶客甲：有意思，这回我懂了，是奉系仗着日本人撑持胡作非为，打他们就是打日本人，该打，该反！

茶客乙：你别光看画，这故事也有趣，让老百姓过苦日子的不只是洋人，还少不了这些老板资本家。

一辆黄包车从广州街头驶过。车上，戴季陶看着报纸。他的行李箱放在一边。

黄包车师傅：先生从哪儿来？

戴季陶：北京。

黄包车师傅：来广州出公差吗？

戴季陶看着外面：我是回广州，不是来广州。

路边有几个小孩追逐唱歌：打倒列强，打倒列强，除军阀，除军阀……

戴季陶：儿歌都变成这样了？

黄包车师傅笑着说：看来您离开有一阵子了，最近流行起来的，哪儿都能听到。嘿，您到了！

黄包车停在孙科住所门口。

孙科家客厅，戴季陶和孙科正在沙发上坐着，仆人端来两杯咖啡。

孙科：季陶兄，尝尝，巴西的咖啡，今天到港的货船带的。

戴季陶搅动了几下：想想清朝那会儿，这东西都是给宫廷上贡的，现在广州街头都有咖啡馆了，都是总理给的福祉。

孙科一笑：大势所趋。季陶兄这次回来具体做什么？

戴季陶：中央宣传部长已另有其人，我就当个常委，管些杂事。

孙科：汪主席好像很赏识毛润之。这街头巷尾的儿歌、人手一张的报纸，都是他上任后搞的吧？

戴季陶：我在上海和他打过几次照面，民间搞宣传他确实有一套。共产党不就喜欢这些？还发动一帮愚昧的农民搞革命，无恒产者无恒心，农民能对抗那些洋枪、洋炮和军阀吗？

戴季陶拿起方糖放进咖啡：早就和总理说过，叫共产党参加可以，但只能把他们当配料，绝不能做正菜，要不必然养虎为患，可现在国民政府有多少共产党身居要职？黄埔军校又有多少？第一任政治部主任是我，现在呢？周恩来？

孙科：你听说了吧，林森他们已经到上海了，打算和谢持、叶楚伧几人在北京开第一届中央执行委员会第四次全体会议，议题嘛……

戴季陶一笑接话：反共、反汪精卫、反鲍罗廷。不瞒你说，我还参与了讨论，但他们对汪精卫和共产党的处理方案略粗暴了。依我之见，应该对汪精卫先行劝告，对共产党的处理，也该先告知中共，免得让广东方面认为我们的会议只是一场片面分裂行动。

孙科：果然又是你的中庸之道。

戴季陶：不，这叫欲盖弥彰之策，一般人看不懂罢了，孙兄不可能不懂。

孙科：说到这里，我倒想起你那兄弟蒋介石，把这套手段用得高明，左右逢源，不偏不倚。

戴季陶：他和我还不一样，我们搞政治，他志在军事。

孙科：我听说廖公遇刺当天，所有人把矛头指向胡汉民，是蒋介石当机立断包围了老胡家，迅速将其软禁。

戴季陶：没记错的话，当初总理为支持胡汉民，还用枪指了孙兄你的脑袋。

孙科笑：我改日该去谢他，替我报这一箭之仇。

一辆车在国民政府门口停下，车门打开，戴季陶怒气冲冲地下来，抬脚往里走去。长长的走廊里，他的脚步越来越急，径直走到主席办公室门口，一把推开门。

汪精卫抬头一看：季陶兄？

戴季陶走进来：汪主席，我找您评理来了。

汪精卫：哦？还有季陶兄你辩不清的理？坐，慢慢说。

宣传部办公室内，毛泽东正伏案工作，周围一片死寂。突然，张克强急匆匆地走进来。

张克强：毛部长，不好了，我刚看戴季陶怒气冲冲去找汪主席了。

办公室的人来了精神，皆抬头看着毛泽东反应。

张克强：该不会是咱们没经批准就禁了他的书……

毛泽东：不是咱们，是我。

张克强一怔。

张克强：毛部长，我还是担心，万一主席怪罪您……

这时，毛泽东桌上的电话响了，众人都看着毛泽东。毛泽东接起电话。汪精卫的声音传出来。

汪精卫：润之，你过来一趟。

毛泽东上楼，余光看到一人下来，抬头一看竟是戴季陶，正冷冷看着他。

戴季陶冷冷说道：多日未见，险些没认出来。这不是大权在握的代理宣传部长吗？

毛泽东听了并无反应，只一颔首就继续走了。戴季陶怔在原地，更加恼怒。

毛泽东走到汪精卫办公室门口，门虚掩着，毛泽东抬手敲门，汪精卫的声音传出来。

汪精卫：进。

毛泽东进去。

汪精卫头也没抬：润之，这回你娄子可捅大喽。

毛泽东：汪主席，禁书一事没请示您，实有我的考虑。一是……

汪精卫抬抬手，示意他不用说了。

汪精卫：不管是什么，下回先和我打个招呼，免得别人来问我还不知情。

毛泽东没接话。

毛泽东：我知道哪怕不是戴季陶，别人也会问，他毛润之有什么权力这么做。可举个最简单的例子，若饭堂经理明知坏食材上了桌，不提醒食客也不撤回，那不是玩忽职守？我毛润之当一天宣传部的差，就应替我国民把一天出版物的关。

汪精卫说得漫不经心：润之，坐。

汪精卫说完便没有下文，毛泽东稍显意外。汪精卫把一份文件推给毛泽东。

汪精卫：你昨天落桌上的，底下的人怕弄丢，先放我这儿了。

毛泽东看了一眼，正是一张《少年中国学会改组委员会调查表》。

汪精卫：少年中国学会给你的？……没记错的话，是五四前夕李大钊他们发起的，要联合同辈杀出一条道路，把古老腐朽、垂垂欲绝的旧中国，变成青春年少、独立富强的新国家。

汪精卫看着有些感慨：少年意气，谁都有过。这本是蔡元培先生说的，中国最有希望的团体。只可惜组织太过松散。

毛泽东点头：学会内部三种派系，走向分裂在所难免。这张表就是来问我们意见的。

毛泽东想了想，拿起笔，在"主张解散"下打了钩。

汪精卫：这还有个问题，对目前内忧外患的中国，究竟抱有何种态度？

毛泽东：这个好填，我信仰共产主义，主张无产阶级的社会革命。

汪精卫玩味地看着毛泽东。

汪精卫：润之，你这左脚共产主义，右脚三民主义，长此以往，就不怕走向分裂吗？

毛泽东：汪主席，道不同，才不相为谋。我这两脚都往一个方向，怎么会分裂呢？

汪精卫顿了片刻，点头一笑，又拿出一份文件：这是中央执行委员会第一百一十九次会议一致通过的，二大代表资格审查委员会委员，你是五人之一。

毛泽东看着名单上的人，分别是：谭平山，林伯渠，毛泽东，邓泽如，林森。

汪精卫：也就是说，此次二大谁能来谁不能来，都由你们五人决定。润之，责任重大，莫辜负了民意。

毛泽东：润之自当尽职尽责。

毛泽东看着名单，指了指林森：可是汪主席，此人此时，怕是正在去北京西山的路上。他们没打算参加二大，所以赶在会前去开自己的一届四中全会，要清除共产党，另立中央。

汪精卫说得风轻云淡：听说了，他们拟的草案你我都被点了名，要开除我的党籍，取消你的国民党党籍。不过那是非法会议，决议不成立，无须挂心。

毛泽东沉吟点头，没有说话。

汪精卫：润之，脚踏两只船，想站稳了不容易啊。

1925年11月23日，北京西山碧云寺，谢持、邹鲁等十多个人正边走边聊。几人前面是一处素净的院落，有几个僧人在打扫落叶。

邵元冲：咱们这会，怎么选这儿开？

邹鲁：地方不好找啊，本来想选在北京执行部，李守常那些个共产党从中作梗，只能作罢。我们想改去张家口开吧，冯玉祥又不答应。

一推开门，中山先生灵堂赫然在目。中山先生遗照两边，还书写着"革命尚未成功，同志仍须努力"。

邵元冲：嚯。

邹鲁一笑：怎么样，这地方够清静吧？谁能到这儿来多事？

邵元冲笑：也不怕扰了先总理英灵？

叶楚伧：此次参会者皆是最纯正的国民党元老，先总理在天之灵会宽慰的。

一众人进了门，石青阳正要关门，门忽然被定住。

戴季陶站在外面：差点儿夹着我欸。

戴季陶要推门，但石青阳并没有开门的意思。

戴季陶瞪着石青阳：你干吗？

石青阳：你干吗？

石青阳身后，又有几人过来。谢持、邹鲁等人从门缝探着向外看了看。

戴季陶：来开会啊。我可是在广州受了孙科同志委托而来。

石青阳冷笑一声：你之前不还在上海吗？我看你是为了投靠汪精卫才跑回广州的吧？你这种人，立场不定，我们不需要墙头草。

戴季陶：我戴季陶白刃可蹈，中庸不可能！

邵元冲向旁人：这人说话怎么颠三倒四的，他到底算什么？

邹鲁摇头：谁知道呢。

戴季陶：给我开门！我要没资格，你们就更没资格！

石青阳：那敢问戴先生在哪儿高就，与汪精卫、毛泽东共事还愉快不？

傅汝霖：差点儿忘了，共产党成立还有你一份功劳。难怪你提议要劝和汪精卫，还要求我们把决议提前告知共产党，可惜了你一片热心肠。

邹鲁从后面探头：季陶兄，我看这一时半会儿也解释不清，要不……

趁着几人说笑，戴季陶往后几步，猛一撞门挤了进来，将手包往桌上重重一掷，指着中山先生遗像。

戴季陶：这会我开定了！

戴季陶说完就往前走去，忽然就被石青阳一拳砸在脸上。邹鲁等人连连让道，石青阳干脆几把将戴季陶猛推出去。

石青阳捋捋袖子：和这种人无须废话。

叶楚伧愣了愣：那咱们开会？

门外，戴季陶揉着乌青眼眶边走边号啕。

戴季陶：中山先生，您睁眼看看这帮人干的什么事……

忽然身后门开了，戴季陶刚要回头，就被扔出来的手包砸在脸上。

办公室内，陈独秀气哼哼地将一沓信纸摔到桌上。张国焘走过去，扫了一眼。

张国焘：广州？延年来信了？

陈独秀气哼哼地把信纸推给张国焘，张国焘拿起信纸看。

张国焘："……国民党二大召开在即，我们必须讨论中间派问题，现在中间派各个都是反共急先锋，不能让他们参加二大……"这——跟您的指示背道而驰啊！

陈独秀：我跟他说过很多次了，对戴季陶这样的中间派，我们要联合而不是打压！现在毛润之入选了二大代表资格审查委员会委员，好事，但要以民族统一战线为先！联络中间派的策略不能改，不要限制他们，现阶段也不要激化任何矛盾！可这小子，还是想一意孤行，听不懂他老子的话是怎的！你马上给他回电报，就说是中央意见，这个问题不再讨论！

陈延年家里，陈延年翻着陈独秀的电报，一脸恼怒。

陈延年：老头子真是顽固之极！按他的指令放任中间派，我们一大的决议不就全废了吗？满口老子老子，喊着消灭旧传统的是他，急了拿这套压人的也是他，我看他也是中间派！

陈延年重重地把电报摔到桌上，顿了片刻，转过身来，原来房间里还坐着毛泽东、张太雷和鲍罗廷。

毛泽东几人面面相觑，稍显尴尬。

张太雷：延年，你爸最近身体不好，你让着点儿……

张太雷对毛泽东说：仲甫呢，少不得要听共产国际的意见。他起初什么性子你知道，现在越走越难。

毛泽东点头：为二大代表资格的问题争论，究其本质，是我们一直不够笃定，到底谁是我们的敌人，谁是我们的朋友，谁是我们可争取的中间力量。我认为我们党急需一个科学、严谨的决策依据。

毛泽东随手拿起桌上的几本书举例，随着讲述，将书本互相支撑着立起来。

毛泽东：你们看，这是眼下中国的几股大势力：买办、军阀、帝国主义。买办一般跟在军阀后面吧？军阀有帝国主义支持，但每年几万万元的消耗，都是直接或间接从地主甚至农民身上得来的。

毛泽东抽出代表农民的那本书，剩下几本书接连倒塌。

张太雷：农民推翻地主，地主失势，供不了军阀，由此，买办和帝国主义就会彻底覆灭。

毛泽东：每个阶级都还可以细分……

毛泽东拿来更多书演示。

毛泽东：农民里面……

天色渐暗。

深夜，一盏孤灯下，毛泽东一直伏案书写。他正在写最后一段：综上所述，可知一切勾结帝国主义的军阀、官僚、买办阶级、大地主阶级以及附属于他们的一部分反动知识界，是我们的敌人。工业无产阶级是我们革命的领导力量。一切半无产阶级、小资产阶级，是我们最接近的朋友。那动摇不定的中产阶级，其右翼可能是我们的敌人，其左翼可能是我们的朋友——但我们要时常提防他们，不要让他们扰乱了我们的阵线。

毛泽东写下一个句号，发现墨刚好干了。他舒展了一下身体，起身走到窗前。一推窗户，外面已是黎明时分，一时凉风入怀，满目清明，毛泽东长舒一口气。

广州初冬的街道略显萧瑟，毛泽东把写着"陈独秀收"的信封郑重地塞进邮筒里。

上海陈独秀书房的桌上散落着手稿，陈独秀的烟斗已经燃尽了，他浑然不觉，坐着沉浸在手稿中。

蔡和森坐着看，瞿秋白拿着其中一页边看边踱步。

瞿秋白：看这开篇，"谁是我们的敌人？谁是我们的朋友？这个问题是革命的首要问题"，自古凡经典文本，第一篇第一句都似带着使命，正如《道德经》首句"道可道，非常道"，以迷人的句式将读者引向大道。

蔡和森：《论语》的"学而时习之，不亦说乎"，佛教经书的"如是我闻"，《圣经》的"起初，神创造天地"亦是如此。

陈独秀把最后一页放在一边，靠在椅背上望天：你们都忘了《共产党宣言》的开篇吗？"一个幽灵，共产主义的幽灵，在欧洲大陆徘徊。"我看毛润之这篇，其文采可与之媲美。

瞿秋白：对，他以敌友之问，提纲挈领大气磅礴。问向战友和敌人，问向实践和理论，问向历史和现实，问向大地和远山。这一问，确实问出了中国革命的精髓和方向。我很久没读这样的文章了，纯正的理论文章，可我竟然在这样的文体中读到了快意和诗情。

蔡和森笑：不难理解，毛润之写作时必定怀着巨大的激情，我甚至能想象他写作时的神情。

瞿秋白：苏东坡说，大凡写诗作文都要经过"三了"。始则了然于心，继而了然于口，终至了然于手。润之这篇，岂止"三了"。

蔡和森：仲甫，发在这期《向导》吧。

陈独秀忽然开口：我盛赞他的文采，不代表我认同他的观点。

两人颇为意外，都看着陈独秀。陈独秀站起身来，举起手稿。

陈独秀：文过饰非，以词害意。是写得漂亮、流畅、大气磅礴，可我们革命是靠文采、靠耍笔杆子吗？他句句指向资产阶级不可依靠，无非是要告诉大家，无产阶级才是革命的领导力量，无产阶级最广大和最忠实的同盟军是农民。可我苦口婆心和他说过多少次了，中国共产党的革命要分两步走，先是资产阶级的民主革命，国民党领导，我们辅助。等民主革命胜利了，让资产阶级掌握政权发展资本主义，资本家越多，工人越多，无产阶级就随之强大，那时我们才可能进行本阶级的社会主义革命。现阶段有农民什么事？！他写那个，不是破坏国共合作的基础吗？

蔡和森和瞿秋白不语。

瞿秋白开口：我还是坚持，不论文体还是内容，这都是篇好文章。

路上，陈延年捏着一个信封，气冲冲地和毛泽东并排走着。

陈延年：他不发，我们自己找地方发！我不信一封退稿信还能断了这篇好文章的路！

毛泽东轻叹一声，没说话。

陈延年：给《革命》半月刊吧？国民革命军第二军司令部办的。反正归你管，自己发就是了。

毛泽东略为难：那是国民党的杂志。

陈延年：管它谁的，让大家看到最重要。

毛泽东无奈一笑。

陈延年叹息：润之，有时候，我真想替老头子向你道歉。

不远处的街道上，市民正夹道欢迎一支进城的部队。

陈延年：哟，是东征军吧？

毛泽东：没错，湘耘信上说东征军这回彻底剿了陈炯明的老巢，国民政府统一了广东，这块革命根据地终得安定。

路过的报童卖着报纸：号外！号外！北方战事生变，奉军将领郭松龄改旗东北国民军，起兵反奉！

陈延年拦住报童：给我来一张。

陈延年打开报纸。

李大钊看着报纸，上面正是郭松龄起兵的新闻。赵纫兰替他拎来箱子。

赵纫兰：守常，你的箱子！

李大钊一边叠起报纸一边兴奋：郭松龄兴兵七万，直扑奉天。广东二次东征也已大胜而归。纫兰，还未动身，南北局势就交相呼应、喜讯连连，等我这次从广州回来，说不定革命大局已经焕然一新！

赵纫兰把箱子往李大钊手上一塞：你再不出发，这次二大都开不成了。于树德叫的车等你好久了！

李大钊：润之寄来的那篇阶级分析的文章呢？

赵纫兰：你不是看过了吗？

李大钊：润之此文辣如白干，鞭辟入里，尤其是对农民的分析，前所未见。我得带到路上，细细品一品！

黄埔军校。礼堂内挂起庆祝东征胜利的横幅，摆了十几张圆桌，坐满了庆祝东征胜利的黄埔学生。蒋先云和贺衷寒两桌挨着，陈赓、蒋先云和几个青军会成员一桌。

蒋先云：来来来，祝贺两广统一，祝贺陈军覆灭，祝贺我们出生入死，平安归来！

陈赓：祝贺大家经历这场浴血奋战，都成了真正的兄弟！

另一桌，贺衷寒、陈诚和一群孙文学会的学生也在碰杯。

贺衷寒：仅用一个月，行程三百公里，灭敌一万多人，俘虏六千，收缴枪械八千，收复了东江和潮汕全部地区，这是何等战绩！

陈诚：上一次东征，咱们还在给粤军打先锋，这回咱们第一军是真正的主攻手，不仅一举平灭陈逆，还回师南征，打垮了邓本殷的主力！这几年的兵没白练！

另外几桌是学生，一桌青军会的和一桌孙文学会的挨着。两桌聊天儿的声音交织在一起。

孙文学会甲：听说惠州要塞，是共产党敢死队拿下的。

青军会甲：听说校长是陈赓背着冲出重围的？

青军会乙：有什么奇怪，你们没听过黄埔的顺口溜？蒋先云的笔，贺衷寒的嘴，灵不过陈赓的腿。

孙文学会乙压低声音：我听说此次东征，都在让共产党当苦力……

孙文学会几人笑起来。

青军会甲：欸，你们看毛润之先生新发表的文章了吗？

青军会乙：《中国社会各阶级的分析》吧？一篇文章把中国国情分析得明明白白。依靠谁，团结谁，打击谁清清楚楚。

青军会丙：所以啊，只有用阶级分析的方法，把敌人和朋友搞清楚了，国民革命才能成功。

孙文学会乙：阶级分析，还不是要搞阶级斗争？还是戴季陶先生说得对，人民只有大贫和小贫，觉悟者和非觉悟者，大家团结起来对抗帝国主义才是正道。

青军会乙：我们打倒军阀和帝国主义列强，为的是什么？不就是要扶助农工吗？工人、农民才是革命的主要力量。

两边声音越来越大，明显都在说给对方听。蒋先云、贺衷寒都能听到，两人脸色沉沉，不动声色。

贺衷寒：都是为文章、为主义，说到底，还是为自己的国家嘛。

蒋先云没搭话，只一笑，点点头。

孙文学会甲：狗屁！那篇文章他们共产党自己都不发，发在了我们第二军的刊物上。

青军会一时语塞。

孙文学会乙：这多正常，共产党一直是我们的小媳妇。

孙文学会丙：那我们护着点儿应该的。

孙文学会哈哈大笑。

青军会甲：说什么呢你！谁是小媳妇。

孙文学会甲：哟，有共产党自报家门了，你们平时不都不暴露身份吗？潜伏在我们里面到底想干什么？

青军会甲一拳过去：想揍你！

瞬时，礼堂内板凳飞起，桌子被推翻，一片混战。

蒋先云、贺衷寒起身厉喝：都给我住手！

第十五章　分裂背离现端倪，舆论对战奋笔急

办公室里，蒋介石一身军装笔挺。

蒋介石读着青军会的宣言："……联合军队中的革命分子，不分等级，以拥护革命政府，实现三民主义。"嗯，我也听恩来说过，你们青军会发展得很快，不仅在黄埔和第一军，整个国民革命军中都有不少青军会的会员。

蒋先云：校长，除了加强革命军人之间的关联，我们还注重建立军队与民众间的亲密关系，让民众更加支持我们。

蒋介石点点头：湘耘，你本就善于组织规划，你能把青军会办好，我不意外。只是，如果在军中、校中搞起小团体，相互之间难免摩擦，比如这次。

蒋先云不语。

蒋介石：当然，我知道，你一直在中间协调，避免冲突。只是，君子党而不群，既有一党在身，又何必拉帮结派？黄埔子弟，系出同门，可别跟西山分子一样闹到要分家。我跟君山也谈过了，你们都回去想想，青军会、孙文学会，还有没有继续维系的必要。

蒋先云：校长！青军会的存续对我军、我校实在是利多弊少，我已让涉事会员深切反省！

蒋介石笑笑，温言：你一手创会，更一片赤诚，我都看在眼里。就像我当初跟廖公苦心经营咱们黄埔，到底是自家的孩子。只是，队伍一大，恐怕未必会按照你的初衷走。我觉得，你还是应该把更多精力放到军中建设上来，等开过二大，我还有重要的工作要交给你。社团解散的事，你慢慢考虑，不急答复。

正说着，蒋介石的副官王世和走了过来。

王世和：报告！为二大拍标准像的摄影师已经准备好了。

蒋介石：湘耘，你我师生经年，机会难得，走，一起合张影吧。

照相室内，按照摄影师的指挥，蒋先云站在蒋介石一侧。

摄影师：二位长官看我手势，微笑，一，二，三！

上海环龙路44号，照相机闪光灯一闪，镜头对面是笑容满面的邵元冲、

沈德权等人，上方横幅上写着"国民党中央党部筹备会"。拍照过后，众人散开坐回桌前。

邵元冲满面喜色：诸位诸位，一届四中全会虽然还没结束，但前日楚伧、孙科来电，大会已经宣告将所有跨党分子开除出党！

众右派：大快人心！／我听说还要驱逐鲍罗廷！／如果不行清党，恐怕再过一年，青天白日之旗，必化为红色！

邵元冲示意众人安静：大会还决定，把中央党部从赤化已久的广州，迁到咱们上海环龙路44号！二大也改在上海召开！

沈德权：咱们得先声夺人，跟广州抢代表。今天筹备会的照片马上登报，把声势造起来！

亲随甲还未回答，亲随乙慌慌张张跑了进来：邵常委！沈主任！闸北、徐家汇的印刷厂不肯印咱们的《民国日报》！

众人面面相觑。

邵元冲：不会吧？我今早来的路上还听到沿街叫卖呢！

亲随乙扬起一份报纸：他们卖的是广州的《民国日报》，不是咱们上海的！上面全是批咱们的文章！

沈德权：啊？广州的《民国日报》是怎么运到上海来的？

亲随乙拿出另一张报纸：这两天还出了份新报纸，骂咱们骂得最凶，发行量还大，已经传开了。

邵元冲一把夺过报纸：《政治周报》？主编……毛泽东？

广州国民党中央宣传部，办公室四周的架子上，各地的报刊已经收集了不少，分门别类码好。毛泽东、萧楚女正埋头做着编辑工作，张克强兴奋地跑进来。

张克强：毛部长，多亏了您跟中央提请设了个上海交通局，恽代英回电，现在连上海的几个区党部都不听西山派的使唤了，纷纷要求属下印刷厂抵制上海的《民国日报》。不知道为什么，湖北、湖南、江西九江的几家报社都在声援咱们，声讨西山派。

毛泽东一笑：还记得上个月让你去中央批一笔经费吗？那是给友报的津贴。现在是打破北方及长江反革命宣传的关键时刻，要尽可能地扩大舆论阵地！

张克强：咱们这宣传工作是搞得火热，就是工作量有点大呀，又得联络各省宣传部，又要筹建资料室。欸？不是说要新来个女同志吗？

毛泽东和萧楚女对视一眼，哈哈大笑。

萧楚女故意粗声粗气：萧某不才，克强同志所言"女同志"，恐怕就是区区在下。

张克强张大嘴：你……你就是萧楚女？可是……

萧楚女：我生楚地，又好楚辞，"忽反顾以流涕兮，哀高丘之无女"，取神女之义耳。

毛泽东：就他这笔名，当年在《新蜀报》上一挂，求爱信把信箱都塞爆了，只能无奈登报启事"本报有楚女者，并非楚楚动人之女子，而是身材高大、皮肤黝黑并略有麻子之大汉也"。

三人都笑了。

毛泽东：他可是文章老手了。幸亏他来了，不然光这《政治周报》的编辑工作我就忙不过来了！（看到办公室里的空座）那几个怎么回事？

张克强点点头，小声说：全部通知考勤签到后，开始几天还做做样子，后来就……黄老情况不一样，自从您说他文章佶屈聱牙，连毙了他三篇特稿，老先生闹情绪了。

毛泽东对萧楚女苦笑：咱们几个忙得屁股冒烟，这边倒好，尸位素餐。你这趟来可不能只给我当编辑，宣传员养成所也要搞起来！

张克强：养成所？

毛泽东：嗯，原为廖公主持，可惜自他早逝，荒废至今。我打算聘楚女为教员，各省选派见习宣传员，咱们添酒回灯重开宴！全部门职员都要听课，计入考勤。大家都好好学学，什么叫革命的宣传！

张克强：看来我们要重返课堂，补补墨水了！

萧楚女笑：克强，我的课可大半不在屋里坐而论道。

张克强：那去哪儿？

萧楚女：去大街上，去工厂里，去田间地头。

张克强：啊？

毛润之：你们先慢慢聊，我出去一趟。

萧楚女：你去干吗？

毛泽东：守常先生来开二大，下午就到广州了，我去接他。

广州东山庙前西街38号毛泽东住处内,毛泽东将李大钊引进里屋,房间里乱糟糟的,不是堆着书,就是堆着各地的报纸、笔记本,上面密密麻麻的都是笔记。

毛泽东:之前在上海还是"楚虽三户,亡秦必楚",如今在广州,就只有楚女跟我楼上楼下了,我俩还开玩笑说这叫"上下而求索"。守常先生,当心!

李大钊还是慢了一步,将一堆摇摇欲坠的资料碰倒。李大钊俯身去捡。

毛泽东不好意思地上前:我来我来。国民党这个宣传部,真是百废待兴。几个月了,我两个弟弟,一个在黄埔,一个在农讲所,一面都难见。洗衣服的时间都没有,更别说收拾屋子了,让您见笑了。

李大钊:名副其实的"书山有路",这不正是每个读书人梦寐以求的吗?我看好得很!

两人笑。

毛泽东:您在广州这些天,咱们虽几乎天天会上碰头,但拖到今日才得暇单会。

李大钊:西山派这一波攻势,可把那汪主席打得措手不及。幸亏你舆论上反应迅速。那篇《中国国民党对全国及海外全体党员解释革命策略之通告》我已拜读,条理分明,思路清晰,定能一扫谬论,正本清源。

毛泽东点点头:湖南、湖北还有四川的党部已经来电,代表在前往广州的路上了。只是我搞不懂汪精卫,西山派要开除我们不说,第一个就要开除他的党籍,他却还是唯唯诺诺,只许我对那些叛党分子一味训诫,却不拿出什么具体的惩处措施,甚至还盼着他们来开二大,这不是与虎谋皮吗!他再这么一味绥靖下去,我看,这主席的位子怕是坐不住了!

李大钊:汪兆铭的顾虑,我理解。他借着廖公遇刺案,挤走了胡汉民和许崇智,多少有些得权不正。西山派剑指共产党,其实意在汪兆铭,各个都是他当主席后被扔上冷板凳的老人,憋着一肚子牢骚呢。这回一闹,他是心里真的没底了。

毛泽东:我倒不觉得西山派诸君真有什么战斗力,另立了中央又怎样?他们只会搞党争,政令不出环龙路!然而我真正担心的,是这回他们公然叫嚣清党,彻底捅破了这层窗户纸,不知道有多少妖魔鬼怪会跑出来,这恐怕才是我们将面临的大问题。

毛泽东递给李大钊一本笔记。

李大钊翻开一看：海丰农民运动？这不是你搞的吧？

毛泽东笑笑：彭湃的，还没正式出版呢。我费了好大劲才托延年找他誊抄了一份手稿。实不相瞒，我在韶山待的日子太短了，农运刚有点起色就被迫离开了。我现在既然要做宣传调查，何不借机把农民状况一并调查了？既然已有珠玉在前，何不先借他山之石？听说他只用了一年时间，就把农会从一两个乡几十个人发展到五六个县二十多万人。说是他们现在去农村宣传，往往不到半个钟就能把农会成立起来！

李大钊很兴奋：润之啊，咱们想到一块儿去了！我也正在写一篇关于土地和农民的文章！你在三大上的讲话，还有你在韶山的经历，给了我不少启发！你看东北国民军的举义，我在北京时，他们都直逼奉天了，这才几天，张作霖一搬来日本救兵，情势就急转直下。若能把关内、关外的农民发动起来，又何至于孤立无援。未来国民革命军北伐，一定要发动起中国浩大的农民群众，把他们唤醒起来，组织起来。

毛泽东：如果有满山遍野的农民起来革命，革命何愁不成。中山先生去世后，太多事情没有定数了，越是这种时候，我们就越要搞清楚，哪个是我们的敌人，哪个是我们的朋友！

李大钊：你的大作不仅这一问问得好，答得也很翔实，就是提法很尖锐，指向性太强，别说国民党，我们党内有些人都怕是要坐不住了。

毛泽东：比如说，仲甫先生？

两人会心一笑。

毛泽东：我理解，他人在其位，需要顾及的方方面面太多。别说他了，就是黄埔的学生，都因为争论那篇文章动了粗，恩来还一直要我去跟他们座谈解惑。

李大钊：我们跟国民党，既要联合，也要斗争，不能把革命的领导权拱手相让。这不是为了一党之私，而是以国民党内部之复杂，他们也根本无法独立扛起这个领导之责。

毛泽东：越是在这种时候，越是能看出革命意志是否坚定。动摇不定的中间派，其右翼是我们的敌人，其左翼是我们的朋友——但我们仍要提防。

李大钊：是的，我们即将迎来一场大浪淘沙，不过，我依然相信这个时代。

毛泽东：时代？

李大钊：从广州到莫斯科，从莫斯科到芝加哥，革命已经当仁不让成为我们这个时代的主题。而中国革命同样是革命时代的一个篇章。时代的进行像电光一样快，任何人想要在新旧之间搞调和，在进步与反动之间做摇摆，最终都将成为时代的落伍者。枯黄的树叶还想在树枝上占着来春新叶的位置，秋风起了，可以请它走开。

毛泽东：守常先生说得好啊，只是落伍者虽则可怜，但也往往顽固得可恨，他们是不会心甘情愿退下舞台的。我们要与之辩驳、拉锯、斗争，往前的每一步恐怕都将蹒跚、艰沉，甚至会流血。

李大钊却淡然：绝美的风景，多在奇险的山川；绝壮的音乐，多是悲凉的韵调；高尚的生活，亦难免壮烈的牺牲。若牺牲可成就高尚的见证，相信你我，都会义无反顾。

毛泽东动容地看着李大钊。

李大钊笑：怎么了，润之？

毛泽东也笑了：我仿佛又回到了求学北大的时光，聆听着您的演讲，我特别庆幸。如果不是遇到您，遇到这些导师，我可能也不过庸碌一生，泯然众人。

李大钊：我也好，仲甫也好，我们的宣讲恰恰因为有了你这样的新青年才有了意义。润之，以你今日之成长，恐怕往后我得拜你为师了。

两人相视而笑。

广州灯红酒绿的夜总会中，台上正在进行康康舞表演。蒋介石一身便装，略显局促地进来。张静江在一个靠近舞台的卡座上对着蒋介石招手，蒋介石走过去坐下。

服务生上前递上单子，蒋介石看也不看：白水。

服务生有些诧异，张静江递上钞票：再来杯轩尼诗，冰镇，不放冰块。

蒋介石：如此喧闹之地，实与你我身份不合。

张静江笑笑，对旁边努努嘴：喏，笑得合不拢嘴的那个，汪主席的妹夫褚民谊，下届内定的中央候补委员。（指指旁边的空座）财政部宋子文部长的专座，他存的酒都不错。别回头，你们第一军的薛岳瞧见了，替我结了账可不好。

蒋介石面色阴沉：靡靡之音，乌烟瘴气。

张静江：老弟，读圣贤文章未必非得到古刹书斋，勾栏酒肆里谈的也不尽是龌龊肮脏。六二三事件，英国佬在沙基打死我们五十多人，两边闹得几近开战，可还是得谈啊。群情激愤，庙堂上是坐不得了，可不就是摸到这灯下黑来解决的。

蒋介石：英人暴戾，我早说徒以经济绝交了事。国亡就在眼前，欲加武力却横遭阻拦，原来是我们内部出了国贼！

张静江：什么贼不贼的，不过是彼此利益的互通有无。就算动手了，谁能吃掉谁？最后不还得讲和吗？我听说你那天气得体发高热都快晕倒了，实在是没必要。在商言商，左派苏俄的朋友要交，英美的关系也要拉拢。别当几天校长就跟个革命清教徒似的，在上海你可不这样。

蒋介石闷头喝水。

张静江：听说季陶也去北京了，还不受待见，被打回了上海。他没喊你同去？

蒋介石冷静片刻：静江兄与邵元冲、叶楚伧可是几十年的至交，你不是也没去吗？

两人心照不宣地笑了，张静江与蒋介石碰杯：介石真逸才，一眼就看清了局势。

正说着，舞蹈已经结束了，台上冒出个小丑，一会儿玩着杂耍，一会儿故意变魔术失败，手里怎么都变不出花来。众人大笑。

张静江：西山派的老人们，除了资历和空头衔，没钱、没人、没枪，却妄想给自己变出权力。除了咱们的汪主席把他们当回事，谁会正眼瞧他们？

蒋介石目不转睛看着台上：静江兄净顾着说话了，都没看这小丑的表演，还真有意思。

蒋介石带头为小丑表演鼓掌，张静江笑看蒋介石，也鼓起掌来。小丑继续用夸张的体态吸引着众人的注意，忽然，从手里变出一条红手绢。

张静江：西山派固然可笑，但他们说的并非全无道理，比如他们咬牙切齿的共产党。介石，可不能小看这赤化学说的魔力呀，我党一大时全国的共产党不过四五百人。这才不到两年，你猜他们如今有多少？

小丑将手绢扔给了前排的观众，又唰地变出一条一模一样的红手绢，接着是第三条。

张静江：已过万人。

蒋介石眼神有了细微变化，但依旧不动声色，只是喝水。小丑不断地变出红色的手绢，手绢被扔到了他四周。

张静江：这才只算了正式党员。若加上他们控制的工会、农会会员，数量可能有成百万、上千万。你的第一军和黄埔军校里，明里的共产党已经不少，暗地里呢？早被他们渗透得七七八八了！还记得二次东征时，你的部队还没开进海丰，彭湃农军就替你们唱了戏，还拥了他哥哥当县长。这不可怕吗？

小丑身边已经扔了一圈红手绢，观众以为他结束了，不料小丑只是一个转身，全身的衣服变成了红色，仿佛一块大大的红手绢，观众尖叫、鼓掌。蒋介石深吸一口气。

蒋介石：那以静江兄之见呢？

张静江笑着与蒋介石碰杯：毛润之那篇阶级分析的雄文，你读过了吧？

蒋介石：当然。

张静江：开篇不就教你了吗？先摸摸清楚，谁是我们的人，谁是他们的人。知己知彼，有备无患。

蒋介石点点头：然后呢？

张静江：等待。二大是一次绝好机会。西山派的人仍有可能参加二大，条件是只能允许两名共产党进入中央。

蒋介石：我想共产党不可能同意吧。

张静江：同不同意是他们的事，等左右两边吵得不可开交，你这大中至正，就成了众望所归。

蒋介石不语，默默喝水。张静江拍了拍蒋介石的肩膀。

张静江：兄弟，剑锋藏得久了，怕也是会钝的。

太阳藏进了云里，黄埔军校内，毛泽东和周恩来在校内主道上并肩而行。

周恩来：如今的黄埔可是今非昔比，分了步、炮、工、辎、宪五大兵科，从今年招生开始，课程也越来越细。

毛泽东笑：难怪泽覃信上说，恨不得不当教官当学生。

周恩来：不巧，本想喊他一道，可他偏偏今日告假。这阵子孙文学会屡屡挑衅青军会，他在政治部工作，光是处理两家的事端就忙得够呛。

毛泽东：听说了，所以这趟黄埔，我必须得来。

正说着，宣传栏前，两拨青年军人争执得正凶，毛泽东、周恩来赶紧上前。原来宣传栏上贴了嘲讽戴季陶的漫画，戴季陶身穿长袍马褂，背着孙中山像，走向阴森的孔庙，要孙中山吃孔圣人灵前的冷猪头，孙中山两眼落泪，站在旁边的军阀、洋人和党棍则拍手称快。

两拨军人吵得不可开交：季陶先生是我党元老，怎容你们如此侮辱！／他都跑去西山当了本党的叛徒，这种人不批判，批判谁！／我看你们是中了那毛润之"阶级分析"的毒！……

周恩来：大家静一静。

众人一见是周恩来，纷纷不说话了，再一看毛泽东，不禁小声嘀咕。

周恩来：诸位同学，诸位同袍，这段时间，大家心中有疑惑，观点有分歧。今天政治部特别请来了中央候补委员、代理宣传部长毛润之先生，专门来为诸位答疑解惑！

军人们围坐在操场边的一棵大榕树下，蒋先云、陈赓、贺衷寒、曾扩情、胡宗南等人俱在。青军会会员和孙文学会会员泾渭分明，毛泽东则靠在树干上。或许因为周恩来在场，刚才还吵得激烈的青年军人，都变得很拘谨。

毛泽东：恩来，同学们是不是误会了，我又不教大家如何偷袭敌军，为何这么安静？

众人笑。

周恩来：今天除了我做听众，大家皆可畅所欲言。寿山（胡宗南），毛委员你认识，你来起个头！

胡宗南：那好，我来抛砖引玉。润之先生，您说中国过去一切革命成效甚少，我不大同意，那武昌首义不是功成了吗？清王朝不是覆亡了吗？

毛泽东笑：首义那年，我听闻武昌功成，长沙既起，立即投笔从戎，入伍了颂公（程潜）的湖南新军。诸位是军官，我当年只是个大头兵，遇见诸位，还要立正敬礼——长官好！

众人笑。

毛泽东：当了半年的兵，忽闻南北议和，革命结束了。我心想，那不是天下太平了？索性解甲归田，重新拾起了笔。可在韶山、长沙、北京，我一路奔走，所见所感都在问自己——革命真的成功了吗？是，清朝亡了，民国立了，大伙儿脑后的辫子也铰了，可世道变了吗？只是坐在金銮殿上的皇帝王公，换成了骑在百姓脖子上的督军大帅。我们一道数数，民国这十四年来，你们的家乡哪一年远离了混战硝烟，哪一年没有饿殍于道？这样的革命，真的成功了吗？

军人们议论起来。蒋先云一直在静静地听着。

陈赓：那辛亥革命为什么会失败？

毛泽东：因为革命的成果被袁世凯窃取了。袁世凯背后是谁？袁世凯死后，他留下的各个派系的北洋军阀今天你打我，明天我打你。他们的背后又是谁？都是列强在支持，是国际帝国主义，而本党革命势力孤立无援。更关键的是，对于全国民众来说，仿佛事不关己。既无外援，又未唤起大多数民众为之基础，妥协迁就以至于失败就在所难免。

曾扩情：毛先生，那按你说的，刘邦、朱元璋搞的才是成功的革命？

毛泽东：他们，只成功了自己。就拿朱元璋来说吧，一个贫农，带着一帮贫农，打出了仅次于李世民的战绩，这是何等的才能！但当他位登大宝时，他还能代表贫农吗？这就成了一次封建王朝的往复。我们不能苛求古人，但这绝不是我们要搞的革命！我们的革命是要彻底推翻反动的、剥削的阶级，放在今日，就是各路军阀和他们背后的大地主、大买办，同时向盘踞中华的帝国主义宣战，将他们统统赶出去！

曾扩情：这我就不明白了，如果按照季陶先生的说法，国家利益为先，我们搞阶级调和，以促团结，以觉悟者带动非觉悟者，这样大家不就可以化敌为友，敌人不就只剩了帝国主义，不就事半功倍了吗？

毛泽东笑：这位同志，你们老家附近有老虎吗？

曾扩情：何止老虎，我家附近山里，豺狼虎豹一个不少！

毛泽东：那若是老虎来袭击你，你有没有可能跟它商量商量，大家都住这片山，算是半个老乡，理应以本山利益为先，联合猪牛羊，共御外侮？

众人大笑。

毛泽东：军阀、大地主就是老虎，剥削、压迫是他们的本性。这么简单的道理，连不识字的农民都能听懂。所以，那套阶级调和，不仅荒谬，而且危险！连你们这些革命军人都可能被蛊惑。这说明什么？说明这是有人有意识地将革命带偏！

毛泽东的话把所有人都镇住了。

贺衷寒：我看，要把革命带偏，蛊惑人心的是您吧，润之先生。

蒋先云看了一眼贺衷寒。

贺衷寒：按照您的阶级划分，在座的各位同袍、各位同学，相当一部分家境殷实，不乏出身大地主，但一心投向革命的。咱们一期的李玉堂、李延年，对了陈赓，你家里条件也不错吧？你爷爷当年还是湘军的管带呢！

陈赓：是又怎么样！

贺衷寒：若按照贵党润之先生高论，你可是要打入另册的！行，不说贵党，说我党，张静江先生也是富甲一方，连先总理都盛赞静江先生是革命圣人，难道润之先生的分析连先总理也不放在眼里吗！这才是真正的惑乱人心！

现场一片安静。

毛泽东笑了笑：衷寒先生好口才，今日领教了。我再给你补充一个。贵族出身，父亲更是掌管一省教育的大员。然而这家如此优渥，却爆发了悲剧——老大去刺杀皇帝被判死刑。一个倒下了不算，小儿子也追随着哥哥的遗愿，踏上了革命之路。这个小儿子，就是革命导师——列宁。

贺衷寒：润之先生，列宁只是你们的革命导师吧？

蒋先云：君山兄，列宁去世时，先总理可是命整个广州各机关下半旗三日，以志哀悼，难道君山兄的你我之别要把先总理也排除出去？

众人深思，贺衷寒被撑得窘迫不安。

毛泽东：诸位，我们是什么人？是革命者。一旦背负起这个身份，就意味着你是群众的向导，是超然于自身阶级的存在，是带动革命前行的引路人。"升官发财请往他处，贪生畏死勿入斯门。"升官发财是私欲，贪生怕死乃本能，克服了私欲与本能，你才刚刚迈过了起步的门槛。

众人安静，周恩来不住点头。陈赓站了起来。

陈赓：敢问先生，如何才能成为真正的革命者？

毛泽东：这个问题，恐怕只能由你们自己回答。作为革命军人，一路征程，你们会面对无数考验，每个人都只能用自己的选择来向历史交出答卷。是战斗，还是退却？是相信，还是背叛？我希望你们在浩浩汤汤的洪流中，始终明白自己的方向。路在何方？迈开腿，自己去走，自己去看……

已是黄昏，毛泽东仍在跟青年军人们交流，蒋介石站在办公室窗前，冷冷看着，毛泽东的讲演声传了进来。

毛泽东：……看当今之中国，思当下之革命。

蒋介石拉上百叶窗，思考了片刻。

毛泽东掏出钥匙，却发现家门微开，里面传出男男女女的说话声、笑声。他轻推房门，眼前的一切让他惊呆了。向振熙正往桌上端菜，之前乱糟糟的房间已经被打扫一新。正在拖地的毛泽覃看到了毛泽东。

毛泽覃：三哥，你回来啦！

毛泽东惊喜：泽覃？妈！你们什么时候到的！

两人未及回答，毛泽东身后传来了毛泽民的声音。

毛泽民：让一让，让一让，红烧肉来了！

毛泽东一闪身，毛泽民端着一小锅红烧肉上桌。

毛泽东：泽民？你也来了！

毛泽民：嫂子她们今天刚到，我跟泽覃寻思你太忙，直接替你接了。我想跟你打个招呼，泽覃非说要给你个惊喜。嫂子，三哥回来了！

毛泽东：霞妹？

正说着，毛岸英、毛岸青两个小不点儿一前一后手拿小梭镖从里屋跑了出来，刚好跑到毛泽东跟前，毛泽东动容，蹲下身子正要抱抱两个久未见面的儿子。岸青看着毛泽东，挺起梭镖。

毛岸青：不许动！你是谁！

毛岸英按下梭镖：岸青，这是爸爸！

众人笑。

杨开慧走出来了：瞧瞧，离开这么久了，连儿子都不认识你了吧。

毛泽东笑：怎么不认识？（一手一个抱起孩子）走，去吃你四叔做的红烧肉咯！

一家人坐到了餐桌前。向振熙不住给毛泽东夹菜。

杨开慧：妈，他碗里都装不下了。

话虽如此，杨开慧自己也给毛泽东夹了一筷子。

向振熙：霞妹，你不是说润之当部长了吗？怎么这部长当得比长工还辛苦，晒得又黑又瘦，黑眼圈都快落到腮帮子了。

杨开慧：是瘦了，但精神比在上海好多了。妈，您还不了解您这女婿，不怕忙，闲下来反倒要生病。

毛泽东笑：妈，革命政府的部长可不是官，是为民众服务的。要是我忙能让长工得闲，再忙也值！

毛泽覃：我跟四哥来广州这么久了，还是托你们的福，才第一次见他！三哥，你们那个宣传员养成所搞得不错啊，听说养成的好苗子都派到各军当党代表去了，你什么时候也给我们输送几个呀！

毛泽东：有恩来在，你们还愁缺人才？虚心一点，跟恩来多学学。

毛泽覃笑：嗯呢。四哥，你们农讲所培训也很紧张吧，喊你几次都说没空，敢情见三哥就有空了！

毛泽民腼腆地笑笑：（转向杨开慧）嫂子，淑兰和远志还好吗？

杨开慧：放心，她们都挺好的。你寄来的钱，淑兰说什么也不肯花。有空时，回去看看她们吧。

毛泽民：其实，我今天是来跟大伙儿告别的，昨天刚从农讲所结业，组织已经打算派我去上海了。

向振熙感慨：咱们这一家人，能吃顿团圆饭真不容易。

毛泽覃：聚是一团烈火，散作满天繁星，咱家人不管身在何处，都是好样的！（举杯）来，敬今日团圆！

毛泽东也举杯：星火成炬，照亮的正是天下人回家之路！敬家家团圆！

众人举杯。

里屋已被收拾一新，报纸、笔记、书和各类材料被整齐地归纳到了一旁的柜子和书架上。

毛泽东在奋笔疾书，稿纸上写着"第二次全国代表大会宣传报告（二稿）"。忽然他要翻查资料，便在架子上乱翻起来。杨开慧正好进屋，见状走上前。

杨开慧：找什么？

毛泽东：湘鄂两省宣传部的汇报。

杨开慧从一堆材料里直接抽了出来，递了过去，毛泽东翻查好资料，又顺手扔到一边。

杨开慧摇摇头，帮他归置好。

杨开慧：第一排是各地宣传部的材料，已经按月归整，第二排是《政治周报》相关材料，第三排……

毛泽东：不用告诉我，有你呢。孩子们都睡了？

杨开慧略有点不快，没回答，坐到了一边，叠起了衣服。

毛泽东察觉，放下笔，凑了过来：怎么？

杨开慧：敢情有我在，你就安心做你的江海客，只当多了个保姆，专门替你归置东西、带孩子呀！

毛泽东笑笑，握住杨开慧的手，摇摇头：有你在，这里才是个家。

杨开慧脸上泛笑，靠在毛泽东肩头，毛泽东轻轻搂着她，顺手灭了煤油灯。

毛泽东和张克强来到宣传部办公室，却看到毛泽东的办公桌前挤了四五个人，打头的是陈春圃、刘衡。他们见毛泽东回来，一拥而上。

刘衡将一张薪水单扔到毛泽东面前：毛部长，你什么意思？怎么我们这个月薪水扣了六成有余？

陈春圃依然满脸堆笑：我猜可能是误会，登错了数字。要不，请毛部长跟会计打声招呼，核实核实？

毛泽东：没什么误会。我一到部里就宣布了签到考勤制度。克强，上月考勤情况。

张克强翻出签到册：上月应到26日，陈春圃实到6日，刘衡实到8日，庞一剑实到4日……

刘衡打断：那你也不能扣我们薪水！

毛泽东：不劳动者不得食，天经地义。这还是算考勤，要是算起各位的工作量……

陈春圃皱着眉头看着薪水单：不对啊，张克强不过一个小小录事，怎么薪水不减反增？

毛泽东：克强同志已经升为干事了。在我这儿，规矩很简单，多劳多得，谁能干事我就聘谁"干事"！

陈春圃和刘衡对视一眼：毛部长，您的规矩可是与部里的惯例不合，（递上一份文件）这是诸位同事的集体请辞书，如果您固执己见，那我等只好恕不奉陪了。

毛泽东看了他们几个一眼，仿佛在点数，二话不说，夺过请辞书刷刷签字，陈春圃等人目瞪口呆。

陈春圃：你……你……这都是宣传部的骨干元老，你有什么权力批准！

毛泽东：克强，你去通知一下楚女，这批结业的宣传员留五个到部里，另外请他暂代宣传部秘书。送客！

宣传部办公室里，毛泽东正在给张克强布置工作。

毛泽东：再过几天二大就要召开了，你去整理下各代表团报到的情况。

陈春圃大摇大摆走了进来，当着两人的面，就往椅子上一坐。毛泽东和张克强对视了一眼。

毛泽东走到跟前：陈先生，你已经是前任秘书了，走错地方了吧？

陈春圃睁开眼，毫不客气：我的饭碗，你说了可不算。

毛泽东一愣。张克强接到个电话。

张克强：宣传部。明白，好的。（挂了电话）毛部长，汪主席请您去提交宣传报告。

毛泽东直奔汪精卫办公室，敲门。

汪精卫：进来！

汪精卫在打电话，做手势让毛泽东把手中报告先递过来。汪精卫一边接着电话一边翻着报告：好的，好的，我知道了。

汪精卫挂了电话，称赞：写得真不错，二大上你就按这个讲。现在多少代表到广州了？

毛泽东：已经有超过两百人，还有四五十人在路上了。

汪精卫长长舒了口气。

汪精卫：西山派的人有回复吗？

毛泽东：没有，现在代表人数已经足够。

汪精卫：润之，再等等吧。虽说人数够了，但他们毕竟都是我党元老。先总理过世后第一次大会，还是希望能展现本党同志之团结。事情还没到最后关头，也许他们迷途知返呢。

毛泽东无奈地摇摇头。汪精卫喝茶。

毛泽东起身：汪主席，没别的事，我先走了。

汪精卫：等等，回来。

毛泽东转身。

汪精卫：陈春圃那小子是不成器，我一定好好说他！但无论如何，你得把他留在部里。要不，我跟璧君没法交代。这事，你看能不能缓缓？

毛泽东无奈地看着汪精卫。

毛泽东回到办公室，瞥了一眼陈春圃，视若无人地回到办公桌前。陈春圃跷着二郎腿，头都不抬。

毛泽东：经汪主席批准，撤去陈春圃宣传部秘书一职，保留职员身份。

毛泽东将一份文件扔到陈春圃面前，陈春圃傻眼了。

黄埔军校蒋介石办公室内，贺衷寒坐在办公桌前，蒋介石在训话。

蒋介石：君山，当年先总理派我率团北上，如今我派你代表国民革命军再赴苏俄。我的这番苦心，你可明白？

贺衷寒：回校长，君山定不负嘱托。

贺衷寒一抬头，正看见蒋介石书架上跟蒋先云的合影，表情复杂。蒋介石发现了。

蒋介石笑了笑：怪我偏心了？

贺衷寒赶紧低头：君山不敢。

蒋介石：你二人为一期菁华，才具、人格不相上下，又都随我一路征伐，鞍前马后。论忠诚，你较湘耘还有过之而无不及。至少，这手心手背我理应一视同仁。可湘耘一路平步青云，而我却一直把你留任校中，就算你腹诽心谤，也是人之常情。不过君山，你道我用意何在？

贺衷寒不吱声。

蒋介石擦拭着跟蒋先云的合影：有朋自远方来，自当酒肉待之，这是面子；自家的孩子，粗茶淡饭过活，这是里子。面子再光鲜，也是做给大家看的待客之道；里子再素朴，可一分一毫都实实在在是家里的产业。君山，你想做客，还是想当主啊？

贺衷寒起身：君山誓死效忠校长！

蒋介石：此去苏俄，切莫走马观花，伏龙芝可是苏俄的最高军事学府，当初带你们的俄国教官，不少还是从那儿毕业的。你若学有所成，日后机会多的是。将兵之将不算什么，你要做的是将将之将！

贺衷寒：君山牢记！

蒋介石摆摆手，贺衷寒敬礼而出，走之前，将一个信封放在了蒋介石桌上。蒋介石抽出厚厚一沓信纸。只见第一页上写着"军中校中疑似共产党人员名单"，赫然有周恩来、蒋先云、鲁易、熊雄、李兆龙、李之龙等的名字。

毛泽东、周恩来、陈延年等党员在陈延年家中开会。

周恩来：蒋中正虽然貌似左派，但一直暗里为军中右派分子撑腰。从二次东征开始，他就多次向我索要共产党员名单。我个人认为，虽然目前依然可以与他合作，但不可完全信任。所以，我跟汪精卫提过，准备从蒋介石手下把左派与共产党员撤出，另立国共合作的部队。

毛泽东点点头：汪精卫目前还是持左派立场的，但他性格软弱，犹疑不定。恩来，你不能把希望完全寄托于他。

周恩来：我知道，所以我已从黄埔和大元帅府铁甲车队抽调了一部分党员和团员作为骨干，与李济深的第四军合作，成立了一支独立团，团长是叶挺。

萧楚女：叶挺？那个陈炯明叛乱时勇救中山先生夫妇的叶挺？

周恩来点点头：就是他！他在莫斯科学习期间，已经秘密入党了。

毛泽东：恩来果然独具慧眼！

陈延年：没错。我们需在各方面都做好应对。眼下国民党二大行将召开，参会代表中，我党占三分之一，左派占三分之一，我们的方针是要扩大左派、孤立中派、打击右派！

周恩来：你上周不是跟上海汇报了吗？怎么回复的？

陈延年：没有回复……一定是老头子又开始犯糊涂了！

毛泽东：继续汇报！一定要向中央阐明问题的严重性。

上海陈独秀的办公室内，陈独秀、维经斯基正在激烈争吵。

陈独秀：伍廷康（维经斯基）先生，我明确告诉你，不可能！共产国际要我们不能突出自己的领导地位，我们已经竭力照办了！现在你要我去跟西山派那帮王八蛋谈判！绝对不可能！求他们回来参加国民党二大！他们是什么人？一帮反革命分子，都已经骑在我们头上拉屎了，你还要我觍着脸去求他们！这叫胯下之辱！

翻译在一边都蒙了。

陈独秀：别愣着，照实翻！

不等翻译说完，维经斯基就开口了：陈，我觉得你有点过于激动了。如果不设法调和西山派和广州的矛盾，放任甚至助长局面恶化，会导致国民党分裂。统一战线是目前中国革命必不可少的，而维护一个完整、统一的国民党是必要步骤。这是共产国际对中国革命问题的基本认识。

陈独秀：莫斯科真的了解这里正在发生什么吗？

维经斯基：注意你的措辞。我得提醒你，中国革命是世界革命的一部分，中国共产党也是共产国际的一个支部。无论你个人怎么想，都必须跟共产国际保持一致，履行你的职责。

陈独秀沉默了。

维经斯基：车就停在外头。陈，请吧。

陈独秀无奈而愤愤地抓起外套、帽子，跟维经斯基一起走了出去。

上海某饭店，孙科、戴季陶在举行新闻发布会，两人站在台上，下面的记者纷纷拍照。

孙科：诸位，我与季陶先生已经决定代表上海的中央党部，赴广州开会。我们此次参会，不只是基于对广州既往政策的谅解，更多是不希望我党分裂。故亲身前往，以示诚意。我等已表热盼沪穗合流之心，希望广州同志也能在大会上做出姿态，以示亲爱精诚……

戴季陶得意地站在一边，接受记者们的拍照。

陈延年住处内，毛泽东在看报纸，上面刊登着孙科、戴季陶将出席二大的新闻，其他人坐在一边唉声叹气。

陈延年：这老头子，真糊涂啊。不仅把那帮反革命分子请回来开会，还要求我们在国民党各级党部中，人数不能超过三分之一！

周恩来：如果是共产国际的旨意，他也没办法。

陈延年：什么都听共产国际的，他们了解我们的情况吗？我们还要亦步亦趋到什么时候！

周恩来：别说气话。眼下既然已经如此，我们的当务之急是，如何在不违背中央指示的前提下，做好我们该做的事情。润之，你怎么一直不吭声？

毛泽东把报纸收起，叠好：我觉得啊，把这两尊大神请回来，倒未必是坏事。

众人疑惑地看向毛泽东。毛泽东眼神中却满是信心。

上海某餐厅里，孙科、戴季陶、邵元冲、沈德权等右派分子正在欢乐聚宴。

沈德权举杯：此次几位元老兵不血刃，与那共产分子理论，大获全胜！这才是公道人心哪！

邵元冲：都说那陈仲甫能言善辩，万人之前也能面不改色，滔滔不绝。可那日我看哲生（孙科）出马，说得陈仲甫都哑口无言。

戴季陶：这就叫血脉传承，哲生何人？先总理唯一嫡传亲嗣，三民主义正宗传人，砸断骨头还连着筋的，是他们赤化分子可以叫板的吗？哲生，共产党肯如此让步，盼我等出席二大，恰说明我们的主张在党内还是大有可为的。

邵元冲：季陶，这次广州之行，留个心眼儿的好。虽说共产党答应削减他们的中执委人数，但汪兆铭他们还是跟共产党穿一条裤子，咱们到底是势单力孤啊。

众人不语。

孙科：各位同志，实不相瞒，我肯南下，可不只是给共产党面子。汪精卫立足未稳，不是我们需要他，是他需要我们。大家大可宽心，我谅他也不敢另生事端。

夜已深，岸英和岸青在床上酣睡，毛泽东在桌前奋笔疾书，杨开慧在一边整理材料，不时给毛泽东递过去。

毛泽东低着头：霞妹，幸亏有你在。不然，材料这么多，还真赶不过来。

杨开慧走到跟前，看着毛泽东正在写的材料，一脸担忧。

杨开慧：你真的要这么做吗？

毛泽东抬头看向杨开慧，只是笑笑，没说话。

向振熙进来，端来一盘热腾腾的蒸年糕。

向振熙：明天就是西历新年了，新年吃年糕，事事年年高！

毛泽东笑着点点头，三人一人抓起一块年糕。杨开慧顺手撕下了墙上1925年最后一张日历。

1926年1月1日，中国国民党第二次全国代表大会在广州召开。

穿着西装、中山装、长衫马褂的人群涌向会议大厅，其中可见毛泽东、汪精卫、李大钊、蒋介石等。汪精卫满怀心事，毛泽东坦荡自然。

第十六章　唇枪舌剑纷争起，汪蒋离心现危机

国民政府大楼前，红色条幅徐徐垂下，上书"中国国民党第二次全国代表大会"。门口卫兵列队，彩旗飘飘。汪精卫发表大会宣言的声音传出来。

汪精卫：中华民国十三年一月，本党总理孙先生召开全国第一次代表大会，此后本党同志在总理指导下努力奋斗，以总理之言为轨范，以总理之行为表率，综合两年来事实，本党同志确信总理所定主义及政纲，为今日中国之唯一生路……

偌大的礼堂内坐满了人，出席者衣着不一，长衫西服皆有。主席台上摆着总理遗像，两侧写着"革命尚未成功，同志仍须努力"。

汪精卫在主席台上发表二大宣言，气氛庄严。

毛泽东、李大钊等都在席间。另一边，是孙科、戴季陶等。

汪精卫：我们将坚定执行联俄、联共、扶助农工三大政策。本次大会，将决议民国十五年践行三大政策之具体方案，如何艰难困苦，都当切实执行。民国十五年全国人民之幸福，实靠第二次全国代表大会各同志之努力……

底下掌声雷动。

茶歇厅内，各地代表、委员三三两两聚在一起寒暄。毛泽东、吴玉章、邓颖超等也在聊天儿。

恽代英：为了抢在西山派之前开会，大会提前了二十多天，你这秘书长一定忙坏了。

吴玉章笑：我这边还好，有筹备组帮忙。到了广州我才看到名单，这次参会的只有三分之一是右派，其余都是左派和我们的人，这结果比预想的好啊。

邓颖超：之前润之他们代表资格审查做得细致，几方权衡下来，才是这个比例。

毛泽东：说到底，是人心所向，大势所趋。对了，弹劾西山会议的提案是明天吗？

吴玉章点头：明天上午。但我听说，汪主席昨天亲自去接的孙科。而且

这次中央已经主张了退让，守常先生很难，我们的人……也实在不好表态。

另一边，孙科和几个右派代表正坐在沙发上聊天儿。

张静江：失敬失敬，没想到孙先生会来，昨晚我们就该备上好酒，为您接风洗尘的。

右派委员甲一笑，对张静江：想为他接风洗尘的多的是，（低声）我们抢不过汪主席。

张静江一愣，笑：哟，那我们不该抢，不能抢。

孙科抬手点一点右派委员甲：话多了。

右派委员甲笑：实话。孙先生不来，这会还怎么开？孙先生代表的可不是自己，而是一众国民党元老，是那些和总理打江山的人哪，那些人要真自己就开了二大，这边干晾着？

说话间戴季陶过来，冲着孙科一笑，坐下。

戴季陶：又见面了。

戴季陶回头四处看看，低声说：这放眼望去，怎么到处都像共产党的人？

张静江笑：不奇怪，一向是我们决议，他们干活儿嘛。

戴季陶问孙科：陈仲甫确实答应了吧，不为难我们？

孙科低声恼怒：他不答应我能回来吗？！……你放心，就算惩戒也轮不到我们，最多走个过场，点几个无关紧要的人。

礼堂内的长桌旁，汪精卫在主位，各常委、执委会成员、各地代表依次坐在下面，毛泽东、李大钊、吴玉章等都在前排。

一名委员正在宣读：关于民国十四年秋，邹鲁、谢持等发起西山会议一事，执委会已判定此为吾党成立以来，违背党纪之重大事实，非加以严处不足申党纪而固吾党团结之本。故出于严整党律及本党前途之考虑，特拟定对邹鲁、谢持、居正、石青阳、沈定一等十二名实际参会者，由大会提出严重警告，指其错误，责其书面改正，限其两月内回复中央执行委员会。对不接受惩戒者，即为甘心叛党，中央执行委员应立即执行纪律，开除其党籍。

孙科不动声色，唇角不易察觉地上扬。毛泽东微微皱眉。

委员甲：只是警告处决，是否太轻了？

张静江：本席以为，此事可大可小，西山派舆论确实沸沸扬扬，可并未有多少实际影响。况且西山派皆是国民党元老，都是干了多年革命的同志，由大会通电警告已经不轻了。

委员乙：听说当时会议通告只说去总理灵前开会，等那些同志到京，发觉邹鲁、谢持妄图推翻国民政府，要另立中央时，已经留下了自己的签到证明。

委员丙：我听的不是这样，此事参与人只是主犯、从犯之别，惩戒可分轻重。

张静江：主要他们此等行为尚无先例，如何处决无从参照。

底下人议论纷纷，汪精卫开口。

汪精卫：确实无从参照，但我们可有一个标准，以总理之心为心。设想今日总理若在，他当如何主张？三大政策是总理遗训，谢持、邹鲁去总理灵前公然反对，我以为不可忍，也不当忍。我建议，直接开除邹鲁、谢持党籍，其余同志，也当警告处分！

孙科不动声色，其他委员一愣，纷纷点头。

张静江：本席以为，西山会议诚然大大不妥，但用大会名义去函警诫，已令人无地自容，开除党籍在革命党人看来，实是比杀头还痛苦。

委员甲：他们罪有应得，抛开情感专注纪律，是大会应取的态度。

委员丙：西山派虽是老同志，苟非大逆不道，汪主席不会如此处置。

委员乙：我同意汪主席，邹鲁、谢持叛党，是该开除党籍。

其他委员：我同意。／我也同意。

汪精卫：那西山会议案我们先以此定论……

李大钊眼中满是失望。戴季陶不易察觉地松了一口气。

毛泽东忽然起身：本席有异议。

一众人都很意外，李大钊看着毛泽东。

毛泽东：本席以为，对西山会议派之惩戒，有过于宽大之嫌。西山会议持续40多天，会议通过的决议、宣言、通电、文告不下百种，宣扬共产党别有意图，要两党分道扬镳，而出席会议者，在原24名国民党中央执行委员中，有邹鲁、林森、邵元冲、叶楚伧等8人；在原5名中央监察委员中，有谢持、张继2人，以上皆为国民党要员，岂是分不清是非立场之人？如果只惩戒谢持、邹鲁，他人是否会怀疑国民政府内部，有人想明批暗保。

汪精卫：润之，我们对西山会议的态度，没有出入。

孙科：共产党加入，确实让国民党内部有了些纷争，但……

毛泽东：孙科同志，国民党的纠纷是共产党加入才有的吗？

孙科：毛润之，他们各个都是元老，开除党籍还不够，你是想将所有追随过总理的元老除之而后快吗？

毛泽东：请孙科同志不要混淆概念。开除党籍的处罚够了，但有漏网之鱼。比如叶楚伧，在上海执行部如何帮助反动分子，在工潮中如何反诬工人胡闹，就算没有西山会议，此人也当开除党籍。

孙科一怔，还没说话，就见毛泽东看向戴季陶。

毛泽东：戴季陶，如果没你那两本小册子，没戴季陶主义推波助澜，两党纷争岂至如此？我们国民革命的宗旨、目的究竟是什么？是还没打倒帝国主义就先内讧吗？我不可想象有身居高位的国民党要员，正成为帝国主义的工具！

孙科：毛润之，你不要夸大其词！

毛泽东：我夸大其词吗？敢问孙科同志，国民党中央执委会做了全国反帝运动总指挥，西山派就要叫停执委会职权；国民党政委会指挥省港罢工打军阀，西山派就要取消政委会；苏俄顾问支持反帝，西山派就要辞退鲍罗廷；共产党员加入国民党做反帝生力军，西山派就要开除守常先生和谭平山党籍。

孙科一时语塞。

毛泽东：这不是帮着帝国主义，那是什么？（盯着孙科）而他们源源不断的经费，又是哪儿来的？

孙科恼怒又理亏：毛润之！我们可是你们陈仲甫请回来的。

毛泽东：是该请回来，因为我们想让你和在座诸位一起听听，全中国革命者的声音。

毛泽东拿出《政治周报》。他举了举手中的报纸：大会筹备期间，秘书处共收到全国弹劾西山会议的通电六十余件，要逐一念，太耽误诸位时间，宣传部已将所有通告集中在这张报纸上，请诸位看看全国各党支部对此事的意见。

吴玉章：我来念几条吧。

中央党部的礼堂过道里，张国焘正急匆匆走着。吴玉章的声音已经传出来。

吴玉章：上海市第一区第五十四分部请中央严行制止，勿使非革命分子假名累党；广东各级党部代表会议谓苟任少数党员，各逞私见，置纪律于不顾，其危险甚于反革命敌人；宁波市党部谓戴季陶、沈定一、叶楚伧等与北京同志俱乐部反革命分子互相勾结，司马昭之心不问可知⋯⋯

张国焘听得目瞪口呆。张国焘走到门口，见孙科气急败坏，毛泽东神色坦然站在一边，瞬时明白怎么回事。

孙科看着张国焘，以眼神质问。

孙科：对此事，我想知道共产党中央的态度。

一直沉默的李大钊开口：我不直接参与评判，但我坚持以为，我们要以国民革命为唯一目标。我们合作是因为共同奋斗，力量更大。有些同志为了反对我们，总盼着国共分家。如果分家不妨碍国民革命的工作，那可以分，但事实并非如此，我们还是心平气和，依了先总理遗嘱再说。

毛泽东十分欣慰，台下也掌声雷动。

陈延年的办公室里，陈延年正在倒茶，毛泽东接过来坐在一边。

陈延年：我才明白你说的，把他们请回来不是坏事。好一招瓮中捉鳖。

毛泽东：也不能太乐观。汪主席只说讨论到此为止，他日再做决议，未必有什么结果。

门被推开，张国焘走了进来，一句话不说，有些气闷地坐下。

张国焘：我就是晚到了一会儿，可中央的指示早传达给你们了。你们怎么一点儿不听呢？

陈延年：西山会议指名道姓反共，我们怎么就不能反击了？

毛泽东：后面我们还要推进工农运动计划，如果右派看到西山派这些人都能轻易放过，他们必然壮胆，我们还不知要面对多少阻力。

张国焘：可仲甫先生答应过，不会管国民党内部的事，更不会让他们觉得我们是威胁。

陈延年：老头子这里（指脑袋）还停在总理去世前，他以为国民党现在还有中山先生那样的人坐镇吗？是我们只要拿出诚意，别人就痛痛快快领情吗？

张国焘：延年同志，你不能仗着仲甫先生是你父亲，就口无遮拦！

陈延年：一码归一码，我是广东区委书记，我是站在我们共产党的立场上考虑问题！

毛泽东：不管国民党内部的事……国焘，这是仲甫先生的意见，还是共产国际的意见？

张国焘：不是共产国际让他去请孙科，他那脾气能去？但去都去了，说话得作数啊。仲甫先生派我来，就是要我和你们，和其他委员都重申一遍，保持低调，选举名单，绝不多占国民党的名额。

陈延年：他糊涂他的。将在外，军令有所不受。

张国焘起身：你闹脾气没用，我已经去见过汪主席了！

张国焘说完，转身就走。办公室里，只剩毛泽东和陈延年。

陈延年气闷：我们这姿态，就差给人家鞠躬作揖了。

毛泽东：不过说实话，国焘去找了汪主席，孙科可能也找了，看起来都是要同一个结果吧？但对西山派的最终决议，以及中央委员的选举，未必会让他们得偿所愿。

陈延年：为什么？汪主席顺水推舟两面成全不是正好吗？

毛泽东随手指着办公室一棵盆栽：你这盆景，为什么要四面固定啊？

陈延年不假思索：刚移进去，根浅。

陈延年说完，瞬时明白：懂了。（一顿）是汪主席位置还不稳，还需要几方力量互相牵制。

毛泽东：中山先生在时，左、右派力量均衡，政局算稳的。可惜中山先生没培养出合适的接班人就去世了，这一下两派斗个不停，元老不是遇害就是被放逐，才到汪主席主持局面。

陈延年：所以他也需要我们帮他巩固政权，并不一定接受老头子想自矮三分的要求。

毛泽东点头：共产党对他来说非但不足为患，还可暂时为友。从这次会议来看，他真正忌惮的不在我们这儿。

办公室内，汪精卫看着桌上的一张纸，上面有关于这次会议参会人员的派系划分，他若有所思地把纸放进抽屉里，接着就有人敲门。

汪精卫：进。

门推开，孙科进来。汪精卫瞬时换了脸色。

汪精卫起身：我还说马上吃晚饭了，叫你一起呢。

孙科缓步进来：倒是不用，上午那场鸿门宴，我还吃得意犹未尽。

汪精卫：先坐，喝杯茶。

孙科坐下，也不说话，就看着汪精卫。

汪精卫顿了良久：我也很意外。

孙科：意外我孙科，被一个候补执委，当场骂得毫无还手之力？（一顿）你也不替我说句话？！

汪精卫：哲生（孙科），面子和里子，要是兼顾不了，那总得选一个吧？我可以帮你说话，替你表态，可代表里有那么多的左派和共产党，上面还有共产国际看着，西山派在做什么他们不知道吗？我们要图一时之快，日后的麻烦你想过吗？

孙科：我是不信，那期《政治周报》你没看过？

汪精卫：你也知道，为了西山派不闹事，二大是提前开的，紧急筹备得多少事？我实在分身乏术，连宣传部工作都让毛润之代管了，可能工作上确有遗漏，还望哲生兄见谅。

孙科琢磨了片刻，冷笑：汪主席，先父留了遗嘱，可并未指定接班人，我来为你站位，已经惹得许多元老不满，你莫让我里外不是人。

汪精卫：我知道。你放心。

黄埔礼堂内已经坐满了人，有黄埔军代表和学生，还有二大主要委员。

汪精卫、季山嘉、翻译、张静江、宋庆龄、谭延闿在前排，毛泽东和张国焘坐在稍后的位置。

台上还空着，后排学生交头接耳，低声议论。

学生甲：校长的军事报告，来了这么多人？

学生乙：这阵子开二大呢，上午不是还阅兵了？听说校长提议把汪主席他们请到礼堂，干脆在学校做报告。

学生丙：我们校长如今是东征英雄，不同以往了。

座位上，汪精卫抬手看看表，已经过了整点。汪精卫刚要扭头和等得不耐烦的季山嘉说话，就见蒋介石从一边上来，他披了件黑色大氅，身后还跟着两个衣着笔挺的侍卫。短短几步路，走得气场十足，礼堂瞬时安静下来。

毛泽东也看得眼中一怔。

季山嘉：这便是蒋中正？他是要来表演魔术吗？怎么穿了这么一身？

汪精卫：他是头一次作为代表参加这种级别的大会，上一次还是列席。

季山嘉：我看此人颇有自命不凡之态。

蒋介石在台上站定。

蒋介石：诸位好！

台下顿时掌声雷动。记者开始拍摄和记录。蒋介石开始讲话，语调抑扬顿挫，十分有感染力。

蒋介石：众所周知，党国的军事和政治、经济都密切相关，此前汪主席报告政治时，已将军事重点说过大半，现在中正就向诸位说一说两年来军事大略，日后军队组织及方针。这两年，我们成立了黄埔军校，平定商团叛乱，二次东征灭陈炯明，打各方军阀，在民国十四年建立了国民革命军……我们收编湘军为第二军，滇军为第三军，粤军为第四军，福军为第五军。刚刚，又改编湖南攻鄂军为第六军，我们的革命军如今十万有余……这两年的军事总括来说，有十三年的积极准备，才有十四年的广东统一！而国民革命军小小的成效，正是实行三民主义的成效！

台下季山嘉和汪精卫小声议论。

季山嘉：两年前在长洲司令部炮台竖了面"蒋"字大旗的就是他吧。

汪精卫淡淡一笑：不知道的，还以为你在说哪个军阀。你刚到广州，一路舟车劳顿，我已备了晚宴为你接风洗尘。

季山嘉：不必客气，但要早些把共产国际的意见告诉他。作为新的军事顾问，我坚持认为你们现在不适合北伐，另外你们军队缺乏完善的政治组织，将领权力太大不是好事。

汪精卫：他若知道鲍罗廷走了，必定伤心。

季山嘉：我知道鲍罗廷看好他，我不一样，我军人出身，是个直性子，行就是行，不行，便没有余地。

蒋介石：我观今日中国之局势，思本党之前途，我现在敢说一句，我们的政府已经有力量向外发展了！三民主义的力量战胜一切！国民革命的成功当不在远！革命军去年可以统一广东，今年不难统一中国！

礼堂内掌声雷动。

曾扩情：请全体代表起立！向蒋同志致敬，勉其尽心竭力为党为国奋斗！

黄埔军校的代表纷纷起立。汪精卫几人互相看看，也起身鼓掌。毛泽东都看在眼里。汪精卫斜睨到记者正在记录每个人的对话。

汪精卫对身后的秘书低声说道：去告诉记者，这是个人行为，无须记录。

蒋介石和戴季陶一前一后进了办公室。

戴季陶：听说黄埔建校以来，能让全体代表起立致敬的，你还是头一个。

蒋介石边走边解开大氅，手向后一扬，身后的王世和赶紧接住。

蒋介石：人前你还是注意些，急急慌慌就跟过来。

戴季陶：也对，过几天要宣布任命革命军总司令了，要维护左派形象。

蒋介石解开颈上的扣子，松了袖扣，又往办公室里间走，戴季陶本来跟着，见蒋介石在脱衣服，只得出来，站在门口背身和他说话。

蒋介石：西山派的处决还没出来，你再逍遥几天。

戴季陶一笑：大会头天晚上汪主席宴请孙科，我不信你没去。而且，你定会替我说话。

蒋介石无语：你知道的可太多了。

戴季陶笑：我是听说饭局上有人提议，就别在这次大会处决西山派了，想办法拖到三大再说。

蒋介石不悦：何以见得那就是我？

戴季陶：这么清新别致的提议，怎么可能出自那些擅玩权术者之口？

说话间，蒋介石已换了一身舒适的长衫出来，在桌前坐下。

蒋介石：一帮文人政客，弯弯绕绕，啰唆得很。

戴季陶：这些人的惯用手段，就是利用矛盾稳固政权，汪精卫真能听李守常、毛润之的，大力处决西山派？他不怕那帮元老换个山头另立中央？

蒋介石：你我都知道，毛润之岂会不知，但他虚张声势杀了那帮人的气焰，而且现在西山主事的人都亮在明处了，谁还敢故技重施乱来？

戴季陶：我听说陈仲甫嘱咐过他们不得造次，可毛润之不按常理出牌哪。（想了想）我倒是和你说啊，……有天你若作他想，必定要提防此人。

蒋介石会意，一笑：我眼下一心北伐，就好好当个总司令，不作他想。

二大会议厅内，汪精卫正在宣布会议结果，所有委员都在台下等待。

汪精卫：《弹劾西山会议决议案》，最终决议，永久开除邹鲁、谢持党籍，对居正、石青阳、石瑛、覃振、傅汝霖、沈定一等十二人提出警告，责其改正。对戴季陶予以训令。《处分违犯本党纪律党员决议案》，最终决议，停叶楚伧《民国日报》总编辑一职……

台下，毛泽东和李大钊相互一看，都在意料之中。孙科反应也很平淡。

汪精卫：下面，我们开始中央执行委员的选举……

大家脑海中浮现会场内各委员代表做报告的场景：

林祖涵做中央执行委员会准备工作报告；

谭平山做党务总报告；

毛泽东做宣传工作报告；

邓颖超做妇女运动报告；

蒋介石做军事报告；

宋庆龄上台演讲；

……

国共两党的委员依次走过投票箱，纷纷投下自己庄严的一票。

陈延年的办公室里，毛泽东、张国焘、陈延年坐在一起讨论。

陈延年：最终只有七名同志入选中央执委，比我们期望的少了一半。

毛泽东：不过中央秘书处、组织部、宣传部、农民部这些关键部门，都有我们的人任职。对巩固和发展革命成果，也算有积极意义。

张国焘：是的嘛，仲甫先生连发两封通电，说二大的结果他很满意。现在汪主席集党、政、军权于一身，对我们是好事，至少中山先生的三大政策能延续，国共合作统一战线也算稳了。

陈延年没多少兴致：守常先生呢？

张国焘：回北京了。北方这段时间局势多变，共产国际本寄希望于冯玉祥、郭松龄发动北方革命，一举颠覆奉系军阀。谁知形势突变，张作霖与日本人勾结一气，郭松龄夫妇兵败被杀。

毛泽东：北方党人是在军阀的眼皮底下开展工作，比我们艰难多了，守常先生殊为不易啊。

陈延年：你什么时候回上海啊？

张国焘：你小子，赶我？

毛泽东：延年知道仲甫先生前阵子病了，你不在那边，他不放心。

陈延年嘴硬：我有什么不放心的。再说又不是我气病的，他真有事，该找共产国际去。事事听人指示。就说这共产国际，对北伐的态度始终举棋不定，最近季山嘉来做军事顾问，他就不看好北伐。可一开始制订北伐计划的不也是苏联的加仑将军吗？

毛泽东：一旦北伐，英日帝国很可能前来干涉，届时苏俄的国际关系就会变化，他们不会不考虑这些。

陈延年：那他们会考虑这种反复无常对中国革命的影响吗！

毛泽东：国焘，我是觉得，你回去要和仲甫先生说说，二大看似成果不错，但我们也不宜乐观。就看这次选举，同是西山元老，不来参会的加以惩戒，来参会的连任要职，这说明汪主席对西山派只想各个分化，并不想击垮。这么一来，就算老右派偃旗息鼓，戴季陶这种新右派又会窜出来。

陈延年：这么看，汪主席是比我想的软弱，新右派会故技重施吗？

毛泽东：我担心不只如此。汪主席为什么软弱？因为谁都知道真正的军权不在他那儿。而这次二大，谁风头最劲，获益最多？

张国焘：蒋中正啊。一大他只能列席，一个二大，成了中央执行委员，紧接着这二届一中全会，入选了中央政治委员会，又当选了中央常务委员。

毛泽东点头：不但他当选，他那些兄弟也入选了不少。

陈延年看毛泽东：你是怕……

毛泽东：现在还没任何迹象，但防患未然，老右派只有笔，新右派如果有笔又有枪呢？

三人都愣住了。

宴会厅内，一盘盘佳肴被服务员放在桌上。西洋音乐声中，委员三三两两端杯站着，间或可见陈洁如、陈璧君等女代表或女眷，蒋介石被一群人簇拥着。

何应钦举杯：来来来，我们借汪主席的酒，恭祝中正兄荣升国民革命军总监！

刘峙：如今两广统一，国民政府得以安定，蒋总监功不可没！

谭延闿：了不得啊，先是全票通过，进了中央执委会，现在又荣升革命军总监，祝蒋总监从此平步青云，待举兵北伐，再升总司令！

蒋介石：谢谢，谢谢。我以水代酒，大家共同进步。

汪精卫：介石。

蒋介石转头，看到汪精卫端杯过来。

汪精卫：祝贺你。

蒋介石一笑：多谢汪主席。

刘峙：现在广州公园门口都写着，精卫填海，介石补天。我们文有汪主席，武有蒋总监，实是我国民之幸。

汪精卫保持微笑：为我国民之幸福，汪某和介石定同心携手，努力进步。不过现在，容我将蒋总监借走片刻。

几人识趣，应承着离开。蒋介石与汪精卫两人来到阳台上。

汪精卫：季山嘉来这么多天，你还是不肯见他。

蒋介石玩着杯子：这俄国人声音太大，他很不喜欢我的消息，早传开了。

汪精卫：他性子直，但对公不对私，那些意见去听听也好。

蒋介石：我都听到了，他反对北伐，又说我带兵无方，缺乏实力，建议我先去海参崴练兵，要么就北上去帮冯玉祥，总之是走得越远越好。（一顿）不过，他怎么想我不在意，我更想知道汪主席怎么看。

汪精卫沉默了片刻，一笑。

汪精卫：我怎么看也不重要。你不喜欢他没关系，我来应付，你一心一意好好带你的兵。

蒋介石笑：那汪主席可不能偏袒，我今天才知道我黄埔军费被扣了三万，给了第二师的王懋功师长。若是拜把子就能多得军费，那咱们也结拜如何？

汪精卫笑：若只给你，那才叫偏袒。顺便也给你提个小小的醒，你那把守虎门要塞的拜把子兄弟陈肇英，走私的可不是小数目。革命军总监了，管好自己的人哪。

蒋介石笑：汪主席手掌党政军权，我那些小弟随你制裁。

汪精卫：这话不妥，几个军的政治部主任都是共产党，如何是我独揽？

从背后看，两人说说笑笑，亲密无间。

蒋介石的专车从广州街道上开过。蒋介石、陈洁如坐在车里。陈洁如有些担忧地看着蒋介石，蒋介石则望着窗外，一言不发，陷入深思。

蒋介石一脸疲惫地进家门。陈洁如过来，想帮蒋介石拿脱下的外衣。蒋介石没给她，而是将外衣甩到一边，十分疲惫地倒在沙发上，闭目养神。

陈洁如：怎么了？一路上也闷闷不乐的。

蒋介石睁开眼睛，凝神望着天花板。

蒋介石：木秀于林，风必摧之。我感觉姓汪的要对付我了。

陈洁如一惊：怎么会呢，刚任命你当革命军总监啊。

蒋介石：总监算个屁，不过是个协调监督的虚职，总司令才握有令行禁止的实权！不给我总司令倒也罢了，他借着季山嘉的口，处处为难我，还想让我离开广州。呵，这不是当初对许崇智的手段吗，这套路我太熟悉了。

陈洁如：以前你们还称兄道弟的……

蒋介石：一旦开始北伐，我军权只会更大，他怕得很。所以给我不痛快。

陈洁如：介石，其他的我不懂，你现在手上有军队，他就算忌惮你，也不会对你做什么吧？

蒋介石：军队，除了第一军是我嫡系也堪称精锐，其他五个军都是粤军、湘军、滇军改的，战斗力弱就罢了，还未必和我一条心……不，战斗力也不弱，苏联人最近给了他们很多军械。还有，他最近三天两头去黄埔演讲，得了不少人心，还不断安插共产党进我第一军。不只如此，他没通过我，就任命李之龙为海军局局长，还顺便让他当了中山舰舰长……那也是个共产党……

蒋介石越想越多，顿时觉得天旋地转。

蒋介石：我现在走到哪儿，都是共产党的影子……

陈延年的办公室中，毛泽东、彭湃、陈延年、萧楚女等围坐在一起聊天。

彭湃将一碟花生放在桌上：这次中常会的结果对搞农民运动可是重大利好，伯渠不仅继续兼任农民部长，而且还要成立中央农民运动委员会！

陈延年给每个人倒茶：老彭，除了伯渠，你跟罗绮园还做了农民部秘书，看起来，国民党是把农运彻底交给我们了。

毛泽东：农讲所前五届出去的人，培养了八十万农民。在几次运动中，中央也是看到了农民的作用，所以才有今天。老彭，这农讲所要扩建了吧？

彭湃：所以别来虚的，我们需要拨款支持。楚女，你现在是农委会委员，去帮我们申请啊。

萧楚女：交给我。

毛泽东：我看这第六届招生，大可面向全国，多多搜罗人才。

彭湃：和我想一起去了，那选拔标准得高，要有一定文化基础。

陈延年：学员多了你那儿盛得下吗？

彭湃：盛不下我换地方啊。

陈延年：教师不够的话，我找守常先生从北京、天津的进步青年中抽调。

毛泽东点头：即使有了教师，课程也要重新设计，得有农民教育学，明确学员毕业后去乡村教什么。学西学的老师去农村为什么行不通，因为他们拿着上海租界的先生们编的教材，可农民最想学的是写状子、田契、佃约。我们要尽快编出自己的教材。

彭湃：润之，这第六届农讲所所长，一定你来当啊。说说，你几时能全心投入，我们可望眼欲穿哪。

毛泽东笑：我迫不及待，说到底，这才是我们的根据地。只是汪主席刚任命我继续代理宣传部长。对整个国民革命来说，宣传工作也很重要，现在楚女能帮我分担很多，但总体来说，还是分身乏术。

陈延年突然想到：你楼下是不是还空着一间？

毛泽东：空着呀。

陈延年：我想给你安排个室友，搞宣传也是一等一的强，把他调去宣传部和楚女配合，你暂时分身肯定没问题。

萧楚女：谁啊？

说话间门被推开，一个戴眼镜的文人模样的人进来。

毛泽东：沈雁冰？

宣传部办公室，沈雁冰正拿着手包走向自己的座位，不停有人来和他汇报工作，都是很熟络的模样。

员工甲：沈秘书，这是整理好的民众宣传计划。

员工乙：沈秘书，下个月党内发书计划做好了，请您看看。

张克强：沈秘书，这是下个月的图书宣传小册子，您看可以下厂了不？

沈雁冰——接过来，坐下（略带江浙口音）：我还有一个小点，你看，宣传方面，我们始终坚持党内、党外有别，工、农、学、商、士有别，广东革命根据地和军阀统治区也不一样。这张画的服饰呢，最好更贴近当地民众，还有这句宣传口号，如果加一点儿方言，更好读好记，是不是？

张克强点头：我这就去改。

沈雁冰坐下，开始看一沓厚厚的资料。

沈雁冰：克强，这期《政治周报》用破栏的方式排版，不错的。

张克强：沈秘书，您和毛部长一起工作了十多天，就把这儿的事都理顺了。您之前也是做宣传工作的吗？

沈雁冰点头：之前在上海。干革命嘛，哪里需要去哪里，当时毛部长和我说，做这个秘书还要中央常委会通过，我说哪至于此，过来一看，嚯……不过好在毛部长制定的工作流程好执行，效率高。

张克强：毛部长告病有段日子了，您知不知道，他好些了没啊？

沈雁冰：……应该快了吧。

国民政府院子里，汪精卫、季山嘉正在谈话，翻译在一边。

季山嘉：听说蒋中正要辞职，称无法胜任总监，要先去莫斯科学习学习。

汪精卫一笑：消息灵得很哪。

季山嘉：他怎么像个小孩，扬言要我离开广州，我不走他就走。

汪精卫摇头：他可不像小孩，这是藏着小心思试探我。他要你走，我哪能答应？他得知有个师长和我私交不错，直接去撤了人家的职，还把人押送出境了。

季山嘉：我没看错，果然是军阀做派，那么，你同意他辞职了吗？

办公室里，张静江坐着，蒋介石气呼呼地收拾东西，将几本书和笔记本扔进皮箱里。

张静江：你是真想好了，还是一赌气递了辞呈，骑虎难下了？

蒋介石：辞呈他不回复，却托人给我捎了件皮毛大衣，足够抵挡莫斯科的寒风。

张静江看着蒋介石收拾东西，在屋子里踱着步，慢悠悠地说道：好嘛，总理遗愿不管了，这些年打下的基业拱手让人，说是保留校长一职，等你从莫斯科回来，看看这儿哪还有你半分位置。

蒋介石手下一停，烦闷：静江兄可知我近日心境？

张静江：那你可想过缘由？

蒋介石：根基尚浅又猛然擢升，某些人心里不舒服了！

张静江：有军权才能谈政权，我要是他，我也睡不安稳。可是我不理解，你现在走，是还以为有中山先生那样的人护着你吗？能任你一次次闹脾气，又一次次劝你回来？

蒋介石一脸气恼，但不说话。

张静江：你成人之美，别人领情吗？等你回来，军权旁落，你何去何从？就算你真想解甲归田，他们能让你安生？

蒋介石恼怒：那我留下能做什么？

张静江看着蒋介石：你想做什么？

蒋介石愣了愣，没说话。

张静江：你直接把他那师长押送出境，他来质问你了吗？

蒋介石脱口而出：他心虚在先！敢来问我？！

张静江看向蒋介石：这不正说明，他对你也颇为忌惮吗……

蒋介石被提醒了，用手敲着桌子。他站起身，慢慢踱了几步，一直在想着什么。

王世和敲门进来：报告总监，去码头的车到了。

蒋介石对王世和：让车回去吧，我不走了。

江边茶摊，几个茶杯碰在一起，正是陈延年、毛泽东、彭湃、杨开慧等人在喝茶。不远处，毛岸青、毛岸英正在地上跳格子。

陈延年：来来来，欢迎我们润之兄，以养病之名，行考察之实，一去半月，终于归来。

几人边喝茶边笑。

陈延年：你这趟韶关，晒黑了，饿瘦了，太辛苦了，所以得用这鲩鱼，好好犒劳犒劳你。

彭湃：是得吃，润之回来还没坐稳，就接了农讲所所长的重任。我看他已经摩拳擦掌，要大展身手了。润之，说两句啊。

毛泽东笑：任重道远，乐意之至。

杨开慧：还得谢谢延年帮你推荐了沈雁冰。你不在，听说宣传部井井有条。

毛泽东：有他和楚女在，那边我放心多了。欸，我这趟还是很有心得，乡下变化不小，雪耻会改组成公开的农民协会了，自从一切权力交给农会，他们对地主豪绅，对帝国主义的斗争都坚定得很。

彭湃感叹：农民哪天觉醒，改造中国的事业便哪天成功。

杨开慧：改造中国，我看方法就是结交农民、团结农民、教育农民。

毛泽东：还有最关键的，去研究农民。彭湃，等农讲所开课，你得继续讲课去啊。

众人笑。

毛泽东：不过除了文化课，我们的军事课还要再加强。真要北伐，农民会起到至关重要的作用。

陈延年：不过最近情况有变，汪主席在各个场合已经不提北伐的事了，说是苏联顾问不支持。湘耘说，蒋中正对此非常恼怒，两人的关系越来越差。

毛泽东沉吟：无论是鲍罗廷还是季山嘉，都很看好汪主席作为革命接班人，因此共产国际的意见，汪主席肯定会听，但蒋中正不一定。

陈延年：这阵子是有些奇怪，听说汪主席常去黄埔，还在第一军任命了不少共产党员。

毛泽东说着，从口袋中拿出一张传单，放在桌上。几人一看，传单配有图，还写着"共产党蓄谋暴动"之类的文字。

毛泽东：我过来时，在路上捡的。

彭湃：我也看到了，最近这种谣言越来越多。也不知什么人想兴风作浪。

毛泽东：国民党派系之争就没停过，我就怕他们拿共产党做文章，实是借力打力，清除异己。

陈延年：陈赓之前就发现蒋中正有本小册子，黄埔的共产党员都被做了标记。前几天恩来还和我说，最近总感觉蒋中正哪里不对，可又没切实证据。

毛泽东：二大后，西山派也没消停，就怕这些右派也会死灰复燃，借机生事。

岸青突然喊：大轮船！

岸英对岸青：那不是轮船，是军舰。

几人顺着岸青手指的方向望过去，两艘巨大的军舰正缓缓驶过。

毛泽东疑惑：怎么这个时候出动军舰？

第十七章　狼子野心难掩藏，觅光而上守信仰

夜里，一身睡衣的汪精卫手按肝区，微微皱眉，接过陈璧君递来的一碗中药。

陈璧君：大夫说了，你这是肝气郁结，不仅得按时吃药，还要保持心情舒畅。

汪精卫喝了口药，被烫了一下嘴，放下碗。

汪精卫：他是站着说话不腰疼哪。

陈璧君：蒋中正到底去不去莫斯科啊？我每次问，他都含糊其词。

汪精卫：你问他这个干什么？

陈璧君：我也想去苏联逛逛，说不定还能帮你安抚安抚他。

汪精卫摇头：你以为他真会去吗？

陈璧君：那你干脆答应他辞职。他能怎样，还能造反不成？

汪精卫若有所思，把药喝了，没说话。忽然只听得楼下一阵汽车鸣笛声、骚乱声。汪精卫一怔，赶紧走到窗边，往下一看，只见楼下灯火闪烁，人头攒动。一队荷枪实弹的军人依次跳下车，将宅子围住。

陈璧君一惊：什么情况？

管家急匆匆推门进来：老爷，老爷！

汪精卫：怎么回事？

管家：他们说有共产党暴动，蒋校长派人来保护您的安全。

汪精卫一惊：什么？共产党暴动？

汪精卫冲进卧室换衣服。

陈璧君：你干吗去？

汪精卫急匆匆地来到楼下，面对军人。

汪精卫：你们校长呢？让他来见我。

军官甲：校长正在指挥平暴，现在恐怕无暇抽身。

汪精卫：那好，我去见他。

军官甲：对不起汪主席，没有校长的命令，谁也不能出去。

汪精卫难以置信：什么？你刚刚说什么？！

军官甲大声：报告汪主席，没有蒋校长的命令，谁也不能从这儿离开！

汪精卫气得发颤：你们……你们这是军事政变！

砰砰砰！一阵急促的敲门声响起，沈雁冰起身开门，只见一个文员模样的人一脸焦急地站在门口。

沈雁冰：兆华？

兆华急匆匆：毛先生在吗？

沈雁冰：兆华，这么晚了，有事吗？

兆华焦急：出大事了！蒋介石扣押了黄埔和第一军的两百多名共产党员！延年书记让我来告诉润之先生，速去与他商量对策！

毛泽东披着衣服从屋里出来：他人在哪儿？

兆华：已经去了苏联军事顾问团宿舍。现在大半个广州都戒严了，您路上一定小心！

沈雁冰：润之兄，我陪你去！

毛泽东点头出门，沈雁冰紧跟上。

黑夜里，街上已经是戒严状态，一片肃杀，军车在路上开过，军人们在街上巡逻。

毛泽东、沈雁冰急匆匆赶到苏联军事顾问团宿舍楼下，却发现周围全是军人。

军官乙叫住毛泽东：欸！干什么的？

毛泽东：我来找人。

军官乙：刚接到通知，这儿已被封锁了！不得随意出入。

毛泽东掏出证件：我是中央宣传部长！中央候补执行委员！耽误了事你可是要负责任的。

军官乙：毛部长？（看向沈雁冰）请问这位是？

毛泽东：我的秘书。

军官乙：那您可以进，这位先生，请到传达室等候。

毛泽东和沈雁冰相互一看，沈雁冰点头。毛泽东大步过去。毛泽东推开门，里面已是一屋子人，陈延年、张太雷，还有季山嘉、布勃诺夫等十几名苏联顾问，或坐或站，气氛紧张，死气沉沉，看到毛泽东进来，也没人说话。

毛泽东：延年，怎么回事？

陈延年：润之啊，几个小时前，蒋中正抓了李之龙，扣了中山舰，包围了省港罢工委员会，缴了工人纠察队的枪，还扣押了黄埔和第一军的共产党员。现在，连苏联军事顾问团都被缴了枪，控制起来了。

毛泽东看着陈延年，不语。

陈延年：他想干吗？

毛泽东沉默了片刻：恩来在哪儿？

夜色里，一辆军用吉普疾驶到司令部门口。门口重兵把守，钱大钧正在指挥布防，他示意吉普车停下。车门打开，周恩来匆匆下车，四个卫兵跟着下来。

钱大钧迎上来：恩来，这么晚了，你怎么到这儿来了？

周恩来：抓了这么多黄埔军人，我来找蒋校长要一个解释！

钱大钧低声：校长怀疑，有人联合了共产党激进分子阴谋叛乱。他不得已，才行非常措施。恩来，你身份特殊，在事情没有调查清楚之前，我劝你明哲保身，回避为好。

周恩来：我是黄埔军校的政治部主任，第一军的副党代表，出了这么大的事，我回避得了吗？！

周恩来声调不高，但语气十分坚定，双眼死死盯着钱大钧，钱大钧无奈，示意卫兵去报告，卫兵跑开。

周恩来和卫兵们大步穿过院中，来到楼门口，又被门口的卫兵拦住。

卫兵：周主任，校长只同意见您。

周恩来转头对自己的卫兵：你们在这等着。

周恩来大步进去。周恩来刚进门，他的卫兵就被缴了械。

走廊里灯光昏暗，周恩来快步在走廊上穿行，走到总司令办公室门口，推开门，迎接他的却是蒋介石的枪口。蒋介石枪指周恩来，面色苍白，双目血红，怒气呼之欲出。

蒋介石：周恩来，你还敢来见我？

周恩来目光坚定，直视着蒋介石，语调平稳但笃定：蒋校长，我问心无愧，为什么不敢见你？

蒋介石：海军局的李之龙，是你们共产党吧？

周恩来：不错。

蒋介石：他擅调军舰，直逼黄埔，图谋不轨！中山舰通宵达旦露械升火，大炮都顶到我脑袋上了！你们共产党跟汪精卫、季山嘉勾结一气，要把我绑去苏联！这分明是违背军法，背弃总理遗训，背叛革命！你还敢说问心无愧！我要把你们通通军法处置！

蒋介石喋喋不休，周恩来镇定地盯着蒋介石，待他说完。

周恩来：中山舰调动并未请示我，前因后果且容我调查。只是，据我所知，中山舰早已回港了吧？

蒋介石不语默认。

周恩来：停泊黄埔期间，中山舰可有异动？可有开火威胁？可有水兵登陆？若要劫持你，可有内应行动？都没有吧？就连李之龙也是酣睡中遭你抓捕吧？若真有人欲行劫持，怎么可能形同儿戏？

蒋介石语塞。

周恩来接着发难：可见劫持云云，不过是你的想象。眼下，你无凭无据就扣押了大批共产党员，甚至对苏联顾问、汪主席下手！蒋校长，任谁来看，都看不出有人想劫你，倒像是你在借题发挥，发动兵变啊！

蒋介石情绪激动：是他们逼我的！党军是我一手兴建，东征南征，我为革命出生入死！日月可鉴！可自从那季山嘉来了，处处忌我害我，明里暗里无不对我掣肘使绊，连汪主席都为他所惑，一心要夺我军权！我，我实在是委屈啊！恩来，你是知道我的，我对革命，一颗丹心，日月可鉴，为什么会这样？为什么……

蒋介石举枪的手慢慢放了下来，周恩来舒了口气。

蒋介石：昨夜之变，到底谁在背后谋划？是西山派？是季山嘉？是谁？恩来，你说，到底是谁要害我？

周恩来：蒋校长，此事可以慢慢调查。有误会，可以谈，当务之急是立刻解除紧急状态，释放被扣人员，否则事态进一步扩大，就真的难以收拾了。

蒋介石喘着气，缓缓点头，情绪慢慢稳定下来。

蒋介石：恩来，谢谢你的提醒。黄埔子弟，我视如己出，实无拘扣之意，只是想力行保护，以防不测。

周恩来：但是蒋校长……

蒋介石打断：卫兵！

冲进来两名卫兵，一左一右架在周恩来身边。

周恩来诧异：你！

蒋介石：你也累了。请周主任去隔壁房歇息！

周恩来：误会越大越难收场！你如何自圆其说！

周恩来满目愤然被带走。蒋介石将手枪揣回去，从兜里掏出怀表，看着时间，表情深不可测。

窗外已经天亮，苏联军事顾问团宿舍中，众人还在僵持。电话声不断响起，有人用俄语接电话。毛泽东、陈延年坐着，与布勃诺夫等苏联代表谈话，张太雷做着翻译。

季山嘉：蒋介石之前就扬言第一军不要共产党，军校也不需要苏联教官了。他是不是想借这场政变，把我们赶走？

布勃诺夫：季山嘉同志，这么说太武断了，现在说蒋中正在搞政变，我们是缺乏依据的。

毛泽东：布勃诺夫同志，至少有一点可以确认，共产党是绝对没有搞暴动的。既然现在他污蔑我们搞暴动，这不是他的阴谋又是什么？

布勃诺夫：这里面一定存在着误会。周恩来不是去找蒋介石谈了吗？都几个小时了，怎么还没结果？

蒋先云推门进来：周主任被蒋中正扣押了！

陈延年一惊：恩来也被扣了？

蒋先云对苏联代表：我请求带兵过去，救出周主任。

布勃诺夫：不不不，我劝你们要冷静，不要冲动，不要让事态更加严重。

毛泽东起身：布勃诺夫同志，现在事态已经很严重，我们不能毫无反应。不管这件事的真相如何，蒋介石已经公然侵犯了我们，践踏了党纪军法！

陈延年：我同意润之的意见，我们万不可任人鱼肉。

季山嘉：可是我们现在身陷囹圄，整个广州都在他的枪口之下，我们拿什么反抗？

毛泽东：他看似有六个军，可第一军各级党代表都是共产党，未必会服从反革命指示；第二军谭延闿我很熟，人称玻璃球，审时度势圆滑得很；三四五六各军，都是湘军、滇军等改制的，蒋介石做了全军总监，让他们凭空又多了管制，心中未必服他。而且他们都接受过苏联的军事援助，我们可说服这些人中立，至少不为蒋所用。而我们自己，光农协就二十多万成员。

陈延年：省港罢工委员会也能组织二十多万工人，还有两千多人的工人武装纠察队，可随时调遣。

蒋先云：第一军军中士兵和中下级军官都是要革命的，他反革命面目一旦暴露，还有多少人会服从他？

毛泽东：有这些力量做后备，我主张，立即动员所有在广州的国民党中央执监委员秘密去肇庆，到叶挺独立团驻地开会！一到肇庆，我们就通电讨蒋，指责他违反党纪军法，削其兵权，开除党籍！让他再无还手之力！

苏联代表或凝神思索不说话，或来回踱步，一脸焦灼，但就是不拿主意。墙上时钟的指针嘀嘀嗒嗒地走，时间一分一秒过去。

布勃诺夫开口：他已经贸然行动，你们不要一样。再等一等。

毛泽东、陈延年闻言，无奈至极。

司令部内，蒋介石眼中已有血丝，显然是一夜没睡。他抬手看看表，手中怀表的指针同样在嘀嘀嗒嗒地走。

蒋介石扭头问钱大钧：共产党有动静吗？

钱大钧摇头：没有。

蒋介石：主席官邸呢？

钱大钧：报告校长，各处都很平静。

蒋介石起身，踱步到窗前，看了看外面。

钱大钧：天快亮了，您一夜没睡。

蒋介石不说话，默默地看着窗外，掏出一枚硬币，向上一弹。硬币在空中翻滚，被蒋介石接住。他摊开手心看了看，面色平静。

蒋介石：解除戒严，把人都放了吧。

周恩来被关在一间漆黑的屋里，一夜没睡，满眼血色，有卫兵开门。

卫兵：周主任，你可以走了。

周恩来从屋里出来，一脸愤然。他没顺着卫兵的指引往外走，反而大步走向蒋介石刚刚在的房间，蒋介石的卫兵紧跟其后。

周恩来一把推开门，但里面空空荡荡，不见一人。

周恩来：他去哪儿了？！

卫兵：不知道。

谭延闿家客厅，谭延闿、李济深等几个军长都在。蒋介石捂着脸埋头坐着，看似十分内疚、沮丧。几个军长坐在四周，互相看看，谁也不好说话。蒋介石轻叹一声，抬起头来，眼中已有几分红。

蒋介石：此事怪我，是我多疑，多虑了。此次借畏公宝地，约请诸位一叙，是想对昨夜之事，做个说明。

几个军长面面相觑，都没说话。

蒋介石：可我怎会空穴来风！偏偏中山舰过来时，汪主席连打了三个电话问我在不在黄埔，我自然会联想是季山嘉的阴谋，他素来疑我、谤我、忌我、排我、害我，我一时慌乱下了很多命令，确实，反应过当，处事过激。只是一两个人的阴谋，不至于此。诸位，我已经将扣的人都放了，枪也还了。只是担心汪主席，会对我产生些误会。

谭延闿：蒋总监自保，汪主席生气，都是人之常情。

蒋介石：汪主席……可对诸位提了什么要求？

几人不说话。

蒋介石：我倒是听说，他咬定我是造反，要诸位联手弹劾我，解除第一军武装。

气氛一时微妙。

李济深笑：汪主席主党主政，您主军。你们神仙打架，我们夹在中间，也是难做。

几人还是沉默，低头喝茶，目光回避。

蒋介石起身：不为难诸位，只是希望诸位继续维持中立。我知道诸位拿着苏联人的军事援助，都在等他们的态度。昨夜之事我会亲自跟苏联人解释，诸位届时再定夺不迟。

蒋介石说完，大步离去。

天刚大亮，一辆车疾驰过来，在苏联军事顾问团宿舍前停下，周恩来走下车。此处已解除封锁，恢复了往日的平静。

周恩来大步进去，推开门，毛泽东、陈延年等都在里面，见到周恩来，两人立刻起身。

陈延年：恩来，他放你出来了？

周恩来点头：街上的戒严也解除了。我刚回了趟黄埔，也全都恢复了原样。

苏联人挂了电话，走过来：（俄语）我们也接到了消息，对省港罢工委员会的武装也解除了，蒋介石说要跟我们谈谈。周，到底怎么回事？

周恩来：他称中山舰出动，是汪主席联合共产党要谋害他，此后种种都是他求自保。我不能断定此事为他主导，但很明显，他借题发挥，在扩张自己的权力！我想了一路，我们不能听之任之，接受这是场误会的说辞！

毛泽东：恩来说得对，蒋中正其人，喜欢的还是交易所里搞投机。善投机者，别人示弱他就得步进步，别人强硬他就缩回去。这次也一样，不管是他自导自演，还是有人借机捣鬼，我们都不可迁就退让！我们让，他必定得寸进尺。

陈延年：我看，就按之前大伙儿商议的方案，讨伐蒋中正！且舆论上我们有优势，再动员工农集中武装力量，团结左派，将他逐出第一军，以绝后患。

毛泽东点头，但苏联人为难起来。张太雷还在为他们做着翻译。

布勃诺夫：你们要放弃国共合作了吗？广州局势才刚刚稳定。

毛泽东：布勃诺夫同志，我们反击，并非放弃国共合作，我们只是打击蒋介石，挫败他的阴谋。

布勃诺夫：但你们的军事武装不够强，而国民党左派中，也没有可与他抗衡的人物。除掉他，谁担任你们的军事领袖？

陈延年：就算当前没有合适人选，我们也不能弄个反革命当领袖啊！

布勃诺夫：陈，共产党太年轻了，要赢得时间，就要作出让步。

说话间，楼下有车声。门被推开，卫兵进来。

卫兵：蒋校长约谈苏联顾问，谈判的车到了。

一屋子人愣住，毛泽东、陈延年等看着苏联人。

毛泽东：布勃诺夫同志，您的决定，关系到共产党人的存亡。

布勃诺夫想了片刻，问卫兵：他想在哪里谈？

毛泽东、周恩来等人失望至极。

汪精卫坐在桌前喝药，秘书在一旁念着蒋介石的道歉信。

秘书：惟此事起于仓促，其处置非常，事前未及报告，专擅之罪，诚不敢辞，但深夜之际，稍纵即逝，临机处决，实非得已，应自请从严处分……

汪精卫狠狠把碗摔在地上：蒋中正这叫道歉信？！这是避重就轻！顾左右而言他！此事绝不可善罢甘休，一定要严惩不贷！话音刚落，就捂着肝区，皱眉。

秘书上前：大夫说了，您要保持心情舒畅……

汪精卫：没被他蒋中正气死，已经算我命大了。他跟苏联人谈完了？

秘书点头：来来回回谈了两天了。

汪精卫又拾起道歉信看了几眼。

汪精卫：从严处分……行啊，那就让你求仁得仁。谭延闿他们到了吗？

秘书：到齐了。

汪精卫起身走出门去。

会议室里，谭延闿等几个军长正在小声议论。

李济深：汪主席定然要对蒋中正兴师问罪，咱们可得谨慎，别里外不是人。

朱培德：关键还是得看苏联人的态度哪，毕竟咱们的军火、军费还得靠他们。

谭延闿：蒋中正已经跑去虎门避风头了，他跟苏联人谈妥了。

李济深：看来畏公消息灵通。

谭延闿冲众人招招手，大家凑了过去听谭延闿说，表情惊讶，正在这时，汪精卫进来了。众人赶紧坐好。

汪精卫主持会议，身体还有些虚弱，气氛也不同寻常。

汪精卫：诸位，三二零事件，不能不了了之，总理逝世才一年，蒋中正所为，让总理在天之灵难安。今日我约请诸位，以军委会名义，对蒋中正擅调军队，扣押同志的反革命兵变给予严厉制裁！撤销他军委会委员、国民革命军总监、黄埔军校校长的职位，送交军事法庭查办！

汪精卫说完，看向众人。众人不说话，低头喝茶。

汪精卫：诸位有任何要求，尽管与我提。

众人还是不说话。汪精卫看看李济深。

汪精卫：任潮，你先表个态。

李济深：汪主席，三二零事件，扑朔迷离，其中必有误会，如果贸然剥夺他的军权，恐怕事与愿违，只会加深革命同志间的裂痕。不如，您先与他约谈为宜。

朱培德：任潮兄所言甚是，国民革命军都是一家人，误会再大，都不必处理得那么极端，坐下来先谈谈嘛。

汪精卫气急：是他极端还是我极端？三二零当晚他怎么不来跟我谈谈！

张发奎：汪主席，就算军委会通过了您的提议，第一军和黄埔可是蒋总监的"亲儿子"，他会乖乖卸任？换了别人，谁指挥得动？万一真搞成同室操戈，那不是让外人看笑话吗？不管是咱们，还是苏联顾问，恐怕都不情愿看到这一幕吧。

汪精卫惊愕而恼怒地看向众人：我懂了，你们都打算姑息养奸。

众人喝着茶不说话。

汪精卫起身：你们不是要听苏联人的吗？我这就去找季山嘉！

谭延闿：汪主席，省省吧，蒋中正的三个条件，莫斯科都答应了。

汪精卫努力镇定：哪三个条件？

谭延闿：第一，李之龙撤职查办。第二，共产党员退出第一军。第三……

正说着，门被推开了，走进来的正是季山嘉和翻译。

汪精卫：季山嘉同志，我正要去找您！

季山嘉：汪，我是来跟你道别的。

汪精卫惊讶得说不出话来。

季山嘉：莫斯科让我即刻返回。蒋中正的好朋友，加仑和鲍罗廷，已经在来广州的路上了。

汪精卫颓然地捂着肝区一屁股坐在椅子上。

黄埔军校操场上，一众黄埔军列队，蒋先云、陈赓都在其中，蒋介石在前面训话。

蒋介石：三二零一事究其本质，非共产党之过。然近日校内、军中两党裂痕日深一日，几如水火不能相容，实在令我心痛。造成今日之局面，盖因两种主义、两个阵营共存于军！而革命，是非专政不可的。

蒋介石说完，底下一片沉默。

蒋介石：经整理党务，现查明校内和第一军共产党员两百有余，我希望这些同志能主动退出共产党，以纯粹信仰和主义，为革命继续奋斗！

陈赓、蒋先云等一怔。

蒋介石：你们无须当众表态。两日内，想清楚便来找我。只要退出共产党，我保证日后一视同仁。

蒋先云不自觉握紧了拳头，随即将手高高举起。蒋介石眼中一喜，但转念又是犹疑，脸色微变。

蒋介石：我说过，不必现在决定。

蒋先云还是举手不放下。

蒋介石严厉：湘耘，下来再说！

蒋先云：报告，国民革命军第一军第三师第七团党代表蒋先云，因主义不合，即日起，退出中国国民党，退出国民革命军第一军。

蒋先云说完，对蒋介石敬了一个军礼。不顾蒋介石努力克制的愤怒和惊诧的眼神，转身大步而去。

蒋先云身后，陈赓等人先后举起手来。

陈赓：我也退出第一军！

共产党员甲／乙／丙：我也退！

每名举手退出的军人，都追随着蒋先云，转身离开队列。上百名共产党军人渐次从队伍中离去，原本熙熙攘攘的操场，当场走了近一半人，队列变得稀稀拉拉。蒋介石站在台上，面色铁青。

办公室里烟雾缭绕，灯下火盆边，陈独秀看着来信，张国焘坐在一边。

张国焘：季山嘉一走，汪精卫也辞职了，还请了长期病假，远走法国。他的党政职位被张静江、谭延闿接替。其他中执委要员、军事首脑，大半站到了蒋中正这边。

陈独秀不语。

张国焘：眼下我们有两百多名同志退出了第一军，延年来信，他与恩来、润之商讨，希望保存力量，把这些同志安排到广州各军。您看？

陈独秀不语，起身走到窗前，看向窗外。

陈独秀：一个人月黑风高走着夜路，只要有一点点亮光，也会叫他心生希望吧？

张国焘看向陈独秀，不明所以。

陈独秀：可若是觅光而上，却发现是群豺狼虎豹呢？

张国焘：仲甫先生……

陈独秀：国焘，我有时在想，我们送孙科、戴季陶回广州，是不是个错误？

张国焘看向陈独秀。

陈独秀：共产国际让我们一退再退，将革命领导权拱手交给国民党，是不是个错误？我党同志屡遭怀疑、排挤、暗算，却依旧一片赤诚为他国民党的壮大鞠躬尽瘁，是不是个错误？

张国焘：先生，两党合作两年多，无论军事斗争，还是工农运动，国内革命形势都为之一振，这些是矛盾与摩擦掩盖不了的呀。

陈独秀摇摇头：我当然知道。共产国际也不停在我耳边灌输"你们还太弱小，你们的力量太薄弱，要信赖和依靠统一战线"，可万一我们将心向明月，却一脚踩进潭中倒影，那革命大局不是前功尽弃吗！

陈独秀咳嗽起来。张国焘赶紧关上窗，给陈独秀披上外衣，又往火盆里添了炭。

陈独秀：年头住院出来，总觉得发冷，这都四月了，还得靠它（指指火盆），到底是老了。

张国焘：今年的上海，春寒料峭。延年也老念叨您的身体，不是毛头小伙儿了，多保重总是没错的。

陈独秀笑：这要是搁在当年，能放任蒋中正如此造次？

张国焘笑：便是袁世凯、段祺瑞，当年也怕您的一支笔、一张嘴呀！

陈独秀笑容散去：单枪匹马的快意恩仇过去了，如今我身负的是一个党，一个中华统一强盛的理想，不能那么任性了。国焘，奋斗了这么多年，我们从未如此接近过这个理想，哪怕只剩下一丝希望，我们都不能放弃！如果这希望真是镜花水月一场，落下的骂名，也让我这"老糊涂"一人背负好了。

张国焘：仲甫先生，您言重了。这事我明白了，现阶段把他们匀到其他各军，可能会引起跟蒋介石的矛盾。那我就转告润之他们——中央不同意。

陈独秀：国焘，我所担忧的事，严重得多。

陈独秀递给张国焘一份文件。

张国焘念了出来：《整理党务案》？（疑惑地看了一眼陈独秀，接着往下念）"共产党员在国民党各高级党部不得占执行委员三分之一以上，共产党员不得任国民党中央各部部长，国民党员未获准脱党前不得加入其他党籍，共产党须将加入国民党之党员名单交国民党中央保存……"什么意思？也就是说，国民党要职以后不允许双重党籍了？这，这是要把共产党赶尽杀绝啊！

陈独秀：蒋介石即将在国民党二届二中全会上提请通过。

张国焘：仲甫先生，咱们绝不能放任此案通过！

陈独秀：文件是鲍罗廷转给我的，共产国际已经认可了。

张国焘目瞪口呆。

陈独秀长叹一口气：这才是最让我难过的。也罢，你明天就出发去广州，通知广东区委，让他们认可此案，就说，是我的意思。

办公室内，桌上放着那份《整理党务案》。

毛泽东愤懑不已：年初二大刚刚确定延续总理遗训，继续三大政策，咱们还选出了那么多部长委员。现在蒋介石却提出这种东西，那二大不是白开了吗？！

陈延年拿着文件：你看这上面说的，意思不就是整理党务案系国民党内部问题，他党均无权赞否吗？听到了吗，他们要耍无赖，但你我无权开口。

鲍罗廷：你们不要先入为主。毛，你虽不再担任代理宣传部长，但候补中央委员和农运职务还是保留了，依然可以开展工作。

张太雷起身：我不想译了。

张太雷看着鲍罗廷：不要以为共产党非要靠国民党寄生！如果非要共产党退出要职，我们没赖着不走的道理，可共产党真退了，他国民党就能好吗？他会不会退回到民国十三年的鬼模样！

毛泽东：我想知道仲甫先生的态度。

一直没说话的张国焘，从包里拿出几张文件。

张国焘：为巩固革命基础，也为革命前途，确实需要牺牲一部分革命利益……如果国民党认为此种办法能减去党内疑虑与纠纷，又于国民革命有益，那我们，不宜有所异议。

张国焘说完，陈延年、毛泽东、张太雷都气愤不已。

张国焘将文件递给大家：这是仲甫先生让我带来的，要大家一一签字，同意……《整理党务案》。

毛泽东拿起手包起身就往外走，张国焘赶紧挡在门口。

张国焘：润之，签了再走。这是中央的决议。

毛泽东：张国焘先生，请让开。

张国焘：润之……签了字再走。

毛泽东盯着张国焘良久：让开！

张国焘被毛泽东不怒自威的气场震住，僵了片刻，只得往边上移了一步。

毛泽东推门而出，张国焘在身后喊道：润之，我们真没办法，中山舰的事，真相没定性，我们不可能理直气壮。

毛泽东回过头来：真相？这件事永远不会有真相，蒋中正已经赢得盆满钵满。真相，只有他一人清楚。

毛泽东说完，大步而去。

一盏灯下，蒋介石靠在椅背上，一页一页翻看自己的日记。

"3月8日，革命实权，非可落于外人之手，即与第三国际联络应定一限度，妥当不失自主地位。

"3月9日，共产分子在党内不能公开，即不能相见以诚。

"3月17日，近来所受苦痛，至不能说，不忍说。"

蒋介石翻到一页停了下来，将这页撕下，拿起火机点着，扔进烟灰缸。

火苗一点点吞噬着："3月20日，历史无事实，事实绝不能记载也。"

中山舰事件（三二零事件）和整理党务案，让蒋介石大大提升了其军事和政治地位。这一事件，成为大革命时期国共关系发展的重要转折点。

夜色幽蓝，毛泽东走到家门口，脸色沉沉，十分失落。楼下，毛岸英正在玩一只孔明灯。毛泽东站定，看着孩子玩。毛岸英扭头看到了爸爸。

毛岸英：爸爸，外婆给我扎的孔明灯。

毛泽东过去蹲下：爸爸帮你点火好不好？

毛岸英点头。毛泽东将孔明灯点着。

毛岸英：外婆说，放孔明灯可以实现自己的愿望。

毛泽东：你有什么愿望？

毛岸英：不能说出来的。

毛泽东：好，那我们都不说。

两人一同放飞了孔明灯，看着那盏灯在黑暗里越飞越高，毛泽东久久望着夜空，失落神色渐渐散去。

屋里，新旧报刊铺了满满一桌子。

杨开慧逐个指着报刊：这期《新青年》是1917年出版的，刊登了你的文章《体育之研究》；这是《湘江评论》，你发表了《民众的大联合》，时间是1919年，这两篇文章发表的时候，我们俩还没结婚呢。这篇《更宜注意的问题》，1922年发表在《大公报》上；《北京政变与商人》《"省宪经"与赵恒惕》，是1923年发表在《向导》上的。

毛泽东接着说下去：旁边的《新时代》，是湖南自修大学的校刊，这是我在校刊上发表的第一篇文章《外力、军阀与革命》；这篇《中国社会各阶级的分析》就比较近了，是去年底发表在《革命》上的。

杨开慧又拿起第14期《政治周报》，把它排列在了所有报刊末尾。

杨开慧：今天，《政治周报》也可以跟它们排在一起了。（认真看着毛泽东）我本来还很担心，部长卸任，报纸停刊，我怕你失落又不肯说。不过现在看，好像是我多虑了。

毛泽东笑：报纸停刊了，写文章的人还在，怕什么。

杨开慧：当真都想通了？

毛泽东揽着杨开慧的肩，一同看着满桌报刊：以后就在自己阵地痛痛快快地写，在农讲所安安心心培养自己的同志，说实话，今天我如释重负，对未来也期待得很。

杨开慧：你什么时候不期待未来？

毛泽东：真是莫愁前路无知己呵。你还记得去年我被赵恒惕赶出湖南，写的那首词吗？

杨开慧：你说的是"书生意气，挥斥方遒"？

毛泽东：还有"问苍茫大地，谁主沉浮"。干革命，被别人赶来赶去的，我不相信，把握自己的命运，真的那样难！

第十八章　文武并进开农讲，反守为攻何北去

广州近郊一处简易的戏台，台子被幕布遮了起来，幕布上挂着"广州农讲所实践演出"的字样。戏台下，观众席已被喧闹的农民挤得满满当当，孩童们跑来跑去，兴奋极了。

孩童：看戏咯！看戏咯！

戏台幕布缓缓拉开，四周瞬间安静下来。伴随着有节奏的鼓点声和锣声，王首道率先出场。只见王首道一身"洋财东"扮相，戴着一顶地主帽，贴着两撇假胡子，拿着大烟袋，大摇大摆地从侧幕走到舞台中央，台步走得极有粤剧风范。他一屁股坐在太师椅上，吹胡子瞪眼地跷着二郎腿，一副欠揍的恶霸模样。

观众席中有学员带头鼓掌，观众也跟着鼓掌叫好。

王首道带着夸张的舞台腔：佃户呢！把佃户给我带上来！（不太准确的粤语念白）唔想我——大开杀戒！

侧幕里面，毛泽东和彭湃正扒着幕布看台上演出，二人紧张又兴奋——虽然只能看到演员们的背影，但观众的表情却是看得真真切切。

毛泽东小声地：彭湃，你这个粤语老师教得好啊，我看底下的农民都看懂了嘛！看得入神呢！

彭湃紧张地看着王首道的背影：排练的时候这个王首道的粤语发音还算是准的，谁想一上台就走样了，我真是捏了一把汗啊！

毛泽东笑：王首道是我们湖南伢子！乡音难改，能学成这样已经很不错了！

又瘦又小的小武子站在毛泽东和彭湃身后，紧张得又搓手又跺脚，不时从袖子里拿出纸条看台词，默戏。

小武子叨咕：（粤语）好啊，我现在就告诉你……（河南话）下一句是啥来？

身后的学员：小武子你别紧张啊，你一紧张俺们就更紧张了！

毛泽东和彭湃回身看见学员演员们认真候场的样子，对了下眼神，也不敢打搅。

戏台不远处的路上,两个坐着滑竿的地主豪绅甲、乙,一前一后,晃晃悠悠而来。地主甲扇着扇子停下来看戏。

地主甲(粤语):呢个仔!好搞野啊!(回身对地主乙)走,听戏去!

仆人们闻言,抬着滑竿向戏台走去。

此时的台上,农民装扮的小武子被两个扮演打手的学员,从戏台一侧一路拖行而来。

王首道(粤语):听说你们现在在搞什么农民自卫队?搞咩啊,你都好大胆呀你!

小武子低着头,不回答问话。嘴里还在默默背着自己一会儿要说的台词。

小武子叨咕(河南口音):别忘词、别忘词。

王首道突然抽了小武子一巴掌,一记响亮的耳光震惊全场。

小武子的河南口音跑出来了:弄啥嘞,你咋打俺?

王首道(粤语念白):我问你话,你做咩不回答!

小武子很紧张:啊,再问一遍!

王首道(粤语念白):你们农民自卫队能搞出咩名堂?你以为能爬到我的头上?

小武子(蹩脚的粤语念白):好啊,我现在就告诉你!我们农民自卫队就是我们农民自己的组织,目的就是要保卫我们的权利,要打倒土豪劣绅!

王首道(粤语念白):好大胆!

王首道故作凶狠地一脚踹在小武子身上!

小武子应声倒地:啊——

小武子表演出痛得龇牙咧嘴的样子,爬啊爬,怎么都爬不起来。

台下的农民看着小武子,眼中满是不忍和心疼。

小武子(蹩脚的粤语念白):哪里有压迫,哪里就有反抗!国民革命,就是我们这些贫苦农民要翻身的革命。

台上,王首道不罢休,又用脚狠狠地踩上小武子的脸!

王首道(粤语念白):唔好咁多废话!(湖南腔)现在只有我踩你的份儿噻!

此时,小武子趴在戏台上,却努力抬起头对着台下的观众挥手高呼。

小武子(粤语念白):农民朋友们,加入农民自卫队吧,人多力量大!

财东欺人太甚，我们要起来反抗！

在观众席中的学员：打倒土豪劣绅！

台下部分农民的情绪被带动起来，跟着喊了起来。

农民们：打倒地主豪绅！打倒地主豪绅！

还有部分农民大眼瞪小眼：搞咩啊！／农民自卫队是咩啊？／唔知啊！

坐在滑竿上看戏的地主豪绅笑容不再，脸色阴沉下来。

地主甲：居然唱的是农民自卫队！（对着仆人招招手）你，过来！

仆人将耳朵凑近地主甲。王首道和小武子两人正说着戏词，一只鞋突然飞上台，砸在小武子身上。接着，菜叶子、竹篓子等乱七八糟的东西都扔向小武子。

小武子蒙了，河南口音又冒出来：我哩乖来！咋急眼了哪，这可不中！

地主甲的仆人从观众席冲到戏台上，搬起王首道的太师椅，重重地摔在地上。

仆人：你们反了天了！唱的什么戏？！给我砸！

紧接着，身后几个仆人也跳上戏台，手中拿着棍子，冲着王首道和小武子等演员就要打。

毛泽东见状冲上戏台：小心！赶紧跑！

手拿棍棒的人举起棍子朝着毛泽东追打而来！

彭湃：润之快跑！

一片混乱中，毛泽东从侧幕跑了出去……

毛泽东、彭湃和其他农讲所学员在无垠的田野中飞奔。灌溉的水漫过了田埂，泥泞不堪。一双双脚飞奔着，溅起泥点。王首道回头，看到已经将地主的仆人们远远甩在身后，不由得开怀大笑。

王首道上气不接下气地喊着：停！没人追了！莫要跑咯！

末尾的小武子没刹住脚步，一下子撞上前面的学员，两人一同跌到泥巴里，众人见状，哈哈大笑。

小武子索性坐在泥水里：我哩乖来！可把俺吓不轻！

毛泽东伸手拉起小武子，弄了一手的泥。

小武子：毛教员，俺咋想不明白，那些人咋就冲俺扔鞋呢？您让俺们演出实践，可没说要被打哩！

王首道：是啊毛教员，打我们的是么子人嚅？

毛泽东和彭湃对视，笑出了声。

毛泽东：我和彭教员看得很清楚，打你们的，是地主带的人。

王首道：原来是大地主家的狗在搞鬼！

小武子恍然：俺懂了，俺在台上喊打他们，他们急眼哩！可不得打俺！

毛泽东：小武子，今天这台戏，你最受苦！

小武子自豪地：那有啥的，台下的农民跟着俺喊"打倒地主豪绅"了，俺高兴！只是咱戏台子都弄坏了，你咋还这开心哩？

毛泽东：虽然戏台被砸，戏也没演完，但是咱们收效很大！唱一台戏，哪怕只唤起了一个农民的反抗意识，那就是有意义的！

彭湃：土豪劣绅害怕了，戏就演得值！

王首道：毛教员，等我回了湖南，我也搞这种形式的革命宣传，给农民们唱湖南花鼓戏！

小武子也不甘落后：等俺回了河南，俺就搞个河南梆子，俺河南梆子可有一种黄河奔腾的气势！中不中？

大家笑，学着小武子的口气：中，中！

彭湃憋着笑，看着毛泽东一脸一身的泥：润之，你的脸，长衫……

毛泽东低头一看，长衫已沾满泥，又用手抹了把脸，成了花脸！大家见状笑得更欢了。

王首道：彭教员你莫笑咯！你也没好哪儿去嚅！

毛泽东倒是不以为意：咱们谁也别笑谁，大家都是泥人！

话间，小武子和王首道已经追打起来，嬉闹声充满田野。

王首道（粤语）：搞咩啊，你都好大胆呀你！

夕阳照在河面上，泛着粼粼的金光。毛泽东走到河边，看了看自己身上的泥，接着跳进河水中。

毛泽东笑着：你们不下来洗洗？河水凉快啊！

学员们一听，"咚——咚——咚"，争先恐后全都跳进了水中。有的掬水洗脸，有的搓起衣服上的泥点子，夕阳晕染着年轻人的面庞，一派蓬勃。

小武子跳进河中：我哩乖乖！舒坦！

王首道也开心极了：毛教员、彭教员！以后这样的实践要多搞呀！

彭湃笑着：想得美哦，过几天蒋教员的军事训练课，你们怕是有苦果子吃咯！

毛泽东看着一张张被镀上了一层金的笑脸，笑逐颜开！

东方欲晓，广州农讲所宿舍的门紧闭着，里面寂静一片。军号声起，一瞬间宿舍内响起了各种声音、下床声、洗漱声、穿衣声……此起彼伏。

片刻，宿舍门打开，学员们涌了出来，自觉排成两列。

蒋先云：全体12个区队327人，今天轮到你们一、二区队一起训练。

蒋先云走到学员们面前，逐个检查。

蒋先云给一个学员扣好军装的扣子：你们现在的集合速度有进步，但是请记住，一旦穿上军装，就要保证军容整洁。

说着，蒋先云又给旁边的学员理了理军帽，接着他又蹲下，给另一位学员重新打好绑腿。

蒋先云：最后再检查一遍自己的绑腿有没有打好！一会儿出发绝对不能在中途掉队！

学员们一听，赶紧弯下腰，认真检查起来。

蒋先云：全体立正！按照从左到右的顺序出发，今天我们将进行第一次实弹射击！

学员们：是！

骄阳似火，毛泽东已等在空旷的野外训练场，蒋先云带着学员队伍跑过来。

蒋先云：稍息！

毛泽东：同志们，听说你们今天第一次实弹演习，我来看看你们这段时间的训练成果。有没有信心啊？

小武子：毛教员就瞅好吧，俺们练得真不瓤！

王首道：有信心！

学员们个个龙腾虎跃，跃跃欲试。

毛泽东：湘耘，那就开始吧。

蒋先云对着学员们：全体都有，准备！

所有学员站好。

蒋先云：第一队出列！

第一排的学员往前一步，拿起各自面前的枪。

蒋先云：准备！

往前一步的学员都端起了汉阳造九七式步枪，对着靶子。

蒋先云：射击！

"砰——砰——砰"，子弹齐发！子弹声呼啸着在毛泽东的耳边响起，毛泽东很是欣慰。

毛泽东称赞蒋先云：我看大家很喜欢你的课嘛！

蒋先云：前段时间您被迫辞去宣传部长一职，说实话，我替您惋惜过，想不到先生早已云淡风轻，朝前走了一大步。

毛泽东：我呀，只要一跟农民打交道，心情就好得很哪。你退出第一军后，蒋中正给你来信不断，估计他是盼你回去吧。

蒋先云：先生有所不知，蒋中正再三来函不假，可他的邀约是有条件的，要我退出共产党，加入国民党。

毛泽东沉默。

蒋先云：我蒋先云，是共产党员，永做共产党员！头可断，而共产党籍不可牺牲。

毛泽东动情地看着蒋先云，轻轻拍了拍他的肩膀。

蒋先云：这届农讲所，比前几期更重视军事训练，先生是有自己的考虑吧？

毛泽东：这期学员来自二十个省、区，我希望把他们培养成农民武装的组织者和领导者。他们回到家乡，不仅要组织农民、发动农民，更要武装农民。

蒋先云点点头。

毛泽东：还是要把枪杆子抓在我们自己手里啊。

毛泽东顺手拿起一杆步枪。

蒋先云：先生也要学？（蒋先云按了按毛泽东的肩）肩部要放松，手指扣扳机的力度适中即可，双脚前后分开，像这样。

说话间，蒋先云已经把毛泽东调成了适合射击的姿势。

蒋先云：对准前方的靶子，瞄准。呼吸可以均匀些，不要提气……对。眼睛、准星、目标要保持三点一线。好了，您可以开枪了。

毛泽东举着枪，枪口对准正前方的木牌。

时间一分一秒地流逝，毛泽东的食指放在扳机上，却一直没有扣动。

毛泽东把长枪放下：湘耘，我不善舞弄刀枪，如果有敌在前，就在我瞄准的工夫，已经被抓住咯！

蒋介石住处，蒋介石、张静江、谭延闿和鲍罗廷四人沉默地对坐着。张静江拿起茶杯，撇了撇浮在杯面的茶叶，喝了一口，看了一眼谭延闿，谭延闿朝他轻轻点了点头。

张静江放下茶杯：中正啊，如今北伐之事迫在眉睫，今天我们来呢，就一个目的，希望你来任这个国民革命军总司令。

蒋介石正襟危坐：静江兄怕是说笑了，总司令一职岂是中正所能胜任的。

谭延闿：中正啊，你就莫要推辞了，两次东征，统一广东，你战功赫赫，党内还有谁能跟你相提并论？

蒋介石：中正有苦衷啊。前不久，有不少共产党员退出了国民党，团体分裂，损失莫大，两年来的心血几尽于此。

谭延闿和鲍罗廷对视，猜测着蒋介石的话是真心还是假意。

蒋介石叹了口气：《整理党务案》，有人以为这是限制共产党的权力，其实并非限制，乃是合作的一种办法。中正只问革命不革命，于革命有益不有益。只可惜，有些不好的声音一直都在说共产党是被我蒋中正逼着退出国民党的，还有人说我是新军阀。如此言论，着实令我不安。

鲍罗廷：《整理党务案》是经我同意的，很多人不理解，说你破坏了国共的合作。这些事情，你不必介怀。至于说你是新军阀，我也有所耳闻，但也有人说你是国民政府的左派领袖。如今胡汉民也反对国共合作了，他要约谈你，你拒绝了，就很好。

蒋介石：鲍罗廷先生，对于中山先生的三大政策，中正一直在不遗余力地执行，所为者何？不就是为了谋内部团结革命力量，打倒帝国主义和军阀吗？两党同志团结，皆为国民革命努力，这是中正的希望所在。

张静江和谭延闿不语，同时又看向了鲍罗廷，等他发话。

鲍罗廷：统领全局之人，又何须赢得所有人的理解。你们的孙先生，投身国民革命，也不是始终一呼百应吧？

张静江：总理致力革命三十载，那可是在误解与反对中屡败屡战。介石，眼下就是实现总理统一遗志的大好时机，你还推辞什么呀！

蒋介石：二位批评甚是，是中正狭隘了。那好，中正虽力有不逮，也当接下总司令一职，不负诸位嘱托，竭尽全力为国民革命扛鼎！

众人大喜。

蒋介石：中正还有一事相求。（对鲍罗廷）方才先生一语惊醒梦中人。北伐大业，还要仰仗您谋略指导。恳请先生继续坐镇中枢，为我党、我军指点迷津。

鲍罗廷欣然点头，两人握手。

上海陈独秀住处内，房间内杂乱不堪，地上满是纸团和烟蒂。陈独秀站在桌前，一手夹着烟，一手拿着文件。

瞿秋白敲门：仲甫先生！

陈独秀：来！

瞿秋白走了进来，陈独秀看了一眼椅子上堆着的衣服。瞿秋白没有坐，而是蹲下身捡那些烟蒂、纸团。

陈独秀：以前被君曼照顾惯了。你把那些衣服扔一边，找地方坐。（将手中的文件递给瞿秋白）远东局的俄国代表团开会决定，要派选一名常任代表和一名常任副代表参加远东局的工作。

瞿秋白一愣，抬头看着陈独秀。

陈独秀：不用看，就是你和我。

瞿秋白：广州有个鲍罗廷，现在上海远东局又来个维经斯基，这共产国际……

陈独秀打断：共产国际的决定，我们不做评论。（指了指文件）他们说以后参加远东局开会都得用化名，你即刻想一个。

瞿秋白：（思忖着）若现今是个太平盛世，我必然只当一个隐世的文学家。那我就斗胆叫"文学家"吧！仲甫先生的化名取了吗？

陈独秀：前段时间延年来上海，说我顽固不化。他们私下里已经叫我老头子啦，我就叫"老头子"吧。"老糊涂"也行！

瞿秋白笑了：这是同志们对您的尊称！

陈独秀自嘲：尊称？在你们眼里，我就是老朽一个！

陈独秀又埋头写文件去了，一颗烟蒂，被随手扔在地上。

毛泽覃穿过院子，走进农讲所，看到毛泽东正站在讲台上，一边在黑板上画着金字塔式的图样，一边讲课。

毛泽东：这最下面是塔基，有工人、农民、小资产阶级，这一层人数最多，受压迫和剥削最深，生活最苦。压在他们上面的这层，是地主阶级、买办阶级，人数不多。再上一层是贪官污吏、土豪劣绅，人数更少。再高一层是军阀，塔顶就是帝国主义。压迫、剥削阶级虽然凶，但人数少，只要劳苦大众团结起来斗争，百姓齐，泰山移，何愁塔之不倒？

学员们聚精会神地听着，领会着，做着笔记。

毛泽东：帝国主义和封建统治阶级压迫、榨取的对象是农民。他们能够实现压迫与榨取，全靠封建地主阶级的死力拥护。说要打倒军阀，而不要打倒乡村的土豪劣绅，是不知道轻重本末。

台下有学员举手。

学员甲：毛教员，我们那儿的县长还比较开明，但农民的日子依旧不好过。为什么当官的已经比较清廉公正了，矛盾还是那么尖锐？

王首道：我也有问题，如果矛盾压不住了，历史上不也有农民揭竿而起吗，陈胜、吴广、李自成，是不是起义成功了，矛盾就解决了？

毛泽东：问得好！你们提到的是中国历史发展中解不开的死结！无论是青天大老爷，还是农民起义，都没办法解开这个死结，满足农民的要求。什么要求？

毛泽东在黑板上写下两个大字——土地。

毛泽东：只要土地还掌握在地主阶级手里，他们作为统治阶级的本质就不会改变，农民被剥削压迫的本质就不会改变！而我们要解开这个死结，就必须落实中山先生"平均地权"的主张，民生主义才能达成。中国四万万人口，有三万万二千万农民。改变农民的命运，就是改变中国的命运！

话音刚落，讲堂被一阵热烈的掌声席卷。教室外的毛泽覃，也情不自禁地鼓起掌来。毛泽东将目光投向窗外，恰好瞥见弟弟毛泽覃，两兄弟心中暖流涌动。

毛泽东与毛泽覃走到农讲所院中的一棵大树下。

毛泽东：泽覃，最近在广东区委的工作怎么样？

毛泽覃：还算顺利。这两天我们在讨论北伐的事，恩来同志在协调我党军事菁英投入北伐前线各部。

毛泽东点点头：你今天来找我，有事？

毛泽覃壮了壮胆：我今天来是想……想跟三哥说一声，我要结婚了。

毛泽东一愣：文楠？

毛泽覃：文楠从含光女子职业学校毕业了，要来广州了。她一到广州，我就跟她结婚。

毛泽东沉默片刻：莫要欺负人家。

毛泽覃笑：那怎么会呢，我爱惜她还来不及。

毛泽东：孙猴子的脾性，要收敛。成家了，就是大人了，肩膀要担得住。

毛泽覃：晓得的。

毛泽东不由得感慨：唉，你我同在广州，只是不晓得你四哥现在怎么样。自去年年底分开，我们便没有了书信往来。他给你写信了？

毛泽覃：也没有。

毛泽东与毛泽覃沉默了。

毛泽覃打破沉默：别担心！四哥那人啊，肯定踏踏实实地守着他的算盘呢！两耳不闻窗外事，一心只想把钱搞！

毛泽东被逗笑：说话还是这么不着调！为革命挣钱，有什么不好？马上开饭了，走，尝尝我们做的野菜丸子！

毛泽覃站起身来：不了，我还得回去开会。三哥，你保重，我先走了！

没等毛泽东说话，毛泽覃已快步离开。毛泽东望着毛泽覃的背影，再次陷入对毛泽民的忧思。

华灯初上，熙熙攘攘的上海大街一派繁华，十里洋场灯红酒绿、纸醉金迷。灯光下，男男女女成双成对，伴着浪漫的舞曲翩翩起舞。五彩的灯光随着红酒在酒杯里摇晃，丽人们的窈窕身姿，亦是摇曳如线。毛泽民穿着一身考究的西装，晃着一杯红酒，穿梭在舞池人群中。两个中年男人朝毛泽民打着招呼走来。

男人甲：杨先生，侬好。（对着男人乙）侬晓得伐，这位是杨杰杨先生，搞印刷的大老板，在培德里有家大公司。

男人乙：幸会啊杨先生，我岳父就喜欢写写字，方不方便帮我印刷几册，讨老人家欢心。这是我的名片。

毛泽民也掏出名片交换：幸会幸会！（看了一眼对方名片）能结交银行方面的俊才，是我杨杰的荣幸，您多照顾！

男人甲看了看四周：杨先生，侬太太今朝没陪你来呀？

男人乙：在这里找一个现成的，包在我身上！

钱希均的声音传来：侬要给我家先生找一个姨太呀？

几人循声望去。只见钱希均身着一身艳丽旗袍，踩着高跟鞋婀娜多姿地走来，她大眼睛，波浪卷，浓妆艳抹，艳压全场。

钱希均上前挽起毛泽民的胳膊，故作亲昵：人家无非化妆久了点嘛，都不愿意等一下。

毛泽民登时有些尴尬：你来了。

钱希均给毛泽民整理领带：领带，打打好。没有我，你活不下去了好伐。

毛泽民与钱希均脸贴脸，四目相对，脸腾地红了。

男人甲对男人乙：杨先生好福气。

天空碧澄澄的，显得月光分外皎洁。毛泽民和钱希均从黄包车上下来。两人肩挨着肩走了一会儿，毛泽民回头望了一眼。

毛泽民悄声：没人了。

两人迅速分开。

毛泽民恢复了平常神色：钱希均同志，我要很严肃地批评你，组织是让你来配合我工作的，你今天如果要性子没去舞会，可能会出大事的。

钱希均：毛泽民同志，我也严肃地——

毛泽民打断：请叫我杨杰同志。

钱希均：杨杰同志。首先今天我最后还是妥协去了舞会，这假夫妻的戏我也演了，你没理由批评我。而且我要告诉你，组织派我来配合你的工作，是配合你的印刷工作，每天进出那种场合，你是在工作吗？

毛泽民小声但严肃：是工作！我们现在的任务就是要隐藏自己的身份，争取跟这些老板建立关系，这样我才能从他们手上拿到钱，发行我们党内的杂志，传播我们党的思想。你如果不想干，就去跟组织反映，我一个人干也可以！

毛泽民气鼓鼓地撇下钱希均，快步往前走去。

钱希均：你！

钱希均气得把高跟鞋脱掉，光着脚追了上去。

烈日当空，一个足球从半空划过，农讲所的学员们一拥而上去抢球，蒋先云、萧楚女、彭湃、王首道、小武子等人也在其中——一场激烈的足球赛正在进行，场边还有一群学员在加油鼓劲。

毛泽东站在两根木桩做成的球门前，戴着一副粗布手套，正专注地守着门。

毛泽东：回防，回防！盯人，盯人哪！

王首道死死贴住蒋先云，蒋先云却从人缝里把球漏给了萧楚女，萧楚女一脚劲射。毛泽东一个鱼跃扑救，将球扑出。

两边你来我往，连着几脚射门，毛泽东高接低挡，将球一一扑出、击出。

蒋先云瞅准时机，一脚怒射，毛泽东奋力扑球，球擦着毛泽东的指尖进入球门。

两边围观的学员鼓着掌：好啊！进球喽！

众人簇拥着蒋先云，毛泽东也笑着，一边捡球一边对蒋先云竖起大拇指。

杨开慧拎着一大桶海带绿豆汤来到球场。

杨开慧：大家过来喝点儿糖水吧，今天是海带绿豆汤，解暑的！碗在这儿，大家请自取。

学员们：谢谢杨先生！

大汗淋漓的学员们排着队打绿豆汤喝。

杨开慧端着一碗海带绿豆汤走到毛泽东身边，毛泽东一饮而尽。

杨开慧：喝不喝得惯？

毛泽东点头：好喝！这海带与绿豆在一起，味道很不一样！

杨开慧：你呀，只要一动起来，气色就好得很。

毛泽东：不行了，拳怕少壮，踢不过湘耘这帮年轻人了。当年在一师那会儿，长沙的校际足球联赛，我可是创下过不失一球的纪录！再来一碗！

杨开慧给毛泽东盛上。

毛泽东：霞妹，你看起来心情也不错嘛。

杨开慧笑：想起去年这时候我们在韶山，你建了农校、农会和韶山支部。今年在广州，你又主办了农讲所。在韶山，我热的是农民自己带来的饭。现在，我用渔民亲手打捞的海带做汤。你因材施教，我由菜做汤，能随你各处去，想起就觉得美好。

毛泽东：咱们总归是跟农民在一起的时候，最放松、最自在。

杨开慧：说到这个，菊妹子现在也跟农民打得火热呢！

毛泽东：菊妹子来信了？

夏日的黄昏美得如痴如醉，毛泽东与杨开慧并肩走着。

毛泽东：菊妹子在陈家村组织农民自卫军，还跟当地一个叫鲁恶鬼的豪绅斗，真不愧是我们毛家的细妹子。

杨开慧：是啊，我看信的时候就忍不住给她鼓掌了。细妹子长大了！对了，岸英和岸青也爱听菊妹子的故事，今天岸英拉着我，让我把信念了好几遍，还说要跟弟弟编成戏，演给外婆看呢！

毛泽东哈哈一笑：小孩子懂么子演戏！怕是连词都记不得哟！

两人经过儿子们的房间，看到岸英、岸青屋里的灯还亮着。灯光映照在窗户上，映出两个可爱的小身影。

毛泽东：这么晚了，孩子们还不睡？

毛泽东正准备开口，屋内传来毛岸英的声音。杨开慧做了个"嘘"的手势，与毛泽东交换眼神。

二人伏在窗前偷听。

毛岸英的声音：鲁恶鬼，原来你在家里啊！

毛岸青奶声奶气：哥哥我也要说，我要说。

毛岸英的声音：好，岸青说！

毛岸青学着毛岸英的语气：鲁恶鬼，原来你在家里啊！

毛岸英的声音：外婆外婆，到你了。

向振熙的声音：好好，外婆说。（故意用粗壮的声音）毛女侠，说笑了！

毛泽东和杨开慧看着灯光映照下的人影，影影绰绰，觉得有意思极了。

毛泽东：他们这是……

杨开慧笑着：还真演上了。

毛泽东禁不住接话，憋着嗓子：毛女侠，我鲁某人欠佃户的三百大洋，明天就给！

毛泽东的声音一出，屋内突然间没了声音，不一会儿，灯竟然灭了。

毛泽东有些摸不着头脑，无助地看着杨开慧。

毛泽东：怎么关灯了？我就是想陪他们演一演。

杨开慧忍住笑：看来你平时对他们太严格了，不敢跟你一起玩。

毛泽东欲言又止。

宋庆龄正喂着几只白鸽，蒋介石立于她身后不远处。

蒋介石：总理遗志，中正一直铭记在心，如今终要付诸实践。北伐出征在即，特来向孙夫人请教。

宋庆龄：北伐是中山先生一直未能实现的愿望，你已是国民革命军总司令，先生在天之灵知晓，定会万分欣喜。

蒋介石：中正定不负所托。

宋庆龄话锋一转：只是，中山先生心中的大业，是以国共合作为依托的。北伐，是国共合作之下的北伐，极其需要共产党员的力量。当然，这更是中山先生的心愿。

蒋介石不动声色：中正谨记。

蒋介石住处的宴会厅，桌上摆着四道菜。桌旁，蒋介石与周恩来、恽代英相对而坐，仆人则站在门边。蒋介石装着一副礼贤下士、和颜悦色的模样。

蒋介石：今日我特意推掉了几个重要会议，就为了宴请恩来。近日，可是有很多人在我面前举荐你啊，我便也开门见山，希望恩来兄不计前嫌，能与我一道北伐！

周恩来与恽代英对视一眼，没有言语。

蒋介石：恩来，你我黄埔共事素久，我了解你是个谨慎的人。你先吃菜，不急回复。

周恩来并未动筷。

蒋介石转而拉拢恽代英：旁人不计，你与恩来都是我的江浙同乡。咱们都是少小离家，为了革命大业会聚广州。独在异乡为异客，但凭一口吴侬乡音，咱们也理应心往一处。

恽代英笑意盈盈：画家丰子恺有幅漫画名为《矢志》，不知道蒋总司令看过没有？

蒋介石听到恽代英没有接自己的话茬儿，反倒说起漫画来，不知他葫芦里卖的是什么药，只好回以假笑。

蒋介石：未曾看过。

恽代英悠悠谈起来：《矢志》这幅画，说的是南霁云"射塔矢志"的故事。南霁云是唐张巡部将，一日，他突出敌军包围向贺兰进明求救，贺兰不肯出师相救，却欣赏南霁云之壮勇，说"强留之，具食与乐，延霁云坐"。

蒋介石听得兴味索然，却口是心非：有趣。

周恩来立即明白了恽代英此话深意，开始与恽代英打配合。

周恩来接着说：面对美食，还有席前的美女歌舞，南霁云说了一番大义凛然的话，说完便踏镫上鞍，策马离去。出城前拔箭射向佛塔，箭直奔塔身而去。南霁云厉声说道："此矢所以志也！"

恽代英和周恩来一唱一和，拒绝蒋介石北伐之邀的意图已经非常明显。蒋介石越听越不是滋味，又不好发作。

蒋介石冷淡：画么，我是不在行的。恩来，我刚才的提议，你如何考虑？

周恩来不卑不亢：此事我得请示中共中央，我个人难以决定。

蒋介石点点头笑了：我还有事，二位自便。

周恩来与恽代英看着蒋介石离去的背影，相视笑了。

周恩来和恽代英走在街上。

周恩来（赞许地）：你啊你啊……好一把"矢志"的箭！

恽代英：他让你跟他一道北伐，不过是装装样子、走走过场罢了！

周恩来：是啊。中山舰事件之后，他已是大权在握，不仅接任组织部部长，还当上了中央常委会主席、国民革命军总司令，凡国民政府所属的军、政、民、财各机关均受其指挥，这样一来，党、政、军、财四权在握了。

恽代英：是啊，此时我们该如何对待他，是个问题啊。

周恩来：过几日去上海开会，我会跟中央请示。

上海陈独秀的住处，陈独秀正在屋内忙碌着，水在锅里咕嘟着。

周恩来走进来，瞿秋白正在闷头抽烟，眉头紧蹙。

陈独秀在灶台前翻找，终于找到一把面条：恩来啊，肉蒸面你是吃不上了，今天我只能请你吃清汤面，不要介意啊！

周恩来笑着：谢谢仲甫先生。

陈独秀：你来找我，要谈北伐的事？

周恩来：是。同志们想听听您的看法。

陈独秀：北伐已经箭在弦上，我的看法，恐怕不重要吧。先坐，坐着听，我和秋白正要谈此事。

周恩来坐定，陈独秀将三碗面端到桌上，自己拿起筷子先吃起来了。

陈独秀：依我看，此时北伐，时机尚未成熟！你们看，今日之北伐，还是当初的北伐吗？现在国民政府北伐，是因为吴佩孚进攻湖南，国民政府不得不出兵援湖南而自卫，而不是由于革命力量强大而向外发展！再说了，经费又不充足，为什么非要在此时北伐呢？就不能缓缓吗？

瞿秋白：直奉战争以来，各军阀在长江流域实力削弱，此时正是我们打开局面的好机会。北伐是中国平民反守为攻的战争，我们要抓住这次机会，而且要尽可能地争取我们的革命领导权，切实地开展革命军队与农民运动相结合。

陈独秀往桌上扔了一封信：你和毛润之的观点如出一辙，不是商量好的吧？

瞿秋白笑笑：这说明，我同润之心有灵犀。

陈独秀：恩来，是不是听说我陈独秀一言堂啊？今天你也看到了，同我也是可以讲道理的嘛。

周恩来：仲甫先生，我是理解二位的立场的。除此之外，我有一个问题要请教。

陈独秀：但说无妨。

周恩来：今日之蒋介石，已不同往日，倘若我们参加北伐，该如何看待他？

陈独秀无话，沉思了一会儿后，起身端走了周恩来的碗。

陈独秀：你的面坨了，我再去煮一碗！

第十九章　北伐出征士气高，星星之火可燎原

广州国民政府的会议室中，谭延闿身着戎装，坐在正中间，蒋介石和加仑将军坐其两侧，李济深、白崇禧、邓演达、何应钦、程潜等人依次在会议桌边排开。会议室的墙上悬挂着一张中国地图。

蒋介石：诸位，首先向大家通报一个好消息，应唐生智之请奔赴湖南作战的第四军叶挺独立团和第七军第八旅，已经旗开得胜，大破直军叶开鑫部！

众将领欢欣鼓舞，李济深、白崇禧更是相视点头。

蒋介石：这一战敲山震虎，贵州、四川等省已派代表来穗，表示愿意向国民政府效忠。这说明什么？军阀腐朽的统治，已被国民革命军的声威动摇了根基。全面北伐，更待何时！任潮（李济深），健生（白崇禧）。

李济深走到地图前。

李济深：当前，吴佩孚盘踞豫湘鄂，孙传芳占华东五省。南方两大军阀已纠集四十万之众，北方更有张作霖虎视眈眈。所以，我们与加仑将军商议，各个击破。

白崇禧站起：初期稳住孙传芳，我军沿西路与唐生智第八军合兵，趁势直驱长沙，再逼武汉，先剿灭吴佩孚主力，拿下湘鄂。中期再由西向东，攻打孙传芳的门户江西，同时从广东进攻福建，西、南两路合兵，拿下华东，一统长江流域。最后，北上联合冯玉祥，与张作霖决战！

加仑将军点点头。

蒋介石：诸位，昔日诸葛鞠躬尽瘁，六出祁山七伐曹魏，前后六年。而总理自民国元年高举北伐义旗，多年未能成功，时至今日，已经十五年了。此乃总理一生遗恨，亦是每一位总理信徒、每一名革命军人不能忘的耻辱，此次出师，是为完成总理遗志，洗涤我们的耻辱。诸位，我军统编统一军令，是为修身；东征巩固根据地，是为齐家。如今北伐，一年为期，志平天下！

会后，众人已散去。邓演达正要离开，蒋介石喊住了他。

蒋介石：择生。

邓演达止步：校长，有何指教？

蒋介石笑：指教不敢，想你我既为保定校友，又共事黄埔，殊为难得。

只是之前你多在潮州分校，咱们在广州共事不长，我深以为憾。这次你来担纲全军总政治部主任，真乃我之幸事，北伐之幸事！

邓演达只是笑笑，并不接话。

蒋介石：择生，刚才会上我就感觉你有话要说，你我同志兼同袍，不妨直言。

邓演达：校长，我还是之前的看法。北伐的军事战略，我没有异议。但我们仍应秉持总理的三大政策，强化而不是遏制与共产党的合作。只有这样，才能充分发挥工农的力量，同时确保革命军能与人民相结合，北伐能为人民解除痛苦。

蒋介石一怔，迅即恢复笑容：择生所言甚是。总理遗教，我辈不仅应全盘接收，更应发扬光大，这是我历来主张。遏制云云，怕是有些误会了吧。此次北伐，团结各方革命力量，共襄盛举，政治工作还要仰赖择生多多出力啊。

邓演达：好，校长一言九鼎之人。倘是他人偏听偏信，我自当第一个站出来为校长正名。倘是校长心有旁骛，演达也会头一个站出来反对！

蒋介石：快人快语！对了，陈延年最近不是邀你代表国民革命军参加广州工人代表大会吗？

邓演达：是。

蒋介石：我想请他帮我个忙。

蒋介石将一封信递给邓演达，信封上写着"蒋先云亲启"。

国民党第二届中央执行委员会临时全体会议的会场内，蒋介石坐在正中心，毛泽东坐在会场后排的角落。

蒋介石缓缓开口：今天我们在这里开中央执行委员会全体会议，主要就是讨论出师宣言、党员训令以及誓师典礼等事宜……

蒋介石：现在北洋军阀与帝国主义者，已重重包围我们、压迫我们了，如果国民革命的势力不能集中统一起来，我们再没有同生死共患难的决心，一定不能冲破此种包围，解除此种压迫……

散会后，众人纷纷走出会场。毛泽东走到凉亭边，突然听到有人在喊他的名字。

蒋介石的声音：润之兄。

毛泽东回头看到蒋介石正朝着凉亭边走来，他身后是蒋先云。

毛泽东：蒋总司令。

蒋介石：叫我名字就好。（指着凉亭中的石凳）润之兄，我们谈一谈？

毛泽东：请。

毛泽东和蒋介石在石凳坐下，蒋先云则立在一边。

蒋介石：湘耘，你也来坐。

蒋先云直着身子：总司令，我站着就好。

蒋介石见状，也不再勉强。

蒋介石对毛泽东：我至今还记得你我第一次在广州见面的情形，那时润之兄在会上侃侃而谈，给我留下了很深的印象。可能你不记得了，毕竟那时我只是作为列席代表参会。

毛泽东一笑：今时已非往昔。

蒋介石：今日能在会上重逢，我很是诧异啊。

毛泽东云淡风轻：作为中央候补委员，来参会，是我分内事。

蒋介石：对了，我记得你好像是在农讲所吧？

毛泽东点头：是。

蒋介石：听说你们还请了湘耘去当教官？

毛泽东：没错。

蒋介石：一盘散沙……无论是组织他们或是训练他们，终究是没什么奔头吧。

毛泽东也不多话：人各有志罢了。我倒是自得其乐。

蒋介石：你与湘耘皆为时代英才，是英才就得有用武之地，得有能够施展自己的舞台才好，若不然，恐被埋没。（见毛泽东不接话，蒋介石继续）我记得湘耘还是你的学生吧？

蒋先云有些局促，尴尬地看了一眼毛泽东。毛泽东倒是坦坦荡荡。

毛泽东：青出于蓝而胜于蓝，湘耘乃是我之骄傲！

蒋介石：湘耘乃识时务之人，我已经打算任命他为总司令副官、第五团团长，必会大有作为。润之当初为黄埔一期负责招生复试，也可算得上半个黄埔人。若蒙润之兄之不弃，我蒋中正可以给你大大的舞台。

毛泽东：多谢蒋总司令的好意。润之唯愿国共一心，毕力北伐，绝无二念。既是总理之遗愿，更是我们同贵党合作的初衷。

蒋介石漠然起身。蒋先云对着毛泽东敬了个军礼，不得不紧跟上蒋介石的脚步。

陈延年：润之，就差你们了，赶快找个位置坐下。

陈延年引着毛泽东和杨开慧走进院中。不大的院子里摆了几张方桌，组成流水席，坐满了热情洋溢的年轻人。

毛泽东看到周恩来也坐在席中，正与旁边的年轻人有说有笑。

毛泽东：恩来！

周恩来看到毛泽东，拍了拍旁边空着的位置：润之，到这儿来坐！

邓颖超从屋里端出了几盘小菜，看到杨开慧，面上欣喜。

邓颖超：开慧姐！

杨开慧快步迎上去，赶紧接过邓颖超手中的菜盘。

毛泽东在周恩来身边坐下，笑着看着杨开慧和邓颖超。

毛泽东：她们俩每次都这样，一见面就有聊不完的话。

周恩来：我跟你一见面也有聊不完的话啊。

毛泽东开怀大笑，看到方桌对面的年轻人正看着自己。

黄埔一期学生李汉藩：毛先生好！您还记得我吗，两年前我报考黄埔，是在上海进行的复试。我叫……

毛泽东认出：李汉藩！你投考前已经把湘南学联的工作做得很好，耒阳人，我记得你。

李汉藩感动，二人激动握手。

周恩来：润之好记性，意产（李汉藩）不仅是一位战斗的勇士，还是一位笔伐的尖兵。我任政治部主任时，把他调到政治部做宣传工作，现在第二军政治部任宣传科长。

毛泽东投以欣赏的眼神。

周恩来：今天来的都是黄埔一期和二期的共产党员，延年把大家叫来，给大家饯行。

一群一期生正在议论。

学生甲：湘耘怎么还没到？

学生乙：听说司令部事务繁忙，他脱不开身。

学生丙：这个蒋先云真有意思，当初带着我们脱离了第一军，现在倒好，自己跑回去了。

学生丁：我听说，蒋中正讲，只要蒋先云肯脱离共产党，就许以高官厚禄。你看，现在他不就当官了吗？

学生甲：不可能，湘耘不是这种人！

学生丙：我也听说有这回事。你们别忘了，有次大会蒋中正当着几百人的面亲口说，要选蒋先云当他的接班人……

陈延年听不下去了：都别乱讲！湘耘回去是我跟润之同志的决定。

众人不言语了。

片刻，陈延年站起来：各位同志，出征前，我讲两句。

喧闹的流水席瞬间安静下来。

陈延年：在周恩来同志的主持下，现在已经有1500多名共产党员被分配到国民革命军各军政治部，他们将与在座的各位一同在北伐的高歌猛进中、在实践中，锤炼、锻造出一身铁血铮骨！我们要改革部队中的军阀习气和制度，宣传反帝反封建的意义，激发士兵的作战士气！中共广东区委，也将领导省港罢工的工人组织运输队、宣传队和卫生队，随军行动！

所有人斗志昂扬，热烈鼓掌。

陈延年：让我们一同举杯！为新征程，干杯！

所有人都端起杯，一饮而尽。

陈延年：恩来，你是中共广东区委常委兼军事部长和国民革命军第一军副党代表，又是黄埔军校的老政治部主任，你给大家讲两句！大家鼓掌！

周恩来站起来，满腔热血道：北伐必是一场血战！同志们，我们作为共产党人，要最忠实地站在前线！我们所流的血，是洒向国民革命的，不要有一点迟疑，不要有一点吝惜！惟当此，北向军阀、外向帝国主义、内向半封建势力作决死战的时候，所有革命分子都应团结起来，才有打倒我们共同敌人的可能，才能引导工农走上解放之路，才能使我们革命救国的主张发现新的意义！在此，让我们高呼：一切革命势力团结起来！

众人振奋，高呼：一切革命势力团结起来！

李汉藩站起来：诸位，我早具牺牲之决心！与诸位同袍、与阵地共存亡之决心！倘于此役中得以成仁，则无遗憾！曾几何时，教官反复警诫我们"平时多流一身汗，战时少流一滴血"，这是备战的态度；大战在即，"必死不死，幸生不生"，这是战斗的意志！你们可记得？！

黄埔学生：必死不死，幸生不生！

陈延年：让我们共饮杯中酒，敬往昔、敬今朝、敬未来！

在座无人不动容，热泪涌动，共同举杯。

周恩来：润之，你也说两句？

毛泽东：同志们，我没当过你们的教官，也不怎么懂打仗，此时此景，我只想到一句话要送给你们——你们齐心托起的是搁浅的中国，愿你们此去，敢叫日月换天地！

长久的掌声中，有人唱起《国际歌》：起来，受人污辱咒骂的！起来，天下饥寒的奴隶！

许多人接着唱：满腔热血沸腾，拼死一战决矣。旧社会破坏得彻底，新社会创造得光华。莫道我们一钱不值，从今要普有天下。

所有人齐声高唱：这是我们的，最后决死争，同英德纳雄纳尔，人类方重兴！

1926年7月11日，东方欲晓，晨光熹微。军号响起，安静的长沙城顿时马蹄声碎、喇叭声咽、嘶吼声、哀号声、喊杀声、鸣啼声不绝于耳，地上一片狼藉。

北伐军的旗帜插在沿街店铺前，在微风中摇曳。鞭炮噼里啪啦之声，不绝于耳。浓烟消散，歌声响起。北伐军唱："北伐军，大胜利，北伐军，快成功，齐心奋勇，直捣黄龙，中华一统，进步无限，幸福无穷！"

大街上，何叔衡带着民众站立于道路两边，欢迎着北伐军。上了年纪的婶子煮好了豆子芝麻茶，放至路边，有北伐军经过，就舀一碗给他们喝，婶子脸上的褶子也跟着笑容一起开了花。

低矮的厂房中，夏明翰正指挥着缝纫工人们，给北伐将士们赶制"国民革命"的袖章。印刷厂内，郭亮带着工人们争分夺秒地赶印北伐宣传单页，以配合北伐军。

长沙城小道，易礼容带领着农民们，成立了运输队，配合帮忙运输北伐军的物资弹药。人群中，李祗欣寻找着军队中蒋先云的身影。

李祗欣询问士兵：请问！你知道蒋先云在哪儿吗？补充第五团的！

士兵摇摇头，跟上队伍。

入夜，瘦削的人影映在窗上，她轻咳着，伸手熄了灯。一双军靴"鬼鬼祟祟"地缓步走向门前。一个小铃铛紧挨着门放在地上，在黑暗的夜中很难引起注意，军靴不小心碰到铃铛，发出声音。

屋内李祗欣的声音：谁！谁在外面？

李祗欣小心地透过门缝向外看去，却见门外空无一人。她拿起门边的扁担，壮着胆走出屋，忽然，被人从身后紧紧抱住！

李祗欣惊恐万分却急中生智，抬起脚狠狠跺向军靴！

蒋先云：哎哟！是我！

李祗欣意外地：湘耘？你吓我！看我不打你！（抬手要打）

蒋先云二话不说把李祗欣扛进屋，关了门。

月光透过窗，照亮了屋内的一双人。二人四目相对地站着，李祗欣看着眼前的蒋先云，如此简单的着装，勾勒出如此清冷的一个人。

蒋先云：想不想我？

李祗欣的耳尖一下子热得滚烫。

李祗欣嗔道：才不。

蒋先云：真的？

李祗欣口是心非：我一人好着呢，日子甭提有多自由。

蒋先云捏了捏李祗欣的脸，又像逗猫咪似的挠了挠。

蒋先云饶有趣味地：那今天去街上乱看的俏丽女子，是谁呢？

李祗欣惊讶极了。忽然间，鼻尖与鼻尖之间的最后几厘米的距离也消失了。蒋先云吻住了李祗欣。

李祗欣不反抗，眼泪却顺着她的脸颊流了下来。

蒋先云：怎么哭了？

李祗欣欲言又止，赶忙擦眼泪：没哭呀！（咳嗽起来）咳……（转身）我去点灯。

蒋先云：怎么咳嗽，伤风了？

李祗欣：没有，只是嗓子发痒。

灯光照亮了屋子，二人手拉手在床边坐下。蒋先云看到桌上整整齐齐地放着一摞自己写给李祗欣的信，还有许多个纸团。蒋先云逐一打开纸团，每张开头都只写了几个字："吾云，见信如晤。"

蒋先云：刚才在做什么，给我复信？

李祗欣：嗯。上次你来信说，有人认为你回到蒋校长身边，是因为看到校长的崛起，是为了自己之后的名利。你心事重，我想写信劝你不要放在心上，又知道说了也没什么用，索性就不写了。

蒋先云握着李祗欣的手，温温柔柔地笑了，满眼的深情。

蒋先云：你要说的，我都知道。你时常来我梦里对我说呢。

李祗欣：你知道我也要说。我要亲口对你说。

蒋先云宠溺地笑：好好，你说。

李祗欣认真地说：现下你面对的两难，润之先生也是经历过的。两年前润之先生在上海工作，也要同时面对共产党和国民党的质疑。但不管有多少质疑，润之先生还是很坚定地干着革命，对不对？再者，你又不是在蒋校长身边吃香喝辣，你可是上战场用命在打仗呢，咱们行得正，坐得直，那些爱嚼舌根的人愿意说就说呗，嘴在他人身上，你管不了的。

蒋先云：只要我心中装着革命和主义，至于我是怎样的人，润之先生还有你知道就够了。

蒋先云又凑上前，与李祗欣鼻子碰鼻子，用无比炽烈的眼神望着她。

李祗欣羞赧极了：时间不早了，你该回去了。

蒋先云：军队在长沙短暂调整，我跟司令部请了假，今晚不回去了。

湖南衡阳集兵滩的农民讲习所内，毛泽建一头干练的短发，刘海盖住了额上的旧伤，正在与一群妇女打草鞋：先把制作草鞋的绳固定在"草鞋耙子"（一个有齿的木架子）和一个"草鞋压"上，再用绳反复从中穿梭，从鞋头开始，将绳慢慢编织成一双草鞋，最后在编织好的草鞋上穿上一条鞋带。

毛泽建对自卫队的妇女们：前方打仗最费的就是鞋。北伐军一场硬仗接一场硬仗地打，咱们的草鞋要陪他们一关一关闯过去！

毛泽建小心翼翼地把稻草一根一根地编织进去，身子不时往后仰，用力打紧草鞋。

毛泽建看向旁边的妇女队员手中的草鞋：这个绳子要一直拉紧，否则编出来的鞋容易松散，不整齐，不耐穿。

妇女队员对比着毛泽建打的草鞋：这双我重新打！

一旁，有农民正在念报纸：一切勾结帝国主义的军"滑"、官僚、买办阶级以及"互"属于……

毛泽建对农民：军阀，不是军滑；附属，不是互属。

农民点点头，练习着：军滑，军阀……

门外传来声音：毛达湘同志，有人找！

毛泽建起身，欣喜：湘耘哥！

蒋先云笑着：菊妹子！好久不见！（打量着）一转眼你都长成大姑娘了！

毛泽建：湘耘哥，上次见面我记得是在清水塘，一晃好多年了！你怎么样，湘耘哥？

蒋先云：行军至此，来看看你。我刚进长沙城就听到你的事迹了！

毛泽建拉蒋先云到一旁坐下：你在外面听到我什么事迹？快跟我说说。

蒋先云：说你智斗了鲁恶鬼，又组织了农民自卫队智斗罗老八。

毛泽建自豪地：智斗罗老八是因为你们北伐！湘耘哥，那些土豪劣绅能被我们斗下去，归根到底是你们的功劳！北伐军的到来赶走了地主恶霸的军阀保护伞，他们气焰下去多了，现在还有地主求着加入农会呢！

蒋先云：北伐军的胜利也有你们的功劳！没有你们农会帮北伐军纳草鞋、运粮草、收情报、做宣传，北伐军怎么可能这么快攻克湖南？（拿出一封信递给毛泽建）这是我出发前润之先生让我转交给你的信。

毛泽建开心地接过：三哥怎么样，好不好？我嫂子好不好？

蒋先云：你三哥可有点儿生你的气啊。

毛泽建脸上瞬间没了笑容：三哥为什么生我气？

蒋先云：他是气你不给他写信，只给开慧姐写信！还生气你也没有早点儿告诉他你现在干的这些工作，干得这么出色！

毛泽建笑了：你又唬我！差点儿被你唬住了！

蒋先云：润之先生说，你有空就多写几封信给他们，他们很乐意收到你的信。

毛泽建：我没么子可写的，我干的这些，跟三哥比起来，都不值一提。

蒋先云：谁说的，你三哥可一直为你骄傲呢。

听到这话，毛泽建有些欣喜。此时，陈芬走进了教室。

毛泽建毫不扭捏：芬哥，我来给你介绍，这是我湘耘大哥！（对着蒋先云）这是我丈夫陈芬。

陈芬：湘耘大哥好！

陈芬上前，两人紧紧握手。

蒋先云：好啊，我们在前线冲锋，你们在后方积极支援，这才是真正的国民革命！

毛泽建：湘耘哥，那我带你到附近看看，看看我们的农民自卫队！

蒋先云：时间来不及了，不过我沿路也看到了，你们的农民自卫队组织起来了。你三哥的话我也带到了，我该走了！

毛泽建夫妇站在大门口，目送蒋先云离开。

毛泽建挥手：湘耘哥，你多保重！

长沙岳麓山古木参天，一处圆形墓前，尖碑耸立，上刻"蔡公松坡之墓"。蔡锷墓前，蒋介石、白崇禧等人神情严肃，对着墓碑鞠躬。

蒋先云：总司令，从这儿上去，便是黄公克强之墓。

蒋介石点头，站定，看着整座岳麓山，感慨万千。

蒋介石：如今北伐尚且顺利，令人欣慰。惟楚有材，于斯为盛。可试想，若无黄蔡之先驱，断不会有民国。巍巍青山埋忠骨，苍苍松柏留英魂。耿耿星河，天下千秋！

白崇禧：若无总司令今日之北伐，便全无明日之国家。

李宗仁：这两天我一直待在长沙，发现湖南民众的革命热情很是高昂啊！

广州农讲所毛泽东住处，毛泽建的信被杨开慧拿在手上，越往后看，杨开慧的笑容越灿烂。毛泽东两手沾着粉笔灰，走了进来。

杨开慧：润之，继"毛奇"之后，毛家出了一位奇女子毛达湘啊。

毛泽东接过杨开慧递过来的信纸，快速看完。

毛泽东赞赏：菊妹子这一步走得妙。那年我们在韶山斗成胥生，虽有成效，但敌不过他跟上面的赵恒惕告状，彼时赵恒惕闲来无事，还派人抓我，最后我只能逃离韶山。如今赵恒惕早已辞去省长一职，给地主豪绅撑腰的军阀面对北伐军自顾不暇，哪还有心思去管农民的事。这个时候，像罗老八这样的豪绅，一斗一个准！

杨开慧指着信件最后的署名，写的不是"毛泽建"，也不是"毛达湘"，而是画了一柄剑。

杨开慧：泽建的署名为何是一柄剑？

杨开慧边说边给毛泽东打了盆水。

毛泽东洗着手：估计她是用革命之剑来喻己，建与剑同音，她愿做革命利剑，披荆斩棘。

杨开慧笑着：你这当三哥的果真是了解自家妹子的。

毛泽东：菊妹子现在干的事情并不安全，她画剑代名，怕也是出于这方面的考虑吧。

向振熙进门：润之，你叫的车到了。

毛泽东：霞妹，秋白刚到广州，恩来说我们共游珠江，走吧。

太阳当空，江水被镶上了一层透明的金色。一艘渡轮正航行在江上。毛泽东与周恩来、瞿秋白来到甲板上，凭栏而眺。

毛泽东：三大结束后，我们一行人在黄花岗齐声高唱《国际歌》，至今难忘啊。

周恩来：可惜三大那时我不在场。

瞿秋白：是啊，等到四大的时候我们俩终于见面了，润之又回了湖南。

毛泽东慨叹：这次我们三个终于聚齐了，和森又在莫斯科。

瞿秋白：浮世本来多聚散嘛！

周恩来：关于在上海召开的第四届中央执行委员会第二次扩大会议，把蒋介石列为新右派，还强调他跟老右派的区别，并抱有他能左转的希望，润之，你怎么看？

毛泽东：仲甫先生如今态度也不如之前强硬，反倒柔和了许多。至于我，我不会改变自己的想法——以斗争求团结则团结存，以退让求团结则团结亡。

银铃般的笑声从渡轮另一侧传来。三人回头，看到杨开慧和邓颖超正开心言笑。

五人站在一起，风拂起几人的头发，一时没人说话，大家都享受着这片刻的安宁。

周恩来：听说北伐军已经制订好第二期的作战计划了。

毛泽东：第六届农讲所的学生也行将毕业，很快就会投入到北伐沿线的农民运动中去。

瞿秋白蹙眉：润之，你今天上船之前可是说好了不谈工作、不谈革命的，这才多久，就坚持不了了？

毛泽东：不赖我，恩来先说的，我就是顺便接了句话嘛。

邓颖超：恩来，你得接受惩罚。

杨开慧：润之也说了，也得罚。

瞿秋白乐了：两位夫人可真是太公正了。好，那就由我来出这个惩罚题目吧。（思索着）四个字形容一下各自的夫人，如何？

这下轮到杨开慧和邓颖超愣住了。

杨开慧：那这可就不算惩罚了。

邓颖超：对，既然算不上惩罚，你们三个就都得说！

杨开慧：我看可以！恩来，你先来？

周恩来认真：在我心中，小超可是——神超形越。

瞿秋白：可以啊，润之，你可不能输哦！

毛泽东看着杨开慧，笃定开口：开慧于我，便是似火骄杨（阳）！

邓颖超：你们两个湖南人果然是热情似火。来来来，就差我们的"文学家"了——秋白同志！

杨开慧：不用问都知道，肯定又要说"秋之白华"！

瞿秋白笑：今天之华不在，我就换个方式吧。

毛泽东：大"文学家"，你要出什么花招儿？

瞿秋白站在船头，看着滔滔珠江水，看着船头卷起的白色浪花，闭上眼感受着迎面而来的江风。

瞿秋白：同志们，此时此刻，我们身在各自的岗位，都在革命的浪头翻滚。我们或身负艰险，或饱受委屈。也许有人觉得我们不辞辛苦，不解风情。可在我看来，为人类的命运去奔忙，就是生命最大的意义、最极致的罗曼蒂克。此时此景，让我想起一首散文诗——

毛泽东："花白的海面平原上，风在那里收集着乌云。乌云和海的中间，很兀傲的飞掠着暴风鸟，好像黑色的电闪一样。"

瞿秋白惊喜：润之，你怎么知道？

周恩来：大家都知道，高尔基的《暴风鸟的歌》，你的译作！

杨开慧："乌云一阵阵的暗下来，一阵阵的落到海面来，而波浪正在唱着，正在汹涌着，迎着雷声往上去。"

周恩来："雷声隆隆的响着，波浪和风争论着，在那愤怒的水沫里呻吟。风却紧紧的抱住了一大堆一大堆的波浪，极其愤恨的用力把他们扔到岩石上，仿佛把巨大的绿玉柱子，一个个的打得个粉粉碎。"

邓颖超："暴风鸟一面叫着一面飞掠，好像黑色的电闪一样，用翅膀括开波浪的水沫，又像箭一样的穿过乌云。"

瞿秋白："这是勇敢的暴风鸟，兀傲的飞掠在电闪和愤怒暴跳的海之间，呵，这是胜利的预言家在叫着呵！"

众人一起："让厉害些的暴风雨来罢！"

金秋九月，微风撩人。农讲所院子正中挂着一条横幅：第六届广州农讲所毕业典礼。毛泽东站在横幅下，第六届农讲所学员们整齐地坐着，周恩来站在学员们身后。杨开慧、彭湃、恽代英、萧楚女几人正在给学员们分发用红纸做的小火把。

毛泽东：同学们，从五月至今，你们经过了四个月的刻苦学习和严格训练，取得了巨大的进步。今天终于迎来了你们的结业之日，恭喜你们！

学员们欣喜鼓掌。

毛泽东：希望各位铭记"农民问题乃国民革命的中心问题"。做农民运动，是你们最重要的革命工作。希望大家回到各地后，一定要拜农民为师，和农民做朋友，脱掉知识分子的衣服，放下架子，敢于跟恶势力做斗争，不畏艰苦，不怕牺牲，为农民求解放、谋利益！

台下再次响起热烈的掌声。毛泽东拿出一张巨大的中国地图，彭湃和恽代英各执一边。

毛泽东：现在请各地学员代表上前贴火把！

二十个省的学员代表纷纷上前，在地图上自己家乡的位置贴上火把。不一会儿，地图便被二十个小火把占据。

毛泽东：星星之火也可燎原。望大家做革命的火种，让革命的烈焰在各地燃烧！去团结和发动三万万二千万农民，改变自己受剥削压迫的命运，也促成我们的国民革命，振兴我们积弱积贫的国家！

众人起立鼓掌，掌声经久不息！

第二十章　工农运动引争议，考察报告终面世

江西北伐军营地大帐篷内，蒋介石正设宴庆功，白崇禧、程潜、张发奎、刘峙、邓演达等高级军官在座。

蒋介石举杯：当年，武昌首义声震华夏。如今武汉三镇尽皆克复，诸位仁兄续写了革命之城的光辉历史！中正以茶代酒，敬各位一杯！

白崇禧：总司令谬赞，北伐能在短短一个季度就连下湘鄂，完全仰赖总司令的英明指挥，我们一起来敬总司令！

众人举杯饮尽。

张发奎：现在吴佩孚势力已被完全击溃，我看打垮孙传芳也只在旦夕之间了。

蒋介石：向华兄（张发奎）不要轻敌，孙传芳以逸待劳，江西已重兵集结，南昌不好打呀。

程潜：孙军都在外围，南昌兵力空虚，我今天就在总司令面前立下军令状，七日之内，拿下南昌！

刘峙：颂公说得好，校长，我们第二师去给第六军作预备队！

蒋介石举杯：好，我敬二位，早日带回南昌光复的好消息！

众人饮尽。

刘峙：校长不必多虑，您一出马，平两湖如探囊取物。如今又亲赴江西前线督战，南昌岂有不克之理？

蒋介石：总理生前心系北伐，未能目睹凯旋，实是遗憾。不过，我既为总理精神传人，必将三民主义发扬光大。（一顿）我思忖，中央若继续偏安南粤一隅，对革命发展颇为不利，故已电告广州，奏请迁都武昌。

座中众人蒙住不语。

半晌，白崇禧：那广州是如何回复的？

张发奎：健生兄（白崇禧），总司令一言九鼎之人，他提迁都，中央定然采纳！

众人一笑，蒋先云送来电报，交给蒋介石，蒋介石看了一眼，脸色立变，将电报愤愤拍在桌上，众人一愣。

广州街头，熙熙攘攘，报童在沿街叫卖。

报童：卖报！卖报！北伐军攻克武昌！湖南湖北全境光复！

陈延年路过，掏钱买了张报纸。

陈延年拿着报纸正在跟毛泽东讨论。

陈延年：这才三个月工夫，势如破竹！打武昌，叶挺独立团再立下奇功，真是不负众望！不过，我听说蒋介石想借此迁都武昌，被联席会议否了？

毛泽东点点头：自古手握重兵者以武干政乃是大忌。首都更是一国政事中心，怎可轻言搬迁？联席会议的意思，迁都之事等北伐完全胜利了，再行考虑。

陈延年：是这个道理。我看蒋介石是打下了两湖，以胜势要挟广州。他想把国民党中央和政府都带到身边，方便一人独大。

毛泽东：一语中的。最近国民党内迎汪精卫复职呼声很高，听说汪精卫也在筹备回国，所以他才着急了。他打出这张迁都牌，其志专在揽权。

陈延年：三二零事件、整理党务案，他的野心，路人皆知。我看他不会善罢甘休。

毛泽东点点头：否决的电报前脚发出，后脚他的说客就到广州了。听说会上争得很厉害，张静江、孙科力挺蒋介石，连鲍罗廷的态度都松动了。眼下北伐军正在江西作战，我猜南昌城破之日，就是迁都武昌之时。

南昌前线指挥所军用帐篷内，蒋介石、刘峙等人在军事地图前进行军事会议。

蒋介石：兵临南昌城下两月有余，不能再拖了！谭道源！戴岳！明日五时，你们各率第五师、第六师从西侧、南侧，强攻城门！

两名军官：是！

蒋介石：刘峙！调第六团，配合正面强攻！

刘峙：是！

蒋介石：等等，把警备团也捎上，一同攻城。

刘峙迟疑：司令，抽走警备团，指挥部的防守兵力就只剩不到一个连了，万一……

蒋介石目光一凛：此役志在必得，绝无后路，擅自撤退者，军法处置！散会！

众军官从指挥所退散。忽然,一发炮弹落在指挥所门口,剧烈地爆炸。指挥所内,大地都在震颤,蒋介石等人伏倒在地,遍身灰土。屋外枪声大作。

蒋介石:谁误发的炮弹?谁擅自提前发起进攻?

一名士兵冲进来:司令!敌军打过来了!

蒋介石:不可能!南昌城已被围得水泄不通,敌军从哪里跑出来的!

士兵:水闸!他们开闸摸过来偷袭!

外面枪声加剧。指挥所不远处,一支孙军向阵地杀来。

孙传芳军:打下指挥部,活捉蒋中正!

北伐军阵地前,孙传芳军发起一次又一次攻击。阵地上的北伐军人渐次倒下,眼见就快守不住了,一名孙军冲上阵地,被一发子弹击毙。

北伐军甲抬头一看:警备团!弟兄们,蒋团长回援了!

只见孙传芳军侧翼,蒋先云身先士卒,带着警备团回援杀到,北伐军阵地士气大振,打了孙军一个措手不及。蒋先云带兵奋勇拼杀,顷刻间,孙军兵败如山倒,纷纷逃溃。

指挥所内,蒋介石听着外面的枪炮声惊慌不已,握着手枪不知所措。

蒋身边军官议论:司令,阵地眼见守不住了!/司令,咱们还是赶紧撤退吧!

忽然外面枪炮声渐消,一名士兵跑回来。

士兵:报告总司令,蒋团长回援,敌军已被击退。

周围军官松了口气,蒋介石努力定了定神,深吸一口气。

蒋介石:守军已是强弩之末,才做困兽之斗。既已退敌,当一鼓作气,乘胜追击!传我的命令,全军,立即发动总攻!

军号声起,枪炮齐鸣,北伐军在枪林弹雨中向南昌城发起攻击。

宋庆龄住所会客厅,宋庆龄正在接待到访的张静江和孙科,私人秘书谭妈立于宋庆龄身侧。

张静江:夫人,南昌鏖战,终传捷报。鲍罗廷先生也觉得,当前的情势,已经具备迁都武昌的条件。夫人您看——

宋庆龄抿了一口茶，没说话。

孙科：夫人，我记得一大时父亲就说过，希望二大能在北京召开。既然今日革命之火已从珠江烧到了长江，依我愚见，先暂迁武昌，待北伐功成，再到北京开三大，以全父亲遗愿。

宋庆龄依然不语。

张静江：蒋总司令也知道中央尚存担忧，所以正式向您和鲍罗廷先生发出邀请，去武昌前，可以先去南昌看看。

宋庆龄沉默半晌，眼望墙上的孙中山像："Go where I will, to me thou art the same —— a loved regret which I would not resign."（无论我漂泊何方，你在我的心头永远是一团珍爱的情愫，一团痛惜。）

张静江一头雾水。

孙科：拜伦的 *Epistle to Augusta*（《书寄奥古斯达》）？

宋庆龄点点头：他当年常常为我吟诵，说在伦敦时，饭都快吃不上了，也要省下钱去买书，卢梭启发了他民权的思想，拜伦则点燃了他革命的浪漫。可惜，奔波一生，还是含恨而去。（抬眼看两人）他若看到今日的胜势，想必也会欣慰吧？

孙科、张静江点头。

宋庆龄：我不是不赞同迁都，只是担心会引起不必要的麻烦。你们都是总理的左膀右臂，既已考虑周全，我没有意见。

张静江：那好，我们就按夫人的意思。

广州毛泽东的住处内，桌前地上的火盆里，一堆稿纸烧得正旺。杨开慧肚子微微隆起，整理着桌上散乱的文件，不时挑动火盆里的稿纸碎片，结果被火呛得咳嗽。

杨开慧：咳咳……

毛泽东从外面夹着文件包走进来，立即把杨开慧扶去床边坐下，自己去烧文件。

毛泽东：霞妹，你怀了三伢子，要离得远些！这些事我来做。

杨开慧转头去收拾行李。

杨开慧：又是去上海主持中共中央农委工作，又要到武昌搞国民党中央农讲所，两党的农运你一肩挑，这担子不轻哪。

毛泽东与杨开慧一起叠衣服，一起往箱子里装东西，毛泽东神色有些歉疚。

毛泽东：那也没你辛苦。你看，这箱子不晓得跟着我们去了多少个地方，不晓得你整理了多少遍。跟着我四处奔波，你都没给自己添过一身新衣服。这些年，照顾我的起居，拉扯孩子，还要忙着收集、整理资料，誊写文稿，我对你，有愧。

杨开慧嗔怪：净说傻话。这不都是为了工作嘛。既然你我选择了革命这条路，这些辗转漂泊，也是这选择的一部分。润之，你我之间可以有思念、有争吵、有担忧，什么都可以有，唯独不要有愧疚。

毛泽东：这趟我先去上海，再到南昌，最后落脚武汉。你现在身子沉了，不便跟我辗转，我打算让妈陪你和孩子们先回长沙，等我安顿好再接你们团聚。

杨开慧点头：我也正好要跟你商量，妈要照顾岸英、岸青，等老三出生，月子里肯定忙不过来，我想在长沙找个佣工，凡事更方便些。

毛泽东：这个主意好，身边有个佣工，我也更放心！我这就写信给桂根，让他帮着找找。

杨开慧：你在广州的工作都交代好了吗？

毛泽东：我待会儿得去趟区委，跟延年书记告个别。

陈延年的办公室依然亮着灯，里面除了一个小小的办公台、一把硬木椅，就只有一块床板、一张席子、一条毛毯。他既把这里当办公室，也当卧室，放在床头的一个黄色旧公文包，就是他晚上睡觉时用的枕头。

灯光从轻掩着的门缝透出来。毛泽东想陈延年还没休息，便没敲门径自推门进来，只见映入眼帘的桌上案牍摊开着；靠墙的床板上，陈延年正枕着旧公文包蜷睡。毛泽东轻手轻脚，拿起椅背上的外套为陈延年盖上，默默站在一旁等他醒来。

此时周恩来来到，已静静地站在毛泽东身边，毛泽东略一惊。二人对视，会意。机械闹钟兀自响了，陈延年自梦中惊坐起，看到眼前站着的二人，一愣一喜。

陈延年：你们什么时候来的？没等很久吧？（起身让出床板，让毛泽东和周恩来坐下）快，坐。

毛泽东和周恩来坐下。

毛泽东：延年这闹钟定到11点，定是又要通宵达旦了。

周恩来：延年近日事务繁重，恐怕一天只睡这一两个小时。

陈延年笑：若论起熬夜，我们仨不分伯仲，谁也别说谁。我刚到法国时学到的第一句话就是"Vivre, c'est combattre"，一直鞭策我啊。

周恩来向毛泽东解释："人生如战场，生活如斗争。"延年是说，人生在世，凡事一丝一毫都松懈不得。

陈延年：咱们仨在广州共事一年多，我办工运，润之搞宣传、农运，你办军事，咱们工、农、军相得益彰。

周恩来：在党内，你是广东区委书记，可是我们的领导呢。

陈延年：一晃眼，你们俩前脚后脚，都要走了。这热热闹闹的办公室，日后缺了二位的声音，我还真觉得有些落寞。

毛泽东看向周恩来：你也要走？

周恩来：中央调我去筹备成立军事委员会。

陈延年：老头子这回应该是清醒了，他说恩来以国共合作这个舞台为我们党培养了一大批懂军事、懂打仗的人才，是咱们党内最早抓枪杆子的，军委工作非得恩来去主持不可啊。

毛泽东：我们党是应该重视枪杆子和农民这两大力量了！我的泥腿子，你的枪杆子，延年的锤头子，工农军联合起来，咱们的革命才能真正有希望！

陈延年：这就叫恩来自泽东——

周恩来：润之可延年！

毛泽东：愿我们重逢之日，春风独秀，赤旗大招！

江水湍流不止，轮船却平静而稳健地航行。几只海燕围在轮船上方，在低空盘旋着。

1926年11月上旬，中共中央任命毛泽东为中共中央农民运动委员会书记。12月，周恩来担任中共中央组织部秘书兼中央军事委员会委员。在毛泽东的主持下，中央农委制定《目前农运计划》，之后毛泽东离开上海赴武昌，途经南昌。

南昌码头，一艘轮船停靠就位，码头上的军乐队开始演奏《国民革命歌》等革命乐曲。码头前的红毯上，宋庆龄、鲍罗廷、孙科等人渐次走来。革命群众夹道欢迎，蒋介石在红毯另一头微笑静候，蒋先云立于蒋介石身侧。宋庆龄等人走到蒋介石跟前，蒋介石敬礼。

宋庆龄：介石，何必如此铺张？

蒋介石笑：诸位莅临南昌，中正自当竭诚相待。（对众人）夫人、鲍罗廷先生、各位委员、各位部长，诸位舟车劳顿，今日先行休整。明日，我陪诸位去九江，畅游庐山！

毛泽东拎着手提箱，在一名军官的引导下，穿过南昌行营办公楼，周围来来往往的都是穿着灰蓝色军服的北伐军官，只有毛泽东穿着一身长衫。军官将毛泽东引到一个办公室门口。

军官：这就是总政治部。

毛泽东冲军官点点头，军官离去。毛泽东敲门，开门的是一位文职军官（许秘书）。

许秘书：请问找哪位？

毛泽东递上名片：在下受中央农委所托，特来拜会总政治部郭副主任。

许秘书接过名片：毛润之？您就是毛润之？

郭沫若自里间办公室出，一拍许秘书的肩膀：小许，有眼不识泰山了吧，这位就是你心向往之的润之先生呀！

毛泽东：鼎堂（郭沫若）兄！

许秘书激动地把名片往兜里一揣，抓起一罐茶叶就走：润之先生，待会儿可否为我题个字？就……就题在这名片上！

郭沫若笑：你先让人家歇会儿，喝口水再说！还不去泡茶，记着，庐山云雾！

许秘书点头跑开，郭沫若将毛泽东迎入里屋坐下。

郭沫若笑：这许秘书爱好文学，最近正写小说呢，谁知你一篇政论让他读得不忍释卷，说行文有韵律美！

毛泽东：论文学，可不敢在鼎堂兄面前献丑。

郭沫若：你专程到南昌来，定然不是聊文学的。说吧，什么事？

毛泽东：实不相瞒，这趟来是要筹备国民党中央农运讲习所，我想争取些支持。对了，伯渠、任之（李富春）不是在南昌吗？把他俩也喊上！

郭沫若笑：他俩一个第六军党代表，一个第二军党代表，再加上我这总政治部，半个南昌北伐军一起为你农讲所效命，支持力度绝对到位！

毛泽东：那太好了。对了，也把湘耘叫上吧。

郭沫若：湘耘恐怕没空。这两天陪着蒋中正上庐山接待中央要员了。

庐山别墅宴会厅，蒋介石正设宴款待来访的宋庆龄、鲍罗廷一行人。蒋先云立于一侧。

蒋介石举杯：鲍罗廷先生，孙夫人，各位委员、部长，我谨代表南昌行营乃至国民革命军全体将士，敬诸位一杯！诸位莅临前方，必能一振士气，助全军早日完成北伐大业！

众人一齐饮尽。

蒋介石：诸位难得齐聚南昌，中正有个不情之请。

众人看向蒋介石。

蒋介石：中正想请诸位在南昌召开一次中执委特别会议。

宋庆龄：你有什么想法，可以等政府迁到武昌，开始正常运转后再行讨论。我们区区六人召开中执委会议，恐不合规。

蒋介石：算上鄙人，应是七人。夫人，如今战场瞬息万变，计划可赶不上变化，还请特事特办，便宜从事。

鲍罗廷：总司令，你不妨说说看，什么事情那么着急要决定？

蒋介石：迁都之事。

众人面面相觑。

孙科：介石，我等此次北上，正为迁都打前站。你要迁都武昌的事已经板上钉钉了。

蒋介石微微一笑：我说的迁都，不是迁武昌，而是迁南昌。

孙科：介石，你不是在开玩笑吧？

蒋介石：军中岂有戏言？

孙科不悦：两个月前，你还力陈迁都武昌的种种好处，联席会议讨论多次才通过。你现在临时变卦，这不是拿中央决议当儿戏吗？

蒋介石：话不能这么讲，如今国民革命军司令部设在了南昌。以政治与军事发展便利起见，我认为中央政府与党部，最好跟司令部同进退。

鲍罗廷摊开双手：那按照你的意见，是不是打下南京，就迁南京，打下上海再迁上海？那政府不就变成了军队的服务机关了？

蒋介石：眼下革命的头等大事就是北伐！北伐未成之际，说政府应为北伐服务，倒也没错。

众人惊讶，沉默。

蒋介石：诸位可能是对南昌不熟悉，这可是个人杰地灵的好地方。我看诸位就先不必去武昌了，不妨在南昌多留些日子，刚好可以等其他委员赶来后，正式就迁都南昌进行决议。

宋庆龄噌地站起来：谢谢款待。蒋总司令军务繁忙，我建议大家不要叨扰了，明日就赶赴武昌。

蒋介石未及说话，宋庆龄已经离席，鲍罗廷和其他几位委员也相继起身离席。宴会厅只剩下了蒋介石、蒋先云二人。

小餐馆内，毛泽东、郭沫若、林伯渠端坐桌边。

林伯渠：润之兄，你开武昌农讲所急需专款，我们已经替你上报国民党南昌党部了。

毛泽东：多谢诸君，不过出了钱，还得出人。

林伯渠：人？

毛泽东：广州农讲所第六期就招了三百多名学员，这次，我想把规模扩大一倍。

李富春：我来给你送人了！

门被推开，李富春和方志敏走了进来。

毛泽东：任之（李富春），（看向方志敏）这位是——

方志敏：毛先生好，咱们老早就有一面之缘。

毛泽东端详着年轻人，回想着。

毛泽东：方志敏！那年我在上海给黄埔考生复试，你成绩很好，却没去广州，说要回老家搞农运！

方志敏：润之先生好记性！那年我弃武从农，回了赣东北老家干农会，我们那儿人多地少，阶级矛盾异常突出，农运那是干草上擦点火星，一点就着！

李富春：志敏听说你是为办武昌农讲所而来，特地赶过来。他之前当过国民党江西省农民部部长，现在是省农协筹备处负责人，你们一定能聊到一起！

方志敏：毛先生，你想招什么样的学员？

毛泽东：要有高小文化，要有致力农运之心，而且要有干农运的经验，对了，还要有一定的军事素养。

方志敏：军事素养？

毛泽东：不错，我计划这批学员培养成后，不仅要去各地开展农会，更要积极地与北伐相呼应，逐步建立农民自己的武装。

方志敏：好主意！这次江西战役，全省各地农会功劳不小，不仅给部队当向导，还自发组织打探敌情、护送伤员、运粮、运弹药。现在工人武装纠察队已在各地建起来了，要是农民也能武装起来，一定可以大大加快革命进程！我回去就给你推荐人选！

郭沫若：我、伯渠、任之都在军中，挑起人来更对口！输送个一两百号人，不成问题！现在，我就自作主张，替大伙儿立个军令状！

毛泽东兴奋举杯：那就太感谢各位了！今晚能在这儿同大家相聚，意义非常。我以茶代酒，敬前线的诸君！

几人拿起面前的茶杯，一饮而尽。

南昌一个小旅店房间里，毛泽东正收拾着行李，突然有人敲门。毛泽东开门一看，站在门口的竟然是蒋先云。

毛泽东一愣，一喜：湘耘？

蒋先云：前几日我一直在庐山接待孙夫人、鲍罗廷他们，今日才回南昌。这些天没能陪同先生，还请先生恕罪。

毛泽东笑着摇摇头，拍拍蒋先云肩膀。

毛泽东：本想让你带路，了解了解前线的情况。结果鼎堂说，江西的仗都打完了，要去前线得到福建了。

蒋先云：先生想去前线？

毛泽东点点头：去武昌办农讲所，发动农民支援前线也是重要工作。如果没能亲身深入战事，了解将士疾苦，恐怕对北伐的配合支持也落不到实处。

蒋先云沉吟片刻：脚踏实地，先生风范依旧。这样，我带您去个地方吧。

蒋先云、毛泽东跟随一名军医走进一家战地医院。很显然，这是一间被征用的民房，空间不小，十分简陋，地上、墙上都有血渍和污渍，不时有身着军服或病号服的伤员、士兵穿行其间，病房里更不时有哀号声、呻吟声传来。

毛泽东虽有心理准备，但多少有些吃惊：拿下南昌快一个月了，街面上都看不到战斗痕迹了，怎么还有这么多伤员？

蒋先云：三打南昌，无比惨烈，至今好些伤员未愈。

毛泽东：那就把他们安置到这么简陋的医院？

军医：这些伤员，有个屋顶遮风挡雨就不错了。条件好的医院都专供第一军了。

蒋先云看向毛泽东，二人无语。

军医：病房到了。

毛泽东、蒋先云跟随军医走进大病房，里面满是断肢残腿的伤员，有的已经恢复精神，有的还在病床上呻吟。毛泽东扫视过去，满面肃穆。

军医指向打头一床：这是六军的李排长，南浔路作战时，一个人端掉了敌军的机枪阵地！李排长，中央的毛委员来看你了。

毛泽东上前要跟李排长握手，不料他右边袖管空荡荡，只能伸出左手，毛泽东赶紧伸出两只手握住他的左手。

李排长面色黯淡：我们第六军手榴弹不足，就研究了个新战术，把敌军扔过来的手榴弹再扔回去。扔到第五个，刚出手就爆了，还不错，捡回一条命。

毛泽东五味杂陈。

卢铁舫：让一让，让一让！

只见一个十六七岁的年轻军人端着盆水进来，掀开被子就给李排长擦身。本来死气沉沉的病房一下子活跃起来。

伤兵们：铁伢子，今天来得好早啊！／帮我换个绷带！／也给我擦擦身。

卢铁舫笑着：别急别急，一个一个来！

毛泽东一听，对方操着湖南口音，不由感兴趣地凑上去。

毛泽东：小兄弟，湖南人？

卢铁舫：嗯呢，邵阳的。

军医亲热地一拍卢铁舫的肩膀：这位小兄弟叫卢铁舫，部队开到湖南时投的军。医护人手不够，他一有空就过来帮忙。

毛泽东：哦？你为么子要参军哩？

卢铁舫：我家是佃户，一年到头，累死累活，吃不饱，穿不暖，遇上水旱更要出去讨饭。北伐军一打过来，农会搞起来了，地租也减了，我们穷苦人也有人撑腰了！我也要给穷苦人撑腰，我也要当北伐军！

毛泽东、蒋先云欣慰地看着卢铁舫。病房最深处突然传来一声枪响。

卢铁舫：是老胡！老胡——

众人急匆匆走过去，只见病床上、床头尽是血迹，一名伤员刚刚举枪自尽。军医赶紧上前查看，摇了摇头，示意医护把尸体抬走。

卢铁舫眼中噙泪：老胡头里的弹片取不出来，痛得不能挨枕头，靠吗啡才能镇定一会儿。可第一军一周前把剩下的吗啡都征用了。

蒋先云无奈地看了眼毛泽东。

毛泽东和蒋先云站在医院门口。

毛泽东：据我所知，政府勒紧了裤腰带，财政完全向北伐军倾斜，怎么还会出现这么严重的军火、药品短缺？

蒋先云：因为物资都紧着蒋中正的嫡系供应。别说枪支弹药，这些非嫡系连越冬的被服都领不全。可蒋中正不管，一边逼着大家在前方拼命，一边又逼迫中央迁都南昌。

毛泽东：南昌？

蒋先云点点头：因为武汉都是唐生智的部队，他跟蒋中正素来不和，蒋中正生怕到了武汉自己被架空。只有把首都安在他自己的地盘上，才能控制国民党和国民政府。武汉已经连发三封电报让他前往议政，他却置若罔闻，反以战事逼武汉就范。

毛泽东：这么看，他的个人独裁野心已经呼之欲出。北伐已经变成了蒋中正要挟国民党和国民政府的筹码。现在，恐怕不只是我们这么认为，国民党内也一定看出他的司马昭之心，一场明争暗斗，在所难免。

蒋先云：更有甚者，他还伺机对工农运动防范打压。国民党江西省党部要改选，他在往里头掺入自己的右派爪牙，以达到控制省工会和农协的目的。

毛泽东：这个情况很关键，我要提醒方志敏。

蒋先云：先生，从三二零到现在，我们始终敞怀拥抱国民革命，可每每革命势头稍见曙光，野心家们便跳出来争权夺利，甚至以迫害我党为快。（指着病房）还有这些为革命奋不顾身的勇士，一想到大家的浴血苦斗，换来的竟是排挤、欺侮与凌虐，我只觉得糟心透了！

毛泽东：湘耘，无论反动分子如何猖獗，谁都没法否认，大革命已如滚滚洪流，席卷了大半个中国。曾经，这里是一潭死水，如今它已浊浪排空，势不可当。然而，黄河万里，泥沙俱下，有人混进革命队伍里伺机而动，再正常不过了。我们能做的，唯有做好自己。

蒋先云念叨着：就像鲁迅先生的《呐喊》里写的，钱玄同先生讲的，哪怕只有几个人觉醒，也不能说没有冲破铁屋的希望。您推荐的书，读完着实受益匪浅。

毛泽东：没错。湘耘，你也游过湘江吧？顺流而下，则我必潮头逐浪；溯流而上，我亦砥柱中流！今天你带我看到的这些面孔，一派天真烂漫，一系忠勇赤诚。你们才是这革命浪潮的主流，你们让我坚信，纵遇千回百转，洪流终归大海。那席卷的泥沙都将淘尽，只剩一片蔚蓝。

蒋先云郑重地点头。

蒋先云推门而入，发现蒋介石正端坐屋中，翻看着蒋先云的书——鲁迅的《呐喊》。

蒋先云：总司令？

蒋先云敬礼，蒋介石挥挥手让蒋先云坐下。

蒋介石：这个周树人，说什么国人如铁屋熟睡，若无呐喊惊起，便会闷死，看起来激进得很。可当初在东京，光复会让他去刺清廷大员，他就躲去一边了。就知道耍嘴皮子瞎嚷嚷，干革命，还是得像咱们这样，枪对枪，炮对炮！

蒋先云不语。

蒋介石放下书：又去见老乡了？

蒋先云：是。

蒋介石：从广州誓师，到打下江西，这半年多你随我鞍前马后，着实辛劳。前日三打南昌，若不是你全力死战，只怕我已殉党殉国。江西之役，你功不可没。我打算破格提拔你为中将教育长，为革命续传灯火。

蒋先云一愣，看向蒋介石。

蒋介石：不过，你也知道，军中派系林立，不是谁都跟我一条心。觊觎此位者甚多，考虑到你的身份……如果你不能退出共产党，加入国民党，恐怕难以堵住悠悠众口。

蒋先云：谢总司令美意，先云驽钝，恐不能胜任。

蒋介石：湘耘！你我师生经年，历大小战役不计其数，几度共悬生死一线。中间纵有误会，可你我早已肝胆相照，否则你又何苦从我北伐！

蒋先云打断：总司令，我参加北伐，并非追随个人，只为追随国民革命。

蒋介石面色铁青。王世和敲门露头。

王世和：总司令，武汉急电。

蒋介石一边接过王世和递过的文件，一边愤愤离去。

蒋介石面色阴沉地坐在办公桌前，手边是刚刚看过的文件，上面有"临时中央党政联席会议决议"的字样。他越读脸越红，直接把文件摔到地上。张静江推门进来，蒋介石满脸涨得通红，不说话。张静江拾起地上的文件，翻了翻。

张静江：你的总司令动员令要经他们批准，这是夺你军权；收了北伐所经各省的财政到中央，这是拿你财权。武汉真够狠的，釜底抽薪哪！

蒋介石拉开抽屉取出手枪，啪的一声拍在桌上。

蒋介石：我在前线浴血奋战，却多加掣肘，横遭羞辱。中正要真像他们说得那么不堪，那就自杀明志，以证忠诚！

张静江抓起枪摩挲着：多少人忌惮你的枪，你想省了他们的事？

蒋介石不语。

张静江拉开抽屉，把枪放回：子弹，要用在该用的地方。现在不是冲动的时候。接下来，怎么打算？

蒋介石：反正我坚决不去武汉！

张静江：武汉还是要去的，稳住他们，也摸摸底，待两天就回，没人敢扣你。

蒋介石：眼下最大问题是军费！他们铁了心要卡我钱袋子了！

张静江：有枪在手，还会没钱吗？

张静江提醒了他，蒋介石沉吟：现在福建已平，拿下浙江也指日可待，如果再能拿下上海……上海……那年股灾还是虞洽卿虞老板帮我平的账，不过他当初放了狠话，绝不许我再出现在上海。

张静江：你当年是何模样，今日又是何身份，虞老板何等人也，他会不清楚？他那头，包在我身上。

王世和：总司令，客人到了。

张静江看了一眼蒋介石。

蒋介石：请他进来吧。

一名身着礼服正装，说日语的东方男子走了进来，脱帽朝蒋介石微微鞠躬。

1926年12月，汉口，中央办公室内，毛泽东坐在陈独秀的对面，众人正围着办公桌开会。

陈独秀：这次会议的政治报告，主要点还是国民党问题。这个问题不仅关系到整个联合战线，更是全民族革命的核心。（看向张国焘）国焘。

张国焘点点头：眼下北伐虽然进行得比较顺利，两湖、江西、福建，都被革命军拿下了。然而这种胜势之下，国共合作的战线却并不牢固。中央认为这主要由以下四点造成：一是帝国主义的分离政策，二是国民党的右倾，三是商人的恐慌，四是我们党中的"左"倾幼稚病。为了挽回国共合作的统一战线，我们必须采取些措施，第一是要防止党外的右倾……

瞿秋白：说到要防止党外的右倾，陈书记，那面对蒋介石我们又该如何呢？

陈独秀沉默片刻：首先我承认，之前我忽略了蒋介石的野心。但是，只要他继续北伐，继续反帝反封建，我们就可以继续跟他合作，一定程度上，我们也是可以对他稍稍让步的。

瞿秋白：一直以来，我们已经一再妥协了。

陈独秀：怎么就成了妥协，这是有策略的合作！我们要扶助国民党左派领袖获得在政府及党的领导地位，以推动国民党的军事政权向左，至少也要不继续更向右。

毛泽东发言：但是陈书记，我要提醒一下，国民党右派有兵，而左派没有兵，我们不能只寄希望于国民党左派，以退让求合作是不可取的。

陈独秀：润之同志，如果能够让蒋介石从右转向左，又或者让汪精卫取得国民党中央、国民政府和民众运动的领导地位，通过建立以汪精卫为领袖的文人政府，来制约蒋介石的军事势力，不管是哪一种，都算是成功。

毛泽东：可我在南昌看到，蒋介石不仅打压工农组织，还厚此薄彼，蓄养私军，根本无视武汉政令，做法已与军阀无异。照这样下去，岂是文人政府能够约束得了的？！

陈独秀：我党中央成立军事委员会，就是考虑到了这一层！而且国民政府已经在着手限制蒋介石的军权了！再说了，你们是不是要停止国共合作？没人要中止合作的话，这个议题不再讨论了，下一个议题。

张国焘：农民问题。中央认为共产党和国民党左派应该增加对农民运动的指导，应该站在具体的农民政纲之上，向政府，尤其是向军事领袖请求帮忙，进行农民斗争。目前共产党的主要政策，就是日益发展及组织农民运动，使农会成为乡村中向土豪劣绅地主斗争的中心，而不能和国民政府发生冲突。

李维汉：中央定的调子，我都同意，但依湖南农民运动如今的发展趋势，不仅仅是发展农会，而应当通过农会，着手解决农民的土地问题。

陈独秀：润之，你是中央农委书记，说说你的看法。

毛泽东：我赞同维汉同志的主张，土地问题是农民问题的重中之重，实现"耕地农有"，才能保证工农群众的真正利益。

陈独秀：土地问题是很重要，就目前的形势来看，我们可以适当进行一些宣传，但不适合立刻进行实践。毕竟农民住处散漫，势力也不容易集中，文化程度又低，生活欲望也相对简单，甚至还有点保守，他们守着土地，又很容易迁徙和避难，这样的现状会让农民很难全心全意地投入到革命之中。所以目前的农民运动还是要以减租、减息，组织自由，武装自由，反抗土豪劣绅，反抗苛捐杂税为迫切要求啊。

毛泽东：以限制工农运动发展，反对解决土地问题，反对建立农民政权，以此换取革命统一战线的不破裂，行不通的！

陈独秀：我反对了吗？我刚才说的是，土地问题是重要，可以进行宣传，但不是现阶段要解决的问题。

毛泽东：您没明着说反对，可是这些决议完全就是以牺牲工农群众根本利益的无原则让步为代价的！

啪的一声，陈独秀狠狠拍了一下桌子，全场瞬间鸦雀无声。

陈独秀：你搞农民运动是搞得不错，但是人不能一头只埋在自己的世界里，你得抬起头看看全国的局势！如今重中之重是北伐，是国共合作！为了北伐，作出牺牲就是应当的。你们看看现在的湖南工农运动，有些地方实在是太过火，甚至可以说是幼稚！若是现在就要解决什么土地问题，定然会动摇北伐的军心，妨碍到了国共合作的统一战线！

毛泽东：陈书记，湖南农民运动跟北伐是相辅相成的，动摇北伐军心，妨碍国共合作，这又从何说起？！不论是北伐或是国共合作，要解决危机，我们就得从自身找原因。农民是我们可以依靠的群体，解决他们最关心的土地问题，不才是最迫切的吗？所有的问题都归结于别人，所有的寄托也都在别人身上，那我们自己又有何用？长此以往，我们的党还能不能独立存在下去都难说了！

陈独秀噌地站起来：毛泽东！你危言耸听！

毛泽东也站了起来：我这是实事求是！

两人面对面站着，气氛剑拔弩张，互不相让。现场鸦雀无声。

鲍罗廷打圆场：大家别激动，先坐下来！开会不就是讨论问题嘛，同不同意还是得举手表决！

汉口水塔下，毛泽东和瞿秋白仰望着塔。

毛泽东：这水塔算是这里最高的建筑了吧！蔚为壮观。

瞿秋白点头：是啊，据说建造时参考了《易经》，塔身借用了《易经》中的八卦形状。

毛泽东：以后定会有更高的建筑物来取代它。旧貌换新颜是历史趋势，新思想代替旧思想更是顺应潮流。

瞿秋白：润之，你知道仲甫先生的脾气，他那是气话，再加上他对地方上发生的事不甚了解，况且还要考虑共产国际的意见、指导。只是，你今天那番话确实戳到他的痛处了。

毛泽东：可他为什么就不愿面对现实呢？国共合作是为了什么？是国和共之间都得到良好的发展。可现在呢，心存侥幸，以妥协求合作，以国民党左派为寄托，这种不对等的合作关系，对于共产党的发展已经成了一种阻碍！

毛泽东望塔而叹。

瞿秋白：润之，自上海分别后，你我的每次见面都很短暂。好像不是在分别，就是在准备分别。上海的那段日子真的是一去不复返了。

毛泽东：是啊，上次在广州匆匆一别，如今在汉口，一个会议结束，我们就又要分别。

瞿秋白：欸？听维汉讲，你不是要留下来搞农讲所吗？

毛泽东：先回趟湖南开省农代会。仲甫先生不是说现在湖南的农民运动太过火、糟得很嘛，到底是糟得很还是好得很，我要带着问题亲眼去看！他不了解情况，那我就把乡间地头的情况挖出来、写出来，我端到他面前，看他认不认！

瞿秋白苦笑：耐得烦，霸得蛮，你这性子啊。也好，咬准一个问题就吃透，你每次回农村都会有大蜕变、大进步。我对你的调查，很期待！（一顿）润之，你说，农民这条路，真的能改变中国的现状吗？

毛泽东：不知道。未来的事就留给未来评判吧。我们现在要做的，就是上下求索。

天上挂着一轮清冷的弯月，匆忙的脚步行走在韶山那条熟悉的小道上，此人正是毛泽东。

韶山农会，一大圈农民座谈，毛福轩在讲话，农民们踊跃发言，毛泽东在小本上做着记录。

夜里，毛泽东在屋内的油灯下书写着。

湖南长沙泥泞的山路中，毛泽东穿着蓝布长衫，手提小型公文箱，卷起裤管，跋山涉水。农会成员组织农民一起修路、修塘坝，毛泽东一边看一边采访农民，用小本做着笔记。

夜里，毛泽东在屋内的油灯下书写着。

湖南醴陵，毛泽东行于树林之间。农家祠堂里，毛泽东看到女界联合会正在祠堂里讲课，下面老少女性济济一堂。毛泽东听着她们诉说，记着笔记。

夜里，毛泽东在屋内的油灯下书写着。

湘乡的田埂上，毛泽东一边跟几个老农民坐在田头聊着，一边做着笔记。

夜里，毛泽东在屋内的油灯下书写着。

湖南衡山，毛泽东挽起裤管，涉水渡过一条小溪。屋里墙边放着长枪、梭镖等武器。毛泽东欣慰地走到墙边，拿起长枪比画着。几个农民欣喜地将"农民自卫军"的袖标戴在自己的胳膊上。毛泽东询问他们后，做着笔记。

审判的广场上，农民乌泱泱一大片，不计其数。毛泽东列席审判大会，目睹农会成员审判地主豪绅。

夜里，毛泽东在屋内的油灯下书写着。

毛泽东：宗法封建性的土豪劣绅，不法地主阶级，是几千年专制政治的基础，帝国主义、军阀、贪官污吏的墙脚。打翻这个封建势力，乃是国民革命的真正目标。孙中山先生致力国民革命凡四十年，所要做而没有做到的事，农民在几个月内做到了。这是四十年乃至几千年未曾成就过的奇勋……你若是一个确定了革命观点的人，而且是跑到乡村里去看过一遍的，你必定觉到一种从来未有的痛快，无数万成群的奴隶——农民，在那里打翻他们的吃人的仇敌……一切革命同志须知：国民革命需要一个大的农村变动。辛亥革命没有这个变动，所以失败了。现在有了这个变动，乃是革命完成的重要因素。

1927年1月4日至2月5日，毛泽东为回答党内外对农民运动的责难，实地考察了湘潭、湘乡、衡山、醴陵、长沙五县，写下了《湖南农民运动考察报告》。

第二十一章　工人起义赢胜利，波谲云诡忙镇压

冬日黄昏，长沙望麓园毛泽东家中，杨开慧借着透进窗里的光，专心地伏案写着工作笔记。

杨开慧写着："昨日郭亮他们到望麓园看望我时说，北伐军刚进湖南时，湘区党委就动员广大农民直接参战，还组织了工人运输队帮助运输物资，并盼润之此次考察回长沙后，与农协负责人座谈。另，2月中旬召开的湖南区委会议上，润之须做报告并指导下一步工作。"

杨开慧继续写道："前几日，毛泽建同我谈起农民运动时说，妇女尤其是一个伟大的力量，不可不加注意。"

此时，向振熙牵着毛岸英，抱着毛岸青，背着装得满满的布兜回来。

向振熙着急地说：眼睛不要了？（立即点灯）自从回到长沙就没闲着，每天除了接待看望你的同志还要写材料，四处跑，比在广州还操劳！

杨开慧：我得把这些天听到的、看到的大家对农民运动的反映记下来，供润之参考。

向振熙从布兜里拿东西：我买了些薏仁米给你熬汤喝，祛祛湿气。还买了粗盐，每晚用盐水泡脚，去浮肿。

只见杨开慧一双脚肿得像馒头，鞋子都塞不下，只能像踩拖鞋般踩着鞋。

杨开慧不抬头，继续翻看手边的一沓材料：知道了。

向振熙拨弄火盆里的火：你月份大了，得爱惜自己！

毛岸英仰着头摇晃向振熙的胳膊：外婆我想吃你做的糯米粽子！

毛岸青拽向振熙的衣角：吃糖油粑粑！

向振熙：好好，外婆这就去做饭。

毛岸英和毛岸青欢乐地蹦跳着跑去玩了。

此时，有人在敲院子的大门。

向振熙：来了！

不一会儿，向振熙引着拎着水果的柳直荀、李淑一进屋。

杨开慧惊喜地说：淑一！柳直荀！（对向振熙）妈，您还记得淑一吗？福湘女中我最好的朋友，我们同个宿舍！

向振熙打量着李淑一：好久不见，都认不出了，成大姑娘了！（对杨开慧）霞妹，当初咱们从北平回长沙，多亏李肖聃叔叔的介绍，你才进了福湘女中念书！（对李淑一）淑一，你父亲可好？

李淑一：家父很好，让我代问您好呢！杨妈妈您不知道，当初霞妹跟润之大哥结了婚搬出宿舍，她呀，为了让我也有个好归宿，四处帮我张罗对象！这位就是她给我张罗来的柳大哥！

杨开慧闻言和李淑一笑闹拉扯，二人活脱脱还是学生时代的亲昵样子。柳直荀在一旁羞涩地陪着笑，大家见状，便一齐热闹地笑起来。

向振熙：你们聊，我去做饭！（转身出门去厨房）

杨开慧对柳直荀：好久不见，柳大哥，听说你当选为新成立的省政府委员，还担任了省农协的秘书长，祝贺你。

柳直荀：咱们湖南的农民运动搞得好，在全国数头名，最要感谢的是润之哥。北伐几个月来，咱们湖南已经有50多个县建立了农民协会，会员猛增至近200万人！从广州农讲所学习的50多名湖南学员回湘后，也都在各县担任农运特派员了！

杨开慧高兴地拿笔记下这些数字。

杨开慧：对了淑一，明天有空吗，陪我去一趟岳云中学。我想去了解一下北伐给老师和同学们带来的影响和变化。

李淑一：咱们前两天不是去过福湘女中了吗，你看你的脚现在还肿得这么大，等生了三伢子再去吧！

杨开慧：不行，时间不等人，我得赶在润之回来前把材料收集好呢。

柳直荀：那就由我和淑一帮你去了解情况就是了！

杨开慧摇头笑笑：润之常说有实践才有发言权。我若不亲自去，他该批评我啦！

李淑一调侃地：瞧你！嫁给润之哥不过几年光景，就变得同润之哥如此步调一致，你们啊，真真是志趣相投、同心合意的真伴侣呢！

杨开慧笑了：明天见！

李淑一：明天见！

柳直荀和李淑一起身要走，向振熙端着饭菜走了进来。

向振熙：吃了饭再走吧！

李淑一：不吃了杨妈妈，我们这就回去啦。

杨开慧趿拉着布鞋，挺着大肚子，送柳直荀和李淑一出门。杨开慧回身进屋，听到身后又响起敲门声。

杨开慧以为是李淑一回来了：是不是落下东西啦，（打开门）润之？

看见毛泽东笑意盈盈地站在门外，杨开慧兴奋又惊讶。只见毛泽东整个人又黑又瘦，肩上搭着褡裢，左右手拎着满满的两个网兜，里面全是小本子！

孩子们与毛泽东在狭小的卧室里笑着闹着，其乐融融。

毛岸英：爸爸、爸爸！跟我飞竹蜻蜓！

毛岸青：爸爸、爸爸！我要骑大马！

毛泽东玩得不亦乐乎：好，好！

三十几个本子堆在床边的桌上，还有一些在网兜里没拿出来。杨开慧一边泡脚，一边看毛泽东本子上的记录。

杨开慧：你们两个别缠着爸爸了，爸爸累了，要好好休息。

毛岸英：不！我都好多天没见着爸爸了！

毛岸青：爸爸你趴下！我还要骑大马！

毛泽东笑着对杨开慧：我不累，由着他们玩吧。

杨开慧嗔怪：还说不累。走了三十二天，回来都变成黑煤球了，瘦得像麻秆。

此时向振熙走进来。

向振熙：岸英、岸青，外婆给你们讲故事听好不好？

毛岸英和毛岸青跟着向振熙回屋了。毛泽东把毛巾往肩膀上一搭，俯身端起洗脚水出门。

毛泽东哈着热气从外面回来，打了个寒战。杨开慧这才注意到他只穿了一件薄衣。

杨开慧：也不披件棉袄！快来。

毛泽东挨着杨开慧在床上坐下，二人一起用被子裹住腿。

毛泽东：刚才你还没说完呢，李淑一和柳直荀说你变了，怎么变了？

杨开慧笑：说我变得比上学那会儿更开阔，更自信，却也更柔和，不再是那个带头剪短发的"愣头青假小子"。

毛泽东笑了，帮杨开慧揉浮肿的双腿。

毛泽东：再跟我说说你们去福湘女中的事儿。

杨开慧：同学们变化太大了。大部分同学都出嫁了，有的嫁在革命家庭，投身到大革命的洪流中；有的嫁给北伐军官，当了军官太太；有的嫁给地主阔佬，做了少奶奶。我的同班同学林贞瑶找我诉苦呢！她在校时思想上进，还参加过驱张运动，后来嫁给一位北伐军官，现在对农民运动很是看不惯。她说丈夫在外打仗，她家里却很受气，公公不得不跑到长沙来躲难。我便同她好好谈了谈。

毛泽东打了个哈欠：你怎么说的？

杨开慧：我说，这不能怪农民运动，土豪劣绅是因为压榨农民，才引起农民的不满和反抗。你和你丈夫真要革命，就该站在农民这一边。哎哟。（摸肚子）

毛泽东紧张地摸杨开慧的肚子：怎么，他又捣乱？

杨开慧：拳打脚踢的。兴许是在说，天晚啦，得让爸爸睡觉啦。

毛泽东去听杨开慧隆起的肚子。

毛泽东：欸？我怎么听到他在说，让爸爸多陪陪妈妈呢。

二人对视，温暖一笑。

杨开慧：润之，组织上让你过几天到武昌，你就放心去吧，有娘陪着我呢。

毛泽东：过几天桂根和家钧也会到武昌。我们一安顿好就给你来信，你们就过去。

杨开慧：好。

毛泽东：对了，我托桂根帮咱们找佣工，也不知找得怎么样了。

南昌行营中，小兵甲、小兵乙端着打来的饭菜蹲在一边，边吃边说。

小兵甲叹息：这饭菜一天比一天少，现在连油星儿也见不着了。

小兵乙：几个月没发饷，军费早已捉襟见肘，能有口吃的就不错了。

小兵甲：俺二舅来信说乡里搞农运，硬是逼着村里的那个地主减租、减息，还清算了他经手的公款，发现他私吞了200块大洋。

小兵乙：地主就这样听话？

小兵甲：说是有农协和农民自卫队撑腰。

小兵乙：既然农民运动搞起来了，咱们不如回去参加农协。

小兵甲想了想：先看看吧，我二舅说，有我们在前方打仗，他们的腰杆子会更硬。

蒋介石在桌前看一封信，上面有"所需军费1300万元暂不发放"的字样。蒋介石气极，把信扔到一边，闭目按太阳穴。白崇禧匆匆进来。

蒋介石指着信：看见了吗，我所需军费1300万元暂不发放！

白崇禧：总司令，这个鲍罗廷和徐谦分明是在拿军费要挟你，逼你回武汉！

蒋介石思忖着，无话。

白崇禧：总司令前几日见了日本驻九江领事，他们答应七日内复函，现已过去十天了。怎么办？还要继续等吗？

蒋介石：日本人狡猾得很。

白崇禧：那江浙财团呢？不见兔子不撒鹰。他们可是答应资助总司令的。

蒋介石：健生，等到了南京、上海，就好办了。

上海街头熙熙攘攘，军阀的士兵们在街头巡逻，墙上刷着"保境安民"的标语，贴着安民告示，写着"暴动分子即行处决"的字样，不时有路人围观。

一辆黑色的轿车从人群中疾驰而过。轿车在街弄中七拐八弯，开进了辣斐坊一座小楼的后院中。

院门关好，车一停，一个富商模样的人跟司机一同下车，几个工人打扮的人马上迎上。众人一起打开车门，将车上装的箱子、袋子抬进屋里。

箱子、袋子打开，里面竟然是长短枪支和子弹等军火！工人打扮的汪寿华抄起一杆长枪。

汪寿华检查着枪，大喜：比咱手里那几根烧火棍好使多了！恩来，哪儿弄来的？

富商摘下帽子，脱下外套，正是周恩来。

周恩来：闸北的保卫团！那些资本家做梦也想不到，他们买来欺压工人的武器，如今却被用来打击上海军阀！

赵世炎接过周恩来脱下的外套：太冒险了，现在全城都在搜捕暴动分子，你还亲自押运。

周恩来笑：兵法就是要出其不意嘛，谁能猜到，坐汽车的阔老板竟要带着工人们来造反！

汪寿华：恩来，总工会已经联络了各区工会，只要一声令下，全上海总罢工！再从罢工转为起义！

罗亦农：武器问题基本解决了，全市七个战区的工人纠察队也集结、训练完毕。

周恩来：好！还有几批绷带、药品在路上，亦农，你来负责分发调配。

罗亦农：没问题。

周恩来：寿华，工会你最熟，起义当天各战区之间的联络调度就交给你了。

汪寿华：明白。

周恩来：闸北是敌人的防守重地，到时我亲自指挥。世炎，南市区就交给你了。

赵世炎点点头：起义时间定了吗？

周恩来：前两次起义失败，都是因为时机不对。（走到地图前）北伐军正逼近上海，我们可以跟他们来个里应外合。只要他们拿下苏州或松江，我们就发动起义！仲甫先生已经批准了！

众人目光灼灼。

1927年3月21日中午，上海租界行人如织，一条苏州河隔开了华洋两界。

一名报童正在叫卖：号外！号外！北伐军攻陷松江进驻龙华！

呜——一声汽笛不可思议地悠长，吞没了叫卖声。报童停下步子，疑惑地朝河上看去。路人们也纷纷止住脚步。大家都伸长脖子张望着。

汽笛声消失了，一片静谧。海关大楼上的时钟，秒针嗒、嗒、嗒地缓步走着，时针爬到了12点整。机械钟座传来的威斯敏斯特报时曲，让迷惑的众人宽下心来。报童没发现什么异常，继续叫卖：号外！号外……

霎时间，整个黄浦江上的轮船和全上海的工厂，齐刷刷拉响汽笛，低沉绵长的嘶吼让大地都在震颤。报童被吓呆了。他还没反应过来，啪！啪啪！零星的枪声响起！哒哒！哒哒哒！枪声越发浓密，间或还有爆炸声。

轰！手榴弹的爆炸把几个军阀守军炸飞，商务印书馆的外围阵地被突破了。守军纷纷撤回楼内。起义军的勇士们杀声四起，奋不顾身地越过沙袋，向大楼发起冲锋。不料，楼上几个窗口伸出的机枪喷出了火舌，一大片工人倒在血泊中，起义军这波攻势被打退了。

罗亦农组织的护卫队冒着枪林弹雨将受伤的工人抬回阵地包扎。汪寿华看了看中枪呻吟的同志，皱起了眉头。

汪寿华掏出两把手枪：组织敢死队！跟我冲！

罗亦农：别蛮干！

汪寿华：伤亡太惨重，拖下去对我们很不利！必须一举拿下！

两人正在争执，四周枪声大作，子弹绵密。

汪寿华疑惑：欸？咱们哪儿弄来的机枪？

楼中的敌军听到枪声显然有些慌乱，有几个敌军想从正门突围，刚探出头，就被射中。汪寿华顺着弹道看去，发现商务印书馆四周的楼上，已经布了枪手，还架起了一个高音喇叭。

罗亦农：一定是恩来到了。

高音喇叭声响起。

周恩来：鲁军弟兄们！闸北警察署、湖州会馆已被我们攻陷！你们现在就是一支孤军！为军阀卖命是没有好下场的，快点放下武器吧！我们保证既往不咎！

楼里没有动静。窗口一名敌军军官想射击喇叭，被子弹撂倒，摔了下来。

周恩来：我们已经同北伐军会合，现在不投降，等待着你们的将是北伐军的重炮！

楼里安静了一会儿，伸出了一面白旗。

商务印书馆内，一串鞭炮被扔到空空的铁桶里，发出劈里啪啦的声音。汪寿华、罗亦农哈哈大笑，汪寿华狠狠拍了拍周恩来的肩膀。

汪寿华：真有你的！

周恩来：上兵伐谋，攻心为上。咱们工人是为自我解放，所以舍生忘死。

几名工人正押着军阀兵的俘虏离去，周恩来指了指。

周恩来：而他们，不过是为了当兵吃粮，犯不着替军阀送命。

罗亦农、汪寿华纷纷点头。几名工人正在清理，还有人在布电话线、挂上上海地图，这里俨然已经是一副临时指挥所的模样。周恩来走到地图前。

周恩来：闸北二十多个敌军据点已经攻下大半，世炎他们也已拿下南市区，（手指一点）现在就剩北火车站这块硬骨头了。

罗亦农：北站易守难攻，守军有两千之众，还装备了马克沁、迫击炮和铁甲车，不好打呀。

汪寿华：放心，恩来不是说了吗，北伐军的重炮就要到了，大炮开兮轰他们！

周恩来却一脸肃穆：昨晚到现在，已经向北伐军司令部派出三四拨交通员请求支援，白崇禧始终按兵不动。

罗亦农怒，一掌拍在墙上：上海工人每分每秒都在流血牺牲，他们就忍心隔岸观火？

周恩来：不管他们了，北站拿不下来，铁路就在他们手里！（思索片刻）北站周围民房密集，敌人有炮。亦农，你组织灭火队、医疗队，随时准备扑火救护。

罗亦农：是！

周恩来：寿华，你将缴获的全部军火输往北站前线，再去趟铁路工会！

汪寿华：明白！

周恩来：只能靠自己了！六点之前，拿下北站，光复全上海！

长江中，毛泽东和夏明翰正在畅游。

都府堤41号，这是一幢武汉常见的灰瓦平房，外面有一道灰色的围墙，里面有两个天井，天井两侧排列着十来间小房。毛泽东一家住在靠左边的三间房子里，前面一间夫妇俩住，当中一间是书房，向振熙、孙嫂带着两个孩子住后面那间。

毛泽东和夏明翰的头发湿漉漉的，两人边进屋边说话。

毛泽东：桂根，我都好久没有这么畅快地游过泳了。

话音刚落，杨开慧就拿着毛巾，递给夏明翰。

杨开慧：桂根，把头发擦干，别着凉！（又将另一条毛巾递给毛泽东）你自己想游泳就算了，天这么冷还拖人家桂根陪你游，像什么话嘛。

毛泽东笑着：水凉心热嘛。

夏明翰嘿嘿一乐：开慧姐，不怪先生，是我自己想去的。

几人其乐融融。

夏明翰：听说恩来他们拿下上海了！两千多武装警察、三千多军阀部队，完全靠工人的力量打败了他们！还有溃兵坐了火车想逃，跑了半道，铁路都让工人们给扒了！

杨开慧笑：干得真漂亮！不过，仗都让工人们打了，北伐军在干吗？

毛泽东：蒋中正、白崇禧的兵一直窝在城外，等上海光复了才进城接收。他们打一开始，就只想摘桃子。

夏明翰：可耻！

向振熙带着毛岸英和毛岸青进来，孩子们在桌前坐好。

向振熙：饭来咯！大家边吃边聊！

郑家钧和孙嫂也端着饭菜来了。郑家钧一头齐耳短发，文静且秀气。几人纷纷落座，只有孙嫂退在一旁站着。

杨开慧：孙嫂你也坐，一起吃！

孙嫂不安地：太太使不得！我是佣工，是下人，怎么能跟主人一同吃饭！

杨开慧：没有什么主人下人，你既然来了我家，我们就是一家人，你我是姐妹一样，平等的！（去拉孙嫂）

孙嫂局促不安，终于怯怯地坐下了。

夏明翰：杨妈妈，您没来武昌之前，我们只能吃清水面，现在好了，终于能吃上家乡菜了！（尝了一口）这鱼真好吃！（为郑家钧挑鱼刺）夫人也吃！

郑家钧脸红，又夹回去：你吃。

夏明翰推让：你吃。

杨开慧：新婚燕尔，柔情蜜意，（对毛泽东）看他们这样好，我的心里像吃了蜜一样甜呢！

毛泽东：桂根啊，你成家的时候我不在长沙，听说叔翁他们送给你的新婚贺礼是一副对联？这次搬到武昌带来了没有？得贴到你屋门上去啊。

夏明翰：我们行李不多，那副对联就留在长沙了。

毛泽东：那我就再给你写一副，当补个贺礼！（文思如泉涌）"世间唯有家钧好，天下谁比明翰强"，怎么样？

大家纷纷拍手叫好：好！／谢谢先生！

夏明翰感慨：咱们都府堤41号真正的大喜事，是先生的大作完稿。这篇《湖南农民运动考察报告》我可是反反复复读了不下十次。先生，您用双脚走出来的这些道理，应该让更多人知晓，并用它去指导各地的农运工作。

杨开慧笑着：润之为写这篇文章，妻儿老小顾不得不说，连吃饭睡觉也顾不得。

毛泽东握住杨开慧的手：霞妹誊抄也流了不少汗水啊！

夏明翰思索着：得想想向哪家刊物投稿了。

毛泽东想了想：湖南的《战士》，或中央的《向导》？

夏明翰：《向导》好！《向导》的影响力最大！

武昌中央办公室内，瞿秋白正在仔细翻看刚发行的《向导》。

瞿秋白有些着急：述之，你这最新一期的《向导》怎么不继续刊发润之的调查报告了呢？还有三分之二没刊发呢！

毛泽东和彭述之在一旁坐着，彭述之沉默不语。

瞿秋白：述之，我问你话呢！

彭述之尴尬地笑笑：我说了不算。

瞿秋白似乎有些明白了：你是《向导》的主编，你说了不算谁说了算？

张国焘缓缓开口：润之的文章我也读了，里面有些措辞……实在不宜发表。

瞿秋白：措辞？用你们的话来说，是"太过火"了，还是又"越轨"了？润之自1月亲自到湖南农村考察，他一步一步丈量土地，做了32天的实地考察，写出了一篇针对性极强、极其具有说服力的考察报告，最终却因为自己人觉得"不宜"而没法全篇发表，这说不过去吧？

张国焘：秋白兄，润之文中提出的某些观点，例如说如今的农民运动"好得很"，而不是"糟得很"，你认为这是实际情况吗？

瞿秋白：你认为不是吗？

张国焘：退一步讲，即便这份报告反映了农村部分实情，可咱们中国革命将来还是要采取苏联"以工人为主力军的中心城市暴动模式"，现在把农民运动搞得这么"过火"，对中国革命大局也是不利的！

瞿秋白：大局？四万万中国人口有三万万九千万是农民，他们要的是土地和政权，倘若连我们都无法为这大多数的中国人谋利益，还谈什么大局，谈什么革命！

彭述之打断：都别吵了！实话跟你们说吧，是上面有人不让我继续发润之的文章！

瞿秋白：上面？又是老头子吧？

张国焘纠正：那是陈总书记。

瞿秋白：为了迁就国民党，他竟然宁愿放弃农民这个最重要的同盟军，使共产党和工人阶级处于孤立无援的地位，是不是太可笑了？

毛泽东欲辩无言，起身走了。

落日余晖铺洒在武昌都府堤41号院中，金灿灿的。一只竹蜻蜓在空中旋转，毛岸英高兴地仰着头跟着竹蜻蜓跑。

孙嫂笑着：岸英，再背一遍"三不许"好不好？

毛岸英蹦跳着，口中念念有词：第一不许调皮，第二不许惹爸爸生气，第三不许哭。

毛岸英用手使劲儿搓竹蜻蜓，此时可以看到他的手心有一道深深的紫黑色伤口，伤口撕裂得有些狰狞，上面简单涂抹了一层药膏。

竹蜻蜓嗖地飞到空中，又自空中掉落，一只大手已将竹蜻蜓捡起递了过来。毛岸英抬头，迎上毛泽东笑意盈盈的脸。

毛泽东好奇地：岸英，刚才你背的是什么？

毛岸英："三不许"，妈妈定的规矩呀。

毛泽东疑惑。

孙嫂迎过来：润之先生回来了。

毛泽东：嗯。（不经意看到毛岸英受伤的手）岸英，你的手怎么回事？

毛岸英立即把右手往身后藏。毛泽东一把拽过毛岸英的手，看到伤口，心疼不已。

毛泽东：这口子怎么这么深！孙嫂，这怎么弄的？

孙嫂支支吾吾：开慧她……不让跟您说。

毛泽东一下急了：说！到底怎么回事。

孙嫂：您别着急！就是前两天岸英帮开慧裁纸，那裁纸刀又尖利得很，就……

毛泽东顿时火冒三丈，起身就走！

房间门紧闭着。杨开慧正在桌前誊抄文件，旁边放着整齐裁开的空白纸张，还有一把锋利的裁纸刀。

毛泽东推门而入：岸英手受伤了，为什么不告诉我？

杨开慧语气和缓地：男孩子嘛，那点小伤算不得什么，不用大惊小怪的啊。你今天这是怎么了啊，是不是工作上遇到不顺心的事啦？

毛泽东：刚刚我听岸英在念"三不许"，那是什么？你定的规矩？

杨开慧：岸英是长子，我是得教他些规矩。

毛泽东：他才几岁，你就"不许调皮""不许哭"啊？你之前一直说我对伢子们太严格，我反思自己，也在努力改正。怎么现在反倒是你对他们苛责？

杨开慧：苛责？润之，平时都是谁在带孩子？我们又为什么要请孙嫂来家里帮忙？真正带孩子不是花半个时辰跟他们玩一玩就可以的。你不在我们身边的时候，我除了要管家里的事，要照顾岸英、岸青，我也有一堆工作要做！如果不对他们严格要求，不立规矩，家里会乱成什么样？假若他们顽劣，不听我的话，假若只有你这个做父亲的才能管得住他们，你还有精力搞工作吗？

杨开慧：不许调皮，是因为调皮可能会影响爸爸的工作；不许惹爸爸生气，是那样有可能令爸爸分心；不许随便哭闹，是要做独立思考的真正男子汉。这有什么问题，你指出来。

房门忽然被毛岸英推开，毛岸英急匆匆地跑进来摇晃着杨开慧。

毛岸英向杨开慧求助：妈妈，我的竹蜻蜓又飞到房上面去了！

杨开慧闻言扶着肚子要起身，稀松平常地说：妈妈去够。

毛泽东连忙按住杨开慧：我去吧！（牵起毛岸英的手）走，爸爸给你去够竹蜻蜓！

桌前的杨开慧又低头誊抄文件了。

院中传来毛泽东的声音：平日里妈妈都是怎么把竹蜻蜓够下来的呀？（不可置信的语气）是用这个大梯子上房顶吗？……

一轮弯月，缀在无垠的深蓝色夜空，毛泽东和杨开慧倚靠在床头。

毛泽东：我总说没有调查就没有发言权，今天却是我自己犯了这样的错。我最近忙，顾不得家里，你还事事考虑我的感受……是我不好。

杨开慧无话，也并不看他。

毛泽东：霞妹？

杨开慧依旧不作声。

毛泽东蹭蹭杨开慧的胳膊：霞妹！

杨开慧：说。

毛泽东：咱们结婚有——七年了吧？

杨开慧：废话。

毛泽东：七年，你带着孩子跟我迁居了四次，半年韶山，半年上海，一年广州，如今又辗转到武汉，还牵累着妈，一直也没个安定。

杨开慧依然严肃：说这些干吗？

毛泽东：携眷革命，这哪是什么美名，身在其中才知道是什么滋味。

杨开慧这才转过身来，表情严肃郑重：毛润之，你要记着，你不是"携眷"革命，是我，要同你去共一个命运。

毛泽东心中涌动着感动，握住杨开慧的手，杨开慧没有再拒绝。

杨开慧靠在毛泽东的肩上。毛泽东小心翼翼地为她掖了掖被子，免得漏风。

少顷，杨开慧轻叹：警予姐同我说了她与和森分开的事……这世间总有些伴侣会同他们一样，起初情比金坚，走着走着心生芥蒂，便莫名疏远了。

毛泽东认真地看着杨开慧：但有些，会同我们一样。

杨开慧仰头看毛泽东：同我们一样？

毛泽东：嗯。

杨开慧认真地询问：什么样？

毛泽东：霞妹，我的命运，也是同你的连在一起的——我们，共一个命运。

杨开慧终于展颜，温温柔柔地笑了，毛泽东亲吻杨开慧的头发。

杨开慧：和森回来你见着了吗？

毛泽东：约了明天。

两人的说话声渐低。

毛泽东走到蔡和森的住处楼下，里面隐约传来人声。毛泽东走到蔡和森房间门口，便听到房间内传来朗读的声音。

蔡和森的声音："很短的时间内，将有几万万农民从中国中部、南部和北部各省起来，其势如暴风骤雨，迅猛异常，无论什么大的力量都将压抑不住。他们将冲决一切束缚他们的罗网，朝着解放的路上迅跑。一切帝国主义、军阀、贪官污吏、土豪劣绅，都将被他们葬入坟墓。"

毛泽东听见，一时愣在原地。

书房内，坐得满满当当。瞿秋白、刘少奇等人都在。蔡和森在激情澎湃地朗读着《湖南农民运动考察报告》中的篇章。屋子里乱糟糟的。

蔡和森："孙中山先生致力国民革命凡四十年，所要做而没有做到的事，农民在几个月内做到了。这是四十年乃至几千年未曾成就过的奇勋。这是好得很。完全没有什么'糟'，完全不是什么'糟得很'。"

瞿秋白：自古以来，何曾有人用这样诗一般的语言礼赞过农民！没有，从来没有！只有润之这样写了，也这样做了！

毛泽东感动万分，推门而入！

蔡和森热烈地迎上去：润之，好久不见！你这篇雄文读得我热泪盈眶！

毛泽东有些沮丧：和森，你刚回来，不晓得近况。现在党内有人依然看不起农民运动，若要改变他们的看法，路漫漫，道阻且长。

刘少奇：润之这篇文章是要留给时间发酵的，它必将成为指导农民运动的经典。

瞿秋白：润之，我已连夜给你的文章写了序！我认为我们所有的革命者，在不远的未来，都理应好好地读一读你的雄文，才能切实地为三万万九千万的农民做些真正有益于农民的事！

毛泽东苦笑：秋白，文章发不了，你的序要白白浪费了。等我忙过这阵子，再找找其他刊物吧。

瞿秋白：不找了！等不了了！我们刚刚一起商量过了，《向导》不给发，别的刊物也不给发，索性我们就不给刊物投稿了，直接印成小册子、单行本！还有名字，我建议改为《湖南农民革命（一）》，以后你再写了其他地方的农民运动调查报告，就用《湖南农民革命（二）》《湖南农民革命（三）》《湖南农民革命（四）》为名，继续发行单行本！

刘少奇：这样一来，人人都能传阅，人人都读上好多遍！

蔡和森：不必再看他人脸色，不必受制于人！

面对众人的灼灼目光，毛泽东所有的委屈、不甘及感动全部涌出来，如鲠在喉。

瞿秋白将序言塞进毛泽东手中：润之，你有我们，这些你的真同志，我们彼此支持着往前走，我们就是彼此的向导！

刘少奇：对，我们就是彼此的向导！

毛泽东向众人深深鞠躬！

上海街道上，十几个北伐军人在各处贴着"和平奋斗救中国"的标语，几名路人在围观，罗亦农、汪寿华从旁边经过。

汪寿华：北伐军口号不是"打倒帝国主义"吗？改了？

罗亦农：蒋中正一到上海，就被法租界的人接走了。打倒帝国主义？我看他讨好还来不及呢！

上海东路军前敌总指挥部外，一辆插着英国国旗的轿车前，蒋介石正在送一名英国领事上车。汽车远去，蒋介石一脸春风得意地目送着。

蒋介石回到房间在桌前坐定，对面坐着的一位长者（虞洽卿）微微欠身。

蒋介石按按手：虞老，多有怠慢！（亲自给虞洽卿添茶）当年我在股市连连亏损，多亏了虞老慷慨解囊。虞老，请。

虞洽卿：介石老弟雄才，几年不见，你已今非昔比了。此次北伐军克复上海，竟未费一枪一弹，足见你腹中兵甲。

蒋介石：虞老说笑了。

虞洽卿呷了一口茶，不语。

蒋介石：虞老今日到访，不单单是道贺吧。

虞洽卿：既是老交情，我也不绕弯子。我是代表上海商业联合会而来。

蒋介石：上海商业联合会？

虞洽卿：哦，这个联合会，是上海县商会、闸北商会、银行公会、钱业公会等许多团体一起成立的，就是为了应对工人暴动，随时准备商量对策用的。

蒋介石：工人暴动屡屡发生，我有耳闻。前几日周恩来策动的第三次工人暴动，占领了上海华界，不是还宣称"并不是简单地欢迎北伐军，而是与北伐军合作，铲除军阀余孽，取得民众政府，建立民选的市政府"嘛。

虞洽卿：看着工人暴动屡次成功，特别是工人纠察队日渐壮大，我们感到十分恐惧，应该说是"恐共"，恐惧共产！害怕劳工势力占支配地位以后，自己的产业会被没收啊！工潮不息，纷扰无已，工人手中一有枪械，闻者寒心！现在上海是你的地盘，还请老弟务必收回共产党工人纠察队的枪械，以维治安啊。

此话正中蒋介石下怀，他又给虞洽卿添茶。

蒋介石：北伐至今，我军中财政颇为艰难，恐心有余而力不足。

虞洽卿顺势接话：老弟大可放心，你若答应与商会携手，我们定给予足够的财政支持。（比了个"3"的手势）明日即可送到你军中，算是见面礼。

蒋介石试探地说：三十万？

虞洽卿：三百万！

蒋介石脸上似有笑，似无笑。

蒋介石：国民痛苦，火热水深。总理遗命，介石深铭，不敢有一日之懈息！若要完成国共合作之伟业，共产党乃是我不变的坚实盟友。虞老现在让我"清共"，可是陷老弟于不仁不义之境地了！

虞洽卿：虞某不揣冒昧，自民国十五年3月20日中山舰事件之后，共产党的阴谋已日渐暴露，北伐军到了武汉，中央某些机关和某些人受了共产党的分化或者受到了劫持，把武汉同你对立起来，你的权力也恐被篡夺。若不"清共"，他们总有一天会清了你，国民革命军没了你，便不能很好地继续北伐，国民革命便不能完成，总理遗志，恐要落空。

虞洽卿见蒋介石不语，继续相劝。

虞洽卿：再者，两湖、广东一带的农民运动也如上海之工人运动般迅猛异常，你若不早日清党、早日镇压，其他各地的农民都起来效尤，你的军队难免人心涣散，局面就无法维持了！你军费巨大，我上海商会的钱也终有用尽的一天！

虞洽卿的话说到蒋介石心坎里了。但蒋介石依旧不准备给明确答复。

蒋介石佯装一脸愁苦：此事重大，容我研虑。

虞洽卿起身告辞。

少顷，白崇禧走进来。

白崇禧不解：总司令，三百万不是小数目，足以支撑东路军两个半月！

蒋介石闻言看着白崇禧笑了。他这一笑，令白崇禧更加困惑。

蒋介石：健生，你往日的圆通睿达去哪儿了？宽心！这三百万一分都不会少，未来，他只会给我们更多！

白崇禧登时明白了，这才眉眼舒展。

蒋介石气定神闲地坐定：尽快确定同英美等国领事会面的时间。

白崇禧：总司令，时间已经定好了。今晚七点同美国领事会面，明日上午十点同意大利领事会面。另外，青帮的黄金荣、杜月笙邀您两天后赴宴洽谈。

蒋介石点头，野心勃勃地说：与武汉分裂，与赤党分手，已是不可避免。眼下，英美等国愿同我接洽，帮会也有意配合。就算将来武汉政府要对我采取措施，也断不会对我产生任何约束。如此一来，财团的资助我才收得更稳妥！备车，去美国领事馆！

中央农民运动讲习所院中，有几个学员在地上铺开的红纸上写着毛笔字，有"农""开""学""典""礼""所"等，一派正在筹备开学典礼的气氛。

一间办公室内，毛泽东、恽代英对坐着，二人正各自埋在堆成小山的材料、书本中工作着。

毛泽东：现在学员也进来一些了，等各县的学员都到齐，我们再举办开学典礼。

恽代英：好。

毛泽东：这次中央农讲所的学员多达800多人，来自湖南、湖北、江西等17个省。与往届不同的是，这期学员大多是些组织过农民运动的、有过农运经验的。因此，我专门为这一期学员编写了几本新的讲义。（递给恽代英）

恽代英接过，念出题目：《农民问题》《中国佃农生活举例》。

毛泽东：中国佃农比世界上任何国家的佃农都苦，而许多佃农被迫离开土地，就是他们一部分人变成兵匪游民的真正原因……

恽代英翻看着讲义，不住点头。

恽代英：为本期学员增添这几门课程，尤其是讲农民与兵匪游民的关系，确实恰当。润之，你如此因材施教地训练他们对农民问题的深切认识和详细研究，以及正确解决农民问题的方法，锻炼他们农运的决心，这次，定能培养出更多的、能领导农村革命的人才来。

院门口，出现了蒋先云和夏明翰的身影。

毛泽东看到，快步走到院中迎接：湘耘！

蒋先云激动地说：先生！

毛泽东高兴道：什么时候到的武昌？

蒋先云：我年初在南昌接到恩来同志的密信，说蒋介石已走向反共，要我来武昌与大家一同工作，我便来了。

夏明翰：先生，湘耘现已是中共湖北省委军委委员、武装部长和湖北省总工会工人纠察总队队长啦！

蒋先云：湘耘定竭力而为！先生，我计划扩大纠察队伍，从各渠道获得更多武器，并按军队编制训练纠察队。

毛泽东：好啊，湘耘，好好干！

夏明翰：对了湘耘，这一期的中央农讲所先生也准备增加农民自卫、乡村自治等课程，课外理论研究侧重讨论武装问题。我们还计划每日进行四小时的军事训练，到时候还要请你来授课。

蒋先云：好，我一定来。

师徒三人边走边说。

毛泽东：如今蒋介石有了沪宁杭的新地盘，他的心态，必将发生变化。我们的党，理应有所准备，未雨绸缪。

蒋先云：是啊，短短两个月，长江以南地区已经完全被北伐军攻下。北伐军口号也由"打倒帝国主义"改为"和平奋斗救中国"，蒋介石还口口声声说是因为"上海是外人聚居之区，为避免冲突，引起外交纠纷"才改的。

毛泽东：不得不说，取消反帝口号，这是一种极其危险的信号！

上海街头，报童挥舞着报纸在人群中穿行叫卖。

报童：蒋总司令登上美国《时代》周刊封面！快来买，快来看！

此时张国焘坐在一辆黄包车里，与报童擦肩而过。街边，报刊小摊上摆满了以蒋介石为封面的《时代》周刊。只见封面上的蒋介石眉头紧锁，一副威严的军人派头。照片下配以文字"Rose out of the Sun-set"（在孙陨落之后升起）。

张国焘对车夫：停车！

张国焘走下黄包车，对小摊摊主。

张国焘：给我来一本！

陈独秀办公室内，张国焘把杂志扔到桌上，罗亦农抓起来看了看封面。

罗亦农：蒋介石已公开表示"决不用武力改变租界的现状"了。（扬起杂志）仲甫先生，看看吧，现在他已经毫不掩饰跟帝国主义的勾结了！

陈独秀低头沉思不语。

赵世炎接过杂志：眼下上海工人领导的市民政府已经被他叫停了，他还授意白崇禧，要收缴上海工人纠察队的武器。

罗亦农：上海是我党带着工人们搞了三次起义才光复的！他们凭什么缴我们的枪！仲甫先生，之前蒋介石在江西就查封工会，还造成了流血事件，这次只会变本加厉，等到他们动手就晚了！

陈独秀依然没有说话。罗亦农见状，看了一眼赵世炎。

赵世炎回忆：仲甫先生，虽然纠察队不到三千人，可一旦情况紧急，我们可以动员万人以上。蒋介石驻防上海的二十六军是孙传芳的降兵，战斗力并不强。如果我们下决心反击，是有把握成功的。

张国焘：可上次我们给共产国际去函要求与蒋介石正面斗争，他们直接否了，说恩来领导的上海工人起义很成功，北伐军也拿下了整片长江中下游，眼下革命形势一片大好，不能破坏。还强调国民党才是革命领导者，蒋介石更是军界领袖，不得罪他，全国统一才有希望。

罗亦农：但共产国际真的看到了蒋介石的野心吗？照这么下去，国民革命危在旦夕，我党危在旦夕！

所有人看向陈独秀。

陈独秀：我们要斗争，就算在上海可以搏一把，如果得不到共产国际支持，最后依然会失败，我们还成了破坏大局的罪人。但完全放弃反击，我们就是坐以待毙。

陈独秀狠狠地把手中烟头在《时代》周刊封面蒋介石的画像上按灭。

陈独秀：世炎、亦农，继续跟白崇禧交涉，绝不能被他们缴械，这是底线。

赵世炎：如果他们要采取强硬措施，我们怎么办？

陈独秀思索中。一名工作人员拿着电报进来。

工作人员：总书记，莫斯科又来电了。

陈独秀接过电文，面无表情地看完了，什么也没说，只是把电文扔到桌上。罗亦农、赵世炎、张国焘等人凑过去，拾起电报看。

赵世炎："不要交出武器，万不得已，将武器藏起来""不准在现在举行要求归还租界的总罢工或起义""务必千方百计避免与上海国民军及其长官发生冲突"。这……

罗亦农气得抓起电报揉成一团扔到地上：连续两封电报，不仅不支持我们，还釜底抽薪，彻底缚住我们反击的手脚。干脆跪下来求蒋介石开恩算了！

张国焘看向陈独秀：仲甫先生，我们现在怎么办？

陈独秀长叹一口气：目前看来，只有一个办法了。

众人看向陈独秀。

陈独秀：斯大林在莫斯科亲自接见了汪精卫，有意让他牵制蒋介石。我们也只能利用汪蒋矛盾，扶汪抗蒋，来摆脱危机。这样也算不违背莫斯科的态度。

张国焘：他倒是个坚定的左派，在国民党和军中也有影响。可他现在回国了吗？

陈独秀：昨天刚到的上海。述之，即刻联系汪精卫那边的人，来一个国共两党最高负责人的会谈，再发表一份宣言，以表明两党的态度。

彭述之：明白。

春意盎然的早晨，武昌医院附近的街道，黄包车来来往往，小吃摊热热闹闹，一派烟火气。毛泽东和夏明翰正在医院门口边等待边聊天儿。

夏明翰：也就是在武汉方面废除蒋介石北伐军总司令职务那天，汪精卫在上海也搞了一个大动作，与陈总书记发表了《国共两党领袖联合宣言——告两党同志书》，只字不提蒋介石的反动言行，反而说"国民党领袖将驱逐共产党，将压迫工会与工人纠察队"都是谣言，还说，"上海军事当局，表示服从中央"。这哪里是在约束蒋介石？反而会弄巧成拙。

毛泽东点头认可：是啊，这是变相地在为蒋介石打掩护。我们党真的还不成熟呀。对手已经箭在弦上，还辟谣，到底是要迷惑谁？连郭沫若都写下了《请看今日之蒋介石》，把蒋介石的面目点透了，还说他蒋介石会服从中央？！

夏明翰：两党联合声明一发，那些本来反对蒋介石、更反对共产党的国民党右派，一看到汪精卫竟如此鲜明地支持联共政策，定会一股脑儿地倒向蒋介石，这无疑会助长蒋介石的野心。

毛泽东赞赏地看着夏明翰：桂根，你真是令我刮目相看了。

夏明翰不好意思地笑了笑。

毛泽东：我还有个担心，在蒋介石排共行为如此明显之时，仲甫先生却发表了这种带有退让意味的声明，我担心这会令他在我们党内的威信降低，引起一些人的抵触。

毛泽东低下头轻轻叹气。此时，夏明翰不经意瞥见医院门内，远远地走出三个女人，分别是包着头巾、行动迟缓的杨开慧，拎着大包小包的孙嫂，以及抱着婴儿（毛岸龙）的向振熙。夏明翰的面前，是来来往往的进出医院的人群。

夏明翰有些不确定：先生，出来了，出来了！

毛泽东看见，激动地招手：霞妹我在这儿！

只见毛泽东竟拉起一辆黄包车，向着杨开慧的方向跑去……杨开慧此时也看到了正向自己奔来的毛泽东，她诧异、感动，无比幸福地笑了！

武昌都府堤 41 号，小小的卧室挤满了人，其乐融融。杨开慧有些虚弱地靠在床上，郑家钧、夏明翰逗着婴儿车里的毛岸龙。岸英、岸青围在婴儿车边。

毛岸英、毛岸青欢乐地拍着手蹦跳着：弟弟回来咯！／我要看弟弟！

夏明翰：小岸龙，笑一个！（故意地）小毛毛，叫桂根叔叔！

郑家钧：刚出生三天，哪儿会叫人呀！（对毛岸龙轻声）小毛毛，你怎么这么可爱呀，我看看你长得像谁？

向振熙：我看呀，眉眼像爸爸，鼻子嘴巴像妈妈！

孙嫂端了一盆热水进来，要给杨开慧擦身，毛泽东见状，立即接过水盆。

毛泽东：孙嫂，我来吧。

孙嫂：我来吧。

杨开慧嗔怪：孙嫂，你就让润之来吧，岸龙出生三天他才露面，得让他多做点事呢。

孙嫂：好，好。那我去给开慧煮糖水。

毛泽东小心翼翼地为杨开慧擦胳膊。郑家钧见状，戳了戳夏明翰，示意夏明翰离开。夏明翰懵里懵懂，被郑家钧拽走。

向振熙：走，跟外婆玩竹蜻蜓去。

向振熙牵着岸英、岸青离开。

杨开慧故意：农讲所的事，还顺利不？

毛泽东认真：顺利，很顺利！说来真巧，岸龙就是在农讲所开学典礼的当天出生的！四月四号，真是个顶好的好日子啊！

一脸兴奋的毛泽东发觉有点不对，笑容凝固了，留意着杨开慧的表情。

杨开慧（佯装生气）：孩子生了三个，哪一次指望得上你了？

毛泽东有些不好意思，凑到她耳边，说了句什么，杨开慧嗔笑着轻打了他一下。

第二十二章　国共阵营终背离，决裂挥师伺北伐

上海东路军前敌总指挥部内，蒋介石和张静江两人临窗而望，王世和站在两人身后。

张静江面带忧思：介石老弟，武汉下了训令，要你离开上海，你预备如何应对？

蒋介石：这训令正合我意。上海如今已是旋涡中心，我离开这儿不是正好能将自己撇开？过两日我便去南京，在那儿等候佳音。

张静江：现下，上海不仅有汪寿华领导的工人纠察队，更有一众欢迎赤党的群众，关于"清共"一计，是否必操胜券，我依旧有些担心。特别是军中，冥顽不灵之徒亦有之，邓演达不就拒绝了你的邀约吗？还说什么"与一切老朽昏庸和官僚政客划清界限"。

蒋介石不语。

张静江：介石老弟，此举若败，恐万劫不复矣。

蒋介石：放心，我已经和李宗仁、白崇禧、李济深这些手握重兵的人谈好了。我与武汉方面已然毁冠裂裳，他们却不对我动手，是为何？还不是因为我蒋中正有军队！军队靠谁来养活？还不是全凭英美财团、浙商财团的资助？

此时，桌上的电话响了，王世和赶忙跑过去接起。

王世和捂住听筒，小声对蒋介石：总司令，是孙夫人。

蒋介石示意王世和将听筒搁在桌边。只见他悠悠走向电话，拿起听筒，未言一句，直接挂断！

武汉宋庆龄住处客厅内，孙科、谭延闿、谭平山、徐谦、邓演达、林祖涵站在宋庆龄身后，谭妈站在宋庆龄身侧。

宋庆龄听着电话中的忙音，愣了一会儿，缓缓将电话听筒放下。

宋庆龄忧虑地看着众人：看来，蒋介石要彻底违背总理的初衷了！（稍顿，对谭妈）谭妈，帮我把香烟取来吧。

谭妈很快将一个漂亮的烟盒取来放在宋庆龄面前。宋庆龄从烟盒中拣出一支，谭妈划亮火柴为宋庆龄点烟。

孙科、谭延闿等人是第一次见此情此景，脸上难免掠过一丝不易被人察觉的震惊。

宋庆龄深深吸了一口烟，能看出她的吸烟动作并不娴熟，甚至被呛得轻咳。透过丝丝缭绕的白烟，分明能看到她紧蹙的眉间有极深的忧虑。

孙科：我们曾于前几日拟定了一个逮捕蒋介石的密令，只可惜在执行中，程潜认为此行为是在分裂国民党，有愧于总理，行动就只能作罢；几日前的会议，我又提出给蒋介石下一道训令，让他即刻离开上海；同时还废除总司令，改为了集团军。就不知道这些政令能起多少作用了。

武昌都府堤41号，毛泽东与蔡和森、瞿秋白、蒋先云坐在院中讨论局势。

瞿秋白拿起《中央日报》指着文章《请看今日之蒋介石》。

瞿秋白：有人已经站上了革命潮头，你们看鼎堂的这篇《请看今日之蒋介石》，它揭露了蒋介石背叛革命、背叛工农的真面目，历数蒋介石的反革命罪行，这振聋发聩的呼声，定能敲响蒋介石的丧钟。

蒋先云：郭沫若同志以笔代戈写了讨蒋檄文，但文章终究不是决胜的关键。

毛泽东无奈：檄文又有何用？武汉国民政府不也给他下了训令吗，伤了他一根毛发没有？别忘了，他手里有枪！

蔡和森：况且这枪口不定何时就会指向我们！

毛泽东走到窗前，推开窗：从辛酉到丁卯，六年了，这怕是我党最危急的时候！

瞿秋白：我同意润之的判断，我也有此忧虑。南方的蒋介石蠢蠢欲动，却没人奈何得了他，北京的张作霖也不消停，在大范围抓捕共产党人。北方的同志现今的处境，定是异常艰难！

清晨的北京东交民巷，薄雾隐隐。

原苏联驻中国大使馆兵营外突然一阵喧哗，整个兵营被北洋政府京师警察厅的便衣警察及荷枪实弹的宪兵围得水泄不通。十几个军警抱在一起狠狠地撞击大门，兵营内的工作人员全力顶住大门。门庭内外，双方焦灼抗衡……

军警们再次猛烈地攻击大门，门内终于无法抵挡，门被强行撞开。军警们横冲直撞，闯进使馆内。

工作人员见未能拦住军警，旋即鸣枪警告。

工作人员（苏联人）对军警（俄语）：你们已经进入苏联使馆区，请即刻撤出！

工作人员（中国人）对军警：你们不能进！这是苏联大使馆兵营！

军警们纷纷踹门而入。

兵营北楼的一间僻静房间，房门被猛地踹开，几个军警将枪口对准屋里站着的人，那人回头，正是李大钊！

军警：李大钊！煽动学生、工人，预谋暴动，你被捕了！

1927年4月6日，李大钊同志在北京被捕入狱。

初春的南京，乍暖还凉。屋里，洁白的扇面上，有人正写着"大道之行"。"行"字收笔，写字的人抬头，正是身着长衫的蒋介石。蒋介石见手上满是墨迹，便在盆里洗手。身侧，一身中山装的曾扩情却未察觉，喜不自胜地拿起扇面。

曾扩情：校长，这可是总理当年为校长亲题的赠言，我何德何能，受之有愧！

此时王世和敲门进来：总司令，人到齐了。

客厅的窗开着，窗外隐约可见阴云密布下的毓秀钟山。餐桌前，蒋介石与张静江、何应钦、李宗仁等围坐在桌边，曾扩情领着仆人一道接一道地上菜，随后跟仆人离去。

蒋介石举杯：芳菲四月天……郁郁葱葱、云蒸霞蔚，古都气象！静江兄、敬之兄、德邻兄，三军将士用命，军政相得益彰，各地捷报频传，今日略备薄筵，我以茶代酒，敬各位，以贺前方将士浴血之功。

何应钦与李宗仁对视一眼，心照不宣。

何应钦：总司令指挥有方。

李宗仁：日后一统大计，就全仰仗总司令了。

众人饮尽。

蒋介石：请。

李宗仁举起筷子正要夹菜，这才发现，桌上绿油油一片，全是素菜，面露诧异。

李宗仁：介石兄的待客之道颇为别致嘛，当我等兄弟都是吃素的？

蒋介石笑：德邻兄，革命尚未成功，不宜铺张，今日中正有意请各位吃斋。

何应钦：看来总司令颇有深意啊。

张静江：吃斋好啊。阳春三四月光景，最宜踏青采薇。你看这豌豆头、马兰头、菊花脑……入乡随俗嘛，我听说南京人春天就爱吃这"七头一脑"！

李宗仁立刻夹了一筷子：好啊，咱们也沾沾这"金陵王气"！

蒋介石察觉手上有墨迹污点，用手巾擦着，怎么擦也擦不掉。

上海开明书店，两个工作人员正在忙碌，毛泽民翻着日历以做记录。

毛泽民问：今天几号了？

书店工作人员甲：12号，杨老板。

毛泽民翻过日历，4月10日、4月11日，停在了"4月12日"。

毛泽民身着西装皮鞋、梳着背头，一张通宵熬夜的枯黄面容，双眼布满血丝，一绺头发散乱地垂在眉间。他手中是单独印制的一篇《请看今日之蒋介石》，他把它快速折叠，藏进每一本书中，又利落地把一摞书打捆。

两名工作人员把印有这篇文章的报纸整齐垒放在书店进门处的显眼位置，同时聊着天儿。

工作人员甲：阿拉今早去买菜，小萝卜都涨到三毛钱一斤了！

工作人员乙：这日子还不如北伐军进来前好呢，钱都不值钱咯。（神秘地）侬晓得吧，昨晚出事了。

这时毛泽民也来到二人身边。

毛泽民警觉地说：昨晚怎么了？

工作人员乙：我听说昨晚工人纠察队起内讧，打死人啦，后来有人去调停，把纠察队的枪都收走了！纠察队不高兴了，怕是要带着工人闹游行！

工作人员乙话音未落，只听"砰！砰砰！"店外大街上响起扫射声。枪声绵延，震耳欲聋。

毛泽民立即冲到窗边，他看到窗外如蚁的人潮正黑压压地仓惶跑过，有人举着横幅，有人惊慌失措，有人夺路而逃，有人嘶哑地惊吼着倒地。身后是穷凶极恶的持枪暴徒……

毛泽民那颗忐忑不安的心越跳越快，他三步并作两步，冲出书店。

宝山路上，群众高喊：打倒新军阀！打倒新军阀！

毛泽民看到了不远处触目惊心的场景：游行的群众被从四面八方涌出的军人扫射，有人被击中，倒地时仍然血流汩汩；有人中枪躺在地上哀号；还有人，血已染红了衣裳，却依旧举着地上的"打倒新军阀"横幅艰难地爬起来，挺直身板往前行。

一名扮作工人的流氓不知从哪里冲出来，举刀追着一群众乱砍，被砍群众痛不欲生，撕心裂肺地号叫着。

接着，又一名扮作工人的流氓向一群众挥刀，竟是向着脖颈狠狠砍下去，人头顷刻间落地……血溅当场。

毛泽民呆立着，不由得大惊失色，满眼猩红……

上海毛泽民住处，木门吱的一声打开，划破死寂。

钱希均看到站在门外的毛泽民，立即将他拉进屋里，焦急万分：泽民！你怎么现在才回来！

毛泽民惊魂未定：刚刚在宝山路……军人开枪了，打死了好多人！希均，上海要变天了！

钱希均：昨夜有同志来通知我，说是纠察队的汪寿华同志牺牲了，周恩来同志也下落不明！

毛泽民一惊：看来，这是一场有预谋的屠杀！是一场专门针对工人纠察队、针对共产党的屠杀！

这时，响起三下急促的叩门声，这是内部的接头暗号。

毛泽民快步去开门，一个小伙子（联络员老黄）站在门口。

联络员：泽民、希均，反动势力开始捕杀共产党了，组织上让你们即刻转移！快收拾东西跟我走！

毛泽民迅速做了决定，一把将钱希均拽到联络员眼前。

毛泽民：请把希均同志先转移出去！我会想办法同你们会合。

钱希均：你不走我也不走，我要同你在一起！

联络员相劝：泽民同志，现在情势危急，你留在上海会有危险！

毛泽民：我还有两万块钱在印刷厂，必须取回来！断不能让组织的钱落于他人之手。

联络员见状，知晓毛泽民心意已决。

联络员：泽民，那你保重！

钱希均与联络员走出门，又依依不舍地回头。

钱希均眼中噙泪：泽民！一定要当心！

上海宝山路尸横遍野，鲜血浸染了街道。零星的枪声响起，几个军人正在朝地上的尸体补枪。淡漠的风，凌厉地穿梭着。乌云一个劲儿地向下压，一时间，天暗了，地暗了。这可怕的昏暗像贪婪的野兽，妄图将整个世界吞噬……

1927年4月12日，在蒋介石的指挥下，国民党右派军队在上海发动反革命政变，捕杀共产党人和革命群众，仅三天时间，就有300多人被杀，500多人被捕，5000多人失踪。

武汉中共中央会议室内，陈独秀、毛泽东等人围在会议桌边，却良久沉默不语。

瞿秋白沉痛：痛心疾首！死伤、失踪者不计其数！汪寿华同志牺牲，周恩来同志刚刚被解救出来！不只是上海，还有重庆、宁波、福州、厦门、南京、广西、云南……全国各地都相继以"清党"为名，大规模搜杀共产党员和革命群众。单广东一地，被杀害的就有2000余人！

陈独秀歇斯底里：惨绝人寰，惨绝人寰！军阀和帝国主义都没有如此凶残地对待过我们！这次对我们革命群众举起枪的，竟然是我们自己的国民革命军！

彭述之：蒋逆背叛的何止是共产党，更背叛了大众和国民革命。汪精卫已经表态，他会为上海的工友复仇，杀了他们来还工友们的命。武汉国民党中央监察委员会也做出了要处分蒋介石、开除其党籍的决议，国民政府定会将其撤职查办，不再由他任性妄为。

蔡和森：撤销蒋介石的职务、开除他的党籍就能从根本上解决问题吗？就能洗干净他手上的血吗？那是我们同志的鲜血。那是活生生的人。国共合作的初衷早就不复存在，对国民党右派一次又一次地让步，就是导致如今局面的最大原因。现在我们却只寄希望于汪精卫，有胜算吗？

陈独秀：别忘了，汪精卫也是有军队的，唐生智和张发奎的部队是跟着他的，还有大量左派也站他一边。不靠他，还能靠谁？

瞿秋白站了起来：仲甫先生，多年来，共产国际总想让我们借助某个有实力又有某种"进步"表现的军队实力派来干革命，我们扶持过陈炯明，争取过吴佩孚，联合过冯玉祥，结果是什么？是陈炯明的叛乱，是"二七"惨案，是蒋、冯的联手！现在我们又寄希望于汪精卫……

蔡和森：难道汪精卫就没有可能成为下一个蒋介石吗？总书记！这样靠别人，唯独不扩大我们自己的实力，究竟是为什么？结果会如何，难道还不明显吗？

说到此处，陈独秀无言以对，因为他回答不了"万一汪再叛变，共产党当如何"。

所有人都沉默了，陈独秀环顾四周，发现毛泽东一直盯着自己。

陈独秀：润之。

毛泽东：我们的革命，最终还是要靠自己。

毛泽东面前的茶杯倾倒了，茶水顺着桌沿流下，一滴，又一滴……

大悲无声！

武昌都府堤41号毛泽东卧室内，书桌上座钟的指针沉默地指向了凌晨三点，毛泽东仍呆立在窗前，那背影单薄又落寞，一本《呐喊》反扣在桌上。

毛岸龙在一边的婴儿床上睡着了。杨开慧下床，轻轻地走上前去，为他披衣。

毛泽东：霞妹，泽民有多久没来信了？

杨开慧劝慰：别瞎想，泽民行事谨慎，会平安的。

又是一阵无言，静默。

杨开慧心疼不已：润之，别想了，早些休息吧！

毛泽东哀恸地说：一间漆黑的铁屋，没有窗，万难破毁，里面有少数的清醒者，更多是熟睡的人，你说，该不该叫喊？

杨开慧沉默了一会儿，看着毛泽东的背影。

杨开慧：希望在于将来。鲁迅先生也赞成，只要有几个人起来，就不能说没有毁坏这铁屋的希望。

毛泽东回身，握着杨开慧的手，久久伫立，百感交集。

武汉宋庆龄住处，宋庆龄沉默地吸烟，谭妈站在她身侧听候吩咐。

汪精卫将一份文件递给宋庆龄：孙夫人。这是关于惩治蒋中正的决议。您过目。

宋庆龄阅后，点头表示认可：我同意，可在明日会议上宣布。

汪精卫：是。

宋庆龄：另外，兆铭，我想同大家联合刊发一则《讨蒋通电》，他的恶行，理应令世人皆知！

宋庆龄手中的烟将燃尽，她将烟灭了，再也无话。

1927年4月18日，南京，办公室内，蒋介石看见报纸上印着的"开除蒋介石党籍，免去其本兼各职，撤职查办"等字，不屑地将报纸扔进废纸篓。

王世和敲门进来：报告总司令，人到齐了。

蒋介石理了理军装，傲睨自若地走出门去。

南京国民政府外，张静江、胡汉民等人站在一处空地，一排椅子整齐排开，不远处架着照相机。

胡汉民上前，作揖：介石兄，恭喜啊！

蒋介石春光满面：展堂兄！前排落座！

张静江也走来了：人逢喜事精神爽，介石老弟今日气色尤佳！

蒋介石：静江兄快坐，请！

蒋介石和胡汉民两人互相推让了一番，坐在了第一排椅子上。张静江等人也相继入座，其他一些穿着军装的人在后面列成几队站好。所有人都看向照相机。

摄影师：大家看这里！

砰的一声，白烟袅绕，画面定格。

张静江：介石老弟，这才短短几日，世道却已是翻天覆地了。今日你将国民政府定都在南京，可谓于青云之上，与天平齐！

蒋介石春风得意：中正只是运气好，赌赢了罢了。

张静江：世间事，与证券市场无异，无非都是赌一把，投机一把。你是能将危机转为良机之人。

蒋介石：静江兄，良机也有可能转为危机，不可不谨慎行事。眼下，我将国民政府定都南京，武汉方面必将对我有所行动。

张静江：宁汉业已对立，你军权在手，何须畏惧？

蒋介石：怎可不畏惧。（视线环扫四周）你看，南京国民政府军人居多，勇有余而谋有欠；而如今的武汉遍地能人志士，他们以笔为戈，那笔可是能杀人诛心啊。

张静江：介石老弟一向深谋远虑，我想，你心中已有对策！

只见蒋介石冲王世和一招手。王世和呈上文件。

王世和：总司令。

文件上"秘字第一号令"几个字赫然入目。

蒋介石对张静江：这将是南京国民政府成立后，我发出的第一份密令。这名单上的193个人，一个都不能留！

1927年4月18日，蒋介石组成与武汉国民政府对立的南京国民政府。此后，以蒋介石为代表的南京国民政府，以汪精卫为代表的武汉国民政府，以及以张作霖为代表的北洋政府，形成三足鼎立之势。

武昌大街上，报童：看报看报！孙夫人联合国民党左派和共产党人声讨蒋介石，发表《讨蒋通电》！

这时，人群中有人喊了一声：大家快去阅马场！

众人一股脑儿地朝着同一个地方涌去。

阅马场周围几公里都被围得水泄不通，无数市民从四面八方前来，他们中有工人、农民，也有老人、妇女和儿童。

台上拉着一条横幅，上面写着：讨蒋大会。

无数身着戎装的军人站在前列，他们是昔日的黄埔学生，正专注地看着台上的蒋先云。

蒋先云：蒋介石狼子野心昭然若揭！他在南京成立国民政府，公然对抗武汉国民政府，悍然发动反革命政变，如今已是不折不扣的新军阀！他屠杀民众、甘心反动、罪恶昭彰！武汉国民政府已开除他的党籍、免去他的职务、按反革命罪惩治！他就是国家之败类，民众之蟊贼！打倒蒋介石！

众人满腔义愤：打倒蒋介石！打倒蒋介石！

众人的怒气和士气高涨起来。

蒋先云掷地有声，高呼：昔日校长，今日校贼！蒋贼不除，世无宁日！

众人：蒋贼不除，世无宁日！

蒋介石看着报纸上关于蒋先云主持"讨蒋大会"的新闻。少顷，他打开抽屉，拿出一张照片——他与蒋先云的一张合影。蒋介石看着照片，表情深奥莫测，良久后一把拉开抽屉，恨恨地将照片扔了回去。

武汉，云迷雾锁。众人在会议室开会。

陈独秀：蒋介石的种种卑劣行径均属他个人所为。国共合作的大业断不能因为一个蒋介石就停止前进之步伐，我们应与武汉国民政府继续合作。

蔡和森：我再次提醒各位，对于汪精卫，我们当有所警惕。

瞿秋白：汪精卫此人精于算计，前些日子陈总书记与他联合发表的《国共两党领袖联合宣言——告两党同志书》，在一定程度上麻痹了我们自己人，使得同志们对局势做出了错误判断。蒋介石趁势而入，才杀了我们一个措手不及！

此时张国焘走进办公室，径直走到毛泽东面前，将一份报纸递给毛泽东。

张国焘：你的好学生，你的真同志。

毛泽东看到一张放大的蒋介石和蒋先云合照，赫然印在报纸的头版上。

毛泽东：国焘同志，蒋先云是黄埔军校的毕业生，跟黄埔军校的校长有合照，不足为奇。

张国焘：蒋先云为蒋介石鞍前马后，这二人，可是过命之交。

毛泽东：彼时湘耘为他下属，二人同在北伐战场，即便鞍前马后，亦不足为奇。且湘耘刚刚主持了讨蒋大会，蒋介石便刊发二人合影，分明是在离间。

张国焘：蒋先云是中共湖北省委军委委员、武装部长，又是湖北省总工会工人纠察总队队长，我作为中共湖北区委书记，他是我的下属，我必须保证他信仰坚定。

毛泽东：他的信仰就是这辈子只当共产党员，我可替他担保！若蒋先云叛党，我毛泽东愿承担所有后果！

张国焘又拿出一封信摆在桌上。

张国焘：这封信是蒋介石发给蒋先云的，谨慎起见，被我截下来了。蒋介石在信中可是热忱希望蒋先云能够回到他身边，（一字一顿地）"共襄盛举"啊！

毛泽东拍案而起：现今局势如此严峻，我们党内同志更应当齐心同力团结对外。可你却对自己的同志心存猜忌。这样做，会寒了同志们的心！

陈独秀：润之，你先别激动，组织是信任湘耘同志的。但国焘作为湖北区委书记，这也是他职责所在嘛。

毛泽东叹了口气，终于和盘托出：您有所不知，张国焘同志早在北伐之始就毫无依据地怀疑过蒋先云同志的革命信仰，直到湘耘此次调任武昌，这种臆测也不曾停止！

众人闻言愕然。陈独秀看向张国焘。

毛泽东：对于这种莫须有的怀疑，蒋先云同志却从未有一句辩言，他只想用行动证明他信仰的坚定！带领湖北工人纠察队发展壮大的是谁？成立黄埔学生反蒋委员会的是谁？在阅马场喊出"昔日校长，今日校贼"的又是谁？这些，难道还不够吗？！

众人不语，长时间地沉默。

张国焘：总之这事，我调查清楚之前，暂停蒋先云同志的所有职务！

毛泽东听完，愤而离席！

蒋先云在门外空地上支起的炉边煎药，不时用扇子扇火。炉边已经堆满了药渣。李祇欣从门口探出头，此时的她憔悴、枯瘦，乏力地倚在门边，深情地看着蒋先云。蒋先云若有所思，并没察觉。

李祇欣上前牵起蒋先云的手，神秘地说：湘耘，我带你看样东西。

蒋先云跟着李祇欣来到厨房，只见灶台边有一碗热气腾腾的清水面。

李祇欣：湘耘，25岁，生辰快乐。

蒋先云不解地：生辰？还没到呢。

李祇欣笑了，眼中却有泪花：我怕我看不到你25岁的样子了。湘耘，认识你这么久，我们还从未一起过个生辰。人都说生辰要吃长寿面，吃了，就能长命百岁，这就是我对你的祝愿！

蒋先云立即明白了什么，低下头。不一会儿，他忍住眼泪，端起面大口大口吃起来。

李祗欣：最近这些日子你受了大委屈，我的心，同你一样难过，只恨不能为你做得更多。你知道吗，你在家陪我的这些天，是我此生以来最好的日子。

蒋先云心中五味杂陈，更多的是对李祗欣的愧疚，他紧紧地握住李祗欣冰凉的手。

李祗欣：我病了，我唯愿这病根永不除，这是我小小的贪心。（满眼心疼地看着蒋先云）你这双温暖的手变得冰凉的时候，你那颗坚强的心受到伤害的时候，我便能轻轻地抓住你、抱住你。（猛咳起来）湘耘，再抱抱我好吗？就像我们成婚时那样。

蒋先云将李祗欣横抱起来，将她娇小的身子紧紧地圈在怀里，却什么也不说，只是沉默地抱着她。

李祗欣将一张两人的合影轻轻地塞进蒋先云胸前的口袋。

李祗欣虚弱地：湘耘。我想牢牢地印在你心里，有回忆在，思念就俱在，你的挚诚和刚直，便不会被世事消磨……如果真的有下辈子，我还要再遇着你，我们还要相偎着，仰对繁星。

蒋先云心中难掩巨恸。他感到她温热的气息抚过自己的颈间，他轻轻地低头，在她额头上印下一个浅浅的吻。二人相视，暖暖地笑着，沉默着……李祗欣的手，在这沉默中轻轻地垂落……

泪水模糊了蒋先云的双眼，他分明感觉到了一场清晰的诀别。

蔚蓝的晴空下，树上有鸟的空巢。屋外那棵香樟树，挺拔却孤独。风吹过，一片绿叶摇曳着，自树上飘落。

竹筏缓缓行在江中，毛泽东在前，夏明翰在后，师徒两人动作一致地划桨。蒋先云坐在筏子中间，低着头，一言不发。

毛泽东把桨停了：桂根，歇会儿，让这筏子先漂着吧。

夏明翰：好！

夏明翰放下船桨，看看蒋先云的背影，又看看前方的江水。

夏明翰：湘耘，你看，前面就是赫赫有名的鹦鹉洲了。

蒋先云抬头看向前方，眼前并没有鹦鹉洲，只有一望无际的江水。

蒋先云：晴川历历汉阳树，芳草萋萋鹦鹉洲。曾经的盛景，却被江水无情地淹没。（顿了顿）先生、桂根，不知何时才能再与你们一同泛舟江上，我，要回到战场去了。

蒋先云此言一出，毛泽东和夏明翰都有些诧异。

夏明翰：湘耘！你无须用这种方式来证明自己！先生之前也遇到过质疑，也同样处于两难境地……

蒋先云摆手打断夏明翰：我不是润之先生，隐忍和克制非我所长；我更不是一时冲动，不是因为祇欣的离世而想逃离。北方的旧军阀、南方的新军阀仍在肆虐，为革命再披戎装，才是我应有的归宿！

毛泽东：好样的，湘耘！

夏明翰：先生，那我今天也一并跟您说了吧！组织也批准了我的申请，这是我思考了许久的结果！

蒋先云诧异：桂根，你要弃笔从戎？

夏明翰：是上海的血案警醒了我。匍匐书案，无以谈革命，更无以救吾国！我要上战场，我要拿起真正的枪！

蒋先云：我们兄弟俩一起上阵杀敌！

毛泽东感慨地再次拿起船桨：来，一起划桨！

武昌都府堤41号夏明翰房间内，桌上放着一盘饺子、几碟小咸菜，郑家钧托着腮坐在饭桌前，看着里屋夏明翰的背影有些不解。

郑家钧：饭都要凉啦！

夏明翰背对着：马上就好！

郑家钧娇嗔：等得我都饿啦，你再不来，我就吃光啦。

片刻，夏明翰从里屋走出来，看见桌上的饺子，一喜。

夏明翰：饺子？我去请先生和开慧姐来一起吃！

郑家钧：我早就煮好送去了。开慧姐刚生完三伢子，需卧床静养。

夏明翰笑着：还是你办事妥帖。（将一个布兜递到郑家钧面前）给你的。

郑家钧诧异接过：给我的？

郑家钧打开布兜，从里面拿出一颗红珠，忍不住扑哧一声笑出来。

夏明翰期待地：喜欢吗？

郑家钧欢喜地看着红珠：从前我拉你上街，这些东西你看都不看一眼，今天是怎么啦？

夏明翰推了推眼镜：布兜里有一封信。

郑家钧又翻布兜，果然看到里面还有一封信。

郑家钧大声念出来：我赠红珠如赠心，但愿君心似我心。

夏明翰害羞了：念出来做什么。

郑家钧：平日不喜罗曼蒂克的桂根，今天怎么又是红珠又是诗的？

夏明翰拿起筷子，想了想又放下。

夏明翰：家钧，往后我们聚少离多，你想我的时候就把这颗珠子拿出来，见它如见我。还有，要好生照顾自己，知道吗？

郑家钧闻言低下头，鼻子忽然酸了。

夏明翰：湘耘说，他后悔从未给祗欣送过礼物，留过念想。谁承想明明说好要白首偕老的人，人生还未过半，就先离去了。同为革命者，和湘耘相比，我是幸运的，我有你，还有后来人……

郑家钧敲桌子：呸呸呸，快摸摸木头。不许说这些不吉利的话！（将夏明翰的手按在桌上）快呀。

夏明翰乖乖地摸了摸木头，扶了扶眼镜，憨憨地笑了。

郑家钧含泪笑了：你就放心吧，真是个书呆子！

夏明翰：你如何让我放心？

郑家钧忍住哽咽：我郑家钧起誓！夏明翰走后，（轻抚肚子）我同你的后来人，会好好地守着这个家，好好地等夏明翰回家！

夏明翰爱惜地摸了摸郑家钧的头，二人紧紧地拥抱在一起。

武汉汪精卫住处内，汪精卫和陈璧君分坐餐桌前，两人面前各有一份肥瘦相间的牛排。陈璧君手法娴熟，吃得津津有味。汪精卫愁眉不展，正在跟手里那块牛排战斗，死活切不断那条油边，切得盘子咯吱作响。陈璧君皱眉看向他。饶是如此，汪精卫有些气急败坏地按响桌上的铃。

女仆慌慌张张跑来。

汪精卫：易妈！说了多少次了，不要煎那么老！

女仆：可夫人说你胃不好，不宜生冷。

汪精卫看向陈璧君，陈璧君不动声色地让女仆下去，伸手将汪精卫面前的牛排端了过来。

陈璧君：不是要去讨伐蒋中正吗？连块肉都对付不了，怎么打南京？

汪精卫愤愤地摘下餐巾，扔到桌上：南京，怕是打不成了！张作霖横插一杠！他已派张学良、韩麟春带着奉军精锐，往武汉打过来了！

陈璧君一边听汪精卫说，一边静静地切着牛排。

汪精卫：本来南京就两个师，我们可以直捣黄龙，这下好了，只能先应付奉军！

陈璧君将盘子往面前一推，只见刚才汪精卫切不动的牛排已经被陈璧君分得整整齐齐。

陈璧君：别急着顺纹切边，你得逆纹下刀（插起一块肥瘦相间的给汪精卫），一刀下去，有肥有瘦。

汪精卫若有所思。

陈璧君：共产党一鼓噪，你就觉得蒋中正是这油边，恨不得割席断义。然而，张作霖眼里，肥的、瘦的，可都是国民党。蒋中正固然可恶，但他反共不反汪，你又何必替共产党出头？两边树敌不说，还坐实了分裂本党的骂名。

汪精卫沉吟：看来张作霖这横插一杠，反倒给宁汉和解送了个台阶。合兵讨奉，才该是本党当前的大义名分。夫人高见哪！

汪精卫正想叉牛排，陈璧君却自顾自吃上了。

陈璧君：易妈！再给先生煎块热的！

列车即将开赴河南前线，从站台看去，陆续有战士登上列车。此时，团长蒋先云率领77团全团指战员，高唱着《北伐战歌》，从远处走来。

军人们高唱：打倒列强！打倒列强！除军阀！除军阀！

军人们满怀着为革命而效死的决心，依次登车。一身戎装的夏明翰与毛泽东站在站台上，看着蒋先云将战士们送上车的背影。不一会儿，蒋先云向毛泽东和夏明翰走来。

蒋先云：眼下奉军和吴佩孚的残余部队联手进犯武汉，我们必须先北伐了。桂根，我们来个约定，北伐胜利后我们再一起讨蒋！

夏明翰：一言为定！

蒋先云：先生，只管等着我们的好消息！

毛泽东感慨地：我平生不喜送人走，只喜欢有人来。湘耘、桂根，我今天破例为你们送行，只因为你们是我最欣赏的年轻人。我毛润之要谢谢你们二人，一文一武，一柔一刚，欲游山河十万里，伴吾共蹉跎。此去一别山高水远,待良辰来日,我们再一起划竹筏,登祝融!

此时,汽笛声响起了。

蒋先云立定,一个军礼:国民革命军第11军26师77团党代表兼团长,蒋先云,拜别先生!

夏明翰双脚一碰,敬军礼:国民革命军总司令部政治部宣传部部长夏明翰,即刻随军开赴河南前线,拜别先生!

毛泽东如鲠在喉,只是点头。

蒋先云、夏明翰分别跃上了不同车厢。

火车缓慢移动起来,蒋先云迎风站在车门边,满怀信心地笑着,渐渐看着毛泽东的身影远了。夏明翰则打开窗,扶了扶眼镜,用力地向毛泽东挥手。

夏明翰:先生!珍重!

毛泽东:战场凶险,多保重!来日再会!

孤零零的站台,只剩毛泽东一人。

风起了。这风声,分不清是在欢呼,还是在呜啼。

这风,竟惹得毛泽东眼眶一阵温热……

第二十三章 危难之中救革命，运动先驱勇献身

上海内河码头，毛泽民背着一个大包袱，与钱希均在简易码头的角落里焦急地等待着，不时紧张地察看四周有无军警。

远处，一艘乌篷小船，船夫从舱里探出头，举着船上的油灯画了个圈。钱希均指给毛泽民看，毛泽民划亮了一根火柴。船夫会意，将油灯收好，船悄悄划了过来。

船靠边，船夫放下踏板，毛泽民和钱希均上船。

船夫：现在就走吗？

毛泽民：等等。印刷器材还没送来。

毛泽民掏出怀表看了看，皱起眉。

钱希均：老黄说好了八点的，都过一个钟头了。会不会出事了？

毛泽民没有回答，他解下包袱递给钱希均。

毛泽民低声：不等他了，我自己去取！（把怀表塞到钱希均手里）十二点，如果我还没回来，你就不要等了，立刻走，直接去武汉！

钱希均忙拉着毛泽民，满脸惊讶：说好了一起走的！

毛泽民：机器必须带上，汉口的工作还得用。

钱希均：这都什么时候了，敌人到处都在抓人、杀人。

毛泽民：顾不了那么多了，组织的东西不能丢在我手上。

钱希均不放手：我跟你一起去。

毛泽民攥住钱希均的手，用力地握了两下，强拉开：按我说的做。（安慰）放心，不会有事的。

毛泽民毅然离开了船舱。钱希均望着毛泽民的背影，目光中满是担忧和不舍。

一扇窄门被推开，一个人影悄悄溜了出来，贴着墙根走到巷口，此人正是老黄。远处响起啪啪两声枪响，狗叫声此起彼伏，一队便衣从街道跑过，老黄忙退回小巷。

寂静的黑夜中，急促的脚步声异常刺耳。老黄缩在角落里，神情紧张。

便衣终于跑远，老黄松了口气，抹去额头的汗水，朝巷道深处走去。不

料一名便衣早候在那儿,狞笑着用枪指着老黄,准备扣动扳机。千钧一发之际,一根大棒砸到便衣头上——正是毛泽民。

毛泽民:老黄!

钱希均心神不宁,焦急地望着岸上。远处隐隐传来枪声,钱希均终于按捺不住,起身就要往外走。

船夫:同志你去哪?

钱希均:我不能在这里干等,我要去找他!

船夫:杨同志交代了,你只能在这个交通站等。再过两分钟,我们就走。

突然,钱希均竟然踩着踏板,向岸上跑去。

船夫压低着声音:同志,你回来!

钱希均理也不理,径直往前跑着。

顺着船夫的目光,只见钱希均冲向的竟然是远处的毛泽民!原来是毛泽民回来了。

钱希均喜出望外,忍不住拥抱了一下毛泽民。

钱希均:你可回来了!

毛泽民:上船说。

两人上船,船夫在夜色中划动小船。

钱希均:怎么样?

毛泽民:老黄在交接过程中暴露了,他托一个合作过的生意人帮忙,把印刷设备运往武汉。人已经转移了。

钱希均:兵荒马乱的,一路上我们怎么回去啊?

毛泽民望着幽暗的河水:你说得对,不仅是我们的身份,随身还带着这么多组织的钱,得想个万全的办法。

南京蒋介石办公室外,王世和拿着一封信,快步穿过走廊,来到门前敲门。

蒋介石:进来!

王世和见陈布雷也在,欲言又止。

蒋介石:布雷先生即将上任中央党部秘书处书记长,不是外人,尽管说。

王世和:宋家大姐的回信。

蒋介石拿过信，拆开看着：大姐终于同意了，两日后跟三妹见面。只是，她们不愿意来南京。

陈布雷：总司令坐镇南京，召宋女士来见，有高高在上摆架子之意；若总司令去上海见宋女士，又有低三下四之嫌。不如就在镇江见，如何？

蒋介石：镇江？

陈布雷：镇江介于上海、南京之间，按路程计算，总司令主动往上海走了100里，而美龄小姐则往南京追了200里。

蒋介石：就按先生说的办！

武昌都府堤41号院内，毛岸英带着毛岸青在天井中踢毽子，毛岸龙躺在用木头做的婴儿车里，咿咿呀呀地看着两个哥哥玩闹，孙嫂正在哄他睡觉。

毛泽东坐在窗边，低头写着一份方案。杨开慧整理着书桌，看到封皮写着"广泛地重新分配土地"。

杨开慧：这就是最近你和彭湃、方志敏他们在讨论的方案？

毛泽东：五大就要召开了，不管仲甫先生怎么反对，我都是一定要提的！从政治上讲，现在我们国民革命的中心问题，就是农民的土地问题。

杨开慧望着毛泽东憔悴的面容，心疼地：你也别太着急了。这次和森、秋白都支持你，方案一定会通过的。

毛泽东还未回答，外面传来毛岸青惊喜的声音。

毛岸青：叔叔！

毛岸英开心报信：爸爸妈妈，叔叔回来了！

毛泽东大喜过望，转身就冲了出去，椅子都被带翻在地。

毛泽东：泽民从上海回来了？

杨开慧也是满脸惊喜，忙跟在后面。

毛泽东、杨开慧从房间里冲出来，站在天井的是毛泽覃，他满脸都是笑容，正和妻子周文楠蹲着，给毛岸英、毛岸青发糖吃。

毛泽覃：岸英、岸青，还记得我吗？

毛岸英：当然记得，小叔叔！

毛岸青跟着学：小叔叔！

周文楠小腹微微隆起：那我呢？

毛岸英：你是姊姊。

毛泽覃摸了摸岸英的脑袋，又掐了一下岸青的小脸。孙嫂坐在门口，将毛岸龙抱了起来，走到毛泽覃面前。

毛泽东看到是毛泽覃，愣了一下，不过很快就笑了。他和杨开慧站在门口，含笑看着毛泽覃、周文楠跟孩子亲昵。

毛泽覃接过孩子，惊喜道：岸龙！叔叔还没见过呢！

周文楠：让我也看看！

杨开慧：泽覃！文楠！回来了？

毛泽覃、周文楠忙将毛岸龙递给孙嫂，迎上前。

毛泽覃：三哥！嫂子！

毛泽东点点头：一路上都还顺利吧？

毛泽覃：三哥你不用担心，很顺利。

杨开慧拉着周文楠的手：几个月了？

周文楠：五个月了。

杨开慧：接下来身子会越来越重，要多注意休息。

周文楠：知道了嫂子，泽覃照顾我照顾得挺好的。

毛泽覃没看到毛泽民：四哥呢？

毛泽东：泽民还没到。

毛泽覃顿时急了：我从广州回来，先坐船到的上海，我都到了，他就在上海，怎么还没到？不会是出事了吧？

毛泽东：泽民做事谨慎，应该不会。再等等吧。

这时，门外出现一对衣衫褴褛、蓬头垢面的乞丐夫妇，向门里张望。

毛泽覃一惊：我去看看，别是探子。

毛泽覃上前丢了几个铜钱在女乞丐的碗里，就要关门。没想到男乞丐的手却抵在门上。

毛泽民：泽覃！

毛泽覃这才认出是毛泽民：四哥？三哥！是四哥回来了！

毛泽东快步走过来，定睛一看。

毛泽东又惊又喜：泽民！真的是你！

毛泽覃差点儿流眼泪：四哥！刚才还念叨你呢，你可回来了啊！

只见毛泽民两人脸上又脏又黑，衣服也是破破烂烂的，显然一路上吃了不少苦。

毛泽民紧紧抱着一个包袱，钱希均背着一个包，和街头的乞丐一模一样。

毛泽东：泽民，你怎么变成这样了？

毛泽民：能从上海逃出来，就算是捡了一条命了。

杨开慧：这位是？

毛泽民：钱希均同志，之前在信上提到过的。

钱希均：三哥！三嫂！

毛泽东点点头：你们是在生死线上培养出的真感情，是真正的真同志，不容易！

毛泽覃调皮：该叫四嫂了吧？

钱希均不好意思，杨开慧和周文楠上前拉着她，很热情。

毛泽民捶了下毛泽覃的胸口：壮实多了！现在在哪工作？

毛泽覃：在第四军黄琪翔部当上尉书记官。四哥你呢？

毛泽民：还是干出版发行的老本行，组织上准备让我配合董必武同志、沈雁冰同志，把《汉口民国日报》抓起来，宣传好我们党的革命方针。

毛泽东看着两个弟弟在革命事业上都有了自己的成绩，很是欣慰。

毛泽东：泽民、泽覃，走，进去聊吧！

毛泽民、钱希均围坐在桌旁大口吃着面条。掉在桌上的，毛泽民直接用手捡起来塞进嘴里，直到吃完，才将面碗放下。

毛泽覃看着：四哥这是多久没吃东西了？先垫垫。嫂子和文楠正在做，一会儿还有菜！

孙嫂抱着毛岸龙，看着毛岸英、毛岸青在院子里跑来跑去地玩耍，杨开慧和周文楠一起在厨房里做菜，不时端一个菜上来。

毛泽东：泽民，你怎么想起来当乞丐了？

毛泽民抹了把嘴，拿起包袱放到毛泽东的面前：一路上都是哨卡，乱世，土匪强盗又多，不扮成乞丐，这些东西就带不回来了。

毛泽东解开包袱，不禁愣住了，脏兮兮的包袱里，竟然装着满满一包大洋，还有一本账簿。

钱希均：都是泽民想的法子，总没有人抢劫要饭的吧？

毛泽覃：四哥，亏你想得出来！

毛泽民：三哥，这是我们出版发行部收回来的款子，账簿上一笔一笔都记着。(心疼地)还是有好几笔款子没收回来,不过幸好我托人把一套印刷设备运过来了,吃完饭我就去组织上办交接。

毛泽东翻了翻账簿,又看了看包袱里的钱,再看毛泽民和钱希均又脏又破的衣服,毛泽东沉默了。

毛泽民:三哥,怎么了?

毛泽东喃喃地说:你们宁愿当乞丐也不动组织一分钱。

毛泽民慈厚地笑着:三哥你也知道,我没什么本事,组织信任我,我就一定得把事办周全。

毛泽东再也忍不住,一把抱住毛泽民,眼圈湿润:我记得当年把你和泽覃,还有泽建带出韶山的时候,你还有些舍不得家里的那些土地呢,后来你又问过我什么叫革命。泽民,你早就是真正的革命者了!

毛泽民终于控制不住情绪,紧紧抱住毛泽东:三哥,我真的以为再也见不到你,再也见不到泽覃了!

毛泽覃:四哥!三哥!

三兄弟紧紧地抱在一起,眼眶都红了。

杨开慧和周文楠端菜出来,看到这一切,都站住了,擦着眼睛。

毛泽东:好了,今天是我们一家人团聚的日子。该高兴才是!泽民,好久没吃你做的红烧肉了,今天可得露一手!

毛泽民:我这就去做!

大家看着毛泽民走进厨房,钱希均什么也没说跟着毛泽民一起去。

背过大家时,钱希均看到毛泽民偷偷抹着眼泪,钱希均的眼睛也红了。

一声鸣笛,列车缓缓驶进镇江站。站台上没有旅客,而是笔直地站着一排卫兵。

宋美龄、宋霭龄起身,朝列车门口走去。两人的打扮贤淑大方,颇显气质。

车门打开,蒋介石穿着笔挺的西装,戴了一顶高级毡帽,足蹬白皮鞋,看上去颇有雄姿英发的气概。

蒋介石快步走到列车门口,先是彬彬有礼地伸出右胳膊,好让宋霭龄扶着他的胳膊下车,继而又微笑着向宋美龄递过胳膊,宋美龄矜持地扶着他的胳膊下了车。

蒋介石打着招呼：大姐！三妹！

宋美龄：谢谢！

宋霭龄：总司令容光焕发，莫不是前线又传了什么捷报？

蒋介石：大姐和三妹能来，就是最大的捷报。（对着不远处的花车）请！

蒋介石要去接宋美龄的手提包，却被轻轻避过，蒋介石也不好再坚持，引着宋霭龄和宋美龄朝不远处的一辆花车走去。

镇江焦山别峰庵凉亭外，两名卫兵笔直地站着，荷枪实弹。

蒋介石坐得笔直，客气却又透露着拘束。宋霭龄如主人般坐在中间，宋美龄手里拿着精致的折扇，保持着矜持。

蒋介石没话找话：大姐，这里曾是板桥先生读书处。曾文正公曾言，百战归来再读书，中正出身行伍，他日有暇的话，也想来此处隐居读书。

宋霭龄看了他一眼：板桥先生可是一时的名士，总司令也想来这里读书，是想成为名士？

蒋介石有些尴尬：……中正一介武人，附庸风雅而已。

宋美龄看在眼里：大姐，我曾听说，真名士自风流，大英雄能本色。将军志在天下，又何必在意读书多少？

蒋介石感激地看了眼宋美龄：总理一生除革命外，唯读书而已，中正作为总理信徒，自当跟随效仿。

宋美龄：我二姐夫泉下有知，一定会感到欣慰的。

蒋介石：中正不才，愿置生死于度外，北伐到底，一统山河。这也是总理的遗愿。

宋美龄有些崇拜地望着蒋介石。宋霭龄嘴角一丝轻笑，看破了蒋介石的炫耀。

宋美龄：你一定会成功的。我大姐夫也会帮助你的，是不是大姐？

蒋介石也看向宋霭龄，宋霭龄却不表态。

宋霭龄：我有点累了，想回去休息了。你们自己走走吧。

蒋介石恭敬地看着宋霭龄离开，待宋霭龄走后，蒋介石感觉自如了很多。

蒋介石：三妹，请！

两人边说边走，来到庵外别岭，望着满山翠竹。

清风徐来，蒋介石侧脸看了看宋美龄，又转过头来，假装看着远处。

宋美龄：我大姐又不是老虎，怎么她在，你连看都不敢看我？现在她回去了，你还假装什么？

蒋介石笑了笑，又转回头看宋美龄：三妹，他日革命成功，可愿与中正再游此处？

宋美龄：到时再看。不过这里风景自然是好的。

蒋介石笑笑：大好河山是需要有人收拾的。

宋美龄：将军何意？

蒋介石：接下来革命形势还会发生变化，小姐静观其变吧。

宋美龄知道蒋介石是在显示自己，也矜持着不再问。

两个人继续赏看风景，卫兵们远远地跟在后面。

火车从镇江站开动。宋霭龄、宋美龄端坐在位子上，面前是冲好的咖啡，座位旁还有蒋介石送的鲜花。

宋霭龄：我不在的时候，你们又说了什么？

宋美龄：他想再约我，我没有马上答应。

宋霭龄：没有马上答应，那就还是答应了。看来你的芳心是大为倾倒了！

宋美龄：有那么明显吗？

宋霭龄：大姐是过来人，看得出，他是很看重你，但他更看重的是我们宋家的门楣。小弟子文提起蒋中正，总说他城府太深，反复无常。

宋美龄放下咖啡，替蒋介石说话：大姐，现在是乱世，乱世中的英雄就当反复无常，那是他们征服天下的手段和韬略。

宋霭龄：手里有兵而已，他算得上英雄吗？

宋美龄：驱雄兵一路北伐，问鼎天下，这还不算英雄？最重要的是，他现在还没到稳操胜券的时候，大姐你说得对，他还需要我们宋家的帮助。

宋霭龄：你可要想清楚，嫁过去，可要给人当后妈的。

宋美龄：我不在乎那个。

宋霭龄：那你在乎什么？三妹，我们宋家的门槛也是不低的，不能太过主动。

宋美龄：我知道。

办公室内，陈独秀的面前摆着那份广泛地重新分配土地的方案，手指在上面轻轻敲击着。

鲍罗廷坐在沙发上，罗易站在窗边，脸色都很严肃。

鲍罗廷：陈，我想我需要再次强调，应该暂时收缩农民斗争，以拉拢汪精卫等国民党左派，团结武汉国民政府，继续北伐，然后再建立苏维埃政权。当然，也要保护农民的斗争积极性。

陈独秀神情满是无奈，无声地叹了口气，看上去有些疲累。

陈独秀无奈地摇头，力图争取：鲍罗廷先生，你这是两面话都说呀。蒋介石正在屠杀我们的同志，党内很多人都认为，应该首先讨伐的是蒋介石！

罗易转过头来，不容置疑地说：你错了，陈！现在的工作重心是维持和国民党左派的关系，而不是军事问题！（点着毛泽东的那份方案）毛的方案是行不通的，若不加以制止，会吓坏我们的国民党左派盟友的！

鲍罗廷：北伐军团上下，许多家里都是有不少土地的，损害到他们的利益，影响的是整个北伐的大局！

陈独秀竭力忍着：两位说的这些我何尝不知，两难啊。

鲍罗廷：陈，汪精卫、孙科都会受邀到会，如果他们看了毛泽东的这份提案，又会作何感想？

鲍罗廷和罗易对望一眼，转身离开办公室。

陈独秀望着他们的背影，低声叹了口气。

陈独秀：秋白，让润之来一趟吧。

瞿秋白点头，转身离开办公室。

不久后，毛泽东走了进来。

陈独秀勉强露出笑容，微微站起身来：润之，坐。

毛泽东落座，陈独秀拿着那份方案坐在毛泽东的对面，端起案几上的茶壶，给他倒了杯清茶。

毛泽东：守常先生有消息了吗？

陈独秀：已经托人展开营救了。（仿佛在自我安慰）我前后被抓过四次，不照样好好的？守常也一样，不会有事的。

毛泽东点了点头，担忧的神情略微放松。

陈独秀拍了拍那份方案。

陈独秀：润之，你和彭湃同志、志敏同志写的这个方案，我看过了。

毛泽东精神一振，期待地望着陈独秀。陈独秀却避开他的目光，低头望着那本方案，手指轻轻敲击着封面，似乎在字斟句酌，想着该怎么出口。

陈独秀：这个方案虽说是抓住了当前问题的要害。（停顿了一下）但是，过于激进，不能提交到五大上讨论。

毛泽东愣了：为什么？

陈独秀：因为汪精卫、谭延闿等人也会受邀参加这次大会，他们都是很不赞同立即进行土地革命的。蒋介石已经叛变了，要继续维持国共合作，就一定要把汪精卫拉住！

毛泽东目光透着不满：仲甫先生，不发动农民，中国共产党就没有属于自己的力量。再说，国民党内都还有一个土地委员会呢！

陈独秀：他们那个土地委员会，里边的人哪个有实权，在武汉政府里说话管用吗？润之，这个方案，我认为没有必要提交五大讨论。

毛泽东：仲甫先生，都这个时候了，我们能依靠的绝不是他汪精卫，而是那三万万九千万农民！

陈独秀皱起眉头：我再说一遍，这是共产国际的命令！

毛泽东毫不退缩：我们干中国的革命，什么时候才能够不听别人指挥！老虎都露出大牙了，我们还要与虎谋皮吗？

陈独秀：不要草木皆兵行不行，毛润之！汪精卫和蒋中正已经是互相通缉，我不相信他汪精卫会步蒋介石的后尘。

毛泽东竭力控制着情绪，又是担心又是无奈：仲甫先生，北伐开始前，鲍罗廷动员蒋介石担任总司令，他那个时候恐怕也没想到蒋介石会对我们来这一手吧？我们已经革命了六年了，不会不明白一个道理，妥协是换不来尊严的，以斗争求团结则团结存！以妥协求团结，则团结必亡啊！

陈独秀：毛润之，用不着你来教我怎么做！

毛泽东知道，再说必然又是大吵。

陈独秀也不再说话，两个人在无声地对立着。

彭述之走了进来，凑到陈独秀耳边想要说话，陈独秀不耐烦地摆了摆手。

陈独秀：什么事？说！

彭述之：北京来消息了，营救计划失败了。

陈独秀：怎么回事？

彭述之：张作霖这次非常坚决，谁去说情都不管用。北京的工人准备组织劫狱，守常先生拒绝了，他不想让同志们为了他冒险，不想让革命的力量再受损失。

陈独秀：守常他身体不好，怎么能一直待在大牢里？再去想别的办法！守常还是国民党在北方的负责人，难道国民党方面没有想办法营救吗？！一定要把守常救出来！听到没有？

陈独秀的情绪完全失控了，内外交困，让他疲于应对。

毛泽东没说话，默默地起身离开。

蔡和森住处，他叹了口气：这样看来，老头子并非不知道你的意思，只是他夹在中间，左右为难。

毛泽东摇头：我没有怪仲甫先生，我只是担心。汪精卫、唐生智这些人手里握着枪杆子，归根结底跟我们不是一路人，现在他们和蒋介石对立，只是争夺权力而已，要是宁汉之间在权力分配上谈妥了，达成一致了，后果无法想象。

蔡和森脸色也变得异常沉重。

瞿秋白来回踱了两步：我们党现在很不正常，它是病了，讳疾忌医只会让病症越来越严重，最后非死了不可！

毛泽东：要是守常先生在这里，他一定会支持我们的。

蔡和森：我们自己的事情，只能我们自己负责！总书记不同意，我们就自己在大会上提出来，自救！

瞿秋白：同时也是在救我们的党！

毛泽东决绝地说：虽千万人吾往矣！更何况我们还是三个人！秋白、和森，到了该改变的时候了！

瞿秋白和蔡和森重重地点头。

张作霖府邸内，张作霖坐在饭桌旁，正在吃大马哈鱼，不远处站着一名女旦，旁边配着弹唱班子，正在唱京剧《宇宙锋》。

张学良疾步走了进来，递给张作霖一份电报。

张学良：父亲，蒋介石来电。

张作霖面露一丝不屑，挥手让女旦下去：小六子，来得正好。刚开江的大马哈鱼，先吃鱼！

张学良坐在饭桌旁，仆人立刻递上碗筷。

张作霖拿起电报，扫了一眼，就放下了。

张作霖哼了一声：小王八犊子，这两年起了势，敢给老子发指示了，他是让咱们父子给他当杀人的刀！跟老子耍这种小伎俩，老子混江湖的时候，他还穿开裆裤撒尿和泥呢！

张学良：父亲曾经讲过，咱们能占据东北四省，靠的不是打打杀杀，而是广交朋友。父亲，杀李大钊是得罪人的事情，不能杀。

张作霖：广交朋友，也得分大朋友、小朋友，还有些人，他根本就不可能成为朋友。李大钊就是这最后一种，就像这鱼，它不但带刺，还咬你。（话锋一转）明天就动手！

张学良吃了一惊：父亲！杀了李大钊，舆论方面怎么应对？现在莫斯科十万工人游行，指名道姓在骂父亲抓了人。

张作霖：老子手里有几十万杆枪，还怕十万张嘴骂吗？现在国外列强都在反对苏俄，国内孙传芳、张宗昌，还有这个蒋介石也都在反对俄国。

张学良还想劝：可是父亲……李大钊在工、农、学界的声望都是很高的。

张作霖摆了摆手：死了，他的声望就更高了，我这是成就他，他还要谢我呢！小六子，要干大事，必须要狠，该硬的时候你还得硬！不然你就是那条被吃的鱼！不要再啰唆了，出去吧！

张学良无奈，只得出去。

中国共产党第五次全国代表大会正在召开，会场悬挂着马克思和列宁的画像，四周挂着"工人小资产阶级联盟""争取非资本主义前途""联合起来打倒蒋介石"等标语。

陈独秀站在主席台上正在发言，鲍罗廷、罗易、瞿秋白、蔡和森、彭述之等数十名代表坐在台下。

毛泽东坐在角落里，面容凝重。

陈独秀的声音在会场回荡：我把中央的报告分为两部分，政治部分和党的部分……我只谈谈最重要的问题……

陈独秀：三二零事件的应对政策是正确的，共产党和国民党左派的力量，当时的确不能够镇压蒋介石……

陈独秀做报告时，下面不时有骚动，有人交头接耳。陈独秀咳嗽几声，继续做着报告：上海工人举行武装起义是错误的，是"不懂得革命的方法"……

天气闷热，陈独秀不时擦着汗。

陈独秀：目前就没收一切地主的土地，毕竟是太激进了。在相当时期内，或者是在很短期间内，我们必须保持中间路线……在打倒新旧军阀之后，再来进行土地革命更为适宜……

陈独秀：我们现在不但要继续北伐，也要考虑东征讨蒋，但无论是北伐还是东征，我们都要获得小资产阶级的同意，要和国民党左派维持联盟，借助武汉政府所属唐生智、张发奎等部，以及冯玉祥的国民军等武装力量的支持，才能实现我们现阶段的革命目标……

鲍罗廷和罗易连连点头，带头鼓起掌来，但应和者寥寥无几。毛泽东、瞿秋白和蔡和森彼此对望，都看到对方眼中的不满，而其他代表也都颇为失望。

第二天，会场的每张桌子上都摆着一本小册子，封面写着"中国革命中之争论问题"，署名是瞿秋白。

代表们鱼贯而入，看到桌上的小册子，都好奇地翻阅起来，不少人频频点头，显然是认可其中的观点。

恽代英翻看着小册子，满脸都是兴奋，转头望着旁边的杨之华。

恽代英扶了扶金丝眼镜：这个标题写得好，问题也提得尖锐。"中国革命么？谁革谁的命？谁能领导革命？如何去争领导？领导的人怎样？"这才是我们这次大会该讨论的问题！

旁边的代表连连点头。

陈独秀走了进来，手里也拿着一本小册子，彭述之跟在后面，看了瞿秋白一眼，神情颇为不满。

陈独秀走到主席台上，代表们纷纷落座。毛泽东、蔡和森和瞿秋白分别坐下，互相对望一眼。

陈独秀：瞿秋白同志，你发这本小册子到底是什么意思？你有什么意见，可以直接和大家讲嘛！

瞿秋白站起身来，目光扫过会场：那我就跟大家讲讲我的看法！同志们，到今天为止，革命的前途可以说是非常明显了！有的同志还在讳疾忌医，把头埋在沙子里面假装看不见，但我作为一个布尔什维克，必须站出来讲真话！我敢说，我们党内有机会主义！

瞿秋白声音不大，但充满坚定的决心和一往无前的精神，在会场回响。

陈独秀的脸色更加难看。

瞿秋白：中国今天的革命，前途无外乎两种：第一，资产阶级取得领导权，革命毁于一旦，人民依旧受帝国主义的侵略和奴役；第二，无产阶级取得领导权，革命取得胜利，为社会主义准备条件。

会场内静悄悄的，所有人聚精会神地听着瞿秋白说话。

瞿秋白的声音越来越大：第一种前途是否可能？事实上，由于两种情况的出现，这种可能性已经在急剧增加！一是帝国主义和军阀的压力与诱惑，蒋介石和支持他的英美帝国主义就是这种情况；二是我们内部的妥协政策，正在鼓励资产阶级得寸进尺！

彭述之站起身来，大声：瞿秋白！我看你是见了鬼了！支持国民党左派北伐，以打倒军阀，这是党和共产国际的路线！

不等瞿秋白反驳，任弼时霍地站起身来。

任弼时：但那是错误的路线！

会场一片哗然。毛泽东和蔡和森对望一眼，都看到对方眼中的惊讶。

任弼时直面陈独秀：总书记昨天做的报告，完全是在给自己的错误做辩护，其中的政治路线是错误的！是自动放弃无产阶级在民主革命中的领导权！

陈独秀脸色铁青，显然年轻的任弼时的公然反对让他非常难堪，会场上响起嗡嗡的议论声。

陈独秀：任弼时，你是团中央书记，有意见要说是吧？来来来，我有点听不清，你过来说，到我面前来说！

没想到任弼时竟然真的毫不顾忌，径直坐到陈独秀旁边的位置上，继续大声炮轰陈独秀！

任弼时：总书记，你的立场是典型的右倾机会主义！党中央与国民党的关系，完全依赖你和汪精卫。通过接洽、谈判的方式，去解决两党之间的纠纷，却不去依靠群众的力量，对于国民党不敢批评，处处退让，这不是右倾是什么？

会场一片寂静，大家面面相觑，完全没想到年仅23岁的任弼时竟然敢这么去炮轰陈独秀！

寂静中，蔡和森站起身来。

蔡和森：我赞同任弼时同志的意见！

陈独秀神情一滞，彭述之一脸不满，会场代表们惊讶地望着蔡和森。

蔡和森咳嗽着，声音并不响亮，却清晰可闻：我们现在是在跟国民党及国民政府合作，但不要忘了，他们从根本上代表的是资产阶级和地主阶级的利益，他们随时可能再次发动三二零这样的反革命事件，或者四一二这样的大屠杀，再次举起屠刀来对付我们！

武汉的天气十分炎热，陈独秀不停地抹着汗，一方面是炎热，另一方面是愤怒。

陈独秀：危言耸听！

彭述之：我看是见了鬼了，蔡和森！现在武汉国民政府依然是支持我们的！你想要破坏国民革命吗？这个责任你负得起吗？

蔡和森剧烈地咳嗽起来，毛泽东站起身来。

毛泽东：请问陈独秀同志，我可以讲两句吗？

陈独秀不满：好啊！想说话嘛，大家都可以说！你说！

毛泽东：我是中央农委的书记，那我就只说农村的问题。我们过去一直抑制农民运动，规定农民武装不可超出自卫范围，不可有常备的组织，更没有把土地分配提上来，所以占中国被压迫人口最多数的农民，竟然成了革命的看客！

毛泽东渐渐激动起来，众人都望着他。

毛泽东：现在革命出现了危机，就是因为我们没有得到广大农民的支持，没有武装，所以我建议，土地革命和武装斗争应该成为我党今后工作的重点！

彭述之：革命出现了危机？共产国际从来就没有这个判断，我看是见了鬼了，毛泽东同志，请注意你的措辞！

陈独秀擦着汗：我也想提醒毛泽东同志，虽然蒋介石叛变了革命，但那只是蒋介石的个人行为，现在国民政府和苏俄关系更加密切，中国的国民革命是到了最后的决战时刻，无论国际国内，客观环境对革命都是有利的！

毛泽东：仲甫先生，四一二的鲜血近乎染红了上海，那么多同志牺牲了，难道我们看不见吗？

陈独秀：干什么事没有挫折，更别说干革命了！暂不进行土地分配，以革命大局为重，这是共产国际的既定路线！你还要我强调多少次？

毛泽东：陈总书记一次又一次地讲，这是共产国际的指示，共产国际的指示也需要让人能够理解才对，不理解，怎么执行？你要问一下在座的代表们理不理解，信还是不信？问一下广大的党员们理不理解，信还是不信？问一下死难的烈士们理不理解，信还是不信？

陈独秀：放肆！毛泽东！你敢保证你现在坚持的就一定是真理吗？！

北京草岚子胡同监狱内，昏暗的监室中，李大钊坐在一张简陋的床铺上，背对着门口，面对着窗户，一缕阳光从窗口照射进来，落在李大钊的脸上。

一名狱警走了过来，拿出钥匙打开监室房门。

狱警颇为恭敬：李先生，到时间了。

李大钊：今天是几号？

狱警：28号。

李大钊：我们党五大召开的第二天。

李大钊缓缓转过身来，神情从容淡定。李大钊昂首挺胸地离开，狱警跟在后面。

军警正在检验绞刑架的绳索是否牢固。二十名囚犯排着队，即将就义，却个个面色平静，视死如归。

一名外国摄影师和一个助手正在调整照相机的焦距。

为首的军警：抓紧拍，别耽误时间！

摄影师钻进镜头前的盖布下，镜头中出现一个囚犯。咔的一声，画面定格。这名囚犯离开，下一个又进入镜头。

不断有新的囚犯走到照相机前，最后一个，是李大钊。

李大钊坦然面对照相机。一阵镁光灯闪过，李大钊的音容定格在一张黑白照片上。

汉口黄陂会馆内，彭述之指挥两名工作人员将马克思和列宁的画像挪到旁边，将孙中山的画像挂在中间更高的地方。和孙中山的画像比起来，马克思和列宁的画像显得颇小。数名工作人员将"保卫和平和饭碗""争取非资本主义前途"等标语撤下，换上"国共合作，革命必胜""欢迎汪精卫同志"等标语。

毛泽东走了过来，看到画像和标语，顿时皱起眉头，走向站在一旁同样颓然的蔡和森。蔡和森是五大秘书长，负责监督这些事宜。

毛泽东：和森，标语怎么全换了？

蔡和森无奈：老头子要求的，说今天汪精卫、谭延闿、孙科他们要过来列席，一定要给他们留下好印象。

毛泽东无语：仰人鼻息也要讲个限度吧，这已经近乎谄媚了。

瞿秋白走了过来，竟然换上了一套中山装。

瞿秋白：连衣服都让我换了，要穿中山装！这会开成什么了？！

毛泽东还未回答，外面传来一片喧闹声。

汪精卫、谭延闿和孙科都穿着中山装，昂首阔步而来，身后跟着一群卫兵，腰间都插着手枪。

陈独秀、彭述之跟在旁边，脸上堆满笑容。

众人纷纷走到会场门口，毛泽东、瞿秋白和蔡和森也跟在后面。

众人纷纷让开道路，陈独秀陪着汪精卫、谭延闿和孙科走上主席台。陈独秀带头鼓掌，代表们也纷纷鼓掌欢呼。毛泽东、瞿秋白和蔡和森沉默不语，还有一些代表也神情冷淡。

代表们纷纷落座。

陈独秀：今天的会议，先请汪精卫同志讲话！

汪精卫站起身来，面对着会场众多代表：诸位，国共合作以来，始终伴随着很多杂音，但我今天在这里表态，我们必须和共产党人合作到底，对于像蒋介石这样的反革命，必须清除出国民党！

汪精卫发言完毕，重新坐回位置上。陈独秀正要说话，毛泽东却站了起来。

毛泽东：汪精卫同志，你刚才提到在反帝联合战线中，工人和农民是中坚力量，那么请问你对土地分配怎么看？我是国民党土地委员会的委员，我们曾提出过《解决土地问题的决议案》，没收大地主的土地给农民耕种，你认为是否可以推行？

陈独秀脸色一变，不停地对毛泽东使眼色，毛泽东却仿佛没看到一样，依然一口气说完。

汪精卫却神情自若，并没有发作。

汪精卫：润之啊，土地改革当然是必要的，但现在时机还不太成熟。

毛泽东：既然农民是中坚力量，打倒军阀就不需要依靠这股力量吗？难道不应该先进行土地改革，再继续北伐吗？

汪精卫微微皱眉，还未等他说话，谭延闿插话了。

谭延闿：润之，不要再讨论什么土地分配问题了，先维持着眼前的革命大局吧。否则革命都没了，还谈什么分配？

毛泽东：畏公，扶助农工是总理定下的三大政策，不分配土地，难道靠喊几句口号去扶助农民吗？

谭延闿哑口无言。

彭述之站起身来：够了！毛泽东，你少在这里大放厥词！

毛泽东：彭述之同志，我只是在表达自己最真实的意见，既然已经制定了分配土地的方案，就应该……

陈独秀：毛润之你说够了没有？坐下！

正在这时，大会的一名秘书匆匆冲了进来，满脸都是惊惶，手中拿着一张电报。

秘书：总书记！北京电报！守常……守常先生牺牲了！

会场一片震动，议论声嗡嗡响起。

陈独秀整个人愣住，满脸难以置信。

毛泽东也呆呆地怔住了，正好陈独秀朝他看过来，两人目光交错，都看到对方眼中的痛苦和震惊。

漫天风雪，地上布满冰霜。一个身影（毛泽东）迷失在其中，找不到去路方向，神情疲惫而又迷茫，却依然坚定地往前走着，步履蹒跚，却不肯有片刻停留。一辆马车从后面迎着风雪驶来，车夫的位置坐着李大钊，他握着赶车的鞭子，旁边坐着陈独秀。

李大钊：润之！

陈独秀：润之！

李大钊：润之，快上来，我们一起到万里晴空的地方去！

李大钊伸出手，一把将毛泽东拉上了车：走喽！

毛泽东向两人欣喜地叫着：老师，先生！

李大钊控制缰绳：驾！奔跑吧，马儿！要冲破风雪，就要比乌云还要快！

突然马车辗上了一块石头，一阵倾斜。

陈独秀一把拉住李大钊：守常小心！

毛泽东也扶住陈独秀，三人有惊无险，朗声大笑起来。

马车在风雪之中前行。

李大钊高声朗诵：虽明知未来一刹那之地球必毁，当知未来一刹那之青春不毁，未来一刹那之地球，虽非现在一刹那之地球……

陈独秀接话：而未来一刹那之青春，犹是现在一刹那之青春。

陈独秀：吾愿吾亲爱之青年，生于青春死于青春，生于少年死于少年也。

毛泽东的声音响起，渐渐变成了三人一起：进前而勿顾后，背黑暗而向光明，为世界进文明，为人类造幸福，以青春之我，创建青春之家庭，青春之国家，青春之民族，青春之人类，青春之地球，青春之宇宙，资以乐其无涯之生。乘风破浪，迢迢乎远矣……

马车穿过暴风雪，向远方跋涉前行。暴风雪渐渐弥漫在整个空中，遮盖住了马车的背影。

毛泽东闭着眼睛，一滴泪滑下。毛泽东缓缓睁开眼睛，原来刚才都是梦境。胳膊下压着一张信笺，上面的字染着泪痕，让人痛彻肺腑：吾师……而今远行矣。

满天星斗之下，陈独秀一动不动地坐着。陈独秀端着一杯酒，望着天上的星星，眼中含着泪水。

陈独秀：守常，你不是说一生都要高撞自由之钟，惊醒"睡狮"中华吗？

陈独秀转过头来，桌上也放着一杯酒，椅子却是空荡荡的。

陈独秀：现在"睡狮"未醒，钟声怎么能停？难道你忘了我们的约定了吗?"神州陆沉,再造中华",这是你我二人共同定下的夙愿。现在你却走了,就剩我了,面前又是漫漫长夜,革命的路越走越难……谁还能陪我喝喝酒,诉诉衷肠?未来该怎么走,我又能去问谁?

陈独秀端起酒杯,碰了碰对面的酒杯,一饮而尽。

陈独秀眼眶湿润:但是守常,我,陈独秀,向你保证,只要我还活着,你一生都要高撞的自由之钟……它就不会停!

第二十四章　革命流血危机起，先云逝血照残阳

湖北宜昌独立第十四师指挥部阴暗的房间内，只开着一盏台灯，坐在办公桌后的是个身穿北伐军军服的军人（夏斗寅），他背对办公桌，看着漆黑的窗外，接着电话。

电话里：灵炳兄（夏斗寅），蒋总司令的提议，你考虑得怎样了？

夏斗寅不语。

电话里：兄台的独立十四师已经扩编到五个团，一万四千张等着吃饭的嘴，武汉拨的钱，够你花吗？

夏斗寅转过身来，台灯的光线照亮了他肥胖阴鸷的面孔。

夏斗寅：这跟蒋总司令没关系吧？

电话里传来笑声：眼下宁汉分庭抗礼，他汪兆铭是主席，蒋总司令也是总理传人哪！他武汉号称正统，拥立南京的元老也比比皆是。都是志在天下的主儿，灵炳兄，跟谁混不是混？想想清楚吧，蒋总司令可是坐拥江浙沪，背靠英美，手攥着半个中国的钱袋子，跟着他吃肉，可比跟着汪精卫喝粥实惠多了。

夏斗寅紧皱双眉。

电话里：兄台大军直抵武汉门户，伸伸腿就能立下不世之功。这可是千载难逢的机会。实话告诉你，武汉那边想从蒋总司令的可是大有人在。灵炳兄，船到不等客，迟了可就没你一席之地了。

电话断了，夏斗寅悻悻地挂了电话，思虑片刻：副官！

副官进门，敬礼。

夏斗寅：立刻召集全师排以上军官开会！

1927年5月13日，驻守鄂西宜昌、沙市一线的独立第十四师师长夏斗寅通电联蒋反共，发动武装叛乱，并趁武汉国民政府主力部队出师河南进行第二次北伐，武汉兵力空虚之际，率叛军直扑武汉。

武汉街上，大量商铺支起门板，上了锁，关门避祸。报童的叫卖声在街头回荡。

报童：号外！号外！夏斗寅打下纸坊镇！叛军直逼武汉！

报童被人挤倒，挤倒他的是拎着大包小包的市民。大街上，不少市民已经提着行李，或走路或坐着黄包车，急匆匆地上路逃难。

市民边跑路边抱怨：北伐军赶跑吴佩孚的兵才几天，这又开始窝里斗了，什么时候是个头！

路边的别墅小楼前，仆人正往车上塞行李，几个衣着华丽的男女上了车，汽车扬长而去。

楼上的窗中，可以见到街道上逃难的人群。汪精卫皱着眉头看着窗外，把窗关上。汪精卫转身，面前是面色严峻的陈独秀。

陈独秀：兆铭，叛军明面打着"联蒋反共"的旗号，实则矛头直指武汉国民政府，如果武汉失守，遭殃的，可绝不止共产党！这个道理你应该明白。

汪精卫犹豫不语。

陈独秀：现在他们离武汉只有不到四十里了！他们一路破坏工会、农协，屠杀革命群众千人以上。一旦他们进了武汉，上海的惨剧恐将重演！

汪精卫：仲甫，唇亡齿寒的道理，我怎能不懂？只是现在我军主力都在河南打奉军，赶回来最快也要五日以上，远水解不了近渴。

陈独秀：武汉现在有多少兵力？

汪精卫：叶挺的卫戍司令部有两个团，三千人左右，而叛军可是万人有余！

陈独秀：我们在叛军中间，还是有些组织人脉的吧？能不能发动起来，从内部瓦解敌人？

汪精卫：夏斗寅早在叛乱前，就已经把异己清洗殆尽了。

陈独秀不语。

汪精卫：仲甫，即便是只有三千人，我也是主张平叛的。只是，叶挺这两个团是武汉的全部家底，如果出动他们，那武汉就彻底不设防了。万一敌军偷袭，后果不堪设想。

陈独秀抬起头：这个你放心，守备武汉，咱们还有兵。

汪精卫惊讶地看着陈独秀。

中央农讲所内，毛泽东：同志们！四一二蒋介石叛变革命，我们没有反抗，结果成了待宰的羔羊，鲜血把上海的街头都染红了。

几名学员抬来几只大木箱，里边是枪支弹药，毛泽东、蔡和森、恽代英等人，亲手将枪支分发给学员们。

毛泽东：现在夏斗寅又勾结蒋介石，发动武装叛乱，正领着叛军在攻打武汉！现在武汉已经到了最危急的时刻，我们必须站出来，拿起枪杆子去保卫武汉，保卫大革命！

领过枪支的学员们迅速列队，气氛紧张却井然有序，颇有些训练有素的样子。

毛泽东：经过这段时间的训练，检验我们的时候到了。叶挺的平叛大军已经踏上征途，我们将接管武汉的城防。

毛泽东站在台上，身边站着蔡和森跟恽代英。

毛泽东：同志们，胜利一定属于我们！打倒夏斗寅，保卫大武汉！

学员们：打倒夏斗寅！保卫大武汉！

走廊里，曾扩情匆匆向蒋介石办公室走去，迎面遇上何应钦，曾扩情向何应钦敬礼。

曾扩情：何教官！校长呢？

何应钦：扩情，什么事这么急？跟我说吧。

曾扩情：夏斗寅派人来报信，他们被武汉方面杀得大败，都快退到安徽了，看看我们能不能给些支援。

何应钦：一个师打两个团，这么快就败了？

曾扩情：没办法，对手是叶挺。夏军本想派小股部队抄近路绕过叶挺主力，直接偷城，可没想到武汉戒备森严，九道城门，都有部队把守。水路、码头也都严阵以待，完全找不到漏洞。

何应钦：武汉不就两个团吗？守城的兵哪儿来的？

曾扩情：听说是共产党动员起来的。

何应钦：共产党也有兵？

曾扩情：说是武汉军事政治学校的学生，还有武汉的工人纠察队和农讲所的学员。

何应钦：农讲所？

曾扩情：何教官，武汉农讲所不少学员是第二军、第六军推荐过去的。而且，从广州开始，毛泽东就在农讲所开军训了，蒋先云就去授过课。

何应钦：那就不奇怪了。（思考片刻）行了，你先回去吧。
曾扩情：啊？何教官，那报信的人，怎么回复？
何应钦：回头再说。（低声）校长在给美龄小姐挑礼物呢。

汪精卫正喜笑颜开地跟陈独秀通电话，何键阴沉地立于汪精卫身侧。
汪精卫：仲甫，这次保卫武汉，贵党的功劳可以说是功不可没，我代表政府，向你们表示感谢。
陈独秀：兆铭兄，这次胜利，是我们两党亲如兄弟的最好证明。只要我们两党坦诚相见，开诚合作，就一定能迎来大革命的胜利。
汪精卫：那是自然，那是自然。
陈独秀：兆铭兄，希望你能兑现承诺，给农讲所和工人纠察队提供枪支、经费。这也是对武汉革命武装的壮大嘛，让我们更有底气对抗蒋逆。
汪精卫笑得很勉强：那是自然，那是自然。
汪精卫挂了电话，笑容立消。何键凑了上来。
何键：主席，您不会真想给他们发钱发枪吧？
汪精卫沉吟。
汪精卫：连农讲所的人都能扛枪作战，他毛泽东办的到底是农讲所还是军讲所？
何键：主席，共产党远比我们想象的要可怕，卧榻之侧，岂能容得他人酣睡啊？您可别养虎为患。
汪精卫没接话，转头朝里边走去。
汪精卫：芸樵，今天是不是降温了？
何键一愣：……没有吧？主席，已经入夏了。
汪精卫：也是。（一语双关）冷飕飕的，这是要变天啊。

武汉蔡和森住处内，煎药的药壶咕嘟咕嘟冒着泡。毛泽东用毛巾包住药壶的手柄，将草药倒入碗里。
蔡和森靠在床上，咳嗽：我这哮喘是老病根了，没大碍的。润之，夏斗寅已经被击溃了，你还担心什么？
毛泽东：这次叛乱，根上就是受了蒋介石的指使，在向南京方面示好，纳投名状。说不定还会有人受了蒋介石的蛊惑，跟着起来效仿。

蔡和森：大革命走到今天，面上我们还在跟国民党左派合作，暗地里，早已是危机四伏了。

毛泽东：蒋介石也好，夏斗寅也罢，之所以敢明目张胆地发动叛变，无外乎就是仗着手里有兵，掌握着枪杆子。

蔡和森：汪精卫不是答应给咱们拨枪拨款，到位了吗？

毛泽东：我去要过几次了，每次他们都是一个"拖字诀"，八成是口惠而实不至。

话音刚落，门被推开，李立三疾步走了进来，面带惊慌。

李立三：润之，和森，长沙出事了！

毛泽东：怎么了？

李立三：刚平定了夏斗寅，长沙又出了个许克祥！

长沙，许克祥部下冲入湖南国民党省党部、湖南省总工会、湖南省农民协会、湖南农民讲习所、农民自卫军总部等革命机关，夺取工人纠察队、农民自卫军的枪支，并将党员和群众押走。

湖南总工会遭遇袭击，郭亮在同志的掩护下从后门逃出，匆忙上了一辆黄包车；何叔衡刚从码头出来，就看到许克祥部下在抓人，何叔衡想退，最终却压了压毡帽，随着人流故作镇静地走了出去。

街头，"拥护武汉国民政府""打倒蒋介石""铲除土豪劣绅"等标语被撕下，换上"拥护蒋总司令""打倒共产党""铲除暴徒"等反动标语。

许克祥部下正大肆逮捕共产党员和进步分子，长沙城火光冲天，枪声四起……

1927年5月21日，反动军官许克祥在何键的指使和默许下，调集反动军队千余人向国民党湖南省党部、省总工会、省农民协会等革命机关发动突然袭击，收缴工人纠察队武装，一夜之间搜捕共产党人和革命群众三千余人，杀害百余人，史称"马日事变"。

南京蒋介石官邸内，蒋介石正在打电话。

蒋介石：多从法国引进些树苗，至少两万棵，我要让法国梧桐栽满南京。

曾扩情手里拿着封电报，走到门口敲门。

蒋介石：钱不是问题，从军费里调拨。这件事一定要办好，否则军法从事！（挂断电话）进来！

曾扩情递上电报：校长，许克祥在长沙行动了！

蒋介石：武汉有什么反应？

曾扩情：他们派了鲍罗廷等六人组成查办代表团去长沙调查，结果刚到岳阳就给截下来，差点儿被许克祥毙了，吓得连夜逃回了武汉。

蒋介石笑了笑：再去了解一下，除了法国梧桐，三妹还喜欢什么。去吧！

曾扩情走出去。

湘潭郊外的雅爱塘，火随风舞动着，一条火龙蜿蜒着向前，一面"湖南工农义勇军"的旗帜在火光中分外亮眼。柳直荀、郭亮等人站在一间青砖大瓦房门口，望着疾步经过的队伍。

在旗帜的带领下，行军的工农义勇军有工人打扮的，有农民打扮的，有些扛着步枪，更多的却是扛着土铳和梭镖，全都神情激昂，不时响起踊跃的口号声。

众人齐声：梭镖亮堂堂，擒贼先擒王！……打倒蒋介石，活捉许克祥！

柳直荀挥着手：大家都快点，再快点！夺取长沙，镇压许克祥叛乱，大家有没有信心？

众人齐声：有！有！有！活捉许克祥，回家过端阳！

一名年轻人（杨昭植）拿着一张电报，疾步从大瓦房里走了出来，神情满是不甘和愤怒。

杨昭植：郭亮同志，直荀同志，中央电报！

郭亮接过电报看了一眼，不满：中央这是什么意思？之前不都同意了吗？让我们组织武装，像他们在武汉对付夏斗寅那样，对许克祥予以坚决反击！这命令怎么又变了？

柳直荀接过电报看着：让我们退回去，湖南的问题，必须静候国民政府来解决！（抬起头，不满）现在许克祥每天都在杀我们的人，却让我们不得自由行动，以免激化矛盾！中央怎么会下这样的命令？

郭亮抢过电报，就要撕。

柳直荀忙拦住：你干什么？

郭亮：继续向长沙进军，活捉许克祥！

杨昭植无奈，拦住两人：郭亮同志，直荀同志，这是中央的命令，不管我们理解不理解，都必须严格执行。

几个人看着行进的火龙，顿时泄了气。

武汉四民街 61 号陈独秀办公室内，陈独秀正在跟瞿秋白、蔡和森、毛泽东等人开会，彭述之、张太雷、李立三、张国焘等也在场。

瞿秋白：总书记，中央已经批准了湘潭的农军围攻长沙、惩办许克祥，怎能出尔反尔？

陈独秀来回踱着步。

陈独秀：秋白！我们惩办许克祥是动动嘴皮子吗？是要死人的！汪精卫已经让唐生智出面调停，我们在平息事变的同时，还能避免牺牲，这不是最好的办法吗？

瞿秋白：问题是唐生智真的会调停吗？武汉派的查办团都被逼回来了，唐生智的调停何时才能起到作用？现在的湖南每天都在发生屠杀，我们的同志和革命群众每时每刻都在牺牲！如果我们不能马上武力弹压，牺牲会越来越大！

毛泽东：汪精卫要是真想平息事变，许克祥的部队只有一个团，千余人，远不及夏斗寅，汪精卫轻而易举就能剿灭叛军。可他却没有这么做，而只是要调停，这说明什么，只要不反对他汪精卫，只杀我们共产党，他汪精卫就会纵容。

蔡和森：此刻已不存在和平解决办法，只能采用武力解决，非如此不可挽救革命，保护工农运动！

周恩来在门口站了站，推开门走进办公室。大家都看着周恩来，瞿秋白斯文白净的脸庞涨得通红，毛泽东、蔡和森又是焦急又是愤怒。陈独秀也是无奈中夹杂着不满，看到周恩来后眼中闪过喜色。

陈独秀：恩来，你刚从上海过来，又一直都是做军事工作的。你来说说看，马日事变该怎么处理？和汪精卫这些左派的同志又该怎么相处？

大家也都望着周恩来。

陈独秀：你是识大体的，你说，国共合作的大局还要不要了？

周恩来没有急着回答，而是松了松衣领处的扣子，将会议室的窗户推开，闷热稍微散去了些。他又给陈独秀倒了一杯水。陈独秀面色稍霁。

周恩来：天气越来越热，人就容易急躁。总书记，先喝杯水，都冷静冷静。蒋逆在上海发动"四一二"的时候，我被抓了两次，要不是我在黄埔的学生鲍靖中和赵舒搭救，我恐怕已经牺牲了。

陈独秀沉默不语。

周恩来：现在敌人是在用军事手段来解决政治问题，我们如果还跟以前一样，用政治手段来应对，结局和"四一二"不会有任何区别。

陈独秀无奈：恩来，汪精卫不会像蒋介石那样没有操守！

周恩来：总书记，把全党上下的身家性命，把我们的理想和前途，都寄托在一个人的道德人品上，你不觉得太过冒险了吗？这是在赌，我们也输不起。根据情报，许克祥已经派人和蒋逆联系了！这不是他自作主张的叛乱，和夏斗寅一样，背后都是蒋介石！姓蒋的这么干，就是要逼迫武汉政府屈服，这是宁汉之间合流的征兆！

陈独秀半晌说不出话：你们都太悲观了，都是胡乱猜测。上次夏斗寅叛乱，汪精卫力主反击，表现得非常坚决，你们不都看到了吗？

毛泽东：夏斗寅叛乱攻打的是武汉，威胁的是他汪精卫的武汉政府！现在湖南叛军只把矛头对准共产党，汪精卫怕是不会那么仗义了！

陈独秀看了一眼众人：不会的……汪精卫还是革命的，唇亡齿寒的道理他是懂的。既然他说要派人去长沙调停，我们就别再添乱了！维持住现在的革命局面，不要再制造我们和国民党左派之间的裂痕了，好不好？

陈独秀的话越说越没有力量，更像是在自我暗示和自我安慰。毛泽东、瞿秋白、蔡和森和周恩来都有些无语，对这位党的领袖非常失望。

汪精卫宽大雅致的书房里，中间是一个沙盘，标注着各派势力范围，包括武汉国民政府、南京国民政府、桂系李宗仁、晋系阎锡山、国民军冯玉祥、奉系张作霖等。武汉国民政府控制的地盘被诸派包围，形势颇为不妙。

汪精卫盯着沙盘出神，何键进来汇报。

何键：汪主席，蒋介石的说客到了！

汪精卫：让他进来。

何键朝门口示意，一名身穿戎装的将领走了进来。

说客：汪主席好！

汪精卫：无事不登三宝殿，开门见山吧。

说客：蒋总司令托我来汉，是想请汪主席尽早来南京柄政，共同北伐，以早日完成总理的遗愿。

汪精卫面色不善：蒋逆背叛了总理，我正要东征讨伐，岂有跟他合作之理？

说客笑笑：目前的形势，相信汪主席应该比我更清楚吧？

汪精卫哼了一声，身后的何键也冷下脸来。说客却顺手拿起一根指挥棒，指点着面前的沙盘。

说客的指挥棒点在郑州附近：第二集团军的冯玉祥有意和蒋总司令结为儿女亲家，上个月上海"清党"的时候，就坚决支持总司令。（指挥棒又挪到武汉东北方向）这是奉系的地盘，汪主席正在和张作霖作战，就不用我多说了吧？

汪精卫仍昂着头，不屑一顾。

说客的指挥棒点在西南方向：桂系李宗仁，拿了蒋总司令的军费，现在人就在南京！

汪精卫仍然强撑着，不出声。

说客继续指着武汉东面：东面四个军，全是蒋总司令手里的精锐，（在长江上点了一下）只要切断长江航线，武汉赖以生存的物资，还有对汪主席来说最重要的苏联援助，可就都进不来了。那时候，武汉将会是一座死城！

汪精卫面色冷峻：虚张声势罢了！谁是谁非，我相信党内的同志自有公道，一定会继承总理遗志，和蒋逆死战到底的！

说客放下指挥棒，微微一笑：党内的同志？汪主席，胡展公（胡汉民）现在就在南京，林森在上海的西山派也开始倾向蒋总司令，这么看来，局势对您不利啊！

汪精卫依然强撑着，竭力表现得镇定自若。说客扫了眼汪精卫，弯腰望着他的眼睛，神情异常谦恭，语气谦逊，说出的话却宛若一把匕首，刺入汪精卫的内心。

说客压低声音：好像有些四面楚歌啊，汪主席！

汪精卫：是四面楚歌，还是一盘散沙，你也应该比我更清楚吧？你们这些所谓的联盟，有谁会真的替蒋逆死战到底？

说客神情一滞。

说客：汪主席，您和蒋总司令都是总理最为信任的人。武汉、南京都在三民主义这一面旗帜下面，既为同室，相煎何急呢？共产党终究只是外人，您要是一意孤行继续跟他们系于一线，恐怕日后起来反对您的就不止夏斗寅、许克祥了。还请汪主席三思！

汪精卫依然沉默不言。

汪精卫公馆门口，说客上车，车门关上。汽车开走，陈独秀坐着人力车停在门口。车里的说客看到陈独秀，嘴角微微一撇。

陈独秀回头看看开走的汽车，并未看到车里的说客。汽车与黄包车擦肩而过。

陈独秀下车，朝公馆走去。

何键站在门口刚送走说客，看到陈独秀：陈先生？

陈独秀：芸樵，带我去见汪主席。

书房内，汪精卫来回走着，满脸焦躁，显然刚才他虽然态度强硬，但说客的说辞还是让他非常不安。

这时何键敲了敲门：主席，陈独秀来访。

汪精卫又是一阵头疼，本想摆摆手说不见，但看到陈独秀已经站在了门口，只得故作热情：仲甫来了，快进来，请坐！

陈独秀和汪精卫相对而坐，都不说话。

汪精卫打破僵局：仲甫兄，喝茶！都凉了。

陈独秀看了看汪精卫，端起了茶杯。

汪精卫：长沙的事情，一定会给贵党一个满意的答复。

陈独秀：为支持你兆铭兄的调解政策，我在党内是背负着很大的压力的。希望兆铭兄能从国共合作的大局出发，妥善处理，给双方一个交代。

汪精卫：仲甫放心，我一定会慎重解决的。

陈独秀放下茶杯：那样最好。许克祥刚在长沙发动叛乱，武汉就已经开始有人在讨论分共的事了，更有人传，说你兆铭兄在跟南京方面秘密接触。

汪精卫脸色一变：这些谣言都是从哪来的？贵我两党是兄弟关系，这在四月初你我公开发表的联合宣言里，早就昭告天下了。仲甫连这也要怀疑吗？

陈独秀看着汪精卫，并未表态。

汪精卫开始打感情牌：仲甫兄，你我从前清就开始革命，蹲过大牢，好几次差点儿被杀头，到现在已经二十多年了。我汪精卫最重声誉，事关你我的身前身后名，我可能会不重晚节，留下骂名吗？

陈独秀：兆铭兄莫怪，我只是提醒而已。不知计划何时东征讨蒋，以彻底消除这些莫须有的误会？

汪精卫反过来将军：备战是需要时间的，要人，更需要钱。苏俄那边的援助，还望仲甫兄也要放在心上，多催促催促。我们自己固然可以为革命牺牲，可打仗打的是补给，士兵们是要领军饷的。没有钱，一切都无从谈起啊。

陈独秀：兆铭，苏俄方面我自然会去沟通，讨蒋之事也望兄能信守承诺。

汪精卫：仲甫放心。两党合作是不会有任何问题的，那些流言蜚语，不必理会！

陈独秀得到汪精卫的肯定回复，眉头总算舒展了一些。

毛泽东、周恩来沿街道走着，只见两边店铺八成闭门歇业，一副萧条之态。没走几步，就看到乞丐沿街乞讨。

毛泽东：蒋介石勾结帝国主义，对武汉进行了经济封锁，市面上连闹米荒、盐荒、油荒、煤荒。这条原本是武汉最热闹的小吃街，结果现在……想请你吃碗热干面都没那么容易了。

周恩来：他实在是手段卑鄙。

毛泽东：恩来，你从上海来，有日子没见延年了，他的情况怎么样？

周恩来：延年现在是中共江浙区委书记，每天都是在敌人的屠刀下开展工作，试图一点一点地去恢复党组织，难度可想而知。

毛泽东："四一二"对江浙地区和上海党组织的打击是毁灭性的，他这个时候去上海，是早已将生死置之度外了。希望延年能一切顺利，更希望我们能早日再见。

周恩来：上海的教训无比惨痛，蒋介石凭什么对我们大开杀戒？靠的是军队！那我们要反抗，靠什么？靠汪精卫吗？

毛泽东：以我对汪精卫的了解，他是个利己主义者，是不可能成为我们的真同志的。今天他可以承诺我们，明天同样可以为了利益去承诺别人。老头子却把希望都寄托在他身上，根本就是竹篮打水一场空。

周恩来：我理解仲甫先生，毕竟他上头还有共产国际管着，我也尊重他，但我绝不认同他这样干！

毛泽东：成天想的还是怎么和汪精卫那帮人打交道，想着文质彬彬！革命归根到底就是暴力的，现在敌人在用暴力对付我们，我们就应该以暴力还击！俄国十月革命的成功难道是天上掉下来的吗？

周恩来：润之，你说得有道理。听说，这次被叫停武力讨伐许克祥的湖南各地农军高达十万之众？

毛泽东点点头：都是农协组织起来的。这本来可以是一股多么大的力量，现在却只能任人宰割。

周恩来：之前我在欧洲就深有体会，比如法国，虽说已经是工业大国了，但仍有数量庞大的自耕农。法国人自己都讲，拿破仑当年靠的是一群法国农民征服的欧洲。

毛泽东：我相信，把中国的农民都发动起来，力量只会更大！叛乱何愁不平？革命何愁不成？

周恩来点点头：巴黎公社的斗争虽然可歌可泣，恰因为没建立起工农联盟，哪怕打下了巴黎，还是被反动势力绞杀了。我这次在上海也深有体会，这已经是中国最大的工业城市了，工人中能够直接参与武装斗争的，也只有数千人。

毛泽东：所以这条充分发动农民的路，既然已经蹚出些眉目，无论有多大阻力，我也要坚持下去。

周恩来：今天我来找你，也是想听听你的看法，接下来你有什么打算？

毛泽东：恩来，湖南的组织是我一手创立的，现在遭到了严重的破坏，于情于理，回去补救、重建，我都责无旁贷。我已经跟老头子提出了回湖南的申请。

周恩来：他怎么说？

毛泽东：迟迟没有批复。

两人齐齐叹气。

毛泽东回了家，杨开慧走了过来，递给毛泽东一封书信。

杨开慧：润之，湘耘来信了。

毛泽东赶紧进屋，拆开信。

蒋先云：学生先云敬问先生安康！近日战事繁忙，一直无暇复信，还望先生见谅。如今北伐兵锋攻至临颍城北一带，对阵之敌为奉军第六旅，为张作霖起家之嫡系部队，猖狂嚣张，祸害国家。先云必一马当先，摧破敌军，一雪守常先生之恨！

临颍城北辛庄，大战过后，战士们都在检查枪械。

蒋先云收起毛泽东赠送的那支钢笔，将写好的信叠好，装进信封里。他的左腿缠着绷带。

阵地前方是一片麦田，空荡荡地毫无隐蔽，不时有一发炮弹落下，阵地上喊叫声此起彼伏。

团副顺着战壕跑过来：团长！师长知道你负伤了，命令我来接替你指挥！

蒋先云：不用！临颍城攻克在望，临阵换将是大忌！

团副有些担心：可是团长，你的腿……

蒋先云：腿受伤了可以骑马！（看看怀表）气可鼓而不可泄，进攻的时间到了！（将那封信交给团副，拍了拍他的肩膀）帮我把这封信寄回武汉。（看了看众士兵）所有人准备！（士兵们纷纷站起）牵马过来！

士兵牵过一匹白色的战马，蒋先云一咬牙，支撑着跨上战马，抽出腰间指挥刀。

士兵们也纷纷上马，团副退后一步，担心地望着蒋先云。

冲锋号响起。

蒋先云转头看了一眼众人，举起指挥刀。

蒋先云：同志们，冲锋！

蒋先云一马当先，骑着白色战马冲出阵地，直奔入麦田之中。

十余名骑兵跟在后面，疾风般往奉军阵地冲去。

士兵们：团长来了！冲啊！冲啊！

许多趴在地上的士兵看到蒋先云带头冲锋，顿时士气大振，纷纷起身，呐喊着跟着冲锋！

毛泽东仍然在读信。

蒋先云：先生，如今蒋逆在东，奉系在北。形势危急，我武汉国民革命军孤军北伐，为我国民革命之希望。先云愿死战到底，以明我党革命之志向，以壮我同志革命之勇气！

　　临颍城北辛庄，黄昏，硝烟弥漫。
　　蒋先云骑着白马冲了出来，仿佛战神一般冲入奉军阵地。一名重机枪手被蒋先云砍倒，填弹手转身就逃，附近七八名奉军士兵四散奔逃。紧接着剩下的骑兵也冲出了硝烟！
　　奉军阵地一片大乱，七十七团的士兵们如潮水般涌上，守军开始崩溃。
　　突然，蒋先云中弹，但他依然坚持着，带队冲锋！
　　蒋先云：同志们，冲锋！冲锋！冲锋！
　　冲锋中，蒋先云连中三弹，依然咬着牙继续往前突击。突然一发炮弹落在战马右前方，战马长嘶一声，前蹄高高扬起，蒋先云被高高地抛在空中。
　　血色一般的残阳照在他满是硝烟的脸上，他看到奉军阵地被突破，嘴角微微含笑，顾长的身躯轰然落地！

　　战场上满是尸体和武器，一面满是硝烟的国民革命军旗帜被插在阵地上，一匹孤独的白色战马偶尔嘶鸣。
　　夏明翰踉跄着疾奔而来。
　　夏明翰：湘耘！湘耘！
　　夏明翰跌跌撞撞地在尸体堆中乱翻，终于找到了蒋先云的尸体。尸体的旁边，负伤的白色战马不离不弃，始终倔强地站着，陪伴着主人。
　　蒋先云双目微闭，军装被血迹浸成暗红色，一支钢笔掉落在胸口处，一张照片半露着。
　　夏明翰颤抖着拿起钢笔，又拿出那张照片。照片沾着一抹血迹，是蒋先云和妻子李祗欣的合影，两张青春的脸，笑得灿烂。
　　夏明翰泪流满面，再也忍不住，紧紧抱着蒋先云的尸体。
　　夏明翰：湘耘！湘耘！

　　孤寂的房间内，毛泽东的背影更显寂寥。
　　蒋先云：夜望苍穹，星大如斗，先云不由得想起那日，与先生和诸同学共登祝融峰，定下青春之约的情形！先云此生能遇着先生，乃先云之幸。先云迫切地期望革命早日成功,我们的青春之约早日践行,为此,先云愿牺牲一切,包括生命……

毛泽东深感无力,手里的信飘然落地。

毛泽东想起和蒋先云的过往,泪流满面。

武汉追悼会现场,蒋先云的追悼会由周恩来主持。

周恩来:蒋先云同志曾说,头可断,共产党籍不可牺牲!他还说,官,可以不做,命,不可不革!临阵负伤,仍三扑三起,直到牺牲前一刻,他都在为革命、为理想、为中国的前途与命运,在悍不畏死地冲锋!我们今天在这里沉痛追悼蒋先云同志,不仅是要永远铭记他,更要继承他的精神,永远冲锋下去!

毛泽东等人面容哀痛。

南京蒋介石官邸内,蒋介石面容悲戚,看着以前写的那幅字:步石随云起,题诗向水流。

蒋介石用火柴点燃了那幅字,放进火盆里。看着燃烧的字,蒋介石:你啊你,宁愿死,都不愿为我所用!

汪精卫公馆走廊上,罗易大步走着,手里拿着一份文件,脸上满是期待。

王剑龙跟在旁边:罗易先生,共产国际的五月指示是机密文件,你确定要告诉汪精卫吗?万一汪精卫把这份电报公布出来……

罗易压根儿不搭理王剑龙。

王剑龙无奈叹气,目光中满是担忧。

书房内,罗易坐在沙发上,看着汪精卫。王剑龙坐在一旁,担任翻译。

汪精卫放下电报,久久无言。

汪精卫:罗易先生!没收地主土地分配给农民,建立七万工农军队,其中必须包括两万共产党员……还要增加国民政府中的工农领导数量,这是你们共产国际的意思吗?

罗易:当然,这份电报就是共产国际前几天发过来的。

汪精卫:这和你们以前对待合作的态度,显然是有很大的变化的。

罗易耐心解释：汪主席，革命形势正在发生变化，鲍罗廷之前有右倾倾向，正是因为他对蒋介石的妥协态度，才让革命遭受了巨大的损失。现在我们必须及时、坚决地予以纠正！

汪精卫点点头：你们这是要组建武装，还要对我国民政府进行改组？

罗易：我们只是希望武汉国民政府能更加革命，更加符合孙先生的三大政策。汪主席你应该很清楚，蒋介石已经完全背叛了革命，你所能依靠的，就只有共产党和广大的工农了，请不要再犹豫不决了！

汪精卫勉强笑了笑。

汪精卫：罗易先生，你说得也有道理，不过事情重大，还是给我点时间考虑一下。

罗易：我等你的回复。再见！

罗易起身离开办公室，王剑龙也跟着离开。

汪精卫看着罗易离开，脸色阴沉下来。

一直没说话的何键凑到汪精卫面前，透着不满。

何键：共产党已经开始要抓自己的武装了，要不是这个罗易蠢，把他们的绝密文件给您看了，我们都还被陈仲甫蒙在鼓里！

汪精卫没说话，武汉的六月，天气异常闷热，他扯开领口的扣子，眼中露出了杀气。

汪精卫走到窗口，哐当一声打开了窗户。

天色阴沉得可怕，似乎是暴雨将至。一阵风吹了进来，墙角的蜘蛛网在风中轻轻晃动着，一只小虫子被粘在网上，无论如何挣扎，都无法摆脱蜘蛛网。

何键：汪主席，之前您想处理共产党，一直找不到合适的理由。现在正好，您要的这把刀，罗易给您递过来了！

汪精卫还是不说话，但眼里透露出决绝的杀气！

武汉四民街61号陈独秀办公室内，陈独秀一脸蒙，同时带着不可遏制的怒火。

陈独秀：什么？你把这份密电给汪精卫看了？

罗易辩解：共产国际的这份指示，没有汪精卫的配合是无法执行的！我们不能冒着失去汪精卫信任的风险，背着他做这些事情吧？

陈独秀又气又急：罗易同志！什么是密电？就是不能轻易示人的！我前几天还和汪精卫谈要联合革命，两党是兄弟关系，你转头就说要成立工农军队，你让汪精卫怎么看？能安心合作吗？！

罗易：这是共产国际的决定，我们必须执行！

陈独秀：你们一天一个主意，我们怎么执行？

鲍罗廷：罗易同志，你这是授人以柄，让汪精卫彻底对我们失去信任！

罗易对鲍罗廷的态度颇为不满。

罗易：鲍罗廷同志，汪精卫不是蒋介石！难道还需要我提醒你，就是因为你之前对蒋介石太软弱，才会酿成今天的后果吗？

鲍罗廷见罗易公然指责他，拿起桌上的杯子直接摔了：罗易！你现在把电报给汪精卫看，酿成的后果只会更大！现在武汉国民政府里反对我们的人很多，这份电报只会成为他们动手的借口！

罗易生气，拿起桌上的另一只杯子摔了：鲍罗廷！你少乱扣帽子！汪精卫是武汉的实际领导者，我想开诚布公，以换得他对我们的信任，有什么错？

鲍罗廷：你换取的不是信任，是对你更大的防备，甚至是分裂！

罗易和鲍罗廷说的都是英语，语速太快，王剑龙都来不及翻译。陈独秀看到两人又是摔杯子，又是面红耳赤地争吵，莫名其妙。

陈独秀：他们在吵什么？

王剑龙叹气：都认为对方是愚蠢的。

鲍罗廷气得半死，忍不住开始说中文。

鲍罗廷（中文）：陈，这就是个笨蛋！

罗易听不懂：你说什么？

王剑龙没有翻译。

陈独秀：罗易同志，你到底明不明白，这份密电的内容，很可能会让汪精卫对我们产生误会，甚至有可能给我们党带来灾难性的后果！

罗易：你们的做法，才是灾难性的后果！

罗易愤然离开，王剑龙跟着离开。

鲍罗廷再次强调：陈，他就是个笨蛋！

陈独秀无奈摇头：十足的笨蛋！

汪精卫公馆书房内，武汉国民党政治委员会主席团成员，除了谭平山之外，其他人都在座，孙科向他们宣读共产国际的那份电报。

孙科一字一句地读着：不进行土地革命，就不可能取得胜利。不进行土地革命，国民党中央就会变成不可靠将领手中的可怜的玩物……应从下面多吸收一些新的工农领导人加入国民党中央，他们的大胆意见会使老头们变得坚决起来，或者使他们变成无用之人……要动员两万共产党员，再加上来自湖南、湖北的五万革命工农，组建几个新军。要利用军校学员做指挥人员，要组建自己可靠的军队……如果国民党人不学会做革命的雅各宾派，他们就要为人民、为革命去捐躯……

现场顿时一片哗然，所有人都是满脸激愤。

汪精卫咳嗽一声，现场安静下来：同志们，大概就是这些内容，可一条比一条厉害，随便实行哪一条，国民党就危险了！

孙科：他们这是要把国民党变成共产党啊，这是什么？战书吗？

陈公博：我们还是对共产党太过宽容，导致他们步步紧逼。他们这是要从根上推翻我们国民党！

众人默默点头。

有人交头接耳：说起来，这位信服汪先生的陈公博，曾经是中国共产党的同志呢，听说是他们的一大代表。

谭延闿：汪主席，我们是要动手吗？

陈公博敲着桌子：我们不动手，难道要等着共产党组织起武装，反过来对付我们吗？汪主席，你是什么意见？

汪精卫看气氛差不多了：我党跟共产党合作的前提是什么？我党才应是革命的主导者！可现在他们不但要领导权，还要抓自己的军队，这是想鸠占鹊巢，反客为主！一艘船怎么可能有两个掌舵的……恐怕我们要有割席断义的觉悟了！

孙科等人纷纷点头。

谭延闿：那唐生智还去长沙吗？

汪精卫：我前些天去郑州会见了冯玉祥，在对付共产党的问题上，基本达成了共识。时机嘛，还可以再等一等。唐生智还是按照前面的决定，前往长沙处理马日事件，表面还是先维持着和共产党那边的关系嘛。（文质彬彬地说出最狠的话）等时机成熟了，雷霆一击。

会场沉默片刻，孙科带头鼓掌，其他人也纷纷鼓掌。
汪精卫的眼中闪过一抹得意，更有一抹阴沉的杀气！

武昌都府堤41号厢房内支着几张床，上面躺好几名伤员，身上染满血迹。
易礼容和郭亮陪在旁边，胳膊、脸上都挂着伤。
毛泽东、杨开慧和孙嫂提着药箱、开水走了进来。
易礼容、郭亮忙起身打招呼：润之！开慧！
毛泽东看了看伤员：到了这里就把心放下，安心养伤。（对易礼容、郭亮）润生、郭亮，去外面聊吧。
毛泽东冲杨开慧点点头，和易礼容、郭亮走了出去。
杨开慧和孙嫂帮着伤员清洗伤口，敷上药物后包扎。
杨开慧：忍着点！上了药就好了。
孙嫂：你们都是从湖南逃过来的？
伤员甲：这帮刽子手，杀人不眨眼哪。没办法，我们只能来武汉找润之同志，请他帮着想想办法。
伤员乙：本来郭亮同志、柳直荀同志都组织了上万农军，结果中央不让动手，硬是让我们退回去！
孙嫂难以置信：他们打你们、杀你们，你们连手都不许还的？
伤员甲愈发愤怒：中央不让啊，说什么要维持团结！哪有我们团结别人，别人不团结我们的？
一直没说话的杨开慧开口了。
杨开慧安慰：请相信润之，情况不会一直这样下去的。

易礼容和郭亮坐着喝粥，毛泽东面带忧虑。
毛泽东：湖南的情况到底怎么样？
易礼容摇头：别提了！各地党组织都被破坏殆尽，很多同志被杀、被捕，还有很多失踪的，基本上都联络不上了。
毛泽东：各地的农军呢？
郭亮：中央不让抵抗，党组织又乱了，再加上牺牲很大，人心浮动得厉害。

毛泽东沉默下来，目光中满是痛苦。

郭亮心痛地说：你一手建立起来的湖南党组织和农军，现在死的死，伤的伤，都快要散了。

毛泽东：没想到事态恶化得这么快！

易礼容：润之，实际情况比刚才说的更严重。马日事变引发各地效仿，常德、溆浦、衡阳、沅陵……多支部队相继向我们举起屠刀，被杀被捕的同志和革命群众已过万人。

毛泽东惊讶，站起身来，缓缓踱步。

易礼容：润之，我们来找你，就是想问问你该怎么办。中央这也不让那也不让，这革命的道路，到底该怎么走啊？

毛泽东沉默了，望向天空，竭力抑制自己的眼泪。

黄鹤楼附近游人稀少，毛泽东神色憔悴，撑着红色油纸伞，脚步沉重地登楼散心。

毛泽东凭栏眺望，龟山苍苍，江水泱泱。极目远眺，万般悲愁。

毛泽东望着远处的长江，目光中满是萧索。毛泽东从兜里掏出烟和火柴，划着火柴，点着烟后抽了起来，一口烟呛到肺中，不由得剧烈地咳嗽起来，再抬起头来，眼中满是担忧。

毛泽东：……茫茫九派流中国，沉沉一线穿南北。烟雨莽苍苍，龟蛇锁大江。黄鹤知何去？剩有游人处……

武昌都府堤41号毛泽东住处内，杨开慧在纸上誊写着《菩萨蛮·黄鹤楼》，边写边念：……把酒酹滔滔，心潮逐浪高！润之，你春末写的这首《菩萨蛮·黄鹤楼》，最后这两句才像你的性子。物极必反，否极泰来，形势坏到了极处，苦到了极处，也就到了该改变的时候了。

毛泽东在屋里来回踱着步，揉着太阳穴。

杨开慧：你坐下！

毛泽东：做什么？

杨开慧：头又开始疼了，给你梳梳。

毛泽东老实坐下，杨开慧给毛泽东梳着头。

毛泽东：开慧，我给中央打了报告，向他们阐明了事态的严重性。秋白、和森都替我说了话，中央终于批准了，让我马上回湖南！

杨开慧：你打算怎么开展工作？

毛泽东：我要立即重建湖南党组织，重新把农军组织起来！过段日子，你跟孩子还是先回板仓。守常先生去世，夏斗寅、许克祥前脚接后脚，先后叛乱，革命形势恐怕只会向更坏的方向发展，我怕……

杨开慧：我不走。你说过，长夜万古，吾道不孤，我就在这儿等着你。倒是你的处境将很危险，叛军到处都在捕杀我们的人，你要保重。

毛泽东：那也得去，绝不能再妥协退让了，城里待不下去，那就到农村去，到山里去，到敌人薄弱的地方去。总之一句话，在山的上山，靠湖的下湖，拿起枪杆子保卫革命，斗争到底！

第二十五章　党旗重现三湘地，工农革命见新章

汽笛响起，客轮缓缓靠岸，蒸汽的白烟与黑云压城的天空融为一体。长沙小西门码头出口处站着荷枪实弹的军警，警惕地审视、盘查着进出的旅客。

毛泽东扮成小生意人的模样，镇定自若地从两名军警身旁经过。码头出口处，易礼容同样是小生意人打扮，看到毛泽东从里边出来，赶紧迎上。

易礼容：石老板，欢迎！您要的君山银针都备好了，先看看货去？

毛泽东：有劳了！走。

1927年6月24日，在毛泽东的坚决要求和蔡和森、瞿秋白的鼎力支持下，中共中央终于任命毛泽东为中共湖南省委书记，赴长沙组织新的湖南省委，着力恢复马日事变后遭受严重打击的湖南党组织。

中共湖南省委临时驻处，窗外下着雨，淅淅沥沥的。暗淡的灯光下，简陋的房中摆着一张长木桌，大多数位置都空着。

毛泽东站在窗前，看着外面的雨。易礼容、柳直荀、林蔚、郭亮或坐或站，一直等着其他与会者的到来，气氛颇为凝重。

林蔚打开怀表看了看：离约定的会议时间，已经过了一个小时。人还没到齐，咱们继续等吗？

柳直荀：其他人恐怕很难来了。马日事变以后，有的同志牺牲了，有的同志逃亡去了武汉，还有的……甚至脱党了。许多地方跟党的联系全都中断了！

毛泽东看着窗外的雨，一直没说话。

易礼容：叔翁怎么样，还好吗？

柳直荀：叔翁本来在宁乡，事变发生后，冒着生命危险到长沙来寻找党组织，无奈情势太过危急，只得避难去了上海，准备创办地下印刷厂。

易礼容：鹤鸣的情况呢？

林蔚：鹤鸣被通缉了，我们通知他连夜离开了长沙，现在应该在老家零陵。

易礼容：鹤鸣都已经脱党了，他们还不放过他。

林蔚叹气：除了党组织，湖南团组织的情况同样很糟糕。共青团湖南省

委书记田波扬和他的妻子陈昌甫都不幸牺牲了。

毛泽东紧咬着嘴唇，面容沉重。

毛泽东这才转过身来，开口道：不等了，开会吧。（斩钉截铁，铿锵有力）今天的主要议题有两个：一、尽快打通长沙附近各县及衡阳、常德等地与省委的联系；二、在湖南发动工会、农协，组织工农武装，对许克祥展开有力反击，以拳头对拳头，以枪杆子对付枪杆子！

毛泽东的坚定感染着易礼容等人，大家频频点头。

突然门口传来一阵敲门声，毛泽东等人对视一眼，吹灭了灯。然而外面的人见没动静，继续敲门，气氛顿时紧张起来。

易礼容走到门口，装作很自然地问：谁啊？这么晚了，已经睡下了。

徐特立的声音传了进来：我，徐特立。

易礼容等人面面相觑，更加警惕。

易礼容：徐特立？他怎么来了？

林蔚：他可是国民党长沙市党部的农工部长，会不会是密探，来抓我们的？

柳直荀：很有可能！毛书记，怎么办？

毛泽东还没回话，门外再次响起徐特立的声音。

徐特立：我知道你们都在。告诉毛润之，就说我找他！

大家都看着毛泽东，没想到毛泽东却笑了。

毛泽东：都把心放肚子里！我这个老师虽是个文人，却最是仗义，以他的风骨，绝不会做那样的事。现在我们有难，他一定是来帮我们的！

毛泽东亲自打开门，只见门口站着徐特立，他提着一盏风灯，50岁左右，双目炯炯。

毛泽东：老师！您怎么来了？

徐特立：润之！打你从一师毕业，我们有多少年没见了？

毛泽东：快十年了！老师，您身体还硬朗吗？

徐特立：硬朗得很，以后别再叫我老师了，该叫我同志，真同志！

毛泽东一愣：同志？

徐特立将带来的那盏风灯放在桌上，整个房间顿时亮了起来。

徐特立：经李维汉同志介绍，我已经于上个月24号正式入党了，跟大家已经是同志了！

毛泽东：老师，长沙现在到处都在抓捕共产党，随时可能掉脑袋，您怎么在这个时候……

徐特立摆摆手：润之，外面的局势我都知道，是非对错，我心里自然有一杆秤！你刚说，我们一别已近十年。十年，"桃李春风一杯酒，江湖夜雨十年灯"。不管夜有多暗，雨有多狂，总有一盏灯它不会灭！这盏灯就是你们，就是共产党！

桌上，徐特立带来的那盏风灯透着温暖的光。

毛泽东感动：老师，我就知道，早晚我们会站在一起！

徐特立：我只恨没有早点跟你们站在一起！润之，你的《湖南农民运动考察报告》，我整整看了三遍，你们所做的事情，才是真正地为天地立心，为生民立命，为黎民百姓去开一个太平！润之，之前我忝为你的老师，这一次，你是我的老师！我徐特立下半生，就跟定你们走了！

毛泽东的手跟徐特立紧握在一起：老师！

毛泽东的眼眶湿润了，对着徐特立深鞠了一躬。

毛泽东：谢谢，谢谢您！您在这个时候加入我们，是我们的真同志，就像这盏灯一样，照亮的不仅是这间屋子，更是我们大家的信心！

徐特立的眼睛也红了，动情地说：是老朽该谢谢你们，是老朽寻找了半生，终于找到了组织啊！

易礼容等人都眼眶湿润，不只是感动，更是对未来充满了信心。

宽敞的列车包厢里，唐生智坐在靠窗的沙发上，闭着眼睛默念经文，手上捻动着佛珠，包厢门口站着卫兵。

一名副官走进包厢，对唐生智敬礼，双手呈给他一张电报纸。

副官：总司令，电报！

唐生智没有睁眼：念。

副官压低声音：是南京蒋总司令的。

唐生智这才睁开眼，拿过电报看了起来。

蒋介石：孟潇兄，同为总理信徒，当以同舟共济为要。请即调集所部，与郑州冯玉祥所部协力北伐，克定幽燕，实为至幸。

唐生智放下电报，嘴角微微一撇。

唐生智：他这个南京的总司令，倒指挥起我这个武汉的总司令了！汪主席有意让我东征讨蒋，他却让我坚定北伐，倒是打得如意算盘！

副官：总司令，据我所知，湖南发动马日事变各部，虽是受何键指使，实则都和南京方面有联系，尤其是许克祥部。如今南京方面有钱有枪，更有英美等势力相助，我等和蒋总司令对抗，不是上策。

唐生智：你有什么上策吗！像冯玉祥那样跟蒋介石拜把子吗？

副官不敢说话了。

火车一声鸣笛，缓缓驶进长沙站。唐生智却不下车，而是闭着眼睛，手上转着佛珠。

少顷，湖南省代主席张翼鹏、长沙警察局长余湘三迎进车厢，走到唐生智面前。

张翼鹏和余湘三上前：总司令一路辛苦！

唐生智这才睁开眼睛：有劳张主席、余局长亲自来接。

余湘三：可把总司令给盼来了！长沙的事情，您可千万别听信共产党的一面之词，完全就是他们非要搞什么土地革命，荼毒乡绅……

唐生智：可你们毕竟是无令而行，涉嫌叛乱，如今武汉各界声讨得很厉害，连汪主席都要被迫表态，你们把事情弄得太大了，不好收拾啊！

余湘三和张翼鹏对望一眼。

余湘三：所以要劳烦总司令了！我和张主席备了薄宴，（指了指双方的军服，低声）毕竟是一家人嘛，您就当是回家了。

张翼鹏看了眼唐生智手里的佛珠：总司令放心，都是素菜！

唐生智看了看两人，这才起身：让你们费心了。

余湘三和张翼鹏会意，都松了一口气。

余湘三：总司令，请！

武汉四民街61号陈独秀办公室内，周恩来：汪精卫派唐生智前往长沙调解，很可能只是和和稀泥、做做表面文章，所以我还是请求，把这份湖南暴动计划的报告提交常委会讨论。

周恩来将一份封面写有"湖南暴动计划"的文件推到陈独秀面前。

陈独秀却没打开：恩来！我们已经答应了汪精卫，以调解为主，现在唐生智刚到湖南，结果还没出来，我们不能出尔反尔。

周恩来：万一调解结果不理想呢？我们总要做好两手准备，有备无患。

陈独秀：恩来啊，现在的形势，就像是一艘船在海上遇到了风暴，随意更改航向，船是会翻的！

周恩来：如果不更改航向，船就有可能直接沉了！总书记，我希望能派更多懂军事的同志，前往湖南配合毛泽东同志，如果唐生智不能惩办许克祥……

陈独秀：那我们再自己惩办！这总行了吧？

罗易：周！陈！你们的暴动计划我看了，不成熟。还要改。

罗易说的是英语，翻译王剑龙帮着在一旁翻译。

周恩来竭力忍着：那么请问罗易同志，什么时候能修改完成？

罗易：这我现在不能答复你，要根据你修改的情况来定。

周恩来一向温文尔雅，这时却拍了桌子：罗易同志！暴动计划你改了不下十遍了吧？总有意见！总说不成熟！总要推翻重来！你要阻拦暴动，大可以明说！

罗易：周！请注意你的态度！不是我要推翻你的计划，是鲍罗廷、总书记和我一直没有达成共识！

周恩来：你就要返回莫斯科了，你的所谓共识，能对中国革命的后果负责任吗？敌人早已是磨刀霍霍，我们还在跪地求饶，引颈就戮吗？这是对中国革命负责任的态度吗？！

周恩来很坚决，罗易同样很坚决，互不相让，两人都看着陈独秀。陈独秀只得开口。

陈独秀：恩来，"五月指示"让汪精卫很紧张，我们不能再去触碰他那根敏感的神经了！现在蒋介石已经背叛了革命，我们唯一可以依靠的，就只有汪精卫了。真像你说的，在两湖发起暴动，那我们跟汪精卫、跟国民党左派的关系，就真的回不了头了，我们国共合作这三年多的努力，就都白费了。不到万不得已，千万不要走到这一步。

陈独秀说这些话时，早已没有了当初的意气风发，近乎于苦苦相劝了，充满了无力与无助，将汪精卫当成了最后的救命稻草。

周恩来：总书记，当断不断，反受其乱。汪精卫的用心、用意，早已是司马昭之心，路人皆知了。

陈独秀：不要草木皆兵好不好？大家对调解还是要有信心，退一万步说，武汉国民政府总是需要苏联的援助吧？

汪精卫公馆书房，何键刚出门，就看到陈璧君朝书房走来。

何键立正：夫人！

陈璧君没理他，径直进了书房，何键将门关上，退了出去。

陈璧君坐在沙发上，汪精卫忙过来给陈璧君按摩肩膀。

汪精卫：夫人怎么没去聚会？

陈璧君：没心思，也没意思！那帮官太太叽叽喳喳的，听着就烦！

汪精卫：又怎么了？她们是不是又在嚼什么舌根了？

陈璧君：兆铭，没外人，你说实话，蒋中正要拉拢你一起去对付共产党，只要条件谈得拢，未必就不能考虑，毕竟大家都是国民党。但如果让你屈居于蒋中正那瘪三之下，那就不行！

汪精卫：夫人你也知道，现在南京势大……

陈璧君：再势大他也是瘪三！你才是总理真正的继承人，是国民政府的主席，他算什么？一个武夫而已！我们现在手里有地盘有军队，凭什么要让着他？

墙上，偌大的孙中山画像正看着他们。

陈璧君：你知道姓蒋的为什么爬得比你快？因为他敢赌！永丰舰救驾、讨伐陈炯明、当军校的校长，还有中山舰事件，整理党务案，一桩桩一件件的，哪件事他蒋中正不是拿着脑袋去赌？你呢？

汪精卫：夫人，我已经不是当年那个引刀成一快的少年郎了。高处不胜寒，踏错一步就是血流成河。

陈璧君：说什么丧气话。

汪精卫：做事要有时机。夫人你说得对，我们最大的对手，不是张作霖，也不是共产党，一直都是他蒋中正！现在至少共产党明面上还是支持我的，苏联也答应给我们一千五百万卢布的援助，这就是我们的筹码。等款项一到，棋子，就不能变成弃子吗？

汪精卫说得云淡风轻，却让人不寒而栗。

中共湖南省委临时驻处内，毛泽东和易礼容、柳直荀、郭亮等待着。

敲门声响起，是徐特立。

毛泽东：老师回来了！

易礼容：徐老，情况怎么样？

徐特立摇头：组织上派去的谢觉哉谢老吃了个闭门羹，唐生智根本就不见。

郭亮不忿：亏他还贴出布告，做出要调解的样子，搞了半天就是老虎戴佛珠——假慈悲。

毛泽东：早料到是这个结果了。但如果我们不派人去，就给他们落了个不予配合的口实。既然他们要演戏，那我们就配合他演下去，把他们的假调解，变成我们的机会。

柳直荀：什么机会？

毛泽东：调解期间，全国人民都在看着，他们至少是不敢大开杀戒的。我们正好利用这段时间，抓紧把各地的农协自卫队、工人纠察队，还有党组织都重新组织起来。润生、郭亮，长沙就交给你们了。

易礼容、郭亮点头。

毛泽东：直荀同志，我们明天就动身，到长沙附近各县都走一走，重建各地党组织与省委的联系！大家都按照先前的安排，去各地恢复组织，准备斗争！

武昌都府堤41号的厨房内，孙嫂站在灶台前，旁边放着一个菜篮，背对着门擦眼泪。杨开慧看到这一幕，连忙过去，只见孙嫂拿着一张纸条，上面写着"都府堤41号孙嫂"的字样。

杨开慧：孙嫂，是老家出事了吗？

孙嫂摇头：没有。（赶紧擦擦眼泪）我刚到武汉的时候出去买菜，总不记得回家的路，有一次还差点儿走丢了，先生就给我写了这个地址，让我随身带着，说以后再找不着家，就请别人帮着指指路……先生这次回湖南也不知道怎么样了？有没有口热的吃喝？

杨开慧心中挂念，脸上却勉强笑着：别担心，有润生他们陪着，不会有事的。

孙嫂：那就好那就好，我这就做饭，开慧你去看着岸龙吧。

杨开慧：妈在哄着呢，我帮你打下手。

杨开慧背过脸去，自己的眼睛却红了。

衡山脚下，毛泽东、柳直荀在衡山县委书记陈芬的带领下，手里拿着砍刀，一路披荆斩棘，向着山林更深处进发。

毛泽东砍着挡在前面的枝丫：长沙附近各县我们都走遍了，基本上都跟省委有了联系。陈芬，你们衡山是最后一站。没想到咱们的湘南女侠神出鬼没，连你这个丈夫也不知道去处。

陈芬：这样才安全嘛！我只知道大概的方向。

毛泽东：只要方向对，就一定能找到。

陈芬：毛书记，最近土豪劣绅罗老八搬来了一个连的叛军，准备反攻倒算。菊妹子在钟家花园、罗家坪、白露坳一带组织起了几千农民武装，已经拔掉好几个反动据点了。

毛泽东：听你这么说，我更迫不及待，想见见我这个菊妹子了！

三人边走边说，突然柳直荀好像听到有什么异样的声音，停下脚步。

柳直荀：都停一下。

几个人停下来，原本密林深处不显眼处，几名赤卫队员顶着草编的帽子，从草丛里站起来，拿起步枪和梭镖对准几人。

为首的队员：不许动！

陈芬：老乡，我们是自己人。

队员看看毛泽东和柳直荀：自己人？这两个哪像是农民，看看这手，是拿笔的，一定是白狗子派来的暗探！抓起来！

陈芬还要说什么，毛泽东用眼神制止。

毛泽东坦然地伸出双手：我们跟你走。

林间溪水淙淙，草木隐映之间，一队赤卫队员正在小溪边浣洗着沾染血迹的衣服，处理着伤口，用溪边的石头磨洗着长矛、大刀、梭镖等。

衡山县妇女委员、赤卫队长毛泽建正在检查缴获的武器，她已经改成干净利落的短发，额头上的伤疤清晰可见，在阳光下淡淡发红。

某壮汉赤卫队员正在汇报工作：达湘同志，这次伏击了大地主罗清溪组织的还乡团，共缴获步枪十二支，子弹三箱，还有一箱手榴弹……

这时，几名赤卫队员将毛泽东、柳直荀、陈芬押到。

为首的那名赤卫队员来跟毛泽建汇报：达湘同志，抓到几个暗探。

毛泽建起身看过来，这才发现毛泽东几人。

毛泽建大喜过望：三哥！

毛泽东：菊妹子！你们这可不好找啊。

毛泽建掏出短刀，麻利地给三人斩断捆住双手的绳索：三哥，我们在这里休整，外面撒出一些队员放哨，没想到把你们给抓来了。（对陈芬）你也是，怎么不跟队员们解释清楚？

陈芬：我倒是解释了，他们也得听啊。

毛泽东却笑了：菊妹子，你带的好兵啊！警惕性很高，而且眼光毒辣，一眼就看出我们不是农民。

为首的赤卫队员既惭愧又很骄傲：这都是达湘同志教给我们的。

毛泽东：要抓！以后还这么抓，这样才不会中了土豪劣绅的圈套！听说你们现在搞得很红火，清乡队的几次"围剿"都被你们打败了？

毛泽建自豪而又骄傲：他们敢来，我们还打，打到他们怕为止。三哥，你怎么到衡山来了？

毛泽东：革命形势很快就会出现大的变化，我不放心你，顺道来看看。现在见到你，还有你们这赤卫队，我可就放心喽！

林间燃起篝火，毛泽建忙着摘野菜，柳直荀帮着煮鱼汤。

毛泽东和陈芬坐在小溪边，看着忙来忙去的毛泽建。

毛泽东：……那时候菊妹子的亲娘，眼睛完全看不见了，为了活命，只能把菊妹子送去萧家当了童养媳。她额头的那道疤，就是那时候落下的。后来等我从北京回到家，才把这桩婚事解了，把菊妹子带到了长沙，跟着我们读书、学习。

陈芬：泽建的命，实在是太苦了。

毛泽东：她性格很要强，嘴上不饶人，但心地好。我们三兄弟只有菊妹子这一个妹妹，她认定了你，嫁给了你，可就托付给你了。

陈芬：三哥放心，我会好好照顾她的。

野菜鲫鱼汤煮好了，毛泽建给众人盛汤：同志们，都来喝鱼汤了。

柳直荀：喝鱼汤了！新鲜的鱼汤！

柳直荀帮着一起盛鱼汤。毛泽东见陈芬将碗里的鱼挑出来，放到旁边的碗里。

这时毛泽建赶过来，陈芬将那只盛着更多鱼肉的碗给了毛泽建。

陈芬：还有点烫。

毛泽建：知道。

毛泽东看到这一幕，欣慰地笑了。

几个人喝着鱼汤，围坐在一起。

篝火照亮了毛泽建的半边脸和额头的疤痕，之前她总是用头发遮住，现在却坦然地露了出来。

毛泽建：三哥，嫂子还好吗？

毛泽东：挺好的，老跟我念叨你。

毛泽建：以前我的头发都是嫂子给我剪的，我总觉得额头上有块疤难看，没脸见人，总是叫嫂子用头发帮我遮住。现在才知道，女人一样可以革命，可以自由自在地活，又不是靠一张脸过日子。

毛泽建说这些时，面带微笑、坦然、自信。

毛泽东欣慰：你嫂子知道了，一定会为你高兴的。我也是。

毛泽建带着赤卫队员送别毛泽东。毛泽东望着毛泽建，阳光透过林间的树叶照下来，显得她满脸朝气。

毛泽东将毛泽建拉到一旁：菊妹子，我跟直荀要赶回长沙了，有些话想跟你说说。

毛泽建：三哥你说。

毛泽东：你们上山打游击这一套很好，一定要注意安全，保护好自己。除了大刀、梭镖、长矛，还要多搞些枪。有了枪杆子，以后就能做更大的事业。

毛泽建：三哥，我记住了。

毛泽东：除了枪杆子，还要有意识地在群众基础好的地方创建根据地。有了根据地，革命就有了发展的基础，就好比是人有了屁股，才能坐得下来。不然老是走着、站着，腿走酸了、站软了，定然不会持久，是要摔跟头的。

毛泽建点头。

毛泽东：好了，我该走了。菊妹子，保重！

毛泽建眼眶有点红：三哥，保重！

毛泽东和柳直荀离开，众人挥手道别。

毛泽东走了很远，回头看，毛泽建和陈芬还站在树下看着，朝他挥手。

国民党湖南省党部内厅，唐生智坐在办公桌后面，余湘三走了进来，递给他一份文件。唐生智接过文件翻了翻，眉头皱了起来。

唐生智：湘三，毕竟是在调停期间，你昨天又抓了几十个共产党，全都要枪毙，还要抓捕毛泽东，过头了吧？

余湘三：总司令信佛，不愿伤人性命，可眼下的形势，我们不动手，只怕毛泽东就要动手了。

唐生智：一帮乌合之众，能成什么气候？

余湘三：总司令有所不知，现在湖南各地共产党很是活跃，什么工人纠察队、农民自卫军，又都接二连三地组织起来了，还千方百计地搞枪支弹药，他们想要干什么？再不有所动作，局势恐怕就不能控制了！

唐生智拿起佛珠，不说话了。余湘三会意，敬了个礼，转身离开。

长沙附近山村的院子里，毛泽东光着膀子蹲在水井旁，打水浇在身上，正在洗澡。

毛泽东换上干净衣服，脚下穿着草鞋，用树枝在泥土上画着一张简略的湖南地图，几块石头摆在不同的位置。毛泽东静静地望着地图，不时挪动某块石头。

夜幕渐渐降临。外面传来脚步声，一个身影出现在院门口，却是夏明翰。

夏明翰：先生！

毛泽东：桂根！回来得这么快？

夏明翰：接到您的调令，我马上就跟部队递了辞呈，第二天就动身了。需要我做什么？

毛泽东拿起石头：来，你来看。这是湖南的敌我态势。安源的情况你比较熟悉，工运搞得比较早，我们的力量在那边也比较充实……

两人正说着，柳直荀急匆匆地冲过来。

柳直荀：毛书记，刚得到消息，余湘三又杀了我们五名同志！唐生智就是默许、纵容的态度，完全让你说中了，调停就是假的！

毛泽东咬着牙，手紧紧地捏着石头，因为愤怒而颤抖：各地的同志都到了吗？

柳直荀：都到了，就等着你开会了。

毛泽东：走，上山！

夜幕下的山间小路上，毛泽东举着火把，大踏步走在前面，夏明翰、柳直荀跟在后面。远远望去，黑暗中有三支火把，在山间穿行着。

毛泽东领着夏明翰和柳直荀从山洞外向里面走。里面空间由小而大，人数也越来越多。大家点着许多油灯，看到毛泽东来了，顿时安静下来。

靠着洞壁用石头垒着一个简陋的石台，毛泽东穿着一双草鞋，站到石台上面。从各地赶来的党员领导们围在一起，夏明翰、柳直荀、郭亮、易礼容等人都在其中。

火光轻轻摇晃，照在众人紧张而兴奋的脸上。

毛泽东：同志们，唐生智通令湖南全省，取消工农团体，停办中等以上学校，取缔二五减租，还纵容余湘三杀了我们五名同志！

众人神情愤怒，气氛也凝重起来。

毛泽东：所以湖南省委决定，现在一切民众的宣传和组织，一切经济和政治的斗争，一切口号的鼓动，都以推翻唐生智的统治为目的！

压抑的气氛一扫而空，众人兴奋鼓掌。

毛泽东却话锋一转：可是，同志们！许克祥、余湘三能对我们举起屠刀，唐生智说是来调停的，却默许甚至纵容他们的行动，这是为什么？

毛泽东目光扫过众人。

毛泽东：因为我们没有力量！如果我们一直没有枪杆子，没有真正的根据地，就算我们这次推翻了唐生智，也一样会有张克祥、王克祥用屠刀对付我们，也一样会有朱生智、马生智来包庇他们！

众人沉寂下来，许多人默默点头。

夏明翰大声：所以我们一定要武装起来，跟他们枪杆子对枪杆子！

毛泽东：说得对！从来就没有什么救世主，要掌握我们的命运，只能靠我们自己。接下来我们在湖南的一切工作，中心只有一个，要工农武装！

柳直荀和郭亮将一幅湖南省地图挂在洞壁上。

毛泽东：各地、各县的工农武装，应一律迅速集中，不要分散，要用革命的武装去反击反革命的武装！已经暴露了的工人纠察队和农民自卫军，要"上山学匪"，准备长期奋斗；尚在灰色或者潜伏状态中的工农武装，仍保持合法团体——挨户团的名称，待起义时，再打出自己的旗帜；力量弱小、组织又不甚健全的工农武装，则把枪支埋到土里，人员分散隐蔽，或投入贺龙、叶挺部，或潜入国民党军队、反动团防，设法制造兵变，夺取枪支。

山洞内一片寂静，火光微微摇晃，映照着一张张激动的面孔。毛泽东看了看大家，走到地图前开始排兵布阵。

毛泽东：夏明翰同志！

夏明翰：到！

毛泽东：你在农协时提出的"梭镖主义"，从今天开始，不再只是口号，而是实实在在的行动了！

夏明翰热血沸腾：先生，我一直在等着这一天！

毛泽东：好！现命令你去安源，重新组织起工人武装，为后续的暴动做好准备！

夏明翰：是！

毛泽东：毛简青同志，你去平江，担任县委书记，把农民自卫军、工人纠察队合编为工人义勇军，由余贲民同志领导，开往幕阜山整训，准备配合安源的工人武装行动！

毛简青、余贲民齐声：是！

毛泽东：宜章、郴州、资兴的农军，由陈东日、武文元领导，撤到汝城和当地农军会合，醴陵的全部工农武装转移到安源，和夏明翰同志会合！

陈东日、武文元：是！

毛泽东：湘潭西乡农军，由县农协委员长郭咏泉同志领导，撤往韶山宁乡边境山区。宁乡农军由喻东声、谢南岭同志领导，撤到沩山山区，准备发动起义！

郭咏泉：是，毛书记！

喻东声、谢南岭：明白！

伴随着毛泽东的指挥，各地工农武装、党组织领导纷纷答应，气氛激昂。油灯照亮了山洞，也照亮了中国革命未来的希望。

长沙附近山村的院子里，余湘三满脸愤慨。

余湘三：总司令，不能再等了！就这么几天时间，各地都有来报，毛泽东组织起那帮工人纠察队、农民自卫军，随时可能暴动。他们还说……

唐生智：还说什么？

余湘三：现在湖南一切经济和政治的斗争，都以推翻您为目的！

唐生智重重地一拍桌子，手中的佛珠被拍断，撒得满地都是。

唐生智咬着牙：马上给武汉汪主席发电报，问问他陈独秀和共产党到底想干什么！造反吗？

武汉四民街61号陈独秀办公室内，鲍罗廷拿着一份电报：这是汪精卫转来的电报。十天！就十天！这个毛泽东就在湖南搞出这么多事情来！他是想和唐生智刀对刀、枪对枪，分庭抗礼吗？

瞿秋白：鲍罗廷同志，余湘三又杀了我们五名同志，润之能坐视不管吗？他准备发动工农武装的做法是完全正确的！

周恩来：朱培德在江西反动，搞"礼送出境"。唐生智、汪精卫态度暧昧，随时可能翻脸，毛泽东同志这是未雨绸缪，是在为革命的未来蹚出一条新路！

瞿秋白扬了扬手里的一封信：蔡和森虽然在家养病，但他给中央致信，建议中央及军部应立即检查自己的势力，做一军事计划，以备万一。

鲍罗廷：不行，绝对不行！用你们中国的话说，这样做是会授人以柄的。

陈独秀一直在抽烟，没说话。

瞿秋白：总书记，时局随时都可能发生变化，别再犹豫了，赶紧做个决定吧。

大家都等着陈独秀答复，陈独秀的面容却显得木讷而犹豫。

陈独秀：让毛泽东回来吧……

瞿秋白和周恩来面面相觑，一脸不可置信。

天空下着雨。中共湖南省委临时驻处内，毛泽东在天井坐着，看着四水归堂的雨水，面无表情。易礼容、郭亮、柳直荀等人也都沉默着不说话。

夏明翰踏进门，放下油纸伞，拍打身上的雨水，看到这一切。

夏明翰：先生这是怎么了？

易礼容：中央刚刚来信，紧急召润之回武汉。

郭亮：还不是顾及唐生智，担心他翻脸，还怕我们手里有了武装，授人以柄。

柳直荀：担心这个担心那个，革命还要不要干了？刚准备大干一场，迎头一盆冷水便泼了下来。

夏明翰：一定要走吗？新的省委刚组建，离不开先生啊。

易礼容摇头：来信的措辞很严厉，没有丝毫余地。

毛泽东始终一言不发，扬起脸，大雨瓢泼而下。

湘江上阴云笼罩。渔夫摇橹，船只平稳向前。

渔夫：伢子，六年了，江还是这片江，船还是这艘船，你却不如当年那般意气风发了，不过也好，成熟了，也沉稳了。

毛泽东：老人家，六年前我带着问题回来，今天，我可能要带着答案出发了。

渔夫：这次是去哪里？

毛泽东：武昌。

渔夫：武昌……由湘水北上入洞庭，再由洞庭入长江，顺流而下就到武昌喽。方向拿定了，路就好走了。

毛泽东看着江中渔夫摇橹的倒影，喃喃地：方向拿定了，路就好走了……方向拿定了，路就好走了！谢谢老人家！

渔夫：伢子，载你这最后一程，以后的路，就要你自己走喽。

竹篙一响，渔夫的倒影在水中消失不见。

毛泽东抬起头，船上的渔夫竟然不见了踪影。

毛泽东拿起竹篙，在激流的江中，独自向前划着，远处云雾初散，万道霞光透过云层照射下来。

毛泽东忽然惊醒，原来是个梦。他抬起头，船舱里挤满了人。毛泽东仍是小生意人打扮，跟大家挤在一起坐着，神情变得愈发坚定。

1927年7月4日，毛泽东回长沙组建湖南省委仅仅十天，就被中央紧急召回武汉。虽然只有十天，但火种已经播撒在三湘大地，只待燎原时刻的到来！

第二十六章　苍茫大地沉浮转，一声惊雷天地变

武汉四民街 61 号会议室内，每个人的桌上都放着一份文件。周恩来、瞿秋白、李维汉、任弼时等翻看着文件，摇头，不满。毛泽东、蔡和森坐在一排，毛泽东面前的文件上写着《国共两党关系决议案》。毛泽东将笔放在文件上，压根儿就没有打开，只是面无表情地坐着。

瞿秋白：仲甫先生，这份文件是什么意思？

陈独秀知道大家心里都不满，只能耐着性子解释。

陈独秀手里拿着文件，起身向大家做着说明：诸位，为了国共合作能继续推进，促使武汉国民政府东征讨蒋，我刚跟汪精卫谈过，这份《国共两党关系决议案》，是为了明确国民党在国民革命中的领导地位，维护我们跟汪精卫、武汉国民政府的联盟，所以，工农群众组织必须受国民党的领导，工农纠察队必须置于国民政府的监督之下。一共十一条，请大家议决。

周恩来、蔡和森等人都暗自摇头。

瞿秋白要起身发言，任弼时却率先站了起来。

任弼时：总书记，在表决之前，我要求宣读共青团的《政治意见书》。

陈独秀一愣：意见书？什么意见书？

任弼时将准备好的意见书递交陈独秀。

任弼时：我想请问总书记，为什么不领导农民起来开展土地革命？在处理国共两党关系上，为什么要放弃我们应有的、独立的政策与主张？

陈独秀将意见书拍到桌子上：幼稚！这是为了国共合作的大局，懂吗？你们共青团跟着起什么哄？压根儿就没有权利提出什么政治决议案！

任弼时虽然年轻，却并不退让：总书记这话不对！既然我是代表共青团参加了这次中央扩大会议，那我就有权利提出自己的质疑和主张！我认为总书记你提出的这十一条，完全放弃了我们党的独立性，是一个彻底放弃领导权的投降主义决议案！

陈独秀被任弼时的顶撞气得昏了头，直接将任弼时的《政治意见书》当众撕了，扔到了地上。

陈独秀：任弼时我告诉你，我现在还是党中央的总书记，到底是党领导团，还是团领导党？到底是我说了算，还是你说了算？

任弼时：我们说了都不算，真理说了算！

陈独秀：你！简直是荒唐！任弼时，你给我坐下，坐下！

蔡和森咳嗽着，忍不住要起身反驳，毛泽东却拉住了他。

蔡和森看向毛泽东，毛泽东依然面无表情地坐着，什么都没说。

上海大世界内，霓虹闪烁，舞池中的人翩翩起舞。蒋介石一身戎装，端坐在沙发上，腰板挺直。

舞池中有几个小姐互相推挤，争着看又不敢看蒋介石：你去你去！……我不敢！……我也不敢，他可是总司令，听说从不跳舞，威风得很！

坐在一旁的张静江举起红酒杯：两年前总司令可曾想过会有今日这番成就？

蒋介石举起白水杯：一路多亏静江兄照应。

两人碰杯，张静江注意到蒋介石目不转睛地盯着舞池中的宋美龄。

张静江："花堪折时直须折，莫待无花空折枝。"这位宋家三小姐可是有一份追求者的名单的，据我所知，总司令在名单上并不靠前。爱情同样是征服，总司令可要一鼓作气，抓紧攻城略地！

蒋介石：可惜我已经有妻室了，拙荆洁如还是静江兄做的媒……

张静江：总司令心里装的是什么？天下！你手里有兵，他们宋家有钱，跟宋家结亲，总司令的天下才坐得稳。至于洁如那边，我会处理好的。

张静江的话正说在蒋介石的心坎上，他嘴角微微一撇，举起白水杯。两人碰杯，心照不宣。

这时一曲结束，宋美龄放下舞伴，翩翩来到蒋介石面前。宋美龄在其他小姐的注视或者说羡慕下，主动向蒋介石伸出手：可以请总司令跳支舞吗？

蒋介石受宠若惊地站起来，不由自主地牵着宋美龄的手，随着她的步伐一起走进舞池。张静江手里端着酒杯，饶有兴致地看着。

宋美龄：总司令，上次在镇江的时候忘了问，短短两年时间你就坐到了今天这个位置，可有什么秘诀？

蒋介石一本正经：养气持志，谨言慎行，审机观变，求贤任能。做到这几点，即可成就大事。

宋美龄笑了：你成功了，怎么说都对。我看，不过就是你运气好。

蒋介石只得附和：……时来天地皆同力，三妹说得也不无道理。给三妹写的那些信，三妹一封都没回。

宋美龄：给我写信的多了，我要是都回，还不把手都累断了。

蒋介石：外面都在传，三妹手里有一份追求者的名单。

宋美龄嗔怒：胡说。

蒋介石抓住宋美龄的手更紧了：三妹，我认识你有五年了，等了你五年，也埋头奋斗了五年，现在无论你的名单上有什么人，我自信都不配成为我的对手。

宋美龄毫不示弱：民国以来，多少风头无两的大人物都作古了，你以为坐的是铁桶江山，其实不过是坐在火山口上。

蒋介石：这是你大姐告诉你的，还是二姐告诉你的？

宋美龄：你抓疼我了。（蒋介石只好放开）你以为你手里有兵有权有势我就要嫁给你？你为人寡淡，缺乏风趣，还有家室。

蒋介石：既然中正一直不得三妹青睐，为什么还要请我跳舞？

宋美龄看向其他名媛小姐：其实我是跟姐妹们打了个赌，赌你一定会起身跳舞。

蒋介石放开宋美龄：现在你赢了。

蒋介石有些生气地放开宋美龄，转身回到自己的座位。宋美龄却显得一点也不在乎，依然跟名媛小姐们说笑着。

张静江却笑了：宋家三小姐就这性子，说不定还是在考验你。总司令，做她的俘虏，你将在现实的战场上，无往不胜。

蒋介石看着舞池中的宋美龄，将玻璃杯中的白水喝掉，再看舞池中的宋美龄时，眼里带着想征服的坚定。

武汉四民街61号会议室，中共中央政治局常委会召开扩大会议。

陈独秀：关于省农协下一步的活动策略，大家都有什么看法？

陈独秀看大家都没有说话，拿起茶杯靠到椅子上：可以畅所欲言嘛！不能因为我昨天批评了任弼时同志几句，就万马齐喑了。（看大家都不吭声，还是没有人讲话）润之，你是中央农委的书记，又在实际主持中央农讲所的各项工作，对农协应该很了解，你先讲讲。

毛泽东：总书记，你是想听我想说的话，还是你想听的话？

陈独秀：这是什么话？嘴长在你身上，当然是你想说的话。

毛泽东：那我就说了！这次在湖南，唐生智之所以敢在调停期间，还纵容余湘三杀害我们的同志，归根结底就在于我们没有武装，也就是没有自己的力量！所以如今摆在省农协面前的，只有两种策略。一，改成安抚军合法存在。所谓安抚军，说白了就是收编，合法也是合他汪精卫的法，他对农协一向反感，一旦交出了武器受他领导，结果是什么？人为刀俎我为鱼肉！所以这一条实难办到。那就只有第二种策略，分两条路，"上山"，或投入军队中去。"上山"可建立根据地，构成军事势力的基础；到叶挺、贺龙等这些革命的军队中去，同样也是为保存武力，否则将来一到事变，我们将毫无办法，只能坐以待毙，任打任杀！

陈独秀："上山"？共产党人难道要落草为寇了吗？我去当宋江，在座诸位都是三十六天罡七十二地煞？这还是革命吗？！

面对陈独秀的批评，所有人的眼睛都看着毛泽东。

蔡和森、瞿秋白是担心，张国焘则撇撇嘴，冷眼旁观。

毛泽东：总书记！大革命走到今天，对我们党来说，已经不是考虑面子问题的时候了，而是到了考虑生死问题的时候了。

陈独秀：毛润之你太自负了！你以为就你看得到生死问题，其他人都看不到吗？关键是如何才能生！刚刚通过的《国共两党关系决议案》，十一条写得清清楚楚，农民协会的会员和自卫武装必须全部加入国民革命军，接受国民党的领导，就忘了？

毛泽东站起，这次是蔡和森要拉他，却没有拉住。

毛泽东：敌人都要屠杀了，我们还要凑上去合作，这可能吗？诸位，革命到了今天，谁是我们的敌人，谁是我们的朋友，难道到现在还看不清楚吗？

陈独秀：毛润之，你是要彻底放弃跟国民党的同盟吗？

毛泽东：是牺牲跟国民党的同盟，还是牺牲已经起来的工人、农民，牺牲那些在生死线上挣扎、靠着革命才能看到一点光亮的穷苦百姓，要我毛泽东选，我只能选最广大的工农！

毛泽东指着挂在墙上的旗帜。

毛泽东：别忘了我们的旗帜上，除了斧头，还有镰刀！除了工人，我们真正可靠的同盟军，就是最广大的农民！我们共产党从成立那天起，就是要为我们这个民族谋尊严，要为全天下的穷苦人谋幸福！

毛泽东毫不示弱,看着陈独秀。陈独秀同样盯着毛泽东,两人对视着,谁也不肯让步!

会议室气氛压抑,就在这时,一名负责电报联络的同志甲推门进来,手里拿着一份电报,大家一起将目光投向他。

同志甲:总书记!

陈独秀:出去!

同志甲:有您的电报!

陈独秀:没看到我在开会吗?出去!

同志甲站着不动,瞿秋白走过去,接过他手里的电报,一看不禁愣在当场。

瞿秋白:总书记……

陈独秀口气稍缓:说。

瞿秋白:延年同志,牺牲了。

上海某处刑场,陈延年被从车上拖下,遍体鳞伤,鲜血淋漓。几个执刑士兵力图暴力地将陈延年按倒下跪。

持刀的刽子手:陈延年,跪下!

屠刀高高举起,不屈的陈延年硬是站了起来,决不下跪!

陈延年双目如炬:革命者光明磊落,视死如归,只有站着死,决不跪下!

陈延年仰头看着灼灼烈日,露出了牺牲前最后的微笑。

陈独秀接过电报,竭力控制着自己的情绪,双手却不禁颤抖着,强打精神:要革命就会有牺牲,其他共产党人都在牺牲,我陈独秀的孩子,一样可以牺牲。继续开会吧。

毛泽东同样心情沉重,看着陈独秀,眼里透着心疼。

夜幕降临,陈独秀跟跟跄跄地推开了房门,没有开灯,失魂落魄往里走,形容枯槁,突然摔倒在地。他没有挣扎,就这么躺在地上,就像是死了一般。

少顷,陈独秀终于忍不住啜泣起来,哭声起初还压抑着,继而越来越大,最后成了号啕大哭,似乎要把所有的伤悲、委屈、无力、不甘,全都倾泻出来。

武汉四民街61号会议室内,一阵俄语响起,是鲍罗廷在宣读共产国际的指示,张太雷担任翻译。

鲍罗廷:鉴于革命形势已异常紧迫,根据共产国际的指示,中国共产党应尽快召开紧急会议,以总结大革命的经验教训,纠正党的领导也就是陈所犯的根本性错误……

毛泽东等人都是一脸严肃,伴随着鲍罗廷俄语的话音,张国焘、李维汉、李立三、周恩来、张太雷等依次站起来。毛泽东、瞿秋白、周恩来等所有代表起立,依次让开一条通道,鲍罗廷依次与每个人握手,走出会场。

门口的光照进来,逆光映衬着鲍罗廷远去的背影!

7月12日,鉴于革命形势持续恶化,共产国际决定分散主要领导人,并指定张国焘、周恩来、李维汉、李立三、张太雷组成中央临时常务委员会。自此陈独秀不再视事,离开党的最高领导岗位。此后不久,斯大林调鲍罗廷、罗易回莫斯科,并委派新的驻华代表罗明纳兹来华指导工作。

长江水拍打着岸边。陈独秀在沙滩上踽踽独行,留下一串脚印。毛泽东远远地望着陈独秀,而后随着他的脚印追了上去。

毛泽东:仲甫先生!

二人陷入回忆中。

那是1918年,北大图书馆里,毛泽东:仲甫先生,我想问您个问题!

伴随着毛泽东的声音,意气风发的陈独秀转过头来,他正站在书架前,手里拿着几本书,是《新青年》。

同样年轻的毛泽东一身长衫,带着热切、兴奋同时又有些惴惴不安的神情看着陈独秀:仲甫先生,我看了您很多关于救国的文章,请问救国之真理到底是什么?

陈独秀:真理,我陈独秀何德何能,就敢自夸已经掌握了真理呢?我们要警惕,真理是有很强的主观性的。古希腊的哲人亚里士多德就说过,吾爱吾师,吾更爱真理。我相信,每一个人都能找到属于他的真理。

毛泽东:那怎样才能求索真理、验证真理呢?

陈独秀:且知且行,知行合一!知易行难,不仅要行,而且要早行,要多行，去走那些艰难跋涉的路，走前人没有走过的路。润之，你还有追求真理的意愿吗？

毛泽东：有！十年未得真理，即十年无志；终身未得，即终身无志。

…………

陈独秀的声音打断了回忆：润之，我们认识快十年了吧？那时我就感觉你的眼神跟别人不一样，没有闪躲，没有彷徨，明亮清澈，透着坚定，好像所有事情都已经成竹在胸了。现在十年之期将至，你找到你的真理了吗？

毛泽东此时与陈独秀并行，沙滩上出现两行脚印。

毛泽东并未马上作答：当时我在北大图书馆做书记员，思想上还是自由主义、民主改良主义、空想社会主义的大杂烩。直到1920年夏在上海，先生送给我三本书……

陈独秀：那三本书我记得，《共产党宣言》《阶级斗争》，还有……

毛泽东：《社会主义史》。

陈独秀：书上的真理是一回事，把这个真理搬到当下中国革命的实践，才是更大的问题。

毛泽东：是啊，仲甫先生，我，还有我们所有的同志，都在试图解答这个问题。高山雪水一定会东流到海，但这个过程，一定会遇到峡谷险滩，即使像长江这样的大江大河，历史上也是几经改道，曲折辗转。

陈独秀：建党以来，我们左冲右突，工人运动遇到二七惨案，国共合作如今又破裂在即，关于你一直坚持的土地革命，我其实是支持的，但在时机和程度上，我跟你始终没能达成共识。

毛泽东：我也想不到跟您之间会产生这么大的分歧。

陈独秀：润之，你小名叫石三伢子，是所有同志当中最硬的石头，往往是连党中央和我的话也不听。现在看来，有你这样的同志，不是一件坏事。当我们走入暗夜之时，需要有人提前发现光在哪里。

陈独秀拿出烟盒，想要抽一支烟，却发现烟盒已经空了。

毛泽东拿出自己的烟盒，递给陈独秀一支烟。

陈独秀很惊讶，但没有说什么，接过烟，用火柴点燃抽着。

陈独秀：开始抽烟了？

毛泽东：在韶山的时候，有老乡劝我抽，试着抽了两口，呛得直咳嗽。直到前段日子，心里苦闷，偶尔才抽一点。

陈独秀：前段时间你过得很不容易，我都知道。

毛泽东：您也是。

陈独秀：共产国际说我犯了根本性的错误，是对是错，就交给时间和后人去评说吧。润之你看，社会的发展规律就跟这江水一样，从来是自西向东，前浪过去才会有后浪，这是规律！现在我们先依靠国民党，团结他们去完成资产阶级领导的民主革命，这就好比是前浪；然后再去完成我们无产阶级领导的社会主义革命，那是后浪！一浪接着一浪，革命才能向前，我们的理想和事业才有希望。我们以苏俄为师，他们不也是先有了资产阶级领导的二月革命，后才有列宁领导的十月革命的成功吗？

两个人站在江边，望着茫茫江水。

毛泽东：这几年国共合作，难道我们还没有看清楚，中国现在的民主革命，资产阶级是领导不了的！

陈独秀：难道无产阶级要去越俎代庖，去代替资产阶级领导民主革命？

毛泽东：先生知道我喜欢游泳，在水里蹬腿、划水，浪花就被推出去好远，那后浪就成了前浪，前浪反倒成了后浪。关键是其中有了人的作用！中国跟苏俄一样，又不一样，不能削足适履，中国人口最多的是农民，最大的问题是土地问题。

陈独秀：罢了，不争了。现在鲍罗廷已经被召回去了，听说处境不佳，他们还想让我去莫斯科，说是去讨论中国革命问题，我去做什么？中国的革命，我是一定要留在中国的。

毛泽东：不管在哪里，不管任何时候，我们都不可能忘记，您和守常先生是我们党的缔造者。

陈独秀叹息：这个党是我亲手创建的，论对它的感情，不用多说，也无须多说了。

天地间，只有昂然站立的两个人。

毛泽东：其实两个月以前，我就来过这个地方，看着江上的船，龟山、蛇山，都被雾气吞没，有感而发，就写了一首词……"茫茫九派流中国，沉沉一线穿南北。烟雨莽苍苍，龟蛇锁大江。黄鹤知何去？剩有游人处。把酒酹滔滔，心潮逐浪高！"当时我写这首词，心境苍凉，不知如何是好。但现在我心里豁然开朗了。我更加坚信了，一定要去抓枪杆子！

陈独秀：润之，你一介书生，懂得什么是枪杆子吗？就好比我们两个，我穿的是西服，你穿的是长衫，哪一个穿的是军装？

毛泽东：草鞋没样，边打边像嘛。我们湖南人里，曾国藩进士出身，但是他抓出来一个湘军；蔡锷、黄兴，这些湖南抓枪杆子的，不都是读书人出身，都是学的嘛！而且现在我们还有个现成的老师，蒋介石！正因为他的屠杀，更加让我们知道了枪杆子的重要！更何况，我们党还有黄埔培养出来的一批优秀的学生，还有农讲所的学员，他们才是未来中国革命的中坚。

陈独秀：我已经快过半百了，未来就属于你们这代人了。看来，属于我们这代人的时代，过去了。属于你们的时代，开始了。润之，前面的路，你要好好看，好好走！至于到底往何处走，怎么走，我想时间一定会给出答案的。

毛泽东：仲甫先生，您在我们心目中是一个永远的青年，我相信您还会对我们党的政策有自己的思考和探索。

陈独秀：当然，当然，我还是党员嘛！

陈独秀将一盒火柴放到毛泽东手里。

陈独秀：润之，我累了，就不陪你走了。这火，就留给你了。

毛泽东：仲甫先生，您是对青年时期的我产生过重要影响的人，若没有您和守常先生的点拨，我可能至今都还在彷徨和探索，您和守常先生的启蒙之恩，润之永生难忘。

陈独秀：润之，两年前你在湖南的时候写过一首词，《沁园春·长沙》。

毛泽东：先生，您还记得？

陈独秀：那当然喽，你毛润之的手笔，我能不留意？有两句我很喜欢——问苍茫大地，谁主沉浮？

毛泽东听了，良久不语，眼眶微微一红。

陈独秀：往前走，润之。

毛泽东向陈独秀深鞠了一躬，继续往前走去。

陈独秀语调苍凉而沙哑：问苍茫——问苍茫大地——谁主沉浮？

毛泽东没有停下脚步，继续向前。

码头上一艘大船鸣响汽笛，起航。

毛泽东继续往前走，江风起，吹动他长衫的衣摆，一路向前！

陈独秀在沙滩上的脚印就此停住，而毛泽东的脚印却不停地向前延伸。

7月15日，武汉国民党中央驻地内，武汉国民党中央召开了二届第二十次扩大会议，讨论"分共"，各位委员接续发言。

汪精卫：……一党之内，绝不能主义与主义冲突，政策与政策冲突，更不能有两个最高机关！诸位，现在对今天所讨论的"分共"议题，举手表决。

所有人都举起了手。

汪精卫：通过！

汪精卫办公室内，中山先生的画像前，宋庆龄正在质问汪精卫。

宋庆龄：汪精卫！请你以后不要再以中山先生的学生、总理的信徒自居了。他在天有灵，是绝不会认同的。

汪精卫：夫人，我这都是为大局着想。

宋庆龄：大局？你跟蒋中正一起葬送了中山先生寄予厚望的大革命，还有比这更大的大局吗？

宋庆龄拂袖而去。汪精卫避开了画像上中山先生的眼睛。

少顷，何键进门汇报。

何键：主席，已经开始动手了！

汪精卫没说话，背过身看着窗外，眼神里透着阴狠。

宋庆龄的汽车驶过武汉街头。街面上已经非常混乱，四处都是军警在搜捕共产党，满城腥风血雨，一片白色恐怖在不断蔓延着。

宋庆龄看着街上的惨象不禁落泪，她无比心痛，闭上了眼睛，不忍看到眼前的一切。

谭妈：夫人，我们现在去哪？

宋庆龄闭着眼睛：去莫斯科。总理生前一直希望能去访问苏俄，我就代他去看看吧……

1927年7月15日，汪精卫等控制的武汉国民党中央召开会议，悍然作出关于"分共"的决定，正式同共产党决裂。随后，汪精卫集团对共产党员和革命群众进行大逮捕、大屠杀。至此，由国共两党合作发动的大革命宣告失败。

武汉某临时住所外，一队军警走过，街上行人稀少。毛泽覃一身便装，等军警完全过去，才从隐蔽处走出来敲门。

毛泽民在门内警惕而自然地问：这么晚了，谁啊？

毛泽覃：四哥，是我。

毛泽民马上打开门，毛泽覃闪身进去，毛泽民随即关上大门。毛泽东在昏黄的灯光里看到三弟，开心地张开双臂。

两兄弟紧紧拥抱。

毛泽覃：三哥！

毛泽东：让三哥好好看看！现在这形势，我们三兄弟能聚在一起的日子，也不多了。泽覃，泽民，你们两个都是跟着三哥走上的革命道路，现在革命步入了低潮，我们这些党员，随时可能遭到逮捕、上刑、屠杀。到了今天，我们需要用自己的生命，去捍卫我们的信仰，证明自己的选择。泽民，泽覃，你们后悔了吗？

毛泽民表情憨厚，却说出了最坚定的话：不后悔！我既然决定了要跟着三哥走，那就是一辈子都要跟着三哥走！

毛泽覃：我也一样！既然选择了这条路，那就是义无反顾，永远都不会回头的。

毛泽东动情地看着两位弟弟，眼眶湿润。杨开慧站在门口听着，三兄弟的话带有诀别的意味，眼泪无声地流下来。

毛泽覃：三哥，我只能待一晚，明早就要跟着叶挺铁军开赴江西，去南昌，武装反抗那些屠杀我们的敌人。

毛泽东：好！咱们家要出一位拿枪杆子的将军了。

毛泽覃有些不好意思：离当将军还差得远，不过拿破仑说过，不想当将军的士兵不是好士兵。

毛泽东：泽民呢？

毛泽民：现在这情形，出版发行是搞不成了。我准备回长沙，继续为革命筹措经费，也想回趟老家看看。三哥你呢，有什么打算？

毛泽东沉重而坚定：中央已经决定，秋收时节，搞一场暴动！一场足以让人震惊的、大的暴动！

清晨，武汉某临时住所内，毛泽东来到一个房间外：泽覃，泽覃！起床了，嫂子给你煮了面条，吃了再走！

毛泽东见无人应答，推开房门，只见床铺收拾整齐。

毛泽覃已经走了，桌上放着一封信，写道：三哥，四哥，我走了！不用为我担心，我已经找到了一条有尊严的道路，一条一辈子都不会后悔的道路，在这条道路上，我会和千千万万的同志一样，用我手里的枪，战斗到底。祝我胜利吧！

郊外蒙蒙细雨中，渐渐显出一队静默行军的士兵。在行军队伍中，一名士兵擦了擦脸上的雨水，正是目光坚定的毛泽覃。

汉口码头，毛泽东送别毛泽民，毛泽民乔装改扮成富商模样。

毛泽东：形势太恶劣了，过几天，开慧和妈也会带着岸英他们回板仓。泽民，回去后，有时间去衡山看看菊妹子。她前几天来信了，准备将衡阳各处的农民武装整合起来，成立衡北游击师，跟国民党反动派在高山密林里，打游击战！

毛泽民很高兴：想不到那个瘦瘦弱弱、跟在我们屁股后头的菊妹子，都成了骑马打仗的女将军了！

二人说话时，远在衡阳的山间，一头短发的毛泽建骑着战马，带领队伍行走在山路上。她英姿飒爽，阳光照着她的脸，额头上的那块伤疤微微泛红，脸上却充满了自信。

毛泽民又说道：三哥放心，这次回湖南，我都准备好了，找了稳妥的商铺做保，即使被捕，他们也揪不出我的破绽。

毛泽东欣慰地拍拍毛泽民的肩膀。

毛泽民拿出一包银圆：三哥，我平常攒下来的，不多，留给组织。我没什么本事，就希望能多帮三哥一点。

毛泽东摇头：你不仅是我毛泽东的弟弟，更无愧于一名共产党员。（拿着带有毛泽民体温的银圆）泽民，保重。

毛泽民：三哥，我走了！

望着毛泽民上船的身影，毛泽东的眼角湿润了。

汉口俄租界三教街41号公寓内，八七紧急会议正在召开。

毛泽东：国民党问题在我党是长久的问题，直到现在还未解决。首先是加入的问题，继又发生什么人加入，即产业工人不应加入的问题……当时大家的根本观念，都以为国民党是人家的，不知它是一所空房子等人去住。其后像新姑娘上花轿一样，勉强挪到此空房子去了，但始终无当此房子主人的决心，我认为这是一大错误。

李维汉、瞿秋白、张太雷、任弼时、蔡和森、罗亦农、毛泽东、邓中夏等21位代表，以及共产国际代表罗明纳兹等错落地坐着。罗明纳兹坐在中间，左右是两名俄国同志，纽曼和洛卓莫娃。瞿秋白靠近罗明纳兹坐着，担任翻译。

毛泽东正在发言，邓小平一笔一画地认真做着记录。

毛泽东：农民问题。农民要革命，接近农民的党也要革命，但上层的党部则不同了。当我未到长沙之先，对党完全站在地主方面的决议无由反对。及到长沙后仍无法答复此问题。直到在湖南住了三十多天，才完全改变了我的态度，我曾将我的意见在湖南做了一个报告，同时向中央也做了一个报告，但此报告在湖南产生了影响，对中央则毫无影响。

毛泽东：对军事方面，从前我们骂孙中山专做军事运动，我们则恰恰相反，不做军事运动专做民众运动。蒋、唐都是拿枪杆子起家的，我们独不管。现在虽已注意，但仍无坚决的概念。比如秋收暴动非军事不可，此次会议应重视此问题……以后要非常注意军事，须知政权是由枪杆子中取得的！

毛泽东斩钉截铁的话，引来代表们的阵阵掌声，瞿秋白对毛泽东的发言充满了欣赏。

瞿秋白、蔡和森、李维汉、任弼时等纷纷站起来发言。

八七会议纠正了陈独秀的右倾机会主义，确定了实行土地革命和武装反抗国民党反动派的总方针，决定在湘、鄂、粤、赣四省发动秋收暴动。会议改组成立了新的领导机构，毛泽东被选举为中央政治局候补委员。八七会议给正处在思想混乱和组织涣散中的中国共产党指明了出路。毛泽东在会上的主张，后来被概括为"枪杆子里面出政权"的著名论断。

武昌码头，瞿秋白送别毛泽东。

瞿秋白：润之，真的不能留在中央工作吗？大革命时期，你就是国民党的代理宣传部长，将一潭死水的宣传部搞得风生水起，你要能留在中央主管党的宣传工作，定是一番新的气象！

毛泽东：秋白，谢谢你的好意。你是了解我的，我有我要走的路，我不想再去机关工作，不愿意去大城市住高楼大厦，更愿到农村去，上山结交绿林朋友。

瞿秋白：就知道留不住你，你毛润之的路在田间地头，都是用脚去一步一步走出来的。那就预祝你秋收暴动成功，再告诉你个好消息，南昌暴动的部队正向广东进军，我已向恩来写了信，要他们从南昌暴动的部队中，拨两个团参加你的秋收暴动。

毛泽东：这可真是个好消息！秋白，谢了。

瞿秋白：谢什么？润之，我相信你走的这一条路，一定会为中国革命走出一片辽阔新天。送君千里终须一别，等你胜利的消息！

瞿秋白和毛泽东握手道别，继而，两个人同时紧紧地拥抱对方。

毛泽东：秋白，保重！

瞿秋白：保重！

板仓杨家老宅内，杨开慧在为毛泽东收拾离家的行囊。

向振熙抱着毛岸龙进屋：看，岸龙睡觉可好了，将来跟润之一样，长个大个。

杨开慧一笑：现在睡了，晚上就精神了。

向振熙看到杨开慧收拾行李：没事，有我在，陪你一块哄。开慧，润之又要走？才回来几天。

杨开慧：不能在家多待。

向振熙担心：这次是去哪？听说外头风声很紧。

杨开慧：去安源。（笑了笑，安慰着向振熙）妈，没事的，他跟我都说好了，等事情办完就回来接我们。

向振熙：润之办的都是大事，那是说完就能完的？

向振熙看着门口正带着孩子一起做孔明灯的毛泽东，叹了口气。

向振熙：开慧，我知道你舍不得润之，其实啊，润之更舍不得你和孩子。你跟他说，外头乱，一定要照顾好自己。

杨开慧：欸。

杨家老宅门口，毛泽东正带着毛岸英、毛岸青做孔明灯。

毛泽东：一会儿天黑了，爸爸带你们放孔明灯。

毛岸青：爸爸，你什么时候回来呀？

毛泽东：等谷米收完的时候爸爸就回来了。

毛岸青：爸爸要去收谷米吗？

毛岸英：不对，外婆说爸爸是去革命的。

毛泽东笑了笑：岸英，你知道什么是革命吗？

毛岸英：妈妈说，革命就是让穷人过上好日子。

入夜，毛岸英小心翼翼地用双手擎着孔明灯。

毛岸青向宅内喊着：妈妈，外婆，你们快来呀，爸爸要放孔明灯了！

杨开慧和抱着毛岸龙的向振熙闻声，走出院门。

毛岸英一动也不敢动，生怕碰坏了孔明灯：妈妈，外婆，这是我、弟弟还有爸爸一起做的孔明灯，好看吗？

向振熙：好看！小岸英真能干！

毛岸青：还有我！

杨开慧：真好看！岸英、岸青跟着爸爸会做孔明灯啦！

毛岸英一脸骄傲，毛岸青也挺直了小胸脯，毛岸龙睁着眼睛，茫然地看着，时不时傻傻地笑一笑，也不知道他在想什么，很可爱。

毛泽东将火柴交给杨开慧：开慧，你来点！

杨开慧：一起来点！

毛泽东拉着杨开慧的手，一起小心地将孔明灯里的蜡烛点燃。孔明灯顿时亮了起来，映照着毛泽东和杨开慧的脸庞，以及一家人的笑脸。

毛岸英慢慢举起双手，然后放手，孔明灯飞了起来。毛岸英、毛岸青一起拍手，雀跃着。

毛泽东：好了，开始许愿吧。岸青先说。

毛岸青：我想要谷米早点收完。

大家都笑了。

毛泽东：岸英呢？

毛岸英：我想快点长大，跟爸爸一起去干革命。

毛岸英：外婆，你的愿望呢？

向振熙：我啊，就希望一家人团团圆圆。

毛岸英：爸爸呢？

毛泽东：爸爸的愿望，是希望革命能够早日成功。

毛岸英：妈妈呢？

杨开慧看了眼毛泽东：妈妈的愿望是跟爸爸永远也不分开。

毛泽东将杨开慧揽在怀里，面前是蹦蹦跳跳看着孔明灯的毛岸英和毛岸青。向振熙抱着毛岸龙站在一旁，一家人都带着笑容。

孔明灯越飞越高。毛泽东、杨开慧一家人依偎在一起，仰头看着孔明灯。①

毛泽东身穿青色长衫，背着包裹，手里拿着油纸伞，步履不停，一路向前，走过小路，走过稻田，走进万山红遍，走进一片绚烂的、红色的世界……

1927年9月9日，毛泽东领导的湘赣边界秋收起义爆发。经过建党以来六年多的实践、斗争、探索、总结，青年毛泽东向下扎根，向上生长，开始成长为中国革命事实上的领路人。

---

① 杨开慧与毛泽东此次一别，不复相见。1930年10月，杨开慧被捕，11月14日在长沙英勇就义。时年仅29岁。